LA PIERRE SACRÉE

DU MÊME AUTEUR
CHEZ LE MÊME ÉDITEUR

Séléné
African Lady
Australian Lady
Les Vierges du paradis
La Prophétesse
Les Fleurs de L'Orient
Et l'aube vient après la nuit
Les Battements du cœur
La Terre sacrée

Barbara Wood

LA PIERRE SACRÉE

Traduction de Marie-Pierre Malfait

Roman

PRESSES DE LA CITÉ

Titre original : *The Blessing Stone*

ISBN 2-258-05960-7

A mon mari, George, avec tout mon amour.

REMERCIEMENTS

Des remerciements tout particuliers à des personnes très particulières : Jennifer Enderlin, mon éditrice, Harvey Klinger, mon agent, Sharon Stewart et Carlos Balarezo, mes très chers amis.

Que ferais-je sans vous ?

PROLOGUE

Il y a trois millions d'années...

La Pierre sacrée est née à des années-lumière de la Terre, au milieu des étoiles.

Elle fut le fruit d'une explosion cataclysmique qui projeta dans l'espace interstellaire une multitude de fragments cosmiques. Tel un vaisseau étincelant, le débris d'étoile en fusion traversa l'océan sidéral, hurlant dans la nuit noire, droit sur une jeune planète sauvage.

Mastodontes et mammouths s'arrêtèrent de brouter pour lever un œil impavide sur la traînée lumineuse qui zébrait le ciel. En pénétrant dans l'atmosphère, le métal incandescent contenu dans la météorite décrivit un arc de feu. Epouvantée, une famille d'hominidés assista à l'étonnante scène. De petite taille, ces créatures ressemblaient à des singes, bien que leur front soit moins proéminent et qu'ils marchent sur deux jambes. A la lisière d'une forêt vierge, ils se figèrent. Quelques instants plus tard, l'onde de choc créée par l'impact de la météorite les fit chanceler. Déséquilibrés, ils tombèrent à la renverse.

La violence de la collision réchauffa la pierre qui fondit avant de se répandre en une myriade de fragments. Comme dans la forge de Vulcain, le météore se liquéfia puis fusionna avec les éléments cristallins de la terre. Par une alchimie presque magique, le quartz se fendit pour capturer en son sein des microparticules de diamant cosmique. Le cratère formé par l'impact se refroidit peu à peu et se remplit d'eau de pluie. Tout au long des deux millions d'années qui suivirent, les flots de lave déversés par les cratères voisins engorgèrent le lac volcanique, engloutissant les fragments célestes sous de nombreuses couches de sable. Un bouleversement géologique déplaça vers l'est le bassin hydrographique du lac, creusant le lit d'une rivière qui se transforma peu à peu en gorge. Dans un avenir lointain, cette gorge serait baptisée Olduvai, sur un continent qu'on appellerait l'Afrique. Le lac finit par se vider et le vent balaya les couches de limon jusqu'à découvrir de nouveau les fragments de la météorite. Il s'agissait en fait de billes dures et ternes, qui ne brillaient que par endroits. Mais l'une d'elles était unique. Etait-ce le hasard, ou un clin d'œil du destin ? Fruit de la force et de la violence, érodée et polie des millénaires durant par l'eau, le sable et le vent, elle était ovale et incroyablement douce. Son éclat bleu nuit n'était pas sans rappeler la couleur du ciel qui l'avait propulsée jusque-là. Des oiseaux la survolaient, lâchant au passage des graines qui donnaient naissance à une végétation luxuriante. Perdue dans son écrin de verdure, la pierre n'étincelait que lorsqu'un rayon de soleil caressait sa surface cristalline.

Un autre millénaire s'écoula, puis un autre, et pendant tout ce temps cette pierre, qui serait un jour vénérée, crainte ou maudite pour ses vertus magiques, attendait...

LIVRE UN

Afrique,

il y a cent mille ans

Aplatie dans l'herbe haute, les oreilles rabattues en arrière, le corps tendu comme un arc, la prédatrice s'apprêtait à fondre sur sa proie.

A quelques mètres de là, quelques humains cherchaient avidement graines et racines, inconscients du regard ambre qui les observait. Bien que puissamment musclée, la chasseresse n'en demeurait pas moins un animal très lent. Contrairement à ses cousins, les lions et les léopards, qui fondaient sur leur proie à la vitesse de l'éclair, la chatte aux dents aiguisées comme des couperets avait besoin d'observer longuement sa cible avant de la capturer par surprise.

A demi couchée dans l'herbe sèche, comme pétrifiée, elle continuait à guetter sa proie qui approchait lentement, ignorant le danger.

Le soleil brillait haut dans le ciel, déversant une chaleur brûlante sur la plaine africaine. Les hommes progressaient lentement dans leur quête continuelle de nourriture, se gavant de noix et de larves qu'ils mastiquaient bruyamment en échangeant de temps en temps un grognement ou un son vaguement articulé. La chatte ne les quittait pas des yeux. La patience était son arme première.

Au bout d'un moment, un enfant s'éloigna de sa mère d'un pas hésitant. Sa capture fut rapide, brutale. Un cri perçant déchira l'air et l'animal détala, tenant entre ses mâchoires d'acier le corps tendre du jeune enfant. Au milieu des hurlements, les hommes s'élancèrent à sa poursuite en brandissant leur lance.

Le félin disparut bientôt dans les épaisses broussailles qui masquaient sa tanière tandis que sa proie se débattait, en vain, entre ses dents acérées. Apeurés, les hommes ne cherchèrent pas à s'aventurer dans la végétation enchevêtrée. Une panique proche de l'hystérie s'abattit sur eux. Ils trépignèrent, frappèrent le sol avec leur gourdin, hurlèrent à la mort, tête levée vers le ciel où déjà se rassemblaient quelques rapaces, prêts à grappiller les restes. La mère de l'enfant, une jeune femelle baptisée Guêpe, courait comme une furie devant l'entrée du repaire.

Finalement, un des mâles laissa échapper un cri impérieux. Il fit signe au groupe de partir et tous s'éloignèrent sans protester. Tous sauf Guêpe, qui refusa de les suivre, malgré les efforts de deux femelles qui tentaient de l'entraîner. Elle se jeta à terre et gémit longuement, comme sous le coup d'une douleur intolérable. Redoutant le retour du félin, les autres l'abandonnèrent pour gagner rapidement le refuge protecteur d'un bosquet voisin.

Ils y restèrent jusqu'à ce que le soleil commence à décliner, projetant sur la plaine des ombres allongées. Les hurlements de chagrin de la mère s'étaient tus. Le silence de l'après-midi avait été rompu par un cri déchirant, puis le calme était retombé. Assoiffés, l'estomac vide, ils quittèrent leur abri, jetant un bref coup d'œil à l'endroit ensanglanté où ils avaient laissé Guêpe. Puis ils reprirent leur quête de nourriture, en direction de l'ouest.

Le groupe d'humains parcourait la savane africaine d'une démarche fluide, avec une grâce animale. Ils se tenaient très droits, leurs membres étaient souples et déliés. Ils ne portaient aucun vêtement, aucun ornement. Leurs mains agrippaient des lances et des hachettes grossièrement taillées. Ils étaient soixante-seize, tous les âges représentés, du nourrisson au vieillard. Parmi eux, neuf femmes enceintes. Progressant sans relâche, poussée par la faim et la soif, cette première famille d'êtres humains ignorait que, des centaines de milliers d'années plus tard, leurs lointains descendants les qualifieraient d'*Homo sapiens* — l'Homme sage.

Danger.

Immobile, la Grande était allongée dans le lit de paille qu'elle partageait avec Vieille Mère. Tous ses sens étaient en alerte dans l'aube naissante, pleine de bruissements et d'odeurs. Il y avait la fumée du feu de camp presque éteint. L'arôme intense du bois carbonisé. Le froid mordant. Les oiseaux qui sifflaient et chantaient juste au-dessus d'elle en une cacophonie mélodieuse. Mais on n'entendait ni le rugissement du lion, ni le hurlement de la hyène, ni le sifflement du serpent, tous ces sons généralement annonciateurs de danger.

Pourtant, la Grande n'osait pas bouger. Tremblante de froid, elle aurait aimé aller se réchauffer auprès de Vieille Mère, occupée à attiser les braises rougeoyantes, mais elle demeura immobile. Le danger était là, bien présent. Elle le sentait au plus profond de son être.

Elle leva lentement la tête et cligna des yeux dans l'aube brumeuse. La Famille commençait à s'agiter. Elle entendit la respiration bruyante d'Arête, ainsi nommé après qu'il eut manqué s'étrangler avec une arête de poisson. C'est Narine qui lui avait sauvé la vie en lui administrant une violente tape entre les omoplates. L'arête avait atterri de l'autre côté du feu de camp et, depuis, Arête respirait avec difficulté. Comme d'habitude, Vieille Mère nourrissait le feu avec des brindilles tandis que Narine, accroupi à côté d'elle, examinait avec attention une vilaine piqûre d'insecte qui déformait son scrotum. Assise un peu plus loin, Faiseuse de Feu allaitait son bébé. Affamé et Bosse ronflaient encore dans leur lit de paille tandis que Scorpion urinait contre un arbre. Dans la pénombre se découpait aussi la silhouette de Lion. Il émit un grognement sonore en pénétrant Trouveuse de Miel.

Tout paraissait normal.

La Grande s'assit et se frotta les yeux. Le sommeil de la Famille avait été dérangé durant la nuit par les cris stridents d'un des enfants de Souris. Couché près du feu, il avait roulé dans les braises ardentes et souffrait de graves brûlures. Une leçon que tous les enfants apprenaient, tôt ou tard. La Grande portait encore sur sa cuisse droite la trace de la brûlure qu'elle s'était faite dans les mêmes circonstances, alors qu'elle était enfant. Le garçonnet gémissait pendant que sa mère appliquait une couche de boue humide sur la plaie à vif. La Grande observa les autres membres de la Famille qui déambulaient vers le point d'eau pour étancher leur soif. Ils avançaient lentement, encore engourdis par le sommeil. Aucun d'entre eux ne semblait avoir peur.

Pourtant, quelque chose ne tournait pas rond. Bien qu'elle

ne puisse ni la voir, ni l'entendre, la jeune femelle percevait avec chaque fibre de son être la menace d'un danger imminent. Hélas, ses facultés intellectuelles limitées ne lui permettaient pas de discerner cette menace, et elle ne possédait pas le vocabulaire nécessaire pour transmettre ses craintes aux autres. Dans son esprit résonnait un seul mot : *Danger.* Mais si elle prononçait ce mot, ses congénères fouilleraient aussitôt les alentours, à la recherche de serpents venimeux, de chiens sauvages ou de félins à dents de sabre. Puis, n'ayant rien trouvé de tout cela, ils se demanderaient pourquoi la Grande avait donné alerte.

Ce n'est pas un danger immédiat, lui souffla une petite voix quand elle se décida à quitter le refuge de son lit. *C'est un danger pour demain.*

La jeune femelle de cette famille primitive ne disposait d'aucun moyen d'exprimer sa peur. La conception de l'avenir lui échappait. Le danger futur était totalement étranger à ces créatures, qui ne connaissaient que le danger immédiat. Les êtres humains qui peuplaient la savane vivaient comme les animaux qui les entouraient : ils broutaient, fouissaient, cherchaient l'eau, fuyaient les prédateurs, assouvissaient leurs instincts sexuels et se reposaient, l'estomac plein, quand le soleil était au zénith.

Il faisait son apparition, justement, et la Famille quitta son abri d'arbres et de roseaux pour avancer dans la plaine. L'aube s'était levée, dissipant enfin la nuit et ses périls. Tenaillée par une sourde angoisse, la Grande se joignit au reste du groupe. La quête de nourriture quotidienne commença.

Elle s'immobilisa pour scruter les environs, espérant détecter la nouvelle menace qu'elle percevait intensément. Elle ne vit qu'une vaste étendue d'herbe fauve, piquetée d'arbres feuillus et de monticules rocheux, qui s'étirait jusqu'aux collines lointaines. Aucun prédateur ne poursuivait le groupe d'humains assoiffés, aucune menace volante ne planait dans le ciel brumeux. La Grande aperçut des troupeaux d'antilopes qui paissaient, des girafes qui broutaient, des zèbres qui remuaient frénétiquement la queue. Rien d'inhabituel, rien de nouveau.

Rien, sauf la montagne qui se dressait à l'horizon. Encore endormie quelques jours plus tôt, elle crachait à présent un mélange de fumée et de cendre. Ça, c'était nouveau.

Mais les autres n'y prêtaient aucune attention : Narine attrapa une sauterelle et la fourra dans sa bouche, Trouveuse de Miel arracha un bouquet de fleurs dont elle examina les racines pour voir si elles étaient consommables, Affamé, lui, scrutait le ciel enfumé, à la recherche d'un groupe de rapaces qui indiquerait la présence d'une charogne. Ignorant la menace du volcan, ils cherchaient de quoi manger, comme tous les autres jours, foulant de leurs pieds nus la terre rouge et l'herbe sèche, truffée d'épineux, parcourant un monde de lacs, de marécages, de forêts et de prairies, un monde peuplé de crocodiles, de rhinocéros, de babouins, d'éléphants, de girafes, de lièvres, de coléoptères, d'antilopes, de vautours et de serpents.

La famille de la Grande rencontrait rarement d'autres êtres humains, même s'ils percevaient de temps en temps leur présence au-delà des frontières de leur petit territoire. Il eût été difficile pour eux de franchir les limites de leur domaine, cerné par des obstacles insurmontables : un ravin abrupt d'un côté, un cours d'eau large et profond d'un autre et un marécage le long du troisième. C'est à l'intérieur de ces frontières que la famille de la Grande vivait depuis des générations.

La Famille se déplaçait en rangs serrés ; les plus vieux, les femmes et les enfants se tenaient au milieu du groupe tandis que les mâles restaient à la périphérie, armés de gourdins et de hachettes, toujours sur le qui-vive. Les prédateurs ciblaient les êtres affaiblis, et ce jour-là, c'était le cas de la Famille : ils n'avaient pas bu depuis la veille. Ils se traînaient sous le soleil implacable, la bouche asséchée et les lèvres fendillées, rêvant d'un ruisseau limpide, gorgé de tubercules, d'œufs de tortue et d'herbes savoureuses, un ruisseau où ils trouveraient peut-être un flamant rose — mets rare et délicieux — prisonnier des papyrus.

Leurs noms changeaient au gré des événements, car ils n'étaient qu'un simple outil dans le processus de communication, un moyen de s'interpeller et de se parler. Trouveuse de Miel avait reçu son nom le jour où elle avait découvert une ruche ; ce jour-là, la Famille avait mangé du sucre pour la première fois depuis plus d'un an. Bosse avait été ainsi baptisé après s'être réfugié dans un arbre pour échapper à un léopard : tombé sur la tête, il avait gardé depuis une bosse au front. Un-Œil avait perdu son œil droit en tentant de chasser un groupe de vautours rassemblés autour du cadavre d'un rhinocéros : l'un des vautours s'était rebellé. Grenouille excellait dans l'art d'attraper les amphibiens en distrayant sa proie d'une main pour mieux la capturer de l'autre. La Grande s'appelait ainsi car elle était la plus grande femelle de la Famille.

Les humains vivaient en fonction de leurs impulsions, de leur instinct et de leurs intuitions animales. Rares étaient ceux qui formulaient de véritables pensées. Ils ne se posaient pas de questions et n'éprouvaient donc pas le besoin d'obtenir des réponses. Pour eux, le monde se limitait à ce qu'ils voyaient, entendaient, sentaient, touchaient et goûtaient. Il n'y avait pas de dissimulation, pas d'inconnu. Un chat aux dents acérées était un chat aux dents acérées, à savoir un prédateur pendant sa vie, une source de nourriture une fois mort. Pour ces mêmes raisons, les êtres humains ne développaient aucune superstition et restaient totalement imperméables aux concepts de la magie, des esprits et des pouvoirs surnaturels. Ils n'essayaient pas d'expliquer le vent car ce questionnement ne leur effleurait même pas l'esprit. Quand Faiseuse de Feu s'asseyait pour accomplir sa tâche, elle ne se demandait pas d'où venaient les étincelles, ni pourquoi, un millier d'années plus tôt, un de ses ancêtres avait eu l'idée de faire du feu. Faiseuse de Feu avait appris ces gestes en observant sa mère, qui les tenait elle-même de sa propre mère. La nourriture constituait leur seule quête et, parce que la communication orale et la socialisation étaient encore embryonnaires, la chasse demeurait primitive, limitée au menu gibier : lézards, oiseaux, poissons, lapins. La famille de la Grande vivait dans l'ignorance de ce qu'ils étaient réellement. Ils étaient le fruit d'une longue évolution et leurs congénères demeureraient physiquement inchangés pendant les cent mille ans à venir.

Ils ignoraient aussi qu'avec la Grande et la nouvelle menace qu'elle pressentait se profilait une seconde évolution.

Alors qu'elle continuait à chercher des plantes et des insectes, une vision la hantait : celle du point d'eau auprès duquel ils s'étaient réveillés, à l'aube. Au grand désarroi de la Famille, une couche de cendre et de suie volcanique avait recouvert la surface de l'eau durant la nuit, au point de la rendre imbuvable. La soif les avait poussés à partir, toujours plus à l'ouest, suivant docilement Lion, qui savait où se trouvait le prochain point d'eau. Leurs têtes dépassaient des herbes hautes et ils voyaient les troupeaux de bêtes sauvages avancer dans la même direction. Le ciel était d'une couleur étrange ; une odeur âcre, entêtante, flottait dans l'air. Au loin, juste devant eux, la montagne crachait une fumée de plus en plus épaisse.

La tête pleine de pensées troublantes, la Grande était également hantée par un souvenir terrifiant. Cela s'était produit deux nuits plus tôt…

La nuit n'était jamais silencieuse dans la grande plaine africaine. Il y avait les rugissements des lions qui dépeçaient leur proie ou les hurlements perçants des hyènes. Rassemblés à l'orée de la forêt, les humains ne dormaient jamais paisiblement, malgré les feux qui embrasaient la nuit pour éloigner les bêtes sauvages. Mais cette nuit-là, c'était différent. Habitués à vivre dans la crainte du danger, les hommes s'étaient laissé submerger par une peur incontrôlable, clignant des yeux dans l'obscurité, n'écoutant plus que les battements précipités de leur cœur. Quelque chose d'étrange, de terrifiant, se produisait autour d'eux. Incapables de mettre un mot sur cette nouvelle calamité, ils s'étaient rassemblés, gagnés par la panique.

Comment auraient-ils pu deviner que de nombreux tremblements de terre avaient secoué cette région auparavant ? Comment auraient-ils pu savoir que la montagne qu'ils apercevaient au loin crachait de la lave depuis des millénaires et qu'endormi depuis plusieurs siècles le volcan entrait à nouveau en activité ? Son sommet rougeoyant projetait une lueur menaçante dans le ciel assombri tandis que la terre tremblait violemment.

La Grande se remémora cette nuit de terreur pendant que les autres membres du groupe balayaient le paysage de leurs regards avides, à la recherche d'une termitière, d'une plante lourde de gousses, d'une liane prolifique, porteuse de baies amères.

Quand Un-Œil donna un coup de pied dans un tronc d'arbre pourri, révélant une myriade de larves grouillantes, les humains se jetèrent sur le festin inespéré, attrapant les vers à pleines mains pour les porter à leur bouche. On ne partageait pas la nourriture. Les plus forts mangeaient, les plus faibles mouraient de faim. Lion, le mâle dominant du groupe, se fraya un chemin pour plonger ses grandes mains dans le nid de larves blanchâtres.

Quelques années plus tôt, Lion avait découvert le cadavre d'une vieille lionne. Il avait eu le temps de la dépecer avant l'arrivée des vautours et s'était drapé dans la peau ensanglantée. Une odeur pestilentielle s'en dégagea bientôt, des vers vinrent s'y loger avant que la dépouille ne sèche totalement, formant comme une seconde peau que Lion ne quitta plus. Ses cheveux hirsutes se mêlèrent au cuir flétri qui craquait à chacun de ses mouvements.

Lion n'avait pas été désigné comme chef, il n'y avait eu

aucun vote, aucune décision commune. Il avait simplement décidé, un jour, qu'il commanderait ; les autres avaient suivi. La compagne occasionnelle de Lion, Trouveuse de Miel, était la femelle dominante du groupe. Solidement charpentée, elle possédait une personnalité avide et affirmée. Au moment des repas, elle n'hésitait pas à repousser les femelles plus faibles qu'elle pour nourrir ses propres petits, volant la part des autres et engloutissant davantage que sa ration. Devant le tronc pourri, Lion et Trouveuse de Miel se servirent de leurs deux mains pour avaler les larves charnues. Une fois rassasiés et après que Trouveuse de Miel eut nourri ses cinq enfants, ils laissèrent les autres s'approcher des reliefs du festin.

La Grande mastiqua une poignée de larves qu'elle recracha ensuite dans sa paume. Elle tendit la main vers Vieille Mère, définitivement édentée, qui s'empressa d'absorber la bouillie blanchâtre.

Lorsqu'il ne resta plus rien des larves, la Famille se reposa sous le soleil de midi. Pendant que les mâles dominants montaient la garde, les autres vaquaient à leurs occupations. On s'occupait des bébés, on se lavait, on dormait, on soulageait ses besoins sexuels. En général, les rapports étaient brefs et vite oubliés, même parmi les couples liés par une affection temporaire. Ces derniers ne restaient jamais longtemps ensemble, et les pulsions sexuelles se satisfaisaient au hasard des partenaires présents. Scorpion renifla le groupe des femelles, ignorant qu'il cherchait inconsciemment l'odeur caractéristique qu'elles dégageaient en milieu de cycle, lorsqu'elles entraient dans leur phase de fécondité. C'était parfois la femme qui allait au-devant des mâles, comme Bébé, poussée par le besoin pressant de copuler. Scorpion était déjà occupé avec Souris, aussi choisit-elle Affamé, qu'elle enfourcha avec entrain.

Quelques heures s'écoulèrent ainsi tandis qu'au loin la montagne continuait à cracher du feu. Un peu à l'écart, la Grande restait sur le qui-vive. Avec un peu de chance, peut-être apercevrait-elle les oreilles ou bien l'ombre du nouveau danger qui les menaçait. Mais elle ne vit rien.

Ils se remirent en route dans l'après-midi, la bouche brûlée par une soif intense. Les enfants pleuraient, les mères tentaient de les consoler, tandis que les mâles s'écartaient régulièrement du groupe pour scruter la plaine dans l'espoir de repérer une source ou un lac. Ils cherchaient les antilopes et les gnous qui leur indiqueraient peut-être la présence d'un point d'eau. Ils suivaient les oiseaux en plein vol, surtout les échassiers : hérons, cigognes et aigrettes. Ils traquaient aussi les éléphants, qui passaient le plus clair de leur temps près des points d'eau, se roulant dans la boue pour rafraîchir leur peau parcheminée et s'immergeant parfois complètement, leur trompe à fleur d'eau pour pouvoir respirer. Ce jour-là, hélas, ils ne virent ni gazelle, ni cigogne, ni éléphant.

Quand ils découvrirent les ossements d'un zèbre, une vague d'euphorie les submergea puis retomba vite : les longs os avaient déjà été soigneusement nettoyés. Ils n'eurent pas besoin d'examiner les empreintes autour de la carcasse pour deviner que les hyènes étaient passées avant eux.

Ils se remirent en route. Près d'un monticule herbeux, Lion s'arrêta brusquement, réclamant le silence d'un geste de la main. Ils tendirent l'oreille. Portés par le vent leur parvinrent des miaulements ponctués des grognements caractéristiques des guépards lorsqu'ils communiquent avec leur progéniture. Prudents, les humains changèrent de direction en prenant soin de marcher dans la direction du vent afin que les félins ne sentent pas leur odeur.

Pendant que les femelles et les enfants continuaient à chercher des plantes et des insectes, les mâles, armés de lances affûtées, traquaient le gibier. Bien que la chasse demeurât une activité totalement inorganisée, ils avaient remarqué qu'une girafe était extrêmement vulnérable quand elle était en train de boire. Contrainte à écarter les pattes afin de pouvoir baisser la tête jusqu'au point d'eau, elle constituait alors une cible facile pour les humains, qui fondaient sur elle avec leurs lances acérées.

Soudain, Narine laissa échapper un cri de joie. A genoux sur le sol, il désigna plusieurs empreintes de chacals. Ces derniers avaient pour habitude d'enterrer leur proie avant de revenir la manger plus tard. Mais ils eurent beau creuser les environs, ils ne trouvèrent aucun cadavre.

Ils poursuivirent leur chemin, accablés par la chaleur, la faim et la soif, jusqu'à ce que Lion émît un hurlement. Les autres comprirent aussitôt qu'il avait trouvé de l'eau, et ils se mirent à courir. La Grande glissa un bras autour de Vieille Mère pour la soutenir.

Lion n'avait pas toujours été le chef de la Famille. Avant lui, un mâle nommé Rivière remplissait cette fonction. Rivière mangeait avant les autres, monopolisait les femelles et décidait de l'endroit où la Famille passerait la nuit. Rivière avait reçu son nom le jour de l'inondation. Pour échapper à la crue subite, la Famille s'était réfugiée in extremis sur un monticule de terre. Rivière, lui, s'était laissé prendre par les eaux. Il devait sa survie à un arbre déraciné auquel il avait réussi à s'accrocher. Exténué, couvert de contusions mais vivant, il avait échoué quelques jours plus tard sur un banc de sable. La Famille lui avait alors donné le nom du nouveau fleuve qui traversait leur territoire et, pendant quelque temps, il avait joui d'une suprématie incontestée au sein du groupe. Jusqu'au jour où Lion lui avait disputé une femelle.

S'en était suivi un combat à mort, au cours duquel les deux adversaires s'étaient affrontés à coups de gourdin. Les membres de la Famille avaient assisté à la scène en poussant des cris et des hurlements. Finalement, Rivière était parti, ensanglanté, et Lion avait brandi les poings en l'air dans un geste de triomphe avant de chevaucher avec vigueur Trouveuse de Miel, en proie à une vive excitation. Rivière n'avait jamais plus donné signe de vie.

Depuis ce jour, la Famille suivait docilement Lion. Leur société primitive n'avait rien d'égalitaire, pour la simple raison qu'ils étaient incapables de penser seuls. A l'instar des troupeaux qui paissaient dans la savane ou de leurs cousins singes qui peuplaient les lointaines forêts tropicales, le groupe devait sa survie à la présence d'un chef. Il y en avait toujours un qui se détachait de la masse, que ce soit par la force physique ou par la supériorité intellectuelle. Il ne s'agissait pas nécessairement d'un mâle. Avant Rivière, le chef était une femelle vigoureuse baptisée Hyène, à cause de son rire suraigu. Elle avait longtemps conduit la Famille dans son inlassable quête de nourriture. Hyène connaissait les frontières de leur territoire, elle savait où trouver de l'eau potable et des baies sauvages, savait aussi en quelle saison ils pouvaient espérer manger des noix ou des graines. Un soir, alors qu'elle s'était éloignée du groupe, elle fut atrocement déchiquetée — ironie du sort — par une bande de hyènes affamées. La Famille avait alors erré sans but jusqu'à ce qu'une crue désignât Rivière comme leur nouveau chef.

A présent, Lion les guidait vers un point d'eau qu'ils avaient découvert quatre saisons auparavant — un puits artésien protégé par un surplomb rocheux. Ils l'atteignirent enfin et étanchèrent avidement leur soif. Mais lorsqu'ils cherchèrent de la nourriture, ils ne trouvèrent rien. Il n'y avait ni œufs de tortue, ni coquillages, ni fleurs aux tendres racines, ni plantes chargées de graines savoureuses. Lion observa les alentours d'un air contrarié. Il y avait pourtant eu de la végétation, ici... Au bout d'un moment, il émit un grognement pour signifier qu'il était temps de partir.

La Grande s'immobilisa, les yeux rivés sur le bassin auquel ils venaient de boire. Elle examina la surface limpide avant de considérer le ciel enfumé. Puis elle baissa de nouveau les yeux sur l'eau, prenant en compte, cette fois, le surplomb rocheux. Elle fronça les sourcils. L'eau du bassin auprès duquel ils s'étaient réveillés à l'aube était imbuvable alors que cette eau-là était claire et douce. Son esprit lutta pour établir le lien manquant. Le ciel chargé de suie, le surplomb rocheux, l'eau limpide...

Une pensée germa soudain en elle : *Cette eau est protégée.*

Elle se tourna vers la Famille, qui s'éloignait lentement. Lion marchait devant et Trouveuse de Miel avançait à ses côtés, un bébé au creux d'un bras, un petit enfant perché sur ses épaules et un autre accroché à sa main libre. Tous progressaient péniblement, tenaillés par une douloureuse sensation de faim. La Grande aurait voulu les appeler. Les mettre en garde. Mais contre quoi, au juste ? Il devait y avoir un rapport avec la menace indéfinissable qu'elle sentait depuis peu. Oui, elle savait à présent que cette menace était liée à l'eau — l'eau tapissée de cendre qu'ils avaient quittée à l'aube, ce bassin transparent, et l'étang vers lequel Lion les entraînait, un peu plus loin sur l'ancien chemin.

On la tira par le bras. C'était la Vieille Mère. Une expression inquiète voilait son petit visage fripé. Elles devaient rejoindre les autres.

Finalement, la Famille trouva un baobab chargé de fruits. Armés d'un bâton, ils secouèrent les branches afin de faire tomber les coques pleines de graines pulpeuses et acidulées. Ils mangèrent sur place, assis, accroupis ou même debout pour pouvoir garder un œil sur le voisinage. Puis ils s'assoupirent sous l'arbre géant. La chaleur de l'après-midi engourdit lentement leurs membres. Les mères allaitèrent leurs nourrissons tandis que les autres enfants se roulaient gaiement dans la poussière. Un-Œil avait envie d'une femelle. Il considéra Bébé, qui passait en revue chaque coque vide, dans l'espoir de trouver une graine oubliée. Il s'approcha d'elle et commença à la titiller, puis à la caresser. En riant, elle se mit à quatre pattes, offerte. Trouveuse de Miel épouilla la chevelure emmêlée de Lion, Vieille Mère badigeonna un peu de salive sur les brûlures du garçonnet blessé tandis que la Grande, assise contre un tronc d'arbre, l'air grave, gardait les yeux rivés sur la montagne en colère.

Après une courte sieste, ils se levèrent et reprirent la route, toujours vers l'ouest, de nouveau aiguillonnés par la faim. Le soleil allait se coucher lorsque la Famille atteignit une large rivière où se baignaient quelques éléphants, crachant de l'eau avec leur trompe. Les humains s'approchèrent prudemment de la rive, cherchant des yeux les troncs d'arbre flottants... Car c'était bien l'image que donnaient les crocodiles. Seuls leurs yeux, leurs narines et un petit bout de dos émergeaient de l'eau. Bien qu'ils chassent essentiellement la nuit, ils pouvaient aussi frapper le jour s'ils repéraient une proie facile. Les hommes le savaient bien. Combien de fois avaient-ils vu un des leurs, brutalement arraché de la rive, disparaître en un clin d'œil? A leur grand désarroi, la surface de l'eau était couverte de cendre, mais ils remarquèrent vite la présence de nombreux oiseaux sur les rives — pluviers, ibis, oies sauvages et bécasseaux. Autant de nids garnis d'œufs... Le soleil déclinait à l'horizon, les ombres s'allongeaient. Ils décidèrent de passer la nuit là.

Tandis que les femmes et les enfants commençaient à rassembler de l'herbe et des feuilles pour fabriquer les lits, Vieille Mère, la Grande et quelques autres entreprirent de creuser les rives sablonneuses pour dénicher des coquillages. Pendant ce temps, Grenouille et ses frères traquaient les grenouilles-taureaux. Durant la saison sèche, ces dernières se cachaient dans des nids souterrains dont elles ne sortaient qu'aux premières gouttes de pluie, lorsque la terre s'attendrissait au contact de l'eau. Il n'avait pas plu depuis des semaines, et les garçons espéraient une bonne prise. Faiseuse de Feu envoya ses enfants ramasser les excréments des bêtes qui avaient pâturé dans les environs, puis elle s'empara de ses silex et alluma un petit feu avec quelques brindilles sèches. Il grossit dès qu'elle ajouta les bouses de gnou et de zèbre, se transformant bientôt en un véritable brasier auquel les hommes allumèrent leurs torches faites de branchages et de sève. Ils les plantèrent ensuite tout autour du camp afin d'éloigner les prédateurs. L'inspection des lieux révéla la présence de chicorée sauvage, de tubercules de souchet ainsi que d'une grosse carcasse de mangouste que les vers n'avaient pas encore attaquée. Ils mangèrent avec appétit, dévorant tout ce qu'ils avaient trouvé sans laisser la moindre graine, le moindre petit œuf pour le lendemain.

Lorsqu'ils eurent terminé, ils se blottirent les uns contre les autres, protégés par une haie d'épineux et de branches d'acacias, les hommes d'un côté du feu, les femmes et les enfants de l'autre. C'était l'heure de la toilette, un rituel vespéral généré par le besoin primitif de contact et de compagnie. Ce rituel définissait l'ordre social qui régnait grossièrement au sein du groupe.

A l'aide d'une hachette effilée qu'Affamé avait confectionnée dans un morceau de quartz, Bébé entreprit de couper les cheveux de ses enfants. Si elle ne s'en occupait pas, leurs cheveux pousseraient jusqu'à la taille et deviendraient un danger potentiel. Bébé en était la preuve vivante. Petite fille, elle détestait qu'on la coiffe et s'arrangeait toujours pour échapper aux mains de sa mère. Ses cheveux avaient poussé jusqu'aux fesses, lissés par une couche de graisse. Un jour, hélas, ils s'étaient pris dans un buisson d'épineux : Bébé s'était retrouvée prisonnière. Lorsque la Famille avait enfin réussi à la libérer du piège de piquants, son cuir chevelu, fendu à plusieurs endroits, saignait abondamment. Elle avait pleuré plusieurs jours durant et tenait son nom de cet incident. Bébé gardait encore de vilaines cicatrices sur son crâne parsemé de touffes de cheveux hirsutes.

Quelques femelles fourrageaient dans les cheveux de leurs enfants, tuant les poux entre leurs dents; d'autres badigeonnaient les plus petits ou leurs compagnons d'une épaisse couche de limon tiré du lit de la rivière. Leurs rires s'élevaient dans le ciel, comme les étincelles des feux rougeoyants, ponctués de temps en temps d'une parole coupante ou d'une mise en garde. Malgré leurs occupations, elles gardaient toutes un œil sur Aride, ainsi nommée car elle n'avait pas d'enfant. Cette dernière suivait Belette, enceinte, comme son ombre. Toutes se souvenaient du jour où Bébé avait mis au monde son cinquième enfant. Aride avait sauté dessus avant de s'enfuir à toutes jambes. Elles s'étaient lancées à sa poursuite et n'avaient pas tardé à la rattraper. Mais le nourrisson avait péri lorsque les femmes s'étaient jetées sur Aride et l'avaient presque battue à mort. Après cet épisode, Aride avait continué à suivre la Famille de loin. La nuit, elle s'installait à l'écart du feu, comme une ombre à la périphérie du campement. Mais Aride semblait avoir repris de l'assurance depuis quelque temps, et Belette l'attirait tout particulièrement. Celle-ci était terrifiée. Ses trois premiers enfants étaient morts ; l'un avait été mordu par un serpent, le deuxième était tombé dans un précipice et le troisième avait été emporté par un léopard hardi qui s'était aventuré dans le campement durant la nuit.

Les hommes étaient réunis de l'autre côté du feu de camp. Lorsqu'un enfant de sexe masculin devenait trop vieux pour rester avec les femmes et les bébés, il rejoignait les autres mâles, qu'il regardait façonner de leurs mains calleuses des outils en pierre et des lances en bois. Libérés de l'autorité maternelle, les jeunes garçons commençaient leur apprentissage pour devenir des hommes. Ils travaillaient le bois et la pierre, apprenaient à identifier les empreintes d'animaux, humaient le vent pour localiser le gibier. Ils apprenaient aussi les mots, les sons et les gestes que les hommes utilisaient pour communiquer entre eux. Et puis, à l'instar des femmes, ils prenaient soin les uns des autres, s'épouillaient mutuellement et se badigeonnaient le corps de boue. Véritable écran contre la chaleur, les piqûres d'insectes et les plantes venimeuses, la boue était appliquée chaque jour et elle jouait un rôle important dans le rituel nocturne. A cette occasion, les jeunes mâles rivalisaient pour avoir le privilège de s'occuper de Lion et des mâles plus âgés.

Escargot, ainsi nommé car il était d'une incroyable lenteur, protestait bruyamment, refusant de prendre son tour de garde. Après un échange de cris et de coups de poing, Lion mit un terme à la querelle en brisant une lance sur la tête d'Escargot. Vaincu, ce dernier gagna son poste d'un pas traînant en essuyant le sang qui coulait dans ses yeux. Vieux Scorpion se massait le bras et la jambe gauches, curieusement engourdis, tandis que Bosse essayait en vain de gratter un bouton qu'il ne pouvait atteindre. De guerre lasse, il s'approcha d'un arbre et se frotta contre le tronc jusqu'au sang. De temps en temps, les hommes jetaient un coup d'œil de l'autre côté du feu, en direction des femmes qui s'activaient sans relâche. Inconsciemment, ils admiraient ces créatures car elles seules étaient capables de donner la vie. Les hommes ignoraient tout de leur rôle dans le processus de procréation. A leurs yeux, les femmes demeuraient des êtres totalement imprévisibles. Elles pouvaient par exemple se rebeller férocement si on essayait de les prendre de force. Pauvre Lèvre, jadis nommé Nez d'Oiseau, avait été rebaptisé à la suite d'un affrontement avec la Grande. Il avait tenté de la pénétrer contre son gré et celle-ci s'était rebiffée en lui déchirant d'un coup de dents la lèvre inférieure. La plaie avait saigné pendant plusieurs jours avant de s'infecter. Lorsque, enfin, la cicatrisation s'était faite, sa lèvre continua à pendre, dévoilant ses dents du bas. Après cet épisode, Pauvre Lèvre ne s'était plus approché de la Grande, imité en cela par la grande majorité des mâles. Ceux qui essayaient malgré tout de la prendre n'y revenaient pas deux fois. Pourquoi livrer une bataille épuisante alors que les autres femelles s'offraient volontiers à eux?

De son côté, Grenouille fulminait. Depuis un an, il vivait une relation privilégiée avec une jeune femelle baptisée Mangeuse de Fourmis, à l'instar de Bébé et Un-Œil, dont il apercevait les corps enchevêtrés. Mais, à présent que le ventre de Mangeuse de Fourmis était gonflé, elle n'avait de cesse de le repousser, à grand renfort de coups et de cris. Ce n'était pas la première fois qu'il voyait ça. A partir du moment où une femelle donnait ou s'apprêtait à donner naissance à un enfant, elle préférait la compagnie des autres mères. Ensemble, elles riaient et bavardaient en allaitant leurs bébés, surveillant d'un œil leurs aînés. Dédaignés, les mâles s'absorbaient à contrecœur dans leurs activités de bricolage.

Le lien mère-enfant était unique au sein de la Famille. Lorsqu'un mâle et une femelle s'unissaient, leur relation ne durait généralement pas longtemps, même si elle connaissait des débuts passionnés. Accroupi à côté de Grenouille, son ami Scorpion lui tapota l'épaule dans un geste de sympathie. Lui aussi était passé par là. Bien sûr, il y avait celles, comme Trouveuse de Miel, qui continuaient à se montrer affectueuses envers leur compagnon, surtout si ce dernier tolérait les enfants. C'était le cas de Lion. Scorpion et Grenouille, eux, ne nourrissaient aucune patience pour les bébés, préférant les femelles sans enfant.

Grenouille sentit une vague de chaleur le submerger. D'un air envieux, il contempla Un-Œil et Bébé, enlacés. Un-Œil aimait prendre son plaisir quand il l'entendait, et Bébé s'offrait à lui avec un entrain à chaque fois renouvelé. Ils formaient le seul couple du moment et dormaient ensemble, liés par une affection sincère. Un-Œil tolérait même les enfants de Bébé, se démarquant ainsi des autres mâles.

Reportant son attention sur les femelles, Grenouille tenta d'en exciter quelques-unes en paradant devant elles, le sexe en érection, l'œil aguicheur. Certaines l'ignorèrent, d'autres le repoussèrent sans ménagement. Il retourna auprès du feu et remua les braises. Pour son plus grand bonheur, il découvrit un oignon oublié, légèrement brûlé mais mangeable malgré tout. Il l'apporta aussitôt à Faiseuse de Feu, qui s'en empara avidement avant de se mettre à quatre pattes. Appuyée sur un coude, elle porta à sa bouche l'oignon carbonisé et le dévora à belles dents. Grenouille n'en eut pas pour longtemps. Satisfait, il gagna d'un pas lourd son lit de paille et s'endormit.

Quand Lion eut terminé son repas, son regard se posa sur Vieille Mère qui suçait une racine. Lion et Vieille Mère étaient nés de la même femelle, ils avaient tété le même sein et joué ensemble quand ils étaient enfants. Puis ils avaient grandi. Vieille Mère avaient mis au monde douze enfants, suscitant l'admiration et le respect de Lion. Mais elle était vieille maintenant, et Lion songeait confusément que c'était un gâchis de continuer à la nourrir. Sans lui laisser le temps de réagir, il s'approcha d'elle, lui arracha la racine et la coinça entre ses dents.

Témoin de la scène, la Grande alla consoler Vieille Mère ; elle lui caressa les cheveux en émettant des sons apaisants. Vieille Mère était le membre le plus âgé de la Famille, bien que personne ne connût précisément son âge puisque le groupe ne tenait pas compte des années ni des saisons. Ils auraient su, sinon, qu'elle avait atteint l'âge avancé de cinquante-cinq ans. La Grande, elle, avait connu quinze étés, et elle savait confusément qu'elle était la fille d'une femelle mise au monde par Vieille Mère.

Comme elle regardait Lion contourner le campement pour aller se coucher, un malaise indéfinissable la saisit. C'était en rapport avec Vieille Mère et sa fragilité grandissante. Un souvenir lugubre afflua à son esprit : après s'être cassé une jambe, sa propre mère avait été abandonnée. Elle revit sa silhouette délaissée, assise contre le tronc d'un épineux, le regard tourné vers la Famille qui s'éloignait lentement. Celle-ci ne pouvait pas s'embarrasser d'un membre vulnérable, pas avec les nombreux prédateurs tapis dans les herbes hautes. Quand la Famille était repassée par là plus tard, il n'y avait plus aucune trace de sa mère.

Tout le monde alla se coucher ; les mères et les enfants se blottirent ensemble dans les lits de paille tandis que, de l'autre côté du feu, les hommes cherchaient des endroits confortables où ils s'allongeaient dos à dos pour se tenir chaud, tournant et virant au son des rugissements et des aboiements qui s'élevaient dans la nuit. Incapable de trouver le sommeil, la Grande quitta la couche qu'elle partageait avec Vieille Mère et s'approcha de l'eau à pas feutrés. A quelques mètres de là, elle distingua un petit troupeau d'éléphants, des femelles accompagnées de leur progéniture, qui dormaient paisiblement de leur manière si particulière : en appui contre un tronc d'arbre ou les uns contre les autres. Elle atteignit la rive et contempla la surface de l'eau recouverte d'une épaisse couche de cendre volcanique. Puis elle leva les yeux vers les étoiles à demi mangées par la fumée et s'efforça de démêler l'écheveau de ses pensées...

... Cela est lié à ce nouveau danger!

Elle se tourna vers le campement, où plus de soixante-dix êtres humains sombraient dans le sommeil. Déjà, des ronflements retentissaient, ponctués de grognements et de soupirs. Elle reconnut les gémissements d'un couple en train de copuler. Un bébé pleura et se tut presque aussitôt. Fidèle à ses habitudes, Narine rota bruyamment. On entendait aussi les bâillements des hommes qui montaient la garde autour du camp, armés de lances et de torches. Personne ne paraissait inquiet. Pour eux, la vie suivait son cours, tout simplement. Seule la Grande sentait que le monde était en train de changer.

Oui, mais dans quel sens? Lion conduisait la Famille aux endroits qu'ils visitaient depuis des générations. Ils trouvaient de la nourriture, comme d'habitude; ils retrouvaient aussi les mêmes points d'eau, bien que couverts de cendre. Ces repères leur procuraient un sentiment de sécurité en même temps qu'ils assuraient la survie du clan. Le changement terrifiait la Famille. Ce concept n'effleurait même pas leur esprit.

Jusqu'à présent, en tout cas. Seule une jeune femelle commençait à en prendre conscience.

La Grande balaya le ciel de son regard sombre, guettant le moindre mouvement suspect. Continuellement sur ses gardes, elle vivait comme les autres, guidée par son bon sens, son intuition et un instinct de survie très développé. Les choses avaient changé depuis qu'elle ressentait au plus profond de son être la présence d'un danger indéfinissable. Un danger qu'elle ne pouvait ni voir, ni nommer. Un danger qui ne laissait derrière lui ni empreintes, ni déjections, qui ne rugissait ni ne crachait, qui ne possédait ni griffes ni crocs, et qui pourtant hérissait les petits cheveux de sa nuque quand elle y pensait.

Elle examina les étoiles que la fumée engloutissait lentement. Elle vit la pluie de cendre tomber du ciel. Elle inspecta la surface de l'eau couverte de suie et inhala l'odeur piquante du soufre et du magma, dégagée par le lointain volcan. Elle vit les herbes onduler, les arbres plier et les feuilles sèches tourbillonner sous la violence du vent. Tout à coup, son cœur fit un bond dans sa poitrine. Elle venait de comprendre.

La Grande retint son souffle tandis que la mystérieuse menace prenait corps dans son esprit. En un instant fulgurant, elle comprit ce qu'aucun autre de ses compagnons n'avait compris : le point d'eau qu'ils visiteraient le lendemain, connu depuis des générations, disparaîtrait lui aussi sous la cendre.

Un cri déchira la nuit.

C'était Belette, sur le point d'accoucher. Les autres femelles l'aidèrent à s'installer à l'écart du campement, entre les arbres. Les hommes ne les suivirent pas mais firent plutôt le tour du camp, agrippés à leur lance, ramassant au passage des pierres qu'ils pourraient jeter sur d'éventuels prédateurs. Dès que les hyènes et les félins entendraient les cris d'un être humain vulnérable, dès qu'ils sentiraient l'odeur du sang, ils encercleraient le campement. Instinctivement, les femelles formèrent un cercle autour de Belette. Tournées vers l'extérieur, elles se mirent à crier et à taper des pieds pour couvrir les plaintes de la parturiente.

Accrochée à un tronc d'acacia, Belette s'accroupit et poussa de toutes ses forces, tenaillée par la peur. Etait-ce le rugissement triomphant d'un lion qu'elle venait d'entendre, à peine étouffé par les cris de ses compagnes ? Et si une bande de félins aux yeux jaunes fondait sur elle, toutes griffes dehors, pour la déchiqueter de leurs crocs acérés ?

Le bébé apparut enfin, et Belette le posa tout de suite contre sa poitrine. Elle le secoua et le caressa jusqu'à ce qu'il pleure. Vieille Mère s'agenouilla à côté de la jeune mère et entreprit de lui masser le ventre, reproduisant les gestes qu'elle avait accomplis pour elle-même et ses propres filles. Le placenta fut vite expulsé. Les femelles se hâtèrent de l'enterrer et, lorsque la place fut nette, la Famille se réunit autour de Belette pour contempler d'un œil curieux la petite créature qui se tortillait au sein de sa mère.

Vive comme l'éclair, Aride fondit sur Belette et lui arracha le nourrisson. Les autres femelles s'élancèrent aussitôt à sa poursuite en lui jetant des pierres. Aride lâcha le bébé, mais les femmes continuèrent à la pourchasser. Elles la rattrapèrent enfin, arrachèrent des branches aux arbres alentour et la frappèrent violemment, sans relâche, jusqu'à ce que la silhouette ensanglantée qui gisait à leurs pieds fût méconnaissable. Après s'être assurées qu'Aride ne respirait plus, elles regagnèrent le campement avec le bébé qui, par miracle, était toujours en vie.

Lion décida qu'ils devaient partir sans attendre. Le cadavre d'Aride et le sang de l'accouchement attireraient bientôt les rapaces, surtout les vautours, qui faisaient preuve d'une détermination et d'une audace extraordinaires. Il faisait encore nuit quand ils se mirent en route. Armés de torches, ils marchèrent en direction de la grande plaine. Tandis qu'ils avançaient à la lueur de la pleine lune, ils entendirent derrière eux des bruissements suivis de rugissements sonores. Les bêtes avaient trouvé le cadavre d'Aride. Déjà, elles le déchiquetaient sauvagement.

Une nouvelle aube pointait, et un voile de cendre continuait à tomber du ciel.

Les membres de la Famille commençaient à s'agiter, réveillés par les chants des oiseaux et les piaillements des singes qui jouaient dans les arbres. Les torches plantées autour du camp ne brillaient plus, et les hommes s'assurèrent qu'aucun prédateur n'errait dans les parages avant de se diriger vers le point d'eau où des zèbres et des gazelles tentaient vainement de s'abreuver. Une épaisse couche de cendre recouvrait l'étang. Les hommes écartèrent la cendre et découvrirent une eau graveleuse et croupie. Pendant que les autres se mettaient en quête d'œufs et de coquillages, débusquaient les grenouilles, les tortues et les racines de nénuphars, la Grande se tourna vers l'ouest. Son regard se posa sur la montagne fumante qui se découpait sur le ciel encore sombre.

Les étoiles disparaissaient derrière d'épais nuages de fumée. Pivotant sur ses talons, elle scruta la ligne d'horizon, à l'est. Une pâle lueur irisait l'obscurité ; le soleil ne tarderait pas à se lever. De ce côté-là, le ciel était clair et dégagé, les dernières étoiles encore visibles. Elle se tourna de nouveau vers la montagne, pénétrée par la révélation qui s'était imposée à elle la veille au soir lorsque, pour la première fois dans l'histoire de l'humanité, un être humain — elle — avait mis en rapport plusieurs éléments d'une équation et les avait réunis pour obtenir une réponse : *La montagne crache de la fumée... que le vent pousse vers l'est... et cela souille du même coup les points d'eau sur son chemin.*

Elle voulut prévenir les autres, s'efforça de trouver des mots et des gestes pour expliquer ce nouveau péril. Mais Lion, guidé uniquement par son instinct et la mémoire collective ancestrale, fut incapable de réaliser le même cheminement intellectuel. Le concept de cause à effet lui échappait totalement ; pour lui, le monde avait toujours été ainsi et ne changerait jamais. Quel rapport y avait-il entre la montagne, le vent et l'eau ? Ramassant sa lance, il donna le signal du départ.

La Grande ne bougea pas.

— Pas bon ! insista-t-elle d'un ton désespéré en pointant son index vers l'ouest. Pas bon !

Elle indiqua l'est d'un geste frénétique, là où le ciel était clair, où l'eau serait propre.

— Bon ! Allons ! Bon !

Lion dévisagea les autres. Ils demeuraient impassibles, incapables de comprendre ce que la Grande tentait de leur expliquer. Pourquoi vouloir changer le cours naturel des choses ?

Ils quittèrent leur campement pour partir une fois encore à la recherche de nourriture. Une fois encore, les hommes scrutèrent le ciel, dans l'espoir de repérer un groupe de rapaces qui pourraient indiquer la présence d'une carcasse gorgée de sang et de moelle. Lion et les autres mâles vigoureux secouèrent les arbres pour faire tomber des noix, des fruits et des gousses qu'ils grilleraient plus tard sur les braises. Les femelles s'accroupirent sur les termitières et piquèrent des bâtonnets dans la terre pour faire sortir les gros insectes qu'elles gobaient avidement. Les enfants s'affairaient autour d'un nid de fourmis à miel, croquant leur abdomen gonflé de nectar en prenant soin d'éviter les mandibules acérées des insectes. Ces maigres rations ne suffisaient pas à les rassasier, et les recherches se poursuivaient, inlassablement. S'il leur arrivait parfois — rarement — de trouver une bête morte que ni les vautours ni les hyènes n'avaient encore attaquée, ils se gavaient alors sans retenue de la chair encore tiède.

La Grande avançait d'un pas mécanique, en proie à une sourde angoisse : *Dans cette direction, l'eau sera de plus en plus sale.*

Vers midi, elle grimpa sur un petit monticule et, mettant sa main en visière, elle scruta la savane jaunie par le soleil. Lorsqu'elle poussa des cris en mimant le vol d'un oiseau, les autres comprirent aussitôt qu'elle avait repéré un nid d'autruche. Ils approchèrent prudemment, les yeux rivés sur le gros oiseau qui gardait le nid. Ses plumes noires et blanches leur indiquèrent qu'il s'agissait du mâle. D'ordinaire, c'était la femelle au plumage marron qui couvait la journée tandis que le mâle prenait le relais pendant la nuit. Ce dernier était énorme, intimidant. Ils guettèrent l'arrivée de la femelle, qui ne devait pas être loin. Cette dernière combattrait férocement pour protéger son nid.

Sur un ordre de Lion, tous les mâles se précipitèrent sur l'autruche, brandissant leurs lances et leurs gourdins, hurlant et vociférant. L'oiseau géant se souleva du nid dans un grand battement d'ailes. Poitrail bombé, plumes ébouriffées, il affronta ses assaillants, martelant le sol de ses puissantes pattes, allongeant le cou pour donner de violents coups de bec. Une énorme autruche brune fit son apparition. Ailes déployées, cou tendu, elle traversa la plaine à une vitesse prodigieuse pour regagner son nid. Ses cris perçants résonnaient dans toute la savane.

Pendant que Lion et ses compagnons tenaient les volatiles à distance, la Grande et les autres femelles ramassèrent tous les œufs qu'elles purent prendre avant de s'enfuir en courant. Elles trouvèrent refuge dans un bosquet et cassèrent sans attendre les gros œufs dont elles gobèrent goulûment le contenu. Lion et les autres mâles les rejoignirent bientôt, à bout de souffle. Paniquées, les deux autruches tournoyaient autour de leur nid détruit. Les hommes prirent leur part. Après avoir percé les épaisses coquilles, ils plongèrent les doigts au fond de l'œuf. Quelques-uns poussèrent un cri de joie en découvrant de jeunes poussins dont ils ne firent qu'une bouchée. La Grande ouvrit un œuf qu'elle plaça entre les mains de Vieille Mère. Après s'être assurée que cette dernière avait assez mangé, la Grande s'assit enfin pour déguster le dernier œuf qu'il lui restait. A peine l'eut-elle ouvert que Lion fut auprès d'elle, la dominant de toute sa hauteur. Il lui arracha l'œuf des mains et goba le jaune d'un trait. Après avoir jeté la coquille vide, il attrapa la jeune femelle, la força à se mettre à genoux et, emprisonnant ses poignets d'une main, empoignant sa nuque de l'autre, il la pénétra sans ménagement, indifférent à ses cris de protestation.

Lorsqu'il eut terminé, il s'éloigna d'un pas traînant, cherchant du regard le coin d'ombre le plus agréable pour se reposer. Scorpion occupait l'endroit qu'il avait repéré. Assis contre le tronc d'arbre, il défia Lion du regard. Ce dernier n'eut qu'à brandir le poing en émettant un grognement sonore pour que Scorpion abandonne son refuge d'un air renfrogné.

Ils se reposèrent aux heures les plus chaudes de la journée, alors que le calme régnait sur la savane. Un groupe de lions sommeillait au soleil, pas très loin du campement. A en juger par les restes d'une carcasse couverte de vautours, les fauves étaient repus, et ne présentaient donc aucun danger. Pendant que la Famille se reposait, la Grande fouilla les coquilles d'œuf dans l'espoir de trouver un reste de jaune. Mais sa soif était encore plus grande que sa faim. Elle contempla de nouveau les nuages de fumée qui s'amoncelaient dans le ciel. Plus ils avanceraient dans cette direction, plus l'eau serait salie.

La montagne semblait s'être endormie ; le panache de fumée et de cendre était moins dense, le ciel s'était un peu éclairci. Après s'être nourris pendant plusieurs jours de racines, de bulbes et d'œufs, les humains avaient envie de viande. Ils suivirent un troupeau d'antilopes et de zèbres, conscients que les félins en feraient autant de leur côté. Le troupeau s'immobilisa pour paître. Narine grimpa sur un monticule pour inspecter les alentours tandis que ses compagnons se dissimulaient dans l'herbe.

Dans le calme matinal, tandis que l'air se réchauffait et que la terre commençait à cuire, les hommes attendirent, aux aguets. Finalement, leur patience fut récompensée. Une lionne se faufila en silence dans les herbes hautes. Ils connaissaient sa méthode d'approche : comme la plupart des animaux couraient plus vite que les lions, elle prendrait soin d'avancer contre le vent et s'approcherait lentement du troupeau jusqu'à ce qu'elle puisse fondre sur sa proie d'un bond.

La Grande, Vieille Mère, Bébé, Affamé et tous les autres restèrent immobiles, les yeux rivés sur Narine qui indiquait la progression du fauve. Vive comme l'éclair, la lionne s'élança. Une nuée d'oiseaux s'envola. Le troupeau prit la fuite, mais la prédatrice n'eut qu'à parcourir quelques mètres avant de capturer un zèbre boiteux. Elle sauta en l'air et jeta une grosse patte sur le flanc de l'animal, qui perdit l'équilibre. Il tenta de se relever, en vain. La lionne était déjà sur lui. Elle ouvrit la gueule et referma sa mâchoire sur le museau du zèbre ; quelques instants plus tard, il mourut étouffé. Lorsque la lionne traîna son butin à l'ombre d'un baobab, les humains la suivirent en silence. Tapis dans les herbes, ils attendirent encore. Les mâles et les lionceaux ne tardèrent pas à rejoindre la femelle. Miaulements et rugissements résonnèrent tandis que les fauves luttaient brièvement avant d'entamer leur festin. Les vautours tournoyaient déjà dans le ciel.

Le ventre douloureusement vide, la bouche pleine de salive à l'idée de savourer un peu de viande, les membres de la Famille attendirent patiemment, cachés dans les herbes hautes, sur leurs gardes. Même les enfants comprenaient que le silence était primordial s'ils ne voulaient pas être dévorés à leur tour. L'après-midi s'étira à n'en plus finir, les ombres s'allongèrent. Seuls les bruits avides de mastication perturbaient le silence. Narine avait mal au dos et aux jambes. Affamé avait envie de se gratter sous les bras. Les insectes se posaient sur les peaux nues qu'ils piquaient férocement. Aucun d'eux ne bougea. Leur heure viendrait bientôt.

Le soleil déclina. Quelques enfants s'agitèrent, pleurèrent un peu, mais les fauves repus s'éloignèrent lentement du cadavre pour aller s'allonger. Les humains suivirent des yeux les mâles à la crinière sombre suivis des lionceaux aux ventres rebondis, aux museaux ensanglantés. Dès que les lions se furent installés sous le baobab, les vautours firent leur apparition. Au signal de Lion, Narine, Affamé et le reste du clan s'élancèrent en courant vers les rapaces, criant, jetant des pierres. Aiguillonnés par la faim, les grands volatiles refusèrent de céder leur place. Déployant leurs ailes gigantesques, ils luttèrent farouchement, à coups de bec et de serres.

Epuisés, affamés, certains même blessés, les hommes durent se résigner à partir.

Ils s'allongèrent de nouveau dans l'herbe, guettant cette fois les hyènes et les chiens sauvages qui viendraient à leur tour réclamer une part du festin. Après un bref crépuscule, la nuit tomba et les vautours continuèrent à manger. La Grande effleura ses lèvres gercées du bout de ses doigts. Son estomac se tordait douloureusement. Les bébés de Trouveuse de Miel se mirent à pleurer. Malgré tout, la Famille prit son mal en patience.

Finalement, alors qu'une lune opalescente se hissait dans le ciel, baignant la plaine d'une lueur nacrée, les vautours s'envolèrent, enfin repus. Brandissant leurs armes de fortune et hurlant à pleins poumons, les humains parvinrent à tenir les hyènes à distance des maigres reliefs du repas — à peine plus que la peau et les os. Avec des gestes rapides, ils détachèrent les pattes du zèbre à l'aide de leurs machettes. Puis, soulevant leurs trophées au-dessus de leurs têtes, ils s'empressèrent de partir, cédant la place aux hyènes qui suceraient tendons, ligaments et pelage.

A l'abri des arbres, Faiseuse de Feu entreprit d'allumer plusieurs brasiers afin d'éloigner les prédateurs. Lion et quelques hommes vigoureux dépecèrent les pattes du zèbre. Une fois leur tâche accomplie, ils brisèrent les os, dévoilant la moelle rose et crémeuse qui se trouvait à l'intérieur. Ce simple spectacle les fit saliver ; on entendit des gémissements et des soupirs. L'interminable attente, les membres endoloris, les crampes douloureuses, tout fut oublié dans l'instant. Personne ne se jeta sur les os. Lion partagea soigneusement le précieux mets et, cette fois, chacun reçut sa part, y compris Vieille Mère.

La Grande tenta de nouveau de protester quand ils se remirent en route vers l'ouest, mais Lion la gifla si violemment qu'elle tomba à terre. Après avoir rassemblé les enfants, les bébés et ses quelques biens, la Famille repartit. Vieille Mère aida la Grande à se relever. Des sons apaisants sortirent de sa bouche comme elle tapotait doucement la joue empourprée de sa petite-fille.

Elles se mirent en route côte à côte, inhalant l'air chargé de fumées volcaniques. Soudain, Vieille Mère porta les mains à sa poitrine en gémissant. Elle vacilla, hors d'haleine. La Grande la prit par le bras et elles marchèrent encore quelques mètres. Soudain, la vieille femme s'évanouit dans un cri de douleur. Les autres jetèrent un coup d'œil dans sa direction, sans s'arrêter, pressés de trouver de quoi manger. Ils cherchaient les termitières, les baies rouges, les arbres couverts de noix et même, récompense suprême mais rare, les ruches. Ce faisant, ils se moquaient bien de celle qui avait donné naissance à la moitié de leurs mères. La Grande fut la seule à s'en occuper. Après avoir tenté de la relever, elle se résigna à porter Vieille Mère sur son dos. Le soleil équatorial se hissa lentement dans le ciel et son fardeau devint de plus en plus lourd. Après une marche éprouvante, la Grande, malgré sa vigueur et sa solide constitution, fut obligée de s'arrêter.

Elle posa Vieille Mère et s'assit à côté d'elle, épuisée. La Famille fit une pause, indécise. Lion s'agenouilla auprès de la femelle inconsciente pour lui renifler le visage. Il tapota ses joues, ouvrit sa bouche. Puis il observa ses paupières closes et ses lèvres bleuies.

— Mmm, grogna-t-il. Morte.

Il se leva.

— Allons.

Quelques femelles se mirent à sangloter. D'autres gémirent de peur. Trouveuse de Miel martela le sol de ses pieds et agita ses bras en émettant des plaintes lugubres. La Grande serra sa grand-mère inconsciente dans ses bras, donnant libre cours à ses larmes. Bosse s'assit auprès de la vieille femme et prit ses mains dans les siennes. Terrorisés par la réaction des adultes, les enfants se mirent à pleurer. Lion, quant à lui, ramassa ses lances et son gourdin et, tournant le dos au groupe, s'éloigna d'un pas décidé en direction de l'ouest. Un par un, les membres du clan lui emboîtèrent le pas. Les derniers jetèrent un ultime coup d'œil en direction de la Grande, toujours assise aux côtés de Vieille Mère.

La Grande portait un amour farouche à la vieille femme. Quand sa mère avait été abandonnée par la Famille après s'être blessée à la jambe, la Grande avait pleuré plusieurs jours d'affilée. C'était Vieille Mère qui l'avait consolée, c'était elle encore qui l'avait nourrie et accueillie dans son lit. *Mère de ma mère*, songea la Grande en captant confusément le lien particulier qui l'unissait à cette femme alors que le concept de parenté échappait encore au reste de la Famille.

Elles se retrouvèrent bientôt seules, perdues au milieu de la savane, avec pour uniques compagnons quelques vautours qui tournaient au-dessus de leurs têtes. La Grande traîna Vieille Mère à l'abri d'un bosquet et la fit asseoir contre un tronc d'arbre. Le jour déclinait vite. Bientôt, la nuit attirerait les carnivores aux yeux d'or, friands de chair humaine.

La Grande trouva deux pierres et, après avoir rassemblé un petit tas de feuilles sèches, les frotta l'une contre l'autre. Il lui fallut beaucoup de patience et une détermination farouche; courbés sous l'effort, son dos et ses épaules devinrent vite douloureux. Mais elle avait observé les gestes de Faiseuse de Feu des centaines de fois, et elle se savait capable de réussir. Inlassablement, alors que le ciel s'assombrissait et que les étoiles tentaient de percer l'épais voile de fumée, la Grande frotta les deux pierres jusqu'à ce qu'une petite flamme jaillisse enfin. Elle ajouta quelques feuilles et attendit que le feu prenne de la force. Puis elle disposa des pierres autour du brasier, jeta encore quelques brindilles et se recula, réconfortée par la lueur orangée qui brillait dans la nuit.

Toujours inconsciente, Vieille Mère respirait péniblement, paupières closes, le visage crispé par la douleur. La Grande s'assit à côté d'elle. Elle avait déjà vu la mort frapper. Des animaux, des membres de la Famille parfois. On abandonnait alors les corps et on continuait à évoquer les défunts pendant une ou deux saisons avant de les oublier définitivement. La Grande ignorait qu'elle mourrait aussi, un jour. Les concepts de mort et de conscience lui étaient totalement inconnus.

Au bout d'un moment, la Grande songea que Vieille Mère aurait besoin de boire. Elle aperçut un buisson de fleurs presque aussi grandes qu'elle. En forme de cloche, les corolles étaient délicatement mouchetées et de grandes feuilles luxuriantes garnissaient les tiges. Il devait y avoir de l'eau non loin de là. A quatre pattes, elle commença à gratter la terre. Des hyènes aboyèrent dans les broussailles. La Grande sentit sa nuque se hérisser. Elle avait vu un jour des hyènes se jeter sur un homme et le dévorer vivant alors qu'il hurlait de terreur. Seul le feu les tenait éloignées, et elle devrait bientôt retourner auprès du brasier pour l'alimenter.

Elle continua à creuser frénétiquement le sol. Des fleurs aussi épanouies, aussi imposantes, poussaient forcément près d'un point d'eau. Ses doigts grattèrent la terre compacte jusqu'au sang.

Elle s'arrêta soudain, gagnée par le découragement et la fatigue. Elle avait envie de s'allonger et de dormir un peu. Mais il lui fallait d'abord trouver de l'eau et entretenir le feu. Elle devait protéger Vieille Mère des prédateurs qui guettaient, tapis dans l'ombre.

Tout à coup, elle vit le reflet de la lune scintiller à ras du sol. De l'eau, enfin ! Bleue et limpide, au pied d'une des fleurs. Mais, quand elle voulut y plonger les doigts, elle heurta quelque chose de dur. Intriguée, elle ramassa le morceau d'eau bleue à demi dissimulé sous les feuilles sèches de la digitale.

Etait-il possible que l'eau ait une forme solide ? Car c'était bien de l'eau... lisse et translucide, comme le précieux liquide.

Elle retourna auprès de Vieille Mère, serrant dans sa main la pierre issue d'une météorite qui s'était écrasée sur la Terre, trois millions d'années plus tôt. Prenant la vieille femme dans ses bras, elle la glissa entre ses lèvres asséchées. Aussitôt, la Vieille Mère se mit à sucer, un peu de salive apparut au coin de sa bouche et la Grande en conclut que l'eau avait retrouvé sa forme liquide.

A sa grande surprise, le fragment de cristal tomba des lèvres de la vieille femme et elle le ramassa. L'eau était restée solide. Elle l'examina plus attentivement, à présent que la pierre était propre.

Le cristal reposait dans le creux de sa paume, tel un œuf logé dans son nid. Il était d'ailleurs aussi lisse qu'une coquille d'œuf, mais sa surface translucide reflétait la lueur de la lune comme un lac ou une rivière. Elle le retourna puis, le saisissant entre deux doigts, le leva en l'air. Des bleus plus profonds chatoyaient au centre de la pierre et au cœur brillait une pâle lueur blanchâtre.

Un long soupir l'arracha à sa contemplation. C'était Vieille Mère. Ses lèvres avaient retrouvé leur couleur rosée et elle respirait plus facilement. Un moment plus tard, la vieille femme ouvrit les yeux et esquissa un sourire. Puis elle se redressa et porta la main à sa poitrine d'un air stupéfait. La douleur avait disparu.

Assises côte à côte, elles examinèrent la pierre transparente. Ignorant les vertus curatives de la digitale, elles crurent tout naturellement que c'était l'eau contenue dans la pierre qui avait sauvé la vieille femme.

Lorsqu'elles rejoignirent la Famille, aux premières lueurs de l'aube, les autres leur jetèrent quelques regards intrigués. La Grande et Vieille Mère avaient déjà presque disparu de leur mémoire. A grand renfort de gestes ponctués de quelques paroles, Vieille Mère leur expliqua comment la pierre liquide l'avait arrachée à la mort. Puis la Grande tendit l'objet à ses compagnons assoiffés et ils la sucèrent à tour de rôle, jusqu'à ce que leur bouche s'emplisse de salive. Leur soif provisoirement étanchée, tous considérèrent la Grande d'un air à la fois émerveillé et légèrement apeuré.

Sa rencontre avec l'inconnu fut le fruit du hasard. Elle était en train d'explorer les rives luxuriantes du lac occidental, en quête d'œufs de salamandre, lorsqu'elle l'entendit au bord de l'eau. C'était la première fois qu'elle le voyait — un grand jeune homme aux larges épaules et aux cuisses musclées. Elle l'espionna en silence, intriguée. D'où pouvait-il bien venir ?

En arrivant au lac, la veille, la Famille avait découvert une eau cendreuse pleine de poissons morts, à demi décomposés. Leur quête d'œufs de tortue et de serpents s'était révélée infructueuse, et la végétation qui ornait les rives du lac, asphyxiée par la cendre, était immangeable. Les oiseaux avaient déserté l'endroit, leurs nids étaient vides. Il ne restait plus qu'une famille de canards, qui s'accrochait à la vie au milieu des herbes et des roseaux flétris. Les membres de la Famille s'étaient dispersés autour du lac pendant que les plus âgés et les enfants restaient au campement installé sur une saillie rocheuse, à l'abri des prédateurs. La Grande avait repéré un groupe de zèbres au bord de l'eau. C'est à ce moment-là qu'elle aperçut l'inconnu. Son comportement l'intrigua aussitôt.

Tenant d'une main un long tendon d'animal, recourbé et orné d'une pierre, il lança un caillou dans l'eau, effrayant les colverts, qui s'envolèrent à tir d'aile. Puis l'étranger fit tournoyer le tendon au-dessus de sa tête et libéra la pierre. Sous les yeux ébahis de la Grande, celle-ci fendit l'air et toucha un canard qui plongea à pic dans le lac. En quelques enjambées, le jeune homme alla récupérer l'oiseau mort.

La Grande émit un petit cri de surprise.

L'inconnu s'immobilisa. Pivotant sur ses talons, il scruta la rive avec attention. Dans un élan d'audace, la Grande sortit des broussailles.

Elle se sentait sûre d'elle parce qu'elle portait autour du cou, attachée à un brin d'herbe, l'étonnante pierre bleue. Elle reposait entre ses seins, semblable à une grosse goutte d'eau. Son cœur trouble s'était formé trois millions d'années plus tôt, lorsqu'une pincée de poussière cosmique avait fusionné avec le quartz en percutant la Terre.

Les deux jeunes gens se mesurèrent du regard.

Le physique de l'inconnu différait légèrement du leur : son nez n'avait pas la même forme, sa mâchoire était plus carrée et il avait des yeux étonnants, d'un vert qui rappelait celui de la mousse. Comme ceux de la famille de la Grande, ses cheveux enduits de terre rouge étaient longs et emmêlés, mais il les avait ornés de coquillages et d'éclats de pierre. La Grande trouva le résultat tout à fait charmant. Son attention fut attirée par la ceinture d'œufs d'autruche qui pendaient à sa taille, noués à une tresse de tiges de roseaux. Tous les œufs étaient percés, leurs orifices bouchés par de la terre.

Ils ne parlaient pas le même langage, mais le jeune mâle parvint tout de même à lui expliquer qu'il s'appelait Epine et qu'il était issu d'une autre famille qui vivait de l'autre côté de la plaine, dans une vallée que la Grande ne connaissait pas. Par gestes et onomatopées, il lui raconta d'où il tenait son nom.

En le voyant bondir, le visage tordu par la douleur, et frotter vigoureusement ses fesses, la Grande comprit vite qu'on l'avait baptisé ainsi après qu'il était tombé dans un buisson d'épineux. Elle partit d'un rire hystérique. Visiblement séduit par sa bonne humeur, il lui tendit l'oiseau mort.

Le visage de la Grande s'assombrit tandis qu'un triste souvenir affluait à son esprit. Il y avait déjà bien longtemps, avant que Lion ne prenne la tête du clan, avant même que Rivière n'en soit le chef — la Grande était alors enfant —, deux étrangers étaient arrivés au campement. Ils venaient de l'autre côté du ravin, là où la Famille ne s'était encore jamais aventurée. Ils restèrent tous sur leurs gardes, au début. Peu à peu, les nouveaux arrivants furent acceptés au sein du groupe. Un jour, une bagarre éclata. La Grande se souvenait des effusions de sang, et du corps démembré du chef, gisant à terre. L'un des deux étrangers prit sa place et la Famille suivit sans mot dire.

Cet étranger-là allait-il tuer Lion pour devenir le nouveau chef ?

Pendant qu'elle le regardait en silence, piquée dans sa curiosité, Epine abattit encore quelques canards avec sa fronde et ses cailloux. Puis ils regagnèrent ensemble le camp de la Grande.

Des exclamations de joie fusèrent quand les membres de la famille découvrirent les palmipèdes morts — cela faisait si longtemps qu'ils n'avaient pas mangé de viande ! Les regards se tournèrent ensuite vers le nouveau venu. Cachés entre les jambes de leurs mères, les enfants l'observèrent timidement tandis que les jeunes femelles le détaillaient avec insolence. Trouveuse de Miel lui chatouilla les parties génitales, mais il s'écarta en riant, les yeux rivés sur la Grande. Quand Lion pointa le doigt en direction des œufs d'autruche pendus à la taille de l'étranger, Epine en détacha un qu'il lui tendit. Lion examina d'un air intrigué le trou creusé dans la coquille. Au bout de quelques instants, il plongea son doigt à l'intérieur, surpris de trouver de l'eau à la place du jaune. Epine retourna alors la coquille pour faire couler le mince filet d'eau dans sa bouche, puis il la rendit à Lion. La Famille observait la scène d'un air abasourdi. Quelle espèce d'oiseau pondait des œufs emplis d'eau ? La Grande, elle, comprit aussitôt : Epine avait empli d'eau les coquilles d'œuf vides. Une idée germa alors dans son esprit étonné : *Epine emporte de l'eau avec lui pour lutter contre la soif future.*

Après avoir sommairement plumé les canards, ils les jetèrent sur les braises. Ce fut un vrai festin pour la Famille, ce soir-là. Repus et heureux, ils finirent par se jeter des os à la figure pour s'amuser. Vieille Mère suça avidement la moelle de canard et but de grandes gorgées de l'eau contenue dans les œufs d'autruche. Toutes les femelles observaient le jeune étranger, excitées par son accoutrement et sa vigueur. Même les mâles semblaient heureux de l'accueillir dans leur groupe.

La Famille resta longtemps près du lac, se régalant des canards qu'Epine avait apportés. Ce dernier ne s'asseyait jamais avec les autres mâles, souvent occupés à façonner des lances ou des outils en pierre. Il était constamment en mouvement, en quête d'attention. Aux yeux de la Grande, il ressemblait à un grand enfant qui cherche sans cesse à divertir les autres avec ses cabrioles. Sous leurs yeux amusés, il gambadait, sautait, faisait des galipettes, mimait des scènes sans raison apparente. Au bout de plusieurs soirées de spectacle, la Grande commença à comprendre ce qu'il voulait dire : il leur racontait des histoires. Et ces histoires captivaient littéralement la Grande et sa famille. La notion de divertissement leur était jusqu'alors totalement inconnue, tout comme l'était la narration d'événements passés. Lorsqu'ils commencèrent à comprendre la signification de ses gestes, de ses sons et de ses expressions, les histoires prirent forme sous leurs yeux ahuris. Il s'agissait de simples tranches de vie : une partie de chasse au terme de laquelle les hommes rapportaient au camp, triomphants, le cadavre d'une girafe ; le sauvetage d'un enfant sur le point de périr noyé ; un combat féroce contre un crocodile. Devant les pantomimes d'Epine, la Famille riait aux éclats en se frappant les cuisses ; pleurait en s'essuyant le visage ; retenait son souffle, terrorisée ; criait, émerveillée. La nourriture se faisait de plus en plus rare autour du lac déserté par la faune, les poissons mouraient un à un dans ses eaux croupies mais, grâce à Epine, le clan oubliait la faim et la soif, s'esclaffant à chaque fois qu'il leur racontait l'origine de son nom. Ils ne se lassaient pas de le voir tomber dans un buisson d'épineux puis grimacer lorsqu'on lui retirait une à une les vilaines épines qui criblaient son postérieur.

Un soir, il provoqua la stupéfaction générale en se transformant en d'autres personnages. Après s'être levé d'un bond, il déambula autour du cercle d'une manière étrange, le bras gauche remonté contre son torse, traînant derrière lui sa jambe gauche. Au début, tous l'observèrent d'un air intrigué, puis des exclamations de surprise montèrent du groupe. Il ressemblait à Scorpion ! Gagnés par un vent de panique, ils se tournèrent tous pour vérifier que Scorpion n'avait pas disparu... Aurait-il trouvé le moyen de prendre possession du corps d'Epine ? Mais non, il était toujours à sa place et contemplait l'étranger d'un air hébété. Pour une raison qui leur échappait, le côté gauche de Scorpion était devenu totalement insensible, provoquant la paralysie quasi totale de son bras et de sa jambe.

Sous leurs yeux ébahis, Epine prit une autre posture : balançant les hanches, il fit mine d'engloutir avidement de la nourriture... à la manière de Trouveuse de Miel !

Narine se mit à crier sous le coup de la peur et de la colère, mais un groupe d'enfants riait aux éclats. Lorsque Epine ébouriffa sa longue chevelure et se mit à marcher à petits pas affectés, tous reconnurent Bébé, et des rires sonores fusèrent de tous côtés.

Ponctué d'exclamations et de ricanements, le jeu se poursuivit. Il se promena devant eux, examina un bâton et tout le monde cria : « Escargot ! » Puis il se frotta le dos contre un tronc d'arbre... « Bosse ! » Lorsqu'il prit un petit garçon sur son dos, noua ses mains sous son menton et croisa ses jambes autour de sa taille pour imiter la peau putride qu'arborait Lion, les rires redoublèrent.

Epine était heureux de les divertir. Au fond, cette famille-là n'était pas si différente de la sienne. Ils recherchaient le même genre de nourriture, suivaient des chemins déjà tracés, vivaient selon le même schéma : les femmes et les enfants d'un côté, les hommes de l'autre, tous unis dans le même but : la survie du clan. Comme les femmes de sa famille, celles-ci passaient leur temps à s'occuper des enfants tandis que les hommes sculptaient dans la pierre des lances et des hachettes. La tension montait vite et s'apaisait tout aussi rapidement. Il connaissait déjà l'envie, les petites jalousies, les amitiés et les hostilités qui régnaient au sein du groupe. Vieille Mère lui rappelait Liane dans sa famille, avec ses jambes arquées, sa poitrine flasque et sa bouche édentée. Quant à Narine et Bosse, ils lui rappelaient ses frères et sœurs et leurs parties de jeux débridées quand ils étaient enfants.

Et puis il y avait la Grande.

Elle était différente des autres. Pas seulement plus grande, mais aussi plus réfléchie. Il voyait bien la gravité qui emplissait son regard quand elle observait la montagne fumante, au loin ; il avait remarqué la façon dont elle fronçait les sourcils à la vue des gros nuages noirs qui s'amoncelaient dans le ciel. Pour avoir lui-même observé le phénomène, il partageait sa perplexité. Mais plus encore que son intelligence, c'était son corps souple et délié, sa démarche assurée qui l'attiraient. Il aimait son rire, sa bienveillance et son sens du partage à l'égard des plus faibles. Elle lui rappelait les femelles de sa famille, ravivait un souvenir qui devenait de plus en plus flou, avec le temps.

Pourquoi avait-il quitté sa famille ? Epine l'ignorait. Un beau matin, une agitation aussi inexplicable qu'incontrôlable l'avait submergé. Il avait saisi sa hachette et son gourdin puis s'en était allé. D'autres mâles étaient partis, avant lui : le frère de sa mère, Petit Bras, et son propre frère aîné, Oreille. Si la plupart des hommes restaient au sein du clan, l'envie de partir s'emparait de quelques-uns d'entre eux, à chaque génération, et s'ils partaient, c'était pour ne plus revenir.

Sa famille dormait encore quand il était parti, la tête pleine d'images ; il se souvenait encore vaguement de la femme qui l'avait mis au monde, ainsi que de ses sœurs. Son regard se posa sur la grande et belle jeune femme de cette nouvelle famille ; la pensée qu'il était précisément parti car le nombre de femelles consentantes au sein de son clan s'était considérablement réduit ne lui effleura pas l'esprit. C'était pourtant la réalité : son instinct lui avait commandé de partir, à l'instar de ces jeunes mâles qui étaient venus rejoindre son clan, de temps à autre, sur plusieurs générations. Il était parti sans dire au revoir. A terme, sa famille finirait par l'oublier, tout comme il l'oublierait à son tour.

Le lac devint si pollué que les derniers canards disparurent, obligeant la Famille à lever le camp.

Les conditions de survie devinrent de plus en plus précaires. Les premiers cadavres d'animaux qu'ils découvrirent donnèrent lieu à de joyeux festins mais plus ils progressaient vers l'ouest, plus les cadavres se multipliaient — il y avait des gazelles, des éléphants et des rhinocéros, des centaines de milliers de cadavres en décomposition auréolés de nuées de mouches, attirées par la puanteur. A ce stade de putréfaction, la Famille ne touchait pas aux animaux morts.

La Grande comprit que les animaux périssaient car la végétation était couverte de cendre et de suie. Les prédateurs étaient les seuls rescapés de cette catastrophe ; chacals, hyènes et rapaces, tous se délectaient du festin inespéré. Epine et elle savaient qu'il y avait un lien entre l'éruption du volcan et la disparition des animaux. Mais Lion, lui, insistait pour que la Famille continue à avancer vers l'ouest dans l'espoir de trouver de l'eau et de la nourriture.

Au fil des jours, les plans d'eau se souillaient davantage. La nourriture se raréfiait : le petit gibier avait disparu et la suie recouvrait les végétaux. Le ciel s'assombrissait et la terre tremblait, de plus en plus fréquemment. A chaque coucher de soleil, la Grande observait le ciel enfumé d'un air sombre tandis qu'une certitude s'imposait lentement à elle : Lion les conduisait droit vers le danger.

Bientôt, les mères n'eurent plus de lait et les nourrissons périrent. Après avoir porté son bébé mort plusieurs jours durant, Belette se laissa tomber près d'une termitière. Quelques jours plus tôt, la Famille se serait délectée de ses occupants mais, inexplicablement, la butte de terre était vide. Penchée au-dessus du petit corps inerte, elle resta là pendant que la Famille poursuivait son chemin.

Une nuit, dans son sommeil agité, la Grande rêva d'Epine, de son sourire et de son drôle d'accoutrement. Elle s'agita fébrilement, consumée par une onde de chaleur et un désir qui n'était pas la faim. Le hurlement lointain d'un chien solitaire l'arracha à ses rêves troublants et elle ouvrit les yeux. Une silhouette traversait silencieusement le campement. C'était Epine. Que faisait-il ? Peut-être allait-il se soulager, tout simplement. Peut-être viendrait-il s'allonger auprès d'elle... Au lieu de ça, elle le vit contourner le campement, franchir sa démarcation et s'éloigner vers la grande plaine. La Grande le suivit, mais elle n'alla pas au-delà des torches protectrices et de la barrière devant laquelle Escargot et Scorpion montaient la garde. Là, elle attendit le retour d'Epine. A l'aube, il n'était toujours pas rentré et la Famille dut poursuivre son chemin.

Au bout de quatre jours, comme Epine n'avait pas donné signe de vie, la Grande pleura en silence dans son lit de paille, craignant que son bel étranger n'ait trouvé la mort. Pourquoi avait-il quitté la famille qui l'avait si bien accueilli ? La passion qu'elle commençait tout juste à éprouver pour lui céda vite la place au chagrin et à l'amertume, autant d'émotions que la jeune femelle n'avait encore jamais ressenties.

Et soudain, il réapparut, debout sur une colline, éclairé de dos par le soleil couchant, agitant frénétiquement les bras en bondissant sur place. La Famille se précipita vers lui. Il leur fit signe de le suivre et ils se groupèrent tous derrière le jeune homme qui les entraîna de l'autre côté de la colline, vers le lit d'une rivière asséchée qu'ils traversèrent pour gravir une autre colline qui descendait sur un étroit canyon rocheux. Après avoir franchi un dernier monticule, il désigna fièrement sa trouvaille.

Des tamariniers. Dans le tamarinier, tout se mangeait. Absolument tout. La Famille se jeta sur les grands arbres feuillus comme une nuée de sauterelles, décrochant à pleines mains les gousses pulpeuses, arrachant les feuilles, tirant sur l'écorce, se gavant avec frénésie. Faiseuse de Feu construisit un foyer et tous jetèrent sur les pierres rougeoyantes les graines qu'ils mangeraient plus tard.

La Grande ne se retenait pas de verser des larmes de joie et d'admiration mêlées. Tous avaient cru qu'Epine les avait quittés, dévoré par la faim et la soif. En réalité, il était parti chercher de la nourriture pour la Famille. Et il avait trouvé.

Le pouvoir changea de camp instantanément. Epine fut gratifié des fruits les plus charnus tandis que Lion dut se contenter des restes.

Lorsque les tamariniers furent dépouillés de toutes leurs feuilles et gousses, lorsqu'il ne resta plus un seul morceau d'écorce sur leurs troncs, la Famille se remit en route. Cette fois, ils emportèrent des provisions de liquide avec eux. Avant qu'ils aient consommé toute la substance aqueuse des fruits, Epine leur avait montré comment presser le jus qu'ils avaient ensuite versé dans les œufs d'autruche vides.

Ils croisèrent encore des carcasses putrides, mais la moelle était bonne et énergétique. Pendant quelques jours, le volcan s'apaisa et les étoiles brillèrent de nouveau dans le ciel. Après les avoir conduits jusqu'à un puits artésien où ils trouvèrent de l'eau potable, Epine décréta qu'ils passeraient la nuit ici.

Lion n'eut pas son mot à dire.

L'onde de chaleur qui avait envahi la Grande la nuit où Epine était parti continua à couler dans ses veines, de plus en plus intense. Bientôt, il ne quitta plus ses pensées, ni le jour ni la nuit. Elle désirait son corps, ses caresses. Quand les membres de la Famille faisaient leur toilette autour du feu, elle avait envie que ce soit Epine qui la badigeonne de boue, pas Bébé. La Grande lançait alors des regards timides en direction du jeune homme. Entouré des autres mâles, il leur montrait comment fabriquer des frondes, riait avec eux. Et quand leurs regards se croisaient, la Grande sentait son corps s'embraser.

En proie à une agitation incontrôlable, elle quitta le groupe et se dirigea vers le bassin rocheux. Quelques hérons couverts de suie barbotaient dans les flots artésiens. Elle contempla avec un soulagement confus la lune et les étoiles, encore nimbées d'une légère brume. Cela faisait plusieurs jours que la terre n'avait pas tremblé. Sans doute aurait-elle tenté d'élucider ces mystères si elle n'avait pas été tenaillée par un autre désir, profondément troublant.

Des pas crissèrent dans l'herbe sèche mais elle ne bougea pas. Son instinct lui souffla qu'elle ne devait pas prendre peur. C'était lui, et elle savait pourquoi il l'avait suivie. Pivotant sur ses talons, elle distingua le sourire d'Epine dans la clarté de la lune.

Combien de fois avait-elle vu les autres agir ainsi, sans comprendre pourquoi ils se prêtaient à ces petits jeux — les effleurements et les caresses, les baisers et les reniflements. Une nouvelle vague de chaleur la submergea. Epine pressa ses lèvres contre ses joues et dans son cou, puis il frotta son nez contre le sien. Les mains de la Grande découvrirent les endroits sensibles de son corps. Il gémit puis sourit. Elle gloussa. Ils commencèrent à se chatouiller. Secouée d'un fou rire nerveux, la Grande se libéra et prit la fuite. Epine se lança à sa poursuite en criant, les bras levés au-dessus de sa tête. La Grande prit soin de ne pas courir trop vite ; elle l'aurait distancé facilement, avec ses longues jambes. Ils riaient toujours quand il la rattrapa. Elle tomba à genoux et se laissa pénétrer. Sans lui laisser le temps d'aller jusqu'au bout, elle s'écarta et s'allongea sur le dos en riant. Puis elle l'attira de nouveau en elle et, l'étreignant avec force, roula tout contre lui tandis que ses cris de plaisir montaient vers le ciel.

Par la suite, ils ne se quittèrent plus. Epine humait chaque partie de son anatomie. Elle goûta le sel de ses aisselles. Il se pavanait devant elle, se dressant de toute sa hauteur, torse bombé, pour lui prouver sa force. La Grande détournait les yeux d'un air faussement timide, feignant d'ignorer ses parades. Bien qu'il disposât d'une cour d'admiratrices, c'était à elle qu'il réservait son affection. Ils se toilettaient mutuellement et dormaient dans la même couche, bras et jambes emmêlés. La Grande n'avait encore jamais éprouvé un sentiment d'affection aussi profond, même pour Vieille Mère. Dans les bras d'Epine, elle se sentait en sécurité ; quand il la caressait et la faisait sienne, elle s'accrochait à lui avec une passion presque douloureuse. Il y avait autre chose : elle ne se sentait plus seule face à la nouvelle menace qui planait sur eux ; Epine scrutait lui aussi le ciel et la fumée charriée par le vent. Comme elle, il savait que le péril était là, juste après la nouvelle aube.

Vieille Mère mourut, la tête posée sur le ventre gonflé de la Grande. Les membres de la Famille hurlèrent et frappèrent le sol avec leurs bâtons avant de se remettre en route, abandonnant dans les herbes le corps de la vieille femme.

Un matin, alors qu'une épaisse fumée assombrissait le ciel et que la terre grondait, la fille aînée de Trouveuse de Miel, titillée par les envies fraîches et excitantes de la puberté, aperçut Epine, occupé à fabriquer une nouvelle fronde avec des tendons de gazelle. Elle admira ses larges épaules et ses bras puissants puis s'approcha de lui en gloussant et se pencha en avant en secouant devant lui ses fesses nues. L'excitation d'Epine fut instantané. Mais ce n'était pas elle qu'il désirait. Se levant d'un bond, il scruta les environs et repéra rapidement la Grande, occupée à récolter les graines du fruit du baobab. Il courut vers elle, commença à la chatouiller, joua avec ses cheveux, sautilla en émettant des sons amusants. Elle rit avant de l'attirer dans les broussailles, où ils s'accouplèrent sous le soleil brûlant.

Lion observa la scène avec un froid détachement. Depuis l'arrivée de l'étranger, les femelles avaient cessé de s'offrir à lui.

Les enfants suivaient à la trace le nouveau venu et les autres mâles lui vouaient une grande admiration. Avec ses pierres tueuses, Epine parvenait à toucher les rares oiseaux qui continuaient à s'aventurer dans le ciel enfumé. Le soir, il les divertissait avec ses drôles de pantomimes. Epine était apprécié de tous.

Ce fut l'idée de Trouveuse de Miel. Celle-ci n'avait pas supporté le bouleversement occasionné par l'arrivée d'Epine. A présent que Lion avait perdu le pouvoir, elle ne comptait plus non plus et la Grande, enceinte, était en train de lui prendre sa place de femelle dominante.

Le petit groupe s'approcha d'Epine avec des sourires et des gestes amicaux. Il y avait Bosse, Affamé, Narine et Trouveuse de Miel, les fidèles disciples de Lion. Assis à l'ombre d'un acacia, il était en train de travailler des tendons pour en faire de nouveaux lance-pierres. Il les avait récupérés sur une carcasse de girafe en décomposition. Après les avoir mastiqués, il les assouplissait à coups de pierre afin de les transformer en armes d'une grande précision.

Il leva les yeux. Souriante, Trouveuse de Miel lui offrit une poignée de petites pommes flétries. Epine se réjouit. Cette robuste femelle ne lui avait jamais manifesté le moindre égard depuis son arrivée dans la Famille. Il était heureux de constater qu'elle l'avait finalement accepté. Comme il se levait et prenait les pommes, Lion fit son apparition, flanqué de ses compagnons armés de gourdins, de bâtons et de pierres.

Epine les dévisagea d'un air intrigué, puis il sourit et leur offrit quelques pommes. Lion balaya les fruits d'un revers de main. La stupéfaction s'inscrivit sur le visage du jeune mâle. L'instant d'après, ils fondirent sur lui, cinq hommes solidement charpentés, abattant leurs armes sur son corps délié.

Levant les mains pour tenter de se protéger, Epine recula d'un pas et heurta le tronc d'arbre. Tandis que les coups continuaient à pleuvoir, il tenta désespérément de comprendre ce qui se passait. Il tomba à genoux et s'empara des frondes qui gisaient dans l'herbe. Il les souleva, mais le gourdin de Lion s'abattit sur ses bras. Epine tenta d'esquisser une grimace pour les faire rire, mais le sang dégoulinait déjà sur son visage. Agenouillé dans l'herbe, il tendit les mains vers eux. Pourquoi ? Lion le frappa violemment à la tempe. Un craquement sonore se fit entendre. Recroquevillé au sol, Epine se mit à crier sous la pluie de coups qui s'abattait sur lui. Juste avant de sombrer dans l'inconscience, un flot d'images emplit son esprit : la femme qui l'avait mis au monde, le campement dans la vallée où il avait grandi, les parties de jeu avec ses frères et sœurs, la sensation de liberté dans cette savane brûlée par le soleil. Une douleur insoutenable le transperça. La dernière pensée qu'il eut avant de mourir fut pour la Grande.

Alertée par les hurlements, celle-ci arriva sur les lieux du drame, suivie par le reste du groupe. En découvrant le corps meurtri de son compagnon, elle renversa la nuque en arrière et émit une plainte déchirante. S'allongeant sur Epine, elle donna libre cours à son chagrin. Elle le saisit aux épaules et le secoua pour tenter de le réveiller; elle lécha ses blessures, goûta son sang. Elle prit son visage tuméfié entre ses mains et laissa ses larmes couler sur sa chair meurtrie. Hélas, il demeura immobile; aucun souffle ne sortait de sa bouche. La Famille assistait à la scène en silence. La Grande pleura et gémit un long moment, martelant le sol de ses poings fermés. Et tout à coup, elle se tut. Dans un silence de mort, elle se leva et tout le monde recula.

Avec son ventre rebondi et l'étrange pierre d'eau qui brillait entre ses seins gonflés, la Grande les dominait de toute sa hauteur. Elle chercha un à un le regard des meurtriers; à l'exception de Lion et Trouveuse de Miel, tous détournèrent les yeux, frappés par la honte.

Seuls le bourdonnement des insectes et le grondement lointain de la terre brisaient le silence qui s'était abattu sur eux. La Famille continuait à observer la scène; même les enfants tenaient leurs langues tandis que la Grande défiait ses adversaires de son regard glacial.

Elle se pencha lentement pour ramasser une fronde qu'Epine avait fabriquée. Lion se redressa aussitôt, prêt au combat. Ses doigts se resserrèrent sur le manche de son gourdin. Mais la rapidité de la Grande le prit au dépourvu. Vive comme l'éclair, elle arma la fronde et, d'un ample geste du bras, lança la pierre aiguisée qui percuta Trouveuse de Miel à la tête.

La femelle vacilla, saisie de stupeur. Avant que quiconque ait le temps de réagir, avant même que Lion ait pu lever son gourdin, la Grande avait de nouveau fait tournoyer la fronde. Cette fois, la pierre vint se ficher entre les yeux de Trouveuse de Miel. Elle s'écroula dans un cri. La Grande se précipita sur elle et la frappa sans relâche, encore et encore, jusqu'à ce que le visage de sa victime soit méconnaissable.

Quand elle eut terminé, elle se tourna vers Lion et cracha à ses pieds, pleine de mépris.

Ce dernier ne bougea pas. Auréolée d'un tourbillon de cendre et de poussière, la Grande le toisait fixement, sans ciller. Son regard glacial le cloua sur place, alors même qu'il était plus grand et plus fort qu'elle, qu'il était armé et cuirassé d'une peau de lionne.

Ils se mesurèrent longuement du regard et leur haine réciproque fit jaillir mille étincelles, semblables à celles que crachait le volcan. La Famille les observait, muette et immobile, attendant la suite lorsque la terre trembla sous leurs pieds. Plus violente que les précédentes, la secousse les jeta tous à terre.

Mus par leur instinct, ils coururent se réfugier sous les arbres. Seule la Grande ne bougea pas. Au-delà de la forêt se dressait la montagne en feu. Une pluie de cendres accompagnée de braises ardentes et de débris incandescents se déversa sur eux. La canopée s'embrasa.

Tout à coup, la lumière se fit dans l'esprit de la jeune femelle. La menace sans nom qui la tourmentait depuis des mois, son angoisse grandissante, la certitude que quelque chose n'allait pas, tout s'éclaira. Elle franchit une nouvelle étape dans sa réflexion : *Cet endroit n'est pas bon.* Bien que l'espèce à laquelle elle appartenait y vécût depuis des millions d'années, il était temps de partir.

Baissant les yeux sur la pierre d'eau qui pendait entre ses seins, elle la prit entre ses doigts et la posa dans le creux de sa main. Tournant le dos à la montagne déchaînée, elle remarqua que l'extrémité arrondie de la pierre pointait droit devant elle, en direction de l'est. Dans son cœur cristallin, elle distingua une rivière, la promesse d'eau potable.

Elle leva un bras vers l'ouest, vers le ciel obscurci par l'épaisse fumée volcanique, et se mit à crier :

— Mauvais ! Mourir !

Puis elle leva l'autre bras pour désigner le ciel limpide, à l'est.

— Là-bas ! Partons là-bas !

Sa voix résonna par-dessus le grondement sourd. Les membres de la Famille échangèrent des regards nerveux. Elle vit à leurs postures que nombre d'entre eux désiraient partir avec elle. Mais Lion continuait à leur faire peur.

— Partons ! répéta-t-elle d'un ton plus ferme, en maintenant son doigt pointé vers l'est.

Lion se tourna vers le volcan fumant dans un geste de provocation et d'audace. Lorsqu'il commença à avancer, d'autres lui emboîtèrent le pas : Affamé, Bosse et Scorpion.

La Grande cracha de nouveau sur le sol avec une moue dédaigneuse. Puis elle jeta un dernier regard à Epine dont le pauvre corps disparaissait déjà sous une fine couche de cendre. Elle leva les yeux sur ceux qui étaient restés auprès d'elle : Bébé et Narine, Faiseuse de Feu et Arête. En voyant qu'ils étaient prêts à la suivre, elle tourna le dos au nuage mortel qui dévorait le ciel, à l'ouest, et fit son premier pas dans la direction opposée, là d'où ils venaient.

Sans le moindre regard pour Lion et son petit groupe de fidèles qui avançaient résolument vers l'ouest, ils suivirent la Grande qui marchait à grandes enjambées. Ils s'arrêtèrent en chemin pour ramasser des œufs d'autruche et les emplir d'eau. Quand ils trouvèrent un peu de nourriture, la Grande ordonna à ses compagnons de garder quelques graines et des gousses qu'ils mangeraient lorsque la faim les gagnerait à nouveau.

La terre continuait à trembler comme ils poursuivaient leur progression en direction de l'est. Tout à coup, la montagne explosa. Pivotant sur leurs talons, la Grande et ses compagnons virent un énorme nuage noir engloutir le ciel, masquant le soleil, avalant l'horizon dans une vision d'apocalypse.

Ce fut l'ultime éruption d'un volcan qu'on appellerait, des milliers d'années plus tard, le Kilimandjaro. En un clin d'œil, elle avala Lion et sa petite troupe d'obstinés.

INTERMÈDE

Profondément attristée par la mort de son compagnon et bien résolue à ne jamais l'oublier, la Grande tourna le dos à la terre qui avait jadis constitué son univers. Parée de la pierre d'eau, intimement convaincue qu'elle puisait la force de guider ses compagnons dans ce morceau de cristal plutôt qu'en elle-même, elle poursuivit son chemin en direction de l'est où, comme elle l'avait pressenti, ils trouvèrent enfin de l'eau potable. Elle fit une pause pour mettre au monde son premier enfant, ignorant qu'il était aussi la progéniture d'un jeune mâle nommé Epine. Puis ils poursuivirent leur chemin et atteignirent finalement un rivage gorgé de coquillages et de crustacés. En creusant le sol, ils trouvèrent rapidement des sources d'eau douce. Ils découvrirent aussi une nouvelle espèce d'arbre qui offrait à la fois de la nourriture, de l'eau et de l'ombre : le cocotier.

La Famille occupa cette région pendant un autre millénaire. Lorsqu'ils devinrent trop nombreux pour continuer à manger à leur faim, le clan se scinda de nouveau. Certains descendirent le long de la côte et colonisèrent le sud de l'Afrique, mais la grande majorité migra vers le nord, longeant les côtes de ce qui deviendrait un jour le Kenya, l'Ethiopie et l'Egypte. Ils s'arrêtaient à un endroit, laissaient passer plusieurs générations puis repartaient de nouveau, toujours en quête de nourriture et de territoires vierges. Avec eux voyageait la pierre bleue, transmise de génération en génération.

Au fil des millénaires, les descendants de la Grande répandirent leur semence le long des rivières et dans les vallées, sur les montagnes et au cœur des forêts, conquérant des territoires de plus en plus éloignés de leur terre d'origine, apprenant à construire des cabanes ou à vivre dans des cavernes, inventant un langage et des moyens de communication, mettant au point de nouveaux outils, de nouvelles armes, ainsi que des techniques de chasse plus élaborées. Le développement du langage engendra une organisation sociale plus structurée qui, à son tour, donna le jour à des parties de chasse planifiées. De charognard, l'être humain devint prédateur. Naquirent alors la pensée et la réflexion, nécessairement accompagnées d'interrogations desquelles découla la quête de réponses. C'est ainsi qu'apparurent les esprits, les tabous, la notion de bien et de mal, les fantômes et la magie. C'est ainsi que la pierre bleue, fragment étincelant d'un ancien météore, passée de main en main, chérie et vénérée, tira sa puissance non plus de son apparence, mais de l'esprit qui l'habitait.

Lorsque les descendants de la Grande atteignirent le Nil, ils se séparèrent de nouveau. Certains s'installèrent sur les rives du fleuve, d'autres poursuivirent leur chemin. La pierre bleue s'éloigna alors en direction du nord, là où les glaciers recouvraient la terre d'un vernis aveuglant. Le peuple de la Grande rencontra d'autres hommes qui occupaient déjà cette région — une autre race issue d'autres ancêtres. Ces êtres humains étaient différents d'eux : plus trapus, plus costauds et plus poilus. Inévitablement, des querelles éclatèrent, relatives au partage des terres, et la pierre d'eau magique tomba entre les mains du clan adverse, lequel vénérait les loups. Une guérisseuse du clan du Loup examina longuement le cœur de cristal et, intimement convaincue de son pouvoir magique, le fit incruster dans le ventre d'une statuette en pierre.

C'est ainsi que la pierre d'eau devint un symbole de fertilité et de pouvoir féminin.

LIVRE DEUX

Proche-Orient,

il y a trente-cinq mille ans

Ils n'avaient encore jamais vu le brouillard.

La première fois, les femmes, apeurées, complètement perdues, prirent cette brume blanchâtre pour un esprit malveillant qui errait dans les sous-bois, un esprit qui les retenait prisonniers d'un royaume informe et silencieux. L'après-midi, la brume se dissipait juste assez pour livrer un bref aperçu des alentours puis, dès que les étoiles commençaient à briller dans le ciel, elle devenait plus dense et les isolait de nouveau.

Le brouillard n'était pas la seule menace qui planait sur le paysage étrange qu'elles parcouraient depuis plusieurs semaines. Les fantômes erraient partout — tapis dans l'ombre, indéfinissables, terrifiants. Les femmes veillaient à rester groupées pour pénétrer ce monde hostile. Elles tremblaient de froid dans leurs pagnes tissés de fibres végétales. Idéales pour le climat très doux qui baignait leur vallée d'origine, leurs tenues étaient trop légères pour cette contrée inconnue.

— Sommes-nous mortes ? murmura Keeka en serrant contre sa poitrine son bébé endormi. Avons-nous péri avec les hommes dans la mer déchaînée ?... Sommes-nous des fantômes ? Est-ce que c'est *ça*, la mort ?

Elle faisait allusion à leur champ de vision limité par l'épais brouillard, à l'étrange façon dont leurs voix résonnaient et au martèlement sourd de leurs pieds nus sur le sol. C'était comme si elles avançaient dans un royaume dénué de vie. Aux yeux de Keeka, elles avaient même pris l'apparence des fantômes, ses compagnes qui fendaient prudemment l'épaisse brume blanchâtre. Torse nu, chevelure flottant à la taille, elles étaient toutes parées de colliers de coquillages, d'os et d'ivoire. Des peaux de bête couvraient leurs épaules et elles tenaient à la main des lances affûtées. Mais elles n'avaient pas des visages de fantômes. Leurs yeux, agrandis de terreur et de confusion, étaient bel et bien des yeux d'êtres humains.

— Sommes-nous mortes ? répéta-t-elle dans un souffle.

Keeka n'obtint aucune réponse de sa cousine Laliari, trop accablée de chagrin pour pouvoir parler. Car il y avait bien plus grave que le brouillard, le froid et les fantômes invisibles : il y avait la disparition de tous leurs hommes.

La tête brune de Doron, engloutie par les flots déchaînés.

Laliari tenta d'imaginer son cher Doron : jeune, imberbe, élancé. C'était un chasseur courageux qui aimait s'asseoir auprès du feu, le soir venu, pour sculpter l'ivoire. Doron aimait rire et raconter des histoires. Surtout, il faisait preuve d'une rare tolérance envers les enfants. Contrairement aux autres hommes du clan, qui manquaient cruellement de patience avec les tout-petits, Doron les prenait volontiers sur ses genoux, il s'amusait et riait avec eux, même s'il rougissait de honte quand quelqu'un le surprenait. Laliari se souvenait de ses étreintes et de la façon dont il s'endormait en la serrant contre lui tandis que son souffle lui caressait doucement le cou.

Laliari étouffa un sanglot. Elle ne devait pas penser à lui. Se souvenir des morts attirait le mauvais œil.

Les envahisseurs les avaient attaqués par surprise. Laliari et ses compagnons vaquaient à leurs occupations quotidiennes dans la vallée fluviale qu'ils occupaient depuis des générations lorsque des étrangers venus de l'ouest avaient brusquement déferlé sur les plaines herbeuses, par centaines de milliers. Ils avaient expliqué que leur domaine, situé à l'intérieur des terres, était en train de s'assécher, formant peu à peu un désert. Tout en exposant leurs malheurs, ils examinaient d'un air envieux les rives fertiles du fleuve, les troupeaux de bêtes, les eaux poissonneuses et les oiseaux qui nichaient. Une réserve de nourriture inépuisable. Une réserve que les nouveaux venus n'avaient aucune intention de partager. S'ensuivit une violente querelle, au terme de laquelle la tribu de Laliari et Keeka, vaincue par la supériorité physique et numérique de ses adversaires, fut contrainte de prendre la fuite en direction du nord. Ils portaient sur leur dos les ossements d'éléphant et les peaux d'animaux qui leur servaient à monter leurs tentes. Lorsqu'ils atteignirent le delta du fleuve, ils rencontrèrent un autre peuple qui leur ressemblait beaucoup. Malheureusement, ce dernier n'était pas prêt à partager ses réserves de nourriture. Une deuxième bataille sanglante éclata et, de nouveau, la tribu s'enfuit, prenant cette fois la direction de l'est.

Ils étaient plusieurs centaines au début de l'exode. Après les combats, ils n'étaient plus que quatre-vingt-neuf; les femmes, les enfants et les vieux marchaient devant tandis que les hommes restaient en arrière afin d'assurer leur protection. Ils arrivèrent devant une vaste étendue marécageuse parsemée de roseaux qu'ils furent obligés de traverser. Lorsqu'elles eurent atteint la rive opposée, les femmes se retournèrent à temps pour voir un gigantesque mur d'eau, surgi de nulle part, s'abattre sur le marais et engloutir brusquement les hommes qui continuaient à avancer, sans se douter de rien.

Perchées sur l'autre rive, les femmes avaient assisté à la scène, frappées de stupeur. En l'espace d'un instant, les chasseurs avaient disparu sous les flots impétueux, fauchés comme de fragiles brindilles. Les hurlements s'étaient tus comme l'eau emplissait leurs poumons. La vague était retombée et les femmes, ignorant que cette région subissait les caprices des marées de morte-eau et d'équinoxe, crurent avoir assisté à la naissance d'une nouvelle mer.

Sous le choc, elles s'étaient tournées vers le nord, longeant la nouvelle mer jusqu'à ce qu'elles atteignent un plan d'eau encore plus vaste — plus large que leur fleuve, plus large que la nouvelle mer qui venait d'engloutir leurs hommes. Ce plan d'eau s'étendait jusqu'à l'horizon et elles ne distinguaient aucune végétation, aucune terre de part et d'autre des flots sombres. Elles hurlèrent de peur lorsque l'eau roula vers elles en grosses vagues pour s'écraser bruyamment sur la grève, se retirer pour revenir en rugissant, comme un animal fondant sur sa proie. Bien qu'elles aient trouvé abondance de nourriture dans les bassins truffés de patelles, de bigorneaux et de moules, les femmes avaient tourné les talons pour s'enfoncer à l'intérieur des terres, fuyant cette mer qu'on appellerait un jour la Méditerranée. Elles parcoururent une contrée sauvage et hostile et débouchèrent finalement dans une vallée fluviale embrumée, très différente de celle qu'elles avaient habitée.

Là, séparées de leurs hommes et de tout ce qu'elles connaissaient, elles avaient poursuivi leur quête d'une nouvelle terre d'accueil. Le groupe était alors composé de dix-neuf femmes, deux vieillards et vingt-deux enfants et nourrissons.

Après une nouvelle nuit sans lune, la petite troupe pénétra

dans une aube brumeuse. Attentives, les femmes tentaient d'apercevoir des signes de l'esprit de leur clan, la Gazelle. Elles n'en avaient pas vu une seule depuis qu'elles avaient quitté leur vallée. Et s'il n'y avait pas de gazelle sur cette terre inconnue? Le clan périrait-il s'il était privé de son esprit? Marchant aux côtés de ses parentes, Laliari était hantée par une pensée encore plus effrayante. Car il y avait bien plus grave que la disparition de l'esprit du clan. Plus grave encore que la perte de leurs hommes : dans ce monde enveloppé de brume, elles n'avaient vu aucune trace de la lune. Et cela durait depuis plusieurs semaines.

Laliari n'était pas la seule à nourrir cette angoisse; les autres femmes s'inquiétaient aussi de ne pas voir la lune. L'astre ne s'était pas montré depuis si longtemps qu'elles craignaient de ne plus jamais le revoir. Sans la lune, il n'y aurait plus de bébés, et sans bébé le clan serait condamné à disparaître. Les premiers signes se faisaient déjà sentir : depuis qu'elles avançaient seules, aucune d'elles n'était tombée enceinte.

Laliari replaça le lourd fardeau qui pesait sur ses épaules, les yeux rivés sur les deux vieillards qui ouvraient la voie dans le brouillard. Une faible lueur d'espoir brillait encore au fond d'elle. Dotés de pouvoirs surnaturels et d'une grande connaissance de la magie, Alawa et Bellek finiraient bien par retrouver la lune.

Laliari ignorait qu'Alawa était elle aussi terrifiée et qu'elle portait en elle un terrible secret.

La vieille Alawa était la gardienne des cornes de gazelle et conservait à ce titre l'histoire du clan. Son nom, Alawa, signifiait « celle qu'on cherche » : ayant perdu son chemin quand elle était enfant, la famille avait passé plusieurs jours à la chercher. Elle avait l'honneur de porter les bois de la Gazelle sur la tête, noués sous le menton. Distendus pendant des années par toutes sortes d'ornements, les lobes d'Alawa pendaient sur ses épaules osseuses. Entre ses seins flétris pendaient des colliers de coquillages, d'os et d'ivoire. Le reste de son corps disparaissait sous les amulettes dotées de pouvoirs magiques. Pour survivre, le peuple d'Alawa savait que tous les orifices du corps humain devaient être protégés contre l'invasion des esprits malins. Pendant les premières années de la vie, la cloison nasale était percée à l'aide d'une plume d'autruche puis maintenue ouverte pendant toute la vie d'adulte grâce à un pic en ivoire qui empêchait les esprits malveillants de pénétrer le corps par les narines. Les oreilles aussi étaient percées, du lobe jusqu'en haut du pavillon, ainsi que les lèvres. Les membres du clan portaient aussi des ceintures ornées d'amulettes protectrices qui reposaient sur le pubis et les fesses pour éviter que les esprits ne pénètrent le rectum et le vagin.

Bellek, l'autre ancien, était le chaman du clan et le gardien des champignons. Comme Alawa, ses longs cheveux blancs étaient ornés de perles qui cliquetaient doucement au rythme de ses pas. Il portait pour seul vêtement un pagne en peau de gazelle. Comme Alawa, son corps disparaissait presque entièrement sous les amulettes. Bellek conservait des champignons séchés dans une bourse en cuir ; il en cherchait aussi des frais dans les sous-bois qui couvraient les berges de ce fleuve inconnu. Les champignons poussaient à foison dans cette mystérieuse contrée de brume et de fantômes et le clan mangeait à sa faim, mais Bellek recherchait une espèce particulière de champignon: perché sur une longue tige très fine, son chapeau ressemblait à un téton de femme. Lorsqu'il les ingérait, ces champignons le plongeaient dans un état de transe métaphysique qui lui permettait de pénétrer le royaume des êtres surnaturels.

Laliari se réjouissait que Bellek et Alawa soient toujours en vie. Les anciens étaient les membres les plus respectés du clan, et le vieux couple, elle n'en doutait pas, finirait par retrouver la Lune.

Comme si elle avait senti son regard posé sur elle, Alawa s'immobilisa brusquement et, pivotant sur ses talons, elle dévisagea la jeune femme à travers le voile de brume. Les autres s'arrêtèrent aussi ; empreints d'inquiétude, les regards se posèrent sur Alawa. Un silence angoissant s'abattit sur le groupe — le silence des fantômes et des esprits du mal, prêts à sortir de leur cachette. Quelques femmes rassemblèrent leurs enfants autour d'elles, serrant leurs bébés dans leurs bras. On eût dit que le temps avait suspendu son vol. Laliari retint son souffle. Tous étaient dans l'expectative. Alors, Alawa sembla prendre une décision et repartit, d'un pas plein de lassitude.

Elle avait décidé que ce n'était pas le moment d'annoncer aux autres le nouvel oracle qui pesait lourdement sur son cœur. Elle avait lu les pierres magiques et interprété ses rêves, elle avait scruté les flammes, guetté les gerbes d'étincelles, et tous ces éléments lui avaient révélé une terrible vérité.

Pour la survie du clan, les enfants devaient mourir.

Comme d'habitude, le brouillard se dissipa dans l'après-midi, offrant aux réfugiés un aperçu de la forêt et des rives sablonneuses du fleuve, juste avant que le soleil ne plonge à l'horizon, leur dérobant sa lumière.

Ils s'arrêtèrent pour se reposer un peu. Keeka et d'autres mères s'installèrent pour allaiter leurs bébés, les jeunes filles allèrent puiser de l'eau. Laliari ouvrit le dernier paquet de dattes et procéda à la distribution. Elles les avaient cueillies quelques jours plus tôt, dans une petite palmeraie près du fleuve. En jetant des cailloux sur les grappes de fruits qui pendaient au sommet des grands arbres, elles avaient obtenu une belle récolte. Une fois rassasiées, elles en avaient rempli les paniers qu'elles portaient sur le dos.

Pendant que les autres mangeaient, Alawa s'éloigna du groupe, à la recherche d'un endroit légèrement ensoleillé où elle pourrait déchiffrer ses pierres magiques. De son côté, Bellek, le dos voûté et souffrant de myopie, examinait toutes les branches et les brindilles, les plantes et le moindre brin d'herbe, pour savoir si cet endroit était de bon augure. Jusqu'alors, il n'avait guère vu de signes favorables dans cette contrée.

Soixante-cinq mille années plus tôt, un homme nommé Lion n'avait pas compris que son peuple pouvait avoir une influence sur le cours des choses. Mais la Grande, elle, l'avait pressenti et sa décision avait permis la survie de sa lignée. Cet héritage, elle l'avait transmis à ses descendants. Grâce à elle, ils savaient à présent qu'ils n'étaient pas à la merci de leur environnement. Au fil des siècles et des millénaires, alors que les hommes s'étaient multipliés, repoussant du même coup les frontières de leur territoire, les descendants de la Grande avaient synthétisé leur maîtrise de l'environnement ; ils croyaient pouvoir agir sur le moindre aspect de leur cadre de vie s'ils évitaient soigneusement d'offenser les esprits. A cette fin, ils étaient constamment sur le qui-vive. Le moindre faux pas pouvait contrarier les esprits et attirer l'infortune sur le clan. Avant de franchir un cours d'eau, ils invoquaient l'esprit de la rivière : « Esprit de la rivière, permets-nous de traverser en paix. » Quand ils tuaient un animal, ils imploraient son pardon. Ils « décryptaient » en permanence leur environnement. Alors que leurs lointains ancêtres n'avaient prêté aucune attention à un volcan en éruption, Laliari et sa famille lisaient des présages dans la plus petite étincelle. Ainsi Alawa, plongée dans l'interprétation de ses pierres magiques, se demandait de quelle manière ils avaient offensé la mer des Roseaux pour qu'elle décide de se venger en avalant les chasseurs. Ils n'avaient pas su qu'il s'agissait d'une mer, comment auraient-ils pu prononcer les formules adéquates ? Ils ne connaissaient même pas son nom, comment auraient-ils pu invoquer son esprit ? Pourtant, il y avait eu des signes, cela ne faisait aucune doute. Il y avait toujours des signes. Qu'avaient-ils ignoré qui aurait pu empêcher le drame ?

Alawa ramassa ses pierres, le visage sombre. Quels signes avaient échappé à leur attention ? Une fois de plus, la collection de pierres et de cailloux, transmise de génération en génération depuis la toute première gardienne des cornes de gazelle, délivrait le même message : les enfants devaient mourir.

A travers le rideau d'arbres, elle contempla les femmes et les enfants, accablés de tristesse. Ils étaient épuisés. La nuit, d'horribles cauchemars les tourmentaient. Alawa pensait en connaître la cause : les morts n'avaient pas eu leur veillée. Si la veillée avait eu lieu, les malheureux fantômes ne hanteraient pas les rêves des vivants.

Sa fille qui s'enfuyait en courant... lancé à sa poursuite, il l'avait attrapée par les cheveux, soulevée de terre et aplatie sur le dos... puis son gourdin s'était abattu sur elle, encore et encore...

Au début, les envahisseurs étaient peu nombreux. Doron et les autres chasseurs avaient réussi à les repousser. Par la suite, d'autres étrangers étaient venus, ayant eu vent de l'abondance de nourriture que recelait cette contrée luxuriante, puis d'autres encore, toujours plus nombreux, grouillant comme des fourmis sur les collines de l'Ouest. Finalement, le peuple d'Alawa n'avait plus pu faire face. Contraints de se replier plus au nord, ils avaient rencontré d'autres campements — des parents qu'ils voyaient au grand rassemblement annuel des clans : le clan du Crocodile, duquel était issu Bellek, et le clan de l'Aigrette, auquel avait appartenu Doron. Avec l'aide de ces deux clans, le peuple d'Alawa avait tenté de repousser l'ennemi, mais les envahisseurs, plus nombreux, plus vigoureux, leur avaient opposé une résistance farouche, bien décidés à s'approprier cette vallée fertile.

Le petit Hinto, le fils de la fille d'Alawa, saisi par le bras et projeté en l'air, avait atterri au bout d'une lance. Istaqa, gardienne de la hutte Lunaire, faisant volte-face pour jeter une lance sur son assaillant, avait été percutée par une pierre, en pleine tête... son crâne avait explosé. Le sang qui baigne la terre. Les hurlements des blessés. Les plaintes des agonisants. La terreur, la panique. La vieille Alawa prend la fuite, ses pieds frappent le sol au rythme effréné de son cœur. Le jeune Doron et les chasseurs sont restés en arrière, pour protéger les femmes et les vieillards.

Peut-être devrait-on organiser la veillée mortuaire maintenant, songea Alawa en se levant dans un craquement d'articulations usées. Cela apaiserait les malheureuses âmes qui venaient hanter leurs rêves. Un problème demeurait, hélas : organiser une veillée les obligerait à prononcer les noms des morts et à violer du même coup le tabou le plus important de leur clan.

Elle observa les enfants, envahie d'une tristesse infinie. Il y avait parmi eux de nombreux orphelins dont les mères avaient été tuées pendant les combats. Ses yeux se posèrent sur le petit Gowron, le fils de sa petite-fille, qui était en train de jouer avec une grenouille. Alawa lui avait elle-même percé le nez avec l'os d'aigrette pour empêcher les démons de le pénétrer. La vieille femme sentit son cœur se serrer à l'idée de devoir le sacrifier, lui aussi.

Elle se tourna vers Bellek, courbé en deux, respirant bruyamment comme il explorait les fourrés de tamaris, en quête de présages. Il devait absolument trouver la lune et, pour cela, il était essentiel de prendre en compte le moindre signe. Une seule erreur de sa part, et le malheur s'abattrait sur eux.

Dans leur pays d'origine, déjà, les gens vivaient dans la peur continuelle du monde qui les entourait. La mort frappait souvent, rapide et brutale. Même là-bas, au milieu de ces rochers et de ces arbres familiers, au bord de ce fleuve qu'ils connaissaient bien, la peur ne les quittait jamais. Ils étaient constamment sur le qui-vive, veillant à ne pas offenser les esprits, prenant soin de prononcer régulièrement les incantations, arborant les amulettes appropriées, reproduisant les rituels auxquels ils participaient depuis l'enfance. Dans cet endroit inconnu, ils ignoraient le nom des choses. Autour d'eux poussaient des fleurs et des arbres qu'ils n'avaient jamais vus ; des oiseaux au plumage étrange volaient dans le ciel, des poissons qu'ils ne connaissaient pas remontaient le fleuve. Par quels noms devaient-ils les désigner ? Comment s'assurer qu'aucun sortilège ne frapperait les survivants du clan de la Gazelle ?

Alawa observa longuement le vieux chaman au visage ridé. Concentré sur sa tâche de décryptage, il s'accroupit pour inspecter un caillou, huma le parfum d'une fleur, filtra une poignée de sable entre ses doigts. Quelle serait sa réaction lorsqu'elle lui annoncerait la terrible nouvelle ? Peut-être répugnerait-il à tuer les enfants, même si c'était pour la survie du clan.

Une autre pensée traversa l'esprit d'Alawa : Bellek ne leur servait plus à rien.

Alawa avait toujours éprouvé un profond mépris pour les hommes ; après tout, ces derniers étaient incapables de procréer et elle s'était souvent demandé pourquoi la Lune engendrait malgré tout des enfants de sexe masculin. Dans leur vallée, les hommes chassaient le rhinocéros et l'hippopotame, rapportant au campement les lourds cadavres que les femmes n'auraient pas eu la force de traîner ; grâce à eux, le clan ne manquait jamais de nourriture. Mais cette nouvelle contrée regorgeait de fruits et de gousses à cueillir. Dans ce pays, les chasseurs étaient inutiles. Etait-ce pour cette raison que ses songes et ses pierres magiques lui intimaient de sacrifier les enfants ? Serait-ce une sorte de purification du clan ?

Alawa reporta son attention sur les enfants. Certains mangeaient, d'autres jouaient, d'autres encore titillaient les seins de leurs mères. Elle examina plus particulièrement les garçons : nourrissons, enfants, jeunes garçons au seuil de la puberté. Ayant quitté leurs mères pour rejoindre le clan des chasseurs, les adolescents avaient été avalés par la nouvelle mer. Les yeux rivés sur les garçonnets, Alawa songea de nouveau aux chasseurs emportés par les flots, à la disparition de la lune et aux cauchemars des femmes. La pensée terrifiante qui avait germé dans son esprit quelques jours plus tôt s'affirma avec plus de force ; il n'y avait plus de doute possible : les disparus étaient malheureux et jaloux des survivants. Voilà pourquoi ils revenaient hanter les femmes dans leur sommeil. Quoi de plus normal, puisqu'ils n'avaient pas eu leur veillée mortuaire ? Tout le monde savait que les morts étaient jaloux des vivants. C'était d'ailleurs pour cette raison que les fantômes étaient craints à ce point. Et bien sûr, les pauvres chasseurs ne pouvaient qu'être jaloux des garçonnets qui, à terme, finiraient par prendre leur place.

Malgré ses réticences, Alawa était résolue à accomplir le sacrifice. Tant que les chasseurs seraient jaloux des garçonnets et qu'ils viendraient troubler les rêves des femmes, la Lune resterait invisible. Et sans la Lune, le clan s'éteindrait. Les garçons seraient donc sacrifiés pour chasser les fantômes. Alors seulement la lune reviendrait, fécondant de nouveau les femmes. Et le clan survivrait.

A la halte suivante, les femmes s'adossèrent aux arbres pour allaiter leurs bébés et soigner les enfants. Quelques-unes d'entre elles fondirent en larmes, à bout de forces.

Toutes avaient perdu des êtres chers dans la mer des Roseaux — des fils, des frères, des neveux, des oncles, des compagnons. Les frères cadets de Bellek avaient péri sous ses yeux. Keeka avait vu disparaître les fils des sœurs de sa mère, Alawa avait perdu cinq de ses fils ainsi que douze fils de ses filles ; Laliari, ses frères ainsi que son cher Doron. Autant de disparitions douloureuses, incompréhensibles. Lorsque la marée avait englouti le petit groupe de chasseurs, les femmes s'étaient mises à courir sur la grève en hurlant, en proie à une vague d'hystérie, espérant voir émerger quelques survivants. Deux d'entre elles s'étaient jetées dans les flots déchaînés. Les autres avaient campé sur la nouvelle côte pendant une semaine, jusqu'à ce que Bellek, après avoir ingéré des champignons magiques et pénétré le monde des démons, déclarât l'endroit maudit, donnant ainsi le signal du départ. Rencontrant plus au nord une mer immense, terrifiante, ils s'étaient enfoncés dans les terres, à la recherche de la Lune.

Malheureusement, ils ne l'avaient toujours pas trouvée et les femmes commençaient à désespérer.

En voyant les joues baignées de larmes de Keeka, Laliari plongea la main dans la bourse qui pendait à sa ceinture et offrit une poignée de noix à sa cousine.

Keeka était dodue avant l'arrivée des envahisseurs. Elle aimait manger. Elle vivait alors dans une hutte en compagnie de sa mère, la mère de sa mère et ses six enfants. Chaque soir, après le repas commun, elle se hâtait de regagner sa hutte pour y entreposer la nourriture qu'elle avait dissimulée sous son pagne.

Keeka aimait aussi s'accoupler et elle s'offrait volontiers aux hommes. Les chasseurs qui entraient et sortaient de sa hutte lui apportaient toujours un peu de nourriture et on voyait ainsi pendre du toit des poissons séchés, des dépouilles de lapins, des bottes d'oignons, des dattes et des épis de maïs. Cela ne dérangeait personne. Tout le monde mangeait à sa faim, au sein du clan.

Keeka s'empara des fruits et les avala d'une traite. Laliari se retourna vers la forêt. Une silhouette blafarde rôdait dans la brume. *Celle-qui-n'a-pas-de-Nom.* A la grande surprise de Laliari, la pauvre créature avait réussi à survivre, coupée du clan, contrainte à suivre les autres à travers l'épais brouillard. Laliari eut pitié d'elle. Les membres du clan avaient peur des femmes sans enfant, car ils les croyaient possédées par un esprit malin. Comment expliquer autrement que la lune ne leur ait pas offert de bébé ? Avant l'arrivée des envahisseurs, Celle-qui-n'a-pas-de-Nom vivait aux abords du campement ; ignorée de tous, elle se nourrissait des restes. On lui avait interdit de toucher la nourriture que les autres s'apprêtaient à manger, leur eau potable et leur hutte. Même s'il était en proie à un désir intense, aucun homme ne l'approchait.

Celle-qui-n'a-pas-de-Nom n'avait pas toujours été mise à l'écart. Elle était née comme n'importe quelle autre petite fille, et les premières années de sa vie avaient été très ordinaires. Laliari se souvenait encore de la fête qui avait célébré les premiers saignements dont l'avait gratifiée la Lune. En accord avec la tradition, les membres du clan l'avaient entourée de mille attentions, prononçant joyeusement son nom, prenant soin d'elle, la couvrant de présents et la régalant de mets délicieux. La fête qui célébrait la première grossesse d'une femme était encore plus impressionnante et sa position à l'intérieur du clan s'en trouvait considérablement améliorée. Mais les saignements de la Lune revinrent régulièrement chez Celle-qui-n'a-pas-de-Nom. Les saisons se succédèrent sans qu'elle mît au monde un seul bébé. Les autres commencèrent à la regarder d'un air soupçonneux. Elle fut bientôt mise à l'écart du groupe et, réduite au statut de paria, on la dépouilla de son nom.

Pourtant habituée à la pauvre créature qui les avait suivis depuis la mer des Roseaux, Laliari éprouvait désormais une sourde angoisse lorsqu'elle contemplait cette silhouette fantomatique. Sans la Lune, finiraient-elles toutes comme elle ?

D'un geste anxieux, Laliari resserra les doigts autour de l'amulette magique qu'elle portait autour du cou, un talisman en ivoire qu'on avait gravé pendant la lune montante. Elle portait aussi un collier composé d'une multitude de frelons morts qu'elle avait soigneusement ramassés, séchés et nettoyés. Semblables à des coques de fruits secs, les insectes cliquetaient doucement à chacun de ses pas. Il ne s'agissait pas d'un ornement ; Laliari avait choisi les puissants esprits des frelons pour les protéger, elle et son clan, car tout le monde connaissait la combativité de ces insectes quand il s'agissait de défendre leur essaim. Accrochée à la ceinture tissée de son pagne, une petite bourse abritait les précieuses graines et les pétales séchés d'une fleur de lotus, son fétiche personnel.

Hélas, les colliers et les amulettes ne parvinrent pas à consoler Laliari. Ses cousines, ses sœurs et elle avaient perdu leur terre, leurs hommes et la lune. Si seulement elle pouvait prononcer le nom de son cher Doron, ce serait un tel réconfort pour elle !

Mais les noms, dotés de pouvoirs magiques extraordinaires, ne devaient pas être prononcés à la légère. Incarnation de l'essence même de l'être, un nom était directement relié à son esprit. Pour toutes ces raisons, on le choisissait avec le plus grand soin, après une longue réflexion et un décodage minutieux des signes et des présages. Il arrivait parfois qu'un nom changeât à l'adolescence ou après un événement important dans la vie d'une personne. Ou encore selon l'activité spécifique qu'elle adoptait en grandissant, comme par exemple Bellek (*be-'l-ek*) qui signifiait « lecteur des signes ». Laliari (*la-li-iari* signifiait « née dans les lotus ») avait été baptisée ainsi car sa mère puisait l'eau du fleuve quand les premières douleurs de l'accouchement l'avaient assaillie. Pour le restant de ses jours, Laliari était placée sous la protection de la fleur de lotus. Keeka (*kee-ka*, « enfant du coucher de soleil ») tenait son nom du moment du jour où elle était née. Freer (*fr-e'er*, « le faucon qui étend ses ailes ») avait été le plus valeureux des chasseurs. Un nom n'était jamais utilisé deux fois. Enfin, prononcer le nom d'une personne décédée portait malheur car on réveillait ainsi son fantôme infortuné. Laliari n'avait donc pas le droit de prononcer le nom de Doron ; elle devait l'oublier et s'efforcer d'oublier Doron lui-même.

La jeune femme resserra autour d'elle la peau de gazelle qui lui couvrait les épaules. Grelottantes de froid, les femmes avaient déroulé les dépouilles d'animaux qu'elles portaient sur leur dos pour monter leurs abris. Sur leur terre d'origine, elles vivaient sur les berges du fleuve quand son niveau était bas, et, dès qu'arrivait la crue annuelle, le clan démontait les huttes pour en bâtir d'autres plus haut, à l'aide de peaux et de défenses d'éléphants. Dans cette contrée balayée par le froid, elles leur servaient à présent de capes.

Parcourue d'un frisson, Laliari pensa à Doron, à sa manière de la réchauffer le soir venu, dans la hutte de sa mère. Des larmes embuèrent son regard. Comme elle l'avait aimé ! Il s'était montré si gentil, si patient, quand son bébé était mort. Les hommes déploraient tous la mort d'un enfant, qui représentait toujours une perte pour le clan, mais ils s'en remettaient vite et ne comprenaient pas le chagrin de la mère. Après tout, pensaient-ils, la lune se chargerait de lui donner d'autres enfants. Doron, lui, avait compris son désespoir. Bien que son seul lien de parenté avec un bébé passât par les enfants de sa sœur, il avait compris que le bébé de Laliari était la chair et le sang de cette dernière et qu'elle serait aussi triste que lui l'avait été lorsque le fils de sa sœur était mort.

Doron n'était plus de ce monde, à présent. Il avait été avalé par une mer surgie de nulle part.

Alawa laissa échapper un cri apeuré. Les arbres pleuraient !

C'était en fait le brouillard, tellement épais dans la vallée que l'humidité se déposait sur les branches et les feuillages avant de ruisseler comme des gouttes de pluie. Mais Alawa savait ce que cela signifiait : les esprits des arbres étaient contrariés.

Elle s'écarta vivement en esquissant un signe protecteur. Son angoisse grandissait de jour en jour. Bellek semblait convaincu qu'il leur fallait continuer à marcher vers le nord pour trouver la lune, mais Alawa ne partageait pas cet avis. Leur exil était émaillé de choses étranges et stupéfiantes, à commencer par ce grand lac qui n'abritait aucun poisson, aucune espèce de vie. Tournant le dos à la mer pour marcher vers l'est, les femmes avaient découvert un plan d'eau dépourvu de vie animale et végétale. Tapissé d'une croûte de sel, le rivage n'abritait aucun coquillage, aucune plante. C'était une mer morte. Une vague de peur les avait submergées. Même Alawa n'avait encore jamais vu de spectacle aussi désolant. Elles avaient alors longé le rivage salé pour découvrir un fleuve qui coulait *à contre-courant* !

Paralysé par la peur, le petit groupe avait campé sur la berge de ce fleuve tandis que Bellek avalait quelques champignons magiques pour plonger dans le monde des visions. En se réveillant, il déclara que ce fleuve était bon, malgré son cours inversé, et qu'ils devaient le suivre pour trouver la lune qui brillait plus au nord, au-delà de la brume.

Ils s'étaient mis en route, traversant d'abord une bande de terre sèche et rocailleuse parsemée de rares buissons avant d'atteindre une terre couverte de saules, de lauriers-roses et de tamaris. Plus au nord, le fleuve s'était rétréci, entouré de collines escarpées. Le cours d'eau devint plus sinueux. Il était si différent du grand fleuve paisible qui traversait leur pays d'origine ! Mais la pêche était bonne et les arbres fruitiers poussaient en abondance. Ils avaient trouvé de la vigne vierge, des grenadiers, du miel et des figuiers. Ils avaient également découvert des petits arbres feuillus chargés de fruits savoureux, gorgés d'huile et protégés par une solide coquille. Les femmes avaient ramassé autant de noix qu'elles pouvaient en porter.

Malgré tout, le paysage demeurait très différent de ce qu'ils connaissaient. Dans leur vallée, ils installaient leur campement en lieu sûr pendant la montée des eaux annuelle et attendaient que le niveau baisse. Ils regardaient alors les herbes et les céréales pousser de manière anarchique dans le limon tout frais, espérant que les esprits du fleuve leur feraient une fois encore le don du blé. La récolte se composait essentiellement d'épis de blé et de maïs qu'ils faisaient griller sur le feu. Quand la réserve de grains était épuisée, la famille se rabattait sur le poisson, les œufs et les oiseaux.

Mais ce nouveau fleuve sinueux ne semblait pas sortir de son lit et, malgré l'abondance de nourriture qu'abritaient ses berges, le paysage devenait de plus en plus effrayant au fur et à mesure de leur progression. Le fleuve ressemblait à un serpent, se tortillant sur lui-même de telle manière que la petite troupe qui longeait sa rive marchait tantôt vers l'ouest, tantôt vers le nord et tantôt vers l'est ! Comme si le fleuve n'arrivait pas à se décider sur la direction à prendre.

Ils avaient rencontré des scènes très étranges depuis le début de leur exil. Au nord de la mer morte, ils avaient trouvé une vaste plaine fertile et verdoyante, mais aucune trace de vie animale. Bellek avait examiné le sol et trouvé des traces de déjections. Des troupeaux étaient passés par là. Où se trouvaient-ils, à présent ? La brume nocturne les avait-elle emportés, comme elle avait emporté la lune ?

Et maintenant, c'étaient les arbres qui pleuraient. Chaque nuit sans lune, chaque jour qui ne voyait aucune femme enceinte attisait l'angoisse d'Alawa. Les garçons devraient être sacrifiés rapidement, sinon la lune disparaîtrait à jamais.

Le soleil se couchait quand ils découvrirent le terrible spectacle. Abasourdis, les femmes et les enfants contemplèrent la scène sans mot dire. Au pied de la falaise se dressait une montagne de squelettes : des centaines d'antilopes entassées pêle-mêle, crânes broyés, ossements brisés. Levant les yeux, Alawa examina le flanc abrupt de la falaise qui s'élevait au-dessus des carcasses. Les bêtes s'étaient précipitées dans le vide. *Pourquoi ? De quoi avaient-elles eu peur ?*

Les femmes se hâtèrent de passer leur chemin, pressées de laisser derrière elles les malheureux fantômes de ces pauvres bêtes.

Elles arrivèrent finalement au bord d'un lac d'eau douce que les générations futures baptiseraient à tort la « mer » de Galilée. Bordé d'arbres et d'arbustes, de tamaris et de rhododendrons, ses eaux regorgeaient de poissons, et de nombreuses espèces d'oiseaux peuplaient ses rives. En cette fin d'après-midi, la brume s'était dissipée et les derniers rayons du soleil réchauffaient la terre. Après avoir humé la brise et scruté les nuages, Bellek leva son bâton orné d'amulettes et de queues de gazelles et déclara l'endroit favorable. Les vibrations étaient positives, ils pouvaient passer la nuit ici.

Pendant qu'Alawa et Bellek procédaient au rituel vespéral destiné à protéger le campement des esprits maléfiques, traçant des symboles sur les arbres et arrangeant les pierres de manière rituelle, les femmes déplièrent les peaux de bête pour les dresser en brise-vent. Sans ossements d'éléphants, elles ne pouvaient pas construire de véritables huttes, mais elles plantèrent des troncs d'arbres et des grosses branches pour s'abriter. Les membres du clan de la Gazelle vivaient en communauté. Les abris accueillaient des groupes rassemblés par la tradition. Les grandes huttes abritaient les chasseurs ; les huttes particulières étaient réservées aux vénérés anciens ; les jeunes femmes qui n'avaient pas encore eu d'enfant dormaient sous de simples abris. Il y avait aussi la hutte Lunaire réservée aux femmes, la hutte du chaman, la hutte des jeunes chasseurs en passe d'être initiés et quelques abris matriarcaux regroupant la grand-mère, les mères, les sœurs et les bébés. Les habitations étaient toujours rondes, pour empêcher les esprits de se tapir dans un coin.

Cette nuit-là, comme elles se hâtaient de dresser le camp avant le coucher du soleil, les femmes montèrent d'abord la hutte d'Alawa et la hutte Lunaire.

Pendant leurs menstruations, les femmes étaient vulnérables et devaient être protégées des esprits maléfiques et des fantômes errants. Cette période était placée sous le signe de vibrations puissamment magiques. C'était à ce moment-là que germait ou non une vie nouvelle dans le corps d'une femme. Elle examinait alors la lune, et son cycle lui indiquait le moment de quitter le groupe. Munie de ses amulettes et de provisions spéciales, la femme se retirait pour guetter les signes révélateurs : si le flux de la lune venait la visiter, elle ne portait pas d'enfant. S'il ne venait pas, elle était enceinte. La hutte Lunaire était donc érigée en premier ; Alawa chantait des incantations devant l'entrée qu'elle décorait de guirlandes de cauris, symbole de l'appareil génital féminin, puis elle traçait sur le sol plusieurs signes magiques, utilisant à cette fin l'ocre rouge pour évoquer le précieux flux.

Le deuxième abri était le sien. Rares étaient les femmes qui passaient le cap de la ménopause, et celles qui vivaient au-delà étaient traitées avec un respect infini ; on les croyait investies de l'extraordinaire sagesse de la lune.

En partant à la recherche de nourriture, les femmes découvrirent une sorte d'arbre qu'ils ne connaissaient pas : court et feuillu, il supportait de longues gousses gonflées de graines blanches et charnues. Après s'être assurées qu'il ne s'agissait pas d'un fruit empoisonné, elles entreprirent de cueillir les gousses de pois chiches. Pendant ce temps, Bellek s'approcha de l'eau. Malgré ses yeux fatigués, il n'eut aucun mal à repérer des poissons dans les flots sombres. L'idée d'un bon repas lui mit l'eau à la bouche. On envoya les enfants chercher des baies et des œufs après leur avoir fermement recommandé de respecter les tabous, même s'ils étaient en terre inconnue, et de veiller à n'offenser aucun esprit.

Alawa désigna celle qui serait chargée de guetter l'apparition de la lune. Elle avait pour ordre de réveiller tout le monde si l'astre se montrait. Avec un peu de chance, la lune se lèverait ce soir, avant le retour du brouillard.

Tandis que les femmes et les enfants se rassemblaient autour du feu pour manger et faire leur toilette, réparer leur paniers, affûter leurs lances, allaiter les bébés et tenter d'oublier leurs angoisses, Alawa s'éclipsa. Elle marcha vers l'eau. Si la lune ne se montrait pas ce soir, elle devrait passer à l'acte. *Demain*, décida-t-elle, *demain, les garçonnets seront sacrifiés.*

Occupée à nourrir ses six enfants, Keeka regarda la vieille femme s'éloigner du camp. Jadis si fier, son corps pliait à présent sous le poids des ramures de gazelle. Depuis quelque temps, Keeka la soupçonnait de détenir un lourd secret. Et elle savait de quoi il s'agissait. Alawa s'apprêtait à choisir son héritière.

La gardienne des cornes de la Gazelle était la personne la plus importante de la famille : c'était elle qui habitait la plus belle hutte, elle qui mangeait le mieux. Pour toutes ces raisons, Keeka voulait être l'héritière d'Alawa. Malheureusement, ce n'était pas quelque chose qu'on demandait. Le choix se faisait en fonction des présages ; il fallait décrypter les signes et interpréter les rêves. Une fois le choix fait, l'héritière vivrait auprès d'Alawa pour apprendre l'histoire de la famille, écouter les légendes et les mémoriser, comme l'avait fait Alawa alors qu'elle n'était qu'une jeune femme, bien des saisons plus tôt. Un nouvel épisode s'ajouterait à la longue épopée de la famille : l'invasion des guerriers venus de l'ouest, l'exode du clan, la noyade des hommes, engloutis par la nouvelle mer, la disparition de la lune, et cette longue marche vers une nouvelle terre d'accueil.

Alawa disparut derrière les broussailles qui bordaient le lac. Un rire haut perché attira l'attention de Keeka. Sa cousine Laliari chatouillait un des petits orphelins, qu'elle avait pris sur ses genoux. Keeka s'arracha brusquement à ses pensées. Elle soupçonnait Alawa de vouloir désigner Laliari comme prochaine gardienne des cornes de la Gazelle.

La haine que Keeka nourrissait pour sa cousine était née deux ans plus tôt, lorsque le séduisant Doron avait rejoint le clan. Keeka avait tout fait pour l'attirer dans sa hutte ; hélas, Doron n'avait d'yeux que pour Laliari. En général, les accouplements étaient guidés par des instincts primaires ; aucune règle, aucun engagement durable ne liait les hommes aux femmes. Mais Doron avait éprouvé pour Laliari un sentiment d'affection si intense que les autres femmes n'existaient plus pour lui. Leur relation était de celles qui présageaient le mariage, un engagement à vie avec le même partenaire, autant de concepts qui ne prendraient forme que vingt-cinq mille ans plus tard.

Devant l'indifférence du jeune chasseur, le désir de Keeka avait tourné à l'obsession. Et quand la nouvelle mer l'avait englouti, elle avait éprouvé une joie secrète à l'idée que Laliari ne l'aurait plus auprès d'elle. A sa petite victoire personnelle s'ajoutait le fait que Laliari n'avait pas d'enfant : son bébé était mort avant d'avoir passé une saison. Et comme la lune, qui demeurait invisible dans ce nouveau pays, ne pourrait lui donner un autre bébé, Keeka, mère de six enfants, regardait sa cousine d'un air supérieur.

Lorsqu'ils eurent terminé de manger et fait leur toilette, l'heure des histoires arriva. Les femmes attendirent qu'Alawa fît son apparition dans la lueur du feu de camp et commençât son récit du soir. Le peuple de Laliari aimait les histoires car elles le reliaient au passé en même temps qu'elles le plaçaient au centre d'un cosmos qui ne cessait de le surprendre et de l'effrayer. Les histoires les rapprochaient de la nature ; les mythes et les légendes, devenus familiers, les rassuraient et expliquaient tous les mystères. Femmes et enfants se taisaient dès qu'Alawa commençait, de sa petite voix chevrotante : « Il y a très, très longtemps... avant que n'existe le clan de la Gazelle, avant que n'existe l'homme, avant que n'existe le fleuve... nos mères arrivèrent du sud. Elles étaient le fruit de la Première Mère, qui leur ordonna de marcher vers le nord pour fonder un pays. Elles apportèrent le fleuve avec elles. A chaque lune montante, elles faisaient couler l'eau, jusqu'à ce qu'elles arrivent dans notre vallée ; elles surent alors que leur errance était terminée... »

Ce soir-là, Alawa mit du temps avant de faire son apparition, et une angoisse grandissante gagna les femmes. Toutes savaient que la vieille femme était en train de chercher la lune. Mais la nuit était tombée et, déjà, le brouillard s'engouffrait dans la vallée.

Laliari leva les yeux pour tenter de percer le couvercle opaque qui les entourait. La lune ne se contentait pas de donner des bébés et de réguler le corps des femmes ; elle dispensait aussi un précieux halo de lumière quand l'obscurité enveloppait la terre. Contrairement au soleil qui brillait inutilement quand il faisait jour... Sa lumière aveuglante empêchait quiconque de poser les yeux sur lui alors que la lune, elle, se laissait admirer pendant des heures. Selon les différentes phases de son cycle, la lune aidait les fleurs à éclore pendant la nuit, poussait les chats à partir à la chasse, gonflait les marées. Comme une vraie mère, la lune était prévisible et rassurante. Tous les mois, après les terrifiantes nuits noires, le clan se rassemblait sur le lieu sacré, au bord du fleuve, pour guetter l'ascension de la Petite Lune, mince croissant argenté qui apparaissait discrètement à l'horizon. De longs soupirs de soulagement s'échappaient de l'assistance, bientôt suivis par des cris de joie et des danses rituelles pendant que l'astre se hissait lentement dans le ciel, symbole de vie et de fertilité.

Tandis qu'elle berçait un petit orphelin, Laliari songea au bébé qu'elle avait mis au monde, un an plus tôt. La Lune lui en avait fait cadeau, peu de temps après l'arrivée de Doron. Hélas, le bébé n'avait pas vécu longtemps et Laliari avait dû l'emporter dans les montagnes escarpées qui se dressaient à l'est et l'y avait laissé. Combien de fois, après ça, avait-elle contemplé le lever du soleil en imaginant son bébé, là-bas ? Son fantôme avait-il trouvé la paix ? A plusieurs reprises, elle avait été tentée de retourner dans les montagnes, mais cela portait malheur de s'approcher de l'endroit où reposaient les morts. Si quelqu'un mourait dans une hutte, elle était brûlée et la famille déplaçait aussitôt son campement le long du fleuve.

Quand Laliari se remémorait la maladie qui avait causé la mort de son enfant, un lourd sentiment de culpabilité s'emparait d'elle. Sans le savoir, elle avait dû offenser un esprit, qui l'avait punie en retour en tuant son enfant. Elle était pourtant très respectueuse des règles et veillait toujours à obéir aux commandements de la magie. Etait-ce pour cette raison que leur territoire avait été envahi par une horde d'étrangers ? Et que leurs hommes avaient été avalés par une mer vengeresse ? La famille avait-elle violé un tabou dont elle n'aurait pas eu connaissance ? Si c'était le cas, comment survivraient-ils dans ce nouvel environnement dont ils ignoraient tout ?

Laliari savait qu'il était interdit de penser aux morts, mais elle sentait son cœur se réchauffer à chaque fois qu'elle se souvenait de Doron. Elle aimait se remémorer leur rencontre. Le grand rassemblement annuel des clans se tenait tous les ans pendant la crue du fleuve. Des milliers de familles envahissaient la vallée, érigeaient des abris et hissaient les symboles de leur clan. A cette occasion, on réglait les conflits, on dessinait les lignées familiales, on formait et on consolidait des alliances, on échangeait les nouvelles, on payait ses dettes, mais, avant tout, on changeait de clan. Les familles qui comptaient peu de femmes en recevaient de familles qui en avaient trop. Et vice versa. C'était un processus long et complexe auquel participaient toutes les parties concernées. En cas de conflit, les anciens intervenaient. Doron et un autre jeune homme avaient été échangés contre deux jeunes femmes du clan de Laliari. Celle-ci avait alors seize ans et les deux jeunes gens avaient passé une semaine à s'observer furtivement, en proie à un mélange de timidité et d'excitation sensuelle. Laliari n'avait encore jamais remarqué que les hommes possédaient de belles épaules, puissantes et musclées — comme celles de Doron. Du haut de ses dix-neuf ans, ce dernier avait été infiniment troublé par la taille étroite et les hanches généreuses de Laliari. Lorsque, à la fin du rassemblement annuel, Doron avait suivi Laliari et sa famille jusqu'à leur terre natale, les deux jeunes gens dormaient déjà dans les bras l'un de l'autre.

Submergée par une soudaine vague de tristesse, Laliari posa son front sur ses genoux et pleura en silence.

Au bord de l'eau, le chagrin ravageait une autre femme. Alawa, les yeux rivés sur les flots, venait de prendre une douloureuse décision. Ainsi mourraient les enfants : noyés, comme les chasseurs.

Un bruit de pas la fit se retourner. Quelques instants plus tard, la silhouette familière de Bellek émergea des roseaux. Il se tint auprès d'elle un long moment. Son torse décharné se soulevait au rythme de sa respiration saccadée. Depuis quelque temps, il pressentait qu'Alawa mûrissait une lourde décision. Sans doute s'apprêtait-elle à choisir son héritière.

Il aurait aimé avoir son mot à dire, mais la gardienne des cornes de la Gazelle était la seule à savoir qui elle devait désigner. C'était elle qui percevait les souhaits du monde des esprits, elle qui recueillait la volonté de l'esprit de la Gazelle. Seule Alawa connaissait la signification de ses rêves et le langage de ses pierres magiques.

— Ce sera Keeka ? demanda-t-il à voix basse en espérant se tromper.

L'avidité de Keeka risquait de porter préjudice au clan. Si la décision lui avait appartenu, il aurait choisi Laliari, car la gardienne de l'histoire du clan devait être totalement dénuée d'égoïsme.

Alawa secoua la tête — lentement à cause du poids des cornes de gazelle. Quand elle était jeune, les cornes ne pesaient presque rien sur sa tête. Au fil des ans, elles étaient devenues si lourdes que sa nuque pliait sous leur poids.

— Demain, les garçons doivent mourir, déclara-t-elle d'une voix rauque.

Bellek la dévisagea d'un air incrédule.

— Que dis-tu ?

— Les petits garçons doivent mourir. Les fantômes des chasseurs sont jaloux d'eux, voilà pourquoi ils reviennent nous tourmenter et pourquoi la Lune reste cachée. Si les garçonnets ne meurent pas, c'est le clan tout entier qui s'éteindra. A jamais.

Retenant son souffle, Bellek traça dans l'air un signe protecteur.

— Cela se passera dans le lac, reprit Alawa d'un ton résolu. Les chasseurs ont péri noyés, les garçons périront de la même manière.

Elle se tourna vers lui et l'enveloppa d'un regard acéré.

— Toi aussi, Bellek, tu dois mourir.

— Moi ? fit le vieillard en blêmissant. Mais le clan a besoin de moi !

— Je serai là, moi. Et si la Lune veut que nous ayons d'autres hommes, elle nous en donnera.

— En quoi suis-je une menace ? Les garçons, oui, parce qu'ils deviendront à leur tour des chasseurs, mais moi... je ne suis qu'un vieil homme.

Alawa haussa le ton :

— Les chasseurs sont jaloux de toi car tu es toujours en vie. Espèce d'égoïste ! Oserais-tu mettre en péril l'avenir de notre peuple en refusant de te sacrifier ?

Il se mit à trembler.

— Se pourrait-il que tu te trompes ?

— Quelle audace ! s'écria Alawa. Ainsi, tu oses douter de mes rêves ! Tu doutes de ce que m'ont dit les esprits ? Tu veux attirer le malheur sur nous ?

Elle agita les mains devant ses yeux comme pour chasser un esprit maléfique.

— Retire ce que tu viens de dire ou nous risquons tous d'en subir les conséquences !

— Je suis désolé, murmura Bellek. Je ne voulais pas mettre en doute tes présages. Les esprits ont parlé. Les...

Les mots eurent du mal à sortir de sa bouche :

— Les garçons doivent mourir.

◇

Alawa dormait, enveloppée dans des peaux de bête douces et chaudes. Auprès d'elle, Laliari veillait, adossée à la paroi de la hutte. Elle n'avait pas caché sa surprise lorsque la vieille femme lui avait demandé de lui tenir compagnie dans sa hutte, cette nuit-là, et elle avait senti les regards envieux et admiratifs de ses compagnes. Celui de Keeka, surtout, car l'invitation d'Alawa était claire pour tout le monde : la vieille femme songeait à désigner Laliari comme héritière.

Contre toute attente, Alawa s'était endormie aussitôt et une douce chaleur régnait à présent dans la petite hutte. Laliari ramena ses genoux contre sa poitrine et posa sa tête sur ses bras croisés. Elle ne voulait pas s'endormir. Lorsqu'elle se réveilla, la lueur de l'aube blafarde filtrait déjà sous la tente. Avant même de poser les yeux sur Alawa, elle sut que la vieille femme était morte.

Les cheveux dressés sur la tête, Laliari sortit de la hutte comme une furie. Jamais encore elle n'avait côtoyé la mort d'aussi près. Et l'esprit d'Alawa, où s'était-il envolé ? Laliari se souvint d'un épisode qui s'était déroulé chez eux, près du fleuve. Un homme et une femme partageaient la même couche ; au matin, l'homme avait découvert que sa compagne était morte. Au terme de ses rituels magiques, Bellek avait décrété que l'homme était possédé par l'esprit de la morte. Le clan avait donc prononcé son exil, lui interdisant formellement de revenir. Ils ne l'avaient jamais revu.

Prise de panique, Laliari se boucha les narines, redoutant que le fantôme de la vieille femme ne tente de pénétrer en elle. Ses hurlements réveillèrent les autres. Ils démontèrent sur-le-champ la hutte d'Alawa et préparèrent la veillée funèbre. Bellek examina soigneusement Laliari, inspectant ses oreilles, ses yeux, sa bouche et son vagin.

— Il n'y a aucun esprit en toi, déclara-t-il finalement, au grand soulagement de la jeune femme.

Alawa était une vieille femme, son esprit n'avait peut-être pas eu le temps de quitter son corps aussi vite que celui des plus jeunes. Qui sait s'il n'était pas encore enfermé dans sa prison de chair ? Bellek annonça aux femmes accablées de chagrin qu'elles devraient accomplir une longue veillée afin de s'assurer que la vieille Alawa ne les suivrait pas quand ils lèveraient le camp.

C'était un rituel vieux comme le monde, transmis de génération en génération par le premier peuple frappé par le deuil. Bellek dessina un cercle autour d'Alawa en chantant des incantations magiques. Pendant qu'il s'affairait, les femmes burent et mangèrent car elles jeûneraient pendant la prochaine rotation du soleil. Même les enfants devaient rester assis en silence auprès de leur mère, quittant le cercle uniquement pour se soulager. Le silence devait être absolu, personne ne devait ni manger ni boire pour ne pas offenser l'esprit du mort ni attiser sa jalousie. Tout le monde savait que les fantômes étaient malheureux — après tout, personne ne désirait mourir. Tristes et contrariés, ils n'avaient de cesse de causer le malheur des vivants. Par la veillée funèbre, on s'efforçait de convaincre le fantôme que l'endroit était ennuyeux, qu'il n'y avait rien à manger ni à boire ici-bas, qu'on n'y parlait ni ne riait jamais. Mieux valait pour lui partir à la recherche d'horizons plus accueillants.

Bellek avait recouvert le cadavre d'une peau de gazelle, prétextant qu'il fallait empêcher l'esprit d'Alawa de pénétrer l'un d'entre eux. Mais ce n'était pas la véritable raison. Personne n'avait remarqué les traces qui meurtrissaient la gorge de la vieille femme ni l'expression terrifiée qui crispait ses traits — ainsi, Alawa avait mal interprété ses rêves ; elle s'était trompée en concluant que les chasseurs exigeaient le sacrifice des garçonnets. Cette erreur lui avait été fatale : offensés, les fantômes des chasseurs s'étaient glissés dans sa tente et l'avaient étranglée. C'était la seule explication possible.

Par chance, Alawa n'avait confié ses plans à personne d'autre, et Bellek se garda bien d'éventer son secret. Tant qu'il serait en vie, les garçons — et lui-même — seraient en sécurité.

Les femmes endeuillées restèrent assises en cercle, sans mot dire, pendant un jour et une nuit. Les estomacs grondaient, les bouches étaient sèches, les articulations s'ankylosaient. Au fil des heures, les enfants devenaient grognons et agités. Au terme de la veillée, les biens d'Alawa furent équitablement répartis entre les femmes ; Bellek prit possession des cornes sacrées. Laissant le corps derrière eux, ils levèrent le camp et reprirent leur marche vers le nord.

Les nuits se refroidirent, le brouillard continua d'envahir la vallée et les femmes du clan de la Gazelle, ignorant tout des brumes automnales et des pluies qui les suivraient, se crurent définitivement prisonnières du brouillard. Grelottantes dans leurs abris de fortune, elles dormaient peu et mal. Une nuit, une tempête d'une violence inouïe s'abattit sur le campement. Un vent glacial descendit des montagnes, rugissant, tandis que des trombes d'eau tombaient du ciel. Les femmes s'accrochèrent désespérément à leurs huttes mais le vent déchaîné, hurlant comme une bête blessée, arracha les peaux de gazelle et les projeta dans les eaux du lac furibond. Buissons et arbres furent déracinés ; les branchages tournoyaient autour des femmes terrifiées qui, blotties les unes contre les autres, tentaient de protéger les enfants.

Les éléments s'apaisèrent enfin et la lumière du jour révéla un paysage de désolation. Devant le spectacle qui s'offrait à elles, les femmes se figèrent : encore vertes la veille, les montagnes étaient entièrement blanches.

— Qu'est-ce que c'est ? demanda Keeka en étreignant ses enfants tandis que d'autres poussaient des cris apeurés.

Les yeux rivés sur les pics immaculés, Laliari sentit une boule glacée lui nouer la gorge. Que devait-on voir dans ces montagnes blanches ? Des fantômes ? Etait-ce la fin du monde ?

Le vieux Bellek, tremblant de froid, lèvres et mains gercées, contempla tristement la surface du lac parsemée de peaux de gazelle. Il n'avait pas peur des montagnes blanches — il y a bien longtemps, alors qu'il était encore un enfant, il avait entendu des histoires, des légendes qui parlaient de la neige. Ce n'était pas la fin du monde, non. Une chose était sûre, cependant : le temps était en train de changer. Pour la survie du clan, il leur faudrait trouver des refuges plus sûrs.

Il se tourna vers l'ouest et contempla les falaises qui se dressaient comme des murs au milieu de la plaine vallonnée. Elles étaient percées de cavernes. Sans doute faisait-il chaud à l'intérieur de celles-ci, mais Bellek se méfiait des grottes. Son peuple n'en avait jamais exploré. Elles étaient le repaire des chauves-souris et des chacals. Pire, les grottes abritaient les esprits des morts qui n'avaient pas trouvé le repos. Bellek frictionna ses bras gelés. Pourtant, sans défenses d'éléphant et sans peaux de gazelles, comment les femmes fabriqueraient-elles des abris solides ?

Lorsqu'il annonça son intention d'aller inspecter les cavernes, un concert de protestations se fit entendre. Seule Laliari, percevant la sagesse de sa décision, proposa de l'accompagner. Elle se trouvait dans la hutte Lunaire quand la tempête avait sévi ; ses saignements mensuels n'ayant pas encore cessé, ils durent patienter quelques jours.

Au troisième jour, ils rassemblèrent quelques provisions, firent des réserves d'eau et procédèrent à leur préparation spirituelle. Puis ils se mirent en route, parés de puissantes amulettes, le corps peint de symboles mystiques destinés à les protéger des fantômes et des êtres surnaturels. Partagés entre l'angoisse et la tristesse, les femmes et les enfants leur dirent au revoir et le courageux couple se dirigea vers l'ouest.

Ils atteignirent les falaises en milieu de journée. Là, ils firent une pause, mangèrent quelques dattes, gobèrent des œufs et récitèrent des incantations pour apaiser les esprits hostiles. Quand ils repartirent, Laliari marchait en tête, s'efforçant de suivre le chemin le plus accessible. Elle s'arrêtait de temps en temps pour porter secours à Bellek. Un sentier escarpé les conduisit aux grottes et à leurs saillies rocailleuses. Des ossements d'animaux et des outils taillés dans du silex jonchaient le chemin, indiquant que cet endroit avait été habité.

Laliari se mit à chanter, plus pour signaler leur arrivée à d'éventuels habitants que pour apaiser les esprits. Si des gens vivaient encore ici, elle ne voulait surtout pas les effrayer. Il lui semblait plus sage d'annoncer bruyamment leur arrivée.

Mais ils ne rencontrèrent pas âme qui vive.

Sombres et profondes, les cavernes n'abritaient que de gigantesques stalagmites. Dans chacune d'elles, Bellek et Laliari trouvèrent des outils — hachettes, racloirs et couperets —, ainsi que des restes d'animaux — chevaux, rhinocéros et cerfs. Des êtres humains avaient habité ici, mais où étaient-ils partis, ces gens qui avaient laissé derrière eux des foyers calcinés, des outils cassés et, à certains endroits, d'étranges symboles dessinés sur les parois de calcaire ?

Leur exploration dura une journée et une nuit. Ces grottes semblaient constituer d'excellents abris — après tout, d'autres avant eux les avaient habitées —, et c'était précisément pour cette raison que Bellek ne pouvait y amener la tribu. Ils devraient trouver une grotte inexplorée s'ils ne voulaient pas attirer le mauvais sort.

Au deuxième coucher de soleil, une fine bruine se mit à tomber. Les rochers devinrent glissants. Comme ils avançaient lentement au bord du précipice pour atteindre la grotte suivante, Bellek perdit l'équilibre et tomba. Laliari le rattrapa de justesse, mais le piton acéré d'un rocher transperça la cuisse du vieil homme. Elle le soutint jusqu'à la grotte, où ils trouvèrent refuge.

Dans cette caverne, ils ne découvrirent pas seulement les signes d'un passage récent, mais aussi les traces d'un feu de camp éteint depuis peu. Lorsque des effluves de nourriture leur chatouillèrent les narines, la faim qui les tenaillait leur fit oublier toute prudence. Après une rapide inspection des lieux, ils se mirent en quête de nourriture. En apercevant un tas de terre fraîchement retournée, Laliari se souvint des méthodes parfois utilisées par son peuple, qui entreposait la viande ou la laissait rassir en l'enfouissant dans la terre. Elle s'agenouilla et se mit à gratter le sol. Bientôt, ses doigts rencontrèrent quelque chose de ferme et de moelleux, sans aucun doute un morceau de chair animale. Elle leva les yeux sur Bellek en souriant. Avec un peu de chance, ils mangeraient bientôt. Mais lorsqu'elle eut déblayé le reste de terre et découvert ce qui était enterré dessous, elle recula d'un bond en hurlant.

Bellek s'approcha du trou.

Un petit garçon gisait là, couché sur le côté, les genoux repliés sur sa poitrine, encerclé d'outils en silex et de cornes de chèvres ; des pétales de jacinthes, de roses trémières et des aiguilles de pin recouvraient son corps. Bellek esquissa rapidement un geste de protection en reculant d'un pas. Cet enfant était mort depuis très peu de temps !

Laliari se tourna vers le vieil homme, les yeux agrandis d'effroi. Avant qu'elle ait eu le temps de lui demander ce qu'ils devaient faire pour le salut de leur âme, une silhouette sombre surgit dans la grotte, massive, couverte de poils. Elle se jeta sur Laliari, qui tomba à la renverse.

Elle combattit la bête sauvage avec ses poings et ses dents ; tous deux roulèrent et roulèrent encore, opposés dans une lutte sans merci. Laliari parvint à se relever mais la bête l'attrapa par la cheville et lui fit perdre l'équilibre. L'agrippant par la taille, elle la souleva en l'air et, dans un grognement rageur, la jeta à travers la grotte. Laliari heurta la paroi rocheuse et s'évanouit. Ignorant Bellek, qui avait assisté à la scène, pétrifié, la bête — qui se révéla être un homme vêtu de fourrures — se précipita vers le trou et recouvrit à la hâte le corps de l'enfant.

Plus tard, Laliari recouvra ses esprits. Ses yeux s'accoutumèrent lentement à la pénombre. Elle était assise contre la paroi rocheuse et Bellek se trouvait à côté d'elle, la main posée sur sa jambe ensanglantée. Au centre de la grotte se déroulait une scène stupéfiante.

Penchée au-dessus de l'enfant mort, la brute qui l'avait attaquée laissait échapper des sons étranges, décrivant de grands cercles avec ses bras, comme un homme possédé par un démon. Une vague de terreur s'abattit sur Laliari. Elle eut soudain envie de prendre ses jambes à son cou, de s'éloigner au plus vite de ce cadavre, mais la blessure de Bellek saignait beaucoup et le vieil homme était très pâle. Elle se rapprocha de lui et glissa un bras sur ses épaules tandis que son cerveau confus essayait de comprendre ce qui se passait.

Indifférent à la présence des deux étrangers, l'homme vêtu de peaux de bêtes cessa de psalmodier son chant étrange. Après avoir jeté une dernière poignée de pétales sur la tombe, il se dirigea vers le feu qui couvait et entreprit de le ranimer. La fumée s'éleva en volutes vers le plafond, aspirée par une cheminée invisible. Jetant un coup d'œil en direction des étrangers, il croisa les grands yeux de la fille posés sur lui.

Il rentrait de la chasse et, avec des gestes rapides et précis, il dépeça un couple de lapins puis jeta les carcasses dans les flammes. Lorsque la première fut grillée, il la débarrassa de ses cendres et mordit dedans. L'homme s'appelait Zant ; il était le dernier survivant de son peuple dans cette vallée.

Tout en mangeant, Zant observait d'un air hostile les deux étrangers recroquevillés contre la paroi. Le vieil homme geignait tandis qu'un filet de sang coulait de sa blessure. Quant à la fille, elle le tenait dans ses bras, le regard agrandi d'effroi. Il aurait dû les tuer ; la profanation d'une tombe constituait un grand sacrilège. Il les tuerait peut-être plus tard, songea-t-il en continuant de manger.

Les heures s'écoulèrent. L'homme resta assis près du feu, le visage éclairé par sa lueur orangée. Laliari l'avait d'abord pris pour un animal, car elle n'avait encore jamais vu un être humain vêtu de fourrure. Elle le trouvait laid, avec son front proéminent et son grand nez qui le faisaient davantage ressembler à une bête qu'à un homme. La couleur de ses yeux était plus troublante : ils étaient bleus, comme le ciel. C'était la première fois qu'elle voyait des yeux clairs... étaient-ce les yeux d'un fantôme ? Ceci expliquerait pourquoi il ne craignait pas la présence du cadavre dans la grotte.

Lorsque les gémissements de Bellek redoublèrent d'intensité, l'homme s'approcha d'eux. Vive comme l'éclair, Laliari se dressa devant Bellek. Il l'écarta et s'accroupit à côté du vieillard. Sous l'œil méfiant de la jeune femme, il examina la blessure. A la moindre menace, elle défendrait Bellek au péril de sa propre vie. Mais l'étranger se contenta de prendre quelque chose dans la bourse qui pendait à sa ceinture et de passer ses doigts sur la plaie. Bellek tressaillit à son contact et Laliari se prépara à attaquer. Au même instant, la douleur sembla s'apaiser et l'inconnu retourna s'asseoir près du feu. Laliari s'accroupit à côté de Bellek et renifla la blessure pour tenter de savoir ce que l'homme avait appliqué dessus. Elle interrogea le chaman du regard, mais ce dernier ne parut pas inquiet. Un moment plus tard, l'étranger revint vers eux avec une outre d'eau et un lapin rôti qu'il tendit à Laliari.

Malgré la faim qui la tenaillait, elle hésita. Au sein de leur famille, la distribution de la nourriture était régie par des règles complexes et la consommation d'une viande dépendait de multiples conditions : du chasseur qui avait tué l'animal, des circonstances du sacrifice, de la mère du chasseur et de la mère de sa mère. Il fallait aussi désigner ceux des anciens qui auraient le droit de manger en premier et surveiller aussi le cycle de la lune. Comment être sûre que cet étranger avait prononcé les bonnes formules en tuant le lapin ? Elle ne l'avait pas entendu psalmodier d'incantations lorsqu'il avait dépecé l'animal.

L'idée de manger un animal interdit la mit mal à l'aise, mais la viande grillée à point, rose et juteuse, dégageait de délicieux effluves. A côté d'elle, le pauvre Bellek salivait déjà. Finalement, la faim l'emporta : Laliari accepta l'offrande.

Luttant contre son instinct qui lui commandait de mordre à pleines dents dans la chair parfumée, elle respecta les règles du clan selon lesquelles Bellek devait manger en premier. Elle mâcha donc quelques bouchées qu'elle recracha dans le creux de sa paume. Bellek lapa péniblement la bouillie de viande et Laliari reproduisit plusieurs fois les mêmes gestes. Pendant tout ce temps, l'étranger les observa, accroupi auprès d'eux.

Inclinant la tête d'un air intrigué, il effleura du bout des doigts le pagne en fibres tressées de Laliari. Puis il tira sur la ceinture de paille qui lui encerclait la taille, comme pour s'assurer que l'herbe sèche ne sortait pas de sa peau. Il observa longuement le pic en ivoire qui perçait son nez. Lorsqu'il leva la main pour la toucher, Laliari le repoussa d'un geste sec.

Une fois rassasié, Bellek ferma les yeux et Laliari dévora ce qui restait du lapin, rognant soigneusement les os et suçant ses doigts luisants de graisse, les yeux rivés sur l'étranger à l'apparence repoussante.

Au bout d'un moment, ce dernier regagna sa place auprès du feu. Une douce chaleur régnait dans la grotte et ils finirent par s'endormir. Laliari se réveilla dans la nuit. Allongé sur la tombe, l'étranger sanglotait. La jeune femme l'observa, intriguée. Elle comprenait le chagrin, mais ne savait-il pas qu'il attirait la malchance sur lui en restant à côté d'un cadavre ? Pour sa part, Laliari aurait volontiers fui cet endroit. Malheureusement, il pleuvait à torrents et la blessure de Bellek les obligeait à rester sur place. L'image de l'enfant mort emplit son esprit et l'idée que son fantôme était très certainement tapi dans un coin de la caverne l'empêcha de se rendormir.

L'homme se redressa alors puis, après être resté assis un long moment sur le monticule de terre, il fit signe à Laliari de le rejoindre auprès du feu.

Elle hésita. Cédant finalement à la curiosité, elle s'approcha du feu en prenant soin de contourner la tombe de l'enfant. Bellek dormait profondément.

Elle croisa les jambes et s'assit en tailleur. Plusieurs objets s'alignaient à côté du lit de fourrure : des hachettes et des lances en silex taillé, des petites poches en cuir au contenu mystérieux, des bols en pierre remplis de graines et de fruits en coque. Laliari tendit les mains vers le feu. Tête basse, elle étudia son compagnon à travers ses cils. Des colliers d'os et d'ivoire reposaient sur son torse velu. Ses cheveux, longs et emmêlés, étaient ornés de perles et de coquillages. De minuscules tatouages violets parsemaient ses bras et ses jambes. Vu de près, il ressemblait à n'importe quel homme de son clan ; seuls ses traits épais le différenciaient des siens.

Pourquoi était-il seul ici ? Où se trouvait sa famille ?

Elle leva les yeux sur lui et demanda :

— Qui es-tu ?

Il secoua la tête. Il ne comprenait pas.

A grand renfort de gestes, pointant son index sur elle puis sur lui, elle parvint finalement à se faire comprendre. Il martela son torse en articulant un son qui ressemblait à « Ts'ank't ».

Laliari essaya de le répéter, mais elle ne put dire que « Zant ». Laliari énonça son propre nom, Zant observa attentivement ses lèvres et sa langue tandis qu'elle le répétait, mais, malgré ses efforts, il fut incapable de reproduire son nom fidèlement et se contenta de « Lali ».

Ils poursuivirent leurs efforts de communication ; Zant nomma d'autres choses dans son propre langage : la grotte, le feu, la pluie et même Bellek. Mais Laliari avait du mal à répéter les mots qu'il prononçait. Lorsqu'elle les dit dans sa langue, Zant essaya à son tour de reproduire les mêmes sons, sans plus de succès. Conscients de leurs propres limites, ils se turent et se perdirent dans la contemplation du feu, intrigués par le miracle qui les avait fait se rencontrer — deux êtres humains issus de deux mondes différents. Une question continuait cependant à hanter Laliari. Cédant à la curiosité, elle désigna le monticule de terre et gratifia Zant d'un regard interrogateur.

A sa grande surprise, les yeux de l'homme s'emplirent de larmes. Dans sa famille à elle, les hommes ne pleuraient pas. En voyant les larmes rouler sur ses joues, elle fut prise d'une sourde angoisse. Les larmes possédaient un pouvoir magique, comme le sang, l'urine et la salive. Mais Zant les essuya en murmurant un mot qu'elle ne comprit pas. Comme elle l'interrogeait du regard, il répéta le même mot, plusieurs fois, en montrant le tas de terre. Soudain, Laliari comprit qu'il disait le nom de l'enfant.

Terrifiée, elle bondit sur ses pieds et, balayant la grotte du regard, esquissa des gestes frénétiques pour se protéger du fantôme de l'enfant.

Sa conduite intrigua Zant. Il aimait dire le nom du garçonnet, cela lui faisait du bien. De quoi avait-elle peur ? Il se leva à son tour pour se diriger vers la tombe. Là, il se mit à genoux et caressa doucement la terre fraîchement retournée. Laliari secoua la tête, prise de panique.

Zant réfléchit. Il retourna auprès du feu et, plongeant la main sous la peau de bête qui couvrait son torse, sortit une petite pierre grise qu'il tendit à Laliari.

Comme elle refusait de la prendre, il marmonna un mot et, à son grand désarroi, esquissa un sourire. Son visage en fut métamorphosé. La brutalité qui assombrissait ses traits s'évanouit instantanément et il lui parut tout à coup aussi ordinaire que les hommes de sa famille. Devant son insistance, elle finit par prendre la pierre et l'examina longuement, sourcils froncés.

Façonné par la main de l'homme, le caillou emplissait sa paume. Ses deux extrémités étaient taillées en pointe et des bosses ornaient sa partie centrale. Laliari continua d'observer la pierre sans comprendre. Alors, Zant effleura sa poitrine nue puis posa le doigt sur une des protubérances de la pierre. Laliari regarda encore et, au bout d'un moment, tout devint clair. C'était une femme enceinte.

Laliari retint son souffle. C'était la première fois qu'elle voyait la représentation d'un être humain. Par quel tour de magie pouvait-elle tenir une petite femme dans sa main ?

Les flammes projetèrent des éclairs sur la figurine et Laliari découvrit que son abdomen abritait une autre pierre : la plus belle pierre qu'elle ait jamais vue. C'était comme un éclat d'eau gelée, comme un morceau de ciel d'été. Comme le bleu des yeux de Zant... Quand la pierre capta la lumière, elle refléta mille éclats merveilleux.

Fascinée, Laliari approcha la pierre de son visage et plongea son regard dans le cœur translucide. Le feu crépitait, Bellek ronflait doucement dans son coin. Laliari contempla les profondeurs cristallines de la pierre... un cri lui échappa.

La pierre bleue abritait un bébé... un bébé dans le ventre de sa mère !

Zant tenta de lui retracer l'histoire de la pierre. Il y avait très, très longtemps, ses ancêtres avaient dérobé la pierre bleue à des envahisseurs qui arrivaient du Sud ; une guérisseuse l'avait alors enfermée dans le ventre de cette statuette. Les ancêtres de Zant avaient suivi les troupeaux d'animaux dans le Sud, sous des latitudes plus chaudes, rapportant du même coup la pierre bleue sur la terre de ses premiers propriétaires, les descendants de la Grande, dont était issue Laliari.

Zant tenta d'expliquer le lien qui existait entre la figurine et l'enfant mort, recroquevillé dans sa tombe. Malgré toute sa bonne volonté, Laliari n'y comprit goutte.

Soudain, une longue plainte se fit entendre ; Bellek appelait Laliari. Elle se précipita vers lui ; recroquevillé sur le côté, il tremblait violemment. Elle frictionna ses membres glacés, souffla sur lui son haleine chaude, mais rien n'y fit : les tremblements redoublèrent d'intensité tandis que ses lèvres bleuissaient. Zant écarta doucement Laliari, puis il prit dans ses bras le frêle vieillard et l'emporta près du feu. Là, il déposa Bellek à terre puis le recouvrit d'une peau de bête. Au bout d'un moment, Bellek, apaisé, sombra dans un profond sommeil.

D'un geste gauche, Zant posa sa grande main sur le front du vieil homme et murmura quelques mots que Laliari, fascinée, ne comprit pas.

L'état de santé de Bellek se dégradait. Sa blessure s'infecta, la fièvre grimpa. Zant veillait sur lui avec attention. Malgré les trombes d'eau qui continuaient de tomber du ciel, il sortit chaque jour pour rapporter au vieil homme de la nourriture facilement ingérable : des racines moelleuses, des œufs, des fruits secs réduits en bouillie. Il trouva également des remèdes pour accélérer sa guérison : de l'aloès pour la cicatrisation, de l'écorce de saule qu'il faisait mariner dans de l'eau chaude pour combattre la fièvre. Zant soignait le vieux chaman avec une douceur infinie. En le regardant caler la tête fragile de Bellek dans le creux de son bras charnu pour l'aider à boire, en l'écoutant chantonner dans sa langue, Laliari sentit s'atténuer la méfiance et la répugnance qu'elle avait éprouvées pour lui au début de leur rencontre.

Malgré tout, Zant demeurait un homme de grand mystère. Pourquoi était-il seul ? Où se trouvait son peuple ? Avait-il péri parce que la lune avait disparu ? L'enfant enterré dans la tombe était-il le dernier de son espèce ? Zant en était-il le seul représentant, à présent ?

Qu'était-il arrivé aux troupeaux qui peuplaient la vallée, où étaient-ils partis ?

Et puis, il y avait aussi la petite femme enceinte, avec le bébé en pierre bleue dans son ventre. Que représentait-elle, au juste ?

Toutes ces questions taraudaient Laliari, qui songeait aussi à sa propre famille, restée au bord du lac. Privés des pouvoirs d'Alawa et de Bellek, ils étaient fragiles, vulnérables. Jamais encore ils n'avaient vu la pluie tomber si longtemps, plusieurs jours d'affilée. Ils devaient être terrifiés. Laliari regarda l'écran de pluie qui bouchait l'entrée de la caverne. Elle songea encore à la lune perdue, à la disparition des animaux, à Zant, le dernier homme de sa famille, et une question germa dans son esprit : *Est-ce la fin du monde ?*

Zant continua à prendre soin de Bellek et ce fut un temps de découverte et d'exploration pour cet homme et cette femme issus de lignées distinctes. Zant transmit à Laliari son savoir sur les plantes de la vallée et leurs vertus thérapeutiques. Quant à Laliari, elle dénicha des légumes et des racines et montra à son compagnon comment les accommoder. Mais Zant n'en avait cure. Son peuple ne se nourrissait que de viande. Il balayait les légumes d'un geste dédaigneux.

— Pour les chevaux, marmonnait-il. Pas pour les hommes.

Il expliqua alors qu'il appartenait au clan des Loups et que les loups étaient carnivores. Laliari n'avait jamais vu de loup.

Des bols en pierre jonchaient le sol de la grotte, tous emplis de résidus de graisse animale brûlée. Zant lui en avait révélé l'utilité en allumant le feu dans un de ces récipients. Laliari contemplait le résultat d'un air stupéfait. Dans le bol brillait un feu qui répandait autour de lui une clarté lumineuse. Habitant des abris à ciel ouvert, éclairés par les étoiles et la lune, le peuple de Laliari n'avait jamais songé à inventer un système de lampe. Ils avaient appris à transporter avec eux des braises pour allumer le feu suivant, mais là, c'était différent : c'était le feu en lui-même qu'on transportait !

Zant entreposait ses affaires dans des vessies et des panses d'animaux, dans des peaux de bêtes cousues. Originaire d'une vallée fluviale gorgée d'herbes et de roseaux, Laliari portait avec elle un panier qui intriguait beaucoup Zant ; c'était la première fois qu'il voyait des fibres tressées entre elles.

Carnivores, Zant et sa famille n'étaient pas de bons pêcheurs — pourquoi auraient-ils dû se fatiguer à attraper du poisson alors que le gibier courait partout ? Maintenant, les animaux se faisaient rares dans la vallée, la pluie rendait la chasse difficile, aussi Laliari montra-t-elle à Zant comment pêcher avec un filet fabriqué à partir de fibres végétales et de tendons animaux. Un jour où la pluie cessa, momentanément chassée par un rayon de soleil, ils descendirent au bord d'un ruisseau grouillant de poissons. Après avoir déplié le filet qu'elle avait emporté dans son panier, Laliari le lesta avec des pierres et le jeta dans l'eau. Zant, tout heureux de voir tant de poissons piégés dans le filet, entra dans l'eau pour le relever. Mais il glissa sur un rocher et tomba à la renverse. Laliari éclata de rire lorsqu'il grimpa sur la berge pour s'ébrouer. Sa tunique en fourrure était trempée ; il l'enleva et la posa sur les rochers pour la faire sécher. Le rire de Laliari se tut dès qu'elle posa les yeux sur son torse nu.

Sa peau était aussi blanche que les nuages d'été; des gouttes d'eau étincelaient dans les poils noirs. Il avait un torse large, des épaules et des bras puissamment musclés. Un pagne en peau souple cachait sa virilité, dénudant ses fesses blanches et fermes qui se couvrirent de petits boutons lorsque, le soleil ayant glissé derrière un nuage, la température se rafraîchit. Quand Zant leva les bras pour essorer sa longue chevelure, des muscles puissants jouèrent sous sa peau humide. Laliari retint son souffle, troublée.

L'instant d'après, le soleil reparut et il lui offrit son visage. L'ombre et la lumière se disputèrent sa nudité ; l'eau continuait à ruisseler sur son corps, ses longs cheveux noirs flottaient dans son dos. Laliari contempla son profil, son torse puissant bombé en avant, son nez brun et large pointé vers le ciel. *Les loups ressemblent-ils à cela ?* se demanda-t-elle, émerveillée.

De gros nuages voilèrent de nouveau le soleil, le froid s'abattit sur eux et le charme fut rompu. Mais le ravissement de Laliari ne disparut pas pour autant. Lorsque Zant se baissa pour ramasser sa tunique, elle admira sa vigueur et se laissa captiver par l'aura de mystère qui l'entourait. Une onde de chaleur étrange, inconnue, se répandit au plus profond de son être. Zant fit volte-face. Lorsque son regard bleu captura le sien, elle sentit son cœur s'emballer ; c'était une sensation nouvelle et troublante, comme si une gazelle bondissait joyeusement dans sa poitrine.

Elle se souvint tout à coup de la solitude de Zant et une vague de tristesse s'abattit sur elle.

Chaque jour, il sortait de la grotte, armé de sa lance et de sa hachette, et disparaissait rapidement dans la pluie. Il reparaissait un long moment plus tard, trempé et grelottant, alors, sans mot dire, il dépeçait sa proie puis jetait les morceaux de viande dans le feu. Accroupi, il se perdait dans la contemplation des flammes, le visage empreint d'une grande tristesse. Laliari se posait mille questions. Pourquoi restait-il avec eux ? De temps en temps, Zant levait les yeux, leurs regards se croisaient ; elle sentait que quelque chose d'indéfinissable se produisait dans le confinement chaud et enfumé de la caverne. Lorsque la viande était cuite, Zant la leur apportait. Il veillait toujours à ce qu'ils aient mangé à leur faim avant de prendre sa part. Pendant qu'elle se restaurait, elle sentait ses yeux posés sur elle, des yeux pleins de solitude, de questions, de désir.

Ils passaient leurs journées à chercher de quoi manger, leurs soirées à tenter de communiquer, leurs nuits à dormir d'un sommeil agité. Aucun d'eux ne possédait les mots suffisants pour décrire ce qui leur arrivait, pour expliquer les émotions troublantes qui les agitaient. Laliari et Zant prenaient soin de Bellek, mais tous deux sentaient que quelque chose prenait forme dans l'intimité de la grotte, quelque chose d'indescriptible, comme un fantôme, mais un fantôme sympathique, le fantôme du feu peut-être, car une vague de chaleur couvait en eux, menaçant de les submerger d'un instant à l'autre. Laliari se demandait comment le peuple de Zant prenait du plaisir. De son côté, Zant s'interrogeait sur les rapports qu'entretenaient les hommes et les femmes de son clan. Une foule de tabous inconnus se dressaient entre eux, et, avec eux, la peur de les violer.

Le jour où Laliari quitta la grotte après avoir pris ses affaires, rassemblé quelques provisions et murmuré des paroles rassurantes au vieil homme, Zant ne la questionna pas. Les femmes de sa famille pratiquaient également l'isolement durant leurs menstruations.

Quand elle reparut, cinq jours plus tard, il lui montra un spectacle à la fois stupéfiant et riche d'enseignement.

La pluie avait cessé et les rayons du soleil déchiraient les nuages effilochés. Après s'être assuré que Bellek ne manquait de rien, Zant prit Laliari par la main et l'entraîna sur un étroit sentier qui montait jusqu'au sommet des falaises. Là, surplombant le monde, debout sous la voûte du ciel qui s'étalait à l'infini, Laliari sentit le vent envahir son esprit et l'élever à des hauteurs insoupçonnées. A ses pieds se déroulaient les plaines et les collines ombrées d'un début de verdure ; au loin miroitait le grand lac d'eau douce au bord duquel campait sa famille. C'était la première fois que Laliari dominait ainsi le monde.

Mais ce ne fut pas ce spectacle qui lui apporta des réponses. Sans mot dire, Zant l'entraîna vers le plateau qui s'avançait au-dessus du vide. Assaillie par la peur, Laliari refusa de s'approcher du précipice, mais Zant la prit par le bras avec un sourire rassurant. Terrifiée à l'idée d'être emportée par le vent, elle avança malgré tout et baissa les yeux.

Le spectacle qui s'offrit à elle lui coupa le souffle.

Au fond du ravin s'élevait une montagne de cadavres de chevaux. Les animaux avaient été éventrés, mais leurs peaux, leurs queues et leurs ossatures étaient restées intactes. Une puanteur répugnante s'échappait des cadavres en décomposition. Les gestes et les mimiques de Zant l'aidèrent à comprendre l'horrible réalité : c'était Zant et son peuple qui avaient poussé ce troupeau vers sa propre destruction. C'était leur manière de chasser. Laliari se souvint alors des carcasses d'antilopes qu'elles avaient découvertes, ses compagnes et elle, quelques semaines plus tôt. Ce charnier les avait à la fois horrifiées et intriguées. A présent, tout s'éclairait dans son esprit : poursuivies par une horde de chasseurs, les bêtes s'étaient précipitées dans le vide, au-devant de leur mort.

Sa stupeur grandit encore quand elle découvrit qu'ils n'avaient exploité qu'une toute petite partie des cadavres. Avec ses mots saccadés et ses gestes maladroits, Zant lui fit entrevoir l'étendue du carnage : elle imagina sans peine les hommes en train d'éventrer les bêtes, encore vivantes pour la plupart, puis de se glisser à l'intérieur pour arracher les tendres organes, dévorant des cœurs battants et des foies chauds, peignant leur corps avec le sang de leurs proies, puisant leur force dans l'esprit du cheval.

Pareil gâchis la révolta. Son peuple à elle aurait exploité chaque organe, chaque tendon ; même les crinières auraient eu une utilité. Laliari découvrit alors que le tabou le plus puissant avait été violé : la plupart de ces animaux étaient des femelles. Dans sa famille, les chasseurs ne visaient que les mâles car ces derniers, incapables de procréer, n'étaient pas nécessaires à la survie du troupeau. En tuant des femelles, on tuait du même coup leur future progéniture et, à terme, le troupeau tout entier. Balayant d'un regard triste cet affligeant massacre — certaines bêtes portaient un petit dans leur ventre —, elle réalisa qu'ils n'avaient pas rencontré un seul cheval depuis qu'ils avaient quitté la mer des Roseaux. Ces bêtes éventrées étaient-elles les dernières de leur espèce ?

Elle se tourna vers cet homme qui l'attirait et l'intriguait à la fois — il l'horrifiait et la dégoûtait à présent, comme le soir de leur rencontre. Comment pouvait-il effleurer si délicatement la plaie douloureuse d'un vieillard affaibli et conduire en même temps des centaines de chevaux vers une mort aussi ignoble qu'inutile ? Il continuait à parler en faisant de grands signes en direction du nord ; ses poings martelaient son torse bombé par la fierté et le courage, mais son regard trahissait l'immense solitude qui l'habitait depuis plusieurs semaines. Soudain, Laliari comprit, et ce fut comme une révélation : Zant n'était pas le dernier de son espèce. Après avoir décimé tous les troupeaux de la vallée, son peuple avait été obligé de monter vers le nord, en quête de nouvelles proies. Il appartenait au clan du Loup, expliqua-t-il encore, aussi suivaient-ils les hordes de loups qui traquaient les troupeaux. Sa famille avait installé son campement à quelques jours de là, au nord, juste après le lac, en allant vers les montagnes. Ils l'attendaient.

Bellek guéri, Zant déclara qu'il était temps pour lui de poursuivre sa route. Il rassembla ses biens, puis il fallut se dire au revoir. Ils avaient le droit de se toucher, à présent qu'ils se quittaient.

— Lali, dit-il avec une telle tristesse dans la voix qu'elle en fut bouleversée.

Lorsqu'il effleura ses joues du bout des doigts, une vague de chaleur déferla en elle. Capturant sa main, elle la pressa contre son visage et se tourna légèrement, jusqu'à ce que ses lèvres rencontrent sa paume calleuse, qu'elles embrassèrent longuement.

Sous les épais sourcils, le regard bleu s'embua. Il articula encore son nom, mais aucun son ne sortit de sa bouche. Des émotions indescriptibles, des sentiments indéfinissables la submergèrent. Rien ni personne ne l'avait à ce point bouleversée. Ni la première étreinte de Doron, ni même le spectacle de sa mort. Ce mystérieux étranger avait touché au plus profond de son être des endroits dont elle ne soupçonnait même pas l'existence ; il avait éveillé en elle une nouvelle énergie brûlante, dévorante, qui s'éteindrait probablement lorsqu'il disparaîtrait.

Il l'attira dans le cercle de ses bras et elle promena ses lèvres sur son visage. Son souffle chaud balayait sa gorge ; elle sentit sa virilité dressée contre elle. Il l'allongea par terre et elle l'attira au-dessus d'elle. Il couvrit son corps de caresses fiévreuses en murmurant son nom… « Lali… » Elle chuchota le sien, « Zant… », avant de s'offrir à lui. Il était plus fort que Doron à tous les égards, et elle suffoqua lorsqu'il la fit sienne.

Dehors, Bellek attendait sur le promontoire rocheux. Il comprenait ces choses-là. Il finit par s'accroupir et entreprit de s'épouiller.

Zant et Laliari passèrent ensemble sept jours et sept nuits durant lesquels ils se découvrirent et apprirent à se connaître. Ils chassaient et pêchaient la journée et vivaient la nuit de passionnés corps à corps. Lorsqu'il se décida enfin à partir, tous deux savaient qu'ils ne se reverraient jamais. La place de Laliari était parmi les siens. Un jour, elle l'ignorait encore, elle deviendrait la gardienne des cornes de gazelle. Quant à Zant, il devait se hâter de rejoindre sa famille. Ils continueraient à chasser, précipitant vers la mort des troupeaux entiers de mammouths, de chevaux, de rennes et de bouquetins, provoquant ainsi l'extinction de nombreuses espèces. Zant et son peuple continueraient leur progression vers le nord sans savoir que leur propre espèce était menacée d'extinction, pour des raisons qui demeureraient un mystère 35 000 ans plus tard, lorsqu'ils seraient dénommés « hommes de Neandertal ».

Après le départ de Zant, Laliari ramassa tristement ses affaires et s'apprêta à retourner au lac avec Bellek. Ce fut dans un de ses paniers qu'elle découvrit la petite figurine avec la pierre bleue dans son ventre. Le dernier cadeau de Zant.

Ils traversèrent silencieusement la plaine, Laliari soutenant Bellek, qui avait gardé de sa chute une légère claudication. Retrouveraient-ils le campement ? Cela faisait si longtemps qu'ils étaient partis ! Finalement, ils aperçurent de la fumée et entendirent des rires d'enfants portés par le vent. En approchant du camp, ils virent...

Des fantômes !

Bellek se figea. Un cri étranglé mourut sur ses lèvres. Heureusement, les yeux de Laliari étaient meilleurs que ceux de son compagnon et elle vit aussitôt que les hommes qui s'affairaient dans le campement n'étaient pas des fantômes mais des chasseurs, bel et bien vivants. Ils pressèrent le pas et Laliari se mit à courir, cherchant désespérément un visage familier. Et elle le vit.

Doron, qu'elle avait cru mort, englouti par la mer en colère.

Ils avaient dérivé longtemps, très longtemps, lui expliqua-t-il, avant d'échouer sur la rive opposée à celle où s'étaient installées les femmes. Ils avaient été obligés d'attendre que la marée change et que la mer des Roseaux se retire pour pouvoir gagner l'autre rive. Bien sûr, ils n'avaient aucune idée de la direction à suivre pour rattraper les femmes, et il leur avait fallu plusieurs jours avant de retrouver leurs traces. Ensuite, ils s'étaient contentés de suivre les symboles magiques gravés par Bellek sur les troncs d'arbres tout au long de leur progression.

Et ils étaient là, maintenant, le clan entier enfin réuni. Laliari dévisagea Doron, les yeux noyés de larmes de joie, mais c'était Zant qui hantait ses pensées...

Ce soir-là, Bellek raconta leur périple au pays des cavernes et Laliari fit passer la statuette de la fertilité afin que chacun puisse l'admirer. Tout à coup, un cri retentit aux abords du campement. L'un des chasseurs chargé de guetter l'apparition de la lune arriva en courant. Une expression hébétée se lisait sur son visage. Tous les membres du clan se levèrent d'un bond, coururent à travers la forêt et débouchèrent dans une clairière où ils virent...

Ils retinrent leur souffle.

La lune leur faisait face, accrochée dans un ciel piqueté d'étoiles. Grosse, ronde, étincelante.

Cette nuit-là, le clan de la Gazelle organisa une grande fête durant laquelle Bellek distribua des champignons magiques. Réunis autour du feu de camp, ils partirent tous dans de merveilleuses hallucinations, pleines de couleurs et de volupté. Une vague de tendresse les submergea, les cœurs s'emballèrent, aiguillonnés par le désir. Les couples se formèrent, Doron entraîna Laliari dans les herbes hautes. Bellek se retrouva entouré de deux ravissantes jeunes femmes. Quant à Freer, le compagnon de chasse de Doron, il alla chercher le réconfort entre les jambes accueillantes de Celle-qui-n'a-pas-de-Nom, oubliant pour un temps son statut de paria.

Le retour de Laliari et Bellek avait coïncidé avec le retour de la Lune et, dans l'esprit de tous, il ne pouvait s'agir d'un simple hasard. Tous le firent remarquer, le lendemain. De son côté, Laliari avança elle aussi une explication de l'étonnant phénomène : pour elle, le retour de la Lune était lié à la pierre bleue que l'étranger lui avait donnée avant de partir.

Sceptiques, les autres décidèrent tacitement qu'elle se trompait. Mais lorsque, le mois suivant, la plupart des femmes du clan découvrirent qu'elles étaient enceintes, y compris Celle-qui-n'a-pas-de-Nom, la statuette fut examinée de plus près et, cette fois, le doute ne fut plus permis : on y vit bel et bien la poitrine et le ventre d'une femme enceinte, ainsi qu'un bébé, logé au cœur du cristal bleuté.

La pierre avait ramené la Lune, et du même coup la vie, au sein du clan.

Une autre célébration eut lieu, au cours de laquelle fut chanté et loué le nom de Laliari. Tandis qu'elle acceptait modestement ces honneurs, songeant à la fois à Zant et à Doron, elle ne remarqua pas, de l'autre côté du cercle, deux yeux qui la regardaient fixement : ceux de Keeka, que le retour de sa cousine exaspérait au plus haut point.

Keeka mûrissait sa vengeance.

Elle s'était secrètement réjouie tandis que l'absence de Laliari se prolongeait. Bien qu'elle redoutât, comme les autres, la mort de Bellek — comment le clan survivrait-il s'il n'y avait plus personne pour déchiffrer les présages et les conduire dans la bonne direction ? —, elle espérait de tout cœur que sa cousine ne reviendrait pas. Lorsque Doron et les autres survivants avaient fait leur apparition, Keeka avait profité de l'absence de Laliari pour tenter de séduire le jeune chasseur. Son entreprise avait presque abouti : il s'asseyait à côté d'elle pendant le repas du soir et avait commencé à lui faire comprendre qu'il coucherait volontiers avec elle… et tout à coup, Bellek et Laliari avaient surgi du brouillard !

Sept années s'étaient écoulées depuis, sept années qui avaient vu l'ascension de Laliari au sein du clan. Persuadés que le retour de la Lune était directement lié à la pierre de fertilité — une pierre si puissante que même Celle qui n'a pas de Nom avait eu des enfants, retrouvant de ce fait son ancien nom et le respect des siens —, les membres de la famille avaient désigné Laliari comme nouvelle gardienne des cornes de gazelle. Elle avait à présent trois enfants, Doron avait délaissé la hutte des chasseurs pour dormir avec elle et tout le monde l'appréciait. Aveuglée par la jalousie, Keeka avait de plus en plus de mal à supporter cette situation.

Toutefois, son plan de vengeance devait être élaboré avec le plus grand soin. Il lui fallait tuer Laliari sans que celle-ci s'en rende compte car, sinon, son fantôme la hanterait pour le restant de ses jours. Comment tuer quelqu'un sans qu'il connaisse l'identité de son agresseur ? Toutes les méthodes qui lui venaient à l'esprit — la lance ou la massue, ou encore pousser

Laliari dans un ravin — n'offraient aucune assurance d'anonymat. Elle ne pourrait pas non plus tromper sa cousine comme elle avait trompé la vieille Alawa. Quand Keeka s'était glissée dans la hutte de la vieille femme pour l'étrangler — elle y avait été contrainte après avoir entendu Alawa confier à Bellek qu'il fallait tuer tous les garçons, et donc ses fils à elle, Keeka ! —, elle avait pris soin de se badigeonner le visage de boue et de couvrir ses cheveux de feuillages afin de se faire passer pour un esprit. Mais Laliari était trop futée et elle avait de bons yeux ; nul doute qu'elle reconnaîtrait aussitôt son assaillante.

Dans ce nouveau pays, le clan avait dû s'adapter à un autre rythme. Dans leur vallée ancestrale, de l'autre côté de la mer des Roseaux, leur existence s'était organisée autour de la crue annuelle du fleuve. Ici, c'étaient les brumes automnales, le froid hivernal, la floraison printanière et la chaleur estivale qui rythmaient leur vie. Dans cette contrée inconnue, ils avaient dû observer les mouvements migratoires du gibier et des oiseaux et définir les moments propices à la cueillette des fruits et des graines. Les pagnes en fibres végétales ne suffisaient plus à les protéger du froid mordant, aussi avaient-ils appris à fabriquer des tuniques et des pantalons en peaux de bêtes. A l'approche de l'hiver, ils se réfugiaient dans les grottes sèches et chaudes creusées dans les falaises, puis en émergeaient au printemps pour aller construire des abris de paille sur les rives du lac.

Keeka était en train de ramasser des herbes printanières avec les autres femmes quand elle tomba sur une plante qu'elle n'avait encore jamais vue. Elle venait du nord et proliférait dans les lointaines montagnes d'un pays qu'on appellerait un jour Turquie ; au fil des siècles, portées par les vents et les oiseaux, les graines de cette plante avaient atterri et pris racine ici, sur les rives du lac Galilée. Munie de ses paniers en osier et de ses bâtons, Keeka s'arrêta pour observer les longues tiges rouges et les larges feuilles vertes. La famille avait découvert un grand nombre de plantes nouvelles dans cette vallée, et celle-ci n'était pas plus surprenante que les autres. Toutefois, lorsqu'elle se pencha pour déraciner un plant, elle vit quelque chose qui l'arrêta net.

Des cadavres de rongeurs gisaient entre les feuilles.

Le souffle coupé, Keeka recula d'un pas. Des esprits maléfiques rôdaient par là ! Comme elle traçait un geste de protection en murmurant des paroles magiques, quelque chose attira son attention et elle examina les cadavres de plus près.

Après un moment, elle comprit que les rongeurs avaient grignoté les feuilles de la plante avant de mourir. L'un d'entre eux était encore en vie et se tortillait en tous sens, parcouru de convulsions. L'instant d'après, il se raidit et mourut. Keeka garda ses distances, effrayée par l'esprit empoisonné qui habitait la plante, mais elle ne prit pas la fuite car une vision inattendue venait de germer dans sa tête : Laliari gisant à terre comme ces rongeurs, foudroyée par l'esprit mauvais de la plante.

Elle vit soudain là l'instrument de sa vengeance.

Gagnée par une vague d'euphorie, Keeka courut vers le lac et enduisit soigneusement ses mains de vase fraîche. Puis, avec des gestes délicats, elle arracha les plants de rhubarbe en chantonnant des incantations protectrices. Après avoir déposé la plante au fond de son panier, elle se précipita de nouveau vers le lac pour se laver les mains. Un sourire satisfait flottait sur ses lèvres. Ainsi, ce ne serait pas elle qui tuerait Laliari, mais l'esprit malin contenu dans la plante. En reprenant son panier, elle songea à ce que serait la vie lorsque Laliari ne serait plus là, et son sourire s'épanouit. Comme elle avait hâte d'attirer le séduisant Doron dans sa hutte !

Les membres de la Famille avaient essuyé plusieurs échecs quand ils avaient essayé de tailler des vêtements dans des peaux de bêtes. Les peaux de chèvre qu'ils avaient trouvées se raidissaient au point qu'on ne pouvait plus les travailler. Réfugié dans les grottes, le peuple de Laliari avait grelotté tout l'hiver, l'année de leur arrivée. Mais Laliari se souvenait de la douceur et de la souplesse des fourrures de Zant, aussi avait-elle passé l'été suivant à tendre et gratter les peaux avec ses compagnes, jusqu'à ce qu'elles sèchent sans perdre leur souplesse. Elles avaient ensuite fabriqué des aiguilles en os qui leur servirent à percer les peaux de petits trous dans lesquels elles enfilèrent de la fibre végétale pour assembler les différentes pièces.

Laliari se tenait ce jour-là sur une butte balayée par le vent, vêtue d'une longue tunique composée de peaux de chèvres souples et chaudes. De grandes bottes de fourrure protégeaient ses pieds. Son bébé de huit mois dormait paisiblement dans une poche en peau de mouton accrochée dans son dos. Chaudement emmitouflés dans des capes et des pantalons en peau de gazelle, les fils de Laliari, Vivek et Josu, chassaient les sauterelles.

Sa haute silhouette se découpait fièrement sur le monticule. Balayant du regard la végétation naissante, guettant les premiers fruits du printemps, elle arborait les cornes de gazelle du clan, retenues sous son menton par des tendons d'animaux. Elle pensa au carré d'ail qui poussait plus bas, au bord de la rivière ; hélas, il était trop tôt pour le récolter. Il faudrait attendre le milieu de l'été, au grand dam de la famille, qui avait développé un goût prononcé pour cette plante. Elle se tourna vers le vieux figuier qui se dressait en haut de la colline et examina ses fruits encore verts. La lune devrait effectuer un autre cycle avant que la famille puisse savourer les figues gorgées de sucre. Finalement, elle repéra un buisson de ronces, dont elle se souvint aussitôt. A sa grande joie, les premières mûres étaient prêtes à être cueillies.

Elle entreprit de ramasser les fruits. Une douce brise tournoyait autour d'elle, l'enveloppant d'un parfum délicat, celui des milliers de jacinthes mauves qui tapissaient les prés et les collines. D'une blancheur éclatante, les narcisses commençaient aussi à éclore, souvent en une nuit, recouvrant de vastes étendues. Après les mois sombres et froids passés dans des cavernes enfumées, le clan de la Gazelle savourait le retour du printemps.

Une joie indicible emplissait Laliari. Sa petite fille dormait dans son dos et, tout près d'elle, dans les herbes tendres, couraient ses deux fils chéris.

Agé de six ans, Vivek, son fils aîné, avait d'épais sourcils et on devinait déjà le contour massif de sa mâchoire d'adulte. Sa ressemblance avec Zant ne surprenait pas Laliari ; c'était la statuette de la fécondité de Zant, avec le bébé en pierre bleue logé dans son ventre, qui lui avait donné cet enfant. Son deuxième fils, Josu, était un garçonnet de quatre ans, plein de vivacité, potelé et coiffé de boucles châtaines. On lui percerait le nez le lendemain. Une grande fête aurait lieu pour l'occasion ; il recevrait en même temps sa première hachette, ainsi qu'un collier de coquillages et de talismans.

La terreur qu'elle avait éprouvée en arrivant dans ce pays lui semblait si lointaine... même son peuple avait l'impression d'avoir toujours vécu ici. Ils avaient appris à aimer les rives du lac. Offrant son visage à la brise, Laliari songea à Zant. Elle espérait de tout son cœur qu'il avait retrouvé sa famille, qu'il chassait de nouveau avec eux et qu'il était heureux. Laliari n'était jamais retournée dans la grotte où elle l'avait rencontré. Un enfant y était enterré et Bellek avait déclaré l'endroit interdit.

Un sifflement aigu déchira le silence et Laliari pivota sur elle-même. Sa cousine Keeka avançait dans sa direction. Malgré la fraîcheur, Keeka était torse nu, exhibant fièrement le magnifique collier de coquillages que lui avait offert un chasseur. Elle s'était épaissie depuis la fin de leur exode ; sitôt la famille installée sur les rives du lac, elle avait retrouvé sa légendaire gloutonnerie.

A la grande surprise de Laliari, Keeka venait ce jour-là partager les fruits de sa cueillette. Elle lui tendit un panier garni de larges feuilles vertes, expliquant qu'il s'agissait d'une nouvelle plante, tout à fait savoureuse, qu'elle venait de découvrir. Laliari accepta volontiers le présent et lui offrit en retour un panier de mûres. Un large sourire aux lèvres, Keeka s'en fut, enfournant de pleines poignées de mûres dans sa bouche. Laliari mordilla une feuille de rhubarbe et jugea la nouvelle plante insipide.

— Mama.

Baissant les yeux sur les petites mains tendues de Josu, elle lui tendit une feuille et en donna une à son fils aîné. Vivek goûta et recracha aussitôt en grimaçant. De son côté, le petit Josu mâchonna joyeusement sa feuille de rhubarbe.

Lorsqu'elle eut rempli deux grands paniers de mûres, Laliari appela ses fils et, ensemble, ils regagnèrent le campement. D'autres femmes arrivèrent en même temps qu'eux, chargées de paniers pleins : feuilles de pissenlit, concombres sauvages, graines de coriandre, œufs de pigeon côtoyaient des gerbes de jonc, ramassé pour sa sève comestible et la confection de paniers. Les hommes, eux, revenaient au camp avec des filets pleins de poissons, des paniers de patelles ainsi que deux jeunes chevreaux fraîchement abattus. La distribution de nourriture se ferait selon les codes établis, et tout le monde mangerait copieusement.

Tandis qu'on psalmodiait les incantations rituelles, les animaux furent dépecés. Une fois rôtis, les morceaux de viande furent distribués d'abord aux mères des chasseurs, puis aux anciens et ainsi de suite jusqu'aux chasseurs, toujours servis en dernier. Laliari allaita son bébé et veilla à ce que ses fils reçoivent une portion suffisante. Pendant que Vivek gobait un œuf, le petit Josu continua à mâchouiller la feuille de rhubarbe qu'il tenait toujours à la main. Quelqu'un avait découvert un champ de blé précoce et la moisson fut répartie entre les membres du clan. Chacun d'eux façonna une gerbe d'épis qu'ils firent griller au-dessus des flammes. Lorsque la balle fut presque carbonisée, ils frottèrent les épis entre leurs mains pour libérer les grains de blé qu'ils mangèrent avec gourmandise.

Après le repas, le campement s'agita ; les femmes s'occupèrent de la toilette puis tressèrent des paniers pendant que les hommes aiguisaient leurs couteaux en silex en devisant de leur journée de chasse. Assis à côté de Laliari, Josu se plaignit d'avoir mal à la bouche. Elle l'examina et remarqua d'étranges lésions à l'intérieur de ses joues et sur ses lèvres. Un vent de panique souffla sur elle. Serait-il possible qu'un esprit maléfique l'ait pénétré ? Josu n'avait pas encore les aiguilles protectrices dans son nez et ses lèvres.

— Ici aussi, ajouta-t-il en pressant les mains sur son ventre.

— Tu as mal ici ?

Il hocha la tête.

Le cœur de Laliari fit un bond dans sa poitrine. L'esprit était entré par sa bouche et se trouvait maintenant dans son ventre !

Comme elle cherchait une solution, Josu se mit à trembler. Elle le prit dans ses bras.

— Tu as froid, mon chéri ?

De grands yeux la fixèrent tandis que les tremblements redoublaient de violence. Quelques femmes approchèrent pour examiner le garçonnet. Elles le palpèrent en murmurant des paroles inquiètes.

Laliari resserra son étreinte et le berça doucement. La respiration de Josu devint sifflante et, lorsqu'il commença à suffoquer, Laliari appela Bellek. Le vieil homme arriva, armé de ses amulettes et de ses formules incantatoires ; le reste du clan se rassembla autour d'eux. Après avoir examiné l'enfant, Bellek chercha aussitôt des remèdes. Les flammes des feux de camp dansaient sous le ciel étoilé, enveloppant la famille d'ombre et de lumière. Bellek plaça de puissants talismans sur le corps de Josu tout en psalmodiant des incantations mystiques. Puis il plongea les doigts dans des pots de pigment et traça des symboles de guérison sur le front, le torse et les pieds du garçonnet.

Josu respirait de plus en plus difficilement.

De l'autre côté du groupe, la bouche pleine de noix, Keeka

observait la scène avec détachement. Trahie par sa propre gourmandise, elle n'avait pas songé un seul instant que Laliari offrirait les feuilles de rhubarbe à ses enfants. L'esprit malin avait pénétré l'enfant au lieu d'entrer en elle. Keeka était assez intelligente pour savoir qu'elle n'aurait pas d'autre occasion et que Doron ne lui appartiendrait jamais. Malgré tout, elle tirait une certaine satisfaction de l'expression terrifiée qui crispait le visage de sa cousine, et des larmes qui baignaient ses joues.

Josu perdit connaissance sous les regards hébétés des membres de la famille.

Soudain, il se mit à convulser.

— Sauve-le ! supplia Laliari en serrant son enfant contre elle.

Comme le vieux Bellek hésitait, indécis, les convulsions cessèrent.

— Josu ? murmura Laliari, pleine d'espoir.

La poitrine du garçonnet se souleva lorsqu'il prit une grande bouffée d'air qu'il exhala dans un long soupir entrecoupé. Puis il se figea.

Ce fut la veillée funéraire la plus triste que la tribu ait jamais connue. Contraints à livrer le petit corps de Josu aux éléments, ils levèrent le camp dans un silence macabre, avec des gestes lourds et laborieux, les visages assombris par le chagrin.

Mais ils devaient partir sans plus tarder, maintenant que le rituel avait été accompli. Pendant que ses compagnons soulevaient leurs fardeaux, Laliari demeura parfaitement immobile. Elle était assise auprès du cadavre de son fils, pâle comme les lambeaux de neige accrochés aux cimes lointaines. Ses parents s'affairaient fébrilement autour d'elle, redoutant qu'elle n'attire sur eux le mauvais œil.

Lorsque, ramassant le petit corps transi pour le serrer contre sa poitrine, elle rejeta la tête en arrière et laissa échapper une plainte déchirante, les autres se dispersèrent vivement, terrifiés. Une partie du clan était d'avis de partir sans elle. Mais les autres se rappelaient qu'elle était la gardienne des cornes de la Gazelle. Doron s'accroupit à côté d'elle, son beau visage voilé par l'indécision. Il tendit la main vers elle, mais n'osa pas la toucher.

Après avoir longuement pleuré, Laliari se tut, envahie par une étrange sensation. Un calme imperturbable s'abattit sur elle en même temps que son regard devenait fixe, insondable. Elle contemplait les grottes qui creusaient les falaises voisines. Elle se remémora celle où elle avait rencontré Zant et l'enfant qui y était enterré. Plongeant la main dans une petite bourse accrochée à sa ceinture, elle en sortit la statuette de pierre qui abritait en son sein le bébé en cristal bleu. Perdue dans sa contemplation, elle se souvint du soir où Zant la lui avait montrée pour la première fois, le soir où il avait enterré son enfant. Sur le moment, elle n'avait pas compris ce qu'il essayait de lui dire mais, soudain, la lumière se fit dans son esprit : il ne s'agissait pas d'un bébé recroquevillé dans un ventre, non ; c'était en fait une tombe abritant un enfant.

Je n'abandonnerai pas mon fils aux bêtes sauvages. Je ne l'abandonnerai pas au vent ni aux esprits. Il ne se perdra pas dans l'oubli.

Sous les regards stupéfaits, Laliari s'assura que son bébé dormait paisiblement dans le petit sac accroché à son dos puis elle souleva le petit corps inerte de Josu et, après avoir ordonné à Vivek de s'accrocher à sa jupe, elle s'éloigna du campement.

Les autres la regardèrent partir, perplexes. Mais, lorsque Bellek lui emboîta le pas en claudiquant, ils l'imitèrent, piqués dans leur curiosité. Allait-il lui commander de poser son fils et de partir avec eux ? Où allait-elle donc d'un pas aussi décidé ?

Parvenue au pied des falaises, elle s'engagea sur le sentier escarpé qu'ils empruntaient depuis sept ans pour monter au sommet. Elle s'arrêta à plusieurs reprises pour attendre Vivek, serrant contre elle son pathétique fardeau. Une ou deux fois, elle dut poser Josu pour aider Vivek à gravir les rochers qui leur barraient le chemin, puis elle ramassait le petit corps et reprenait résolument son chemin.

Pas une seule fois elle ne regarda derrière elle.

Laliari choisit une grotte qui n'avait jamais été habitée, à cause de ses dimensions réduites et de son plafond très bas. Bien protégée des éléments, elle était tapissée d'une couche de sable fin. Après avoir déposé Josu, elle s'empara de la petite pioche qui pendait à sa ceinture et commença à creuser le sol.

Amassés à l'entrée de la grotte, les autres observaient la scène en murmurant, trop effrayés pour pénétrer à l'intérieur. Au bout de quelques minutes, le bébé de Laliari se mit à pleurer. Interrompant sa besogne, elle mit sa petite fille au sein. Une fois repue, celle-ci se rendormit aussitôt et Laliari la coucha dans un coin de la grotte avant de reprendre sa pioche.

Lorsque le trou lui parut suffisamment profond, elle souleva Josu et l'allongea dedans. Avec des gestes empreints de tendresse, elle le coucha dans une position confortable, comme s'il était endormi. Puis elle se leva et sortit de la grotte; les autres s'écartèrent pour la laisser passer. Fouillant entre les rochers, Laliari ramassa des fleurs et des rameaux odorants. Les bras chargés, elle pénétra à nouveau dans la caverne et déposa délicatement la verdure sur le petit corps de Josu. Puis elle le recouvrit d'une épaisse couche de terre sablonneuse qu'elle tassa méticuleusement.

Quand elle eut terminé, elle se dirigea vers l'entrée de la grotte, là où se tenaient Doron et son fils de six ans. Prenant Vivek par la main, elle l'entraîna vers la tombe et lui dit :

— Tu ne dois pas avoir peur. Ton frère dort. Il est à l'abri des fantômes et des esprits malins. Il ne te fera aucun mal. Il s'appelait Josu et tu ne l'oublieras jamais.

Des exclamations horrifiées parcoururent l'assistance. Laliari venait de prononcer le nom d'un mort!

Mais celle-ci se moquait bien de ce qu'ils pensaient, elle ne vit pas non plus la pâleur soudaine de Bellek; à cet instant, seule comptait la vague de soulagement qui la submergeait à l'idée que son enfant resterait ici à jamais, en sécurité dans cette grotte, tout près des siens.

Elle sortit enfin. Baignée par la clarté de la lune, avec son bébé dans le dos et le petit Vivek accroché à sa jupe, Laliari leva vers le ciel la statuette ornée de la pierre bleue. Le silence se fit et tous l'écoutèrent… car elle demeurait la gardienne des cornes de la Gazelle!

— La Lune Mère donne la vie, et c'est auprès d'elle que la vie s'achève. Nous ne devons pas oublier le cadeau qu'elle nous fait. A compter de ce jour, il n'est plus interdit de prononcer le nom des morts.

Laliari savait qu'il serait difficile pour son peuple de briser cet interdit ancestral. Mais elle resta ferme sur sa position. Plus jamais les membres du clan ne pleureraient leurs morts sans pouvoir puiser un peu de réconfort dans le simple fait de prononcer leur nom. Les morts ne devaient pas sombrer dans l'oubli. Elle le comprenait, à présent. Cette sagesse, elle l'avait apprise d'un étranger nommé Zant.

Après cet épisode, Laliari inspira de la crainte à tous les membres du clan — pour un temps, seulement. Lorsqu'ils eurent constaté qu'aucune malédiction ne s'était abattue sur eux après qu'elle eut prononcé le nom d'un enfant mort, lorsque la saison d'été leur apporta une abondance de nourriture exceptionnelle, tous commencèrent à se demander si Laliari ne possédait pas de nouveaux pouvoirs. Quand Bellek mourut, au printemps suivant, la famille organisa la rituelle veillée funèbre au cours de laquelle Laliari raconta la vie et les exploits du vieux chaman, prononçant plusieurs fois son nom tout au long de son récit. Il fut ensuite enterré dans la grotte, auprès de Josu. Laliari avait de nouveau brisé l'interdit du nom, mais comme aucun drame ne frappa la famille, certains oublièrent leurs angoisses et s'enhardirent peu à peu à prononcer les noms de ceux qu'ils avaient perdus il y a très longtemps — des fils et des frères morts sous l'assaut des envahisseurs.

La vie poursuivit son cours : aucun fantôme ne vint les hanter et la vallée continua à leur offrir d'abondantes récoltes. Ils finirent peu à peu par oublier le vieil interdit du nom. Au fil du temps, il leur parut naturel d'évoquer le mort pendant la veillée funèbre. Comme Laliari avait instauré ces nouvelles règles grâce à la petite statuette ornée de l'incroyable pierre bleue, les membres de la tribu prirent également l'habitude de la tenir entre leurs mains lorsqu'ils faisaient l'éloge du défunt.

Bien des années plus tard, quand Laliari fut enterrée dans la grotte à côté de son fils, chaque membre du clan se souvint à voix haute de ce qui l'avait marqué à propos de la vieille gardienne des cornes de la Gazelle, mais on se rappela surtout le jour où, bien des saisons plus tôt, alors que la plupart d'entre eux n'étaient pas encore nés, Laliari avait rapporté à son peuple la Lune et la fertilité, et leur avait appris à entretenir la mémoire des disparus.

A présent qu'était parti le clan qui les avait presque exterminés, les troupeaux repeuplèrent peu à peu la vallée du Jourdain, et le clan de la Gazelle suivit leurs déplacements saisonniers. L'été, ils installaient leur campement dans le Sud, à proximité de sources d'eau fraîche, et, l'hiver, ils allaient se réfugier plus au nord, dans les grottes chaudes et abritées. La statuette de la fécondité les suivait dans tous leurs déplacements.

Le miracle de la pierre bleue reposait dans son extraordinaire beauté. Si elle avait été plus simple, comme le jaspe, ou plus terne et brute comme la cornaline, on l'aurait probablement égarée, puis oubliée. Mais son éclat d'une pureté infinie envoûtait tous ceux qui posaient les yeux sur elle. Le charme opérant sur chaque génération, le fragment de météorite continua à être transmis et soigneusement entretenu. Il fut vénéré, chéri, admiré.

Au fil du temps, la pierre bleue devint si spéciale qu'on cessa de l'emporter partout comme n'importe quelle autre amulette. Comme la pierre était incrustée dans le ventre d'une statuette, on construisit un abri miniature à son intention : il s'agissait en fait d'une minuscule hutte faite de bois et de glaise sur laquelle veillait un gardien tout spécialement désigné. En plus de la gardienne des cornes de la Gazelle et du gardien des champignons, il y avait désormais un gardien de la pierre magique.

Dix mille ans après que Laliari et Zant s'étaient donné l'un à l'autre, un hiver particulièrement rigoureux s'abattit sur la vallée et la Galilée tout entière disparut sous un manteau de neige. Le clan de la Gazelle se réfugia dans ses cavernes. Là, le gardien de la pierre fit un rêve. Dans ce rêve, le cristal bleu s'adressa à lui et lui dit qu'il en avait assez d'être enfermé dans son carcan de pierre. Les anciens se réunirent, débattirent longuement et décidèrent de fabriquer un nouvel abri pour la pierre, plus grand et plus majestueux, plus adapté à son immense pouvoir. Des artisans furent chargés de sculpter une nouvelle statuette, ouvragée et figurative. Cette fois, les traits de son visage furent soulignés ; une longue chevelure flottait dans son dos. Puis la pierre bleue fut délicatement enchâssée dans son ventre car elle représentait l'esprit de la statue. La maisonnette qui l'abritait fut agrandie et reconstruite en dur ; fixée sur une plaque de bois soutenue par deux piquets, il fallait à présent deux hommes pour la soulever. Dans son nouvel abri, la statue suivit le clan de la Gazelle lors de tous ses déplacements ; les hommes se disputaient le privilège de la porter.

Si la statue et son abri s'agrandirent, sa valeur spirituelle prit également de l'importance au sein de la tribu. Vingt mille ans après que Laliari eut enterré son fils dans une grotte de Galilée, le clan de la Gazelle était convaincu qu'une déesse vivait parmi eux, logée dans le ventre en cristal d'une statue de pierre qui habitait elle-même une maisonnette.

Les membres de la tribu se multiplièrent, au point que les réserves de nourriture vinrent à manquer. Des petits groupes se formèrent naturellement, et chacun d'eux partit à la conquête de nouveaux territoires afin de pouvoir continuer à vivre de chasse et de cueillette. Mais leur appartenance au même clan perdura ; tous vénéraient les mêmes ancêtres et la même déesse, et ils se retrouvaient chaque été pour le grand rassemblement des clans qui se déroulait dans une oasis au nord de la mer Morte et à l'ouest du Jourdain, là où le printemps durait plusieurs mois.

Il y avait à présent deux clans principaux, le nordiste et l'occidental ; chacun d'entre eux comprenait plusieurs familles. La famille de Talitha appartenait au clan de la Gazelle, basé dans le Nord ; Serophia, elle, appartenait au clan du Corbeau, qui habitait dans l'Ouest. La tradition voulait qu'au moment du grand rassemblement annuel la déesse changeât de famille pour l'année à venir. Selon les générations qui suivirent, ce n'était pas un hasard si Talitha avait découvert les raisins magiques l'été où la déesse se trouvait sous la protection de sa famille.

Ce fut précisément cet été-là que les ennuis commencèrent.

En réalité, les ennuis avaient commencé des années plus tôt, alors que Talitha et Serophia étaient encore jeunes et que les clans s'étaient installés au nord de la mer Morte, prêts à subir la canicule estivale. Il n'était pas rare de voir des inconnus approcher le clan, des chasseurs qui préféraient vivre en solitaire, coupés de leur famille. Ces hommes-là surgissaient des collines avec une proie fraîchement abattue et se mettaient en quête d'un foyer où ils pourraient partager leur butin avec celle qui l'aurait dépecé et cuisiné. Talitha, voluptueuse mère de cinq enfants, était réputée pour la qualité de son âtre : son feu brûlait en permanence, ses pierres de cuisson étaient toujours chaudes et elle connaissait les secrets des épices. Ronde et généreuse, elle aimait aussi prendre du plaisir dans les bras des hommes. Cet été-là, un beau chasseur prénommé Basile fit irruption dans le campement, portant sur ses épaules une superbe brebis. Il trouva la tente de Talitha et il y séjourna une semaine, savourant sa couche et sa cuisine. Lorsqu'il manifesta l'envie de repartir, Talitha décida de le retenir auprès d'elle en lui préparant des céréales grillées et du jus de raisin fraîchement pressé — des techniques qu'elle avait elle-même mises au point et qu'elle gardait jalousement pour elle.

Il resta encore une semaine puis partit un matin chasser la gazelle dans les collines. Lorsqu'il reparut, il ne retourna pas auprès de Talitha mais trouva une hutte en paille de l'autre côté du cours d'eau, là où une autre famille avait installé son campement. Dans cette hutte vivait Serophia, plus jeune et plus déliée que Talitha, mère d'une famille moins nombreuse. Basile y passa deux semaines enchanteresses avant de contempler de nouveau l'horizon d'un air nostalgique. Tandis que les hommes des deux familles se réjouissaient de son départ, désireux de regagner les faveurs de Talitha et Serophia, les deux femmes réagirent autrement. Chacune souhaitait retenir auprès d'elle le vaillant chasseur, pour toujours.

L'affrontement qui suivit devint la distraction principale de l'été et on continua à en parler, bien des années plus tard. Talitha et Serophia se lancèrent dans une bataille acharnée, utilisant les techniques des plus grands chasseurs. Quant à Basile, il partageait allègrement son temps entre la tente de l'une et la hutte de l'autre, de la manière la plus équitable possible. Il n'avait jamais aussi bien mangé, il n'avait jamais pris autant de plaisir. Ce fut pour lui un été mémorable.

Puis vint le jour où les devins annoncèrent la fin du grand rassemblement ; les différentes familles s'apprêtèrent à regagner leur domicile d'hiver. Talitha et Serophia s'inquiétèrent : Basile n'avait toujours pas pris de décision.

Personne ne sut jamais ce qui arriva vraiment. Les accusations fusèrent de part et d'autre : certains prétendirent que Talitha avait jeté un mauvais sort à Serophia, d'autres laissèrent entendre que Serophia était à l'origine de leurs maux. Quoi qu'il en soit, les deux femmes souffrirent de saignements répétés accompagnés de douloureuses infections urinaires qui leur interdirent tout rapport sexuel. Ni les devins ni les guérisseuses ne trouvèrent de remède à leur étrange maladie. Mais il apparut clairement que les deux femmes étaient victimes d'un esprit maléfique. Par une nuit à peine éclairée d'un mince croissant de lune, Basile jugea plus sage de s'éclipser avant que quelqu'un ne l'accuse d'avoir attiré le mauvais œil sur le clan. Fort de sa décision, il prit sa lance et disparut à jamais.

Les familles s'apprêtèrent à regagner leurs terres ancestrales, vers l'ouest et le nord, tandis que les deux femmes, malades et désespérées, se tenaient mutuellement pour responsables de leur malheur. Leur querelle prit des proportions telles que ses répercussions dureraient plusieurs siècles.

« Et voici qu'arriva l'été des Raisins, l'été de tous les problèmes... » annonceraient par la suite les conteurs.

Si le vaillant Basile sombra rapidement dans l'oubli, la haine que se vouaient mutuellement les deux femmes survécut à son départ. Au fil des ans, chacune d'elles vit son statut s'élever au sein de sa propre famille. Toutes deux avaient donné le jour à une ribambelle d'enfants ; elles étaient à présent des grands-mères respectées de tous, pleines de ces pouvoirs lunaires que conférait la ménopause. Talitha s'était épaissie, sa carrure s'était élargie car le sang de Zant coulait dans ses veines. De son côté, Serophia avait conservé sa silhouette déliée. Toutes deux possédaient un fort tempérament et des personnalités bien affirmées. Les saisons se succédèrent, les clans continuèrent à se réunir tous les ans. La querelle entre les deux femmes enflait tranquillement.

— Pfff, les pois chiches de Serophia sentent la crotte de cochon ! raillait Talitha devant les femmes des autres familles.

— Si Talitha a le malheur de toucher un œuf, il pourrit aussitôt, clamait Serophia à ceux qui voulaient bien l'écouter.

Devenue légendaire, leur rivalité alimentait les commérages amusés des différentes familles. Des espions faisaient la navette entre elles pour transmettre les dernières nouvelles. Le jour où Serophia déclara : « Quand un homme se glisse entre les jambes de Talitha, elle s'endort », Talitha répliqua sur-le-champ : « Quand un homme se glisse entre les jambes de Serophia, c'est *lui* qui s'endort ! » Même les hommes célibataires, qui se mêlaient rarement aux querelles féminines, se retrouvèrent impliqués. On compta les points dans chaque camp, on lança des paris. A chaque réunion, les derniers rebondissements de la querelle animaient les veillées autour des feux de camp.

A cause d'un accès de fièvre et d'un état de faiblesse, la dispute prit fin pendant l'été des Raisins — un été qui entrerait par la suite dans la légende.

En quittant ses grottes du Nord, la famille de Talitha avait été retardée dans sa progression par une forte fièvre qui avait touché tous les enfants. Serophia et les siens furent donc les premiers à atteindre l'endroit de la source. Voyant qu'ils étaient seuls et connaissant le goût prononcé de Talitha pour les raisins, Serophia ordonna aux siens de récolter toutes les grappes dans les vignes vierges. Lorsque les autres familles, plus petites, arrivèrent, Serophia troqua volontiers le raisin contre les marchandises qu'on lui proposait : du lin en provenance des terres du Sud, du sel fraîchement récolté à l'est. Aussi, quand arriva la grande famille de Talitha, il ne restait plus aucune grappe de raisin à troquer, plus le moindre grain sur les pieds de vigne. Lorsque Talitha eut vent de ce qui s'était passé, elle entra dans une colère noire.

D'un pas rageur, elle se dirigea vers la tente de Serophia. Sa fureur explosa quand elle vit les taches de raisin qui maculaient la jupe en daim de sa rivale.

— Tu t'es laissé monter par un bouc, toi !

— Les scorpions détalent quand ils te voient arriver ! rétorqua Serophia.

— Les vautours ne toucheraient même pas ton cadavre !

— Quand un serpent te mord, c'est lui qui meurt !

On dut les séparer. Pendant que Serophia savourait le goût sucré de la victoire, Talitha songeait déjà à sa vengeance.

L'été suivant, Talitha fit en sorte que sa famille arrive la première à la source. Là, ils récoltèrent toutes les grappes de raisin et troquèrent celles qu'ils ne consommèrent pas. Quant au restant de la récolte, Talitha ordonna à ses congénères de l'entreposer dans des paniers étanches, qu'ils dissimulèrent ensuite dans une grotte avoisinante. L'été suivant, Serophia pourrait ainsi récolter tout le raisin qu'elle voudrait, car Talitha disposerait de sa réserve secrète.

Mais lorsque les familles se réunirent, un an plus tard, autour de la source, érigeant leurs tentes et leurs huttes, allumant leurs feux pour préparer à manger avant de se lancer dans le rituel des alliances, des marchés et des procès, le peuple de Talitha reçut un choc considérable. Les paniers remplis de grappes de raisin qui avaient passé une année dans la fraîche obscurité de la grotte avaient subi une étrange transformation.

Arrivés à maturité, les grains de raisin avaient éclaté ; les peaux s'étaient alors mélangées à la pulpe et au jus, formant une substance visqueuse. Mais le parfum qui s'en dégageait n'était pas déplaisant. Un des devins plongea alors le doigt dans le jus et le porta à sa bouche. Il trouva le goût à la fois bizarre et exotique.

Talitha goûta à son tour. Elle prit un peu de liquide dans sa main et but. Autour d'elle, tout le monde attendait son jugement. Avec un petit claquement de langue, elle se lécha les lèvres. L'incertitude se lisait sur son visage.

— Alors, Talitha, qu'en penses-tu ? demanda Janka, le gardien de la Déesse, un homme qui aimait se donner des airs importants.

Talitha se lécha la main avant de se servir à nouveau. Aimait-elle ce goût ou non ? Elle ne parvenait pas à se décider. Et puis, il y avait autre chose, quelque chose d'indéfinissable...

Elle prit encore quelques gorgées, réfléchit de nouveau et se trouva soudain d'humeur très gaie. Déclarant buvable le sirupeux jus de raisin, Talitha ordonna aux hommes de rapporter les lourds paniers jusqu'à leur campement. Autour de la source bouillonnante, des centaines de huttes occupaient la plaine. Lorsque le clan de Talitha regagna le camp, de nombreux feux de bois fumaient dans la nuit, des exclamations et des rires retentissaient un peu partout tandis que les familles s'affairaient autour de leurs huttes. Tous s'installèrent au mieux, impatients d'élucider ce nouveau mystère.

Assise sur un tabouret, les coudes posés sur ses larges cuisses, Talitha plongea une tasse en bois dans un des paniers et goûta de nouveau au breuvage. Sous les regards attentifs, elle se passa la langue sur les lèvres. C'était un goût bizarre, oui, mais savoureux. On ne retrouvait pas la douceur du jus de raisin, mais plutôt une curieuse âpreté. Sur un petit signe de sa part, les autres plongèrent à leur tour leurs tasses et goûtèrent, certains avec prudence, d'autres avec avidité. Les langues claquèrent, les opinions fusèrent autour du cercle, l'indécision les obligeant à plonger encore et encore leurs tasses dans le mystérieux breuvage.

Tous tombèrent d'accord sur un point : ils n'avaient encore jamais rien bu de tel.

Au bout d'un moment, de curieux symptômes commencèrent à se manifester : bégaiements, démarches titubantes, hoquets sonores, éclats de rire incontrôlables. Talitha commença à s'inquiéter. Auraient-ils été victimes d'esprits malins ? A quelques mètres de là, ses deux frères marchaient d'un pas incertain, bras dessus bras dessous. Quant à ses sœurs, l'une gloussait tandis que l'autre sanglotait. Elle-même se sentait envahie par une douce chaleur.

Quand Janka, d'ordinaire si réservé, lâcha un pet sonore, tous éclatèrent de rire. Content de lui, il péta encore et, comme les rires redoublaient, il émit d'autres bruits grossiers jusqu'à ce que toute la famille se roule par terre en se tenant les côtes. Talitha rit aussi, malgré l'angoisse qui sourdait en elle. Ils ne se conduisaient pas ainsi, d'ordinaire. Quels démons les possédaient ? Incapable de mettre de l'ordre dans ses pensées, elle reprit un peu de jus de raisin et oublia rapidement ses tourments. Et quand Janka, le grave et taciturne gardien de la Déesse, l'enlaça sans ménagement et plaqua sa bouche contre la sienne, Talitha, loin de s'offusquer, releva sa jupe en gloussant.

Lorsque Janka eut terminé, il roula sur le côté et se mit à ronfler. Allongée près de lui, Talitha se servit une nouvelle rasade de jus. Avec stupeur, elle réalisa que ses genoux ne lui faisaient plus mal.

Cela faisait pourtant plusieurs mois qu'ils la faisaient souffrir ; ses articulations enflaient au point qu'on était obligé de la porter. Le court trajet jusqu'à la grotte l'avait tellement affectée qu'il avait fallu deux hommes robustes pour la raccompagner au campement. A présent, aussi étrange que cela puisse paraître, les douleurs avaient complètement disparu ; elle avait même l'impression d'avoir des genoux de jeune fille !

Ce constat la stupéfia et l'enchanta à la fois. Cette boisson était magique, cela ne faisait aucun doute. C'était une boisson remplie des esprits de joie et de santé. Une bénédiction de la Déesse !

Elle continua à boire mais le sentiment de jeunesse et d'allégresse qu'elle avait éprouvé en premier lieu céda bientôt la place à une espèce de vague à l'âme ; après une dernière goulée revigorante, elle se leva avec peine et déambula d'un pas mal assuré dans les autres campements, trébuchant sur les dormeurs, manquant entraîner une tente avec elle. Lorsqu'elle pénétra enfin dans le campement de Serophia, tout le monde se tut, sous le choc. Talitha fondit en larmes.

— Nous sommes cousines, Serophia ! s'écria-t-elle en martelant sa généreuse poitrine. Le même sang coule dans nos veines ! Nous devrions nous aimer au lieu de nous haïr ! C'est ma faute... je suis tellement cupide, tellement égoïste !...

Elle tomba à genoux.

— Me pardonneras-tu, chère cousine ?

Serophia la considéra d'un air interdit, incapable d'articuler le moindre son. Partis à sa recherche, deux neveux de Talitha rejoignirent le cercle et, voyant leur tante dans cet état, la saisirent par les coudes pour l'aider à se relever puis l'entraînèrent hors du campement sous les regards éberlués de Serophia et de sa famille.

Lorsqu'ils arrivèrent devant la tente de Talitha, cette dernière débitait des propos incohérents, comme la plupart des membres du clan. Ses neveux la couchèrent dans son lit couvert de peaux de bêtes, où elle s'endormit en ronflant bruyamment.

Le lendemain fut un autre jour.

Tous se réveillèrent dans un état épouvantable. Des démons martelaient leurs crânes et tordaient leurs estomacs, des esprits malins brûlaient leurs intestins, les obligeant à courir pour se soulager. Leurs mains tremblaient, leur vue était devenue floue. Plusieurs d'entre eux se crurent à l'article de la mort. La honte et l'embarras les assaillirent quand ils se remémorèrent certaines scènes de la veille. Pire encore, certains ne se souvenaient plus de rien.

Talitha émergea de sa tente en se tenant la tête. La lumière du matin l'éblouit cruellement. A quatre pattes, Ari était secoué par de violents haut-le-cœur tandis que Janka buvait de grandes gorgées d'eau, comme s'il n'avait pas étanché sa soif depuis des semaines. Tous se tenaient la tête en gémissant. Plusieurs femmes s'aperçurent avec effroi qu'elles avaient eu des rapports sexuels alors qu'elles ne se souvenaient de rien.

Une vague de peur et d'étonnement mêlés submergea Talitha. Ils avaient été si heureux, la veille... Pourquoi se sentaient-ils tous mal, ce matin ? A l'évidence, ils avaient été possédés par des esprits malins qui les avaient emplis de joie et de gaieté avant de les rendre malades et misérables... les sales petits esprits farceurs !

Talitha ne gardait aucun souvenir de sa visite à Serophia. Ce ne fut qu'en croisant les mines honteuses de ses deux neveux, les seuls à n'avoir pas bu de jus de raisin la veille, que les brumes de son cerveau commencèrent à se dissiper. Pourquoi ces deux-là évitaient-ils son regard ? Pourquoi ressemblaient-ils à deux gamins qui venaient de commettre une grosse bêtise ? Le jour se fit soudain dans son esprit. *J'ai imploré le pardon de Serophia, à genoux devant elle.*

— Par les seins nourriciers de notre Déesse ! hurla-t-elle.

Ainsi, ils avaient *tous* été possédés par les esprits démoniaques !

Malgré tout, Talitha refusa de condamner le nouveau breuvage. Après tout, ils avaient connu grâce à lui de bons moments de rire et de gaieté. Elle ordonna donc aux devins et au gardien de la Déesse de lire les signes et les augures, de méditer sur ce qui s'était passé et d'implorer l'aide de la Déesse. Après une journée de retraite, de prière et de jeûne, les devins ingérèrent des champignons magiques avant de livrer leurs conclusions : le breuvage magique avait été transformé par la Déesse et donné en cadeau à ses enfants, le peuple élu. Ils se souvenaient bien, eux aussi, des bons moments qu'ils avaient vécus ensemble, la veille au soir. Aussi étudièrent-ils la situation avec la plus grande prudence, décrétant que le jus ainsi transformé était une boisson sacrée qu'il fallait consommer avec respect et solennité.

La nouvelle se répandit rapidement et, bientôt, tout le monde parla du jus de raisin magique. Talitha invita les chefs des autres familles à venir goûter au breuvage et à donner leur avis. Elle les convia tous, à l'exception de Serophia. Ils firent circuler le bol parmi eux et goûtèrent le vin. Une onde de chaleur courut dans leurs veines tandis qu'un bourdonnement joyeux emplissait leurs oreilles. Chefs de famille et devins discutèrent et débattirent, burent encore et convinrent finalement que le jus enchanté n'était pas une mauvaise chose. Il rendait gai et joyeux, il apaisait la douleur et, pour finir, plongeait le buveur dans un profond sommeil. Il s'agissait à l'évidence d'un breuvage sacré, imprégné de l'esprit de vie de la Déesse.

Le clan de la Gazelle passa l'hiver dans les grottes du Nord. Au printemps suivant, il fut le premier arrivé sur les lieux du grand rassemblement. Après avoir vendangé toutes les vignes, ils transportèrent directement leur récolte dans les grottes secrètes qui surplombaient la mer Morte. Au bout d'une semaine, ils retournèrent goûter le jus. Mais ils ne trouvèrent que des grappes de raisin. Ils attendirent encore une semaine, toujours sans résultat. Talitha déclara alors qu'il fallait probablement une année pour que la transformation ait lieu. Ils ne retournèrent pas visiter la grotte secrète cet été-là. L'année suivante, ils s'y rendirent directement et goûtèrent le jus, pleins d'appréhension. La transformation avait eu lieu ! Cette fois, Talitha partagea le breuvage magique avec les autres familles, acceptant en échange d'autres marchandises.

Lors du quatrième été passé près de la source, Talitha décréta qu'il était inutile de retourner passer l'hiver dans les grottes du Nord alors qu'ils pouvaient construire de solides abris sur place. Mieux valait rester dans les parages pour surveiller les vignes, expliqua-t-elle, plutôt que de risquer de se les faire voler.

Selon la tradition ancestrale, « ce qui fut est ; ce qui est sera toujours ». La navette qu'ils effectuaient chaque année entre le Nord et le Sud avait eu lieu jusqu'alors, car ils n'avaient jamais rien connu d'autre. Mais ce jour-là, à l'instar de la Grande qui avait décidé qu'il fallait partir pour la survie de son peuple, Talitha décida que son clan resterait désormais auprès des vignes. L'idée de passer l'hiver loin des grottes les angoissait, même s'ils aimaient vivre près de la source. Ils redoutaient de ne plus pouvoir déguster la boisson magique s'ils quittaient la région. Talitha envoya alors un contingent d'hommes dans le Nord afin qu'ils exhument les ossements de leurs ancêtres pour pouvoir les enterrer sur leur nouveau domaine. Son raisonnement était simple : s'ils enterraient leurs ancêtres ici, cette terre deviendrait leur terre d'origine.

Ils construisirent de solides abris et se proclamèrent gardiens de la Vigne enchantée. Lorsque le raisin mûrit, l'été suivant, Talitha supervisa les vendanges, veillant à ce que toute la famille participe à la récolte, à la fabrication et au stockage du breuvage magique. Ignorant l'existence de la levure, naturellement présente sur les peaux de raisin, qui, par son action chimique sur le sucre du fruit, le transforme en alcool selon le principe de la fermentation, tous pensaient que la déesse instillait dans le raisin des vertus magiques qui rendaient les hommes gais et les femmes fécondes.

Si la famille de Talitha régnait en maître sur les vignes, elle troquait volontiers le vin contre les marchandises que lui proposaient les autres tribus. Mais pendant que Talitha continuait à exclure le clan de Serophia de ce joyeux commerce, savourant sa victoire, elle ignorait qu'une autre grande découverte était en train de couver.

On moissonnait deux fois près de la source et, chaque été, les clans récoltaient tout l'orge dont ils avaient besoin, brûlant ensuite les épis au-dessus des feux de camp pour en extraire la graine. Désireuse de prendre sa revanche sur Talitha, Serophia décida de monopoliser la récolte d'orge qu'elle accepta de troquer avec les autres familles, à l'exception, bien sûr, de celle de Talitha. Prenant exemple sur cette dernière, elle résolut aussi de s'installer définitivement près de la source afin de veiller sur les champs d'orge qu'elle venait d'annexer. La récolte d'orge était entreposée dans des paniers en osier placés dans l'une des tentes de Serophia. On en prélevait régulièrement pour se nourrir ou faire du commerce.

Plusieurs années s'écoulèrent ainsi. D'un côté de la source, la famille de Serophia troquait son vin contre d'autres marchandises tandis que, de l'autre, Serophia et les siens régnaient sur le commerce du grain. Ce fut au cours de l'été des Pluies qu'un second miracle se produisit.

Il pleuvait rarement dans la vallée du Jourdain et quasiment jamais pendant l'été. Aussi, lorsque des trombes d'eau s'abattirent plusieurs jours durant sur les tentes du campement, leurs pauvres occupants découvrirent avec stupeur des fissures et des trous qu'ils n'avaient encore jamais remarqués. Les lits et les vêtements furent rapidement trempés et l'eau pénétra aussi dans les paniers d'orge, ruinant la récolte.

Par fierté, Serophia refusa de les vider. Elle ne donnerait certainement pas à Talitha l'occasion de se réjouir de leurs malheurs ! Par un jour d'automne, un de ses neveux remarqua qu'une curieuse odeur régnait dans la tente qui abritait la récolte endommagée. Les membres de la famille chargés d'inspecter les lieux trouvèrent les paniers gonflés et distendus ; à la place des grains d'orge détrempés, ils eurent la surprise de découvrir un épais liquide à l'odeur âcre. A l'instar du clan de Talitha, ils ignoraient tout du processus de fermentation lié à la présence de levure combinée à l'orge et l'eau. Ils constatèrent seulement que la boisson qui en résultait rendait les gens joyeux et hilares.

Avec le temps, les descendants de Talitha apprirent à maîtriser les techniques de fabrication de la bière. Ainsi naquit un nouveau commerce.

Une fois qu'ils furent sédentarisés, les hommes disposèrent de davantage de temps libre et ils purent consacrer leur énergie à des activités plus divertissantes ; ils se mirent ainsi à fabriquer des bijoux, des outils, des instruments de musique et s'employèrent aussi à améliorer leurs techniques de tannage. La cuisine devint plus sophistiquée. Au lieu de manger des grains de blé crus, les femmes confectionnèrent de nourrissantes bouillies en écrasant les grains entre des pierres puis en les faisant cuire avec un peu d'eau. Un jour d'automne, une femme prénommée Fara dut abandonner précipitamment ses tâches domestiques, posant sans réfléchir le mélange d'eau et de grains moulus sur des pierres chaudes. Lorsqu'elle regagna son âtre, elle trouva un mets plus savoureux que la bouillie et qui avait de surcroît le mérite de pouvoir se conserver plusieurs jours. C'est ainsi qu'une troisième famille décida de s'installer définitivement près de la source afin de se lancer dans le commerce lucratif du pain.

D'autres familles les imitèrent ; chacune se mit à cultiver ses propres légumes, généreusement arrosés par l'eau de la source. Il devint inutile de se déplacer pour chercher de quoi se nourrir. Les familles commencèrent à bâtir des habitations en dur, et cette notion de pérennité repoussa les limites de la richesse matérielle, jadis confinée à ce qu'un homme pouvait transporter sur son dos. Les maisons en banco se remplirent peu à peu d'objets, de babioles et de bibelots, et cette accumulation de biens matériels fut à l'origine d'une nouvelle classification sociale, opposant riches et pauvres.

A son tour, la Déesse, avec sa pierre miraculeuse capable de transformer le jus de raisin en vin et l'orge en bière, devint le réceptacle d'un nouveau type de prières. Les traditionnelles, destinées à honorer les morts, implorer la fécondité ou la santé, se mêlaient désormais aux nouvelles, adressées à la pluie pour que les récoltes soient abondantes, et à celles destinées à attirer de nouveaux clients, toujours plus nombreux.

Les pauvres priaient pour devenir riches et les riches priaient pour devenir encore plus riches.

LIVRE TROIS

Vallée du Jourdain,

il y a dix mille ans...

Pour Avram, la nuit aurait pu être faite de présages et d'apparitions, de comètes ou d'éclipses de lune... une nuit terrifiante, cauchemardesque, annonciatrice de l'apocalypse. Ou ç'aurait pu être une simple nuit d'été, douce et paisible. Avram n'aurait su le dire : il vivait dans son petit monde à lui.

Il avait fait un rêve incroyable ! Marit était dans ses bras, souple et langoureuse, chaude et abandonnée... Elle s'offrait à lui, plaquant ses hanches contre les siennes, cherchant ses lèvres. La passion qui l'habitait dans ce rêve exquis était si intense qu'elle continuait à le consumer comme il traversait les vignes dans la pâle clarté de l'aube. Brûlant de désir, Avram gravit l'échelle qui conduisait au sommet de la tour ; une corde pendait sur ses épaules, retenant d'un côté quelques miches de pain, de l'autre une outre remplie de bière diluée — des provisions pour la journée, car il ne redescendrait pas avant le coucher du soleil. Lorsqu'il atteignit son poste de garde, une nouvelle vague de désir l'assaillit. Jamais encore Avram n'avait été aussi amoureux... et malheureux.

Avram n'avait que seize ans.

L'objet de son amour était une jeune fille de quatorze ans, petits seins haut perchés et regard de gazelle, silhouette déliée, légère et gracieuse comme la brise, douce et gentille. Hélas, et c'était là son malheur, Marit appartenait à la maison de Serophia tandis qu'Avram, lui, était issu de la maison de Talitha. Cela faisait des siècles que leurs familles s'opposaient, et leur haine mutuelle était devenue légendaire. Si quelqu'un découvrait les sentiments qu'Avram nourrissait en secret pour l'inaccessible Marit, il serait publiquement humilié et insulté, roué de coups, enfermé, affamé, peut-être même émasculé. C'était en tout cas ainsi qu'Avram imaginait son châtiment.

Il n'arrêtait pas de penser aux paroles qu'avait prononcées son *abba*, Yubal, trois ans plus tôt, quand il avait commencé à remarquer les premiers changements de son corps.

« La vie est dure, jeune homme. C'est comme un chemin tortueux, semé de douleurs et de souffrances. C'est pour cela que la Déesse, dans son immense sagesse, nous a fait le don du plaisir afin de soulager nos douleurs. Elle a voulu que les hommes et les femmes se donnent du plaisir pour atténuer leurs souffrances. Aussi, quand le besoin s'en fera sentir, n'hésite pas à prendre ton plaisir là où il se présentera, car c'est le souhait de notre Mère à tous. »

Yubal disait juste, à en juger par l'ardeur qu'employaient les citoyens de la Source éternelle à satisfaire la volonté de la Déesse. Dans le campement, on tombait amoureux, on se mettait en ménage, on se séparait puis on recommençait, inlassablement. Réunis autour d'un bock de bière, les amateurs de commérages lançaient des paris sur la longévité d'un couple récemment formé ; combien de temps resteraient-ils ensemble ? Qui verrait-on s'éclipser discrètement de la hutte de qui ? Il arrivait parfois qu'un couple se sépare d'un commun accord, mais, en général, un des deux partenaires donnait des signes de lassitude et finissait par partir. On assistait alors à de violentes disputes, surtout quand le responsable de la rupture se mettait en ménage avec quelqu'un d'autre. Tout le monde se souvenait encore du jour où Lea la matrone avait surpris Uriah le tailleur de flèches avec l'une des sœurs Oignon. Folle de rage et de jalousie, Lea avait scalpé sa rivale avant d'ébouillanter Uriah. Ce dernier s'était empressé de quitter le campement ; on ne l'avait pas revu depuis. Mais il y avait aussi quelques couples qui restaient ensemble toute leur vie. Ils étaient rares ; la mère d'Avram et son *abba* faisaient partie de ceux-là. C'était ainsi qu'il imaginait l'avenir auprès de la ravissante Marit : amants pour la vie.

Posté au sommet de la tour protégée du soleil par un toit de paille, Avram aspira de grandes bouffées d'air frais dans l'espoir de tempérer ses ardeurs. Il devait absolument se concentrer et scruter avec la plus grande attention les collines et les ravins qui s'étendaient autour de lui, à la recherche d'éventuels brigands. Un an plus tôt, une bande de pilleurs était arrivée par l'est sans crier gare. Sa mère, Chanah, avait été sauvagement tuée et ses sœurs enlevées. Après ce drame, on avait construit une tour et Avram remplissait la fonction de garde.

Les brigands ne venaient pas tous les ans, leurs attaques demeuraient imprévisibles. Le peuple barbare auquel ils appartenaient habitait de l'autre côté des montagnes et vivait de chasse et de pillages. Personne ne savait vraiment qui ils étaient ni comment ils vivaient car, jusqu'à présent, personne n'avait eu le courage de les poursuivre. Toutefois, les rumeurs allaient bon train. On racontait que les pilleurs se nourrissaient de pierres et buvaient du sable, que leur clan ne comptait aucune femme et qu'ils perpétuaient leur race en kidnappant les femmes d'autres tribus. Leur esprit pouvait déserter leur corps pendant leur sommeil. Capables de changer d'apparence, ils déambulaient parfois parmi les habitants de la Source déguisés en corbeaux ou en rats. On disait aussi qu'ils mangeaient leurs morts.

Voilà pourquoi il était essentiel de surveiller le domaine. Ce n'était pas une tâche aisée pour Avram de scruter constamment l'horizon et les vignes, surtout quand Marit et le rêve délectable qu'il avait fait la nuit passée continuaient à hanter son esprit. Aucun homme n'avait jamais éprouvé un désir aussi intense, il en était persuadé. Pas même son *abba*, Yubal, qui n'avait pas cherché à retenir ses larmes quand la mère d'Avram était morte, déclarant qu'elle était la seule femme qu'il ait jamais aimée.

Carrant ses épaules, Avram commença sa garde.

A l'est, un voile rosé irisait les montagnes. Baptisé Lieu de la Source éternelle, le campement se trouvait à une demi-journée de marche de la rive occidentale du fleuve Jourdain, qui signifiait le « descendeur » car il coulait du nord vers le sud. Dans la brume matinale régnait un début d'agitation. Des feux de bois s'allumaient, des effluves de pain frais et de viande grillée embaumaient l'atmosphère, des voix s'élevaient, tantôt furieuses, tantôt joyeuses, surprises ou impatientes. Du haut de sa tour, Avram voyait les vignes de son *abba* et les champs d'orge de Serophia, les oliveraies, les vergers de grenadiers et les palmeraies de dattiers. Il voyait aussi distinctement le grand campement central ; deux mille âmes y vivaient dans des maisons en banco, des huttes de paille et des tentes en peau de chèvre. Certains y dormaient à la belle étoile, simplement enveloppés dans des fourrures, un baluchon coincé sous la tête.

La plupart y vivaient en permanence, d'autres étaient arrivés la veille et repartiraient dans la journée, tandis que d'autres encore arriveraient dans la journée et repartiraient le lendemain. Les gens venaient à la source Eternelle pour troquer de l'obsidienne contre du sel, des cauris contre de l'huile de lin, de la malachite contre de la fibre de lin, de la bière blanche contre du vin, de la viande contre du pain. Au centre de cette ruche bourdonnante, ornée de longs canaux d'irrigation qui s'étiraient autour d'elle comme des pattes d'araignée, jaillissait la source d'eau douce où s'affairaient déjà dans la lumière naissante des femmes et des jeunes filles chargées de paniers et de calebasses.

Avram exhala un soupir impatient. Aucune de ces femmes n'était aussi belle ni aussi gracieuse que Marit, sa bien-aimée.

Comme la plupart des garçons de son âge, Avram possédait déjà une certaine expérience dans le domaine sexuel. La plupart du temps, il partait dans les collines avec ses amis et capturait une jeune brebis qui leur servait à assouvir leurs pulsions adolescentes. Mais Avram avait également eu de petites aventures avec des jeunes filles de son âge. Avec Marit, en revanche, il ne s'était absolument rien passé. Ils avaient vécu toutes ces années dans des campements voisins sans échanger le moindre mot. Sa grand-mère le tuerait s'il tentait d'adresser la parole à la jeune fille, Avram le savait bien.

Comme il aurait préféré vivre dans l'Ancien Temps, à l'époque où tout semblait si simple ! Avram se délectait de l'histoire de ses ancêtres — pas celle de Talitha et Serophia, mais celle de ses *lointains* ancêtres, lorsque son peuple était encore nomade et ne formait qu'une seule grande tribu au sein de laquelle les hommes et les femmes choisissaient librement leur partenaire pour assouvir leur désir. Cette époque-là, hélas, était révolue. Les clans s'étaient scindés en petites familles qui habitaient des maisons bâties sur des parcelles de terre clairement délimitées. Des rapports de rivalité opposaient désormais les habitants des différentes maisons. « Le vin de Yubal a le même goût que la pisse d'âne », ironisait Molok, l'*abba* de Marit. « Molok tire sa bière des testicules d'un cochon », répliquait alors Yubal, l'*abba* d'Avram. Les deux hommes n'échangeaient jamais leurs amabilités face à face. Cela faisait des générations que les membres de la maison de Talitha et ceux de la maison de Serophia ne s'adressaient plus la parole.

A partir de là, il était purement inconcevable qu'un jeune

homme de la première maison arrive à conquérir le cœur d'une jeune fille de la seconde.

C'est injuste, songea Avram. Cette rivalité appartenait au passé ; leurs ancêtres avaient eu leurs raisons mais ils n'étaient plus de ce monde. A présent, c'était à son tour de vivre, de connaître le bonheur. Dans ses rêves les plus fous, il projetait de s'enfuir avec Marit (dès qu'il aurait trouvé le moyen de l'aborder), de partir avec elle, loin des vignes et des champs d'orge, des tentes, des huttes et des maisons en banco, pour découvrir ensemble le vaste monde qui les entourait. Depuis tout petit, Avram avait une âme de conquérant rêveur ; mille et une questions germaient dans son cerveau en constante ébullition. Dans d'autres temps, il aurait été astronome ou explorateur, inventeur ou savant. Mais les télescopes, les navires, la métallurgie, l'alphabet, la roue et les animaux domestiques n'existaient pas encore, même dans les esprits les plus fins.

Avram détacha de la corde une galette de pain dont il coupa un morceau. La bouche pleine, il posa le regard sur le groupe d'humbles habitations en banco qui se dressaient au bord du champ d'orge de Serophia. Il y avait la hutte de battage, la case qui abritait les cuves dans lesquelles les graines d'orge se transformaient en bière, et la maisonnette de Marit. Un long soupir s'échappa de ses lèvres. Et Marit, qu'éprouvait-elle pour lui ?

Il lui avait semblé à plusieurs reprises qu'elle l'observait à la dérobée. A peine quelques semaines plus tôt, lors de la fête de l'équinoxe de printemps, elle avait brusquement détourné les yeux en rougissant. Etait-ce un signe encourageant ? Devait-il comprendre qu'elle partageait ses sentiments ? Si seulement il détenait les réponses à toutes ces questions !

Tandis que le soleil continuait à percer entre les lointaines montagnes, Avram scruta le campement dans l'espoir d'apercevoir la jeune fille. Ce serait un excellent présage, s'il l'entrevoyait à cette heure matinale, la promesse d'une belle journée. Hélas, il ne vit que la grosse Cochava, qui poursuivait ses enfants en brandissant un bâton. Deux maçons se disputaient bruyamment autour d'une cuve de bière — manifestement, ils avaient bu toute la nuit. Un peu plus loin, appuyés contre un tronc d'arbre, Enoch l'arracheur de dents et Lea la matrone se livraient à de rapides ébats. De l'autre côté du chemin, il vit aussi Dagan le pêcheur, qui quittait la hutte de Mahalia d'un air malheureux tandis que ses biens volaient autour de lui, lancés par une main rageuse. Le mois précédent, Dagan vivait avec Ziva, et le mois d'avant avec Anath. Pourquoi les femmes se lassaient-elles aussi vite de lui ? Pauvre Dagan... Sans femme et sans foyer, à quoi rimait la vie d'un homme ?

La scène qu'aperçut alors Avram lui arracha un rire amusé. Ce fou de Namir venait de pénétrer dans le campement, tenant au bout d'une corde une autre de ses fameuses chèvres ! Deux ans plus tôt, Namir avait décrété qu'au lieu de partir chasser dans les collines et de rapporter une proie à chaque fois qu'il avait envie de manger de la viande, il lui serait plus facile de capturer des chèvres vivantes qu'il ramènerait au campement ; enfermées dans un enclos, les chèvres seraient sacrifiées une à une, en fonction de ses besoins. Accompagné de ses neveux, il était alors parti dans les collines pour capturer quelques chèvres. Comme il tenait à ce que son troupeau se reproduise, il n'avait choisi que des femelles. Au bout d'un an, hélas, les chèvres avaient cessé de se reproduire et les dernières bêtes du troupeau furent mangées ou échangées. Malgré les moqueries de ses voisins, Namir n'avait pas renoncé à son plan.

« Les chèvres se reproduisent bien dans les collines, déclarait-il à ses amis autour d'un bock de bière, pourquoi n'en feraient-elles pas autant dans mon enclos ? »

Il captura un nouveau troupeau de chèvres qu'il s'empressa d'enfermer. Cette fois-ci, aucune bête ne mit bas et les chèvres en captivité furent vendues ou sacrifiées en très peu de temps. Loin de se décourager, Namir persistait dans son entreprise et, ce matin-là, ses pauvres neveux traînaient encore derrière eux des chèvres bêlantes et réticentes. A demi masqués par un écran de fumée, quatre hommes assis sous une tonnelle, bock de bière à la main, raillèrent bruyamment Namir avant de lancer des paris sur la longévité de ce nouveau troupeau.

Pour ce qu'Avram en savait, tous les occupants du campement nourrissaient des projets — souvent plus sérieux que celui de Namir. Il se souvint des moqueries qu'avait essuyées Yasap dix ans plus tôt lorsque, fraîchement arrivé au campement, il avait annoncé sa décision de planter des champs de fleurs. A l'époque, tout le monde avait ri : à quoi servaient les fleurs, en effet ? Les railleries avaient cessé lorsque les abeilles avaient découvert les champs et que Yasap, après avoir installé des ruches, avait commencé à récolter le miel. Pour la première fois depuis la nuit des temps, les hommes pouvaient consommer du sucre tout au long de l'année et la demande était si forte que Yasap faisait à présent partie des plus riches du campement.

Devant ces promesses de vie meilleure, ceux qui venaient pour la première fois au Lieu de la source Eternelle étaient de plus en plus nombreux à s'y installer définitivement. Les gens dotés d'un talent particulier échangeaient leurs services contre de la nourriture, des vêtements et des bijoux ; on comptait parmi eux le barbier et le tatoueur, le devin et la voyante, les sculpteurs d'os et les polisseurs de pierre, les pêcheurs et les tanneurs, les matrones et les guérisseurs, les trappeurs et les chasseurs.

Si j'étais libre de faire ce que je veux, songea Avram, *je ne resterais pas ici. Je prendrais un peu de pain, de la bière et ma lance, et j'irais voir ce qu'il y a de l'autre côté des montagnes.*

Des cris aigus attirèrent son attention ; au pied de la tour, ses petits frères couraient entre les ceps de vigne, s'amusant à effrayer les oiseaux. Agés de treize, onze et dix ans, ils adoraient les vignes et en avaient fait leur terrain de jeu. Lorsque les vendanges auraient lieu, la semaine suivante, ils aideraient les adultes à emplir les paniers de grappes mûres puis ils monteraient dans le pressoir et écraseraient le raisin avec leurs petits pieds.

Avram levait la main pour faire signe à Caleb, l'aîné de ses jeunes frères, quand, tout à coup, il se figea. Une vieille femme, simplement vêtue d'un long pagne en peau de biche, avançait sur le chemin, croulant presque sous le poids des nombreux colliers en pierre et en coquillages qui ornaient son corps frêle. Ses longs cheveux tressés, teints au henné, laissaient apparaître des racines blanches. Elle était vieille, certes, mais en bonne santé et, comme toute femme, elle avait le devoir d'exhiber les richesses de sa famille.

Avram écarquilla les yeux, frappé de stupeur. Pourquoi diable sa grand-mère se dirigeait-elle vers l'autel de la Déesse ? Une bouffée d'inquiétude envahit le jeune homme. Que faisait-elle dehors à cette heure matinale ? Seule une affaire urgente justifiait sa sortie. Avait-elle découvert son désir secret pour Marit ? Allait-elle demander à la Déesse de lui jeter un sort ? Comme la plupart des jeunes garçons, Avram craignait terriblement sa grand-mère. Les pouvoirs des vieilles femmes étaient sans limite.

Instinctivement, il porta la main au gri-gri qui pendait à son cou, accroché à un cordon de cuir. La tradition voulait qu'on donne à chaque enfant de sept ans — ils étaient si nombreux à mourir avant cet âge — un nom qu'il porterait pour la vie ainsi qu'une petite bourse contenant de précieux talismans : son cordon ombilical, séché et enroulé, sa première dent, une mèche de cheveux de sa mère. A cela s'ajoutaient parfois un fétiche animal, quelques feuilles séchées d'une plante protectrice. Le tout visait à préserver l'enfant, à le garder en bonne santé. Les doigts crispés sur son talisman garni de cailloux magiques, d'ossements et de brindilles, Avram se demanda s'il serait capable de le protéger de sa propre grand-mère.

Il la suivit des yeux tandis qu'elle avançait entre les huttes et les abris, contournant soigneusement les monceaux de détritus et d'entrailles, pressant le pas lorsqu'elle passa devant la tannerie où pendaient des peaux de bêtes ensanglantées qui répandaient autour d'elles une odeur pestilentielle. Elle s'engagea finalement sur le sentier conduisant à la niche en banco qui abritait l'autel de la Déesse. Reina, la prêtresse, sortit de sa maisonnette pour accueillir la visiteuse.

Du haut de sa citadelle, Avram admira la poitrine magnifique de Reina. L'été, toutes les femmes du campement se promenaient seins nus afin que les hommes puissent admirer librement les trésors de leurs femmes. C'était ainsi qu'était né son désir pour Marit. A quel moment était-elle devenue une vraie femme ? Les seins de Reina étaient ronds et haut perchés. Contrairement à la plupart des femmes de son âge, ils ne s'étaient pas relâchés, pour la simple raison que Reina n'avait pas eu d'enfant. Quand elle avait été élevée au rang de prêtresse, Reina avait décidé de dédier sa virginité à la Déesse. Mais cela n'ôtait rien à sa féminité. Reina badigeonnait ses tétons d'ocre rouge et massait sa chevelure avec des huiles délicatement parfumées. Elle avait des hanches généreuses et la ceinture de son pagne en peau de biche descendait bien audessous de son nombril, révélant un peu du triangle sacré qu'aucun homme ne toucherait jamais.

Avram soupira de nouveau, partagé entre le désir et l'incompréhension. Pourquoi donc la Déesse avait-elle créé ces troublantes pulsions qui poussaient les hommes vers les femmes ? Inaccessible, Reina attisait encore plus le désir des hommes. Et puis il y avait Marit, qui avait conquis son cœur mais qu'il ne posséderait jamais. Où était le plaisir, dans tout ça ?

Quelques minutes plus tard, sa grand-mère émergea de la hutte où se dressait la statue sacrée, ornée de son cœur en cristal bleu. Ce fut d'un pas pressé qu'elle regagna sa demeure, comme s'il lui restait encore une affaire urgente à régler. Un moment plus tard, des voix s'élevèrent de la maison. Des voix teintées de colère. Sa grand-mère et son *abba* étaient en train de se disputer !

Intrigué, Avram vit son *abba* sortir de la case d'un pas rageur et emprunter le chemin qui menait aux champs d'orge et à la case de Marit.

Avram n'aimait pas voir cette expression de contrariété sur le visage de Yubal. Un souvenir afflua soudain à son esprit : *Yubal le portant sur ses épaules, ses mains puissantes enserrant ses chevilles ; à grandes enjambées, il traverse les prairies et franchit les ruisseaux. Perché sur ses larges épaules, Avram se prend pour un géant. Une immense fierté l'habite ; il souhaite ne jamais redescendre.* Aucun des garçons qu'il connaissait n'entretenait des rapports aussi proches avec leur *abba*.

Les hommes ne méritaient pas tous le titre honorifique d'*abba*, qui signifiait « maître » ou encore « seigneur ». Maître d'une entreprise florissante, chef d'un foyer, d'une fratrie ou d'une femme auxquels il s'attache. Rares étaient ceux qui restaient auprès d'une seule femme, surtout lorsque cette dernière avait des enfants. Yubal faisait figure d'exception : il avait passé vingt ans avec la mère d'Avram, vivant auprès d'elle et lui dédiant toute son affection.

Avram observa Yubal. Il était très beau, vêtu de peaux de daims, avec sa longue chevelure et sa barbe richement huilées, signe extérieur de richesse. Il s'arrêta au bout de quelques pas, se frotta la mâchoire d'un air pensif et fit brusquement volte-face. Un moment plus tard, il s'assit à l'ombre de la tonnelle de Joktan, le marchand de bière. Assis à une table, trois hommes étaient déjà penchés au-dessus d'une cuve. Ils saluèrent Yubal avec entrain ; ce dernier faisait partie des hommes les plus appréciés et respectés du campement. Il fit signe à Joktan, qui lui apporta une longue tige de roseau. Yubal la plongea dans la cuve, perçant la mousse qui couvrait la surface, et aspira une grande gorgée du breuvage. La bière de Joktan était bien moins savoureuse que celle de Molok, mais Yubal aurait préféré boire de l'urine de serpent plutôt que d'avaler une boisson concoctée par les descendants de Serophia.

La vue de Yubal renforça la vigilance d'Avram. C'était

d'abord pour son *abba* qu'il tenait à mener sa mission à bien. Il voulait que Yubal soit fier de lui. Hélas, malgré tous ses efforts, il ne pouvait s'empêcher de voir partout des signes qui ravivaient son désir pour Marit.

Sur la porte du polisseur de pierre, une peinture encore fraîche représentait l'appareil génital féminin. Le dessin étincelait dans la lumière crue. Le vieil homme espérait que cette peinture aiderait ses filles à tomber enceintes. Les familles étaient nombreuses à peindre de tels symboles sur leur porte — seins ou vulve —, invitant ainsi la Déesse à leur offrir sa fécondité. Pleines de cet espoir, les femmes rendaient alors visite à Reina la prêtresse pour qu'elle leur confectionne des amulettes, des potions de fertilité et des préparations à base de plantes dotées de pouvoirs surnaturels.

Les hommes ne se mêlaient pas de ces histoires car le peuple d'Avram ignorait encore tout du rôle de l'homme dans le processus de procréation. Pour tous, le mystère de la conception incombait uniquement aux femmes, aidées en ce sens par la Déesse et ses pouvoirs magiques.

Un cri attira de nouveau son attention. Ligoté à un poteau planté près de la source, un criminel sermonnait les enfants qui le bombardaient d'ordures et de déjections. Les délinquants étaient en principe des tricheurs, des menteurs, des intrus ou des diffamateurs ; mais l'homme attaché au poteau ce matin-là, nu comme un ver, s'était saoulé à la bière d'orge puis, grimpé sur le toit d'une case, s'était amusé à uriner sur des passants innocents. Son châtiment aurait été plus clément si l'une de ses victimes n'avait pas été la grand-mère d'Avram en personne. Deux autres criminels se tenaient à ses côtés, condamnés pour le viol d'une fille de la maison d'Edra. Cibles vivantes des femmes enragées qui leur jetaient des pierres et des excréments, ils faisaient également l'objet de paris passionnés : seraient-ils encore en vie au coucher du soleil ?

Dans la communauté, la justice s'exerçait de manière rapide et brutale. On coupait la main des voleurs. On exécutait les meurtriers. Du haut de sa tour, Avram apercevait, de l'autre côté des champs de blé, le corps d'un criminel qui pendait à un tronc d'arbre pendant que les corbeaux lui becquetaient les yeux.

Avram se raidit soudain.

Mettant sa main en visière, il plissa les yeux. Etait-ce une colonne de poussière là-bas, en provenance du nord-est ?

Sa gorge se noua. Les pillards !

Ses yeux s'arrondirent et il retint son souffle. Non ! Non, ce n'étaient pas les pillards, c'était la caravane de Hadadezer !

— Mère bien-aimée ! s'écria-t-il en descendant l'échelle aussi vite qu'il le put.

Il traversa le campement en courant, agitant les bras au-dessus de sa tête pour annoncer la bonne nouvelle : les marchands d'obsidienne arrivaient ! Ce soir se tiendrait une fête grandiose en leur honneur. Et dans une foule aussi nombreuse et joyeuse, parmi tous ces gens ivres de boisson et de plaisir, qui remarquerait les regards furtifs qu'échangeraient deux jeunes gens ?

La caravane de Hadadezer offrait toujours un spectacle extraordinaire ; c'était comme une marée humaine qui déferlait des montagnes, se déployait dans les prairies, franchissait les cours d'eau... un millier d'âmes qui avançaient comme un essaim d'insectes, chaque homme croulant sous le poids des biens et des marchandises posés sur son dos. Certains portaient sur leurs épaules de longs bâtons au bout desquels pendaient de lourds baluchons. D'autres, de grands paniers retenus par des brides en cuir passées sur leur front. Les marchandises volumineuses étaient regroupées sur des traîneaux tirés par plusieurs hommes. C'était une entreprise longue, périlleuse et douloureuse que de parcourir tant de kilomètres dans les chardons et la pierraille ; la caravane cuisait sous les rayons brûlants du soleil, grelottait de froid sous la pluie, grimpait les cols et arpentait l'impitoyable désert. C'était aussi la seule façon de se déplacer et d'échanger. Les gens du Sud voulaient ce qu'avaient déjà les gens du Nord, et vice versa. Bien qu'une poignée de courageux aient entrepris, dans les montagnes du Nord, de dresser le bétail afin d'en faire des bêtes de somme, les résultats laissaient encore à désirer. Et c'était toujours à dos d'homme que voyageaient la malachite et l'azurite, l'ocre et le cinabre. Il y avait aussi tous les objets taillés dans l'albâtre, le marbre et la pierre ; les peaux de bêtes, les fourrures, les ramures, les cornes et les services de table finement ciselés dans le bois qui faisaient la fierté des gens du Nord : sauciers et coquetiers, plateaux aux anses sculptées. Toutes ces marchandises partaient vers le sud, où elles étaient échangées contre des feuilles de papyrus et des huiles, des épices et du blé, de la turquoise et des coquillages, qui repartaient ensuite vers le nord sur les mêmes dos courbés.

Des femmes faisaient aussi partie de la caravane, ployant sous le poids des couvertures et des tentes, de la volaille et des gamelles. Certaines suivaient leurs hommes depuis le départ, tandis que d'autres avaient rejoint le convoi en chemin. La caravane comptait aussi des enfants, dont certains avaient vu le jour pendant l'incroyable périple en direction du sud. Quelques-unes de ces femmes quitteraient la caravane en arrivant au Lieu de la source Eternelle, dans le même temps où certaines habitantes de la source, pour des raisons personnelles, se mêleraient à la caravane pour redescendre vers le sud.

En tête de cet immense cortège se trouvait son chef, un marchand d'obsidienne nommé Hadadezer. Ce dernier possédait son propre moyen de transport, tout aussi insolite. Hadadezer ne se déplaçait jamais à pied. Pour rien au monde il n'aurait marché un seul des trois mille kilomètres ! Soutenue par des poteaux massifs, une estrade couverte de paille et de branchages reposait sur les épaules de huit hommes vigoureux. Assis sur des tapis de laine, jambes croisées, Hadadezer y trônait dans toute sa splendeur, confortablement appuyé contre de moelleux oreillers recouverts de peaux de biches et garnis de duvet d'oie. Un gros homme était forcément un homme riche et, à en juger par sa corpulence, Hadadezer était sans nul doute l'homme le plus riche du monde.

Une longue tresse de cheveux noirs, généreusement lissée à l'huile, s'enroulait autour de sa taille tandis qu'une épaisse barbe couvrait son ventre, également huilée et tressée, ornée d'une profusion de perles et de coquillages. Il arborait une splendide tunique en cuir qui lui descendait aux genoux. Entièrement cousue de cauris, elle provoquait l'admiration de tous. Six mille ans plus tard, les descendants de Hadadezer préféreraient se couvrir d'or et d'argent, de diamants et d'émeraudes, mais, en cette époque reculée, les pierres et les métaux précieux reposaient encore paisiblement dans les entrailles de la terre, les cauris demeurant les ornements les plus prisés. Ces petits coquillages servaient aussi de monnaie d'échange.

L'intelligence et la subtilité d'Hadadezer voyageaient par-delà les frontières. Dans sa jeunesse, il s'était lancé dans le commerce de l'encens, une résine aromatique tirée de l'oliban — littéralement « blanc de lait » —, un arbrisseau qui poussait uniquement dans le Nord. Lorsqu'on l'allumait, l'encens libérait un délicieux parfum qui était rapidement devenu très populaire dans les deux vallées fluviales. Toutefois, bien que Hadadezer en demandât un prix élevé, il devait à son tour verser un salaire élevé aux récoltants de résine, ce qui lui laissait, au bout du compte, une infime marge de profit. Un jour, alors qu'il traversait une région fortement boisée, Hadadezer avait découvert que le bois odorant des pins et des genévriers, lorsqu'on le saupoudrait, modifiait l'encens d'une manière tellement subtile que personne ne pouvait se douter qu'il avait été dilué. Grâce à cette ruse, il put augmenter ses stocks de résine et dégager des bénéfices considérables en continuant de vendre l'encens au même prix.

Rien n'échappait à Hadadezer. Sa réussite s'expliquait en partie par les comptes compliqués qu'il tenait scrupuleusement. Comme il faudrait encore attendre quatre mille ans avant de voir apparaître le papier et l'écriture, le marchand d'obsidienne avait élaboré un système de jetons en terre cuite sur lesquels étaient inscrits des symboles que lui seul pouvait décrypter. Ces jetons pendaient au bout de cordelettes attachées à sa ceinture.

Les habitants du campement se précipitèrent au-devant de la caravane, brûlant déjà de se retrouver à la nuit tombée pour fêter l'arrivée du riche marchand. Les vieilles relations se renoueraient, les amants se retrouveraient, les ennemis s'affronteraient, les marchés se concluraient, les échanges de biens et de services commenceraient. Le soleil se hissa dans le ciel, dardant ses rayons brûlants sur le campement où régnait une agitation inhabituelle. On plantait des tentes, on allumait des foyers, on ouvrait des outres de vin et des cuves de bière. Tandis que les habitants de la Source iraient se divertir dans le campement de la caravane, les membres de cette dernière, épuisés, se rendraient en ville pour trouver du pain et de la bière, pour jouer et assouvir leurs pulsions charnelles. Hadadezer passerait cinq jours sur le Lieu de la source Eternelle, cinq jours au terme desquels ses hommes plieraient leurs tentes, ramasseraient leurs lourds fardeaux et reprendraient leur lente progression en direction du sud, jusqu'à la vallée du Nil, où ils se reposeraient quelque temps avant de refaire le chemin en sens inverse. Hadadezer effectuait ce parcours de trois mille kilomètres, reliant les montagnes du Nord — son domaine — au delta du Nil en l'espace d'une année. A chaque fois, ses visites au Lieu de la source Eternelle coïncidaient avec le solstice d'été et celui d'hiver.

Tous les membres du campement assisteraient à la grande fête du soir; ce serait une nuit de plaisir et de détente. Les habitants, travailleurs et courageux, du Lieu de la Source attendaient chaque six mois l'arrivée de la caravane de Hadadezer. Ce soir, tous étaient bien décidés à s'amuser.

Tous sauf un, bien malgré lui.

Après avoir reçu la permission d'assister à la procession de la Déesse qu'on promena dans le campement de la caravane afin qu'elle puisse accueillir les visiteurs et bénir les affaires qui seraient conclues, Avram avait été renvoyé dans les vignobles, où il devait monter la garde en compagnie de ses jeunes frères.

Arpentant les rangs, une torche à la main, Avram songeait avec envie aux hommes de la caravane et aux merveilleuses anecdotes qu'ils ne manquaient jamais de raconter. Les parties de chasse débridées et les mers qui avalaient les hommes, les femmes qui couvaient un feu entre leurs jambes et les géants grands comme des arbres. Autour du Nil, ils avaient rencontré des gens à la peau noire comme la nuit. Tout au nord, ils avaient aperçu un animal qui ressemblait à une espèce de cheval croisé avec une antilope, dont le dos était orné de deux drôles de bosses. Avram rêvait de devenir marchand. Il n'avait aucune envie de passer sa vie à écraser du raisin dans un pressoir.

Et puis Marit se trouvait quelque part, au milieu de cette foule enjouée… Peut-être achetait-elle du henné ou bien admirait-elle un collier de coquillages… Qui sait, elle fausserait peut-être compagnie à sa mère et ses sœurs pour regarder les acrobaties d'un singe ou acheter ces fameuses bouchées de viande épicée que les femmes de la montagne savaient si bien préparer. Et alors, se trouvant là, seule dans la nuit constellée d'étoiles, au milieu des rires, des querelles et des bavardages animés, assaillie par les effluves enivrants de fumée, de parfum et de nourriture, peut-être ne verrait-elle aucun inconvénient à ce qu'un certain garçon s'approche d'elle et effleure son bras par inadvertance.

Le désir l'emporta finalement sur l'obéissance. Incapable de résister à l'appel des sens, Avram tendit sa torche à son frère Caleb et, murmurant une vague excuse, s'enfonça dans la nuit.

Le campement occupait toute la plaine au-delà des champs d'orge et de maïs, s'étirant presque jusqu'au Jourdain. La fumée des brasiers montait vers le ciel étoilé. Il y avait tant de choses à faire et à voir dans ce campement en liesse qu'Avram en oublia presque Marit. Il s'arrêtait, çà et là, pour regarder des numéros d'acrobates et de magiciens, pour admirer des danseurs et des jongleurs, des charmeurs de serpent et des illusionnistes, tous impatients de délester le spectateur crédule de ses précieux cauris.

On offrait partout de quoi manger. Plantés sur des broches gigantesques, des cochons et des chèvres rôtissaient au-dessus des flammes ; des piles de galettes d'orge se dressaient sur des nattes de roseaux, à côté de grands bols de miel. On ne comptait plus les cuves de bière d'où émergeaient de longues pailles, invitant le buveur à s'approcher. Avram cherchait Marit.

Il rencontra un groupe de badauds rassemblés autour d'une danseuse nue, parée de colliers de perles et d'une ceinture de coquillages. Belle et voluptueuse, toute en courbes et en rondeurs, luisante de sueur, elle se déhanchait sensuellement au rythme d'un tambour et des applaudissement enfiévrés du public. Avram ne connaissait pas cette femme, mais il eut soudain très envie de se perdre en elle. Une onde de chaleur déferla dans ses veines, brûlante comme mille soleils. Sa gorge devint sèche, sa langue emplit sa bouche. Il darda son regard sur les cuisses de la jeune femme. L'image de Marit emplit son esprit confus tandis qu'un désir presque douloureux le submergeait.

Pivotant sur ses talons, il aperçut, à quelques mètres de là, l'*abba* de Marit en pleine discussion avec un vendeur d'ivoire. Molok était un petit homme trapu, bien campé sur des jambes arquées. Son ventre rebondi débordait de sa ceinture, signe évident de sa richesse et de son goût prononcé pour la bière. C'était un homme impétueux qui n'hésiterait pas à émasculer n'importe lequel des descendants de Talitha qui aurait le malheur de poser les yeux sur une femme de Serophia.

Avram sentit son cœur remonter dans sa gorge. Etait-il devenu fou ? Pourquoi s'obstinait-il dans cette voie alors que l'issue pouvait lui être fatale ?

Il s'apprêtait à abandonner ses recherches pour aller rejoindre ses frères lorsqu'il repéra un petit groupe de femmes réunies autour d'un vendeur de henné. Plus que leur apparence, ce fut leurs rires — un, en particulier — qui attirèrent son attention. Un rire clair et mélodieux, comme le chant de ce petit oiseau qui nichait dans les saules, sur les rives du fleuve.

En un instant, le campement disparut. La terre s'ouvrit sous les pieds d'Avram. Au-dessus de sa tête, le ciel se volatilisa. Il ne resta plus que la jolie Marit et son rire cristallin.

— Pousse-toi de là, garçon ! tonna un boucher qui portait sur son épaule une carcasse de mouton.

Mais Avram s'était transformé en statue de bois, sourd, incapable du moindre geste. L'amour qu'il éprouvait pour Marit s'abattait sur lui comme une pluie délicieusement chaude. Il respirait avec peine. Etait-il possible de mourir d'amour ?

Pivotant sur ses talons, Marit le regarda. Et un miracle se produisit.

La nuit reparut soudain, avec sa lune et ses étoiles, plus étincelantes que jamais ; la terre se referma sous ses pieds, douce et solide, pleine de promesses. Le campement se matérialisa de nouveau, avec sa foule en liesse, sa musique, ses danseurs et son ambiance festive et enfumée. Le cœur d'Avram regagna sa place dans sa poitrine tandis qu'un frisson parcourait son bas-ventre. Une onde de chaleur courut sur sa peau. Marit le regardait... droit dans les yeux, son regard noir soudé au sien comme si elle se délectait de sa vue, comme si elle le happait, comme elle l'avait fait tant de fois dans ses rêves enfiévrés.

Avram avala sa salive. Son regard était plus éloquent que n'importe quel discours.

La vallée des Corbeaux était le lit d'une rivière déchaînée pendant les gros orages d'hiver et totalement asséchée durant l'été. Sous le clair de lune, l'ombre d'Avram glissait derrière lui, complice, se découpant contre les parois rocheuses de l'étroit canyon. Le silence emplissait la vallée, ponctué par les hurlements sinistres des chacals et le rugissement du vent qui s'engouffrait dans la gorge ravinée. Le fond de l'air était frais mais Avram, lui, avait chaud partout. Il contempla la lune. Pleine et lumineuse, elle traçait paisiblement sa courbe immuable dans le ciel de velours.

Marit ne viendrait probablement pas. Il avait eu recours à un subterfuge pour lui fixer rendez-vous ici, ce soir. Un de ses amis avait transmis un message secret à la jeune fille lorsqu'elle s'était rendue au puits. Il lui avait dit qu'Avram avait découvert une fleur d'une rare beauté dans la vallée des Corbeaux...

une fleur qu'il aimerait lui faire admirer. Marit avait sans doute deviné qu'il s'agissait d'un mensonge, mais elle aurait besoin de ce faux prétexte pour venir le rejoindre... si toutefois elle en avait envie.

Avram s'accroupit. Le vent changea de direction, entraînant avec lui la musique et les rires qui ponctuaient la fête d'adieu de la caravane. Des effluves alléchants lui chatouillèrent les narines. Son estomac émit un grognement mais il n'avait pas faim. Son impatience et sa nervosité grandissaient à chaque seconde.

Le temps passa. La lune poursuivit sa trajectoire. Se levant d'un bond, Avram se mit à faire les cent pas. Marit ne viendrait pas. Quel idiot il avait été d'espérer sa venue !

Tout à coup, elle apparut, comme si elle venait de glisser d'un rayon de lune, silencieuse et gracieuse.

Ils se contemplèrent, sans mot dire. Pour la première fois de leur vie, ils étaient seuls. Ni les sœurs de Marit, ni les frères d'Avram n'étaient là pour les importuner. Il n'y avait qu'eux, rien qu'eux deux sous la voûte étoilée.

Avram tremblait de tout son corps, de peur et d'excitation mêlées. Pourtant, il n'avait jamais eu peur quand il rêvait de Marit. Soudain, il imagina les ancêtres postés autour d'eux, dans ce canyon obscur. Talitha et Serophia, rivales fantomatiques, surveillant leur lointaine progéniture d'un œil mauvais. Quel interdit ces deux-là s'apprêtaient-ils à violer ? Une sueur froide couvrit le dos du jeune homme. S'il pivotait sur ses talons, nul doute qu'il se retrouverait face à Talitha, écumante de rage, prête à lui tordre le cou.

Il vit Marit se frotter les bras en lançant des regards furtifs autour d'elle, comme si elle s'attendait elle aussi à voir apparaître son ancêtre vengeresse.

Mais les minutes s'écoulèrent et ils n'entendirent rien d'autre que le sifflement du vent, ne virent rien d'autre que les ombres découpées par la lune, et eux, Marit et Avram. Ce dernier s'éclaircit la gorge. Il eut l'impression qu'un roulement de tonnerre s'échappait de ses lèvres.

Marit baissa les yeux.

— La fleur, commença-t-elle dans un murmure. L'as-tu... ?

Il déglutit.

— Je...

Elle attendit.

— Je... reprit-il, sans plus de succès.

Dans ses rêves, il s'était plu à imaginer qu'ils prononceraient les mêmes mots en même temps. La réalité était tout autre. Il sentit brusquement les regards de sa grand-mère et de son *abba* rivés sur lui, et aussi ceux, courroucés, de tous ses ancêtres, y compris Talitha. Une nouvelle vague de peur s'abattit sur lui. Des gouttes de sueur glacée perlaient sur sa peau brûlante tandis que de violents tremblements le parcouraient. Il était en train de violer le plus grand interdit de sa famille !

Il s'aperçut alors que Marit tremblait aussi. Elle aussi avait pris un risque énorme en venant le rejoindre... Molok la fouetterait si jamais il venait à l'apprendre !

Il était encore temps pour eux de retourner d'où ils venaient. Ce serait plus sage... sans aucun doute.

Pourtant, aucun d'eux n'esquissa le moindre geste. Ils étaient comme prisonniers du clair de lune, prisonniers du désir qui les consumait, ce jeune homme de seize ans et cette jeune fille de quatorze, tous deux sur le point de devenir un homme et une femme.

Qui des deux fit le premier pas ? Ils ne le surent jamais. Un seul pas suffit, les autres suivirent naturellement, et l'instant d'après — un instant béni qui éclipsa tous ceux qui s'étaient écoulés depuis le début de l'humanité — ils étaient dans les bras l'un de l'autre. Avram chercha les lèvres de Marit ; Marit noua les mains sur sa nuque. Lorsqu'ils partagèrent leur premier baiser, un baiser avide, désespéré et maladroit, ils eurent l'impression que les parois du canyon allaient les ensevelir. Ils crurent entendre les exclamations offusquées de leurs ancêtres et sentirent presque le souffle glacé de la mort les envelopper.

Finalement, il n'y eut plus qu'eux au monde, Avram et Marit, passionnément enlacés, ignorant les fantômes, les interdits, les ancêtres et les histoires de vengeance. Lorsqu'ils reprirent leur souffle, juste le temps de balbutier une parole, tous deux dirent « Je t'aime ».

Le lendemain matin, Avram guetta les manifestations de la malédiction qu'il avait attirée sur son foyer. En se réveillant, il s'attendit à trouver la maison en ruine, le toit en feu, ou son propre corps couvert de pustules. Mais le calme régnait dans la maisonnée. Comme tous les matins, sa grand-mère était en train de boire un bol de bière. Elle n'évoqua pas de mauvais rêve, pas de pressentiment troublant. Yubal, cependant, semblait d'humeur songeuse, mais Avram mit cela sur le compte des vendanges.

Il avala sa bière et son morceau de pain, luttant contre la nervosité qui le tenaillait. Avant de quitter la maison, il rendit hommage aux ancêtres en leur laissant une part de son repas plus copieuse que d'habitude. En son for intérieur, il pria pour qu'ils ne viennent pas hanter le foyer après ce qu'il avait fait avec Marit.

Avram vécut dans une angoisse permanente — et si la terre s'ouvrait devant lui et l'avalait, si un éclair, déchirant le ciel limpide, venait le foudroyer ? —, mais les jours défilèrent et aucune malédiction ne frappa sa famille. Rassuré, le jeune homme fixa à Marit un nouveau rendez-vous secret dans la vallée des Corbeaux. De son côté, celle-ci ne constata aucun désordre dans sa propre maison — aucun esprit maléfique ne vint hanter le foyer, aucun malheur ne s'abattit sur eux. Ainsi conclurent-ils que les ancêtres ne voyaient pas d'inconvénient à ce qu'ils se retrouvent.

— La Déesse souhaite que nous prenions du plaisir, déclara Avram en enlaçant la jeune fille. Même nos ancêtres n'oseraient pas lui désobéir.

Par miracle, leur tendre secret ne fut jamais découvert ; la Déesse était bien de leur côté ! Durant les semaines puis les mois qui suivirent, les journées ponctuées de baisers volés, les nuits d'étreintes passionnées, personne ne se douta de rien. Avram s'éclipsait en prétextant une partie de pêche, et le comportement de Marit n'éveilla aucun soupçon dans sa famille. Après tout, n'était-il pas normal, pour une jeune fille de son âge, de rêvasser tout le jour et de se promener longuement au clair de lune ? Sa mère l'encourageait même à aller marcher le soir, car de telles promenades déclenchaient souvent des grossesses.

Tandis que leur amour secret s'épanouissait au fil des saisons, envers et contre tout, Avram sentit un changement se produire en lui. Quand il était avec Marit, il se sentait complet, comme s'ils n'étaient plus qu'une âme dans deux corps distincts. Dès qu'ils se séparaient, le jeune homme se sentait bizarrement vide ; il perdait toute envie, toute motivation. Il redoutait plus que tout les cinq jours que la jeune fille passait chaque mois dans la hutte Lunaire, en communion intime avec la Déesse. Ces jours-là, leur séparation n'était pas seulement physique mais également spirituelle, car cet isolement forcé était entièrement consacré à la prière et à la méditation en symbiose avec Al-Iari.

Avram et Marit ne partageaient pas seulement amour et caresses, mais aussi leurs rêves. Il lui confia qu'il rêvait de devenir marchand, comme Hadadezer ; hélas, son ambition allait à l'encontre de son cœur car, s'il épousait le mode de vie des marchands, il ne serait jamais chez lui et devrait supporter de longues séparations. Comment concilier les deux ?

Marit voyait les choses différemment :

— J'aime l'idée d'appartenir à une grande famille, j'aime savoir que je suis issue de ma mère qui elle-même est issue de sa mère, et cette chaîne de vie passe par Serophia et remonte jusqu'à la déesse Al-Iari. Ça me réchauffe le cœur, et ça m'intrigue en même temps, de penser que mes propres filles perpétueront cette chaîne.

L'injustice de la vie frappa soudain Avram. La lignée d'une femme ne s'éteignait jamais, contrairement à celle des hommes, qui se prolongeait uniquement à travers leurs sœurs.

Six mois avaient passé ; le solstice d'hiver approchait, annonçant le retour de la caravane de Hadadezer. Les deux jeunes gens étaient très fiers d'avoir su préserver leur secret. Ils avaient même réussi à faire croire aux autres qu'ils se détestaient. Dans leur naïveté, ils pensaient pouvoir continuer à vivre ainsi pour toujours.

La fabrication du vin symbolisait de manière éclatante le pouvoir de conception détenu par la Déesse. La cave ne se trouvait-elle pas dans les entrailles de la Terre nourricière ? Le jus de raisin issu des vignes de Yubal ne ressemblait-il pas aux menstruations de la femme ? Lorsque le flot lunaire déferlait dans le ventre d'une femme, un enfant commençait à grandir. Le miracle du vin se produisait de manière identique : le jus de raisin restait enfermé dans la cave pleine d'obscurité et de mystère pendant six mois ; six mois au terme desquels les hommes découvraient que le jus s'était miraculeusement transformé en boisson de vie.

Pour toutes ces raisons, la dégustation du nouveau cru constituait le rite religieux le plus important du Lieu de la source Eternelle. Posée sur les épaules de quatre hommes solidement charpentés, la Déesse conduisait la procession jusqu'à la cave secrète, située plus au sud. Son cœur de cristal bleu étincelait sous la caresse des premiers rayons de soleil. Un siècle auparavant, la statue avait été taillée dans un bloc de grès. Elle mesurait près d'un mètre et regorgeait de détails admirables, de ses grands yeux emplis de sagesse jusqu'aux délicates sandales qui couvraient ses pieds. La pierre cristalline, antique, magique et toute-puissante, reposait entre les seins nus de la Déesse.

A quelques jours du solstice d'hiver, la brise matinale était fraîche et mordante. Le cortège traversa lentement la plaine en direction du fleuve puis poursuivit sa route vers le sud, jusqu'à la mer Morte, là où se trouvaient les grottes du vin sacré. Ils atteignirent les falaises à midi et Reina la prêtresse leur fit signe de s'arrêter. Après que la Déesse fut installée sur son trône de pierre, Reina prononça une prière. Un mouton fut sacrifié et placé sur l'autel. Puis la grand-mère d'Avram, Yubal, Avram et ses trois jeunes frères gravirent tous les six l'étroit sentier qui conduisait à l'entrée de la grotte.

Les autres membres du cortège se turent ; le moment était grave, empreint de solennité. La qualité du nouveau cru déterminait l'année à venir.

La grand-mère d'Avram s'immobilisa à l'entrée de la grotte. Levant les bras au ciel, elle s'adressa à la Déesse, ainsi qu'aux esprits ou aux fantômes qui erraient dans les parages. Elle prononça les paroles transmises par Talitha, de génération en génération, depuis la naissance du vin. Puis elle répandit de l'encens et des feuilles de laurier sur le seuil de la grotte afin de purifier le lieu sacré. Elle entra la première, à pas menus, frotta deux pierres pour allumer les lampes à huile qu'on avait placées à l'intérieur durant l'été.

Après s'être assurée que les outres de vin étaient intactes et qu'aucune profanation n'avait eu lieu pendant les mois de fermentation — quiconque se serait risqué à pénétrer dans la grotte sacrée aurait été exécuté sur-le-champ —, la grand-mère d'Avram se tourna vers Yubal. Il était l'*abba* de la maison et l'*abba* du vignoble ; c'était à lui de goûter le vin avant les autres.

Avram ne cacha pas sa surprise lorsque Yubal lui effleura le bras pour l'inviter à se joindre à eux. Le jeune homme n'avait jamais franchi le seuil de la grotte sacrée. Emerveillé, il suivit son *abba* dans l'obscurité. Autour de lui, les pouvoirs de la Déesse étaient presque palpables. Il pensa à Marit, qui se tenait au-dehors, au milieu du cortège. Comme elle devait être fière de le voir pénétrer dans la grotte sacrée !

Yubal s'immobilisa devant les outres de vin entreposées dans des niches de pierre et se tourna vers le jeune homme posté à son côté. Il était grand et séduisant ; un léger duvet ombrait déjà ses joues. Yubal n'arrivait pas à s'expliquer l'intensité des sentiments qu'il éprouvait pour le garçon. Ils avaient germé en lui à l'époque où la mère d'Avram était enceinte. Ils s'allongeaient alors côte à côte sur leur paillasse et Yubal contemplait d'un air fasciné le ventre rebondi de sa compagne, suivant des yeux les mouvements du bébé. Il posait ses mains sur cette tendre montagne et sentait l'enfant bouger sous ses doigts. Chaque fois, le miracle se produisait : il avait presque l'impression que le bébé bougeait en lui.

— Avant de commencer la dégustation, Avram, commença-t-il de sa voix basse et posée, j'ai quelque chose à t'annoncer.

Il marqua une pause. Un sourire joua sur ses lèvres.

— De merveilleuses nouvelles.

Croisant le regard plein d'espoir du jeune homme, il se rembrunit. Il n'avait jamais eu de mal à parler à Avram jusqu'alors. Ils étaient si proches l'un de l'autre, ils se connaissaient si bien ! Il se souvint du jour où, alors qu'Avram venait de fêter son treizième anniversaire, il avait dû lui expliquer les règles et les interdits qu'un homme devait respecter avec les femmes. Ce fut sans fausse pudeur qu'il lui parla alors de la tente où les femmes se retiraient une fois par mois, du flux lunaire qui donnait la vie, apanage exclusif des femmes. C'étaient des choses difficiles à expliquer à un jeune garçon. L'aura de pouvoir et de mystère qui enveloppait les femmes intimidait encore Yubal.

Malgré son immense richesse, ce dernier avait su rester simple. Il connaissait tous les secrets de la vigne et du vin, mais les femmes n'avaient jamais cessé de l'impressionner. Il y avait ce secret qu'elles étaient seules à détenir... cet endroit caché où l'homme prenait son plaisir, cet endroit où naissait la vie, la demeure de la Déesse. Comme la plupart des hommes, Yubal craignait le sang des menstruations. Selon la légende, le moindre contact avec ce sang provoquait une mort instantanée, car ce flux véhiculait le pouvoir de la Déesse, le pouvoir de vie et de mort. Lorsque le sang ne coulait plus, cela signifiait qu'un enfant était en train de naître. Quand le flux arrivait, cela voulait dire qu'une vie venait de s'éteindre.

— Notre maison s'apprête à recevoir un nouvel occupant, déclara finalement Yubal.

Les lampes à huile baignaient la grotte d'une lumière vacillante. Avram dévisagea Yubal d'un air étonné. Aveuglé par son amour pour Marit, il n'avait pas remarqué que son *abba* s'apprêtait à sceller une alliance avec une autre famille.

Les traditions et les règles qui régentaient ce genre d'alliances avaient été établies par les premières familles du campement, des générations plus tôt, lorsque des pilleurs envahirent le domaine, raflant les récoltes et saccageant les maisons. Pour la survie de la communauté, les ancêtres avaient alors décidé que les familles devraient se protéger mutuellement. Au fil du temps, celles-ci avaient compris que la meilleure façon d'assurer leur sécurité consistait à s'échanger régulièrement des filles et des garçons. La famille d'Avram manquait de garçons pour travailler dans les vignes et superviser les vendanges. Yubal embauchait souvent des hommes pour leur prêter main-forte, mais ces derniers mangeaient le raisin et s'enfuyaient dès que des brigands pénétraient sur le domaine. D'un autre côté, il n'y avait plus de femmes dans la maison de Talitha, mise à part la grand-mère. Si Yubal, Avram et les trois autres garçons restaient seuls, la maison disparaîtrait. Il leur fallait donc accueillir une femme, dotée de préférence de nombreux frères et oncles qui veilleraient alors volontiers sur le vignoble et se garderaient de voler la famille à laquelle ils s'étaient alliés.

— De qui s'agit-il ? s'enquit Avram.

Il songeait déjà à plusieurs candidates : les filles de Sol, le planteur de maïs, les nièces de Guri, le fabricant de lampes, ou encore la plus jeune des sœurs Oignon.

Yubal s'éclaircit la gorge, visiblement mal à l'aise.

— D'une fille de la maison de Serophia.

Avram écarquilla les yeux.

— Serophia, répéta-t-il d'une voix blanche.

Yubal leva la main.

— C'est un choc terrible, je le sais. Mais la Déesse a été consultée et elle a parlé à Reina. Nous avons également pris l'avis de la voyante et des devins. Tous ont convenu qu'une famille aussi noble et ancienne que la nôtre ne pouvait s'unir qu'avec une famille du même rang. Il se trouve que Serophia est la seule famille digne de la nôtre.

Répugnant à une telle alliance, Yubal avait longuement débattu avec la grand-mère. Edra était une bonne maison, avait-il argué, de la lignée d'Abihail. Mais l'avis de la grand-mère et de la Déesse l'avait emporté. Aucune autre maison ne ferait l'affaire. Ce fut donc par le biais d'un médiateur (il était hors de question que les deux *abbas*, rivaux de toujours, s'adressent la parole) que fut soumise à Molok la proposition d'alliance. Yubal disposait toutefois d'un sérieux atout. Au cours d'une conversation, le marchand Hadadezer lui avait confié que les affaires de Molok se dégradaient. La fabrication de la bière n'avait plus de secret pour personne : il suffisait d'acheter du pain d'orge, de l'émietter dans de l'eau et de laisser fermenter la bouillie obtenue, sans avoir à cultiver la terre, récolter l'orge et protéger son domaine des invasions de sauterelles et de pilleurs. Selon la rumeur, le commerce de Molok battait de l'aile et ce dernier cherchait un moyen de se diversifier afin de conserver la richesse de sa famille. Molok possédait néanmoins lui aussi un atout de taille : sa maison comptait un grand nombre de fils vigoureux ; Yubal jugea sage de s'octroyer la protection de ses fils en échange d'un pressoir et d'une part de sa récolte de raisin. Après des siècles de rivalité, l'alliance fut donc scellée.

— Même si les fils de Serophia continuent à nous haïr, expliqua Yubal, ils n'hésiteront pas à protéger leur sœur en cas d'attaque ennemie et défendront du même coup notre famille et nos vignes.

— De quelle fille s'agit-il, *abba* ? demanda Avram d'une voix à peine audible.

— De la plus jeune. Marit.

La foudre s'abattit sur Avram en même temps que le goût doux et sucré du miel emplissait sa bouche. Le mélange de joie et de stupeur qui le submergeait le priva de l'usage de la parole.

Se méprenant sur son expression abasourdie, Yubal ajouta avec empressement :

— Je comprends ta colère. Mais c'est pour nos ancêtres et la survie de la lignée… A présent, j'ai une bien meilleure nouvelle à t'annoncer !

Avram s'efforça de sortir de son mutisme, mais, déjà, Yubal reprenait :

— J'ai passé un accord avec Parthalan, de la maison d'Edra ; nos familles seront bientôt unies car j'ai décidé de t'envoyer vivre avec eux. Imagine un peu, Avram ! Partager la vie des pêcheurs de coquillages ! C'est un métier très prisé car leur travail est propre, ils ne se tuent pas à la tâche et ne s'abîment pas les mains. Et puis, ils ont plusieurs jolies filles qui feront certainement ton bonheur.

Yubal exultait : à en juger par l'expression du jeune homme, il avait pris la bonne décision ! Avram lui semblait sur le point de tomber à la renverse, tant la nouvelle le réjouissait. Yubal savait que le jeune homme lorgnait depuis son plus jeune âge du côté des montagnes et que les vignes ne l'intéressaient pas, aussi pensait-il avoir trouvé la solution idéale en le confiant à Parthalan ; accompagné de ses filles, celui-ci se rendait une fois par an à la Grande Mer pour y ramasser cauris, conques, clams, coquilles Saint-Jacques et ormeaux, qu'ils utilisaient ensuite pour réaliser des bijoux, des fétiches, des amulettes et des talismans. A la tête d'une grosse fortune, Parthalan désirait accueillir dans sa famille un jeune homme vaillant et robuste. Le marché allait de soi : Avram intégrait la maison d'Edra, en échange de quoi Parthalan verserait chaque année sa part d'ormeaux à la maison de Talitha.

Dans la lueur vacillante des bougies, le visage de Yubal rayonnait de bonheur.

— Tu vas enfin découvrir ce qu'il y a derrière les montagnes ! Tu vas réaliser ton rêve !

— Oh, *abba* ! s'écria Avram.

Empreinte de désespoir, sa voix résonna contre les parois de la grotte.

— C'est une terrible nouvelle...

Le visage de Yubal s'assombrit.

— Que veux-tu dire ? Je ne comprends pas... tu devrais te réjouir, au contraire. Tu n'as jamais aimé le travail de la vigne. Je t'offre l'occasion de découvrir le monde. Je t'aide à réaliser ton rêve et tu n'es pas content ?

— Mon rêve, c'est Marit ! lança Avram.

Yubal le considéra avec stupeur.

— De quoi parles-tu ?

— Marit... je suis amoureux de Marit.

— Tu t'es entiché de cette fille ? Je l'ignorais. Tu as bien gardé ton secret.

Avram baissa la tête.

— *Abba*, je ne pourrai pas la quitter.

— Il le faudra, pourtant.

— Je ne peux pas partir sans elle...

— Tu es encore jeune, Avram. Attends un peu d'avoir posé les mains sur les cuisses moelleuses des filles de Parthalan...

— Je ne veux pas de ses filles. C'est Marit que je veux !

Yubal se rembrunit. Il aimait Avram, mais le jeune homme ne devait pas oublier qu'ils se trouvaient dans la grotte sacrée.

— Cette fille n'est pas pour toi, Avram, et mon cœur saigne quand je pense à ce que j'ai fait. Nous avons conclu un marché, Parthalan et moi ; je ne peux pas revenir sur ma parole. Nous avons échangé nos promesses devant la Déesse. Il est trop tard pour se dédier.

Il posa sa main sur l'épaule d'Avram.

— Ne t'inquiète pas, Marit vivra dans notre maison, à l'abri de tout danger. Elle sera là quand tu reviendras de la Grande Mer.

Un chagrin indicible voilait le visage du jeune homme.

— Les pêcheurs d'ormeaux partent une année entière...

— Mais ils reviennent ensuite pour travailler puis vendre leurs coquillages. Vous serez alors réunis, Marit et toi.

— Peut-être mourrai-je à la Grande Mer.

Yubal exhala un soupir. Rien ne se passait comme il l'avait prévu. Hélas, il ne pouvait plus rien y faire. Avram était jeune, il se remettrait de son chagrin. Il était temps à présent de procéder à la dégustation. Mais avant ça, il lui restait une dernière chose à faire.

Il portait autour du cou, glissé sur un lien de cuir, un croc de loup. Des années plus tôt, alors qu'il était parti chasser dans les collines, un loup l'avait sauvagement attaqué. Yubal avait frôlé la mort, ce jour-là ; son corps portait encore les cicatrices du combat. Les hommes qui l'avaient ramené chez lui, couvert de sang, avaient aussi rapporté la dépouille du loup, le poignard de Yubal encore planté dans sa poitrine. Plus tard, Yubal avait extrait un croc dans la gueule de la bête et l'avait monté en pendentif, tel un trophée ; la grande canine jaune portait toujours des traces de sang séché. C'était une protection très puissante contre les agressions extérieures, car l'esprit du loup habitait la dent.

Yubal passa le cordon autour de sa tête et le glissa sur celle d'Avram.

— Elle te protégera pendant ton séjour à la Grande Mer.

La gorge nouée, Avram baissa les yeux sur le précieux talisman.

— Je promets d'honorer notre famille ainsi que le marché que tu as passé avec Parthalan, *abba*, murmura-t-il d'une voix étranglée.

Une image s'imposa alors à lui : Marit, perchée en haut d'une colline, lui disait au revoir de la main. Sa silhouette rapetissait de plus en plus, jusqu'à disparaître complètement.

Il faudrait être aveugle pour ne pas voir que Yubal a commis une terrible erreur, songeait Hadadezer avec cynisme. Occupé à ronger un os de mouton, il promena son regard autour lui puis essuya ses mains graisseuses dans sa barbe. Ce banquet ressemblait davantage à un enterrement qu'à une fête. Les frères de Marit affichaient leur contrariété. Molok buvait trop. La mère de la jeune fille parlait fort, son rire sonnait faux et elle croulait presque sous le poids des bijoux en os et en coquillages dont elle s'était parée. D'un ton mielleux, la grand-mère de la maison de Talitha chantait les louanges des invités. Et cet étalage de mets... c'était beaucoup trop, même pour ces familles fortunées. Qu'espéraient-ils ? Croyaient-ils vraiment que quelques gestes symboliques, le respect du rituel et l'échange de promesses devant leur déesse suffiraient à anéantir toute la haine qu'ils se vouaient mutuellement depuis le jour de leur naissance ? Pour la première fois depuis le début de ses visites au Lieu de la source Eternelle, Hadadezer était impatient de regagner sa tente.

Hélas, en tant qu'invité d'honneur — sa caravane repartait vers le nord le lendemain —, il était tenu d'endurer ce calvaire jusqu'au bout. Il lui faudrait même suivre le cortège qui conduirait la jeune fille à son nouveau foyer. Il soupira. Par chance, il ne serait pas obligé de retarder son départ pour accompagner le cortège qui conduirait le garçon de Talitha, Avram, à son nouveau foyer d'accueil, le village des pêcheurs de coquillages.

Seule la jeune fille semblait heureuse, ce soir-là, assise sur son petit trône orné de fleurs. Une couronne de laurier reposait sur sa tête et elle pouvait à peine respirer sous le poids des innombrables colliers de cauris, présents qu'elle avait reçus de la famille et de ses amis. Ses deux nouveaux parents, Yubal et Avram, semblaient malheureux comme les pierres. Eux aussi buvaient trop.

La soirée s'étira dans une ambiance faussement joyeuse jusqu'à ce que Reina la prêtresse annonce enfin la dernière étape destinée à consacrer l'union des deux maisons. Hadadezer laissa échapper un rot sonore avant d'adresser un petit signe à ses porteurs qui se levèrent d'un bond, hissant son trône sur leurs épaules. Ils suivirent la fille et sa famille à une distance respectable, puis le marchand esquissa un autre geste et les porteurs s'écartèrent du cortège pour ramener leur maître au campement, où deux ravissantes jeunes femmes attendaient de partager sa couche.

Yubal pouvait à peine mettre un pied devant l'autre. Comme il regrettait le marché qu'il avait conclu avec les pêcheurs d'ormeaux ! Il avait vraiment cru qu'Avram se réjouirait de la nouvelle. Pour tenter d'oublier son amère déconvenue, il avait bu plus que de coutume. Une vive douleur déchirait le cœur de Yubal et celle-ci, aucun alcool ne pourrait jamais l'atténuer : lui, Yubal, avait dû s'abaisser à proposer une alliance à Molok, son rival de toujours. Même si la fragilité du commerce de Molok lui avait procuré un sentiment de satisfaction, la réalité de son geste lui restait en travers de la gorge. Rien ne soulagea les aigreurs qui lui brûlaient l'estomac : ni les bénédictions de la Déesse, ni les vœux de ses amis, ni les félicitations des devins. Il continuait à détester la famille de Serophia, haïssait Molok et regrettait de ne pas avoir trouvé une autre solution pour protéger son vignoble.

De son côté, Avram était désespéré : il partait la semaine suivante et resterait absent une année entière. Lui aussi avait tenté de noyer son chagrin dans le vin.

Lorsque le cortège arriva devant la maison de Talitha, Reina invoqua les bénédictions de la Déesse et l'assistance présenta ses meilleurs vœux aux deux familles. Molok et sa sœur embrassèrent Marit tandis que ses frères gratifiaient Yubal d'un regard menaçant. Le message était clair : ils veilleraient personnellement à ce qu'il prenne bien soin de leur sœur. L'assemblée se dispersa enfin. Yubal et Avram gagnèrent leurs paillasses d'un pas chancelant tandis que la grand-mère conduisait Marit dans l'aile réservée aux femmes.

La lune entamait son troisième quartier ; ressemblant davantage à une lune de printemps qu'à une lune d'hiver, elle éclairait la nuit d'une lumière dorée qui perçait le toit de paille en une multitude de minuscules rayons. Se glissant par la petite fenêtre qui perçait le mur en banco, l'un d'eux caressa Marit, allongée sur sa nouvelle couche, les yeux grands ouverts. Elle attendait Avram. Ils étaient convenus qu'il viendrait la rejoindre dès que la maisonnée serait endormie.

Où était-il ?

Le silence régnait dans la maison, ponctué des ronflements de la vieille femme et des jeunes frères d'Avram. Incapable de supporter plus longtemps cette attente, Marit se glissa hors de son lit et se dirigea sans bruit, nue, vers l'aile opposée.

Au même instant, Yubal se retournait sur sa paillasse, en proie à un sommeil agité, perturbé par la lune et le vin. Dans son rêve, sa compagne bien-aimée, la mère d'Avram, lui apparut pour lui confier qu'elle n'était pas morte, et qu'elle était revenue près de lui. Mais quand il voulut la prendre dans ses bras, il se réveilla en sursaut et cligna des yeux, enveloppé d'un brouillard aviné, incapable de distinguer le rêve de la réalité. Où était-elle passée ?

Un léger bruit attira son attention ; tournant la tête, il la vit : la mère d'Avram, jeune, fine et nue, qui traversait la pièce commune sur la pointe des pieds. Elle se dirigeait vers l'aile des hommes, vers lui.

Yubal réussit à se lever et tituba jusqu'à elle pour l'enlacer.

Le cri de Marit tira Avram de son sommeil. Il cligna des yeux dans l'obscurité puis fronça les sourcils en apercevant deux silhouettes éclairées par un rayon de lune. Les images se dédoublaient et il se frotta les yeux pour tenter de voir plus nettement. Deux silhouettes enlacées, nues.

Il se leva et retomba à genoux. Non, il devait être en train de rêver. Ou il était victime d'une hallucination.

Il regarda de nouveau. L'image bascula sous ses yeux, comme si la maison avait sombré sous la source éternelle et flottait à présent sous l'eau. Des bras pâles entortillés comme des serpents, deux têtes esquissant une danse étrange. Jambes chancelantes, corps frémissants... deux amants unis dans une étreinte aquatique.

Un éclair de lucidité l'arracha soudain à sa torpeur alcoolisée. C'était Marit ! Dans les bras de Yubal !

Il voulut se redresser mais le sol tangua dangereusement comme la sentinelle dans la tempête. Son estomac remonta dans sa gorge...

Il sortit en trombe de la maison et vomit dans le potager de sa grand-mère. Après avoir aspiré de grandes bouffées d'air, il se dirigea vers la porte mais une nouvelle vague de nausée le terrassa.

Les mains de Yubal sur le corps de Marit.

Yubal et Marit ! Mille pensées dansaient la sarabande dans son cerveau embrumé. En proie à un violent haut-le-cœur, il pivota sur ses talons et s'enfuit. Pris de vertiges, il s'enfonça dans les vignes, la tête pleine de pensées irrationnelles. Il lui apparut soudain que Yubal avait tout soigneusement planifié pour conquérir Marit.

— Non, gémit-il en se jetant à terre. Non, c'est impossible !

Il tenta d'analyser calmement la scène qu'il avait surprise, mais son cerveau imbibé d'alcool refusait de fonctionner. Tout à coup, la fureur et la jalousie lui transpercèrent le cœur.

Brandissant son poing vers le ciel, il hurla :

— Tu m'as trahi !

Chancelant, la gorge nouée de sanglots, il reprit, d'une voix chargée de désespoir et de rage mêlés :

— Tu as tout manigancé ! C'était si simple : il te suffisait d'accueillir ma bien-aimée sous notre toit et de m'envoyer ramasser des coquillages, de l'autre côté des montagnes ! Tu la voulais pour toi depuis le début ! Maudit sois-tu, Yubal ! Puisses-tu périr de mille morts atroces !

Secoué de sanglots, submergé par la nausée, Avram fonça à l'aveuglette dans la vigne. Des larmes lui embuaient la vue. Accablé par un chagrin indicible, il plongea dans la nuit qui finit par l'engloutir complètement.

◇

Une lumière aveuglante. Des gémissements.

Avram était allongé, parfaitement immobile. Pourquoi se sentait-il si mal ? Une douleur lancinante martelait ses tempes, son estomac chavirait. Un goût aigre emplissait sa bouche sèche.

Un autre gémissement. C'était lui qui émettait ces plaintes.

Soulevant lentement les paupières, il prit le temps de s'habituer à la luminosité. Le soleil entrait à flots par l'ouverture de la tente.

Que faisait-il dans une tente ?

Quand il voulut s'asseoir, une vague de nausée déferla sur lui et il se rallongea aussitôt sur le lit de fourrures. Ce n'était pas son lit.

A qui appartenait cette tente ? Pourquoi se trouvait-il ici ? Comment était-il arrivé ? Il fit un effort pour se souvenir, mais son esprit était aussi vaseux qu'un marécage. La mémoire lui revint par bribes confuses : la fête qui avait célébré l'alliance des deux familles, le cortège jusqu'à sa maison, sa grand-mère qui conduisait Marit dans l'aile des femmes, Yubal et lui qui partaient se coucher.

Après ça, plus rien.

Un léger fredonnement lui fit tourner la tête. Une femme au teint basané rangeait des gamelles dans un panier. Il essaya de parler, en vain. Voyant qu'il était réveillé, la femme lui tendit une outre d'eau. Pendant qu'Avram étanchait sa soif, elle lui expliqua que ses sœurs et elle l'avaient trouvé devant leur tente, gisant dans son vomi. Elles l'avaient transporté à l'intérieur et l'avaient lavé avant de le mettre au lit.

Avram se redressa et prit sa tête dans ses mains ; de vilains démons habitaient son cerveau. Jamais encore il ne s'était senti aussi mal en point. *J'ai vomi ? J'ai été malade ? Mais pourquoi ici, dans le campement de la caravane ? Pourquoi ne suis-je pas chez moi ?*

Au prix d'un effort, il parvint à se mettre debout et vacilla légèrement tandis que les martèlements sourds continuaient à malmener sa pauvre tête. Il regarda d'un air hébété la femme au teint mat qui s'affairait autour de lui. Tout à coup, il se souvint : la caravane de Hadadezer repartait ce matin.

Je dois rentrer à la maison avant qu'on ne remarque mon absence.

Dehors, le soleil aveuglant le pétrifia. Plaquant une main sur ses yeux, il lutta contre une nouvelle nausée. Sa vessie était pleine, il devait la soulager au plus vite.

Il trouva un petit coin tranquille derrière la tente et, tout en urinant, regarda le vaste campement plier bagage. Puis il se tourna vers son village. Un chœur de pleurs et de plaintes désespérées montait des huttes. Avram fronça les sourcils. Ces gémissements accompagnaient généralement la mort d'un personnage important.

Il rejoignit la femme qui continuait à empiler ses affaires devant la tente et lui demanda ce qui s'était passé. Elle lui expliqua qu'un vigneron avait trouvé la mort en faisant l'amour à une jeune fille.

Avram cligna des yeux. Un vigneron ? En train de faire l'amour à une jeune fille ?

Tout lui revint d'un coup : sortant de son sommeil aviné, il avait vu Yubal embrasser Marit. Les images se succédèrent : la fuite dans le jardin, le poing levé en l'air et la malédiction adressée au ciel. Et ensuite…

Il se souvenait, à présent. La scène terrible qu'il avait surprise, tapi entre les ceps de vigne, se déroula de nouveau sous ses yeux effarés : un hurlement, Marit qui sortait en trombe de la maison. Sa grand-mère qui apparaissait à son tour, pleurant et martelant sa poitrine. Ses frères qui la rejoignaient d'un pas tremblant, comme frappés par la foudre. Alertés, les voisins avaient pénétré dans la maison. Des cris avaient retenti dans la nuit : « Yubal est mort ! L'*abba* de la maison de Talitha a rejoint ses ancêtres ! »

Avram se souvint de sa stupeur alors qu'il assistait à la scène, caché dans la vigne. Yubal était mort ?

Un autre souvenir afflua à son esprit : il se revit en train de brandir son poing vers le ciel. « Puisses-tu mourir de mille morts atroces ! »

Il avait traversé la vigne dans un brouillard confus et s'était retrouvé devant l'autel de la Déesse.

La scène défila au ralenti dans sa tête, trouble et terrifiante. La niche exiguë d'Al-Iari... des lampes à huile projetaient une lumière tamisée sur les étagères remplies d'amulettes, de plantes, de potions, de poudres et de talismans de fertilité. Et sur l'autel...

La statue.

Etincelante dans la lueur vacillante des lampes, la pierre bleue. Le cœur de la Déesse. Son cœur *miséricordieux*. Dans son ivresse désespérée, Avram avait enroulé ses bras autour des jambes de pierre d'Al-Iari et avait perdu l'équilibre, entraînant avec lui la statue du pardon.

Un craquement assourdissant.

Sous le choc du souvenir, Avram s'affaissa contre la tente. *La Déesse gisant en mille morceaux sur le sol.*

Ce n'était pas possible ! Tout cela n'était qu'un affreux cauchemar !

La voix de la femme l'arracha à ses terribles souvenirs. Il cligna des yeux, s'efforçant de reprendre contact avec la réalité.

— Connaissais-tu le vigneron ? répéta-t-elle.

L'image de la statue brisée l'empêchait de penser de manière cohérente. Il ne s'agissait pas d'un cauchemar, hélas, tout cela s'était réellement passé. *Il avait tué la Déesse !*

Un autre souvenir surgit alors à son esprit : la pierre bleue, sa main tendue, ses doigts qui se refermaient sur le cristal puis qui cherchaient à tâtons son gri-gri. D'un geste tremblant, il avait glissé la pierre dans la pochette en cuir.

Le souffle coupé, Avram posa la main sur son torse et sentit, sous sa tunique, le léger renflement de l'amulette. Il était plus gros, à présent, plus dur aussi.

La pierre bleue, le cœur de la Déesse.

Il essaya de bouger, tenaillé par l'envie de hurler son chagrin et son désarroi, de verser des flots de larmes. Mais son corps refusa de lui obéir. Comme terrassé par une force étrange, il regarda les femmes démonter leur tente et la charger sur un traîneau. Lorsqu'elles se mirent en route avec le reste de la caravane, Avram les suivit d'un pas mécanique.

La famille comptait sept femmes : la grand-mère, la mère, trois filles et deux cousines. Elles lui expliquèrent qu'elles étaient plumassières et l'accueillirent volontiers au sein de leur famille. Ainsi Avram se joignit-il aux plumassières. Jeune inconnu enfermé dans un mutisme morose, il aurait pu les effrayer s'il n'avait pas été aussi séduisant et poli.

Les jours puis les semaines se succédèrent dans un brouillard persistant. Avram travaillait dur pour les femmes et, le soir, elles l'embrassaient et le caressaient, le flattaient gentiment avant de l'attirer dans de voluptueuses étreintes. Au bout d'un moment, Avram sortit de sa torpeur et prit conscience des horreurs qu'il avait commises. Il avait tué son *abba*, jeté la disgrâce sur sa lignée, rompu le contrat qui le liait à Parthalan, abandonné Marit et, en dérobant le cœur de la Déesse, l'avait tuée elle aussi. Accablé de honte et de remords, il s'en remit entièrement aux mains des plumassières qui, ignorant tout de son drame, le réconfortaient du mieux qu'elles pouvaient.

Elles ne se doutaient pas que le jeune homme qui voyageait avec elles n'était plus qu'une ombre, une coquille vide qui avait perdu le goût de vivre. Il accomplissait mécaniquement les gestes de la vie quotidienne. Quand on plaçait un gobelet entre ses mains il buvait, et quand une femme venait le rejoindre sur sa paillasse, la nuit, son instinct d'homme le poussait à assouvir son désir. Mais, tout au fond de lui, Avram était devenu insensible : il n'éprouvait ni plaisir, ni faim, ni douleur. Il évoluait dans un espace qui n'était ni celui des vivants, ni celui des morts.

La caravane continua sa lente progression vers le nord, s'arrêtant de temps en temps puis reprenant sa route. Croulant sous le poids de leurs fardeaux, les marchands longèrent le lac d'eau douce et la grotte d'Al-Iari avant de s'enfoncer dans la luxuriante forêt d'olibans. Avram tirait le traîneau des plumassières la journée et, le soir venu, plantait leur tente. En échange de son travail, ses compagnes lui préparaient à manger, séduites par sa jeunesse et son innocence. Bien qu'il ait perdu son instinct de préservation et toute notion de bonheur, quelque chose le poussait à éviter Hadadezer, le vieil ami de Yubal.

Dans un état second, Avram observait les plumassières penchées sur leur ouvrage. Leur art, reconnu et respecté sur tout l'itinéraire de la caravane, des montagnes du Nord jusqu'au delta du Nil, consistait à coudre des plumes sur des pièces de cuir en imitant le plumage d'un oiseau. Elles maîtrisaient à la perfection la technique des couleurs, de sorte que leurs éventails, leur capes, leurs ceintures et leurs turbans se vendaient à des prix exorbitants.

Devinant en Avram la présence d'un esprit mauvais, la matriarche lui prépara des décoctions médicinales destinées à le débarrasser de ses démons. Elle se pencha sur lui et apposa ses mains sur son corps. Formant un cercle protecteur autour de lui, les filles et les nièces chantèrent pour le réconforter, surtout lorsqu'il se réveillait en sursaut après des rêves agités dans lesquels il courait après Yubal en criant son nom.

Il n'y avait peut-être pas d'esprit maléfique en lui, décréta finalement la grand-mère, forcée de constater l'inefficacité de ses remèdes. Peut-être l'âme du garçon s'était-elle éteinte. Une fois morte, une âme ne pouvait être ramenée à la vie.

Le printemps était là lorsque la caravane franchit un dernier col avant de déboucher sur un immense plateau herbeux. D'autres familles avaient installé leur campement près d'un lac. Arrivées là, les plumassières invitèrent Avram à les accompagner jusqu'à leur village, situé à une journée de marche du lac. Il pourrait se reposer tranquillement pendant deux ans, avant de rejoindre avec elles la caravane de Hadadezer. Mais une force irrésistible le poussa à poursuivre son chemin; le soleil couchant l'attirait pour des raisons qu'il ne s'expliquait pas. Les familles installées sur les rives du lac n'y restaient que l'hiver; au terme de la saison des pluies, elles pliaient leurs tentes et suivaient les troupeaux qui partaient à la recherche de jeunes pousses croquantes. Avram fit le tour des familles et offrit ses mains et son labeur. Il reçut en échange le droit de voyager avec elles.

Ainsi le jeune homme continua-t-il à fuir loin, toujours plus loin du Lieu de la source Eternelle. Les plumassières lui firent des adieux émus après lui avoir offert une somptueuse cape en plumes ourlée de duvet d'oie. Avec sa nouvelle famille, il traversa le plateau d'Anatolie, une belle plaine d'herbe tendre, parsemée de saules tarabiscotés, de pivoines et de tulipes sauvages. Ils suivirent de grands troupeaux de chevaux, d'ânes et d'antilopes. Avram vit à son tour les animaux ornés de deux bosses et les marmottes replètes paressant au soleil, les nuées d'étourneaux roses et les grues qui construisaient leur nid par terre. Toutes ces merveilles, hélas, ne suffirent pas à l'émouvoir. Avram ne confia ni son nom ni son passé à la famille nomade, mais il travailla dur et apprécia leur discrétion. Lorsque les femmes se glissaient auprès de lui la nuit, il continuait à réagir de manière mécanique, comme avec les plumassières. Il leur donnait du plaisir avec son corps, mais n'offrait rien de son cœur.

Lorsqu'ils atteignirent l'extrémité occidentale du plateau, il prit congé de la famille et poursuivit son chemin en direction de la côte. Il rencontra un plan d'eau qu'il prit pour une mer, ignorant qu'il s'agissait d'un détroit qui reliait entre elles deux mers importantes et séparait deux continents. Avram n'avait pas entendu parler de la fonte des glaciers sur le continent européen. Avec la montée des eaux, ce petit détroit deviendrait au fil des millénaires une célèbre voie de navigation qu'on baptiserait alors le Bosphore.

Ce fut là qu'il vit des bateaux pour la première fois de sa vie. Un homme accepta de l'emmener sur l'autre rive. Avram venait d'avoir dix-huit ans et il n'avait plus aucune raison de vivre.

Il voyageait seul.

Lorsqu'il détectait des signes d'activité humaine, il faisait de longs détours pour éviter les campements. Au cours de son périple solitaire en direction de l'ouest, Avram le rêveur devint Avram le chasseur, le trappeur et le pêcheur. Il fabriquait des pièges pour capturer les lapins et des harpons pour attraper les saumons. Il ramassait des coquillages sur les plages et dormait seul auprès d'un feu de camp. La cape en plumes le protégeait du vent et de la pluie ; l'été, il l'étendait sur des piquets pour avoir un peu d'ombre. Son corps frêle d'adolescent commença à se muscler, sa barbe poussa. Il marchait toujours vers l'ouest mais, lorsqu'il rencontrait des côtes et se trouvait face à des mers dont il ne voyait pas le bout, il bifurquait vers le nord, ignorant qu'il suivait le parcours qu'emprunteraient, huit mille ans plus tard, Alexandre le Grand et saint Paul.

Sur un estuaire de la côte orientale de ce qu'on appellerait un jour l'Italie, il s'arrêta dans un village dont les habitants se nourrissaient presque exclusivement de coques ; ils avaient même inventé un outil spécialement conçu pour les ouvrir facilement. Ils vivaient dans des cases de paille qui s'envolaient à chaque tempête. Au bord de l'épuisement, Avram décida de passer la saison avec eux avant de continuer sa route. Il ne leur confia ni son nom ni son passé et ne se donna pas non plus la peine d'apprendre leur langue, car la vie n'était plus qu'une succession de changements pour lui ; les noms et l'histoire des autres n'avaient aucune importance à ses yeux. Chaque fois que, pris de nostalgie, il songeait au Lieu de la source Eternelle, il se forçait à endurcir son cœur en se remémorant le crime qu'il avait commis et le déshonneur qui en était résulté pour sa famille. Maudit, il resterait à jamais exclu de son peuple.

L'horizon continuait à l'appeler, comme lorsqu'il était enfant, à la différence qu'il marchait vers lui non plus pour découvrir ce qui se trouvait derrière, mais parce qu'il n'avait pas le choix. Aiguillonné par le besoin de fuir toujours plus loin, il ne trouva jamais aucun campement qui ressemblât au sien. Chez lui, il avait cru que tous les hommes vivaient dans des cases en banco et veillaient sur leurs vergers mais en avançant vers le nord, en traversant des prairies et des fleuves sans nom, en gravissant des montagnes et des pics, Avram découvrit que les habitants de la source Eternelle étaient uniques au monde.

Une autre certitude s'imposa à lui : grâce au croc de loup que Yubal lui avait donné dans la grotte sacrée, il ne lui arriverait rien. Tout au long du périple qui l'avait conduit à la source du Jourdain puis au plateau d'Anatolie, jusqu'à cette périlleuse traversée dans une barque à fond plat, Avram n'avait subi aucun revers. Les mangeurs de coques l'avaient accueilli chaleureusement, d'autres l'avaient traité avec méfiance. Les animaux l'avaient laissé avancer en paix. De cette constatation, il conclut que le puissant esprit du loup veillait sur lui.

Il n'en concevait ni soulagement ni satisfaction. Au

contraire. Si Yubal ne s'était pas séparé de son précieux talisman, la malédiction d'Avram ne l'aurait probablement pas tué.

Il continua vers le nord, longeant des fleuves impétueux et gravissant des montagnes plus hautes que celles qu'il avait jamais imaginées. Il traversa d'épaisses forêts de bouleaux, de pins et de chênes peuplées de cerfs et de gibier sauvage.

Un jour, il rencontra un peuple de chasseurs de bisons et troqua sa cape de plumes — si elle avait perdu de sa splendeur, elle n'en demeurait pas moins originale — contre des fourrures, une paire de bottes et une lance affûtée. Il se joignit à ces hommes, resta quelque temps avec eux. Il ne révéla jamais son nom, ne raconta jamais son histoire. Mais il était bon chasseur, partageait volontiers ses prises, respectait les lois et les interdits de chaque peuple et ne couchait jamais avec une femme sans son consentement.

Pendant tout ce temps, la pierre bleue reposait contre son torse, soigneusement dissimulée, symbole de sa honte et de ses crimes. Depuis son départ de la source Eternelle, il ne l'avait pas sortie de sa pochette en cuir. Mais il ne se passait pas un jour sans qu'il sente sa présence, froide et dure, contre sa poitrine. La nuit, quand des rêves venaient troubler son sommeil, quand Marit partait à sa recherche dans la vallée des Corbeaux, quand Yubal venait le chercher en haut de sa tour, il gardait pour lui les tourments qui le hantaient sans répit.

Arriva le jour où l'envie de bouger le tenailla de nouveau. Le regard braqué vers le nord, il demanda aux chasseurs de bisons ce qu'il y avait là-bas et ils répondirent à l'unisson : « Des fantômes. »

Alors il prit congé et marcha vers le nord, vers le pays des fantômes.

Emmitouflé dans ses fourrures, bardé de lances et de flèches, chaussé des bottes de neige que lui avaient données les chasseurs de bisons, Avram atteignit enfin une vaste étendue blanche et sauvage. Jamais encore il n'avait vu autant de neige, un tapis immaculé qui se déroulait à l'infini, sans montagne, sans horizon visible. Le vent rugissait autour de lui ; un tourbillon de démons mordants et hurlants essayaient de le changer en statue de glace. *Je suis arrivé au bout du monde*, songea-t-il. *Telle est ma destinée.*

Il fit un pas en avant, puis un autre. Une rafale de vent

rabattit son capuchon, caressant son visage d'un souffle glacé. Il le replaça d'un geste vif et l'attacha fermement sous son menton gelé avant de se remettre en route. Avram ignorait qu'il ne marchait plus sur la terre, mais sur la mer. Il songea confusément qu'il se dirigeait vers le pays des morts. N'était-il pas déjà mort ? Cette ultime traversée n'était plus qu'une simple formalité. Cette pensée venait de lui traverser l'esprit lorsque la glace céda sous ses pieds.

Avram sombra dans l'eau gelée. Il se débattit, chercha désespérément une prise pour remonter à la surface, mais la glace se brisait à chaque fois qu'il l'attrapait de ses mains gantées. Battant frénétiquement des jambes, il heurta quelque chose et baissa les yeux. Un énorme monstre brun nageait autour de lui. Une vague de terreur le submergea. Il n'avait plus du tout envie de mourir, tout à coup. Non, il voulait encore vivre ! Mais ses efforts pour s'extirper de l'eau glacée demeurèrent vains. En proie à une angoisse grandissante, il sentit ses jambes s'ankyloser, et cet engourdissement gagna lentement le reste de son corps. Lorsque la glace se brisa de nouveau sous ses doigts et que les flots glacés se refermèrent sur lui, sa dernière pensée fut pour Marit et la douceur du soleil.

Avram volait. Pas comme un oiseau parce qu'il était à demi allongé sous une pile de fourrures, les bras croisés sur sa poitrine. *Est-ce ainsi que les morts gagnent le pays des ancêtres ?*

A travers le cercle de fourrure qui enveloppait son visage, il vit le paysage blanc défiler sous ses yeux. Il fronça les sourcils. Il ne volait pas, ne courait pas non plus puisque ses jambes allongées devant lui étaient chaudement enveloppées dans de la fourrure. Il regarda devant lui et, lorsque ses yeux s'accoutumèrent à la luminosité aveuglante, il découvrit qu'il était tiré par une horde de loups. *Je leur servirai de repas.* C'était peut-être leur vengeance sur Yubal, qui avait tué un des leurs, autrefois. Ainsi, le croc avait cessé de le protéger.

Dévorez-moi ! hurla-t-il en son for intérieur. *C'est tout ce que je mérite.* Et il sombra de nouveau dans l'inconscience.

Quand il se réveilla, il eut l'impression de voler moins vite. Tout autour de lui se dressaient de petits monts blancs et ronds. Observant les loups de plus près, il s'aperçut qu'il ne s'agissait pas de loups ordinaires ; ils étaient retenus entre eux par des brides en cuir. Un cri déchira l'air : debout derrière lui, quelqu'un hurlait des ordres à l'adresse des loups. Avram tenta d'apercevoir un visage, mais un capuchon de fourrure le dissimulait.

Il n'était pas sûr d'aimer la mort... Sur cette pensée, il perdit de nouveau connaissance et, lorsqu'il se réveilla, il se trouvait dans une petite pièce qui sentait la sueur et l'huile brûlée. Il cligna des yeux. Le plafond était en glace. Etait-ce une grotte de glace ? Non, il voyait les contours des blocs de glace empilés les uns sur les autres. C'était une maison... de glace. Il était allongé dans un lit, et sous la fourrure il était nu. On lui avait pris ses vêtements ! Il voulut lever la main pour vérifier que son gri-gri pendait toujours à son cou. Impossible : ses bras étaient paralysés.

Une voix toute proche, une ombre sur le mur. Il cligna des yeux et un visage apparut. Un visage ridé, un sourire édenté. La femme — il devina que c'était une femme — prit la parole. Puis, à sa grande surprise, elle rabattit les fourrures qui le couvraient, exposant son corps nu à l'air glacé. « Indécente ! » cria-t-il d'un ton indigné, avant de réaliser qu'aucun son n'était sorti de sa bouche. Sa mâchoire aussi était bloquée. Inerte et impuissant, il laissa la vieille femme lui ouvrir la bouche et inspecter sa gorge. Elle examina ensuite son nombril et palpa ses testicules. Puis ses mains calleuses entreprirent de ramener à la vie son corps transi. Elle prit d'abord ses doigts et les serra entre les siens avant de les masser doucement. Elle les réchauffa en soufflant dessus. Avram ne sentait ni son haleine brûlante, ni le contact de ses mains. Le massage continua, sans réaction de sa part.

La femme suspendit ses gestes et l'enveloppa d'un regard inquiet. Après avoir murmuré quelques paroles incompréhensibles, elle sortit de la hutte par une petite porte. « Rabattez les couvertures ! » voulut-il crier, mais ses lèvres et sa langue refusèrent de lui obéir.

Elle reparut quelques minutes plus tard, accompagnée d'une haute silhouette. Sous le regard ébahi d'Avram, le nouvel arrivant se débarrassa des couches de vêtements qui le protégeaient du froid, dévoilant une poitrine généreuse, une taille fine et des hanches rondes. La jeune femme s'allongea à côté de lui et le serra dans ses bras. Quant à la vieille, elle rabattit les fourrures et quitta la maisonnette.

Avram resta longtemps dans un semi-coma avant de reprendre complètement conscience. Lorsqu'il se réveilla pour de bon, il vit d'abord de longs cils dorés reposant sur une peau diaphane, un nez finement ciselé puis une grande bouche rose. Il apprendrait plus tard qu'elle s'appelait Frida et que c'était elle qui lui avait sauvé la vie en le repêchant dans les eaux glacées.

Il lui fallut plusieurs semaines pour se remettre du choc qu'il avait subi. Durant tout ce temps, Frida et la vieille femme veillèrent sur lui ; elles le massèrent, le nourrirent de poisson, de soupe et de tisane. Des hommes vinrent le voir, poussés par la curiosité. Accroupis à son chevet, ils lui posaient des questions qu'il ne comprenait pas. Le soir venu, il s'endormait dans les bras accueillants de Frida et se réveillait au matin avec des cheveux blonds comme les blés éparpillés sur son torse. Le jour où il se réveilla avec une érection, la vieille femme le déclara guéri et Frida ne revint plus dormir avec lui.

Il sut plus tard pourquoi ces gens l'avaient sauvé et pourquoi ils avaient partagé avec lui le peu de nourriture dont ils disposaient. Avant de tomber dans l'eau glacée, avant même qu'il s'aventure à traverser la mer gelée, une bourrasque avait rabattu sa capuche, dévoilant ses cheveux noirs et sa peau mate. Frida avait juste eu le temps de l'apercevoir avant qu'il ne recouvre sa tête. Parmi leurs dieux, expliquerait-elle à Avram lorsqu'il aurait appris leur langue, se trouvaient des divinités brunes comme lui qui veillaient sur les bois et les grottes et possédaient d'immenses pouvoirs.

Un matin, la vieille femme lui rapporta ses vêtements, propres et secs, et Avram s'habilla promptement. Il retrouva avec une joie indicible son talisman, apparemment intact sur son cordon de cuir. Il l'ouvrit néanmoins afin de s'assurer qu'il n'avait rien perdu dans sa chute. La vieille femme examina d'un air intrigué les objets étalés par terre : le cordon ombilical desséché, la dent de lait, le croc de loup offert par Yubal... Un cri s'échappa de ses lèvres lorsqu'elle posa les yeux sur la pierre bleue.

Au grand étonnement d'Avram, elle se précipita hors du refuge en criant. Un moment plus tard apparut l'homme le plus grand qu'Avram ait jamais vu. L'espace d'un instant, ce dernier crut qu'il allait lui prendre la pierre. Au lieu de quoi, l'homme s'accroupit sur le sol de glace et observa le morceau de cristal d'un air émerveillé. Puis il leva les yeux sur Avram et lui posa une question à laquelle le jeune homme ne put faire qu'une réponse :

— Je ne comprends pas votre langue.

Le géant hocha la tête et s'apprêta à partir. Il s'immobilisa soudain et fit signe à Avram de le suivre.

Après avoir glissé le gri-gri autour de son cou, bien caché sous sa tunique de fourrure, Avram fit ses premiers pas dehors. Il prit alors conscience que la notion de matin n'avait été que le fruit de son imagination, car il se trouvait en réalité dans un pays où il faisait toujours nuit.

A la fois timides et intrigués, des gens s'approchèrent de lui. Vêtus de manteaux à capuche, de pantalons et de bottes en peau de phoque, ils se ressemblaient tous. Comment les hommes et les femmes arrivaient-ils à se distinguer quand ils voulaient se donner du plaisir ? se demanda Avram. A ses yeux, ils ressemblaient surtout à des fantômes, avec leur peau blanche comme une nappe de brume et leurs cheveux de blé. Comme ils étaient grands ! Même les femmes le dépassaient. A l'évidence, sa petite taille, ses cheveux de jais et son teint basané les intriguaient beaucoup.

Le chef du clan se présenta ; il s'appelait Bodolf.

Au cours de son périple, Avram avait rencontré des ours et Bodolf lui rappelait ces grands animaux sauvages : un ours pâle et gigantesque, dont le rire grondait comme le tonnerre. Contrairement aux hommes de sa famille, Bodolf ne graissait pas sa barbe, mais il tressait ses longs cheveux blonds. Ses tresses n'étaient pas ornées de perles et de coquillages mais d'ossements humains, de phalanges qu'ils prélevaient sur les cadavres de leurs ennemis, se vanta plus tard Bodolf.

Avram fut ensuite présenté à un homme nommé Eskil qu'il prit pour le frère de Bodolf tant la ressemblance était criante. Mais il réalisa par la suite qu'Eskil était beaucoup plus jeune... peut-être était-ce son neveu ?

— Eskil et moi ne sommes pas liés par le sang, lui expliquerait un jour Bodolf. Il est le fils de ma compagne, la femme auprès de qui j'ai passé tous mes hivers.

Ainsi, Bodolf faisait partie de ceux qui se satisfaisaient d'une seule femme.

Le soir venu — bien que le jour ne se soit pas levé —, le clan organisa une grande fête en l'honneur de ce visiteur qui détenait en sa possession un morceau de ciel. Pour la première fois de sa vie, Avram mangea du phoque, de la graisse de baleine et de la viande d'ours blanc comme la neige. Ils voulurent l'impressionner en préparant un de leurs mets préférés : de l'oie grillée qu'on avait exclusivement nourrie de poisson pourri. Ce qui les régalait écœurait Avram. Malgré tout, il leur était infiniment reconnaissant de lui avoir sauvé la vie et les remercia pour leur hospitalité. Les femmes, cheveux clairs et peau veloutée, redoublaient d'attentions, intriguées par cet homme au physique étrange.

Il continua à séjourner dans la maison de glace de la vieille femme et, en échange de leur hospitalité, les divertissait en leur racontant ce qu'ils prenaient pour des mensonges : il décrivait les palmiers et les déserts de sable, les girafes et les hippopotames, les étés tellement chauds qu'une goutte versée sur une pierre grésillait avant de s'évaporer.

Aux premiers signes du printemps, le clan de Bodolf, qui portait le nom de «peuple du Renne», abandonna ses huttes de glace et gagna en traîneau une région montagneuse où les pins et les bouleaux se débarrassaient lentement de leur manteau neigeux. Arrivés à destination, ils abattirent des arbres, en débitèrent le bois, travaillant jour et nuit jusqu'à ce que fût bâtie une imposante maison en rondins, assez grande pour qu'ils puissent tous y dormir. Avram participa activement à la construction. Il partageait leurs repas mais dormait seul. Il ne voulait pas apprendre leur langue, refusait de connaître leurs noms.

Quand il avait un peu de temps libre, il contemplait les jeunes pousses qui verdissaient à présent le paysage et, se remémorant le printemps à la source Eternelle, il se tournait vers le sud. Puisqu'il ne pouvait plus avancer ni vers le nord ni vers l'ouest — il était arrivé au bout du monde —, peut-être était-il temps de rebrousser chemin.

Pour aller où? A la Source, où il ne connaîtrait que mépris et déshonneur? Une seule chose l'attirait, là-bas... Envahi par une bouffée de nostalgie, il imagina Marit sous son propre toit, auprès de sa grand-mère et de ses frères.

— Reste avec nous, proposa Bodolf en passant un bras sur ses épaules. Tu nous raconteras tes histoires et nous te raconterons les nôtres. Nous boirons ensemble et nous réjouirons ainsi le cœur de nos ancêtres.

Ils lui firent découvrir l'hydromel, une boisson à base de miel fermenté qu'ils consommaient copieusement durant les mois d'été. Quand Avram goûta au breuvage et vit les flammes se refléter joliment sur les cheveux de Frida, il décida de rester un peu.

Il observa leurs techniques de chasse, les écouta parler et peu à peu, presque malgré lui, apprit leur langue.

— Comment votre peuple est-il arrivé jusqu'ici ? demanda-t-il un jour où il songeait avec envie à sa propre terre baignée de soleil.

— A l'origine, nos ancêtres vivaient dans le Sud. Un jour, les rennes ont entendu des voix qui les pressaient de monter vers le nord, alors ils sont partis et mes ancêtres les ont suivis.

Bodolf désigna les montagnes qui se dressaient comme des poignards, barrées de larges coulées de glace.

— Les voix provenaient de ces glaciers. Ils remontaient vers le nord, laissant derrière eux le lichen et la mousse qu'apprécient tant nos rennes. C'est à cause de ces glaciers que nous sommes là aujourd'hui.

— Pourquoi disparaissent-ils ?

Bodolf haussa les épaules.

— Parce que le ciel les rappelle à lui.

— Reviendront-ils ? insista Avram en tentant d'imaginer un monde entièrement tapissé de glace.

— C'est aux dieux de décider. Un jour, peut-être.

Avram se tourna vers l'enclos des loups. A son grand étonnement, les hommes les nourrissaient sans que les bêtes les attaquent.

— Comment cela est-il possible ?

— Il n'y a pas de chiens dans ton pays ?

— Des chiens ? Qu'est-ce que c'est ?

— Des cousins du loup.

— Vous les avez apprivoisés ?

— Non, ce sont eux qui nous ont apprivoisés, corrigea Bodolf dans un sourire. Ils ont approché nos ancêtres, il y a très longtemps, et leur ont dit : « Si vous nous donnez à manger, nous travaillerons pour vous et nous vous tiendrons compagnie pendant les longues nuits d'hiver. »

Le peuple de Bodolf vénérait le renne pour sa viande et sa peau, mais aussi parce qu'il donnait la vie.

Les bêtes étaient parquées dans un vaste enclos, où elles évoluaient librement. C'étaient des animaux splendides, couverts d'une fourrure sombre à poil long ornée d'une encolure blanche et dont les bois ressemblaient à de petits arbres. Que des hommes réussissent à dompter de telles bêtes ne cessait d'étonner Avram. Sa stupéfaction grandit encore quand il vit que les rennes se laissaient traire sans difficulté. Il se souvint alors de Namir et de ses expériences avec les chèvres. Comme les autres, Avram s'était moqué de ses tentatives, convaincu qu'il était impossible de dompter les animaux.

Bodolf lui raconta l'époque où ses ancêtres traquaient les troupeaux de rennes sur la banquise ; un jour, un homme avait perdu la trace de ses compagnons de chasse. Il gisait dans la neige, frigorifié, affamé, quand un renne se matérialisa soudain à ses côtés. L'animal, une femelle, s'allongea contre lui et, tout en le réchauffant avec son pelage, lui fit boire de son lait. Pendant qu'elle le ramenait à la vie, la femelle du renne lui dit : « Cessez de nous traquer et de nous chasser. Capturez quelques-uns d'entre nous, vivez avec nous et nous vous nourrirons en même temps que nous vous tiendrons chaud. Mais laissez mes troupeaux courir en paix. » Les ancêtres de Bodolf capturèrent quelques femelles et les ramenèrent chez eux. Elles leur donnèrent du lait pendant un certain temps, puis l'esprit du Renne revint hanter le sommeil du chasseur et parla de nouveau : « Il ne faut pas séparer mes femelles de leurs mâles ; comme vous autres, les hommes et les femmes, mes rennes doivent prendre du plaisir. » Les ancêtres capturèrent donc un mâle qu'ils placèrent dans l'enclos avec les femelles et, à partir de ce temps-là, le peuple de Bodolf ne manqua plus jamais de lait.

Avram fronça les sourcils.

— Comment les animaux prennent-ils du plaisir ?

Dans un éclat de rire sonore, Bodolf esquissa un geste éloquent.

— De la même manière que les hommes ! Les animaux ne sont pas différents de nous !

Habitué à traquer les animaux dans les collines, armé d'une lance ou d'un arc, Avram n'avait jamais eu l'occasion d'assister à un tel spectacle. Mais c'était tout à fait possible, après tout. La Déesse avait créé le plaisir pour les êtres humains, pourquoi n'en aurait-elle pas fait autant pour les animaux ?

— Au printemps, reprit Bodolf d'un air satisfait, les petits verront le jour.

Avram arqua un sourcil étonné.

— Comment peux-tu le savoir ? C'est la lune qui choisit de

faire naître les petits. Les hommes n'ont aucun moyen de prévoir ça.

Bodolf le gratifia d'un regard impatient.

— Vous n'avez donc pas d'animaux, dans ton pays ?

— Si, nous en avons même beaucoup.

— Et ils se reproduisent ?

— Quand nous partons à la chasse au printemps, il y a des petits dans les troupeaux.

— Tu vois ! Les naissances sont prévisibles. Parce que c'est de cette manière, continua Bodolf en mimant de nouveau la copulation animale avec ses mains, que l'esprit du renne offre des petits aux femelles. Il agit de même avec les hommes. Quand une femme rêve d'un renne, quand elle inhale la fumée du brasier sur lequel cuit un morceau de renne ou lorsqu'elle porte un talisman de renne autour du cou, elle est sûre de tomber enceinte. L'esprit du renne est le créateur de toute vie sur cette terre. Ce n'est pas la même chose, chez toi ?

— Dans mon pays, c'est la lune qui donne des enfants aux femmes, expliqua Avram, peu convaincu par la notion de plaisir animal.

Toutefois, Avram était plus intrigué par le peuple de Bodolf que par les rennes. La famille de son ami comptait de très nombreux couples unis pour la vie. Les alliances entre familles n'existaient pas ; on privilégiait plutôt l'union entre deux êtres : la femme s'occupait de tenir son foyer et de préparer à manger tandis que l'homme rapportait la nourriture et assurait la protection de la maison. Cette forme d'intime collaboration s'expliquait peut-être par les longs hivers rigoureux qui régnaient sur cette partie de la terre. Peut-être était-elle nécessaire à la survie de l'espèce. *Ici, un homme ne peut pas déambuler en pleine nuit à la recherche d'une compagne*, songea Avram, *ce n'est pas comme les nuits torrides de la source Eternelle... Là-bas, les couples se forment au hasard et s'unissent sous les étoiles.*

A l'approche de l'hiver, Bodolf suggéra à Avram de prendre une compagne pour la saison froide. Quand Avram expliqua qu'il avait l'habitude de dormir avec des hommes, Bodolf et ses compagnons éclatèrent de rire.

— Choisis-toi une femme, conseilla le colosse. Il n'existe rien de mieux pour avoir chaud.

Avram songea aussitôt à Frida, qui n'avait pas encore choisi son compagnon pour l'hiver. Mais, pour pouvoir entrer dans la maison d'une femme, l'homme devait d'abord prouver ses talents de chasseur. Aussi Bodolf et Eskil l'emmenèrent-ils chasser avec eux.

Les chasseurs parcouraient les étendues glacées à ski ou sur des traîneaux tirés par des chiens, traquant l'élan et l'ours polaire. Rabattant son capuchon, Avram leva son visage vers le ciel. La vitesse le grisait. Quelle sensation de liberté ! Il appela ses compagnons et ils lui répondirent d'un petit signe de la main. Pendant un bref moment, Avram oublia son désespoir et son statut de paria, de criminel et de traître ; il oublia qu'il avait abandonné sa bien-aimée et souillé l'honneur de sa famille. Dans cette immensité immaculée, il se sentait libre, comme neuf, et il s'autorisa à songer à ses frères avec émotion... Comme ils auraient aimé participer à cette partie de chasse sur glace !

La complicité qui liait Bodolf à Eskil lui rappelait les rapports qu'il avait entretenus avec Yubal ; à cette pensée, son cœur se serra douloureusement. Il pouvait dire une chose à ces gens-là : il suffisait de maudire quelqu'un par la parole pour le tuer.

Les jours raccourcirent et le peuple du Renne quitta la cabane de rondins pour regagner le désert de glace, où ils bâtirent de nouvelles habitations. Bodolf enfonça plusieurs fois son couteau dans la neige avant de trouver la bonne texture pour fabriquer des blocs.

— La neige n'est pas de bonne qualité ici, elle est trop légère en surface et trop dure au fond, mais nous n'en trouverons pas de meilleure.

Avec l'aide d'Eskil, il tailla le premier bloc. Avram les aida à transporter les pains de neige qui, empilés un à un en spirale, formèrent bientôt un dôme lisse et régulier. A l'intérieur, Bodolf creusa une sorte de lit et évacua le surplus de neige par un petit trou percé à la base de la hutte.

Lorsqu'ils eurent terminé, Bodolf et Eskil emmenèrent Avram chasser le phoque. Bodolf lui expliqua la technique : pour pouvoir respirer, les phoques creusaient un trou dans la glace dès que l'eau commençait à geler et ils remontaient régulièrement à la surface pour emplir d'air leurs poumons. Grâce à leur flair, les demi-chiens repéraient les trous ; les chasseurs enfonçaient alors un petit os de baleine dans la glace à peine formée et attendaient. Lorsque l'os tremblait, annonçant l'arrivée du phoque, le chasseur le transperçait d'un coup de harpon. Avant d'attraper sa proie, il devait patienter de longues heures, immobile et attentif; habitué à faire le guet dans la tour de Yubal, Avram possédait toutes les qualités d'un bon chasseur de phoques.

Bodolf et Eskil rirent de ses premières tentatives ratées. Finalement, ils l'aidèrent à harponner son premier phoque, lui évitant ainsi de devoir passer seul les longues nuits d'hiver. La coutume voulait que le chasseur apporte la dépouille du phoque à la femme qu'il avait choisie ; elle offrait alors un verre d'eau à l'animal mort afin d'apprivoiser son esprit. Avram apporta son phoque à Frida. Elle lui offrit à boire et invita le jeune homme à vivre sous son toit.

Ils se réunirent tous dans la hutte de Bodolf et de sa compagne de toujours, Thornhild. Il y avait Eskil, accompagné d'une jeune fille au sourire timide, et Avram et Frida, assis côte à côte, main dans la main. Les loups hurlaient à la mort au-dehors, dans la nuit.

— Personne ne sait pourquoi les loups hurlent ainsi, expliqua Bodolf à Avram. Peut-être voient-ils des fantômes, ou peut-être sont-ils possédés par les esprits des hommes qu'ils dévorent. A moins qu'ils n'aiment tout simplement le son de leur voix, conclut-il en souriant.

Confortablement installés devant un feu de bois, enveloppés dans de chaudes fourrures, ils sirotaient leurs dernières gorgées d'hydromel.

— Les meutes de loups prennent plaisir à hurler tous ensemble. Ils se saluent ainsi après une partie de chasse.

— Comme les êtres humains, fit observer Avram d'un ton amusé.

Il se sentait bien avec le peuple du Renne, même s'il se croyait parfois supérieur à eux et qu'ils éprouvaient la même chose de leur côté. C'était une rivalité amicale. Quand il commença à décrire sa maison, Bodolf demanda :

— Vous vivez dans la même maison toute l'année ?

— Oui. Et pendant de longues années.

La stupéfaction se lut sur le visage de ses compagnons. Ils se pincèrent le nez et esquissèrent des grimaces moqueuses.

— Nous balayons nos intérieurs, se défendit Avram. Nous nettoyons soigneusement nos maisons.

— Pourquoi restez-vous toujours au même endroit ?

— Parce que nous devons surveiller nos vignes.

— Surveiller vos vignes ?
— C'est ça.
— Si vous ne les surveillez pas, les raisins ne poussent pas ?
— Oh si, ils poussent quand même.
— Dans ce cas, pourquoi devez-vous les surveiller ?
— Pour éviter que d'autres nous les volent.
— Pourquoi ?
— Parce que c'est notre raisin.

Bodolf et ses compagnons échangèrent des regards perplexes.

— Quand des étrangers arrivent chez vous, ils n'ont pas le droit de cueillir le raisin ?
— C'est ça.
— Pourquoi ? Le fruit appartient à la vigne.
— Mais c'est mon *abba* qui cultive les vignes, c'est donc lui qui récolte le raisin.

Eskil fronça les sourcils.

— Si ton *abba* mourrait, les vignes mourraient-elles avec lui ?
— Eh bien... non.
— Alors pourquoi dis-tu qu'elles sont à lui ?

Avec solennité, il leur raconta l'histoire de Talitha et Serophia et fut choqué de les entendre rire aux éclats. Il poursuivit néanmoins son récit, s'arrêtant de temps en temps pour boire quelques gorgées d'hydromel. Au bout d'un moment, il se mit à rire lui aussi des tours que s'étaient joués les deux mégères, tant d'années plus tôt.

Malgré leurs différences, Avram et le peuple du Renne s'accordèrent sur un point : les boissons fermentées faisaient des merveilles !

Ils lui demandèrent finalement de raconter sa propre histoire. Avram s'exécuta et conclut son récit par ces quelques mots :

— J'ignore pourquoi je me suis enfui et pourquoi j'ai continué à marcher toujours plus loin. J'aurais pu vivre paisiblement auprès des plumassières. Mais une force continuait à me pousser vers l'ouest, et il me semble maintenant que je suis arrivé au bout du monde.

— Ce sont peut-être des visions qui guident tes pas, déclara Bodolf tandis que les autres hochaient gravement la tête.

Avram passa son deuxième hiver avec le peuple du Renne, chassant le phoque et rapportant ses proies à Frida. Il dormait dans ses bras la nuit et riait avec elle le jour — bien que la nuit et le jour se confondent, dans cette contrée. Elle lui montra les lueurs qui nimbaient le ciel boréal, silhouettes fantomatiques teintées de mille couleurs. Il lui parla de son désert et de la mer salée, dénuée de vie. Ils faisaient l'amour dans leur cocon de glace et de fourrure. Dans les bras de Frida, Avram oublia pour un temps la honte qui l'avait poussé ici ainsi que le crime qu'il avait commis. Il enfouissait son visage dans ses cheveux de lin et lui murmurait à l'oreille qu'elle était l'amour de sa vie ; mais Frida riait et le taquinait gentiment, car elle l'avait entendu prononcer plusieurs fois le nom de Marit dans son sommeil. Frida savait que la femme brune qu'il retrouvait dans ses rêves était sa rivale.

Avram apprit à vivre sur un nouveau rythme, celui de la lumière et de l'obscurité. Une luminosité aveuglante éclairait les journées, du printemps à la fin de l'été. Pendant trois mois, le soleil ne disparaissait pas derrière la ligne d'horizon et, pendant trois autres mois, il ne se levait pas du tout. Le changement de saison se traduisait par l'apparition et la disparition d'une couche de glace sur la mer. Il se familiarisa avec les dieux de Bodolf et les superstitions de son peuple. Il apprit à respecter leurs croyances. Il apprit aussi à apprécier la viande de phoque. L'été, il suivait Frida dans les montagnes et, perchés sur les sommets enneigés, ils contemplaient le monde d'un air émerveillé. Les gens du peuple du Renne avaient coutume de se tatouer à l'aide d'os très fins qu'ils glissaient sous la peau après les avoir trempés dans la suie. Un jour de printemps, Avram accepta bravement de se faire tatouer au front. Le Lieu de la source Eternelle rejoignit le royaume des rêves ; Marit et les autres ressemblaient à des personnages qu'il aurait créés de toutes pièces. Ce pays de chaleur et de soleil, si éloigné de la terre froide et enneigée où il vivait désormais, ne pouvait exister que dans son imagination.

Quand une chienne de traîneau donna naissance à une portée de chiots, Avram se prit d'affection pour l'un d'eux ; au bout de quelques visites, le chiot se mit à gémir quand Avram partait. Un beau jour, il quitta l'enclos et le suivit jusqu'à la cabane de rondins. Avram le baptisa simplement Chien, et l'animal devint son fidèle compagnon.

Avram entamait son cinquième été avec le peuple du Renne lorsque les rêves vinrent le hanter. Il revit Yubal et Marit, Reina la prêtresse, ses jeunes frères, et même Hadadezer ; c'étaient des rêves chaleureux et sensuels, tout en vert et or, les teintes du printemps dans la vallée du Jourdain. L'esprit endormi d'Avram nageait comme un bébé vers cette douce chaleur, ses doigts cueillaient des coquelicots et des pivoines roses, des dattes sucrées et des grenades juteuses. C'étaient des rêves si précis, si réels, qu'il était à chaque fois étonné de se réveiller dans le Nord glacé. Comment son esprit pouvait-il parcourir de si longues distances en si peu de temps ?

Les rêves revinrent de plus en plus souvent. Ils se firent plus intenses, plus pressants, au point qu'il gémissait et pleurait dans son sommeil. Inquiets, Bodolf et Frida firent appel à la gardienne des pierres.

La gardienne des pierres était une petite femme ratatinée comme une vieille noix dans sa coquille de peaux de phoques et de rennes. Mais ses yeux brillaient aussi intensément que l'étoile du Nord. En croisant son regard pénétrant, Avram sut qu'elle connaîtrait les réponses.

Ils s'assirent tous en cercle et regardèrent la devineresse souffler dans une bourse en cuir. Elle jeta les pierres sur un carré de peau de phoque puis pointa un index crochu sur chaque caillou. Sa voix chevrotante résonna :

— Cette pierre détient tes espoirs et tes craintes. Cette pierre représente ce qui ne peut être évité. Cette pierre raconte ta situation présente.

Elle leva les yeux sur Avram.

— Tu as envie de rester. Tu as envie de partir. C'est ton dilemme.

— Les pierres peuvent-elles m'aider à prendre une décision ?

Elle respirait doucement.

— Je vois l'esprit d'un animal auprès de toi. Un animal que je n'ai jamais vu. C'est une petite bête ornée de grandes cornes tourbillonnantes, comme la fumée. Elle a la couleur de l'hydromel et son ventre blanc est strié de noir.

Elle leva les yeux.

— Elle est l'esprit de ton clan.

— La Gazelle, murmura Avram, impressionné.

Comment pouvait-elle décrire aussi précisément un animal qu'elle n'avait jamais vu de sa vie ?

— Que veut-elle que je fasse ?

La vieille femme secoua la tête.

— Ce n'est pas elle qui décide.

Elle le dévisagea longuement ; ses yeux lumineux brillaient comme deux étoiles dans son visage ridé.

— Il y a une autre pierre, déclara-t-elle enfin. Pas celles-ci. Là.

Elle indiqua la pochette qui reposait contre son torse.

— Bleue comme le ciel, limpide comme la mer. Cette pierre détient la réponse.

Glissant une main sous sa tunique de fourrure, Avram saisit le talisman et l'ouvrit délicatement. Il prit la pierre, la posa dans le creux de sa main. Cette pierre aux pouvoirs infinis avait été remise à son peuple par Al-Iari en personne, avant la naissance du monde. Il plongea son regard dans son cœur cristallin et, apercevant la poussière cosmique, il comprit qu'il voyait là la source bouillonnante, le cœur de son domaine. *Cette pierre est le cœur de la Déesse*, songea-t-il, *elle appartient à l'autel de la source Eternelle.*

Son propre cœur appartenait aussi à cette source, sa place était là-bas, parmi les siens. Ce fut comme une révélation. Pendant son séjour auprès du peuple du Renne, un changement s'était produit en lui, insidieusement. Son chagrin s'était atténué, cédant la place à une nouvelle émotion : la nostalgie de sa terre natale.

Avant de prendre congé de ses amis, il remit à Bodolf le croc du loup parce que les loups demeuraient leurs principaux ennemis. En retour, Bodolf lui offrit un morceau d'ambre taillé en forme d'ours polaire. Il embrassa Frida, enceinte de neuf mois, et lui souhaita une belle vie. Puis il attacha son paquetage dans son dos, attrapa sa lance et son arc et, accompagné de Chien, prit la direction du sud, de la passerelle de glace qui le conduirait de l'autre côté de la mer, sur le chemin qu'il avait emprunté cinq ans plus tôt.

Lorsque Avram atteignit le village de Hadadezer, perché dans la montagne, cela faisait un an qu'il avait pris congé de Bodolf et de son peuple ; en tout, neuf années s'étaient écoulées depuis qu'il avait quitté le Lieu de la source Eternelle. Avec sa chienne, compagne fidèle, il avait gravi les montagnes et franchi les fleuves dans l'autre sens. Ce long voyage scella leur attachement mutuel : ils dormaient côte à côte pour se tenir chaud, Chien donnait l'alerte quand elle sentait un danger et Avram partageait avec elle son repas du soir. Ils se sauvèrent la vie à tour de rôle : un jour, un ours attaqua la chienne et elle serait morte déchiquetée si Avram n'avait pas tué le gros animal d'un coup de lance habilement dirigé. Et lorsque Avram fut attaqué par un chat sauvage, la puissante mâchoire de sa chienne lui évita une mort certaine. La relation qu'il établit avec elle fut une autre révélation. Jusqu'alors, les animaux ne l'intéressaient que pour leur viande ou leur fourrure. Le pacte d'amitié qui l'unissait à sa chienne lui réchauffait le cœur.

Lorsqu'ils arrivèrent à la forteresse de pierre nichée dans les montagnes, les gardes voulurent abattre le « loup ». Invoquant le nom de Hadadezer, Avram réussit à les en dissuader.

La ville fortifiée de Hadadezer était un curieux assemblage de maisons collées les unes aux autres, sans portes ni fenêtres, simplement dotées d'une ouverture sur le toit. On conduisit Avram dans une cour encerclée de hautes murailles et de pics vertigineux qui empêchaient les rayons du soleil d'atteindre le sol pavé. C'était ici que Hadadezer coulait ses derniers jours, confortablement installé sur une somptueuse estrade jonchée de coussins et de peaux de bêtes, entouré d'une foule de serviteurs attentionnés. Son visage lunaire brillait de sueur, son corps était gras et massif, et ses pieds enflés donnaient l'impression de ne pas avoir touché le sol depuis des années. Ses yeux sortirent presque de leurs orbites quand il découvrit son visiteur.

— Au nom du créateur, voici mon vieil ami Yubal !

Avram se figea ; le marchand était-il victime d'hallucinations ? Au bout d'un instant, il réalisa que c'était bien lui qu'il regardait.

— Tu te trompes, je m'appelle Avram et je suis le fils de Chanah, de la maison de Talitha. Tu ne te souviens probablement pas de moi...

— Bien sûr que si ! gronda le vieil homme. Au nom du créateur, c'est un jour béni pour moi d'accueillir dans ma maison le fils de mon cher ami, puisse son âme reposer en paix !

— Le fils ?

Hadadezer agita des bras aussi volumineux que des cuisses de mouton.

— C'est une image, évidemment, puisque les hommes ne peuvent pas avoir de fils. Mais ta ressemblance avec Yubal, qu'il repose en paix auprès de la Déesse, est bien la preuve que le cher homme a su imprimer en toi son esprit et ses qualités !

Il aboya un ordre et l'objet le plus étonnant qu'Avram eût jamais vu fut apporté dans la cour : une fine plaque d'obsidienne de la taille d'un homme, aussi lisse que la mer Morte, sertie d'un cadre de coquillages. Tout à coup, le fantôme de Yubal se matérialisa dans la pierre volcanique et Avram fit un bond en arrière, traçant dans l'air un signe de protection.

Hadadezer laissa échapper un rire sonore.

— N'aie pas peur, mon garçon ! Ce n'est que toi, c'est ton image reflétée par la pierre !

Une bouffée d'angoisse envahit Avram. On ne pouvait contempler son reflet que sur la surface de l'eau, mais cela portait malheur parce que l'eau pouvait voler l'âme de celui qui s'y mirait. Fasciné malgré lui, Avram contempla l'homme barbu qui lui faisait face. C'était Yubal, jusqu'à la racine des cheveux.

— Viens, viens donc t'asseoir, ordonna Hadadezer. Nous allons manger et boire en parlant du bon vieux temps. Depuis que le monde est monde, le passé est toujours meilleur que le présent.

Des serviteurs apportèrent une énorme cuve de bière plantée de deux longues pailles et Avram se lança dans le récit de son extraordinaire aventure, omettant délibérément d'expliquer les raisons de son départ.

— Qu'est-ce que c'est que *ça* ? demanda Hadadezer en posant les yeux sur la chienne qui s'était couchée aux pieds d'Avram, le museau coincé entre ses pattes.

— C'est mon fidèle compagnon de voyage.

— Tu voyages avec un loup ? Et moi qui croyais avoir tout vu ! Alors, dis-moi, à quoi ressemble le monde ? reprit Hadadezer après avoir bu plusieurs gorgées de bière.

— Le monde est aussi différent que les gens qui l'habitent. J'ai vu des hommes qui vivaient comme des ours, d'autres qui habitaient sur la glace, d'autres encore qui dessinaient sur les parois de leurs cavernes les animaux qu'ils avaient tués dans la journée.

— Et des villes ? Tu en as vu ?

— Je ne connais que la tienne et celle de la source Eternelle.

Parler de sa terre natale avec un personnage qui avait si fortement marqué son passé raviva sa nostalgie. Rattrapé par ses souvenirs, il sentit sa gorge se nouer.

Hadadezer vit peut-être son regard s'embuer, car il déclara d'une voix douce :

— Nous nous sommes tous demandé où tu étais passé. La plupart des gens t'ont cru mort. As-tu pris la fuite parce que

Yubal était mort ?... Oui, c'est bien ce que je pensais. Tu étais jeune, tu as cédé à la panique. C'est compréhensible. Après la mort de Yubal et ta disparition, tout le monde a réalisé que l'alliance des deux familles avait été une grossière erreur. La colère de Talitha et de Serophia s'est abattue sur tous les habitants du campement...

Des plateaux de nourriture furent déposés devant eux : des volailles farcies, des légumes marinés dans l'huile, des galettes de pain, des petits bols de sel et une préparation peu ragoûtante qui portait le nom de yaourt.

— La mort de Yubal a dû te causer un choc considérable, mon pauvre garçon, reprit Hadadezer en s'emparant d'un pigeon grillé, farci aux champignons et à l'ail. Pour ma part, la nouvelle ne m'avait guère surpris, à l'époque.

S'apprêtant à porter à ses lèvres une noix épicée, Avram suspendit son geste.

— Que veux-tu dire ?

— Cela faisait longtemps que Yubal se plaignait de maux de tête. Il ne t'en avait pas parlé ? Il ne voulait pas t'inquiéter, sans doute. Dès qu'il se mettait en colère ou qu'il faisait un effort physique, la douleur se réveillait, d'une rare violence. Il m'avait demandé de lui trouver un remède, mais je n'en avais aucun. Je lui avais toutefois conseillé de ne pas s'énerver et de prendre du repos, car j'avais vu des hommes plus jeunes que lui succomber à ce mal. Il paraît qu'il est mort alors qu'il était en train de faire l'amour avec une jeune fille.

Hadadezer marqua une pause, hochant gravement la tête.

— Ça ne m'étonne pas, c'était un effort trop intense pour lui.

Avram considéra d'un air interdit l'ogre à la barbe constellée des restes du dîner de la veille. Ainsi, Yubal souffrait d'un mal secret ? Ce n'étaient donc pas ses paroles rageuses qui l'avaient tué ?

Avram tombait des nues. Après avoir enduré toutes ces années le poids de la culpabilité, il s'en trouvait tout à coup soulagé...

Yubal portait déjà la mort en lui.

Je n'ai pas tué mon cher abba. Le jeune homme retint à grand-peine des larmes de joie. Le cœur gonflé d'allégresse, il eut envie de faire un sacrifice à la Déesse ou à n'importe quelle divinité vénérée par le peuple de Hadadezer. Il eut envie de bondir sur ses pieds et de serrer dans ses bras le gros marchand.

Il eut envie de danser et de clamer partout que le monde était merveilleux. Au lieu de quoi, il aspira une grande gorgée de bière et passa sa langue sur ses lèvres, ivre de bonheur.

Hadadezer changea de position sur l'estrade qui lui servait de lit et de chaise à porteurs.

— Il s'est passé beaucoup de choses après ça, mon garçon. Deux ans après la mort de Yubal, des pillards attaquèrent le campement. Cette fois-ci, ils furent impitoyables. Il y eut de nombreuses victimes. L'année suivante, une nuée de sauterelles dévasta les champs.

— Et ma grand-mère, est-elle toujours en vie ? Comment vont mes frères ?

— Je ne suis pas retourné à la source Eternelle depuis la mort de ton père, répondit Hadadezer. En regagnant mes montagnes, j'ai compris que ce serait mon dernier voyage. J'ai remis mes affaires entre les mains des fils de ma sœur, afin de pouvoir profiter des années qui me restaient à vivre. Mes neveux ne m'ont rapporté que les grands événements — les pillards, les sauterelles, les récoltes perdues... Mais je ne sais pas qui est mort, qui est encore en vie, conclut-il en levant ses grosses mains.

Il expliqua à Avram que la caravane avait traversé des périodes difficiles liées en partie aux malheurs qui avaient frappé le Lieu de la source Eternelle.

— On ne peut plus acheter de vin et j'avoue que ça me manque cruellement.

La paille glissa des doigts d'Avram.

— Que s'est-il passé avec le vin ?

Hadadezer haussa les épaules.

— Ils produisent tout juste assez pour leur propre consommation.

Avram imagina ses frères dans les vignes, ses jeunes frères devenus des hommes, continuant tant bien que mal à entretenir les vignes : tailler, récolter, emplir le pressoir puis transporter les outres jusqu'à la grotte sacrée. Tout cela sans les directives sages et fermes de Yubal.

— Tu me dis que tu rentres chez toi ? demanda Hadadezer en glissant discrètement une outre vide sous sa tunique pour se soulager.

— Oui, je rentre chez moi. Cela fait presque dix ans que je suis parti.

Le marchand hocha la tête, puis il tendit l'outre pleine à une servante et s'essuya la main dans sa barbe.

— Nous pourrions peut-être faire des affaires, toi et moi.

Lorsque le marchand avisé lui exposa son plan, Avram reconnut qu'il servait leurs intérêts communs. Quand la caravane repartirait vers le sud pour son périple annuel, Avram marcherait à sa tête.

Il passa l'été dans la ville insolite de Hadadezer, profitant de l'hospitalité du marchand, acceptant les invitations faussement timides de ses nièces à venir partager leur couche. Il découvrit là de nombreuses nouveautés, car ce peuple robuste était aussi travailleur qu'inventif : ils fabriquaient des poteries en terre qu'ils faisaient cuire dans un four ; à partir de boules de cuivre fondu, ils réalisaient de nouveaux outils et les hommes commençaient à dresser le bétail pour tirer les charrues. Quand Avram s'étonna de voir une femme en train d'allaiter un agneau, Hadadezer expliqua :

— Nous avons observé que les chevreaux et les agneaux développaient rapidement un profond attachement à leur mère. Quand on les sépare du troupeau dès leur naissance et qu'une femme les nourrit, les petits s'attachent à cette dernière comme si elle était leur propre mère et vivent ensuite docilement parmi les hommes. On a découvert ça par hasard. Ayant perdu son bébé, une mère désespérée a capturé un chevreau sauvage pour lui donner le sein ; l'animal ne l'a jamais quittée depuis. Et maintenant, nous possédons des troupeaux de chèvres dressées. Plus besoin de chasser, conclut le marchand qui avait passé sa vie à imaginer des solutions pour éviter les efforts physiques.

Avram visita les bâtiments en pierre qui abritaient les troupeaux de vaches. Nées ici, dans les étables de la ville, les bêtes donnaient du lait tous les jours, comme les rennes de Bodolf.

— Tu as dû remarquer que notre peuple vénère le Taureau, Avram, expliqua Hadadezer. Le Taureau donne la vie. Nos femmes se baignent dans son sang pour tomber enceintes.

Avram avait aperçu des cornes de taureau dans de nombreux foyers ; des symboles de l'animal ornaient les quatre coins de la ville. Ses yeux s'arrondirent de surprise lorsqu'il vit les bêtes impavides se laisser soigner par les hommes. Quels pouvoirs surnaturels possédaient-ils pour pouvoir dresser les animaux aussi facilement ?

— A l'époque de nos ancêtres, reprit Hadadezer, avant la

fondation de cette ville, quand notre peuple voyageait encore dans la plaine et vivait dans des tentes, nous vénérions la Terre et le Ciel car nous ne savions pas que le taureau donnait son veau à la vache. Puis les dieux ont ordonné aux ancêtres de construire cette ville et de capturer des animaux dans la plaine pour que l'esprit du Grand Taureau apporte la richesse à notre peuple. C'est lui qui nous rend si puissants, Avram, l'esprit du Grand Taureau. Ton peuple est issu de la Lune, et c'est ce qui explique sa faiblesse. Ne le prends surtout pas pour une insulte, j'essaie simplement de t'expliquer les choses telles qu'elles sont. Tu verras de tes propres yeux comme la vie à la source Eternelle a perdu de sa force et de sa vitalité. Je te donnerais volontiers un taureau pour que tu l'emmènes là-bas, mais on a beaucoup de mal à faire avancer ces bestiaux.

Hadadezer parlait des taureaux de la même manière que Bodolf parlait des rennes. Devait-on en conclure que chaque peuple avait été créé par un dieu différent ? Ceci expliquerait la diversité qui régnait sur terre : le peuple du Renne tenait ses cheveux et son teint clairs du lait de son dieu créateur ; les gens de Hadadezer devaient leurs joues roses et leurs cheveux roux au sang du taureau qu'ils vénéraient. *Quant à nous*, songea Avram, *nous sommes petits, bruns et mats de peau car nous sommes issus de la Lune, reine de la nuit.*

Alors qu'il séjournait dans la ville fortifiée parmi ces gens au teint rougeaud, apprenant leurs coutumes, dormant avec leurs femmes, s'accoutumant au yaourt, au fromage et au lait, un mal étrange infiltra son âme. Il ne s'agissait pas d'une maladie du corps, mais plutôt d'un trouble d'ordre psychologique qui pénétra le corps d'Avram par le biais de rêves sombres et agités, de souvenirs troublants et dramatiques, tous centrés sur le même sujet : la nuit de la mort de Yubal. Pendant qu'il dormait, les images défilaient dans l'esprit d'Avram, cruelles et douloureuses. Il se réveillait, apercevait les deux silhouettes enlacées dans l'obscurité, comprenait que Yubal avait tout manigancé pour pouvoir profiter seul des charmes de Marit. Le chagrin lui tordait le cœur, toujours plus vivace, chaque fois qu'il s'arrachait à ces rêves, dégoulinant de sueur. Pendant toutes ces années d'errance à travers le monde, il n'avait que très peu songé à la duplicité de Yubal, accablé par sa propre culpabilité. A présent qu'il savait avec certitude qu'il n'avait pas tué Yubal, d'autres aspects de cette nuit fatidique lui revenaient en mémoire... La vérité le terrassait dans toute sa brutalité : l'homme qu'il avait tant aimé et respecté avait imaginé un habile stratagème pour se débarrasser de lui — quoi de plus adroit que de l'envoyer de l'autre côté des montagnes avec les pêcheurs de coquillages ? Tout cela pour lui voler Marit, sa bien-aimée.

L'été toucha bientôt à sa fin et Hadadezer consulta le devin de la forteresse pour fixer la date du départ de la caravane.

La veille du grand jour, Hadadezer confia à Avram qu'il regrettait d'avoir remis son commerce entre les mains des fils de sa sœur ; fainéants et peu volontaires, ces derniers n'avaient de surcroît aucun sens des affaires. Il les soupçonnait même de comploter dans son dos. Hélas, la tradition voulait que les héritages se transmettent entre les membres d'une même famille.

— Mais cela ne m'empêche pas de placer des agents tout au long du circuit, des hommes que j'estime dignes de confiance.

Ainsi, Avram serait le représentant de Hadadezer sur le Lieu de la source Eternelle. Les quatre autres agents étaient les fils de sa fidèle compagne. L'aîné ressemblait tellement au marchand qu'Avram songea de nouveau à sa ressemblance avec Yubal, et aussi à Bodolf et Eskil. Hadadezer faisait confiance à ces jeunes gens car ils l'aimaient et l'honoraient plus que quiconque. Grâce à eux, il recevait des rapports exacts sur les affaires que réalisait la caravane dans chacun des campements où elle séjournait : le pays des olibans, les côtes de la Grande Mer, l'embouchure du delta du Nil et le village florissant qui était en train de se développer sur les rives sud du Nil. Hadadezer offrit des présents à son invité et Avram les choisit avec le plus grand soin, songeant à Parthalan, Reina et Marit. A chacun d'eux, il offrirait un cadeau en implorant son pardon. En échange de la générosité de son hôte, Avram lui offrit l'ours polaire taillé dans de l'ambre que lui avait donné Bodolf. Enchanté, Hadadezer le remercia chaleureusement.

Une autre surprise attendait Avram le jour du départ : en tête de la caravane se trouvaient des ânes chargés de volumineux paquets. Si le peuple du Renne avait à demi dressé les rennes pour leur lait et les chiens-loups pour tirer leurs traîneaux, ils n'avaient pas songé à leur faire porter leurs lourdes charges. Devant l'étonnement d'Avram, Hadadezer expliqua :

— Il y a des limites à ne pas dépasser. Soigne bien tes ânes, nourris-les copieusement et ils accepteront de porter tes fardeaux. Mais n'essaie pas de monter sur leur dos, tu te retrouverais rapidement par terre !

Avram partit d'un éclat de rire. Le vieux marchand avait bu trop de bière... Avait-on jamais vu un homme monter sur le dos d'un animal ? Hadadezer avait veillé en personne à l'approvisionnement de la caravane : des sacs de semences, de l'obsidienne pour fabriquer des outils et des armes voisinaient avec les provisions de poisson séché, bière et pain destinées aux membres de la caravane.

— C'est un investissement, expliqua-t-il à Avram, tout essoufflé d'avoir donné autant d'ordres du haut de son fauteuil. Reconstruis le campement au printemps prochain, Avram. Fais-en de nouveau un village prospère, où ma caravane pourra conclure des affaires fructueuses.

Avram embrassa les nièces dodues du marchand et alla se poster à la tête de la caravane. Lorsqu'il franchit la porte de la ville fortifiée, il rassembla son courage et força son optimisme. Il se sentait prêt à demander pardon à ses frères pour avoir pris la fuite et déshonoré la famille ; il se jetterait aux pieds de Parthalan pour sauver l'honneur de sa famille ; il supplierait Marit de bien vouloir accepter ses excuses et lui offrirait tout son amour. Mais jamais, au grand jamais, il ne demanderait pardon au fantôme de Yubal... car c'était à Yubal d'implorer le pardon d'Avram.

La caravane emprunta l'itinéraire qu'un jeune homme désespéré avait parcouru dix ans plus tôt, dans le sens opposé. Cette fois-ci, Avram contempla le paysage avec des yeux émerveillés. Il admira les forêts de cèdres odorants et majestueux, contempla la grotte d'Al-Iari et la terre de ses ancêtres. Lorsqu'il aperçut enfin le fleuve qui lui était si familier, il tomba à genoux et versa des larmes de joie et de remords mêlés.

Une fine bruine hivernale tombait du ciel gris le jour où la caravane arriva à la source Eternelle. Sur les collines, la foule venue les accueillir était plus clairsemée qu'autrefois. Etait-ce parce qu'il n'y avait plus de sentinelle pour annoncer aux habitants l'arrivée de la caravane ? Marchant en tête du cortège devant son âne chargé de paquetages, Avram s'aperçut que le campement était plus petit que lorsqu'il l'avait quitté. A sa grande stupeur, les maisons en pierre avaient toutes disparu, y compris celle où il avait passé son enfance. Il reconnut aussitôt l'homme qui venait au-devant d'eux : c'était Namir, l'éleveur de chèvres ; vieilli, les cheveux grisonnants, il claudiquait. Derrière lui arrivaient des gens qu'Avram ne connaissait pas. Etait-il possible que la population du campement ait entièrement changé en dix ans ?

Tout à coup, Namir se figea. Clignant des yeux d'un air paniqué, il s'écria :

— C'est un fantôme !

Et il s'enfuit en courant sans laisser le temps à Avram de décliner son identité. Les habitants les plus âgés s'immobilisèrent à leur tour pour dévisager Avram d'un air apeuré. Quant aux plus jeunes, ils regardaient, stupéfaits, Chien et les ânes chargés de colis.

Avram ordonna à la caravane de s'arrêter. A bout de forces, les hommes se débarrassèrent de leurs fardeaux en soupirant ; on alluma des brasiers, même si la tâche n'était pas aisée, avec l'humidité ambiante. On déplia les tentes. Il manquait l'entrain et la gaieté qui caractérisaient jadis la fastueuse caravane de Hadadezer. Malgré tout, une grande joie envahit le jeune homme comme il examinait la foule grandissante, à la recherche de visages familiers. Reconnaîtrait-il ses frères ? Sa grand-mère ne serait certainement plus de ce monde. Et Marit, qu'il imaginait toujours jeune fille, était-elle encore là ?

Un homme de petite taille, torse bombé et gourdin à la main, approcha finalement. Avram ne reconnut pas tout de suite Molok, l'*abba* de Marit.

— Bienvenue, bienvenue ! cria-t-il d'un ton enjoué avant de poser sur Avram un regard intrigué.

Les habitants du campement continuaient à affluer ; la nouvelle de leur arrivée s'était rapidement propagée. Trois hommes arrivèrent en courant, armés de houes. Avram les reconnut avec peine. Dans sa tête, ses frères étaient restés des enfants. C'étaient de vrais hommes à présent, beaux et vigoureux. A la grande surprise d'Avram, Caleb se jeta à ses pieds et enroula ses bras autour de ses jambes.

— Béni soit le jour qui nous ramène notre frère ! Nous te croyions mort !

— Lève-toi, mon frère, fit Avram en le soulevant par les coudes. C'est moi qui devrais m'agenouiller à tes pieds.

Ils s'étreignirent avec ferveur, mêlant leurs larmes, puis ce fut au tour des deux autres frères d'accueillir leur aîné. Tous pleuraient de joie.

— Je te connais, mon garçon ? demanda Molok en fixant sur Avram son regard voilé par la cataracte. Ton visage me rappelle quelqu'un...

— *Abba* Molok, commença Avram d'un ton respectueux, je suis Avram, fils de Chanah, de la maison de Talitha.

— Avram ? Tout le monde te croyait mort. Mais tu es bien trop costaud pour n'être qu'un fantôme !

Molok leva les bras au ciel dans un geste solennel et déclara que la journée serait une journée de fête. Déjà, les hommes apportaient des barriques de bière ainsi que des chèvres et des moutons fraîchement sacrifiés. Les galettes de pain commencèrent à s'empiler à côté des pots de miel, des plateaux de poisson séché et des coupes de fruits. Le son des flûtes et des grelots emplit l'air. Exclamations enjouées et rires amusés ponctuaient les retrouvailles entre les gens de la caravane et les habitants du campement.

C'était, après tout, comme au bon vieux temps.

Lorsque le soleil se coucha, toute la population du campement semblait s'être matérialisée, partageant les plats autour des feux, échangeant les commérages et les nouvelles. Mais les deux personnes qu'Avram cherchait demeuraient invisibles. Il redoutait de questionner ses frères au sujet de Marit et de Reina la prêtresse.

Bien que le campement fût le sien, Avram planta une tente dans l'enceinte de la caravane, ignorant encore quel statut lui réserveraient les siens. Bien qu'il ne fût plus coupable du meurtre de Yubal, il n'en demeurait pas moins celui qui avait jeté le déshonneur sur la famille. Pourtant, personne ne semblait s'en soucier ce soir-là. Il regarda ses frères apporter joyeusement des canards à braiser, des corbeilles de pain et des outres de vin. Ils avaient une foule de choses à lui raconter mais brûlaient en même temps de l'entendre narrer ses aventures. Intrigués par le tatouage qui ornait son front, ils désiraient savoir ce qu'il avait vu pendant toutes ces années.

En voyant ses vieux amis et ses voisins participer avec entrain à la fête improvisée, oubliant momentanément leurs soucis, une pensée surgit soudain dans son esprit : les habitants du campement ignoraient qu'il avait volé le cœur de la Déesse. Ils ne savaient pas non plus qu'il s'était enfui par lâcheté ni qu'il avait délibérément rompu le contrat que Yubal avait conclu avec les pêcheurs de coquillages. La disgrâce et le déshonneur qu'il portait avec lui depuis dix ans n'existaient que dans son imagination. Comme l'avait observé Hadadezer, aucun d'eux n'avait la moindre idée de ce qui lui était arrivé. *Ils ont cru que j'avais été tué, ou enlevé, ou que j'avais pris la fuite, fou de chagrin, et que j'avais péri au cours de ma fugue. Comment pourrais-je leur demander pardon alors qu'ils ignorent ce que j'ai à me faire pardonner ?*

Et il décela soudain autre chose dans leurs regards pleins d'espoir : la vérité ne les intéressait pas. Ils avaient subi tant de revers pendant son absence qu'il eût été presque cruel de les accabler davantage en leur confiant sa honte et sa culpabilité. Aussi inventa-t-il un récit haut en couleurs : en proie à un désespoir indicible, il avait perdu la mémoire et s'était égaré avant de se faire enlever par un peuple inconnu. Pour rentrer chez lui, il avait dû se battre et user de multiples ruses... Avram raconta une histoire épique, remplie de dieux et de monstres, de femmes cupides et d'actes héroïques. Si personne ne le crut réellement, tous apprécièrent le divertissement et, comme les outres de vin passaient de main en main dans l'assistance captivée, aucun d'eux ne songea à lui reprocher ce qui s'était passé, dix ans plus tôt. C'était du passé. Ce soir-là, seules comptaient la fête et l'ivresse.

A leur tour, ses frères lui contèrent leur triste histoire.

Les années difficiles s'étaient succédé après sa disparition : il y avait eu les pillards, les mauvais étés et les attaques de sauterelles ; appauvries par tant de désastres, de nombreuses familles avaient plié leurs affaires pour reprendre une vie nomade. Jadis immense et florissant, le campement était désormais réduit à une poignée d'indéracinables.

— Pourquoi se fatiguer à cultiver si on nous vole chaque fois nos récoltes ?

Avram évoqua les prochaines vendanges ; le solstice d'hiver approchait, ils iraient bientôt goûter le nouveau cru à la grotte sacrée. Caleb secoua tristement la tête ; la récolte n'avait pas été bonne cette année, il y avait eu juste de quoi troquer un peu de raisin avec les voyageurs de passage.

— Les nomades plantent leurs tentes et se servent dans nos vignes. Comment pourrions-nous les en empêcher, à nous trois ? On ne peut pas monter la garde nuit et jour.

— Et les fils de Serophia ? Ils ne vous aident pas ?

— Après la mort de Yubal, Marit est retournée vivre dans

sa famille, expliqua Caleb avec amertume. Nous ne recevons plus la protection de ses frères. Quand les pillards ont envahi le campement, les fils de Serophia ont réussi à défendre leurs champs d'orge mais nos vignes n'ont pas été épargnées. Il nous a fallu deux ans avant d'obtenir une belle production et cette fois, ce sont les sauterelles qui ont tout dévasté. Depuis lors, nous parvenons tout juste à produire suffisamment de vin pour nous et un petit supplément que nous troquons contre d'autres marchandises.

La situation était catastrophique : la production de vin constituait la ressource principale du campement ; en leur apportant l'assurance d'un certain confort, le vin les avait poussés à se sédentariser sur le Lieu de la source Eternelle.

— Tout va changer, assura Avram à l'adresse de ses frères. Nous allons soigner nos vignobles, et la prochaine fois que les pillards tenteront de nous attaquer, nous serons prêts à les repousser.

Dans son esprit germait déjà l'amorce d'un plan : il offrirait une outre de vin à tous les hommes du campement qui accepteraient de veiller sur les vignes la nuit.

— Où est la prêtresse Reina ? demanda-t-il finalement, d'un ton circonspect.

Reina continuait à veiller sur l'autel de la Déesse, lui répondit-on. Cette dernière ne sortait plus de sa niche, ses processions avaient cessé dix ans plus tôt. Mais elle était toujours là, soigneusement veillée par sa dévouée servante.

Murmurant quelques mots d'excuse à l'adresse de ses frères, Avram se leva et s'éloigna du campement en fête. Il se rendit d'abord au vignoble de Talitha. Une vague de tristesse le submergea quand il découvrit les pieds de vigne rabougris dans le jour déclinant. Ses frères avaient clôturé une petite parcelle de vigne mais le reste, jadis florissant, était envahi par les mauvaises herbes. Il n'y avait plus aucune trace de la tour en bois qui se dressait là autrefois et une tente en peau de chèvre se tenait à la place de leur jolie maison en banco.

Accablé, Avram poursuivit sa visite du campement ; un grand calme y régnait, la plupart des habitants étaient partis fêter l'arrivée de la caravane. La situation était encore pire que ce qu'il avait imaginé. L'habitation de Guri le fabricant de lampes, la tente des six frères tisserands, la demeure des sœurs Oignon, la maison d'Enoch l'arracheur de dents et de Lea la matrone, la case de Namir et celle de Yasap, le récoltant de miel... toutes avaient disparu ! Le Lieu de la source Eternelle ressemblait à un camp de nomades, comme au temps de leurs ancêtres, lorsque rien n'était définitif.

Lorsqu'il trouva Parthalan, le pêcheur de coquillages, Avram reçut un autre choc. Seul, à demi aveugle, le vieil homme habitait une hutte de paille ; pour survivre, il continuait à sculpter les coquillages qu'on lui apportait. Il pleura en voyant Avram ; il ne lui reprocha pas son départ précipité. Avram n'était pas responsable de son revers de fortune.

— La vie est une calamité, déclara Parthalan. La mort, une bénédiction.

Avram songea au cadeau qu'il avait choisi pour le vieil homme : de magnifiques coquillages qu'il abîmerait avec ses doigts tremblants et sa vue basse.

Il prit congé de Parthalan, la gorge nouée. *Rien n'est le fruit du hasard,* pensa-t-il, *tout a une cause.* En promenant son regard sur le campement, il devina la cause de toute cette désolation. La faute revenait à Yubal. S'il n'avait pas usé de duplicité, imaginant des alliances contraires afin de conquérir Marit, il serait toujours en vie et le produit de la vigne continuerait à assurer la prospérité du campement.

Le cœur lourd de chagrin et d'amertume, Avram prit le dernier chemin qu'il lui restait à prendre : celui qui menait à la demeure de Serophia. A Marit.

Ici aussi, la maison en brique avait disparu ; ses fondations étaient encore visibles au bas de la tente qu'on avait dressée à sa place. Marit était près de l'entrée, penchée sur le feu ; des galettes d'orge cuisaient sur les pierres chaudes. Elle ne leva pas les yeux, mais Avram sut qu'elle avait senti sa présence.

Marit avait pris de jolies rondeurs pendant son absence. Tout en chair et en courbes délicieuses, son corps remplirait avec bonheur les bras d'un homme. *Pas les miens, non*, songea résolument Avram. Bien que son cœur brûlât encore d'amour pour elle et que son corps rêvât de ses caresses, le souvenir de cette dernière nuit — Marit dans les bras de Yubal — demeurait plus douloureux que mille coups de poignard. Il ne pourrait plus jamais la regarder sans songer à la trahison de Yubal, il ne pourrait plus la toucher sans les revoir enlacés.

— Pourquoi es-tu revenu ? demanda-t-elle d'une voix atone.

Avram ne sut que répondre. Il avait imaginé qu'elle serait heureuse de le voir... ou, tout au moins, heureuse de le savoir en vie.

Elle fit volte-face et darda sur lui un regard dur et froid comme les pierres. Quelques rides creusaient son visage rond, encore beau, et les coins de sa bouche étaient tournés vers le bas, comme si elle avait perdu le goût de sourire, après toutes ces années de souffrance.

— Je savais que tu n'étais pas mort, Avram. Tout le monde prétendait le contraire, mais tout au fond de mon cœur, je savais ce qui s'était passé. Tu nous as surpris, cette nuit-là, Yubal et moi. Tu t'es réveillé, tu nous as vus et tu as pris la fuite. J'ai attendu que tu reviennes mais les jours ont passé, puis les semaines... j'ai compris alors que tu étais parti pour de bon.

— J'avais de bonnes raisons, non ? intervint Avram d'un ton indigné.

— En aucun cas ! Tu étais jaloux de Yubal alors que tu ne savais même pas ce que tu avais vu vraiment. Tu t'es empressé de tirer des conclusions et de nous juger, tous les deux. Tu as cru que nous étions amants, Yubal et moi.

— C'est ce que j'ai vu des mes yeux.

— Avram, aurais-tu regardé la lune trop longtemps ? Si tu étais resté une minute de plus, tu m'aurais vue repousser Yubal, tu l'aurais entendu m'appeler par le nom de ta mère. Tu aurais entendu ses excuses confuses, tu l'aurais vu regagner son lit et prendre sa tête entre ses mains avant de s'écrouler par terre. Tu n'avais donc aucune confiance en nous ? Ton *abba* et ta bien-aimée ?

Avram cligna des yeux, sous le choc.

— J'ai pensé que...

— C'est ton problème, justement ! Tu penses trop ! s'écria Marit en essuyant furtivement une larme qui roulait sur sa joue.

Il la dévisagea, trop désemparé pour parler.

— Aucun homme ne s'est approché de moi depuis. Je suis devenue intouchable parce que tout le monde me croyait maudite ; pour eux, tous les hommes que je touchais étaient condamnés à mourir. Pendant toutes ces années, le réconfort et la chaleur m'ont été déniés.

— Pourquoi ne leur as-tu pas dit la vérité ?

— Comment combat-on une rumeur, Avram ? Les gens croient ce qu'ils ont envie de croire, que ce soit ou non la vérité, ajouta-t-elle d'un ton amer. C'est bien ce que tu as fait, *toi.*

— Toutes ces années... murmura Avram d'une voix rauque. Comme tu as dû me haïr!

— Au début, oui. Au fil du temps, le mépris a remplacé la haine. Alors que tout le monde te croyait mort et priait pour toi, j'ai gardé mon secret. Qui m'aurait écoutée, de toute façon? Moi, une femme maudite!

Plantant les poings sur ses hanches, le menton relevé, elle poursuivit d'un ton de défi :

— Tu es le seul homme avec qui j'aie jamais couché, Avram, et toi, peux-tu en dire autant? Combien de femmes t'ont donné du plaisir, pendant ces dix longues années?

Rouge de honte, il soutint son regard en calculant rapidement : il y avait eu les plumassières et les nomades, les mangeuses de coques et les femmes des chasseurs de bisons, et puis Frida, et enfin les nièces de Hadadezer.

Elle se détourna pour jeter de la paille sur le feu.

— Dix années perdues. Nous avons parcouru la moitié de notre vie, Avram. Ta grand-mère a vécu soixante-deux ans, mais elle était bénie. Personne ne vit aussi longtemps. Nous ne pouvons espérer que quelques années de bonne santé avant de devenir à notre tour un fardeau pour nos familles. Je serai un lourd fardeau, car la Déesse n'a pas voulu m'offrir d'enfant. Je suis stérile, Avram... Qui se donnera la peine de prendre soin d'une femme stérile? Maintenant, laisse-moi. Va t'apitoyer sur ton sort ailleurs. Tu ne trouveras aucune consolation ici.

En pleine confusion, Avram s'enfonça dans la nuit. *Vénérée Déesse!* cria-t-il en son for intérieur. *Qu'ai-je fait?*

Ses pas le conduisirent au seul endroit qu'il n'avait pas encore visité. La niche de la Déesse était plus petite et plus humble que la maisonnette en banco dont il se souvenait. Elle était faite de rondins et de paille; la prêtresse habitait une hutte adjacente. Ses frères lui avaient raconté que Reina vivait à présent dans des conditions précaires, bien qu'elle restât la prêtresse d'Al-Iari. Violée par les maraudeurs, elle ne s'était jamais remise du traumatisme. Après la disparition de la pierre bleue, de nombreuses personnes tournèrent le dos à la Déesse. Et puis il y eut les pillards, les sauterelles et les mauvaises récoltes. Les habitants du campement accusèrent la prêtresse d'avoir mal interprété les augures et Reina cessa de recevoir les généreuses offrandes dont elle vivait autrefois.

Elle était en train d'ajouter une pincée d'herbes à la bouillie qui cuisait sur le feu. Ses cheveux gris étaient soigneusement coiffés et tressés. Elle ne portait plus sa jolie robe en lin ; une peau de biche maculée de taches revêtait son corps frêle. Elle avait l'air fatiguée, abattue. Avram s'immobilisa. Il était venu chercher auprès d'elle du réconfort et de précieux conseils pour repartir du bon pied, et voilà qu'il se retrouvait en face d'une femme qui semblait souffrir plus que lui. Ne sachant que dire, il toussa pour annoncer sa présence.

Elle leva les yeux. La stupeur se peignit sur son visage.

— Yubal !

— N'aie crainte, grande prêtresse, je ne suis pas Yubal, je ne suis pas un fantôme. Je suis Avram.

— Avram ?

Elle prit une lampe et l'approcha de lui. Dans la pâle lueur, Avram aperçut les cernes qui soulignaient ses yeux, les marques du temps qui sillonnaient son visage et la maigreur qui creusait ses joues. Une bouffée d'angoisse s'empara de lui. Même la prêtresse n'avait pas réussi à échapper au mauvais sort.

Les yeux de Reina s'emplirent de larmes comme elle étudiait chaque trait de son visage, admirant ses longs cheveux tressés, sa barbe virile, ses tempes grisonnantes, bien qu'il ait à peine trente ans. Avide, son regard glissa sur ses larges épaules et son torse puissant avant de remonter vers son visage. Elle s'attarda quelques instants sur l'étrange tatouage qui ornait son front. Un sourire naquit sur ses lèvres, illuminant son visage.

— Oui, c'est bien toi, Avram. Comme tu ressembles à Yubal ! J'ai entendu dire que la caravane était arrivée, mais personne ne m'a dit que tu en faisais partie. Entre, buvons en souvenir du bon vieux temps. Remercions la Déesse de t'avoir ramené ici sain et sauf.

Reina ne lui posa aucune question. C'était comme si la curiosité l'avait désertée. A moins, songea Avram, que ces dix années d'infortune ne lui aient appris à accepter les choses telles qu'elles étaient. A défaut de vin, elle lui offrit un peu de bière plate et coupée, mais Avram accepta l'invitation avec gratitude et tous deux prirent place devant le brasier.

A la grande surprise d'Avram, Reina but une gorgée sans même verser une libation à la Déesse.

— C'est bon de te revoir, Avram, dit-elle d'un ton ému. C'est comme si Yubal était un peu parmi nous. J'étais amoureuse de lui, tu sais.

Avram en resta bouche bée, l'espace d'une seconde.
— Non, je l'ignorais.
— C'était mon secret. Bien que je n'aie jamais pris de plaisir avec lui, le désir brûlait au fond de mon cœur ; c'est pour cela que la Déesse m'a punie... pour avoir rompu mon vœu de chasteté. Après que les pillards m'eurent sauvagement violée, je n'ai plus ressenti de désir pour aucun homme. Ce revers m'aura appris que le plaisir charnel n'apporte pas le bonheur, mais une profonde souffrance.
Avram fixa son bol rempli d'un peu de bière de mauvaise qualité ; son cœur chavira dans sa poitrine.
— Je suis désolé, murmura-t-il, sincère. Pourquoi notre peuple a-t-il subi tous ces malheurs ?
Elle secoua la tête.
— Je ne sais pas. C'est peut-être une petite chose qui a tout déclenché ; quelqu'un a peut-être marché sur l'ombre de son voisin, ou bien c'est une servante qui a brisé un plat, à moins qu'un ancêtre ne se soit senti insulté...
— Je me suis enfui, avoua soudain Avram.
Reina hocha la tête, les yeux rivés sur la petite flamme de la lampe à huile.
— J'ai surpris une scène que j'ai mal interprétée et comme un lâche, j'ai...
Reina leva une main endurcie par les callosités.
— Le passé est le passé. Peut-être ne verrons-nous jamais la journée de demain. Nous devons vivre l'instant présent, Avram.
— Je suis venu chercher le pardon.
— Je n'ai rien à te donner.
— Je parlais de la Déesse.
Elle lui jeta un regard surpris.
— Personne ne t'a rien dit ? La Déesse nous a abandonnés.
Elle parlait d'une voix dénuée d'émotion, sans aucune rancœur. Avram aurait presque préféré qu'elle déverse sa colère sur lui, comme l'avait fait Marit.
Tout à coup, il prit conscience de l'ampleur de son geste. Ce n'était ni un pot cassé ni une insulte qui avait attiré le malheur ici. Non, c'était *lui* ; tout était sa faute à lui, Avram, fils de Chanah, de la lignée de Talitha.
— Vénérée Déesse... murmura-t-il tandis que le terrible enchaînement défilait dans sa tête : son erreur de jugement, la pierre dérobée, sa fuite éperdue vers le nord.

Tirant sur son gri-gri, il l'ouvrit et s'empara de la pierre bleue. Quand il la tendit à Reina, le cristal capta la lumière et étincela comme une myriade d'étoiles.

Reina poussa un cri de stupeur.

— Tu as ramené la Déesse !

— Non, c'est *elle* qui m'a ramené ici. Montre la pierre aux habitants du campement afin qu'ils sachent que la Déesse est revenue.

Secouée de sanglots, la prêtresse enfouit son visage entre ses mains. Quand elle se fut ressaisie, elle prit la pierre avec une délicatesse infinie.

— Je ne vais pas leur dire tout de suite. Ceux qui se souviennent encore qu'elle a disparu la même nuit que toi trouveront bizarre qu'elle soit également revenue en même temps que toi. J'attendrai le moment propice pour leur révéler le miracle sans éveiller le moindre soupçon. Je lui construirai une nouvelle niche, encore plus grande, plus belle que l'ancienne. Puis j'organiserai une immense fête afin d'annoncer à tous le retour de la Déesse.

Avram confia à mi-voix :

— Je croyais que dix années passées à parcourir le monde m'avaient aidé à acquérir une certaine sagesse, mais je m'aperçois qu'il n'en est rien... je suis aussi méprisable qu'il y a dix ans, quand j'ai entamé mon périple avec les plumassières. C'est moi, le responsable de tous ces malheurs. Que dois-je faire pour réparer ma faute et ramener la bonne fortune sur notre peuple ?

Elle posa la main sur son bras.

— As-tu présenté tes respects à Yubal depuis que tu es là ? Tu dois le faire, Avram. Honore-le tout de suite, et adresse-lui une prière. Yubal était un homme plein de sagesse. Il te montrera la bonne voie. Avram, ajouta-t-elle d'une voix nouée par l'émotion, béni sois-tu pour avoir ramené l'esprit de la Déesse ; elle saura apporter la prospérité à ses enfants.

Sur le point de partir, il s'immobilisa.

— Marit n'a pas d'enfant. Crois-tu pouvoir l'aider ?

— Elle est venue me voir et nous avons tout essayé, pendant des années. Je lui ai donné des amulettes et des potions, des prières à réciter et des bénédictions. Je l'ai obligée à manger un morceau de placenta et à inhaler de la fumée. Hélas, son flux revient tous les mois.

Reina pressa la pierre bleue sur sa poitrine ; un sourire radieux éclaira son visage.

— Mais l'espoir est là, maintenant ; après tout, Marit est encore en âge de porter un enfant.

De retour à la tente de ses frères, Avram se rendit directement à la petite niche qui abritait les statuettes des ancêtres. Un loup représentait Yubal, et il se souvint du croc que son *abba* lui avait donné. Il s'adressa à lui avec le plus grand respect :

— Tout au long de mon voyage, de jour comme de nuit, alors que je traversais des contrées hostiles et inconnues, je croyais que l'esprit du Loup veillait sur moi. Aujourd'hui, je sais que c'était toi, *abba*, toi qui marchais à mes côtés, qui me guidais et me protégeais.

Il souleva la statuette et l'embrassa avec ferveur.

— Je jure, *abba*, sur ton esprit et celui de nos ancêtres, je jure de déjouer la malédiction qui s'est abattue sur notre peuple par ma faute.

Yubal lui parla dans son rêve. Tenant la pierre bleue de la Déesse entre ses mains, il lui dit :

— Tu dois protéger le campement. Construis un mur et une tour.

— J'irai couper du bois, répondit Avram.

— Non, le bois brûle facilement.

— Dans ce cas, je bâtirai avec des briques en banco. Je commence sur-le-champ.

Mais Yubal secoua la tête.

— Les briques en banco ne résistent pas à la pluie.

Il tendit la pierre bleue à Avram.

— C'est avec ceci que tu bâtiras. Le mur d'enceinte devra être aussi solide que le cœur de la Déesse.

Lorsque Avram se réveilla, il savait ce qu'il avait à faire. Après avoir mangé une galette de pain et bu un bol de bière, il revêtit son pantalon en fourrure, chaussa ses bottes et sortit, torse nu. Puis, avant que le soleil se hisse au-dessus des falaises, il prit les ânes de Hadadezer et gravit les collines voisines. Des nuages s'amoncelèrent dans le ciel, une bise glaciale se leva, mais Avram travailla toute la journée sans s'arrêter. Il creusa la terre avec ses mains nues et souleva des pierres et des rochers si lourds qu'il en eut le souffle coupé. Toute la journée, il déterra des pierres qu'il chargea dans les panières des ânes. De retour au campement, il se rendit directement à la source et vida son chargement. Sans un mot aux badauds intrigués, il pivota sur ses talons et reprit le chemin des collines.

Il fit ainsi plusieurs allers-retours, peinant sous le ciel gris, ne soufflant mot sur son travail tandis qu'il continuait à déverser, laborieusement, pierres, rochers et cailloux près de la source. Les habitants du campement observaient ses manœuvres, perplexes. Sans mot dire, il continua à travailler après le coucher du soleil, menant les ânes vers les collines et revenant avec son chargement de pierres. Sa chienne le suivit dans tous ses déplacements.

Ce soir-là, Avram s'affala sur son lit, épuisé. L'aube ne pointait pas encore quand il se leva pour nourrir les bêtes. Il leur caressa l'encolure en murmurant quelques mots d'encouragement, puis il les entraîna de nouveau dans les collines.

Piqués dans leur curiosité, les habitants continuèrent à se regrouper autour de la source. L'un d'eux traîna une cuve de bière et vendit des pailles. Les hommes commencèrent à lancer des paris. Dans quel projet insensé Avram s'était-il lancé ? Une pile de pierres à côté d'une source bouillonnante ? Etait-il devenu fou ?

Quand ils se décidèrent à l'interroger sur ses activités, Avram ne répondit pas. Une détermination farouche voilait son visage. Il s'arrêtait uniquement pour plonger ses mains dans l'eau fraîche car ses paumes à vif saignaient abondamment. Caleb et ses deux autres frères arrivèrent, mais Avram refusa de leur parler. Il aurait expié ses péchés uniquement lorsque la tour et la muraille seraient construites.

Il travailla sans s'arrêter, prenant à peine le temps de manger. Jusqu'à ce jour de printemps où, à bout de forces, il s'évanouit près de la source, à côté de sa montagne de pierres.

Le croyant possédé, les gens n'osèrent pas le toucher. Marit arriva en courant. Quand elle aperçut Avram qui gisait au sol, inconscient, elle s'écria d'un ton accusateur :

— Vous n'avez donc aucune fierté ? Aucun honneur ? Vous ne faites pas le moindre geste pour aider votre ami ?

Caleb survint et il l'aida à porter Avram jusqu'à sa tente où on l'allongea sur une paillasse, dans la partie réservée aux femmes. Rentrés des champs pour le repas de midi, les frères de Marit contemplèrent leur vieil ennemi d'un air hostile, mais leur sœur les fit taire d'un seul regard.

— Prenez votre pain et retournez travailler, ordonna-t-elle.

Ils obéirent sans protester car Marit dirigeait la famille depuis que leur mère était morte et que Molok perdait la tête.

Après avoir baigné les mains d'Avram, Marit les badigeonna d'un baume apaisant puis les enveloppa dans des bandes de tissu. Elle lava son visage, son torse, ses bras et ses jambes, mêlant ses larmes à l'eau de la source. Elle le sermonna doucement, l'accusa d'avoir contemplé la lune trop longtemps. Son corps était sans force, son teint grisâtre ; seuls des démons avaient pu le pousser à aller déterrer des pierres dans les collines. Chien se coucha aux pieds de son maître et Marit ne réussit pas à la déloger.

Lorsque Avram se réveilla, Marit lui caressait le front.

— Avram, murmura-t-elle, jamais je ne comprendrai ce qui nous est arrivé ni pourquoi la Déesse nous a choisi de tels destins. Je ne suis qu'une femme toute simple. Mais je suis au moins *sûre* d'une chose : mon amour pour toi.

Elle s'allongea à côté de lui et Avram la prit dans ses bras encore faibles. Déjà, il sentait la bonne fortune revenir vers eux.

Le lendemain matin, des cris de joie l'arrachèrent à son sommeil.

— Que se passe-t-il ?

Marit était en train de tresser sa longue chevelure. Elle le gratifia d'un sourire heureux, retrouvant tout l'éclat de sa jeunesse.

— Reina vient d'annoncer une merveilleuse nouvelle : le cœur de la Déesse est revenu !

Et elle courut se blottir dans ses bras, ivre de joie.

Lorsqu'il eut recouvré ses forces, Avram retourna à sa besogne. Il devait continuer à amasser pierres et rochers pour construire la muraille et la tour. Marit l'accompagnait, chargée de deux paniers. A midi, Caleb et leurs deux autres frères se joignirent à eux, toujours sous l'œil intrigué des habitants.

Le troisième jour, Namir arriva avec un panier. Il était escorté de quatre de ses neveux. A la tombée de la nuit, le tas de pierres était impressionnant. Lorsque Avram se réveilla, le lendemain matin, les hommes et les jeunes garçons faisaient déjà la navette entre les collines et la source, près de laquelle ils vidaient leurs chargements de pierres. Le retour du cœur de la Déesse leur avait redonné l'espoir.

Avram commença à creuser une tranchée qui servirait de fondation à la muraille. Les femmes participèrent à la besogne, coinçant leurs jupes dans leurs ceintures, creusant la terre avec leurs bâtons. La tranchée délimitait une large surface autour de la source et les hommes décidèrent aussitôt de bâtir leurs maisons à l'intérieur de ce périmètre ; une grande activité régna bientôt dans le campement en pleine reconstruction ; animés d'une force nouvelle, tous les habitants puisaient leur énergie et leur entrain dans les pouvoirs de la Déesse. Ils travaillèrent sans relâche durant tout l'hiver et le printemps. Perchés en haut de tours provisoires, de jeunes garçons montaient la garde. La première rangée de pierres fut alignée.

Pendant ce temps, Avram avait embauché des hommes qui surveillaient le vignoble en échange d'une outre de vin. Ses frères avaient soigné les ceps de vigne, qui portaient à présent de lourdes grappes. D'autres habitants les aidèrent à entretenir la vigne : aiguillonnés par leur goût du vin, ils désherbèrent et taillèrent, engraissèrent et arrosèrent. Quiconque se risquait à voler du raisin était roué de coups.

Ce fut à ce moment-là que deux miracles se produisirent.

La chienne d'Avram disparut un après-midi et demeura invisible pendant plusieurs jours, au grand désarroi de son maître. Un matin, elle fit son apparition à la porte. Son pelage était couvert de feuilles d'orties qu'on trouvait dans les collines voisines. Epuisée, elle se coucha à ses pieds et dormit tout son soûl. Quelque temps plus tard, Avram remarqua que son ventre avait gonflé et, quand elle donna le jour à une portée de chiots, il sut qu'une nouvelle race d'occupants allait élire résidence sur le Lieu de la source Eternelle.

Suivit un second miracle.

— Je suis enceinte, lui confia Marit d'un ton empreint de béatitude, comme si elle avait aperçu le vrai visage de la Déesse.

C'était un miracle, le signe que la Déesse avait rapporté la joie et la prospérité à ses fidèles. Mais en faisant l'amour à Marit, ce soir-là, Avram eut l'impression que quelque chose tentait de pénétrer son esprit, comme un papillon transparent, à la fois irritant et fascinant... Hélas, il ne parvint pas à le capturer.

Cet été-là, alors que la muraille continuait à monter, que les maisons en banco se dressaient et que les artisans construisaient une solide tour en pierre, les vignes d'Avram donnèrent une récolte exceptionnelle, au point que tous suspendirent leurs activités pour écraser le raisin dans le pressoir.

Reina et la Déesse conduisirent la procession jusqu'à la grotte sacrée. A leur approche, une brise douce et parfumée se leva. Avram s'immobilisa pour contempler la plaine qui s'étendait à leurs pieds jusqu'à la mer Morte. Il eut tout à coup la curieuse sensation que quelqu'un soufflait sur lui son haleine parfumée. Ses cheveux et sa barbe frémirent sous le vent d'été. En contrebas, le soleil transperça les flots sombres de mille rayons dorés. Une impression d'irréalité enveloppa le paysage. Avram entendit soudain le bourdonnement des insectes, les couleurs lui semblèrent plus vives, comme si, tout autour de lui, la nature essayait de lui transmettre un message.

Il fit signe au cortège de s'arrêter au pied des falaises et cligna des yeux pour s'accoutumer à l'obscurité de la grotte. Comme les générations qui l'avaient précédé, il ne put s'empêcher de comparer l'intérieur de la grotte sacrée au ventre maternel. Le raisin serait introduit dans le ventre de la Terre, la Mère nourricière, puis il attendrait dans le noir que la Déesse opère sa transformation magique, instillant la vie dans le jus de raisin pour le changer en vin.

Tandis qu'Avram examinait l'intérieur de la grotte, le petit papillon transparent battit des ailes aux portes de son esprit ; ce fut une sensation fugitive, comme une pensée en gestation, une idée qui ne demandait qu'à être formulée. Il tenta à nouveau de s'en emparer. Sans succès.

Lorsque les outres furent rangées dans la grotte, chacun reprit le chemin du campement pour continuer son ouvrage, monter la muraille, fabriquer des briques pour les futures habitations. Mais Avram était d'humeur songeuse. Il aida à mélanger la paille et la terre pour les briques, inspecta la progression des travaux et réfléchit avec d'autres hommes à la manière d'installer l'escalier intérieur de la nouvelle tour. Pendant tout ce temps, une partie de son esprit continua à traquer le feu follet qui avait élu résidence dans sa tête.

Un soir, alors qu'il buvait une bière sous l'auvent pendant que Marit préparait une purée de pois chiches pour le dîner, son regard s'arrêta sur Chien qui allaitait ses petits. Un détail auquel il n'avait pas prêté attention jusqu'alors le frappa soudain : quatre de ses chiots étaient blancs comme elle, tandis que les deux autres étaient gris comme les loups sauvages qui rôdaient dans les collines voisines.

Pour la première fois, Avram se demanda comment la chienne était tombée enceinte. Elle venait d'un pays très éloigné du règne tout-puissant de la Lune. Dans son pays d'origine, les gens vénéraient l'esprit du Renne. Le pouvoir de fécondation de ce dernier s'étendait-il jusqu'ici ? Comment l'esprit du *loup* avait-il pénétré le ventre de la chienne ?

Perdu dans sa méditation, Avram considéra Marit, dont le ventre continuait à s'arrondir de jour en jour. *Qui crée réellement la vie ?* se demanda-t-il soudain. Bodolf et son peuple attribuaient ce pouvoir à l'esprit du Renne ; Hadadezer à celui du Taureau. Et le peuple de la source Eternelle croyait à la force créatrice de la Lune. Et s'il existait une force plus puissante que le Renne, le Taureau et la Lune — une force omniprésente ? Ses pensées se tournèrent vers la grotte où le jus de raisin reposait dans l'obscurité féconde, le jus qui se transformerait en vin lorsque la Déesse lui donnerait la « vie ». Une fois de plus, cette pensée fugitive, ce papillon fascinant, refusa de se laisser capturer.

Au cours des semaines qui suivirent, Avram fit de longues promenades dans les prairies et gorges désertes ; il avait besoin de solitude pour démêler l'écheveau de ses pensées troublantes. La nuit, des rêves étranges le plongeaient dans un sommeil agité. Il voyait Bodolf et Eskil, Yubal et lui, Hadadezer et les fils de sa fidèle compagne. Mais, lorsqu'il se réveillait, la signification de ces rêves lui échappait.

Par un après-midi d'automne, une force invisible le poussa à s'isoler et il partit se promener, Chien sur ses talons. Arrivé devant une mare, il s'accroupit et, se penchant sur l'eau, il vit Yubal qui le regardait fixement. Il comprit alors le message que lui transmettaient ses rêves : les plus jeunes ressemblaient à leurs aînés.

Comme les chiots qui ressemblaient à leur mère mais aussi aux loups des collines.

Un autre jour, il rendit visite à Namir, qui tentait de redresser des flèches en grommelant. Après avoir offert une outre de vin au vieil homme, Avram s'assit à l'ombre et questionna son compagnon sur le comportement de ses chèvres.

— Les as-tu déjà vues faire ça ? demanda-t-il en esquissant un geste éloquent.

Namir haussa les épaules.

— Je les ai vues faire plein de choses. Les chèvres courent, jouent et se battent, comme nous.

— Mais ça, elles le font aussi ? insista Avram en répétant le même geste.

Namir examina la pointe d'une flèche d'un air contrarié.

— Oui, je suppose.

— Pourquoi le font-elles ?

— Comment le saurais-je ?

— Ce sont les femelles et les mâles qui le font ensemble ?

Il leva les yeux de son ouvrage.

— Avram, aurais-tu regardé la lune trop longtemps ?

— Quand tu captures tes chèvres, tu ne prends que des femelles ?

— Bien sûr ! Les mâles sont inutiles. A moins de les manger tout de suite.

Avram lui parla des rennes de Bodolf et des taureaux de Hadadezer. Namir se gratta la tête.

— Es-tu en train de me dire que les animaux prennent du plaisir comme nous ? Que se passe-t-il, Avram, un de tes ânes t'aurait-il donné un coup de sabot ?

— Quand nous chassons, les animaux nous fuient ; dès qu'ils sentent notre odeur, ils se dispersent... Comment pourrions-nous savoir ce qu'ils font quand ils sont seuls ?

Namir plissa le nez d'un air dubitatif.

— Et alors ?

— Quand ils sont nourris et entretenus, les animaux élevés dans un enclos n'ont pas peur de nous. Namir, j'ai vu de mes propres yeux des animaux prendre du plaisir de la même manière que les hommes !

— Sornettes ! s'écria le vieil homme en riant.

Pourtant, Avram aperçut la lueur de curiosité qui allumait son regard.

A partir de ce moment-là, l'idée ne quitta plus l'esprit d'Avram. Il repensa à l'enclos des rennes, revit les mâles grimper les femelles. A l'époque, il ignorait que les animaux agissaient ainsi. Il se souvint des premiers jours de son périple, lorsqu'il avait traversé la plaine d'Anatolie avec les nomades. Ils avaient campé au milieu de troupeaux sauvages et il avait vu des animaux se monter de cette manière. Il avait cru alors qu'il s'agissait d'un jeu ou d'un combat. Finalement, il songea au taureau de Hadadezer qui donnait du plaisir aux vaches. Et à sa chienne qui, après avoir disparu plusieurs jours dans les collines, avait donné naissance à une portée de demi-loups.

Etait-ce *cela*, l'acte qui donnait la vie ? Ce n'était pas un esprit mais bel et bien un mâle et une femelle, un homme et une femme. Oui, mais comment cela fonctionnait-il ? Parce que ça n'arrivait pas à chaque fois. Il y avait par exemple Guri, le vieux fabricant de lampes, qui aimait prendre son plaisir avec des jeunes filles, or ces dernières ne tombaient jamais enceintes. Il y avait aussi l'aînée des sœurs Oignon qui couchait avec tous les hommes sans jamais avoir d'enfant. Une pensée s'imposa alors à lui : *Les jeunes filles et les femmes âgées n'ont pas de flux lunaire.*

Avram en resta bouche bée. Etait-ce ça, le secret ? Tout le monde savait que la Déesse se servait du flux lunaire pour créer les bébés. Et si ce dernier ressemblait au jus de raisin ? Car c'était bien ça, le miracle essentiel de la vie : les grappes de raisin ne fermentaient pas sur le pied de vigne, le jus de raisin ne fermentait pas non plus dans un bol en bois. Le raisin restait du raisin et le jus restait du jus. Il fallait l'intervention de la Déesse dans la grotte sacrée pour le transformer en vin. *Mais il faut des hommes pour transporter le jus de raisin dans la grotte.*

Avram eut l'impression d'avoir été frappé par la foudre. Offrant son visage à la brise délicate, il regarda au loin. Sur la plaine ondulante qui encerclait la source, on labourait les champs neufs avant les semailles. Une image lui sauta aux yeux : les sillons qui creusaient la terre ressemblaient à la partie la plus intime de la femme. Il imagina alors les graines semées par la main de l'homme.

Les hommes et les femmes créent-ils la vie ensemble ? Non, se reprit-il aussitôt. *C'est la Déesse qui crée la vie — ce pouvoir lui appartient à elle seule. Mais elle puise à la fois dans l'homme et dans la femme pour concevoir une nouvelle vie.*

Avram chancela sous le poids d'une telle révélation : *Le vin est fabriqué de la même manière que les bébés, grâce au pouvoir de la Déesse. Mais tout comme les grappes de raisin placées dans la grotte ne se transformeraient pas en breuvage sacré sans le travail préparatoire de l'homme, le flux lunaire n'engendrerait pas un enfant sans l'intervention de l'homme... Les graines que l'on sème à tout vent sur une terre qui n'a pas été labourée ont moins de chance de pousser que celles qu'on sème dans un champ soigneusement préparé. La grotte, le champ et la femme représentent tous trois la Mère. Chacun d'eux donne la vie. Mais ils n'agissent pas seuls ; chacun d'eux a besoin de l'aide de l'homme.*

La lumière se fit alors plus éclatante dans son esprit abasourdi : Marit, qui n'avait pas couché avec un seul homme pendant onze ans, attendait maintenant un enfant.

Avram se rendit auprès de la Déesse pour lui demander conseil. Il pria et s'adressa à elle silencieusement : *Suis-je en train de nourrir des pensées blasphématoires ?* Au même instant, il aperçut Reina et se souvint de l'avoir contemplée avec envie, dans ses jeunes années, tout en se demandant pourquoi la Déesse avait créé un désir aussi dévorant entre les hommes et les femmes. A cette époque déjà, il pressentait que la profonde intimité qui liait les hommes et les femmes ne se réduisait pas qu'au plaisir, contrairement à ce que pensait Yubal. « La Déesse a voulu que l'homme et la femme se donnent du plaisir pour atténuer nos souffrances », lui avait expliqué son *abba*, bien des années plus tôt. Cette explication ne satisfaisait plus Avram. Combien de fois la recherche du plaisir conduisait-elle au chagrin et parfois même à la tragédie ? Dans ce cas, pourquoi la Déesse avait-elle créé ce magnétisme irrésistible entre les hommes et les femmes ?

La Déesse lui répondit : *Pour veiller à ce que la vie se perpétue, Avram.*

Un frisson d'excitation parcourut le jeune homme. La question qu'il posa alors à la statue au cœur météorique le terrifia : *C'est donc toujours ainsi, un homme et une femme, un mâle et une femelle ?*

En guise de réponse, le morceau de cristal brilla de plus belle, dardant sur lui une myriade de points lumineux. Avram contempla la pierre mystique et, le regard fixé sur son cœur, s'efforça de trouver une réponse. L'instant d'après, son esprit s'ouvrit brusquement, comme frappé par un éclair aveuglant : le cœur laiteux dans lequel il avait jadis reconnu la source éternelle lui apparut soudain comme le fluide de l'homme quand il prenait son plaisir avec une femme. Le flux lunaire et la semence de l'homme réunis dans la grotte secrète de la femme pour que la Déesse puisse faire son miracle.

Soudain, tout devint clair, limpide. C'était bien ça, le fabuleux miracle de la vie ! Partout où le guidaient ses pas, Avram en était le témoin : mâles et femelles réunis, les oiseaux construisaient leurs nids pour y pondre des œufs et nourrir leur progéniture. Les poissons remontaient les rivières, les femelles déposaient leurs œufs tandis que les mâles les gratifiaient de leur semence fertile. Mû par une force nouvelle, Avram se sentait intimement lié à la nature et à toutes les espèces qui la peuplaient. Il n'était plus seulement témoin du processus de création, il en était acteur ! Il se souvint des paroles de Marit, alors qu'ils étaient adolescents, son sentiment d'être un élément d'une longue chaîne. Désormais, lui aussi faisait partie de cette chaîne, sans sa participation active, elle serait rompue ! Marit était enceinte… de son enfant !

C'était comme si le ciel s'était ouvert au-dessus de sa tête. Tout au long de sa vie, Avram avait cherché à percer les mystères de la nature. Et maintenant, alors qu'il regardait autour de lui, tout lui semblait clair, il *comprenait* enfin.

Il se rendit chez lui et se prosterna au pied de l'autel des ancêtres. Puis il s'adressa à Yubal, ouvrant son cœur et dévoilant son âme. Le visage ruisselant de larmes, il lui dit combien il l'aimait et le respectait. Il l'appela *abba* et, cette fois, le mot revêtit pour lui une nouvelle signification. Il ne signifiait plus seulement « maître » ou « chef de famille »… désormais, il signifiait aussi « père ».

Avram ne révéla pas sa découverte car il savait qu'on se moquerait de lui ou, pire encore, qu'on le prendrait pour un fou. Mais il conseilla à Namir de capturer des boucs lors de sa prochaine expédition dans les collines et il encouragea Guri le fabricant de lampes à mener à bien son projet d'élevage de cochons. Il confia la miraculeuse nouvelle à Marit et elle l'accepta sans protester, car elle lui venait de la Déesse. Avram savait qu'avec le temps, alors qu'ils commenceraient à élever des ânes, des chiens, des chèvres et des cochons, les hommes observeraient les mêmes choses que lui et finiraient par tirer les mêmes conclusions.

La muraille fut achevée.

Tous les habitants se réunirent pour célébrer l'achèvement de la nouvelle tour qu'ils baptisèrent Jéricho, littéralement « béni par la Lune ». Douze ans après avoir gravi l'échelle en bois de la tour qui surplombait le vignoble de son père, Avram gravit l'escalier en pierre de la nouvelle tour. Le souvenir lointain de cette journée fatidique lui revint en mémoire. Jeune garçon pétri de doutes et d'incertitudes, il s'était hissé palier par palier jusqu'en haut de la tour, la tête pleine d'interrogations sur le monde qui l'entourait. Le garçon était devenu un homme. Déterminé et confiant, il gravit les marches d'un pas ferme.

Parmi les spectateurs qui contemplaient la scène avec fierté se trouvait Marit, tenant sur sa hanche leur enfant, un robuste garçonnet de treize mois. Flanquée d'une nouvelle portée, la chienne était assise à ses pieds, le ventre encore gonflé. Avram avait vu les premiers chiots grandir, se battre et jouer ensemble, se grimper dessus jusqu'à ce que les femelles donnent à leur tour naissance à une troisième génération de chiens domestiqués. Sous le chaud soleil, Namir souriait ; ayant écouté les conseils d'Avram, il était devenu le fier propriétaire d'un florissant élevage de chèvres. Guri le fabricant de lampes venait de commencer un élevage de cochons et les sœurs Oignon avaient ajouté à leur potager un enclos pour leurs canards. Marchant sur les traces d'Avram, tous découvraient avec émerveillement l'harmonie qui régnait dans la nature. C'était comme une merveilleuse toile d'araignée qui brillait dans la lumière, une toile où animaux, esprits et êtres humains étaient tous reliés par le même contrat sacré.

Avram atteignit le sommet de la tour. Lorsqu'il émergea dans la lumière aveuglante, un concert d'acclamations monta de la foule. Les citoyens de Jéricho admirèrent leur ouvrage, le cœur gonflé de fierté, une fierté à laquelle s'ajoutait un merveilleux sentiment de sécurité. Ils étaient les seuls à posséder une telle muraille, qu'aucun envahisseur ne pourrait jamais détruire. Grisé par la clameur assourdissante, en paix avec lui-même et libéré de ses péchés, Avram laissa son esprit parcourir la distance qui le séparait du peuple du Renne... Ses pensées rejoignirent bientôt Frida et l'enfant qu'elle portait quand il était parti. Son enfant.

Avram avait laissé un peu de son sang dans le Nord glacial ; la lignée de Talitha et de Yubal se perpétuerait aussi là-bas, à des milliers de kilomètres de sa terre natale.

Avram ne sut jamais pourquoi il avait été choisi pour comprendre le mystère de la paternité. Mais la Déesse avait ses raisons et il la remercia matin et soir jusqu'à la fin de ses jours, plein d'admiration et de gratitude pour la Mère de tous. Au fil du temps, alors qu'Avram, ses fils et ses petits-fils auraient depuis longtemps disparu de cette terre, la Mère de tous serait rejointe par un Père de tous jusqu'à ce que, petit à petit, ce dernier finisse par la supplanter complètement.

Jéricho prospéra. Avram et Marit eurent d'autres enfants, le troupeau de Namir s'agrandit, la chienne et ses premières portées eurent d'autres petits, Guri cessa de fabriquer des lampes pour devenir un riche éleveur de porcs. Les récoltes se diversifièrent, on planta du blé et du maïs, du coton et du lin ; d'autres espèces animales furent domestiquées et élevées pour leur lait, leurs œufs et leur laine. De plus en plus généreux, les sacrifices à la Déesse se multiplièrent. Son autel fut agrandi, le nombre de ses prêtresses ne cessa de croître. Au fil des siècles, malgré les prédictions d'Avram, la muraille tomba et fut reconstruite à plusieurs reprises.

Des manufactures de textile s'installèrent à Jéricho. L'alphabet et l'écriture virent le jour. Deux mille ans après qu'Avram et Marit eurent rejoint leurs ancêtres, un potier prénommé Azizu renversa son tour par mégarde. En le voyant tourner sur lui-même avant de tomber sur le sol, une idée germa dans son esprit. Après de multiples tentatives et autant d'échecs, Azizu réussit à fabriquer deux roues fixées sur un axe, sur lesquelles il plaça une caisse en bois. Il put ainsi transporter dix fois plus de marchandises qu'avant. Pour la remercier de lui avoir donné cette merveilleuse idée, il rendit visite à la Déesse et embrassa avec ferveur son cœur de cristal. Quatre mille ans après que Hadadezer eut épaté Avram avec ses noisettes de cuivre, les hommes extrayaient le cuivre et l'étain et mélangeaient les deux métaux en fusion pour créer un nouvel alliage : le bronze. Un millénaire plus tard, ils découvrirent le fer et apprirent à le travailler. Cette nouvelle avancée bouleversa le monde entier.

Les populations se développèrent, les campements devinrent

des villages et les villages des villes. Des chefs sortirent de la masse et, se proclamant rois et reines, régnèrent sur le reste du peuple. Le pouvoir d'Al-Iari grandit encore, son autel devint un tabernacle puis un temple où vivaient prêtres et prêtresses. Ses fidèles s'appelèrent les Cananéens ; les voyageurs en provenance de Babylone et de Sumer reconnurent en elle leurs vénérées Ishtar et Inanna. Avec Baal, elle était adorée comme déesse de la fertilité et, bien que son apparence changeât de nombreuses fois au cours des siècles, la pierre bleue lui servit toujours de cœur.

Elle traversa ainsi les millénaires, soignée et vénérée, depuis l'époque de Laliari et Zant. Jusqu'au jour où des envahisseurs arrivèrent de la vallée du Nil, conduits par Amenhotep, un pharaon belliqueux et impitoyable qui ne se contenta pas de capturer des prisonniers mais déroba également les dieux et les déesses des peuples vaincus. Parmi ces derniers se trouvait la Déesse protectrice de Jéricho, placée dans la niche d'une déesse égyptienne de second rang. Ce fut là que son cœur translucide attira l'attention d'une reine adultère.

Lorsque cette dernière fut inhumée dans un somptueux tombeau — le faste et les ornements étaient censés apaiser la conscience du roi qui l'avait empoisonnée —, la pierre bleue disparut avec elle. La reine et le cristal dormirent mille ans dans cette obscurité confinée, anonymes et oubliés du monde, jusqu'au jour où des pilleurs de tombeaux profanèrent le lieu sacré et ramenèrent l'ancienne pierre au grand jour. Le débris de météorite azur passa de main en main pendant de nombreuses années, acheté, revendu, volé, disputé, mis en jeu jusqu'à ce qu'il échoue à Alexandrie, entre les mains d'un notable romain qui fit sertir la pierre dans un magnifique collier d'or destiné à son épouse.

Ce cadeau serait sa punition.

LIVRE QUATRE

Rome,

en l'an 64 de notre ère

La prière de dame Amélie était empreinte de désespoir.

Je vous en prie, faites que l'enfant soit bien portant.

L'autel de la demeure abritait plusieurs divinités romaines, dame Amélie avait le choix parmi les plus puissantes du panthéon. Mais comme les circonstances nécessitaient l'intervention d'une déesse capable de comprendre la supplique d'une mère, dame Amélie choisit celle que les fidèles appelaient la Vierge Bénie (elle avait engendré un enfant seule, sans intervention masculine), une déesse qui avait enduré d'atroces souffrances quand son fils avait été pendu avant de ressusciter d'entre les morts. Ce fut donc à cette mère pleine de compassion, Reine du paradis, que dame Amélie adressa sa prière :

— Je vous en supplie, faites que l'enfant vienne au monde en pleine santé et sans handicap. Faites que le mari de ma fille l'accepte dans la famille.

Prononcées dans un murmure, ses paroles moururent dans le silence du matin. Elles étaient dépourvues de foi et de sens profond. C'était une prière de pure forme adressée à une statue de marbre. Dame Amélie forçait sa piété car c'était ce qu'on attendait de toute Romaine de son rang. Il fallait sauver les apparences, en toutes circonstances. En réalité, la foi avait déserté son cœur. Comment une femme pouvait-elle s'en remettre à des divinités alors que les hommes avaient un droit absolu de vie et de mort sur leurs bébés ?

Sa prière terminée, elle se signa, effleurant ses épaules, son front et sa poitrine, car elle avait été jadis une fervente disciple du dieu Hermès, l'ancien sauveur connu sous le nom de Verbe Fait Chair. Aujourd'hui, dame Amélie ne croyait plus en ses pouvoirs. Elle se souvint de cette époque où la prière lui apportait tant de réconfort, où les dieux lui réchauffaient le cœur. Ils étaient partis, à présent, et personne au monde ne pourrait la réconforter.

Des cris de douleur déchirèrent soudain le silence, résonnant contre les murs, les colonnades et les statues. Le travail de sa fille avait commencé l'avant-veille, et les sages-femmes commençaient à désespérer.

Dame Amélie tourna le dos à Junon, la Vierge Bénie, mère de Mars, le dieu sauveur, et longea le porche à colonnades qui encerclait le jardin intérieur de la villa. Baignée par le doux soleil de printemps, la fontaine ruisselait doucement au milieu de la cour. Dame Amélie ne se donna pas la peine de rendre visite à l'autel de ses ancêtres. Cela faisait des années qu'elle n'allait plus les voir. Si les dieux n'existaient pas, la vie après la mort n'existait pas non plus, et les ancêtres n'avaient plus aucune raison d'être.

Elle traversa l'atrium où les jeunes hommes jouaient aux dés en riant, indifférents aux hurlements qui troublaient le calme matinal. Il y avait là les trois fils d'Amélie, ses deux gendres ainsi que quelques amis de la jeune fille qui essayait désespérément de mettre son enfant au monde. En franchissant l'arcade, elle vit le mari de la parturiente qui buvait du vin en lançant les dés, visiblement indifférent à ce que sa femme endurait.

Une vague de rancœur submergea Amélie. Ainsi, donner la vie était une affaire de femmes.

Une pensée traversa son esprit, sombre et menaçante comme un corbeau : *Nous autres, les femmes, nous portons nos enfants en nous, nous les nourrissons avec notre souffle et notre sang, les battements de notre cœur instillent la vie en eux, et pendant presque dix mois, l'enfant et la mère ne font qu'un. Ensuite viennent les douleurs de l'accouchement, la souffrance de la chair et les saignements, les efforts à fournir pour expulser l'enfant. Alors que pour vous, jeunes pères, il n'y a ni douleur ni sang. Juste une partie de plaisir et, neuf mois plus tard, vous buvez du vin en jouant aux dés, en attendant le moment où vous déciderez du sort du nouveau-né.*

Un vif ressentiment l'envahit. Il n'était pas uniquement dirigé contre son gendre mais contre tous ces hommes qui décidaient de la vie ou de la mort aussi allègrement qu'ils jouaient aux dés. Elle n'avait pas toujours nourri de telles pensées. Fut un temps où Amélie, épouse du noble et puissant Cornelius Gaius Vitellius, vénérait sincèrement les dieux du panthéon et croyait que la vie était belle et les hommes bons. Mais elle avait perdu sa foi et son entrain le jour où la mort l'avait emporté sur la vie.

Un jour qui ressemblait un peu à celui-ci.

Un vieil homme lui bloqua soudain le passage. C'était le devin des oiseaux qu'elle avait engagé pour qu'il interprète les augures. Le vieux Grec faisait fortune, car les Romains étaient un peuple superstitieux, guettant les signes et les augures, décelant un sens dans chaque nuage, chaque grondement de tonnerre. Un Romain ne pouvait pas commencer sa journée sans savoir s'il s'agissait d'un jour propice pour faire des affaires, pour se marier ou même préparer du poisson pour le repas. Et parmi tous les instruments utilisés par les devins, des osselets aux feuilles de thé, l'étude du vol des oiseaux était le plus prisé ; le mot « auspice », *auspicium* en latin, signifiait littéralement « examiner les oiseaux ».

— J'ai lu les auspices, madame, commença le devin des oiseaux, et j'ai vu un homme. Ses bras sont grands ouverts, prêts à vous accueillir.

— Moi ? Vous devez parler de ma fille. Ou de son bébé.

— Les signes sont très clairs. Un homme va entrer dans votre vie, madame, et il vous tend les bras.

Amélie songea à son mari, Cornelius, qui devait rentrer d'Egypte d'un jour à l'autre. Mais ça ne pouvait être lui. Cela faisait des années qu'il ne l'avait pas prise dans ses bras.

— Que disent les oiseaux pour ma fille ?

Le devin haussa légèrement les épaules avant de tendre la main pour réclamer son dû.

— Ils ne disent rien à son sujet, madame, il n'ont parlé que de vous.

Amélie donna une pièce d'or au vieil homme et poursuivit son chemin en direction de la chambre où sa fille s'efforçait de donner la vie.

Dame Amélie avait veillé à prendre toutes les précautions nécessaires pour protéger la première grossesse de sa fille. Dès que Cornelia leur avait annoncé la nouvelle, Amélie avait insisté pour qu'elle reste à la villa de campagne où la famille patricienne Vitellius produisait du vin et des olives depuis des générations. Amélie aurait préféré la faire venir dans leur maison de ville mais, lorsque son mari partait en voyage, il envoyait toute la maisonnée à la campagne. Elle seule connaissait la raison de cette règle inflexible. Elle seule savait que c'était une punition.

Elle pénétra dans la chambre où se bousculaient les matrones et leurs assistantes, les tantes de Cornelia et ses cousines, ses sœurs aînées et ses deux belles-sœurs. Muni de ses cartes et de ses instruments, l'astrologue se tenait dans un coin de la pièce, prêt à noter le moment exact de la naissance de l'enfant. Suivant une ancienne tradition de l'aristocratie, la fille d'Amélie portait le nom féminisé de son père, Cornelia ; leur fils aîné s'appelant aussi Cornelius, les confusions étaient fréquentes. Amélie aurait souhaité donner son nom à sa fille, mais cela ne se faisait pas.

Amélie éprouva un élan de compassion pour Cornelia qui avait le même âge qu'elle — dix-sept ans — lorsqu'elle avait mis au monde son premier enfant. Son fils aurait aujourd'hui vingt-six ans s'il avait survécu. La deuxième grossesse d'Amélie s'était soldée par une fausse couche mais elle avait mené à terme sa troisième grossesse. Alors âgée de vingt et un ans, elle avait donné naissance à son fils aîné, Cornelius, qui avait aujourd'hui vingt-deux ans et étudiait le droit dans l'espoir de suivre les traces illustres de son père. Amélie s'était trouvée enceinte sept fois après cette grossesse : elle avait eu les jumeaux, âgés de vingt ans, Cornelia, puis deux bébés morts en bas âge, et Gaius, leur fils de treize ans. Après une nouvelle fausse couche, Amélie était retombée enceinte, à trente-sept ans. Cette grossesse avait à jamais changé le cours de sa vie et sa vision du monde.

Elle se rendit au chevet de sa fille et, le regard débordant de compassion et d'inquiétude, posa une main sur le front fiévreux de Cornelia. Si seulement elle pouvait endurer la souffrance à sa place !

La jeune fille repoussa sa main.

— Où est papa ? gémit-elle. Je veux papa.

Une vive douleur transperça le cœur d'Amélie. Ce n'était pas pour être auprès de sa mère que Cornelia avait accepté de s'installer à la campagne, mais pour voir son père dès qu'il rentrerait de son voyage en Egypte.

— J'ai envoyé un messager à Ostie, répondit Amélie. Dès que son navire entrera au port, il sera alerté.

Cornelia se détourna de sa mère et tendit les mains à sa sœur et à ses belles-sœurs. Les jeunes femmes se serrèrent autour du lit jusqu'à ce qu'Amélie soit exclue du cercle. Elle s'écarta sans mot dire. Dame Amélie avait été mise à l'écart de la famille quelques années plus tôt, lorsque le chagrin l'avait poussée à commettre un acte impardonnable. Ces petites filles qui l'adoraient autrefois, sautillant autour d'elle comme de jolis rayons de soleil, avaient tourné le dos à cette femme qu'elles avaient brusquement jugée indigne de leur amour.

Oui! voulut-elle crier. Combien de fois avait-elle voulu le faire, au cours de ces six dernières années? *Oui, j'ai commis le péché d'adultère. Je suis allée chercher du réconfort dans les bras d'un autre homme... mais ce n'était ni pour le plaisir, ni même par amour... Je me suis réfugiée dans ses bras parce que mon bébé est né avec une malformation et que mon mari l'a jeté aux ordures!*

Mais aucun son ne sortit de sa bouche; qui se souciait de savoir pourquoi Amélie avait couché avec un autre homme? Seul comptait l'acte en lui-même. Elle serra les poings en observant le travail de la matrone. Cette dernière avait lubrifié le périnée avec de la graisse d'oie, mais le bébé refusait de venir. Tirant de son sac une longue plume blanche, elle se hissa sur le lit, s'assit à califourchon sur la jeune parturiente et chatouilla le nez de Cornelia pour la faire éternuer.

Dame Amélie ferma les yeux comme un souvenir douloureux traversait son esprit. Sa propre souffrance avant l'expulsion de son dernier enfant, le bébé que Cornelius avait refusé de reconnaître, ordonnant à une servante de le prendre alors qu'il venait à peine de sortir du ventre de sa mère, et de le déposer sur un tas d'ordures. Amélie n'avait jamais vu le bébé. On le lui avait retiré aussitôt pour l'apporter à Cornelius. Un seul regard au pied mal formé et le verdict était tombé : l'enfant n'était pas apte à vivre. Depuis ce jour fatidique, Amélie n'avait cessé de se demander ce qu'elle avait bien pu faire pour causer la malformation de son bébé. Car c'était elle, la coupable. Il n'y avait pas d'autre explication. Le cœur brisé, elle avait revécu cent fois les neuf mois de sa grossesse, s'efforçant de découvrir l'erreur ou le faux pas qu'elle avait dû commettre. Et elle avait trouvé : cela s'était produit le jour où elle se reposait tranquillement dans le jardin de leur villa romaine. Plongée dans un recueil de poésie, elle n'avait pas senti le papillon se poser sur son pied. Elle l'avait découvert en détournant le regard. Emerveillée par sa beauté et son audace, elle ne l'avait pas chassé et il s'était attardé quelques instants sur sa cheville, caressé par les rayons du soleil, agitant légèrement ses ailes fragiles. Elle ignorait combien de temps il était resté là... assez longtemps en tout cas pour laisser une marque sur le bébé qui se formait dans son ventre. Trois mois plus tard, l'enfant naissait avec un pied bot.

Voilà pourquoi dame Amélie s'était montrée aussi protectrice envers sa fille tout au long de sa grossesse. Elle avait lu les auspices plusieurs fois par jour, guetté le moindre signe, veillé à ne violer aucun interdit pour ne pas attirer le mauvais œil sur la maisonnée. Le jour où un chat noir avait traversé le jardin, elle l'avait fait tuer sur-le-champ, accueillant à la place un chat blanc pour attirer la bonne fortune. Dame Amélie voulait à tout prix épargner à sa fille la souffrance indicible qu'elle avait endurée avec ce dernier enfant. Cet enfant perdu.

Comme la plume n'avait pas réussi à produire l'effet désiré, la matrone fouilla de nouveau dans son sac et sortit une mesure de poivre qu'elle versa dans le creux de sa paume. Plaquant sa main sur le nez de Cornelia, elle ordonna :

— Respirez profondément.

La jeune fille s'exécuta... et éternua si violemment que le bébé descendit d'un coup.

— Voilà la tête ! s'écria l'assistante.

Un moment plus tard, le nourrisson glissa sur le drap. La matrone coupa le cordon ombilical sous le regard anxieux de dame Amélie, debout à côté du lit.

— Est-ce un garçon ? s'enquit Cornelia, hors d'haleine. Est-il en bonne santé ?

Amélie ne répondit pas. Une fois le bébé sorti du ventre de sa mère, les femmes n'avaient plus rien à dire. C'était au père de décider, à présent. S'il rejetait l'enfant, mieux valait que Cornelia ne sût rien à son sujet. On le déposerait alors sur un tas d'immondices, à la merci des éléments.

Dès que la matrone eut langé le nouveau-né, dame Amélie le lui prit des mains et, le berçant doucement contre sa poitrine, quitta la pièce d'un pas pressé. Dans son dos, elle entendit Cornelia interroger la matrone. Forte de son expérience, la femme demeura silencieuse. C'était plus sage ainsi.

Quand dame Amélie pénétra dans l'atrium, tous les regards convergèrent sur elle. Celui de son fils aîné, Cornelius, qui était déjà père de deux enfants ; celui de son fils cadet, le jumeau de sa fille de vingt ans, et celui du mari de cette dernière ; les regards de son plus jeune fils, des cousins et des amis intimes. Et celui du mari de Cornelia, jeune père de dix-neuf ans. Il se leva fièrement, conscient de l'importance de la tradition qu'il s'apprêtait à respecter et de la gravité de l'instant.

Elle posa le bébé à ses pieds et recula d'un pas. Le temps suspendit son vol comme il se penchait pour écarter la couverture qui enveloppait l'enfant. Le sexe de ce dernier revêtait une grande importance. S'il s'agissait d'une fille en bonne santé, il la reconnaîtrait puis laisserait les esclaves l'emmener chez une nourrice, comme l'exigeait la coutume. Mais si c'était un garçon bien portant, il le prendrait dans ses bras et l'exhiberait fièrement devant l'assistance, clamant haut et fort sa paternité.

Les minutes s'écoulèrent. Une angoisse indicible tordait le ventre d'Amélie. Six ans plus tôt, Cornelius avait écarté une couverture identique. C'était une petite fille; son regard avait glissé sur le pied bot. Pivotant sur ses talons, il avait esquissé un geste rageur en direction de l'esclave, qui avait ramassé le bébé comme on ramasse un déchet. Cornelia, alors âgée de onze ans, s'était précipitée dans la chambre de sa mère. «Maman, Papa a donné l'ordre de jeter le bébé! Etait-ce un monstre?»

A présent, c'était Cornelia qui attendait la décision de son mari...

Le nouveau-né était un garçon en parfaite santé. Un sourire éclaira le visage du jeune père. Il se pencha pour ramasser le bébé.

— J'ai un fils!

Les cris de joie se mêlèrent aux félicitations.

Dame Amélie manqua s'évanouir. Elle s'apprêtait à retourner auprès de sa fille pour lui annoncer la bonne nouvelle lorsqu'un brouhaha s'éleva à l'extérieur de la maison. Philo, le majordome, apparut dans l'embrasure de la porte, armé de sa matraque en bois.

— Madame, le maître est de retour, annonça-t-il de son ton guindé.

Amélie porta la main à sa bouche. Elle n'était pas prête!

Au lieu d'aller accueillir Cornelius, Amélie se retira dans une alcôve d'où elle observa les allées et venues des esclaves empressés. Ils apportèrent à leur maître du vin et de quoi manger, le débarrassèrent de sa toge, anticipant le moindre de ses désirs, animés d'une joie sincère. Pendant les absences du maître de maison, la vie à la campagne se révélait terriblement ennuyeuse. Cornelius accepta leurs témoignages d'admiration avec la grâce d'un roi. A quarante-cinq ans, il était encore fort et séduisant; quelques fils d'argent striaient ses tempes. L'espace d'un instant, Amélie se souvint de l'amour qu'elle avait jadis éprouvé pour lui.

Mais c'était avant qu'elle découvre son cœur froid et implacable. Lorsque des amis de Cornelius lui avaient révélé la brève liaison qu'elle avait eue avec un poète de passage à Rome, Amélie avait avoué sa faute et imploré son pardon ; elle avait tenté de lui expliquer qu'elle avait cédé aux avances du poète pour oublier la douleur qui lui lacérait le cœur depuis la perte de son bébé. Mais Cornelius s'était montré inflexible : jamais il ne pardonnerait. A partir de là, la vie d'Amélie avait basculé.

Elle le suivit sans mot dire comme il se dirigeait vers la chambre de Cornelia. Après avoir félicité son gendre, il prit le bébé et le berça doucement. Puis il alla s'asseoir au bord du lit et se pencha vers la jeune mère. Cornelia avait toujours été sa préférée. Lorsque le père et la fille étaient ensemble, Amélie n'existait plus. Quels secrets lui murmurait-il à l'oreille en ce moment ?

Un garçonnet fit irruption dans la pièce.

— Papa, papa !

Potelé et apprêté, Lucius, neuf ans, était talonné par un vieux chien qu'il avait baptisé Fido, le nom de chien le plus répandu à Rome puisqu'il signifiait « fidèle ». Le garçonnet aurait pu s'appeler ainsi, lui aussi, car il adulait son père et le suivait partout. Amélie regarda Cornelius prendre l'enfant dans ses bras. Lucius n'était pas leur fils biologique. Cornelius l'avait adopté lorsqu'il s'était retrouvé orphelin, à l'âge de trois ans. Il était l'enfant de cousins éloignés. Malgré ses efforts, Amélie ne parvenait pas à éprouver de l'affection pour Lucius ; ce n'était pas la faute du petit garçon. En fait, elle ne supportait pas l'idée que Cornelius ait recueilli l'enfant d'une autre femme après s'être débarrassé de sa propre fille.

Amélie avait trente-sept ans lors de sa dernière grossesse et, déjà, elle avait ressenti certains changements dans son corps, des signes qui annonçaient la fin prochaine de ses années fécondes. Consciente que ce serait son ultime grossesse, elle avait développé un lien spécial avec le bébé qui grandissait en elle. Il serait son compagnon de vieillesse, lorsque tous les autres auraient fondé leur foyer. Il serait son enfant chéri, le petit dernier qui reçoit toute l'attention et la sagesse d'une mère plus âgée.

Et Cornelius l'avait jeté aux ordures.

Amélie avait essayé de se satisfaire de son sort : sur dix grossesses, elle avait eu cinq enfants bien portants, une véritable bénédiction des dieux. A Rome, les enfants n'étaient pas baptisés avant leur premier anniversaire, à cause de la mortalité infantile galopante. Cet enfant qu'elle avait tant chéri pendant sa grossesse, avait-il survécu, sur son tas d'ordures ? Y avait-il une petite orpheline qui errait en boitillant dans les rues de Rome ? Les gens qui fouillaient les ordures pour récupérer des ustensiles ou des lampes abîmés, des lambeaux de papyrus et de vêtements, ramassaient parfois des nourrissons encore en vie. Oh, ils n'agissaient pas par compassion ; un enfant élevé et nourri à moindres frais pouvait être vendu au marché aux esclaves dès l'âge de trois ou quatre ans. L'opération était très rentable. Si elle avait de la chance, la fillette deviendrait servante chez des maîtres gentils. Mais il était plus probable qu'elle mènerait une vie de souffrances et de labeur ; si elle était jolie, on vendrait son corps à des hommes avides de plaisir sexuel.

Après avoir assisté de loin aux retrouvailles — bien qu'elle fût mère et épouse, Amélie était toujours exclue de ces démonstrations d'affection —, elle partit donner des ordres à la cuisinière pour le festin du soir. La tension qui avait régné dans la maison toute la matinée se dissipait, remplacée par une activité bourdonnante. Le fait que le jeune maître ait accepté le nouveau-né dans la famille égayait les esprits, et la perspective de regagner la ville prochainement attisait l'excitation ambiante.

Amélie était en train de discuter du menu avec la cuisinière lorsque Philo, le majordome, fit irruption pour lui annoncer que son mari désirait la voir. Au prix d'un effort, elle contint sa surprise. Philo ne lui inspirait pas confiance. Ses paupières lourdes cachaient un esprit d'une rare vivacité. Elle le soupçonnait même de l'espionner puis de faire des rapports détaillés de ses activités à Cornelius.

Avant de gagner les appartements de son époux, Amélie s'arrêta d'abord dans sa chambre. Elle voulait se recoiffer, rajuster sa tenue et se parfumer légèrement. Une bouffée de nervosité s'empara d'elle. Pourquoi désirait-il la voir ? Ils se parlaient à peine, et sept mois de séparation n'avaient pu suffire à changer la situation.

Cornelius Vitellius, l'un des avocats les plus réputés de Rome et les plus appréciés du peuple, était parti régler quelques affaires de famille en Egypte. Amélie et son mari étaient tous deux très riches. Cornelius possédait des mines de cuivre en Sicile, une flotte de vaisseaux de marchandises et des champs de céréales en Egypte ; quant à Amélie, elle était propriétaire de plusieurs immeubles en plein cœur de Rome.

Elle le trouva assis devant son secrétaire. A peine rentré, il lisait déjà son courrier. Elle attendit patiemment. Au bout d'un moment, elle s'éclaircit la gorge.

— Comment était l'Egypte, monsieur ?

— Egyptienne, répondit-il, pince-sans-rire.

Amélie aurait aimé l'accompagner. Depuis qu'elle était toute petite, elle rêvait de visiter l'Egypte ; hélas, ce rêve ne deviendrait jamais réalité. Pendant qu'elle attendait qu'il daigne enfin lui dire pourquoi il l'avait fait demander, Amélie songea aux sept mois écoulés. Avait-elle fait quelque chose qu'il pourrait lui reprocher ? Cornelius pouvait interpréter le moindre de ses gestes, la moindre de ses paroles comme un acte de rébellion. Quoi que ce fût, de quelle manière la punirait-il, cette fois ? La laisserait-il ici, dans leur maison de campagne, tandis que lui regagnerait la ville ? Serait-elle assez forte pour supporter un tel isolement ?

Cornelius choisissait toujours subtilement ses châtiments. Jamais il n'avait accepté d'écouter la moindre de ses explications. Il l'avait jugée et condamnée, l'affaire était classée. Contrairement à la plupart des époux trahis, il ne lui avait même pas posé de questions. Il n'avait pas haussé le ton, ne l'avait pas insultée. Si seulement il s'était emporté... ils auraient crevé l'abcès ensemble et seraient peut-être repartis sur de nouvelles bases. Mais Cornelius avait refusé de l'écouter et réglé le problème avec un détachement suprême. Le « monstre » continuait à se dresser entre eux, tourmentant Amélie sans répit.

Sa liaison extraconjugale n'avait duré qu'une semaine, mais cela avait été suffisant pour bouleverser irrémédiablement le cours de sa vie. Au lieu de divorcer et de l'envoyer en exil comme il en aurait eu le droit, Cornelius l'avait gardée auprès de lui. A l'époque, Amélie avait cru qu'il lui pardonnait sa faute. Hélas, elle s'était trompée.

Désormais, Cornelius exerçait un contrôle total sur sa vie et de temps en temps, pour la punir davantage, il l'envoyait séjourner dans leur villa de campagne. Amélie aimait la ville, tous ses amis vivaient à Rome ; il n'y avait que là-bas qu'elle trouvait des librairies et des théâtres. A chaque fois qu'il l'envoyait à la campagne, Amélie ne pouvait s'empêcher de songer à Julie, la fille d'Auguste, qu'on avait exilée à Pandateria, un îlot volcanique perdu en pleine mer, si petit qu'elle en faisait le tour en moins d'une heure. Julie y avait vécu seule, sans aucune distraction, sans aucun plaisir, entièrement coupée du reste du monde. Elle était morte sur son îlot, au bout de quelques années au cours desquelles elle n'avait vu que le vieil homme qui lui apportait du poisson depuis la côte. Tel était le destin des femmes adultères, quand elles n'étaient pas exécutées sur-le-champ.

Cornelius, lui, avait choisi une punition plus lente, plus cruelle aussi. Au lieu de se débarrasser d'elle une fois pour toutes, il préférait ronger à petit feu son amour-propre. Comme la statue de cette déesse qui se dressait dans le jardin, exposée aux éléments et qui, au fil des saisons, perdait son éclat, rapetissait, grignotée par la pluie et le vent. Autrefois, c'était une statue splendide, dotée d'un visage finement ciselé, mais à présent son nez, ses pommettes et son menton étaient tout aplatis, au point qu'on ne savait plus de quelle déesse il s'agissait. Amélie aimait se comparer à cette statue ; à la place des éléments, c'était la dureté de son mari qui l'abîmait de jour en jour. Et comme la statue, elle restait là, immobile, dans l'impossibilité de fuir. Un jour, craignait-elle, elle deviendrait tellement terne que personne ne se souviendrait de son existence.

Cornelius se leva enfin de son bureau. Il lui tendit un coffret en ébène. Amélie écarquilla les yeux.

— Qu'est-ce que c'est ?

— Ouvre.

Il lui avait rapporté un cadeau ? Une lueur d'espoir brilla au fond de son cœur. Cette longue période de séparation l'avait-elle poussé à réfléchir ? Etait-il revenu à des sentiments plus cléments ? Elle repensa à la prophétie du devin des oiseaux... il avait parlé d'un homme qui l'accueillerait à bras ouverts. Etait-il possible que Cornelius lui ait pardonné, après tout ce temps ?

D'une main tremblante, elle ouvrit la boîte et retint son souffle. A l'intérieur reposait le collier le plus somptueux qu'elle eût jamais vu.

Le cœur gonflé d'allégresse, elle souleva délicatement la chaîne en or pour l'admirer à la lumière. Le médaillon finement ciselé abritait une pierre bleue d'une beauté saisissante ; lisse et ovoïde, elle reflétait les mille et une nuances du ciel, de l'arc-en-ciel et de la mer. Elle était en train de l'attacher à son cou lorsque Cornelius prit la parole.

— La légende dit qu'elle fut découverte dans le tombeau d'une reine égyptienne, exécutée pour avoir trompé son mari.

La joie et l'optimisme d'Amélie retombèrent instantanément. Sa vie s'étala soudain sous ses yeux, sans fard ni faux-semblant : elle n'était rien d'autre qu'une femme rejetée par ses propres enfants, mariée à un homme froid et cruel, entourée d'amis qui se moquaient d'elle dès qu'elle avait le dos tourné. Triste réalité. A la limite du supportable. Elle ne pouvait même pas partir, car la loi conférait à Cornelius le droit de vie et de mort sur elle. De toute façon, elle avait commis une faute. Elle méritait d'être punie.

Amélie se réveilla en sursaut.

Tendant l'oreille, elle écouta les bruits de la nuit par sa fenêtre ouverte. Les chariots n'étaient pas autorisés à circuler le jour dans les rues de Rome, aussi régnait-il une activité bruyante au cœur de la ville pendant la nuit. Mais ce n'étaient ni le martèlement des sabots, ni le grincement des chariots qui l'avaient réveillée.

— Qui est là ? murmura-t-elle dans l'obscurité.

Comme personne ne répondait, elle demeura immobile, sans respirer. Elle était pourtant sûre d'avoir senti une présence dans la pièce.

— Cornelius ? reprit-elle d'un ton mal assuré.

Un frisson la parcourut. En proie à une frayeur indicible, elle s'assit dans son lit. Le clair de lune baignait sa chambre ; elle parcourut la pièce du regard mais elle était déserte. Pourtant, quelqu'un s'y cachait.

Elle se glissa hors du lit et courut vers la fenêtre. Les toits, les tours, les collines et les vallées couvertes d'habitations reflétaient la lumière de la lune et des étoiles. Et cette circulation incessante dans les rues du centre, irréelle et étouffée, comme si les chevaux et les mulets étaient conduits par des fantômes.

Un souffle glacé caressa son dos. Elle fit volte-face en sursautant et scruta de nouveau la pièce, sur le qui-vive. Les meubles se détachaient, silhouettes lugubres, dans la pâleur surnaturelle du clair de lune. Ce n'était plus sa chambre, tout à coup. C'était un tombeau habité par la mort.

Elle se dirigea vers sa coiffeuse. Le sol était glacé sous ses pieds nus. Son regard se posa sur le coffret en ébène que

Cornelius lui avait rapporté d'Egypte. Tout à coup, elle sut : *Voilà, là est la présence indéfinissable.* Cette sinistre pierre bleue qui avait reposé pendant des siècles sur la poitrine d'une morte. Une terreur sans nom lui glaça le sang. Quand Cornelius lui avait offert le collier, elle avait longuement observé les profondeurs aquatiques de la pierre et ce qu'elle y avait vu l'avait terrifiée. Sous le choc, elle avait replacé le bijou dans sa boîte en jurant de ne plus jamais l'en sortir.

Car, dans le cœur de cristal, elle avait vu le fantôme de la reine empoisonnée.

La lumière du matin filtrait par la fenêtre de la chambre. Assise devant sa coiffeuse, Amélie se préparait soigneusement. Coiffure, bijoux, maquillage, autant d'éléments d'un rituel nécessaire. C'était en soignant son apparence qu'elle parvenait à sauver la face. Son statut social l'obligeait à respecter certains codes et elle s'y employait de façon quasi obsessionnelle. Tel un pantin dans un théâtre de marionnettes, elle n'était que mimes et artifices. Elle avait aimé Cornelius il y a bien longtemps, mais de cette époque elle n'avait gardé aucun souvenir vivace. Elle avait même oublié ce que c'était qu'être amoureuse. Elle n'avait éprouvé aucun sentiment pour son amant d'une semaine; elle était même incapable de se souvenir des traits de son visage. Rétrospectivement, elle avait du mal à comprendre comment elle avait pu se jeter dans ses bras. En tout cas, il ne lui restait absolument rien de leurs étreintes, aussi passionnées qu'éphémères.

L'adultère était une chose étrange. Tout dépendait de qui le commettait, et avec qui. Dans les classes populaires, les trahisons conjugales constituaient un passe-temps ordinaire, inspirant au théâtre comique une multitude de situations cocasses. Mais la noblesse ne partageait pas les mêmes valeurs, et en trahissant son mari, c'était toute sa classe sociale que trahissait une femme infidèle. Comme lui avait dit un jour Lucilla, ravissante veuve d'un célèbre sénateur, ce n'était pas l'adultère qui constituait un péché, c'était le fait de se faire pincer ! Amélie avait agi sans réfléchir, tout à fait stupidement, et c'était précisément sa bêtise que refusait de lui pardonner la bonne société de Rome.

— Méfiez-vous du chiffre quatre, madame, annonça l'astrologue du ton docte qu'il prenait quand il lisait ses cartes du ciel.

Dame Amélie détourna les yeux du miroir. Elle était en train de masquer ses cernes avec de la poudre de riz. Lorsqu'elle avait fini par se rendormir, cette nuit-là, son sommeil avait été peuplé de terribles cauchemars dans lesquels s'emmêlaient tombeaux, sarcophages et fantômes de reines vengeresses.

— Le chiffre quatre ? répéta-t-elle.

— C'est votre mauvais chiffre, aujourd'hui, confirma le vieil homme qui lisait l'horoscope d'Amélie tous les matins. Vous devrez l'éviter à tout prix.

Elle contempla son reflet. Comment éviter un chiffre omniprésent ? L'univers tout entier tournait autour du chiffre quatre : les quatre éléments, les quatre vents, les quatre cycles de la lune. Il en allait de même pour les hommes : quatre membres, quatre cavités cardiaques, quatre passions.

Ses esclaves étaient en train de la coiffer pour la journée. Les jeunes servantes y mettaient un soin particulier, car elles appréciaient sincèrement leur maîtresse. Amélie était plus gentille que la plupart des femmes de son rang ; elle ne les frappait pas avec ses épingles à cheveux quand elles ne parvenaient pas au résultat souhaité. Les deux jeunes femmes travaillaient avec adresse ; une vraie dame se devait de changer de coiffure tous les jours. Ce matin-là, les longues boucles d'Amélie, teintées au henné pour dissimuler les racines grises, étaient arrangées à la manière d'une tiare sur le sommet de sa tête. En tant qu'épouse d'un Vitellius, elle devait toujours être élégante. Amélie arborait des robes en soie de Chine, des colliers de perles fines pêchées dans l'océan Indien et des bijoux en argent d'Espagne ou en or de Dalmatie. Qui ne connaissait pas son drame personnel l'aurait facilement enviée.

— Voyez-vous quelque chose qui ressemblerait à un homme m'accueillant les bras ouverts ? reprit-elle à l'adresse de l'astrologue.

Le voyant haussa ses sourcils blancs et broussailleux.

— Les bras ouverts, madame ?

— Oui, comme s'il voulait m'étreindre ou me souhaiter la bienvenue.

Il secoua la tête puis rassembla ses instruments.

— Rien de tout ça, madame, répondit-il avant de s'en aller.

Amélie se mordit les lèvres. Le devin des oiseaux qu'elle consultait à la campagne ne se trompait jamais. Ses prophéties se réalisaient invariablement. Hélas, elle n'avait pu le faire venir à la ville.

Elle frissonna soudain — pas de froid, mais de peur. Le collier. Il l'emplissait d'angoisse, même enfermé dans sa boîte. La pierre bleue lui rappelait la mort. C'était la couleur de la cruauté et de l'intransigeance. A l'instar de celui qui la lui avait offerte, cette pierre ne dégageait aucune compassion. Jolie à regarder, elle n'était que dureté et froideur, et son cœur semblait insondable, exactement comme Cornelius.

Amélie songea aux pouvoirs dont il disposait, aux pouvoirs des hommes en général. Quels pouvoirs détenaient les femmes, de leur côté ? La virginité d'Amélie, et par conséquent sa sexualité, avait été jalousement surveillée par son père et ses frères. En la donnant en mariage, son père avait remis sa vie entre les mains d'un autre homme. A aucun moment de son existence elle ne s'était sentie maître de sa propre personne. Lorsque ses frères lui rendaient visite, ils l'embrassaient sur la joue pour la saluer, comme le voulait l'usage. Mais il ne s'agissait pas d'un geste d'affection ; c'était en réalité une manière discrète de sentir l'haleine d'une parente, afin de s'assurer qu'elle n'avait pas bu de vin, car il était tout à fait inconvenant pour une femme de boire de l'alcool. *Je ne suis même pas libre d'ingurgiter ce que je veux !*

Elle trembla de nouveau, osant à peine regarder dans le miroir par peur d'y voir le spectre de la reine assassinée, debout derrière elle. Cet horrible collier. C'était comme si Cornelius avait introduit un fantôme dans leur maison. Si seulement elle pouvait prier ! A une époque, la prière réussissait à calmer ses angoisses. Mais, aujourd'hui, sa foi l'avait abandonnée, cédant la place à un désert spirituel.

Comme elle enviait son amie Rachel, si dévote, si active au sein de sa communauté religieuse, confiante et sûre de la place qu'elle occupait dans le monde ! Avec sa manière douce et persuasive, cette dernière avait bien tenté de l'initier au judaïsme, mais la religion de Rachel la déroutait plus qu'elle ne l'intéressait. Si la multitude des dieux romains était incapable de lui inspirer la foi, comment un seul y parviendrait ?

Amélie avait été très étonnée de recevoir, la veille au soir, une invitation de son amie pour le lendemain, un samedi. Les deux femmes ne se voyaient jamais le samedi car c'était un jour sacré dans la religion de Rachel, un jour qu'elle appelait le sabbat. Plus surprenant encore, il s'agissait d'une invitation à déjeuner. La loi rabbinique interdisait aux juifs de manger en compagnie de non-juifs. Bien qu'elles fussent amies depuis de longues années, pas une seule fois elle n'avaient rompu le pain ensemble. Pour toutes ces raisons, Amélie avait hâte de retrouver Rachel. Toutefois, elle devrait veiller à contenir son excitation devant Cornelius si elle ne voulait pas qu'il lui interdise de sortir.

Amélie savait pourquoi Cornelius l'autorisait encore à voir Rachel alors qu'il lui avait ôté tout autre droit, toute liberté de mouvement : il désirait conserver ce moyen de pression pour qu'elle continue à le craindre. S'il lui avait dénié tous ses menus plaisirs en la retenant vraiment prisonnière, il aurait perdu du même coup tout ascendant sur elle. Ses visites à Rachel lui rappelaient sans cesse le pouvoir qu'il détenait sur elle. Il la gardait ainsi sous son joug, en permanence. Amélie ne savait jamais à l'avance s'il lui accorderait la permission de sortir ou non. Si elle se réjouissait à l'idée de revoir son amie, un nuage voilait son bonheur : serait-ce la dernière fois ?

— C'est un jour extrêmement propice pour plaider au tribunal, Votre Excellence.

L'astrologue personnel de Cornelius ponctua ses paroles d'un hochement de tête satisfait.

— Extrêmement propice, répéta-t-il. L'affaire devrait être réglée avant midi.

Pendant que trois esclaves drapaient minutieusement la toge de leur maître, mesurant les plis avec précision, Cornelius jeta un coup d'œil dans le couloir. Il savait qu'Amélie attendait dans l'ombre, farouche comme un moineau.

Elle n'avait pas toujours été aussi timide. A l'époque, la forte personnalité d'Amélie convenait parfaitement à la place qu'elle occupait dans la société romaine. Elle avait hélas causé sa propre déchéance. A la suite de son faux pas, Cornelius aurait été en droit de demander le divorce, mais il avait une bonne raison de rester marié, une raison qu'il n'avait dévoilée à personne. Les Romains n'aimaient pas les célibataires, surtout quand ils étaient fortunés. L'empereur Auguste avait failli condamner le célibat comme s'il s'était agi d'un crime. Si Cornelius avait divorcé, les mères de toutes les jeunes célibataires, les veuves et les divorcées, toutes les femmes en âge de se marier aux quatre coins de l'empire l'auraient pris pour cible. En restant marié à Amélie, celle-ci lui servait en quelque sorte de bouclier. En fait, il était assez content de la tournure qu'avait prise son existence. Amélie ne se mêlait plus de ses affaires, elle ne lui imposait plus aucune contrainte, aucune obligation ; en fait, c'était un peu comme si elle n'existait plus. En même temps, elle lui servait à se protéger de toutes ces femmes obnubilées par le mariage. Tout cela était très pratique.

Et ce collier ! Un véritable trait de génie ! Dès l'instant où le marchand égyptien lui avait montré le bijou exhumé d'un tombeau, Cornelius avait su qu'il l'offrirait à Amélie. Ce collier était fait pour elle... la babiole tapageuse d'une reine infidèle. Le moment était aussi idéalement choisi : six ans s'étaient écoulés depuis la trahison de sa femme, les gens commençaient à oublier. Le cristal bleu et sa légende scandaleuse tombaient à point nommé pour rafraîchir les mémoires. C'était un moyen subtil d'accroître encore son influence à Rome. La pierre disait clairement : « Si je peux faire ça à ma femme, imaginez ce que je peux vous faire, à vous autres ! »

Un petit groupe l'attendait dans l'atrium. Cela ne faisait que deux jours que Cornelius était rentré de son voyage, mais la nouvelle s'était déjà répandue dans Rome.

Ils arrivaient toujours à l'aube, ces jeunes gens affamés, en quête de faveurs, de recommandations, de relations. Ils venaient de leurs logements minables présenter leurs respects à leur fortuné protecteur. En échange de cadeaux et de copieux repas, ils avaient pour mission d'escorter Cornelius dans ses visites de la ville. Selon la tradition romaine, la grosseur du cortège reflétait l'importance du protecteur. Cornelius Gaius Vitellius possédait l'une des plus grandes escortes de Rome.

Brillant avocat, Cornelius possédait de nombreuses relations bien placées. Les gens se pressaient pour écouter ses plaidoiries. De nature généreuse, il finançait des journées gratuites aux thermes, en échange de quoi son nom s'étalait en grosses lettres sur une bannière, à l'entrée de l'établissement. Aux arènes, l'un des velums portait également son nom : Cornelius Vitellius, le généreux fournisseur d'ombre quand la chaleur devenait implacable. Dans les rues de Rome, des esclaves étaient payés pour chanter ses louanges et jouer de la flûte tandis que d'autres distribuaient aux badauds des miches de pain. Cornelius ambitionnait de devenir consul ; juste en dessous de l'empereur, cette fonction lui permettrait d'inscrire son nom à la postérité. Cela valait bien quelques miches de pain et un velum aux arènes...

Ses pensées revinrent à Amélie qui attendait toujours, juste devant sa porte.

Dans la vie, un homme ne possédait qu'un seul bien : son honneur. On pouvait le dépouiller de ses terres, de ses exploits et de sa fortune, il ne souffrirait pas tant que son honneur serait intouché. Pour cette raison, il se devait de le défendre, à n'importe quel prix. A Rome, il n'existait pas pire humiliation que d'être la risée du peuple. Tant qu'il serait en vie, Cornelius Gaius Vitellius n'accepterait pas de subir les moqueries des autres. Après tout, le sang patricien qui coulait dans ses veines était encore plus pur que celui de l'empereur — évidemment, il ne se risquerait jamais à le signaler à Néron. Envoyer en exil sa femme infidèle aurait été trop simple, presque lâche. Cornelius avait donc préféré la garder près de lui pour prouver aux autres sa force de caractère et faire de la traîtresse un exemple pour les autres femmes.

Leur mariage avait été arrangé par leurs familles respectives ; Cornelius et Amélie n'avait que onze et huit ans lorsque leurs parents les avaient promis l'un à l'autre. Huit ans plus tard, ils se mariaient. De leur union était né un premier fils, qui portait le nom de son père. S'ensuivit une succession de grossesses débouchant sur des fausses couches, des enfants morts-nés et d'autres bien portants. Rien d'extraordinaire, à l'époque. Au fil du temps, Cornelius se forgea une réputation d'orateur exceptionnel, remportant de nombreuses affaires devant les tribunaux. Quant à Amélie, c'était une épouse exemplaire. Le rêve de tout homme.

Elle devint l'amie d'Agrippine. Mère de Néron, cette dernière était la femme la plus influente de l'empire romain. Un jour, Agrippine avait assisté aux jeux vêtue d'une robe entièrement brodée d'or pour aveugler les spectateurs ! Elle était morte à présent, que les dieux en soient loués, mais Cornelius n'oublierait jamais l'humiliation cuisante qu'il avait essuyée six ans plus tôt, au cirque. Lorsqu'il était entré dans la tribune impériale ce jour-là, accompagné d'Amélie, enceinte, les invités d'honneur et la foule s'étaient aussitôt levés pour les acclamer. D'un geste plein d'emphase, Cornelius avait salué l'accueil enthousiaste, mais à cet instant Agrippine lui avait murmuré, ironique : « C'est votre femme qu'ils acclament, idiot, pas vous ! »

Comment aurait-il pu savoir qu'Amélie avait réussi à convaincre l'aurige le plus adulé des Romains, récemment parti à la retraite, de participer à une ultime course de chars ? Les activités d'une femme n'intéressaient pas son époux, tant que ses enfants étaient correctement éduqués, que sa demeure était bien tenue et qu'elle veillait à respecter le nom et la réputation de son mari. Pour le reste, elle avait carte blanche. Ainsi, Cornelius n'avait pas su qu'Amélie, escortée d'un petit groupe de patriciennes, était allée flatter et complimenter l'arrogant conducteur de char, s'y prenant si habilement qu'il avait fini par céder alors qu'il avait refusé toutes les autres propositions. Parce que les Romains adulaient cet aurige comme un dieu vivant, la foule avait hissé Amélie au rang d'héroïne.

Et son mari n'en avait rien su.

Cornelius avait été l'objet de railleries et de quolibets pendant plusieurs mois, après cet épisode. Les gens récitaient des vers et des boutades sur son passage, écrivaient des chansonnettes sur les murs des bâtiments publics. En quelque temps, « Cornelius Vitellius » devint synonyme de mari stupide. Il ne pouvait rien entreprendre sans se ridiculiser davantage. Dévoré par l'humiliation et le ressentiment, il décida finalement de se venger. S'il ne pouvait humilier Amélie en public, il trouverait un moyen de la blesser en privé. Même si le bébé avait été un magnifique garçon, il aurait ordonné qu'on le jetât aux ordures. Par bonheur, il s'était agi d'une fille, et personne ne l'avait examinée d'assez près pour contester l'existence d'une malformation. Malgré les suppliques hystériques d'Amélie, il s'était débarrassé de l'enfant, aussitôt jeté sur un monceau de déchets, livré aux oiseaux, aux rats et aux éléments. A la suite de quoi, Cornelius avait enfin retrouvé tout son pouvoir.

Peu de temps après, l'idiote s'était jetée dans les bras d'un autre homme — poète, de surcroît ! Pour couronner le tout, elle s'était fait surprendre et l'indiscrétion avait été révélée sur la place publique. Une fois de plus, Cornelius avait dû agir. Puisque la populace appréciait tant Amélie, il lui rappellerait au quotidien que son héroïne n'était qu'une catin.

Lorsque les esclaves eurent terminé d'arranger les plis de sa toge, Cornelius recula d'un pas pour examiner son reflet dans le grand miroir encadré de cuivre poli.

— Je suppose que tu veux aller voir la juive ? lança-t-il dans le vide.

Il n'appelait jamais Rachel par son nom. Hostile aux juifs, il réprouvait la tolérance dont l'empereur faisait preuve à l'égard de ce peuple et de sa mystérieuse secte. Il avait rapidement oublié qu'ils devaient la vie d'un de leurs enfants au mari de la juive, Salomon, médecin réputé.

Amélie fit son apparition dans l'embrasure de la porte.

— Si tu m'en donnes l'autorisation.

Il rectifia sa tenue, virevolta devant le miroir en lançant des ordres aux esclaves, inspecta ses ongles parfaitement manucurés.

— As-tu vraiment envie de lui rendre visite ?

Amélie se mordit la lèvre.

— Oui, Cornelius.

Elle brûlait d'envie de quitter la maison. En sortant de chez Rachel, elle espérait pouvoir s'arrêter dans les librairies du Forum pour acheter un nouveau recueil de poésie. Mais elle devrait se dépêcher et s'assurer que Cornelius ne découvrirait pas le livre.

Il daigna enfin la regarder.

— Tu ne portes pas mon cadeau.

Le cœur d'Amélie fit un bond dans sa poitrine. Le collier !

— J'ai pensé que... qu'il était bien trop précieux pour...

— La juive est ta meilleure amie. Je pensais que tu aimerais le lui montrer.

Elle avala sa salive.

— Oui, Cornelius. Je vais le mettre, si c'est ce que tu veux.

— Dans ce cas, tu as la permission d'aller la voir.

Amélie s'efforça de dissimuler sa joie.

— Tu rentreras avant le coucher du soleil, ajouta-t-il. Nous avons des invités, ce soir.

— Qui...

— Et tu ne t'arrêteras pas dans les librairies du Forum. Tu rentreras directement ; si tu me désobéis, je le saurai.

Elle courba la tête et murmura :

— Oui, Cornelius.

Il la congédia d'un geste de la main. De retour dans sa chambre, Amélie sortit de son coffret l'horrible pierre bleue qu'elle attacha à son cou. Lorsque le joyau s'écrasa lourdement contre sa poitrine, elle sentit des ombres l'encercler. Hélas, elle n'avait pas d'autre choix que d'emmener avec elle le fantôme de la reine égyptienne.

Installée dans sa chaise à porteurs voilée, Amélie retrouva avec bonheur le bruit et les odeurs de Rome. Habituées à respirer l'air pur de la campagne, ses narines frémirent, comme à chacun de ses retours en ville, en inhalant les effluves et les miasmes de la métropole. Une odeur pestilentielle régnait sur Rome, en toutes saisons. Elle n'avait pas à soulever le rideau pour savoir qu'ils se trouvaient dans la rue des Lainiers ; utilisant l'urine pour traiter la laine, ces derniers plaçaient devant leurs échoppes des seaux dans lesquels urinaient les passants. Cette puanteur était aussi familière que l'odeur de pain frais. Dans les rues voisines, les excréments humains et animaux cuisaient au soleil, se mêlant aux odeurs de poisson grillé ou pourri. Mais l'odeur la plus pénétrante, et pour Amélie la plus accueillante, se dégageait de la foule.

Les rues de Rome grouillaient de badauds avides d'action et de divertissement. Certains achetaient pendant que d'autres vendaient, les hommes sortaient pour se montrer et rencontrer des amis, les femmes jacassaient, échangeant les derniers potins. Des amuseurs itinérants occupaient chaque coin de rue : clowns, jongleurs, diseuses de bonne aventure, charmeurs de serpents. Souvent, le passage était bloqué par un groupe de badauds réunis autour d'un avaleur de sabre ou d'une troupe d'acrobates. Les magiciens et leurs pigeons rivalisaient avec les nains et leurs singes. Les chanteurs côtoyaient les artistes de rue, les cracheurs de feu et les mimes. Perchés sur des caisses vides, les prêcheurs dissertaient de tout et n'importe quoi : des vertus des mets non épicés aux affres de la luxure. Des marins unijambistes donnaient la réplique à des perroquets entraînés à débiter des obscénités ; des poètes déclamaient des vers en grec et en latin, des colporteurs vendaient des potions, des élixirs et des remèdes qui guérissaient tous les maux. Dans les marchés, les parcs, les forums, dans toutes les rues et les allées, les Romains circulaient en un flot ininterrompu, toujours en quête d'un moment de détente. Amateurs de vin et de viande, ils se bousculaient dans les échoppes et les tavernes ; ils bavardaient, courtisaient, s'affrontaient et se donnaient rendez-vous dans des endroits hauts en couleur. Les ruelles sombres proposaient des attractions plus triviales : on y voyait de sanglants combats de chiens, des danseuses nues et de jeunes prostituées. Le sexe était une marchandise qu'on achetait aisément et qu'on consommait promptement, sans s'embarrasser de grands sentiments. Des femmes sans ressources vendaient leur corps, celui de leurs filles et même de leurs bébés contre une miche de pain. Des meurtres étaient commis, sous le coup de l'émotion ou froidement prémédités.

Dame Amélie circulait dans une chaise voilée portée par quatre robustes esclaves qui criaient pour s'ouvrir le passage. Elle aimait passionnément cette ville de Rome. Elle avait l'impression de renaître à la vie ; l'agitation ambiante l'aidait même à oublier le fantôme qui voyageait avec elle.

Lorsque la chaise s'immobilisa devant une haute muraille percée d'un solide portail, le soleil était au zénith. Amélie tira sur une corde ; une cloche tinta à l'intérieur. Le portail s'ouvrit et elle avança. S'immobilisant quelques instants, elle effleura du bout des doigts un petit morceau d'argile incrusté dans le mur. C'était une *mezuzah* : à l'intérieur se trouvait un morceau de papyrus sur lequel étaient inscrites des paroles sacrées. Elle le toucha par automatisme, de la même manière qu'elle se signait de temps en temps ; elle observait ce rituel parce qu'elle respectait Rachel, qui croyait aux versets sacrés contenus dans la *mezuzah*.

Amélie aimait la compagnie de Rachel parce qu'elle se sentait parfaitement à l'aise avec elle. Rachel n'était ni une rivale ni une commère ; elle ne la jugeait ni ne la critiquait, contrairement aux autres femmes de leur milieu. Avec elle, on pouvait parler ou rester silencieux. Ensemble, elles aimaient se promener le long du Tibre, fouiller les étals de livres et regarder les spectacles de rue. Il leur arrivait parfois de passer des heures à jouer aux petits chevaux dans le jardin de Rachel ; le roulement des dés et le cliquetis des pièces qu'on déplace sur le tapis de jeu ponctuaient alors leur entrevue. Mais jamais encore elles n'avaient partagé un repas et Amélie se réjouissait de cette nouvelle expérience.

Son amie descendit l'allée pour l'accueillir. Plus âgée qu'elle, elle avait un visage rond et une silhouette voluptueuse. Plusieurs colliers en argent brillaient sur sa poitrine.

— Ma chère Amélie ! s'écria Rachel en l'étreignant. Comme tu m'as manqué !

Des larmes embuaient son regard.

— Ainsi, tu es de nouveau grand-mère !

— Oui, d'un magnifique garçonnet.

— Que Dieu soit loué. Comment va Cornelia ?

— Elle est restée à la campagne avec son mari, mais ils seront de retour dans quelques jours. Rachel, tu es resplendissante !

Cela faisait sept mois qu'elles ne s'étaient pas vues et bien que son amie fût toujours en pleine forme, elle lui parut encore plus radieuse, ce jour-là. Vêtue de soie bleu nuit richement brodée d'argent, Rachel avait rajeuni de dix ans. Glissant son bras sous le sien, elle lui expliqua que ses filles et elle rentraient à peine de la synagogue. Amélie était la première arrivée.

— C'est Shavuot, aujourd'hui, une fête qui commémore le jour où Dieu a remis à Moïse les Dix Commandements de la Torah sur le mont Sinaï. A Jérusalem, les gens apportent au temple les premiers fruits de leurs récoltes. Voilà pourquoi j'ai décoré ma maison avec des fleurs et des plantes, pour symboliser la moisson. C'est un jour de pèlerinage... Salomon et moi avons toujours espéré fêter Shavuot à Jérusalem.

Elle s'immobilisa parce que quelque chose avait scintillé sous les rayons du soleil, captant son attention. C'était une chaîne en or, autour du cou d'Amélie.

— Qu'est-ce que c'est ? Un collier que tu caches ?

Amélie sortit le pendentif de sous sa robe mais, quand Rachel tendit la main pour toucher la pierre, elle s'écarta vivement.

— Non !

— Pourquoi ?

— Cette pierre est maudite.

Les yeux de Rachel s'arrondirent.

— Ce collier a été dérobé dans un tombeau, sur la momie d'une reine égyptienne.

Rachel posa la main sur sa poitrine.

— Dérobé à une morte ? Que Dieu nous protège. Amélie, pourquoi portes-tu *ça* ?

— Parce que Cornelius m'y oblige.

Rachel ne fit aucun commentaire. Elle avait déjà dit tout ce qu'elle avait sur le cœur au sujet de Cornelius.

— Je sens sa présence.

— De qui parles-tu ?

— De cette reine morte. J'ai l'impression que Cornelius a rapporté son fantôme à la maison.

— En tout cas, il n'y a pas de fantôme dans cette maison, assura Rachel en entraînant Amélie par le bras. Viens, tu seras en sécurité, ici.

Lorsqu'elles pénétrèrent dans la fraîcheur de l'atrium, Rachel se tourna vers Amélie. Prenant ses mains dans les siennes, elle déclara avec ferveur :

— Je ne peux pas te cacher plus longtemps la merveilleuse nouvelle. Oh ma chère, ma très chère amie, il s'est passé quelque chose d'extraordinaire pendant ton absence ! Tu sais combien la vie m'a semblé triste et morne après la mort de Salomon, n'est-ce pas ?

Le mari de Rachel avait suivi l'enseignement du Grec Hippocrate pour devenir médecin. C'était par l'intermédiaire de Salomon que les deux femmes avaient fait connaissance, le jour où l'un des enfants d'Amélie s'était blessé. A l'époque, Rachel et lui venaient d'arriver de Corinthe. Le père et les frères de Salomon exerçaient déjà là-bas en tant que médecins et pour ne pas leur prendre de patients, ce dernier avait décidé de s'installer à Rome, où régnait une pénurie de docteurs compétents. Contrairement à la plupart des couples mariés de force, Rachel et Salomon s'aimaient sincèrement. A Rome, il était inconvenant d'être amoureux et les démonstrations d'affection entre époux étaient vivement condamnées. Amélie se souvenait encore du choc qu'elle avait éprouvé en voyant Salomon embrasser son épouse sur la joue. A la mort de son mari, Rachel avait perdu le goût de vivre. Il avait laissé un vide immense dans son cœur, en l'abandonnant ainsi.

Ce jour-là, pourtant, elle semblait habitée par une joie indicible.

— J'avais tellement envie de revoir mon Salomon, reprit-elle d'une voix empreinte d'émotion. Maintenant, je suis sûre que je le reverrai.

Rachel parla alors d'un juif qu'elle appelait le Rédempteur, du royaume des cieux et de la vie éternelle qu'il promettait.

— Le Christ nous offre la paix de l'âme. Par sa mort, il a rassemblé les juifs et les non-juifs, les goïm, en brisant ce qui les divisait, l'ancienne Loi, pour en créer une nouvelle.

Devant la mine perplexe d'Amélie, elle émit un petit rire.

— C'est un peu compliqué, je sais, mais bientôt, tout deviendra limpide. Tu trouveras toi aussi les réponses à tes questions, ma chère amie.

Les autres invités commencèrent à arriver. Amélie, qui pensait être la seule amie non juive de Rachel, fut surprise de voir d'autres goïm se joindre au groupe. Les invités ne venaient pas tous du milieu aisé dont était issue Rachel, au contraire. Parmi eux se trouvaient même des esclaves qui, au grand étonnement d'Amélie, reçurent le même accueil chaleureux. Un joyeux brouhaha régnait sur l'assemblée. Parce que le judaïsme demeurait un mystère pour la plupart des Romains, Amélie s'était imaginé que leurs rites religieux s'accomplissaient dans un silence solennel, comme dans les temples d'Isis et de Junon. Mais Rachel lui expliqua que ces réunions succédaient aux célébrations hebdomadaires à la synagogue et qu'elles relevaient autant du social que du spirituel.

Neuf divans flanquaient trois grandes tables, avec trois convives par divan. Rachel respectait ainsi les règles du savoir-vivre qui commandaient de recevoir entre neuf et vingt-sept convives à une table. Tous les brasiers avaient été allumés la veille au soir, car il était interdit de faire du feu le jour du sabbat.

Lorsque tout le monde fut installé, Rachel prit la parole :

— Je suis heureuse d'accueillir parmi nous des non-juifs.

Un vieil homme coiffé d'une calotte, les épaules couvertes d'un châle frangé, protesta vivement avant de quitter la table. Après avoir envoyé un jeune homme le chercher, Rachel expliqua à Amélie :

— Nous sommes encore partagés sur nos pratiques religieuses. Chacune de nos communautés possède ses propres règles et sa propre doctrine. Les anciens s'efforcent d'unifier les communautés, mais le monde est si vaste. Nos frères et nos sœurs de Corinthe n'ont pas les mêmes rites que nous, et nos frères et nos sœurs d'Ephèse en ont encore d'autres !

Du coin de l'œil, Amélie vit le vieil homme regagner son divan tandis que son compagnon lui disait :

— Rappelle-toi les paroles du prophète Isaïe : « Je vous servirai de lumière pour les incroyants et vous répandrez ainsi mon salut aux confins de la terre. »

Le vieil homme se rassit sans enthousiasme. Rachel conduisit la prière. D'une voix flûtée, elle chanta :

— *Sh'ma Yisrael : Adonai Elohenu Adonai Ehad!*

Et le groupe répondit en chœur :

— *Baruk Shem Kevod Malkhuto le-olam vaed!*

Rachel sourit aux nouveaux invités puis reprit la prière en latin pour eux :

— « Ecoute, ô, Israël : le Seigneur est ton Dieu, le Seigneur est Un ! Que soit loué Son glorieux royaume pour les siècles des siècles ! »

On lut des lettres, on raconta des histoires. Certaines d'entre elles parurent familières à Amélie, car la résurrection des dieux existait aussi chez les Romains. Après avoir été martyrisé, Mars était descendu aux enfers pendant trois jours avant de reparaître. D'autres sauveurs avaient connu le même sort à des époques plus reculées ; même Romulus, le premier roi de Rome, était apparu à ses disciples après sa mort pour leur dire qu'il montait rejoindre les dieux au panthéon. Il n'était pas rare de déifier des hommes ; Jules César et Auguste étaient ainsi devenus des dieux. Quant à l'existence d'une autre vie après la mort, c'était aussi ce que proposait Isis. Le groupe parla ensuite de la crucifixion de son rédempteur. Amélie n'y vit aucune originalité : tous les jours, des criminels mouraient crucifiés. Les croix longeaient les routes qui menaient à la métropole, et il était rare d'en voir une inoccupée. Quant aux miracles et aux guérisons inespérées réalisés par Jésus, il n'y avait là rien de bien étonnant. Des miracles avaient lieu tous les jours dans les rues de Rome : les magiciens transformaient l'eau en vin et les guérisseurs faisaient marcher les paralysés. Amélie continua malgré tout à écouter poliment, fascinée par l'expression émerveillée des convives.

Rachel avait fait venir sa cousine de Corinthe et cette dernière avait apporté des lettres qu'elle lut à voix haute. Rachel expliqua à Amélie :

— Nous n'avons ni synagogues ni temples, aucun lieu de culte structuré, aussi nous réunissons-nous dans des maisons. Comme moi, ma cousine est une représentante de la foi nouvelle, et à ce titre elle organise des repas dans sa maison de Corinthe. Sa belle-sœur, qui habite Ephèse, fait la même chose chez elle. C'est ainsi que nous nous rassemblons. Mais nous n'avons pas encore réussi à harmoniser nos rites et nos croyances. Il y a un groupe à Alexandrie, par exemple, qui est uniquement composé de non-juifs et qui a choisi de se réunir le dimanche, le jour saint de Mithra, à la place du sabbat. Ils ne mangent pas casher et continuent à se nourrir comme ils le faisaient avant ; ils consomment du porc et des fruits de mer, du lait et de la viande. Les compagnons qui ont connu notre Maître ont envoyé des lettres aux nombreuses communautés pour tenter de nous réunir sous une seule idéologie. Mais c'est une tâche difficile, l'empire est si vaste.

Ce jour-là, la plupart des invités étaient juifs. Un chandelier à sept branches, la menora, se dressait sur la table. Rachel et les hommes avaient la tête couverte ; ces derniers portaient des châles frangés et des phylactères sur le front. Ils récitèrent des prières en hébreu puis en latin. Les mets, bien que copieux et variés, ne comportaient ni porc, ni fruits de mer, ni lait, ni fromage. Il y avait du poisson cuit à la vapeur accompagné d'une sauce savoureuse, du poulet bouilli et du veau d'une rare tendreté.

Rachel expliqua aux nouveaux convives que ce festin célébrait l'arrivée du Messie qui ouvrirait aux juifs le royaume du Seigneur.

— Nous avons de nouveaux amis, aujourd'hui, ajouta-t-elle en les présentant à tour de rôle. Certains d'entre vous désapprouvent la présence de goïm parmi nous ; pourtant, Paul nous a dit que nous n'étions ni juifs ni goïm devant Dieu ; nous sommes tous égaux devant notre Seigneur.

Rachel rompit des morceaux de pain qu'elle distribua autour d'elle.

— Loués soient les débonnaires, chantonna-t-elle.

Les autres lui répondirent par une douce litanie :

— Car la terre leur appartient.

Amélie remarqua qu'ils adressaient leurs prières à un certain « Abba ».

— Est-ce le nom de votre dieu ? s'enquit-elle.

— La langue de notre Seigneur était l'araméen. En araméen, *abba* signifie « père ». Jésus s'adressait à Dieu en l'appelant *Abba* et nous suivons son exemple.

Bien que l'allégresse régnât sur l'assemblée, Amélie sentait une certaine tension parmi eux, comme une angoisse rampante. En écoutant leurs histoires, elle commença à comprendre la cause de cette anxiété : leur sauveur avait été crucifié trente ans plus tôt et presque tous ses apôtres étaient morts depuis. Pour tous, cela signifiait que Jésus reviendrait bientôt sur terre.

— D'un jour à l'autre, assura Rachel en parcourant l'assemblée du regard.

Cette idée était nouvelle pour Amélie ; dans les croyances qui lui étaient familières, aucun dieu n'avait jamais promis de revenir sur terre et aucun ne s'était matérialisé après sa résurrection. Rachel parla alors des tribus basées aux frontières de l'empire ; ces dernières étaient en train de conspirer contre Rome et elle énuméra quelques présages qui laissaient entrevoir la fin prochaine du monde.

Les paroles de conclusion furent prononcées par un vieil homme que les autres appelaient Pierre. C'était la première fois qu'Amélie entendait ce prénom étrange et, quand elle interrogea Rachel sur son origine, son amie lui répondit :

— On l'appelle Simon Pierre pour souligner sa fermeté et sa loyauté inaltérables. Il fut le premier disciple de notre Seigneur.

Pierre ne ressemblait pas à son nom. Petit et frêle, ployant sous le poids des ans, il fut accompagné jusqu'au divan où il prit la parole d'une voix douce comme une plume. Il rendit d'abord hommage à Dieu puis disserta de la sainteté de la vie. Le sens de ses paroles échappait à dame Amélie, qui écoutait poliment ses mystérieuses exhortations :

— Vous êtes le peuple élu, le sacerdoce royal, la nation sacrée. Jadis, vous n'étiez pas un peuple mais aujourd'hui, vous êtes le peuple de Dieu... la fin du monde est proche, vivez vos vies comme des étrangers pétris de peur.

Une quête clôtura la réunion ; une partie de l'argent récolté allait être distribuée aux pauvres de la ville tandis que l'autre partie serait envoyée aux communautés chrétiennes nécessiteuses. Comme tout le monde s'apprêtait à partir, Rachel demanda à Amélie de rester encore un peu car elle désirait connaître ses impressions. Amélie lui avoua qu'elle ne comprenait pas cette nouvelle croyance ; elle avait également du mal à accepter cette histoire de fin du monde.

— Merci, ma chère amie, de m'avoir invitée aujourd'hui. Mais tout ceci n'est pas pour moi. Je ne possède pas la foi que tu demandes à tes amis. Je ne crois pas non plus que ton rédempteur se donnerait la peine de s'intéresser à moi. Je...

Elle s'interrompit brusquement, frappée de stupeur.

Sur le point de réciter une ultime prière, le vieil apôtre Pierre s'était levé et avait ouvert les bras en signe d'invitation :

— Loué sois-tu, Seigneur tout-puissant...

Amélie considéra d'un air interdit les bras tendus du vieillard. La prédiction du devin des oiseaux résonna dans sa tête. Etait-ce là l'homme dont il lui avait parlé ?

La canicule sévissait à Rome et Rachel prépara le jardin intérieur pour sa réunion sabbatique. Les convives étaient plus nombreux et les banquettes ne suffisaient pas à accueillir tout le monde. Certains s'asseyaient par terre ou sur des bancs et mangeaient sur des tranchoirs à pain qu'elle distribuait à la ronde. Comme ils ne disposaient d'aucun lieu de culte, ils appelaient leur groupe de prière une *ecclesia*, ce qui signifiait, en grec, « convoqués à une assemblée » et deviendrait plus tard une église. La maison de Rachel était devenue une sorte d'église, comme la demeure de Chloé à Corinthe et celle de Nymphée à Laodicée, parmi tant d'autres. Tous ces foyers de croyants dispersés géographiquement commençaient à se regrouper sous le nom d'Eglise universelle.

La foi chrétienne connaissait un tel essor que Rachel baptisait presque tous les jours dans la fontaine de son jardin. Crachée par la statuette de Bacchus, l'eau claire aspergeait la tête des nouveaux convertis. Elle respectait le rituel que lui avait transmis sa cousine Chloé, qui le tenait elle-même de Paul le missionnaire, qui l'avait appris auprès de Pierre, à Jérusalem. La cérémonie du baptême s'inscrivait ainsi dans une chaîne ininterrompue. Jésus lui-même avait été baptisé dans les eaux du Jourdain et maintenant, presque quarante ans plus tard, ses disciples reproduisaient les mêmes gestes. Mais Rachel n'avait toujours pas baptisé sa meilleure amie.

Elle leva les yeux sur Amélie qui avait apporté des petits pains, pétris de ses mains et marqués de la croix d'Hermès.

Amélie ignorait que Rachel priait pour elle tous les jours, avec une ferveur à chaque fois renouvelée. Ce n'était plus seulement pour partager avec elle la joie et l'amour prodigués par Jésus-Christ mais pour sauver son âme immortelle. La conversion de Rachel datait du mois de janvier ; jamais elle n'oublierait cette journée pluvieuse au cours de laquelle elle avait entendu le message vibrant venant de Palestine : le sauveur des juifs, celui qu'on attendait depuis si longtemps, était venu et, quand il reviendrait, les vivants et les morts se retrouveraient enfin car, comme l'avait promis Paul, la mort n'est qu'un long sommeil, une « nuit entre deux jours », et tous ceux qui avaient été baptisés au nom du Seigneur ressusciteraient. Quand Pierre avait posé ses mains noueuses sur sa tête, un poids immense avait été ôté de ses épaules, comme si sa douleur et sa peine s'étaient volatilisées d'un coup. C'était précisément ce qu'elle souhaitait pour Amélie.

A la mort de Salomon, Amélie l'avait soutenue et épaulée, venant lui rendre visite tous les jours, par tous les temps ; selon l'humeur de Rachel, elle parlait ou respectait son silence. Mais elle avait toujours été là, au point que Rachel s'était souvent demandé si elle aurait réussi à surmonter cette épreuve sans l'amitié d'Amélie.

La roue avait tourné, depuis.

« J'ai l'impression que mon âme est en train de m'échapper, lui avait confié Amélie un soir, alors que la pénombre enveloppait lentement le jardin intérieur. Cornelius est en train de puiser toute mon énergie, Rachel, et je n'ai plus la force de me battre. »

Oh, comme Rachel aurait aimé lui arracher ce collier et écraser d'un coup de talon cette maudite pierre bleue ! Hélas, Cornelius veillait à ce qu'elle le portât tous les jours ; pire encore, Amélie était convaincue qu'elle méritait cette punition.

« Après tout, j'ai été infidèle, avait-elle ajouté, d'un ton résigné.

— Amélie, écoute-moi, je t'en prie. Un jour, le Seigneur s'est approché d'un groupe qui s'apprêtait à lyncher une femme qu'on avait prise en flagrant délit d'adultère. Il les en empêcha et dit : "Que celui qui n'a jamais péché lui jette la première pierre." Figure-toi, Amélie, que personne n'a pris la pierre qu'il leur tendait ! Crois-tu que Cornelius n'a jamais péché, lui ?

— C'est différent. Pour les hommes, ce n'est pas pareil. »

Rachel n'avait fait aucun commentaire. Les hommes et les femmes n'étaient pas égaux entre eux, chez les Romains comme chez les juifs. Le père ou le mari dominait les femmes de la famille. Pourtant, Jésus avait prêché l'égalité entre l'homme et la femme ; Rachel n'était-elle pas la preuve vivante de ce nouveau courant d'idées ? A la synagogue, elle était obligée de s'asseoir au balcon, derrière un paravent, et n'avait pas le droit de participer au service tandis que chez elle, lors de ces réunions sabbatiques qui célébraient la vie, la mort et la résurrection du Seigneur, elle occupait les fonctions de diaconesse, dirigeant le service, guidant les prières, rompant le pain. Quand Jésus reviendrait sur terre pour annoncer l'avènement du royaume de Dieu, une nouvelle aube se lèverait pour les hommes et les femmes.

Rachel n'avait aucunement l'intention d'abandonner son amie. Quand Jésus viendrait, seuls les baptisés seraient admis au royaume de Dieu. Et son retour était proche car, selon Pierre, Jésus avait promis de revenir pendant que ses disciples étaient encore en vie. Il y avait plus de trente ans qu'il était mort, ceux de ses apôtres qui étaient encore vivants étaient très âgés, comme Pierre, si frêle et si fragile. En goûtant au ragoût d'agneau qui mijotait depuis le début du sabbat, la veille au soir, Rachel se promit de sauver l'âme de son amie, coûte que coûte.

Amélie fredonnait en disposant les petits pains sur des plateaux. Ces menues tâches lui procuraient l'agréable impression d'être utile. Chez elle, plus personne n'avait besoin d'elle. Depuis qu'il faisait partie du cercle intime de Néron, Cornelius passait la plus grande partie de son temps au palais impérial. Malgré ses cinq enfants, son gendre, ses deux belles-filles et ses quatre petits-enfants, la maison du mont Aventin paraissait étrangement vide et silencieuse à Amélie. Seuls y habitaient encore les deux jeunes garçons. Gaius, qui recevrait sa toge de virilité dans deux ans, n'était plus vraiment un enfant ; il passait le plus clair de son temps en compagnie de ses camarades ou de ses tuteurs et ne se souciait guère de sa mère. Quant au jeune Lucius, son fils adoptif, il était pris en charge par sa gouvernante et ses tuteurs ; Cornelius s'occupait aussi beaucoup de lui quand il était à la maison. Livrée à elle-même, Amélie errait dans les chambres et les jardins de leur villa ; on eût dit qu'elle cherchait quelque chose. Rachel lui avait dit un jour que c'était la foi qu'elle cherchait ainsi, mais Amélie n'était guère convaincue. Si cela avait été le cas, pourquoi ne l'avait-elle pas trouvée dans ce lieu de prières et de ferveur religieuse ? Il arrivait parfois que des convives s'écroulent par terre, en pleine transe spirituelle, et annoncent d'une voix méconnaissable la fin du monde. Le groupe priait, chantait, baptisait de nouveaux convertis. Ils louaient le Seigneur comme leur sauveur et dédiaient leur âme à Dieu. Mais, jusqu'à présent, rien de tout cela n'avait touché Amélie.

Elle entreprit de préparer un repas spécial pour le pauvre Japheth qui, n'ayant plus de langue, se nourrissait avec difficulté. Sa langue avait été tranchée par un maître sadique et il avait rejoint *l'ecclesia* de Rachel parce que le Dieu des juifs savait écouter les prières silencieuses. Au temple de Jupiter, un prêtre lui avait demandé de le payer pour réciter ses prières à sa place. « Comment veux-tu que les dieux t'entendent si tu ne peux pas parler ? »

Quand Amélie tendit une assiette de pain à Cléandre, une jeune esclave affligée d'un pied bot que Rachel avait récemment libérée, elle ne put s'empêcher de songer à son pauvre bébé. Avait-elle survécu ou bien était-elle déjà au royaume des cieux, attendant de pouvoir retrouver sa mère, comme l'avait promis Jésus ? Si seulement elle avait la foi ! Amélie avait rejoint le groupe de Rachel pour le sentiment d'amitié qui s'en dégageait. Elle se sentait de nouveau utile, membre d'une vraie famille. Il y avait Gaspard, l'esclave affranchi et manchot ; Japheth, le muet à la langue coupée ; Chloé, l'évangéliste de Corinthe, et Phoebe, la vieille diaconesse. Amélie n'attachait guère d'importance à ce que Jésus représentait aux yeux de tous ces gens — à la fois sage, rebelle, professeur, guérisseur, rédempteur, fils de Dieu... Les paraboles que Jésus avait énoncées pouvaient être interprétées différemment selon les croyances de chacun. Pour sa part, elle voyait en Jésus le précepteur d'une vie spirituelle. A ses yeux, il ne possédait aucun pouvoir divin. Il avait cependant accompli un miracle pour elle : grâce à son message, elle avait retrouvé la joie de vivre. Et ça, c'était un vrai miracle !

Cornelius avait-il remarqué le changement qui s'était opéré en elle ? S'il lui arrivait parfois de songer à son épouse, que croyait-il qu'elle faisait chez Rachel ? Les imaginait-il tranquillement assises dans le jardin, jacassant comme des pies, comparant leurs petits-enfants, leurs nouvelles coiffures ? Jamais il n'aurait pu imaginer qu'Amélie retrouvait chaque semaine chez Rachel des gens de tous horizons. Un léger tremblement la parcourut. Quelle serait sa réaction s'il voyait sa femme partager le pain avec des hommes et des femmes issus des classes les plus pauvres ? Que dirait-il s'il apprenait qu'elle s'était séparée du bracelet qu'il lui avait offert le jour de leur mariage, vingt-sept ans plus tôt, pour faire sortir de prison un juif de Tarsus ?

Cornelius. Après tout ce temps passé à ses côtés, elle avait encore du mal à le comprendre. Pourquoi, par exemple, six ans après qu'elle eut commis sa faute, continuait-il à la punir et à l'humilier alors que l'incident commençait à s'effacer des mémoires ? Amélie n'était pas dupe des regards furtifs et des commérages murmurés dans son dos. Quelques jours seulement après son retour à Rome, la rumeur l'avait rattrapée : Cornelius avait emmené en Egypte la ravissante veuve Lucilla. Amélie en eut la nausée. En lui offrant le pendentif bleu, il l'obligeait à afficher son passé de femme infidèle alors qu'il la trompait impunément, sans se soucier du qu'en-dira-t-on.

Depuis leur retour en ville, Amélie et Cornelius s'étaient replongés dans la vie mondaine, multipliant les dîners, les soirées et les galas tant prisés par la bonne société romaine. A chacune de leurs sorties, Cornelius veillait à ce qu'elle portât le collier égyptien et, comme elle dissimulait la pierre sous sa robe, il l'obligeait à la montrer aux amis qu'ils rencontraient, narrant avec délectation la légende de la reine adultère. L'épouse de Néron, l'impératrice Poppée, avait saisi le pendentif entre ses doigts pour mieux l'examiner. « Tout à fait scandaleux ! » s'était-elle écriée d'un ton ravi.

D'horribles cauchemars continuaient à hanter Amélie, et la journée, alors qu'elle jardinait, tissait ou inspectait les pièces de la villa, l'ombre menaçante de la reine égyptienne planait sur elle, fantôme lugubre destiné à lui rappeler à chaque instant la gravité de son péché. Seules les joyeuses réunions sabbatiques organisées par Rachel lui réchauffaient le cœur. Comme elle aurait aimé pouvoir dire à son amie : « Je suis croyante » ! Mais de quelle manière se produisait-il, ce miracle de la foi ? Pourquoi certaines personnes avaient-elles brusquement la révélation, là-bas, dans le jardin de Rachel... En transe, elles tombaient alors à genoux et se mettaient à parler une langue incompréhensible. Pourquoi ce mystérieux pouvoir se manifestait-il chez certains et pas chez d'autres ? Chaque semaine, l'assemblée des fidèles chantait et tapait dans ses mains. Ils criaient « Alléluia ! » avec une ferveur grandissante, et nombre d'entre eux perdaient connaissance, terrassés par l'extase religieuse tandis que les autres les observaient d'un air émerveillé.

Ils étaient tous tellement sûrs d'approcher de la fin du monde — pas seulement le groupe de Rachel, mais tous les visiteurs qui leur rendaient visite, des quatre coins de l'empire — que la plupart d'entre eux s'étaient déjà débarrassés de leurs biens. Même la maison de Rachel avait changé : elle avait libéré ses esclaves, donné une grande partie de son luxueux mobilier et remplacé ses robes en soie par des vêtements qu'elle tissait elle-même. Elle continuait à collecter de l'argent qu'elle envoyait à leurs frères et sœurs nécessiteux de Jérusalem. Sa collection de précieux colliers d'argent avait été vendue pour financer des missions évangéliques en Espagne et en Allemagne.

Toutefois, les différents courants de croyance se multipliaient parmi les chrétiens. Les non-juifs étaient de plus en plus nombreux à se joindre à eux, des gens venus de tous horizons qui apportaient avec eux leurs propres croyances. Lorsque Rachel terminait de réciter la prière « Ecoute, ô Israël », plusieurs d'entre eux se signaient tandis que d'autres esquissaient le geste sacré d'Osiris. De temps en temps, des invités venaient parler aux fidèles ; certains d'entre eux avaient connu Jésus, mais c'étaient tous des vieillards qui s'exprimaient d'une voix chevrotante, dans un grec si approximatif qu'il fallait des interprètes même lorsque le groupe parlait grec ! Au grand étonnement d'Amélie, même ces hommes ne parvenaient pas à se mettre d'accord sur ce qui s'était passé en Galilée, plus de trente ans auparavant. Certains étaient les disciples d'un homme prénommé Paul ; ce dernier n'avait pas connu Jésus personnellement, mais il devait sa popularité à l'interprétation que ses fidèles faisaient de ses sermons. Selon eux, le discours de Paul signifiait qu'ils pouvaient vivre comme bon leur semblait dès l'instant où ils avaient rejoint l'Evangile chrétien. Paul s'efforçait de rétablir les choses dans les nombreuses lettres qu'il leur adressait, en vain. Un autre groupe, composé en majorité de Grecs, interprétait le message chrétien selon les préceptes de la philosophie grecque. Quant aux disciples de Pierre, l'homme le plus populaire du mouvement chrétien, ils suivaient scrupuleusement la loi judaïque et exigeaient que les non-juifs se convertissent d'abord au judaïsme avant de devenir chrétiens. Venaient ensuite les mystiques ; adeptes des cultes à mystères, ceux-ci prétendaient que la nouvelle secte ne devait pas se développer autour d'hommes ordinaires mais seulement par le biais d'une union mystique avec le Christ. Bien sûr, chacun de ses groupes se sentait supérieur aux autres, détenteur de la Vérité.

A cette diversité de courants s'ajoutait une multitude de convictions personnelles : bien que le retour imminent de Jésus ne fît aucun doute pour tous, certains prétendaient qu'il reviendrait sur un chariot d'or tandis que d'autres le voyaient arriver, plus humblement, à dos d'âne. Certains assuraient qu'il viendrait d'abord à Rome tandis que d'autres étaient persuadés qu'il apparaîtrait d'abord à Jérusalem. Le royaume de Dieu donnait également lieu à diverses interprétations. Qu'était-il exactement, où serait-il établi et quand ? Les réponses pleuvaient, souvent différentes. Certains considéraient Jésus comme le prince de la paix tandis que d'autres voyaient en lui un prophète guerrier.

De nombreux évangiles circulaient sous forme de parchemins, de lettres et de livres, chacun d'eux prétendant transmettre le « vrai » message du Christ, alors même que tous avaient été écrits longtemps après sa mort. Pour ajouter à cette confusion, ceux qui avaient connu Jésus de son vivant se faisaient de plus en plus rares. Une génération de fidèles qui n'avaient jamais entendu Jésus prêcher se livrait à une interprétation d'événements vieux de trente ans, mêlant à leurs conclusions les préoccupations et les concepts de leur époque. Le débat sur la conversion des non-juifs faisait rage : devait-on choisir le baptême ou la circoncision ? Les défenseurs de la circoncision arguaient qu'il était trop facile de se convertir sans l'obligation de sacrifier à ce rite ; les nouveaux fidèles ne renonçaient pas à leurs anciens dieux mais se contentaient plutôt d'ajouter Jésus à leur panthéon. Les chrétiens non-juifs commencèrent à louer le nom de Jésus le vingt-cinquième jour de décembre, lorsqu'ils célébraient l'anniversaire de Mithra ; des disciples d'Isis, Reine du paradis, avancèrent que Marie, la mère de Jésus, était l'incarnation de leur déesse. Chacun d'eux était convaincu que Jésus représentait le royaume de leur propre dieu.

Le nom du Seigneur donnait également lieu à de vives discussions. On l'appelait Joshua, Yeshua, Iesous ou Jésus, selon la nationalité et la langue de chacun. D'aucuns l'appelaient Bar-Abbas, qui signifiait « fils du père », tandis que d'autres affirmaient que Bar-Abbas, qui se prénommait aussi Jésus, était un autre homme. Et ceux qui l'appelaient Jésus bar-Joseph s'opposaient à ceux qui clamaient que si le Seigneur s'était désigné comme le fils de Dieu, c'était parce qu'il n'avait pas de père humain, à l'instar d'autres sauveurs avant lui.

Ces querelles de rites, d'idéologies et d'appellations ne concernaient pas Amélie. Contrairement à ses compagnons, elle ne croyait ni en Jésus, ni en Dieu, ni aux promesses qu'il avait faites. Elle continuait à venir tous les samedis, pour la bonne humeur et la fraternité qui se dégageaient du groupe. Elle aimait ces gens qui ne jugeaient pas ses erreurs passées ; elle aimait se retrouver parmi eux quand ils chantaient en se tenant par la main puis partageaient un copieux repas au nom d'un martyr mort sur la Croix. Avant tout, elle venait parce que l'esprit maléfique de la pierre bleue cachée sous sa robe ne pénétrait pas dans la maison de Rachel, comme l'avait prédit celle-ci. L'espace d'un après-midi, Amélie expérimentait la paix et l'amour, libérée de ses angoisses.

Tout le monde était enfin arrivé, ce jour-là, et la réunion sabbatique pouvait commencer. Rachel s'apprêtait à lire un passage de la Torah, extrait du Deutéronome : « Quelle grande nation a des dieux qui s'approchent d'elle comme le Seigneur notre Dieu le fait chaque fois que nous l'appelons ? » Rachel avait cessé de se rendre à la synagogue, où l'on interdisait aux femmes de lire la Torah aux autres fidèles. Quand le rabbin lui avait ordonné de renoncer à cette pratique, elle lui avait rappelé que Miriam était une prophétesse reconnue de tous et qu'elle avait aidé les Israélites à fuir l'Egypte aux côtés de son frère Moïse.

Elle était sur le point de dérouler le parchemin lorsqu'une de ses esclaves affranchies pénétra dans le jardin d'un pas pressé. Une retardataire venait d'arriver. Quand elle annonça son identité, une vague d'excitation submergea l'assemblée.

Amélie se tourna vers Phoebe.

— Qui est-ce ? demanda-t-elle.

— Elle s'appelle Marie et elle a connu notre Seigneur, répondit la vieille femme d'un ton à la fois révérencieux et incrédule. C'est une femme de caractère, très influente, qui a nourri et hébergé Jésus et ses disciples afin qu'ils puissent répandre la parole de Dieu.

Amélie savait que Jésus comptait de nombreuses femmes parmi ses fidèles, des femmes qui dédiaient leur temps et leur richesse à sa cause, tout comme le faisaient à présent Rachel, Phoebe et Chloé. Mais elle ignorait que certaines d'entre elles étaient encore en vie.

— Marie fut sa confidente, son premier apôtre, reprit Phoebe. Quand Jésus fut arrêté, Pierre et les autres ont prétendu qu'ils ne le connaissaient pas. Et quand il fut crucifié, seules les femmes sont venues pleurer au pied de sa Croix. Elles ont descendu son corps et l'ont emporté. Ce sont elles encore qui ont monté la garde devant le tombeau pendant que Pierre et les autres se cachaient, terrassés par la peur. Ce fut à cette femme que Jésus apparut pour lui annoncer sa résurrection. Pour ma part, continua Phoebe tandis qu'une lueur éclairait son regard, je pense que c'est vers cette femme que notre Seigneur ira en premier, quand il reviendra. C'est elle, Marie, qui le verra avant les autres.

En apparence, c'était une femme tout à fait ordinaire. Le dos courbé sous le poids des ans, elle était petite et menue, vêtue d'une simple robe en drap blanc. Elle marchait en s'appuyant sur une canne. Une jeune femme la soutenait par le bras. Quand elle prit la parole, ce fut d'une petite voix grêle. Elle parlait le dialecte grec de Palestine ; aussi sa compagne dut-elle traduire ses propos en latin. Elle s'exprimait avec des mots simples, qui venaient du cœur.

C'était une chaude journée du mois de juillet. Les mouches

et les abeilles emplissaient le jardin de bourdonnements. Il n'y avait pas un souffle d'air et les convives s'éventaient pour se rafraîchir. Dans un coin, un vieil homme s'était assoupi.

Marie demanda d'abord aux fidèles de prier avec elle. Debout, les bras ouverts et la tête rejetée en arrière comme Jésus sur la Croix, les yeux levés au ciel, fixés sur le paradis, ils se mirent à chanter en chœur. A la fin de la prière, plusieurs se signèrent. Puis Marie entama son récit :

— Mon Seigneur était le plus doux des hommes. Il aimait les enfants et son cœur saignait à la vue de la maladie, de la misère et de l'injustice. Il guérissait, bénissait et inculquait la bonté.

La chaleur s'installa dans le jardin, comme une invitée désireuse d'écouter l'histoire, apportant avec elle une espèce de torpeur magique, enveloppant les fidèles d'une brume soporifique qui transformait les paroles de la vieille femme en litanie hypnotique. Bercée par la chaleur et la voix mélodieuse de Marie, Amélie se sentit glisser dans une sorte d'état second, comme si elle avait bu du vin sans eau, et au bout d'un moment les paroles de Marie cédèrent la place à des images, qui se mirent à défiler dans sa tête. Elle se vit marchant à côté de Jésus dans les collines verdoyantes de Galilée, puis au bord du lac tandis qu'il prêchait dans une barque de pêcheurs. Elle était assise dans l'herbe, au milieu des rochers, pendant que Jésus, debout sur un monticule, parlait de pitié et d'amour, incitant les fidèles à tendre l'autre joue. Elle goûta son vin un jour de noces et sentit son sourire lui caresser la joue comme il passait près d'elle.

Marie parla des marchands du Temple et des prêtres, d'une petite fille dans le coma et d'un homme prénommé Lazare. Amélie assista à des festins de pains et de poissons, elle sentit la poussière des routes et des chemins de Palestine, entendit le martèlement des sabots quand passèrent les soldats romains.

L'air moite et la chaleur étouffante, le bourdonnement des abeilles... le jardin bascula dans une autre époque, un autre endroit, emportant avec lui Amélie. De sa voix fluette, Marie continuait à décrire des scènes colorées, d'une précision saisissante.

Et tout à coup...

Il était là ! Dans le jardin de Rachel ! Le juif renégat, le prêcheur porteur d'un message de paix, le zélote en armes, le fils de Dieu. Ses multiples facettes jaillirent des dalles brûlantes, ondulèrent comme des fantômes... se stabilisèrent enfin pour ne former qu'un seul et même homme.

Amélie se figea. Les paroles de Marie, roulant dans la chaleur humide avec les mouches et les abeilles, avaient attiré l'homme en ce lieu, parmi eux, et Amélie voyait sa chair, son sang et ses muscles. Lorsque Marie parla des doutes de Jésus — pourquoi Dieu l'accablait-il d'un fardeau aussi lourd ? —, Amélie vit l'incertitude dans son regard et la sueur perler à son front. Lorsqu'elle l'évoqua en train de prier, Amélie vit la béatitude illuminer son visage. Tous les Jésus dont on lui avait parlé s'étaient incarnés ici, sous ses yeux, au milieu des plantes et des fleurs d'un jardin romain, incarnés en un homme de chair et de sang, loin des mystères et des mythes dont on l'entourait, un homme né d'une mère et chargé de tous les espoirs, les doutes et les obsessions de l'espèce humaine.

— Vint le jour où il fut trahi, déclara Marie d'une voix brisée. Les soldats romains lui arrachèrent ses vêtements et le couvrirent de railleries, ils posèrent une couronne d'épines sur sa tête et flagellèrent son dos. Ensuite, on obligea mon Seigneur à porter sa Croix dans les rues de Jérusalem sous les huées et les quolibets des gens qui lui jetaient du sable à la figure. On enfonça des clous dans ses pieds et ses poignets puis il fut hissé très haut pour que tout le monde le voie. Mon cher Seigneur était là, accroché à sa Croix comme un pauvre animal, blessé et impuissant, humilié et déshonoré. Les mouches commencèrent à couvrir ses plaies, l'air déserta peu à peu ses poumons... Le visage tordu par une douleur insoutenable, il prit la parole. Il demanda à Dieu le Père de pardonner aux hommes qui l'avaient mis sur la Croix.

Des sanglots étouffés, des lamentations pleines d'un désespoir contenu emplirent le jardin. D'autres, sous le choc, respiraient avec peine. Une vive émotion submergeait Amélie. Aucun des prêches de Pierre, aucun des sermons de Paul, aucun passage d'évangile n'avait accompli ce que les douces paroles de la vieille Marie venaient d'accomplir : ramener Jésus à la vie.

Suffocante, Amélie porta la main à sa poitrine. Elle sentit sous ses doigts un objet dur. Qu'était-ce ? Elle se souvint tout à coup et, sortant le pendentif de sous sa robe, elle examina la pierre bleue, baignée de lumière dorée. Et lorsqu'elle plongea les yeux dans le morceau de cristal, elle vit la pauvre créature qui avait été torturée par les soldats romains, le corps amaigri par des mois de privation et de sacrifices, le visage baigné de sang, la chair tuméfiée et lacérée, glissant et trébuchant sur les pavés saillants des rues de Jérusalem. Combien de criminels Amélie avait-elle vus cloués sur des croix ? Pourtant, ce n'était jamais *l'homme* qu'elle voyait, jamais elle ne s'était arrêtée pour songer au cœur et à l'âme qu'abritait ce corps écartelé. Parmi les misérables créatures crucifiées le long de la via Appia, combien n'étaient que des victimes injustement accusées d'un crime qu'elles n'avaient pas commis ? Combien d'entre eux avaient eu une famille, une femme qu'ils aimaient, des enfants en qui ils plaçaient tous leurs espoirs ? Combien étaient morts sur cette croix qu'ils ne méritaient pas pendant que leurs familles pleuraient à leurs pieds ?

— Oui, répéta Marie d'une voix brisée par le chagrin, après tout ce qu'il avait enduré, notre Seigneur a supplié Dieu de pardonner à ceux qui l'avaient torturé.

Amélie sentit sa gorge se nouer. Elle apercevait la pierre bleue à travers ses larmes ; on eût dit qu'elle se liquéfiait sous ses doigts. *Jésus, après tout ce qu'on lui avait fait subir, a demandé à son dieu dans un dernier souffle de pardonner aux hommes qui lui avaient causé tant de souffrances.* Tout à coup, elle vit clairement le cœur de la pierre. Et ce n'était pas le fantôme de la reine égyptienne, ni Simon Pierre en prière, mais Jésus sur la Croix, les bras ouverts en signe de bienvenue, prêt à l'accueillir. Exactement comme le lui avait prédit le devin des oiseaux !

Un cri s'échappa de ses lèvres. Elle l'avait porté sur elle pendant toutes ces semaines, contre sa poitrine, sans en être consciente... l'homme aux bras ouverts.

Elle fut baptisée.

Tous ses nouveaux amis assistèrent à la cérémonie ; puis ils mangèrent, prièrent, pleurèrent et rirent ensemble. Rachel eut l'honneur de baptiser Amélie dans la fontaine de son jardin et des larmes de joie baignèrent son visage lorsque le filet d'eau coula sur la tête de son amie. Amélie ne parla pas à sa famille de sa conversion religieuse. Ils n'auraient pas compris et elle ne se sentait pas encore prête à leur expliquer. Dans quelque temps, peut-être, elle commencerait à parler de son expérience personnelle ; elle espérait même, tout au fond d'elle, entraîner au moins un de ses enfants sur le chemin de la foi. Comme elle aurait aimé voir Cornelia et les autres s'agenouiller dans la fontaine baptismale de Rachel, submergés par une joie indicible !

— Qu'est-ce que c'est que ça ? demanda Cornelius en la rejoignant au jardin.

Fidèle à ses habitudes, il ne l'avait pas saluée.

Occupée à soigner ses rosiers, Amélie se demandait si les roses d'été avaient toujours exhalé un parfum aussi délicat. Elle avait l'impression de voir le monde avec des yeux neufs, comme avait dit l'évangéliste Paul lorsque les écailles lui étaient tombées des yeux. Autour d'elle, tout semblait plus coloré, plus vivant. Comme ces roses. Elle en couperait quelques-unes pour les apporter à Phoebe, alitée à cause d'un mauvais rhume. Les membres de la congrégation se devaient d'accomplir la *Bikur Cholim* — la grande *mitzvah* ou « bonne action », qui consistait à rendre visite aux malades —, mais ce n'était pas une contrainte pour Amélie. Au fil du temps, Phoebe était devenue comme une sœur.

Contrairement à celle de Rachel, la foi d'Amélie n'était pas encore très ferme. Bien qu'elle se sentît investie d'une nouvelle force, elle était encore désemparée. Aucun mot ne pouvait décrire ce qu'elle éprouvait réellement. L'acceptation ne s'était pas faite instantanément, il fallait encore qu'elle réfléchisse à de nombreuses choses. Le concept d'un dieu invisible mais qui voit tout la troublait beaucoup, par exemple. Il n'y avait aucune statue, aucune image le représentant, et Amélie n'avait encore jamais prié un esprit. Sa pierre bleue lui apportait une aide précieuse pour la prière parce que son cœur projetait l'image du Rédempteur sur la Croix. D'autres membres du groupe avaient également recours à l'imagerie ; attachés à des symboles familiers et rassurants, ils ne voyaient aucune raison d'y renoncer : Gaspard priait devant la statue de Dionysos qui avait été lui aussi un dieu-sauveur crucifié ; Japheth continuait à porter sa vieille croix d'Hermès. Un nouveau fidèle de Babylone, qui avait jadis vénéré Tamuz le Berger, avait peint dans le jardin de Rachel une fresque représentant Jésus portant un agneau sur ses épaules. Amélie avait également du mal à concevoir qu'il n'existât qu'un dieu et aucune déesse ; la nature n'était-elle pas faite de mâles *et* de femelles ? A l'instar des chrétiens qui continuaient à prier Isis, elle continua à croire en Junon, la Vierge bénie. Si d'autres principes de cette nouvelle foi lui échappaient encore, elle restait sûre d'une chose : Jésus lui avait pardonné ses péchés et ses faiblesses ; à présent, une nouvelle vie l'attendait.

— Amélie, répéta Cornelius d'un ton impatient, qu'est-ce que c'est que *ça* ?

— Bonjour, Cornelius, susurra Amélie sans se retourner.

— Je veux savoir de quoi il s'agit.

— Les roses d'été sont surprenantes, continua-t-elle en contemplant les fragiles boutons. On m'a toujours conseillé d'ôter les fleurs fanées pour inciter le rosier à faire de nouvelles fleurs. Mais les roses ne refleurissent pas toutes, le savais-tu ? Certaines d'entre elles ne s'épanouissent qu'au printemps et le fait de couper les fleurs fanées n'y change rien. Mais pour celles qui refleurissent, comme ces roses thé jaunes, par exemple, ôter les vestiges des anciens boutons accélérera en effet la nouvelle floraison...

— Amélie, coupa Cornelius d'une voix teintée d'exaspération, regarde-moi quand je te parle.

Elle pivota sur ses talons ; un éclair bleu étincela sur sa poitrine. Elle portait le pendentif sur sa robe.

— Tu ne trouves pas ça intéressant, Cornelius ? Couper les fleurs mortes provoque l'éclosion de nouveaux boutons...

— Explique-moi ce que c'est que ça.

Elle jeta un coup d'œil à l'objet qu'il tenait à la main.

— Cela ressemble à un parchemin, Cornelius.

— C'est le relevé des loyers perçus pour les logements du quartier numéro 10. Ou plutôt, des loyers qui n'ont *pas* été perçus. Tu n'as rien réclamé aux locataires, Amélie. Pourquoi ?

— Parce qu'ils ne peuvent pas payer. Il y a des mères de famille qui élèvent seules leurs enfants. Des esclaves affranchis sans emploi. Des malades et des personnes âgées. Aucun d'eux n'a de quoi payer son loyer.

— Ce n'est pas notre problème. Je veux récupérer ces loyers sur-le-champ.

— Cet immeuble m'appartient, Cornelius. Je fais ce que je veux avec les loyers.

Ses paroles et son ton le laissèrent sans voix l'espace d'un instant. Puis :

— Tu n'as aucun sens des affaires, Amélie. Philo ira réclamer les loyers ; je demanderai à la garde impériale de l'accompagner.

— Cet immeuble m'appartient, répéta Amélie d'une voix douce mais empreinte de fermeté. Mon père me l'a légué, j'en suis la propriétaire légale. C'est à moi de décider qui paie le loyer et qui en est exempté.

— Te rends-tu compte que tu nous fais perdre énormément d'argent avec tes lubies ?

Elle le détailla des pieds à la tête, s'attardant à dessein sur l'élégante toge blanche ourlée de pourpre qui retombait en plis savants.

— Tu n'as pas l'air bien malheureux, Cornelius.

Il accusa le coup.

— Parfait, dit-il en tapant le parchemin contre sa paume pour ponctuer ses paroles. Puisque c'est comme ça, je m'occuperai moi-même de ces loyers.

Il lui fallut un mois et le soutien de plusieurs colosses pour récupérer l'exorbitante somme auprès de locataires apeurés ; il suffit à Amélie d'un après-midi pour leur rendre leur argent.

— Tous nos amis en parlent, Amélie. Tu m'as couvert de ridicule.

Ils étaient de nouveau dans le jardin. La fureur crispait les traits de Cornelius.

— Cornelius, répliqua Amélie du ton qu'elle prenait pour s'adresser au jeune Lucius, je t'avais pourtant prévenu que je ne réclamerai pas de loyer à ces gens-là. Pas tant que leur situation n'aura pas évolué.

Il fixa le collier qu'elle portait de nouveau sur sa robe.

— Je ne sais pas ce que tu as en ce moment, mais il serait préférable que tu restes à la maison quelque temps. Je t'interdis d'aller voir la juive.

Il pivota sur ses talons et s'éloigna avant de s'immobiliser.

— Amélie ? Tu m'as entendu ?

— Oui, Cornelius, je t'ai entendu.

— Très bien. Alors tout est réglé. Tu n'iras pas chez la juive.

En posant les yeux sur son mari, Amélie songea à la fin du monde imminente. Rachel et la plupart des chrétiens y croyaient dur comme fer et les discussions du sabbat tournaient souvent autour du sujet. Comment le monde serait-il anéanti ? Par une boule de feu ? Des tremblements de terre et des inondations ? Les peuples s'affronteraient-ils jusqu'à ce qu'il ne reste plus que quelques hommes, les élus de Dieu ? Ils étaient nombreux à imaginer des anges soufflant dans des trompettes tandis que d'autres voyaient au contraire des fléaux et la mort. Quoi qu'il advienne, quelle serait la réaction de Cornelius ? Amélie l'imagina en train de se pavaner, comme il aimait le faire dans les tribunaux, en criant : « Une minute, voulez-vous… vous n'avez pas le droit de faire ça ! » Elle réprima à grand-peine un sourire.

— Amélie ? Tu m'as bien entendu ?

— Oui, Cornelius, je t'ai parfaitement entendu.

— Très bien. Je te défends de retourner chez la juive.

Sur le point de partir, il se ravisa.

— Amélie ?

— Oui, Cornelius ?

Son regard glissa sur sa poitrine où pendaient avec insolence le collier égyptien et sa pierre bleue, nimbée de reflets presque aveuglants.

— Crois-tu vraiment que ce soit décent ? demanda-t-il en désignant le bijou.

Elle baissa les yeux sur la pierre.

— C'est toi qui me l'as offerte, Cornelius. Tu ne veux pas que je la montre ?

Après le départ de Marie, le jour où la lumière avait éclairé tout son être, Amélie avait demandé à Rachel par quel moyen elle pourrait recevoir le pardon que Jésus avait demandé pour ses bourreaux. A son grand étonnement, elle ne devait ni verser d'argent au temple ni faire le sacrifice d'un animal. Elle n'avait pas besoin non plus de passer par un intermédiaire, prêtre ou prêtresse. « Adresse-toi directement à Dieu, lui avait conseillé son amie, implore Son pardon, du plus profond de ton cœur, et ta prière sera exaucée. »

Ce jour-là, elle avait quitté la maison de Rachel en proie à un mélange d'émotions confuses. Soulagée de ne trouver personne chez elle, elle s'était aussitôt rendue à son sanctuaire privé, un jardinet orné d'une fontaine et d'une statue d'Isis ; là, elle avait longuement réfléchi à ce qui s'était passé. Pendant plusieurs heures, elle avait éprouvé une rage dévorante à l'encontre des hommes qui torturent des êtres innocents. Puis sa fureur s'était dirigée vers quelqu'un de plus proche : Cornelius, qui lui refusait obstinément son pardon. Elle avait fini par sombrer dans un sommeil profond, et lorsqu'elle s'était réveillée toutes ses passions s'étaient cristallisées en une sensation tout à fait singulière : une nouvelle force l'habitait. La colère, le chagrin et la confusion s'étaient volatilisés, elle ne se sentait plus ni faible ni vulnérable ; une aube nouvelle se levait pour elle. Comme une renaissance. D'un geste instinctif, elle avait sorti le pendentif de sa cachette et l'avait placé bien en évidence, entre ses seins. « Si je dois être marquée, autant que le monde entier le sache. »

Les pupilles de Cornelius se rétrécirent. Ce n'était pas dans les habitudes d'Amélie de se prêter à ces petits jeux-là.

— Tu as bien compris, n'est-ce pas ? Je t'interdis d'aller voir la juive.

Il attendit une réaction. En vain.

— Tu m'entends, Amélie ?

— Oui, Cornelius.

— Par conséquent, tu m'obéiras.

— Non, Cornelius. Je continuerai à rendre visite à mon amie Rachel.

— Amélie !

— Oui, Cornelius ?

Elle remarqua soudain qu'il avait commencé à coiffer ses cheveux en arrière. A Rome, la calvitie était considérée comme un signe de faiblesse. Les hommes se donnaient beaucoup de mal pour la dissimuler, ces mêmes hommes qui se moquaient de leurs femmes et de leurs interminables séances avec leur coiffeur. Etrangement, Amélie n'éprouva aucun mépris pour son mari, plutôt un profond sentiment de pitié. Les bustes de Jules César le représentaient avec très peu de cheveux et pourtant cet homme était un héros, un dieu, personne ne songeait à sa calvitie quand on chantait ses louanges. Elle eut envie de dire à Cornelius, qui passait des heures à arranger sa coiffure, entouré de peignes et de flacons d'huile : « Frotte bien ton crâne, fais-le briller et marche la tête haute sur le chemin de la gloire ! »

— Je t'interdis d'y retourner.

Elle examina ses roses avec ostentation.

— Amélie, m'as-tu entendu ?

— Je ne suis pas sourde, Cornelius.

— Alors tout est donc clair : tu ne retourneras pas chez Rachel.

Amélie continua à couper des roses qu'elle posait ensuite délicatement dans son panier. Cornelius fronça les sourcils.

— Tu ne te sens pas bien ?

— Pourquoi cette question, Cornelius ?

— Tu es malade ?

— Non.

— Dans ce cas, pourquoi agis-tu aussi bizarrement ?

— J'agis bizarrement, moi ?

— Qu'est-ce qui te prend, à la fin ? tonna-t-il avant de regretter aussitôt son éclat.

Cornelius se vantait de ne jamais perdre le contrôle de ses émotions. Des orateurs brillants et des avocats talentueux avaient à plusieurs reprises tenté de le déstabiliser, sans succès. Et maintenant c'était sa femme, la traîtresse, qui lui faisait perdre son sang-froid. Ça, il ne le tolérerait pas !

— Tu m'as très bien entendu, martela-t-il avant de tourner les talons.

Cette troublante conversation le hanta tout l'après-midi et une bonne partie de la soirée, mais il refusa d'entrer dans le petit jeu d'Amélie. Il n'avait rien à craindre, de toute façon. Amélie ne se risquerait pas à lui désobéir.

Ce fut pourtant ce qu'elle fit, dès le lendemain.

— Où est dame Amélie ? demanda-t-il à Philo le majordome.

— Elle est sortie, monsieur.

— Où est-elle allée ?

— Là où elle va tous les samedis, monsieur. Chez la juive.

Cornelius entra dans une colère noire. Ainsi, elle avait osé lui désobéir ! Il veillerait à ce que cela ne se reproduise pas.

Lorsque Amélie rentra ce soir-là, il l'attendait.

— Retire ce collier.

— Mais je m'y suis attachée...

— Je vois clair dans ton petit jeu, tu sais : tu veux me contraindre à te pardonner pour...

— Non, Cornelius, je n'ai pas besoin de ton pardon. J'ai déjà été pardonnée, et par quelqu'un de bien plus important que toi.

— Qui ? lança-t-il avec un rire ironique. La juive ? Enlève ce collier, Amélie.

— Si je dois être marquée comme une femme adultère, Cornelius, autant que le monde entier en profite.

— J'exige que tu te débarrasses de ce collier.

— C'est pourtant toi, il me semble, qui tenais à ce que je le porte pour ne pas oublier le péché que j'ai commis...

— Tout ça, c'est à cause de ce fichu bébé, n'est-ce pas ?

Amélie haussa les sourcils.

— *Ce fichu bébé* ? Veux-tu parler de notre fille, notre dernier enfant ? Oui, je suppose que tout ce qui se passe maintenant découle de cette triste journée, il y a six ans. Je me suis efforcée de me tenir tranquille quand tu as jeté ma fille aux ordures, puis j'ai sombré dans une grave dépression. Mais tu n'avais que faire de mes états d'âme, Cornelius. Aussi suis-je allée chercher un peu de réconfort dans les bras d'un autre. C'est peut-être une faute, je n'en sais rien. Ce que je sais avec certitude, c'est que tu n'avais pas le droit de traiter mon enfant ainsi.

— En vertu de la loi...

Elle releva le menton.

— Je me moque bien de ce que dit la loi. Les lois sont écrites par des hommes. Un bébé appartient à sa mère, à personne d'autre. Tu n'avais aucun droit de rejeter mon enfant, aucun droit de le condamner à mort.

— J'en avais parfaitement le droit, au contraire. C'est la loi qui le veut, répliqua Cornelius avec désinvolture.

— Non, ce sont des lois fabriquées de toutes pièces par vous autres, les hommes. La naissance d'un enfant est commandée par la loi de la nature, et aucun homme ne pourra jamais la contester.

Comme elle tournait les talons pour partir, il lança d'un ton péremptoire :

— Reste ici, Amélie, je n'ai pas fini de te parler.

Mais elle poursuivit son chemin, ignorant délibérément son injonction.

◇

La pierre bleue fièrement exhibée par Amélie devint un sujet de prédilection dans leur entourage. Las de subir les plaisanteries moqueuses de ses pairs, Cornelius exigeait d'Amélie qu'elle lui rende le collier. Mais celle-ci refusait d'obtempérer. Par mesure de sécurité, elle finit par le glisser tous les soirs sous son matelas afin qu'il ne puisse pas le lui reprendre.

Quelque temps plus tard, Cornelius arpentait les couloirs de la villa en ordonnant aux esclaves qu'ils préparent au plus vite les bagages de la maisonnée. Une nouvelle retraite à la campagne s'annonçait. Sur le coup, Amélie crut que c'était une manière de la punir mais il déclara, d'un ton sincère :

— Une épidémie de malaria est en train de s'abattre sur la ville. Tant que le campus Martius ne sera pas assaini, nous ne serons pas en sécurité ici.

Cela faisait des siècles que la malaria faisait des ravages à Rome. Personne n'avait trouvé de solution pour éradiquer la maladie mais on avait remarqué que lorsque les marais du campus Martius étaient asséchés, les cas se faisaient moins nombreux. A l'époque, le mari de Rachel avait laissé entendre que la maladie ne provenait peut-être pas de l'air vicié qui planait sur la ville — le *mal aria* qui avait donné son nom au fléau — mais plutôt des moustiques qui proliféraient dans les marais. Bien sûr, Salomon étant juif, les magistrats de la ville n'avaient tenu aucun compte de son avis.

Amélie eut la certitude que ce départ précipité n'était pas lié à sa récente provocation lorsque Cornelius insista pour que toute la famille parte également s'installer à la campagne : Cornelia, son bébé et son mari, les jumeaux d'Amélie, leurs épouses et leurs bébés, Cornelius le Jeune avec sa femme et leurs deux enfants, les jeunes Gaius et Lucius, le fils adoptif, accompagné de Fido. Escorté d'une armada de gouvernantes et de tuteurs, de domestiques, d'esclaves et de gardes, le clan Vitellius quitta Rome par une matinée du mois de juillet. La plupart d'entre eux se réjouissaient à l'idée de fuir pour un temps la canicule, la puanteur et le bruit de la ville.

Seule Amélie éprouvait quelques réticences.

Bien que la famille Vitellius, comme toutes les familles fortunées de Rome, disposât d'esclaves qui n'avaient rien d'autre à faire que filer, tisser et coudre les vêtements du clan, Amélie, à l'instar des autres mères de famille, aimait accomplir ces besognes elle-même.

Assise à l'ombre d'un sycomore dans leur jardin de campagne, un panier à ses pieds, elle cardait la laine afin de la filer. Elle n'était pas seule. Ses deux filles et ses deux brus, s'occupant chacune d'un bébé, ses jeunes fils Gaius et Lucius et un essaim de garçonnets et de fillettes, les enfants des esclaves, étaient réunis autour d'elle pour écouter l'histoire d'un homme nommé Jésus et des trois rois mages venus lui apporter des cadeaux à sa naissance.

C'était encore une divergence de la nouvelle foi : alors que les chrétiens juifs vouaient une obéissance totale à Dieu et aux lois qu'il avait édictées, les chrétiens non juifs aimaient entendre et raconter des anecdotes concernant leur Rédempteur. Comme on connaissait peu de choses sur lui à part les dernières années de sa vie et que ceux qui l'avaient côtoyé étaient de moins en moins nombreux, les lacunes étaient allègrement comblées par les fidèles, qui inventaient des histoires qu'ils jugeaient convenir à Jésus. D'autres dieux sauveurs comme Dionysos, Mithra et Krishna avaient reçu la visite de mages et de bergers à leur naissance... pourquoi eût-ce été différent pour Jésus ? Au fond, quelle importance que ces histoires fussent vraies ou inventées de toutes pièces ? Par leur côté familier et universel, elles rendaient Jésus plus accessible au nouveau fidèle.

Quand Amélie eut terminé son récit, le petit Lucius se leva et, l'enlaçant par le cou, demanda :

— Est-ce que Jésus m'aime aussi, mère ?

— Les enfants, allez jouer coupa sèchement Cornelia.

Il faisait trop chaud pour que les enfants restent autour d'elles, argua-t-elle. Sa sœur et ses belles-sœurs, bercées par les histoires d'Amélie et accablées par la chaleur, prirent leurs bébés et regagnèrent la villa, où des fontaines apportaient un peu de fraîcheur. Cornelia resta sous le sycomore, ordonnant à un esclave d'apporter une jarre de vin frais et à un autre de secouer avec davantage de vigueur l'éventail en plumes d'autruche qu'il tenait à la main. Balançant légèrement le berceau où geignait son bébé dans ses langes humides, elle prit la parole :

— J'ai fait un rêve, la nuit dernière. Quelque chose ne va pas en ville.

Ses paroles captèrent aussitôt l'attention de sa mère. Les rêves véhiculaient des messages qu'il ne fallait pas négliger.

— C'était un peu flou, continua-t-elle en fixant le mur du jardin comme si elle pouvait voir par-delà les montagnes la ville qui cuisait sous le chaud soleil de juillet. J'aimerais que Papa soit ici avec nous.

— Ton père a des obligations...

— Des obligations ! répéta Cornelia d'un ton sarcastique. Il est à Rome, avec sa maîtresse. Tu étais au courant, n'est-ce pas, mère, que papa avait une maîtresse ?

Amélie s'en doutait depuis longtemps. Cornelius avait un gros appétit sexuel et comme cela faisait des années qu'il n'était pas venu la rejoindre dans son lit, elle le soupçonnait de prendre son plaisir dans les bras d'une autre. Elle se remit à filer sa laine.

— Comment peux-tu l'accepter ?

Amélie considéra sa fille d'un air étonné. Cornelia réagissait comme si c'était elle que son père trompait.

— Ton père fait ce qu'il veut, cela ne me regarde pas.

— Tu sais de qui il s'agit, n'est-ce pas ? C'est Lucilla. Elle est partie en Egypte avec lui, tu le savais ?

Amélie n'avait pas envie d'aborder le sujet. En plus d'être inconvenant, il ne concernait pas sa fille. Cornelia examina longuement sa mère. Au bout de quelques instants, elle fronça les sourcils.

— Tu as grossi.

Amélie baissa les yeux. En effet, elle avait pris du poids. Quelle femme pourrait éviter cela après dix grossesses ?

— Ce sont des choses qui arrivent quand on vieillit, Cornelia, expliqua-t-elle posément, ne sachant comment interpréter cette critique.

— Peu importe, ce n'est pas seyant, riposta sa fille en adressant un signe impatient à la nourrice.

Cette dernière prit l'enfant en pleurs.

— Et puis il y a cette nouvelle religion, continua Cornelia. Vénérer un juif mort, ne trouves-tu pas cela inconvenant ?

Amélie posa son peigne.

— Cornelia, pourquoi es-tu en colère contre moi ?

— Je ne suis pas en colère contre toi.

— En tout cas, quelque chose t'a mise de mauvaise humeur.

A dix-sept ans, la jeune fille était lassée par la monotonie de la vie à la campagne. Elle chassa une abeille de son bras.

— La maîtresse de papa. C'est toi qui l'as contraint à être infidèle.

— C'est une affaire entre ton père et moi.

— Dans ce cas, pourquoi portes-tu ce collier ? Tu ne devrais pas l'exhiber ainsi.

Amélie lutta contre une vague d'irritation.

— C'est un cadeau de ton père.

— Je t'en prie, mère, je ne suis plus une enfant. Je sais pertinemment pourquoi il te l'a offert. Tout Rome est au courant. Cela en devient gênant.

Amélie lissa la laine peignée du plat de la main ; ses doigts glissèrent sur l'onctueuse pellicule de lanoline. Elle n'avait jamais parlé avec sa fille de ce qui s'était passé, six ans plus tôt.

— Cornelia, ma chérie... commença-t-elle.

— N'essaie pas de te défendre, coupa celle-ci en replaçant une boucle humide dans son chignon. Tu as tout fait pour que Papa s'éloigne de toi ! Après tout, ce n'est qu'un homme ; c'est toi qui l'as poussé dans les bras d'une autre.

— Cornelia !

— C'est la vérité. Papa ne t'aurait jamais trompée, sinon.

Amélie considéra sa fille d'un air interdit.

— Et il continue à la voir, reprit Cornelia avec humeur. Tout ça, c'est ta faute !

— Ce que fait ton père en dehors de la maison...

— Il ne s'agit pas que de ça, voyons ! Il y a aussi Lucius.

Amélie chercha des yeux son fils adoptif, qui jouait avec Fido.

— Lucius ?

— Il t'appelle « mère ».

— Je suis sa mère, d'un point de vue légal, en tout cas, déclara Amélie tandis qu'un terrible pressentiment sourdait en elle. Le même sang coule dans nos veines, ajouta-t-elle, la gorge nouée. Ses parents étaient aussi des Vitellius.

— Oh, mère, comment peux-tu être aussi naïve ?

Tout à coup, la vérité lui sauta à la figure. Cette vérité qu'elle avait sue inconsciemment, depuis le départ, lorsqu'elle avait attribué la ressemblance entre Lucius et Cornelius à la lignée des Vitellius... Lucius était le fils de Cornelius.

Posant une main sur son collier, elle puisa du réconfort dans le contact de la pierre bleue et se mit à réciter une prière silencieuse : *Mon Dieu, donnez-moi la force de...*

— Ne parlons plus de ça, décida-t-elle en reprenant son ouvrage.

— Ça ne te dérange pas de savoir que Lucius est le fils de Lucilla ? Tout le monde à Rome sait que papa a adopté le bâtard de sa maîtresse et qu'il continue à la voir et toi, ça ne te fait rien ?

— Assez ! s'écria Amélie.

En rencontrant le regard insolent de sa fille, elle songea que la ressemblance frappante qui existait entre Cornelia et son père était assez récente. Il fut un temps où la jeune fille avait eu des traits plus doux, un visage plus clément. Au fil des ans, hélas, elle avait pris l'habitude de pincer ses narines et de presser ses lèvres d'un air constamment réprobateur, à la manière de Cornelius.

— Cornelia, qu'ai-je fait pour que tu me méprises à ce point ?

La jeune fille détourna les yeux.

— Tu as trompé papa.

— Après qu'il a jeté mon bébé sur un tas d'ordures !

Voilà. C'était dit.

— Il a eu raison de le faire ! L'enfant était mal formé ! A cause de *toi*, c'est sûr !

Au grand désarroi d'Amélie, sa fille était au bord des larmes.

Un esclave surgit alors à côté d'elles, hors d'haleine.

— Madame, madame ! La ville brûle !

Les flammes ravagèrent Rome pendant six longs jours. Des coursiers apportaient chaque matin les dernières informations. La villa était en pleine effervescence, les emplois du temps chamboulés depuis que la famille et les esclaves montaient régulièrement sur le toit pour contempler l'horizon rougeoyant. Rome, en feu...

Est-ce la fin du monde ? se demandait Amélie. *La prophétie de Rachel et de ses amis est-elle en train de se réaliser ? Jésus va-t-il entrer dans Rome ?*

Cornelius leur fit dire qu'il allait bien. Il avait rallié Anzio à cheval pour avertir l'empereur. Mais c'était pour ses amis qu'Amélie s'inquiétait : Phoebe, vieille et infirme, Japheth le muet, Gaspard le manchot. Réussiraient-ils à échapper aux flammes ?

Ils apprirent plus tard que l'incendie était parti du cirque et avait ensuite atteint le mont Palatin et le mont Caelius. Le feu avait pris dans des échoppes de marchandises inflammables puis, poussé par le vent, s'était rapidement propagé, ne rencontrant aucune bâtisse, aucun temple qui aurait pu freiner sa progression. Après avoir ravagé les terrains plats, il grimpa sur les collines, s'engouffrant aisément dans les allées étroites et sinueuses de la vieille ville. En quelques minutes, la ville avait plongé dans un chaos indescriptible. On se bousculait, on se piétinait... ceux qui, aveuglés par la fumée, croyaient avoir trouvé une issue se retrouvaient bloqués par un mur de flammes et rebroussaient chemin en hurlant de désespoir. Ils fuyaient alors vers un quartier voisin, poursuivis par le feu avide, indomptable. Finalement, la population terrifiée déferla sur les routes de campagne, à travers champs.

On parlait aussi de dangereuses bandes de brigands qui empêchaient les pompiers d'éteindre le brasier. Des hommes lançaient des torches vives dans les rues, prétendant obéir à des ordres. Les pilleurs ne tardèrent pas à se manifester. Les pauvres victimes gisant dans les rues, encore vivantes, furent dépouillées de leurs vêtements et leurs bijoux. D'autres, qui tentaient de sauver leur maison, furent molestés par des vandales sans foi ni loi.

Quand Néron regagna la ville qui continuait de brûler, veillant à ce que tout le monde sache qu'il risquait sa vie pour porter secours à son peuple chéri, il ouvrit aux foules errantes les portes du campus Martius, des bâtiments publics d'Agrippa et même de ses jardins particuliers. Il fit venir du ravitaillement des villes voisines et ordonna qu'on réduise le prix du maïs. Toutefois, ces mesures ne lui valurent aucun éloge. Des rumeurs commençaient à circuler ; selon la première, alors que la ville périssait sous les flammes, Néron était en train de se pavaner devant son petit cercle d'amis, chantant la destruction de Troie. La seconde, plus grave, prétendait que Néron, désireux de bâtir une nouvelle ville, avait lui-même ordonné de brûler Rome.

Au sixième jour, les flammes destructrices ne rencontrèrent que des terres nues, à ciel ouvert. Finalement, le feu mourut au pied du mont Esquilin. Des quatorze quartiers de la ville, seuls quatre étaient restés intacts. Trois étaient totalement rasés, quant aux autres, ils n'étaient plus que ruines calcinées. Il eût été impossible de comptabiliser le nombre de demeures, de bâtiments et de temples détruits. Des milliers de gens, d'orphelins, de veuves, se retrouvaient à la rue.

Rongée par l'inquiétude, Amélie vécut une semaine éprouvante. Elle se serait rendue sur place si ses obligations familiales ne l'avaient pas retenue chez elle. Des flots de réfugiés encombraient les routes de campagne, tous venaient faire l'aumône devant les belles villas. Amélie leur aurait volontiers ouvert les portes de sa demeure s'il n'y avait pas eu parmi eux des brigands qui, tirant profit de la catastrophe, attaquaient sans vergogne les réfugiés et les propriétés. Finalement, Néron dut envoyer un escadron de soldats pour ramener l'ordre autour de la ville dévastée.

Rongée par l'angoisse, Amélie ne pouvait qu'attendre. Et prier.

Cornelius les rejoignit enfin. Si leur propriété avait été relativement épargnée, leur colline, elle, n'était plus que ruines noircies, spectacle de désolation. Leur villa n'avait subi que les assauts de la fumée. Mais Cornelius avait déjà ordonné la construction d'une nouvelle demeure ; en attendant l'achèvement des travaux, la famille resterait à la campagne. L'eau et l'air y étaient purs et ils étaient à l'abri des épidémies qui s'abattaient à présent sur la ville dévastée.

Il leur fallut attendre presque une année avant de pouvoir regagner Rome. Entre-temps, Amélie avait reçu une lettre de son amie Rachel. Sa villa n'avait pas souffert et la plupart des membres de leur *ecclesia* — Dieu soit loué ! — étaient sortis indemnes de l'incendie. Ils avaient repris leurs réunions sabbatiques et priaient chaque semaine pour Amélie. Rachel lui envoya même des visiteurs, ainsi que des lettres de Paul. Cornelius passant le plus clair de son temps en ville, Amélie organisa sa propre congrégation, invitant les membres de sa famille et les esclaves à venir prier avec elle. Enceinte de son deuxième enfant, Cornelia refusa de se joindre au groupe. Installée dans un pavillon d'été adjacent à la villa, elle préférait la compagnie de ses propres amis.

Pendant ce temps, Rome fut reconstruite et nombreux furent ceux qui firent fortune grâce à ce vaste chantier. Néron fit appel à des entrepreneurs privés qui déblayèrent les ruines et les déversèrent dans les marais d'Ostie, réquisitionnant à cette fin des cargos de maïs qui naviguaient sur le Tibre. Il ordonna que chaque nouvelle construction comportât un certain nombre de pierres d'Alba, résistantes au feu. Les propriétaires reçurent l'ordre de s'équiper d'un nécessaire anti-feu, disponible auprès des fournisseurs locaux. L'argent circulait à flots dans les rues de Rome, bourdonnante d'activité.

Au bout d'un moment, Amélie commença à s'interroger sur la bonne humeur de Cornelius. A chacune de ses visites, il clamait haut et fort qu'ils allaient devenir incroyablement riches grâce à la reconstruction de Rome. Sa flotte de navires était chargée de transporter les matériaux du chantier. Grâce à son intuition exceptionnelle, se vantait-il, il avait réussi à monopoliser le marché des pierres qu'on extrayait des carrières. Amélie se souvint alors de son insistance à exiler *toute* la famille à la campagne, de leur départ précipité... et une idée terrifiante commença à la hanter : *Cornelius avait-il eu vent de l'incendie avant qu'il se déclare ?*

Vint enfin le jour où il décréta qu'il était temps de retourner à Rome. Aucun d'eux ne s'en réjouit plus qu'Amélie.

— On pourrait essayer de te le voler, fit Cornelius en contemplant la pierre bleue qui brillait avec une intensité insolente sur la poitrine d'Amélie. Un bandit pourrait te l'arracher. Tu aurais dû laisser ce collier à la maison, Amélie.

— C'est toi qui me l'as offert, Cornelius, je ne m'en séparerai jamais, rétorqua celle-ci.

— Cache-le au moins sous ta robe.

Mais elle ignora son injonction.

Assis dans leur chaise à porteurs, ils arrivaient aux arènes perchées sur le mont Vatican. C'était un grand jour pour l'empereur ; tous les habitants de Rome seraient là. Amélie n'avait pas vraiment envie de se rendre au cirque, mais son absence n'aurait pas manqué d'attirer l'attention de la famille impériale. En outre, son mari était un des principaux commanditaires des festivités du jour. Impossible d'y échapper. Elle n'avait jamais apprécié les combats de gladiateurs ni les épreuves de chasse, mais elle ferait un effort, pour une bonne cause : Cornelius lui avait promis qu'elle pourrait rendre visite à Rachel le lendemain.

Cela faisait à peine une semaine qu'ils étaient rentrés à Rome et Amélie n'avait guère eu le temps de prendre des nouvelles de ses amis chrétiens. Comme l'avait promis Cornelius, leur nouvelle demeure, située sur le mont Aventin, était encore plus spacieuse et fastueuse que la précédente. Amélie avait passé beaucoup de temps à choisir le mobilier, superviser la peinture des fresques et acheter de nouveaux esclaves. Un soir, Cornelius avait annoncé que Néron organisait des jeux pour remercier les dieux d'avoir permis à la ville de renaître de ses cendres.

Une marée humaine déferla sur les gradins ; les gens se poussaient, se bousculaient, trébuchaient pour emplir la partie supérieure de l'arène démesurée. Euphoriques et bruyants, ignorant les règles de la bienséance, ils s'amassèrent tant bien que mal, hommes, femmes et enfants mélangés, criant, riant, transpirant, tous attirés par leur passion du jeu et du divertissement. En contrebas, les premiers rangs accueillaient les sénateurs, les prêtres, les magistrats et les notables. Les rangs suivants étaient réservés aux riches familles romaines. C'était là que le clan Vitellius disposait d'une tribune particulière.

Toute la famille était là, au grand complet. Derrière Cornelius et Amélie se trouvaient Cornelia et son mari, Cornelius le Jeune et sa femme, les jumeaux et leur épouse, et Gaius et Lucius. Les jeunes femmes bavardaient déjà à voix basse. Qui était venu, qui n'était pas là ? Qui portait des couleurs criardes, une coiffure démodée, qui était plus vieux, plus gros, moins en vue ? Amélie s'efforça d'ignorer la présence de la jolie Lucilla, qui se trouvait à deux tribunes de la leur, invitée par un sénateur. Avec sa chevelure décolorée, sa robe somptueuse et son étole de soie rose, Lucilla était éblouissante.

Au cours de l'année qui avait suivi l'incendie de Rome, Amélie et Cornelia n'avaient plus parlé de la maîtresse de Cornelius. Pourtant, le sujet planait encore entre elles, les éloignant toujours davantage l'une de l'autre.

Un ciel d'un bleu limpide surplombait l'arène. Plus tard, on déroulerait des velums pour protéger les spectateurs du soleil implacable. Des effluves de cuisine flottaient dans les gradins ; quand la faim se ferait sentir, des vendeurs ambulants proposeraient à l'assistance des mets variés : saucisses de porc et pains chauds, pigeons rôtis et poisson poché, tartes aux fruits et gâteaux au miel. Par-dessus le brouhaha, on entendait les grognements et les rugissements des bêtes en cage, énervées et apeurées. L'euphorie de la foule était presque palpable : selon la rumeur, Néron avait préparé une belle surprise, soigneusement tenue secrète par son entourage. Il ne restait plus une seule place libre lorsque les trompettes annoncèrent l'arrivée de la famille impériale. Les retardataires restèrent debout dans la partie haute du stade. Quand on annonça à la foule restée au-dehors qu'il n'y avait plus une seule place libre, une violente émeute éclata. Les gardes de la ville dispersèrent les badauds en colère à coups de matraque et de lance. Certains furent piétinés sans pitié.

Le spectacle démarra en grande pompe par des fanfares et des cérémonies religieuses en souvenir de leurs lointaines origines, suivies des propitiations rituelles. Les prêtres et les prêtresses sacrifièrent des agneaux et des colombes pour les offrir à Mars et à Jupiter, Apollon et Vénus. L'odeur d'encens embaumait l'air, le sable fut aspergé d'eau bénite. Chaque spectateur connaissait l'aspect sacré des jeux d'arènes ; garants d'une bonne hygiène de vie, ces exercices d'une rare violence perpétuaient la prospérité de l'empire.

Néron fit son apparition. Il traversa l'arène cérémonieusement sous les vivats de la foule en liesse. Une fois installé dans la tribune impériale, il proclama l'ouverture des jeux. Un concert de trompettes annonça un spectacle de mime improvisé, suivi par les prestidigitateurs et les magiciens, les acrobates et les clowns, les ours dansants et les cavaliers, les troupes de danseuses dans leurs costumes somptueux, les fanfares et les parades d'éléphants, de girafes et de chameaux. Un numéro d'autruches attisa l'enthousiasme de la foule. Retenus trop longtemps prisonniers, les volatiles paniqués coururent dans l'arène à grandes enjambées jusqu'à ce que des archers lancés à leur poursuite les abattent l'un après l'autre. On passa ensuite aux choses sérieuses : combats de gladiateurs, parties de chasse, simulacres de batailles. Le sable virait au rouge. Entre chaque numéro, des esclaves enchaînés venaient ramasser les cadavres et les dépouilles avant de jeter au sol des poignées de sable propre. Pendant ces entractes forcés, les spectateurs mangeaient, buvaient, allaient se soulager.

Au fil des heures, la chaleur devint accablante. Les latrines bouchées se mirent à exhaler une puanteur insoutenable mêlée à l'odeur poisseuse du sang qui perçait les couches de sable propre. Comme la foule commençait à s'impatienter, les trompettes retentirent et Néron prit la parole. Par la volonté des dieux, il avait démasqué les auteurs de l'incendie qui avait dévasté leur ville chérie et tué ou blessé tant de leurs proches. Les portes s'ouvrirent et un groupe de personnes avança, pêle-mêle, dans l'arène brûlante. Amélie les considéra d'un air abasourdi. Elle s'était attendue à voir des brigands à la mine menaçante, des déserteurs comme on en voyait d'habitude dans ce genre d'exécutions publiques. Mais on eût dit que ce groupe-là comprenait des...

Des femmes ! Des vieillards ! Des enfants !

— Cornelius, murmura Amélie d'un ton sec, Néron ne croit pas sérieusement que ce sont ces gens qui ont brûlé Rome ?

— Il a des preuves.

— Mais enfin, regarde-les ! Ils sont tout juste...

Sa voix se brisa. Elle fronça les sourcils. Certains visages lui semblaient familiers. Protégeant ses yeux du soleil, elle se pencha en avant. Ce vieil homme... il ressemblait à Pierre, le pêcheur qui venait chez Rachel le samedi !

Elle retint son souffle. C'était bien lui ! Un soldat le fouetta jusqu'à ce qu'il tombe à genoux, sous les acclamations déchaînées de la foule. Elle reconnut alors Priscilla ! Et Flavius et le vieux Saul...

— Sainte Mère Junon ! chuchota Amélie. Cornelius, je connais tous ces gens !

Comme son époux se taisait, elle se tourna vers lui. Un sourire satisfait jouait sur ses lèvres. Evitant son regard, il continua à suivre le divertissement dont il était l'un des principaux organisateurs : l'exécution des auteurs présumés du Grand Incendie.

Reportant son attention sur l'arène, Amélie sentit son estomac chavirer. Elle plaqua ses mains sur sa bouche pour étouffer un cri. Sur le sable maculé de sang se découpait la silhouette de Rachel, poussée au centre de l'arène par une lance acérée. Ses cheveux hirsutes retombaient sur ses épaules. De son siège, Amélie vit les plaies et les contusions qui marquaient son corps. Son amie avait été torturée.

Pétrifiée, incapable d'articuler le moindre son, elle regarda le groupe se diriger à pas lents vers les croix qui gisaient au sol. A coups de matraques, les gardes obligèrent les vieillards, les femmes et les enfants à s'agenouiller dans le sable. Ils rampèrent ensuite le long des poutres en bois et s'allongèrent sur le dos sous les huées et les rires moqueurs des deux cent cinquante mille spectateurs euphoriques. « Mort aux juifs ! », entendait-on de toutes parts.

Amélie s'éclaircit la gorge.

— Cornelius, il faut absolument que tu arrêtes ça.

— Chut ! L'empereur...

Amélie croisa le regard de Néron. Lorsque ce dernier lui adressa un petit signe de la main, elle ne décela aucune malice dans son sourire, aucune malveillance dans ses yeux. De toute évidence, l'empereur ignorait ses relations avec les condamnés.

Elle regarda son mari dont le profil parfait se découpait comme sur une pièce de monnaie.

— Fais arrêter ça, répéta-t-elle d'un ton plus ferme. Tu ne peux pas cautionner ce massacre. Ces gens-là sont innocents. Ce sont mes amis.

Lorsqu'il consentit enfin à se tourner vers elle, l'expression de son regard la glaça jusqu'aux os.

— Pourquoi devrais-je écouter ta requête ? Ne t'ai-je pas moi-même demandé plusieurs choses dont tu n'as tenu aucun compte ?

Il fixa la pierre bleue d'un air entendu. Amélie eut un haut-le-cœur.

— C'est pour me punir que tu fais *ça* ? Tu as donné l'ordre d'exécuter de pauvres innocents parce que...

Une violente nausée la submergea.

— Parce que tu es furieux contre *moi* ? Par tout ce qui est sacré, Cornelius, quel genre de monstre es-tu ?

— Le genre, chère Amélie, susurra-t-il dans un sourire, qui sait contenter une foule.

Il désigna d'un geste les spectateurs. Leurs acclamations

étaient assourdissantes. L'exécution de Rachel et de ses compagnons fut soigneusement mise en scène. Parés de peaux de bête, ceux qui échappaient à la croix furent sauvagement déchiquetés par des chiens et des lions. Les crucifixions eurent lieu en dernier, alors que le soleil commençait à décliner. Le spectacle des corps en feu n'en serait que plus saisissant. Sous le choc, Amélie regarda les croix se dresser lentement dans l'arène, tirées par d'autres condamnés. Elle entendit les chants, les prières et les plaintes des pauvres créatures quand on embrasa leurs croix. L'assistance laissa exploser son approbation tandis que les victimes se tordaient en hurlant sous l'assaut des flammes.

— Crevez ! criait la foule en délire. Crevez, assassins de notre ville !

La vengeance s'inscrivait sur les visages ; ils étaient nombreux à avoir perdu leur maison ou leur famille dans le Grand Incendie. Après ce terrifiant spectacle, ils rentreraient chez eux apaisés, moins désespérés, et les rumeurs selon lesquelles Néron avait lui-même mis le feu à Rome se tairaient peu à peu.

— Je pars ! s'écria Amélie en se levant d'un bond.

Cornelius la saisit par le bras.

— Tu es devenue folle ? Pense à ta famille !

Jetant un coup d'œil par-dessus son épaule, Amélie aperçut Cornelia et sa sœur en train de bavarder. Cédant à l'ennui, Lucius et Gaius étaient montés tout en haut des gradins et s'amusaient à cracher sur les spectateurs en dessous. Ses autres fils et ses gendres, confortablement installés dans leurs fauteuils, sirotaient du vin en regardant d'un œil distrait l'horrible spectacle.

Amélie éclata en sanglots. Lorsque la fumée et l'odeur insupportable de la chair calcinée emplirent ses narines, elle eut l'impression que le feu qui rongeait les crucifix s'engouffrait dans sa gorge et lui brûlait le cœur. Son âme s'embrasa tandis que ses amis se consumaient lentement dans l'arène. Une douleur fulgurante la terrassa. Déjà, Rachel était méconnaissable et son corps calciné remuait encore. Amélie pria pour que ce ne soit que des soubresauts nerveux.

Personne ne remit en cause le bien-fondé du massacre. Personne ne songea que Néron s'était empressé de désigner des coupables pour mettre un terme aux rumeurs qui circulaient sur sa complicité dans l'incendie de Rome. L'empereur avait soigneusement choisi ses victimes : un groupe de renégats juifs qu'on appelait les chrétiens et qui jouissaient déjà d'une mauvaise réputation en ville. Parmi les quartiers qui avaient échappé à l'assaut des flammes, il s'en trouvait un situé de l'autre côté du Tibre, là où vivait une importante communauté juive. Et tout le monde se souvenait encore de la décision de l'empereur Claudius, quinze ans plus tôt ; ce dernier avait banni de Rome de riches juifs accusés de fomenter des émeutes dans les synagogues avec leurs incessants débats sur le Christ.

La douleur cédant la place à une étrange torpeur, Amélie se tourna vers Cornelius pendant que ses amis chrétiens continuaient de brûler sur leur croix. La haine pure, implacable, qu'elle lut sur ses traits l'emplit de terreur. Tout à coup, elle se souvint d'avoir déjà vu cette expression sur le visage de son mari. C'était le jour où, invités à la tribune impériale pour assister à d'autres jeux, la foule l'avait acclamée, elle, Amélie. Croyant que les ovations lui étaient destinées, Cornelius avait levé les bras en signe de remerciement. La mère de Néron l'avait vertement remis à sa place, allant jusqu'à le traiter d'idiot, et, l'espace d'un instant, Cornelius avait dardé sur son épouse ce même regard venimeux…

Soudain, la vérité apparut à Amélie.

◇

Elle pleura comme jamais encore elle n'avait pleuré. Même lorsque Cornelius s'était débarrassé de leur enfant, elle n'avait pas versé autant de larmes. Le clan Vitellius dormait, le silence régnait sur la maison. Allongée sur son lit, le visage enfoui dans son oreiller, Amélie donna libre cours à son chagrin. Des sanglots désespérés secouaient son corps glacé. La mort de Rachel resterait à jamais gravée dans son esprit. En se souvenant de son martyre, elle rendrait hommage chaque jour à sa chère amie.

D'autres émotions côtoyaient le chagrin : la colère, l'amertume, la haine. Elle les exprima toutes par les larmes qui baignèrent son oreiller jusqu'à ce que, bien après minuit, les sanglots s'apaisent enfin. Elle s'assit alors dans son lit, habitée par un troublant sentiment d'animosité. Celle-ci n'était pas dirigée contre l'empereur Néron ni contre la foule des spectateurs, mais contre un seul homme : un monstre nommé Cornelius.

Elle pénétra dans sa chambre sur la pointe des pieds et

s'approcha du lit où il dormait paisiblement. Mille questions tourbillonnaient dans sa tête : *Pourquoi Néron a-t-il puni les chrétiens ? Comment a-t-il eu vent de notre existence ? Il y a autant de sectes religieuses que de coins de rues, à Rome. Nous ne sommes qu'une ramification des juifs. L'existence de notre groupe ne serait jamais parvenue aux oreilles de Néron... à moins que quelqu'un ne nous ait dénoncés. Quelqu'un qui souhaitait notre disparition. Est-ce toi, Cornelius ? Est-ce encore une de tes punitions à mon encontre ? Tu n'es qu'un monstre. Sur sa Croix, Jésus trouva la force de pardonner à ses bourreaux. Moi, je ne pourrai pas te pardonner, Cornelius.*

Elle aurait pu le tuer là, dans son sommeil. Le poignarder puis donner l'alerte, déchirer sa chemise et raconter aux gardes qu'un voleur était entré dans la maison. Personne ne douterait de sa sincérité et elle serait libre. Mais elle ne tuerait pas Cornelius. La libération ne viendrait pas de sa mort puisqu'elle se sentait déjà libre.

Levant la pierre bleue à la clarté de la lune, elle vit l'esprit bienveillant qui logeait en son sein. Le spectre de la reine égyptienne avait définitivement disparu. Un sauveur avait pris sa place.

◇

Elle était sortie, escortée d'un seul esclave, un Africain solidement charpenté qui faisait partie de la famille chrétienne. Il éclairait son chemin avec une lanterne et sa carrure imposante dissuadait les maraudeurs et les brigands qui erraient dans les rues, à la nuit tombée. Arrivés devant l'immeuble — un des rares à avoir survécu à l'incendie —, l'Africain passa devant elle et gravit l'escalier de pierre grouillant de rats. Une odeur rance flottait dans l'air. Les murs étaient couverts de graffitis agressifs. Les logements n'avaient pas de porte ; de simples draps élimés dispensaient un peu d'intimité à leurs occupants.

Amélie avançait sans crainte. Elle se sentait métamorphosée. Elle était venue jusqu'ici pour obtenir des réponses.

Devant le logement qu'on lui avait indiqué, elle écarta le rideau et regarda à l'intérieur. La locataire, une vieille femme ratatinée, leva les yeux, surprise. Elle était en train de manger sa bouillie dans une écuelle en bois, à la lumière de la lune.

Amélie repoussa le voile qui dissimulait son visage et approcha la lanterne afin que la vieille puisse la voir.

— Me reconnais-tu, mère ? demanda-t-elle, utilisant le titre respectueux qu'on donnait alors aux vieilles femmes.

Cette dernière la dévisagea d'un air affolé.

— N'aie crainte, je ne te veux aucun mal.

Amélie jeta quelques pièces sur la table.

— Dis-moi, est-ce que tu me reconnais ?

L'accoucheuse regarda les pièces, puis sa mystérieuse visiteuse. Elle posa son bol, s'essuya les mains sur sa robe et dit :

— Oui, je te reconnais.

— Tu m'as aidée à accoucher, il y a sept ans. C'était une petite fille.

La vieille femme opina.

— Etait-elle mal formée ?

L'autre baissa la tête.

— Non...

Alors tout devint clair pour Amélie. La colère de sa fille. « Tout est ta faute. Le bébé... tout ! » Cornelia avait onze ans quand le bébé avait été déposé aux pieds de Cornelius. Elle était arrivée en courant dans la chambre de sa mère, les yeux emplis d'effroi, et lui avait demandé pourquoi son papa avait rejeté le nouveau-né. Amélie comprenait, à présent. C'était un bel enfant, en parfaite santé, et la petite Cornelia, adoratrice aveugle de son père, n'avait pas compris pourquoi ce dernier avait agi ainsi.

Une nouvelle fois, la vérité s'imposa à Amélie : ce n'était pas sa mère que Cornelia haïssait.

◇

En poussant la grille de sa villa du mont Aventin, Cornelius se sentit envahi par une bouffée d'allégresse. Il venait de gagner une affaire au tribunal et la foule l'avait acclamé. Le calme régnait de nouveau dans son foyer, Amélie ne lui causait plus de souci. Depuis l'exécution publique des chrétiens, elle était redevenue discrète et docile, comme avant. Elle avait même renoncé à porter ce maudit collier.

Il pénétra dans l'atrium. Où étaient passés les esclaves ? Et Philo, qui l'accueillait toujours sur le pas de la porte ? Il s'apprêtait à appeler lorsqu'il entendit des voix chanter en chœur. Il s'approcha du jardin et tendit l'oreille.

— Notre Père qui es aux cieux, que Ton nom soit sanctifié. Que Ton règne vienne. Que ta volonté soit faite, sur la terre comme au ciel. Donne-nous aujourd'hui notre pain quotidien, pardonne-nous nos offenses et délivre-nous du mal.

Cornelius avança sur le pas de la porte. Un groupe de personnes composé en grande partie d'étrangers — il reconnut toutefois ses esclaves, dont Philo — chantait, les bras en croix, la tête rejetée en arrière, paupières closes. Face à eux se tenait Amélie. Elle conduisait la prière.

Après qu'ils se furent signés en murmurant « Amen », Amélie ouvrit les yeux et le regarda fixement.

A cet instant, ils surent tous deux qu'ils avaient atteint le point de non-retour.

La maison de Rachel, ses esclaves et tous ses biens ayant été confisqués par Néron, la réunion sabbatique devait se tenir chez Phoebe. Vieillissante et percluse d'arthrite, Phoebe avait besoin d'aide pour organiser le repas et Amélie se rendit au marché à sa place. Malgré ce qui était arrivé à Rachel et aux autres, les gens étaient de plus en plus nombreux à rejoindre la foi chrétienne, surtout depuis que Néron avait renoncé à les persécuter. Ce jour-là encore, les fidèles viendraient en nombre. Pendant qu'elle choisissait du vin, Amélie songea de nouveau aux suppliciés de l'arène.

Des rumeurs s'étaient répandues dans toute la ville. Après le Grand Incendie, Néron avait tenté d'apaiser le ciel. Les oracles furent consultés, on adressa des prières à Vulcain, Cérès et Proserpine. Junon fut également louée. Mais aucun sacrifice, aucun don impérial, aucune prière ne parvint à faire taire les terribles soupçons qui pesaient sur l'empereur. En désespoir de cause, Néron dut chercher un bouc émissaire. Son choix se porta sur les chrétiens.

Personne ne savait vraiment pourquoi il s'était tourné vers eux mais Amélie, elle, avait quelques idées. Certains prétendaient que c'était à cause de leur richesse ; les Romains jalousaient la fortune des autres. Ils se montraient soupçonneux... d'où venait la fortune des chrétiens ? On parlait aussi de magie noire et de sacrifices d'enfants. Bizarrement, la persécution des chrétiens prit fin après les crucifixions publiques. Le plan de Néron s'était retourné contre lui. Pour la plupart des Romains, des innocents avaient été exécutés ce jour-là, victimes de la barbarie d'un seul homme, au détriment de l'intérêt général. En fait, personne ne se souciait vraiment de cette secte insignifiante. Accablé par d'autres préoccupations, Néron avait fini par les oublier. Les chrétiens avaient retrouvé la tranquillité.

— Vous êtes dame Amélie, épouse de Cornelius Gaius Vitellius ?

Amélie leva les yeux. Devant elle se tenait un officier de la préfecture de police, le visage masqué par la visière de son casque. Six gardes athlétiques l'accompagnaient.

— C'est bien moi.

— Voulez-vous nous suivre, je vous prie, madame ?

La préfecture romaine, qui abritait la prison principale, se dressait, massive, à côté du Forum. Sa façade en marbre blanc, ornée de superbes colonnes torsadées et de jolies statues, faisait face à la place, formant un contraste saisissant avec son intérieur sombre, composé d'un dédale de couloirs et de cellules lugubres.

— Pourquoi m'avez-vous conduite ici ? s'enquit Amélie tandis qu'un garde la précédait dans les entrailles du bâtiment principal.

Visage fermé, l'homme continua à avancer sans mot dire. Le cliquetis de son armure résonnait contre les murs humides.

Ils s'arrêtèrent devant une lourde porte en métal. Le garde l'ouvrit et s'effaça pour laisser passer Amélie.

— Suis-je prisonnière ? demanda-t-elle d'un ton incrédule.

A la lueur de la torche, elle distingua une petite cellule sinistre d'où s'échappait une odeur de moisi.

— Je vous en prie, madame, dit-il en lui faisant signe d'entrer.

Au prix d'un effort, Amélie réprima ses protestations. A quoi bon se rebeller? Quels que fussent les faits qu'on lui reprochait, il s'agissait d'un malentendu qui ne tarderait pas à être dissipé. La tête haute, elle pénétra dans la cellule comme s'il s'agissait d'un temple baigné de soleil.

La porte claqua derrière elle et la clé tourna dans la serrure. Les gardes s'éloignèrent, emportant avec eux la pâle lueur des torches ; l'obscurité envahit la cellule. Submergée par une soudaine vague de panique, elle courut à la porte et s'y appuya. Il y avait une petite ouverture juste au-dessus de sa tête, un carré grillagé qu'elle ne pouvait atteindre, même sur la pointe des pieds. La pâle lueur des chandeliers du couloir filtrait dans la cellule et, lorsque ses yeux se furent habitués à la pénombre, elle regarda autour d'elle, écœurée par l'odeur de moisissure et d'urine mêlées.

Des chaînes étaient scellées aux murs, des tas de paille humide s'entassaient aux quatre coins. Elle distingua des taches de sang sur le sol tandis que les cris d'autres prisonniers lui parvenaient, étouffés. Sur le point de céder à la peur, elle s'efforça de garder la tête froide. C'était une erreur, bien sûr ! Pourtant... les gardes avaient su où la trouver, sur le marché ; ils l'avaient identifiée du premier coup d'œil et connaissaient son nom. Quelqu'un les avait donc renseignés. Mais qui ? Et surtout, pourquoi ?

Tout à coup, une pensée terrible la traversa : et si elle restait enfermée ici pour le restant de ses jours ? Elle se laissa tomber sur le sol pavé, l'oreille collée à la porte massive, les genoux remontés sous le menton. L'obscurité se referma sur elle tandis que mille odeurs nauséabondes emplissaient ses narines. Elle sentit quelque chose courir sur son pied et laissa échapper un cri de terreur. Alertée par sa disparition, sa famille viendrait la libérer ! Mais ne racontait-on pas que des gens étaient restés enfermés dans cette prison toute leur vie, oubliés de tous... ?

Joignant les mains, elle se mit à prier.

Cornelius Vitellius pénétra dans la prison vêtu de sa toge ourlée de pourpre, un habit réservé à quelques privilégiés ; il l'arborait à dessein ce jour-là, pas tant pour impressionner les gardes de la préfecture que pour rappeler à Amélie son rang et le pouvoir dont il était investi.

— Elle est là ? demanda-t-il au soldat en poste.

— Depuis le premier tour de garde, monsieur, répondit l'homme en gratifiant Cornelius du bref salut qu'adressaient aux notables les militaires de carrière. Cela fait dix heures.

— Sans eau ni nourriture ?

— Pas la moindre goutte, pas la moindre bouchée, conformément à vos ordres. On lui a juste donné un seau pour ses besoins. Combien de temps voulez-vous que nous la gardions là-dedans ?

— Je vous le ferai savoir. Pour l'instant, ne lui dites rien.

Le gardien-chef hocha la tête. Le célèbre avocat — combien de bières gracieusement offertes par Cornelius Vitellius le garde avait-il bues dans sa vie? — n'était pas le premier à faire enfermer un parent retors pour mieux le mater. Sur un clin d'œil complice, il retourna à sa partie de dés.

Cornelius suivit le geôlier dans le couloir nauséabond. Arrivé devant la porte métallique, il se concentra quelques instants, comme avant chaque procès. Puis il fit signe au gardien.

— Par tous les dieux, Amélie ! dit-il en se précipitant à l'intérieur tandis que la porte se refermait derrière lui.

— Cornelius !

Elle se jeta dans ses bras.

— Je ne voulais pas le croire quand on m'a dit que tu étais retenue prisonnière ici !

— Pourquoi suis-je ici ? Suis-je en état d'arrestation ? Personne ne m'a répondu.

— Assieds-toi, Amélie. Calme-toi. Il semblerait que quelqu'un ait révélé ton appartenance au culte chrétien.

Elle le dévisagea d'un air incrédule.

— Enfin, Cornelius, ce n'est un secret pour personne. De plus, ce n'est pas un crime d'être chrétien !

— J'ai bien peur que Néron ne continue à exercer sa vengeance sur les chrétiens, même s'il le fait désormais plus discrètement, pour ne pas heurter l'opinion publique.

A en juger par sa pâleur subite et son expression angoissée, Amélie ne douta pas un instant de ses explications. Cornelius en profita pour ajouter :

— Néron m'a autorisé à te parler avant le véritable interrogatoire.

— Tu veux dire... la torture ? articula-t-elle d'une voix à peine audible.

— Renonce à ce nouveau culte, Amélie. Donne-moi les noms de tes compagnons et tu seras libre.

— Et si je refuse de les dénoncer ?

— Dans ce cas, ce n'est plus de mon ressort, répondit Cornelius en levant les mains d'un geste impuissant.

Elle songea à tous ces gens qui lui étaient devenus chers : Gaspard, Japheth, Chloé, Phoebe... Un violent frisson la parcourut. Serait-elle capable de taire leurs noms sous la torture ?

— Jusqu'où... jusqu'où Néron ira-t-il dans ses persécutions ?

Les épaules de Cornelius s'affaissèrent. Elle l'avait souvent vu esquisser ce geste au cours de ses procès. Un geste plus éloquent qu'un discours.

— Je t'en supplie, Cornelius, aide-moi ! Je veux vivre ! Je

veux voir grandir nos petits-enfants. Je veux voir Gaius recevoir sa toge de virilité.

En cet instant précis, la vie ne lui avait jamais semblé aussi douce. En même temps, le désespoir qui l'habitait était sans fond.

— Je t'en prie, Cornelius, je t'implore au nom de nos enfants... aide-moi !

Il la prit par les épaules.

— J'aimerais t'aider, Amélie. Par tous les dieux, malgré ce qui s'est passé entre nous, jamais je ne t'ai souhaité *cela*. Hélas, Néron ne veut rien savoir. Dis-leur ce qu'ils veulent savoir et tu sortiras de cette prison aujourd'hui même, à mes côtés.

Elle posa sur lui un regard empli de terreur.

— Je... je ne peux pas.

— Tu n'as qu'à me le dire à moi, je le rapporterai aux gardes. Ils n'y verront pas d'inconvénient. Où et quand les chrétiens doivent-ils se réunir ? Qui sont-ils ?

Comment Amélie aurait-elle pu savoir que Cornelius n'utiliserait pas ces informations, qu'il ne dirait rien aux gardes, que ses amis ne seraient pas inquiétés ? Persuadée que la menace qui pesait sur eux était bien réelle, elle garda le silence. Cornelius ne s'avoua pas vaincu :

— Abandonne ce nouveau culte, Amélie, et nous repartirons sur de nouvelles bases, toi et moi ; nous serons heureux, comme autrefois. Je t'emmènerai en Egypte. Que dis-tu de ça ?

Elle étudia le visage de son mari éclairé par la pâle lueur de la torche qui filtrait par la grille. Il semblait sincèrement inquiet. Finalement, elle déclara :

— Néron marchera sur mon cadavre, Cornelius, comme il l'a fait pour mes amis. Ils ne sont pas morts. Il n'a aucun pouvoir sur la mort. D'ailleurs, quel genre de pouvoir détient-il ?

Cornelius la considéra avec attention. Parlait-elle de Néron ou bien était-ce à lui qu'elle faisait allusion ? Non, il n'y avait aucun mépris dans son regard.

— Si tu penses vraiment ce que tu dis, c'est que tu ne nous aimes pas vraiment. As-tu pensé à tes enfants ?

— Oui ! s'écria Amélie, à bout de nerfs. Oh, Cornelius, c'est précisément pour eux que j'agis ainsi !

— Si tu refuses de m'écouter, Amélie, je ne pourrai rien faire pour toi.

Il tourna les talons pour partir.

— Non ! hurla Amélie. Ne me laisse pas ici !

Elle le dévisageait, horrifiée.

— Tu vas vraiment me laisser croupir dans cet endroit sinistre ?

— Je te l'ai dit, Amélie, ce n'est plus de mon ressort.

Cornelius se composa un air à la fois abattu et impuissant lorsque le geôlier referma la porte sur lui. Il n'eut pas trop à forcer son jeu. Son refus de coopérer le contrariait passablement. Jusqu'à la dernière seconde, il avait espéré qu'elle se jetterait à ses pieds en pleurant ; il aurait alors savouré sa victoire et tout serait rentré dans l'ordre. Il demanda au chef de brigade de la garder toute la nuit, sans eau ni nourriture. Il réfléchit un moment, puis :

— Serait-il possible de lui faire entendre une séance de torture ?

— Je peux faire encore mieux, monsieur, fit le soldat qui aimait rompre l'ennui avec quelques diversions sadiques. Je peux entrer dans sa cellule avec les mains couvertes de sang. Ça marche à tous les coups.

Le cliquetis de la clé dans l'imposante serrure réveilla Amélie. Elle s'assit péniblement, pleine de courbatures après ces quelques heures de sommeil à même le sol. Des piqûres criblaient son corps, irritantes et douloureuses. Et elle mourait de soif.

— Cornelius ?

C'était sa fille, Cornelia. A la grande surprise d'Amélie, celle-ci semblait effondrée.

— Mère, murmura la jeune fille en enlaçant Amélie. C'est affreux !

— Est-ce que tu...

Amélie s'interrompit, prise d'un accès de faiblesse.

— Crois-tu que je pourrais avoir un peu d'eau ?

Cornelia frappa à la porte et demanda qu'on leur apporte de l'eau. Une minute plus tard, le nouveau geôlier leur apporta une cruche d'eau, une torche et deux tabourets. A en juger par son air maussade, son travail ne lui plaisait guère.

— C'est Cornelius qui m'a mise au courant, expliqua Cornelia en faisant allusion à son frère. Il rendait visite à un de ses clients quand il a appris ton arrestation. Oh, mère, je n'arrive pas à y croire ! Que fais-tu ici ?

Avant de répondre, Amélie étancha sa soif. Elle but goulûment l'eau de la cruche, savourant la fraîcheur qui coulait dans son cou, sur ses mains et le long de ses bras. Cent bains ne suffiraient pas à la laver complètement de ses souillures. Elle prit enfin la parole, rapportant à sa fille la conversation qu'elle avait eue avec son époux, la veille. D'ailleurs, pourquoi n'était-il pas là ?

Cornelia fronça les sourcils.

— C'est étrange, je n'ai rien entendu au sujet de ces persécutions. Néron est bien trop occupé à sauver sa peau pour se soucier de celle des autres.

La lumière se fit dans l'esprit d'Amélie. Elle le savait déjà, tout au fond de son être — n'était-ce pas ce qu'elle avait entendu dans ses rêves tourmentés, cette petite voix qui murmurait par-dessus les grattements des rats et les hurlements des autres prisonniers ? Cornelius avait tout manigancé. En l'obligeant à renoncer à sa foi, il triompherait de nouveau.

Cornelia comprit à son tour.

— C'est papa, n'est-ce pas ? dit-elle dans un murmure. Pourquoi te déteste-t-il à ce point ?

— C'est une histoire d'orgueil blessé. Je fus à l'origine d'un coup sévère porté à l'amour-propre de ton père. Je ne l'ai pourtant pas fait exprès. Ce jour-là, la foule réunie dans l'arène...

— Oui, je me souviens ! On ne parlait plus que de ça, à Rome. C'est ce jour où papa a cru que la foule lui rendait hommage alors que c'était toi qu'elle remerciait. Est-ce pour cela que... ?

— Que quoi, Cornelia ?

La jeune femme baissa la tête.

— J'ai vu le bébé. Il était magnifique. En parfaite santé. Mais papa a ordonné qu'on s'en débarrasse. J'étais horrifiée... je ne savais plus quoi penser de lui.

— Ton père était un héros à tes yeux, et tout à coup il n'était plus qu'un homme.

— Dire qu'il continue à te punir, depuis tout ce temps ! Ne le laisse pas faire, mère. Donne-lui ce qu'il veut et tu retrouveras ta liberté.

Amélie secoua la tête.

— Si je lui donne ce qu'il veut aujourd'hui, je ne serai plus jamais libre.

— Bien sûr que si, voyons ! Je t'aiderai ! Il ne pourra pas nous persécuter si nous lui tenons tête ensemble. Mère...

La ton de Cornelia se fit pressant.

— Ce n'est pas comme si c'était Néron ! Ce n'est que papa...

— Ma fille, écoute-moi. Peu importe qu'il s'agisse de Néron, d'un stade noir de monde ou d'un seul homme. Je ne peux pas renoncer à ma foi.

Cornelia se laissa tomber par terre et, enfouissant son visage entre les genoux de sa mère, sanglota sans retenue. Amélie caressa tendrement les cheveux de sa fille. Deux ans plus tôt, le jour où Cornelia avait mis au monde son premier enfant, Amélie n'était qu'une incroyante. A présent qu'elle avait trouvé la foi, elle aurait aimé la partager avec sa fille, la lui offrir comme une coupe pleine d'espérance.

— Pars, mon enfant, chuchota-t-elle. Prends soin de la famille pour moi. Veille bien sur eux. Et le petit Lucius, traite-le comme ton propre frère, Cornelia, car c'est ce qu'il est réellement.

Elles s'étreignirent et s'embrassèrent longuement avant de se séparer. Cornelia promit de faire libérer sa mère, mais Amélie savait qu'elle ne pourrait rien y faire. Son sort reposait entre les mains de Cornelius.

Ce dernier ne tarda pas à faire son apparition. Amélie le soupçonna d'avoir attendu dans le couloir le départ de Cornelia.

— Pour la dernière fois, Amélie, vas-tu enfin renoncer à cette folie ?

Lorsqu'elle secoua la tête, la surprise et l'incompréhension se peignirent sur le visage de son mari.

— Cornelius, tu m'as emmenée au cirque l'autre jour pour me faire peur. Tu espérais secrètement qu'en assistant à la mort de Rachel, j'abandonnerais mon nouveau culte. En fait, ta manœuvre a eu l'effet inverse. A cause de ce que j'ai vu, à cause de ce que tu m'as obligée à regarder, continua-t-elle d'une voix plus déterminée, et parce que tu as fait assassiner mes amis, ma foi est plus solide que jamais. Je ne dénoncerai pas mes compagnons chrétiens. Je ne renoncerai pas à ma foi.

Il la dominait de toute sa hauteur dans son impressionnante toge d'avocat, et elle vit la fureur embraser son regard. Sans un mot de plus, il tourna les talons et quitta la cellule. La porte claqua derrière lui. Amélie sut qu'elle avait perdu. Que Néron fût ou non impliqué dans cette histoire, que les accusations qui pesaient contre elle fussent ou non fondées, Cornelius irait jusqu'au bout de sa vengeance. Il la ferait exécuter dans l'arène, en place publique. Et elle ne serait pas seule : il crucifierait aussi Japheth, Chloé et tous les autres. Son exécution clôturerait la cérémonie.

Cornelius remonta d'un pas rageur le couloir lugubre et gravit l'escalier sinueux. Dire que ce décor sinistre à souhait aurait dû terrifier sa femme au point de la rendre douce et docile ! Déjà, une nouvelle idée germait dans son esprit ; il venait de trouver le moyen de retourner à son avantage cette désastreuse situation. Il raconterait à Amélie qu'il avait réussi à obtenir sa libération grâce à ses relations, son nom et sa réputation. Elle en parlerait alors à ses amis et, en un éclair, Cornelius ferait figure de héros.

Satisfait de son plan, il se dirigea vers le bureau des gardes. Il avait hâte d'ordonner la libération d'Amélie, comme convenu avec le chef. Hélas, ce dernier n'était pas à son poste ; un subalterne expliqua à Cornelius qu'il s'était absenté un moment, emportant avec lui la clé de la cellule.

— Qu'on aille le chercher ! aboya Cornelius, impatient d'en terminer.

Au fond de sa cellule sombre et humide, Amélie se laissa submerger par une vague de terreur. Elle était en sueur et tremblait de tout son corps. Elle songea aux années qui lui restaient à vivre, à sa famille, aux bébés qui grandiraient, à sa maison romaine... même sa résidence de campagne lui parut soudain attrayante. Elle voulait assister aux cérémonies de la toge de Gaius et Lucius, elle voulait voir leur fils aîné remporter son premier procès au tribunal, elle voulait bercer les futurs bébés de ses filles... et aussi vieillir, gagner en sagesse, admirer les couchers de soleil qui enflamment l'horizon. Comment avait-elle pu croire que tout cela était un dû, sa vie, sa famille, alors qu'elle aurait dû louer chaque aube naissante, chaque jour nouveau !

Elle pria avec une ferveur extraordinaire, elle qui avait été délaissée par la foi. Elle pria son Rédempteur et aussi Junon, la Vierge bénie. Dans ses prières ardentes, elle quêta un signe. *Que dois-je faire ?*

Elle attendit la réponse mais n'entendit que le silence oppressant des murs qui l'emprisonnaient et les plaintes assourdies des autres prisonniers. Elle écouta les battements de son cœur, les craintes chuchotées de sa conscience. Elle pria et écouta. Terrassée par la peur, la faim et la soif, Amélie sortit le pendentif glissé sous sa robe et plongea son regard dans le cœur de la pierre bleue, contemplant avidement la poussière cosmique, cristalline, qui avait pris la forme du Sauveur crucifié. Tout à coup, la réponse lui apparut.

C'était cette pierre qui lui avait redonné la foi, cette pierre qui, en cet instant précis, consolidait sa ferveur. Elle sut alors ce qu'elle devait faire.

De ses doigts tremblants, elle extirpa la pierre de son écrin d'or et la plaça devant la pâle lueur de la torche. Sa beauté lui arracha des larmes. A cause du médaillon d'or, elle n'avait pu admirer son incroyable transparence, sa pureté cristalline et la netteté de l'image de Jésus logée en son sein. Dire qu'elle avait cru cette pierre maudite... elle avait même pris cette image pour un fantôme ! Mais bien sûr, c'était ce que Cornelius avait voulu lui faire croire.

A cet instant, elle songea aux souffrances qui l'attendaient, aux tortures et à l'agonie, à cette mort ignominieuse dans l'arène. Sous l'assaut de la douleur physique, jamais elle n'aurait la force de garder secrets les noms de ses amis. Son cœur chavira. Son esprit était fort, mais elle connaissait les faiblesses de la chair. Maintenant, peut-être, avant que la torture commence, trouverait-elle la force...

Elle se souvint soudain de ce jour où, huit ans plus tôt, Cornelius avait préféré donner la mort plutôt que la vie. Au fond de sa cellule, Amélie se sentit confrontée au même choix. Songeant à ce nourrisson innocent condamné à mort, elle choisit la vie : la vie éternelle.

Dès qu'elle eut pris sa décision, un calme étrange l'envahit et, d'un coup, tous les mystères devinrent limpides. *Quand Jésus parlait de la fin du monde*, songea-t-elle, *peut-être faisait-il allusion à la fin de chaque être, chacun en son heure ; un être meurt et une nouvelle vie commence. Pour moi, ce soir, le monde touche à sa fin.*

Retenant son souffle, elle tendit l'oreille. Des voix chuchotaient au bout du couloir. Elle devait agir vite, avant qu'ils viennent la chercher.

Avaler la pierre ne fut pas une entreprise facile. A peine l'avait-elle posée sur sa langue qu'elle transpira à grosses gouttes et fut prise d'une violente nausée. Elle pensa à la vie qui l'attendait, sa belle maison et son mari qui semblait décidé à se montrer aimant, à repartir sur de nouvelles bases et à la couvrir de cadeaux. Mais une image chassa vite les autres, celle de l'homme sur la Croix, cet homme qui avait pardonné à ses bourreaux, cet homme qui l'avait lavée de tous ses péchés par le baptême spirituel.

Elle enfonça la pierre dans sa bouche sans réussir à l'avaler. Elle la poussa du bout des doigts, luttant de toutes ses forces pour ne pas la recracher. Et si elle perdait conscience, si les gardes arrivaient à extirper la pierre avant qu'elle ait accompli son ouvrage ?

Secouée de violents haut-le-cœur, recroquevillée sur elle-même pour mieux résister à la douleur, elle enfonça lentement la pierre dans sa gorge en priant silencieusement : *Dieu, pardonne-moi, mais je ne suis qu'un être de chair, plein de faiblesses. Je ne supporte pas l'idée d'entraîner avec moi mes chers amis, même si nos morts seraient celles de martyrs.*

L'instinct de survie se réveilla brusquement et Amélie céda à la panique. Le cœur battant à se rompre, elle porta les mains à sa gorge. Bien qu'elle eût décidé de mourir, son corps se rebellait. Ses poumons cherchèrent avidement de l'air, sa bouche s'ouvrit désespérément. Une vive douleur lui transperça la poitrine, comme mille coups de poignard, et sa tête sembla sur le point d'exploser. Elle s'écroula, tressautant comme un poisson qu'on sort de l'eau. Ses poumons n'étaient plus qu'un immense brasier, des cloches résonnaient à ses oreilles. *Seigneur Dieu, mettez un terme à mes souffrances !*

Soudain, un sentiment de paix l'envahit tandis que la vie désertait lentement son corps, comme les pétales d'une rose d'été tombent un à un au sol. Admirable de mystère et de perfection, la pierre bleue, après avoir guidé, des millénaires plus tôt, une jeune fille nommée la Grande, puis aidé une femme du nom de Laliari à surmonter sa peur des morts et montré au jeune Avram la place qu'il occupait dans ce vaste monde, cette pierre, fragment du cosmos, se retrouva logée dans la gorge d'une femme de foi, d'une piété extraordinaire. En basculant dans l'obscurité, tandis qu'elle s'apprêtait à rejoindre Rachel et ses amis, et peut-être le bel enfant injustement condamné à mort, Amélie eut le temps de songer à la dernière ironie du sort : l'objet avec lequel son mari avait voulu la punir s'était révélé au bout du compte l'instrument de sa rédemption.

INTERMÈDE

La mort d'Amélie demeura un mystère pour les gardes qui la retrouvèrent couchée au sol, le visage cyanosé, la langue violette et gonflée. Le médecin de la prison déclara que dame Amélie avait succombé à une attaque cardiaque. La peur d'être torturée et persécutée avait eu raison d'elle, conclut-il. Les paroles d'Amélie résonnèrent dans l'esprit de Cornelius ; elle lui avait dit que les crucifixions de ses amis avaient eu sur elle l'effet inverse de ce qu'il avait escompté. C'était la vérité. Il avait voulu l'effrayer, certes, mais pas au point de la tuer.

Il remarqua tout à coup quelque chose qui avait échappé aux autres : le médaillon dépourvu de sa pierre, et il sut ce qu'elle avait fait.

Peu désireux que sa femme soit élevée au rang de martyre, il ne souffla mot de sa découverte. Amélie s'était donné la mort de manière héroïque... autant laisser la populace croire qu'elle était morte par lâcheté. Il garda donc le secret et se comporta en parfait veuf éploré.

Folle de chagrin, Cornelia accusa son père d'être responsable du drame. Après lui avoir interdit de brûler la dépouille de sa mère, elle fit bâtir pour Amélie une tombe magnifique qui ressemblait en tous points à une petite maison, avec de fausses fenêtres, des portes et un jardinet. Affichant son chagrin avec ostentation, la jeune fille partait s'y recueillir chaque semaine. Plus par esprit de vengeance que par conviction personnelle, Cornelia rejoignit le culte de sa mère et pratiqua ouvertement la religion chrétienne, transformant sa maison en lieu de réunion, exhibant à la moindre occasion ses nouvelles croyances jusqu'au jour où elle réalisa qu'elle était vraiment une chrétienne. Emportée par sa ferveur, elle se démena pour entretenir la mémoire de sa mère et fit en sorte que les chrétiens célèbrent chaque année le martyre de sa mère en commémorant le jour de sa mort. Ce jour-là, Cornelia prononçait elle-même l'oraison funèbre, racontant comment Amélie avait défié les autorités en mourant pour sauver sa foi religieuse.

Quand le premier enfant de Cornelia — né le jour où Cornelius était rentré d'Egypte avec le collier dérobé dans le tombeau d'une reine — devint un fervent chrétien et fut ordonné diacre de l'église, il fit réaliser un reliquaire en argent destiné à recueillir les restes de sa grand-mère. Lors d'une cérémonie empreinte de ferveur et de dévotion qui réunit plusieurs centaines de chrétiens, les ossements d'Amélie enveloppés d'un linceul furent pieusement transférés du cercueil au reliquaire puis placés dans une châsse devant laquelle vinrent se recueillir les fidèles.

Dans ses dernières années d'existence, Cornelia suivit les traces de sa mère et devint une martyre chrétienne sous le règne de l'empereur Domitien, qui lui fit couper la langue au cours d'un spectacle d'arène.

Vite remis de la mort de sa femme, Cornelius fut finalement nommé consul, obtenant ainsi une année qui porterait son nom. Ainsi, croyait-il avec suffisance, il laisserait son nom à la postérité. Malheureusement pour lui, un nouveau souverain dirigea l'empire et la liste des consuls sombra dans l'oubli. Alors que sa femme Amélie continuait à être célébrée et vénérée pour son martyre, prêtant même son nom à une église, Cornelius Gaius Vitellius fut tout bonnement rayé de l'histoire.

Les ossements de sainte Amélie furent exhumés de la crypte familiale sous le règne prospère de l'empereur Marc Aurèle pour être transportés dans une nouvelle église, où des milliers de fidèles vinrent la vénérer. Là, elle reposa en paix ; ses descendants continuèrent à commémorer son martyre tous les ans jusqu'à ce qu'éclate l'ultime et la plus violente vague de persécution des chrétiens, commanditée par l'empereur Dioclétien, en l'an 303.

Dans son premier édit, Dioclétien interdit les rassemblements de fidèles et ordonna la destruction des églises et des livres sacrés. Tous les chrétiens furent sommés de renoncer à leur religion pour se tourner vers les dieux vénérés par l'empire. Les insoumis étaient aussitôt condamnés à mort. Au cours d'une assemblée secrète réunissant les évêques et les diacres, il fut décidé que, bien que la mort signifiât le martyre et donc l'union avec Jésus au paradis, il était malgré tout nécessaire que la foi subsiste et soit colportée par quelques fidèles au-delà des frontières de l'empire. A cette fin, des missionnaires furent tirés au sort. Des reliquaires, des livres et des objets sacrés, parmi lesquels le coffret d'argent contenant les restes de sainte Amélie, furent rassemblés, transportés hors de Rome par une nuit d'orage et placés dans un navire qui se lança sur la mer démontée.

Portée par des vagues colossales, dans une nuit noire comme l'encre, dame Amélie, feue l'épouse d'un certain Cornelius Gaius Vitellius, gagna ainsi la province romaine de Grande-Bretagne, où la communauté chrétienne vivait dans un campement baptisé Portus, une ancienne garnison romaine devenue au fil du temps une ville florissante, réputée pour ses anguilles.

LIVRE CINQ

Angleterre,

en l'an 1022

Mère Winifred, prieure de Sainte-Amélie, regarda par la fenêtre du *scriptorium* et songea : *Voilà le printemps !*

Et les merveilleuses couleurs de la nature, le pinceau de Dieu sur son ouvrage : fleurs de cerisier rose pâle, mûriers rouges et noirs, aubépine pourpre, jonquilles jaune d'or. Si seulement sa palette était aussi riche et variée ! Ses enluminures seraient d'une beauté à couper le souffle !

Les couleurs printanières lui redonnèrent de l'espoir. Cette année, peut-être l'abbé lui permettrait-il de peindre le retable de l'autel.

Son optimisme, hélas, retomba vite. Elle avait fait ce rêve, de nouveau. En fait, il s'agissait plutôt d'une vision qu'elle avait eue alors qu'elle priait sainte Amélie. Comme tant d'autres fois avant ce jour, la vie d'Amélie avait défilé dans sa tête, depuis son enfance jusqu'à sa conversion au christianisme ; puis elle avait vu son arrestation par les soldats romains et vécu sa mort de martyre dans les geôles de l'empereur Néron. Winifred ne savait pas à quoi ressemblaient l'empereur et ses soldats, elle ne connaissait ni les mœurs ni les coutumes vestimentaires de ces gens-là, elle ne savait pas non plus à quoi ressemblait Amélie — cela faisait des siècles que ses ossements reposaient dans le reliquaire —, et pourtant Winifred ne doutait pas de la vraisemblance de sa vision, car elle lui avait été inspirée par Dieu.

Le problème consistait à convaincre le père supérieur. Comme un os que se disputent deux chiens, le retable de l'autel avait toujours été un sujet de discorde entre eux. Dès qu'elle réclamait la permission de travailler sur quelque chose de plus épanouissant qu'un manuscrit, l'abbé (comme ses prédécesseurs) lui répondait invariablement que son projet était inconvenant car il se nourrissait des péchés d'orgueil et d'ambition. Bien que Winifred acceptât leurs refus sans protester en vertu de son vœu d'obéissance, son esprit se rebellait silencieusement : pourquoi les hommes auraient-ils le droit de peindre des tableaux grandioses pendant que les femmes se limiteraient aux lettres capitales ?

Car c'était la tâche qui incombait à mère Winifred et aux sœurs de Sainte-Amélie : elles peignaient les lettrines des textes sacrés ; connu sous le nom d'enluminure, cet art était célèbre dans toutes les provinces d'Angleterre. Malgré son talent et sa bonne volonté, ce n'étaient pas des lettres que Winifred souhaitait peindre ; elle s'y attelait uniquement parce que l'abbé le lui imposait.

Etouffant un soupir, elle se rappela que la vie d'une nonne n'était pas faite de souhaits mais d'obéissance.

Glissant les mains dans les larges manches de sa robe, elle s'apprêtait à détourner les yeux lorsqu'elle aperçut Andrew, le vieux gardien du prieuré, qui traversait le jardin d'un pas pressé en faisant de grands signes. Alertée par sa mine inquiète, mère Winifred se pencha par la fenêtre. Il n'y avait de vitres au couvent, les nonnes ne pouvant se permettre une telle dépense.

Portant la main à ses cheveux grisonnants, Andrew s'excusa auprès de la mère supérieure ; il était en train d'élaguer un arbre, perché sur une échelle, quand il avait aperçu le père Edman sur la route.

— Il n'arrivera pas avant un quart d'heure, conclut-il.

Une vague d'inquiétude submergea Winifred. Pour quelle raison venait-il ce jour-là ? L'abbé ne leur rendait visite qu'une fois par mois pour écouter leurs confessions et récupérer les manuscrits achevés. Autrefois, il leur disait aussi la messe, mais il était à présent trop occupé pour perdre son temps auprès d'une poignée de nonnes vieillissantes. Des prêtres de moindre importance se chargeaient désormais d'accomplir ce fastidieux devoir.

— Si vous voulez mon avis, révérende mère, il nous apporte une mauvaise nouvelle, marmonna Andrew.

Winifred esquissa une grimace. L'abbé n'avait jamais bouleversé son emploi du temps pour apporter de *bonnes* nouvelles. Malgré tout, mieux valait éviter de semer l'inquiétude chez les autres sœurs.

— Peut-être vient-il nous annoncer que le toit sera réparé cette année ?

— Ce serait alors une bien bonne nouvelle.

— En attendant, ne dites rien aux autres. Ce n'est pas la peine de les inquiéter.

Elle remercia Andrew, lui demanda de l'avertir lorsque le père Edman aurait atteint les grilles du couvent et s'écarta de la fenêtre. Plongée dans ses pensées, elle passa parmi les nonnes qui étaient déjà au travail par cette belle matinée de printemps, au onzième siècle après Jésus-Christ.

Le *scriptorium* du couvent était une pièce immense au centre de laquelle se tenait une longue table de bois. Assises aux pupitres qui s'alignaient contre les murs, les sœurs de Sainte-Amélie se concentraient sur leur délicate besogne. Les volets étaient ouverts pour laisser entrer la clarté du soleil. Les sœurs travaillaient en silence, leurs têtes voilées de noir penchées sur leur ouvrage. Un jour, Winifred avait visité le *scriptorium* de l'abbaye de Portminster ; là-bas, les moines bénédictins étaient contraints au silence alors même que le copiage des textes sacrés n'était pas, par nature, une activité silencieuse. Car si quelques moines commençaient à pratiquer la lecture mentale, la plupart lisaient encore comme on le faisait depuis des siècles : à voix haute.

En recopiant à la main le texte d'un ouvrage, les moines de Portminster laissaient un espace vide à la place de la première lettre de la page et cet espace était comblé ici, à Sainte-Amélie. Bien que les enluminures fussent appréciées dans tout le pays — plus célèbres que les textes en eux-mêmes —, les honneurs revenaient invariablement aux moines de l'abbaye. Mère Winifred acceptait la situation car elle avait fait vœu d'obéissance à l'Eglise, à Dieu et aux hommes. De temps en temps, pourtant, il lui arrivait de souhaiter que le talent, la délicatesse et la dévotion de ses sœurs soient un jour reconnus.

Ce qui l'amena à penser de nouveau au père abbé. Sa dernière vision avait été si intense qu'elle éprouvait l'envie d'en parler avec lui. Bien sûr, elle ne pouvait lui rendre visite et devait attendre que ce soit lui qui se déplace. Au cours des quarante années qu'elle avait passées au prieuré, Winifred s'était rarement aventurée au-delà de son enceinte. En fait, elle n'avait franchi ses grilles que pour se rendre à l'enterrement d'un membre de sa famille, au cimetière du village. Elle avait également assisté à l'installation du père Edman quand celui-ci avait été nommé nouvel abbé de Portminster, quelques années auparavant.

Le père abbé... quelle coïncidence qu'il vînt leur rendre visite à l'improviste précisément ce matin-là. Oserait-elle y voir un signe du Seigneur ? L'abbé accéderait-il enfin à son souhait le plus cher ? Comprendrait-il que Winifred ne désirait pas réaliser le retable pour flatter son orgueil mais pour l'offrir en cadeau à la sainte martyre qui avait tant fait pour elle ?

Elevée dans le manoir de son père, la petite Winifred avait découvert très tôt qu'elle possédait un don pour retrouver les objets égarés — épingles à cheveux, broches... elle avait même retrouvé un jour une tourte à la viande qu'un chien avait dérobée ! Sa grand-mère lui avait expliqué qu'elle possédait le don de double vue, hérité de ses ancêtres celtes ; elle lui avait ensuite ordonné de n'en parler à personne, sous peine qu'on la prît pour une sorcière. Winifred avait tenu sa langue jusqu'à ce que son secret fût révélé par inadvertance. Ce jour-là, la maison avait été fouillée de fond en comble pour tenter de retrouver une petite cuillère en argent qu'on avait égarée. Agée de quatorze ans, Winifred avait « vu » la cuillère dans l'office, derrière la baratte. On la trouva en effet à l'endroit indiqué, mais, quand on demanda à Winifred comment elle avait deviné, elle ne sut que répondre et fut donc accusée de l'avoir cachée là par pure malice. Elle reçut une correction mémorable et, pour couronner le tout, le père du garçon à qui elle était promise rompit son engagement, soi-disant déçu par la faiblesse de caractère de la jeune fille. Quelque temps après, Winifred s'était rendue à la chapelle dédiée à sainte Amélie et lui avait demandé de l'aide.

Pendant que sa mère et ses sœurs continuaient à prier, la jeune fille était allée explorer les lieux et était tombée par hasard sur le *scriptorium*, où les sœurs, penchées sur leur ouvrage, travaillaient en silence. En voyant leurs palettes et les pigments de couleur, leurs parchemins et leurs plumes, elle eut une révélation : cet endroit était fait pour elle.

Lorsqu'elle en avait parlé à son père, ce dernier avait été trop heureux d'accéder à la demande de sa fille. Winifred était donc entrée au couvent et n'en était pas sortie depuis. Il ne se passait pas un jour sans qu'elle remerciât sainte Amélie de l'avoir arrachée à un avenir morose : vieille fille sans héritier et sans revenus, elle serait devenue avec le temps un parasite méprisé de tous, la vieille tante célibataire que les familles se sentaient obligées de supporter, avec son mauvais caractère et ses broderies ratées.

Le *scriptorium* de Sainte-Amélie sentait l'huile et la cire, la cendre et le charbon, le soufre et les végétaux. Une écharpe de brume flottait dans l'air car les lampes brûlaient jour et nuit pour produire le noir de carbone nécessaire à la fabrication des encres. Les nonnes fabriquaient aussi elles-mêmes leurs pigments : le bleu nuit, si profond, était tiré du lapis-lazuli importé d'Afghanistan. Pour faire de l'encre rouge, elles utilisaient du minium ou du carmin tiré du cinabre ou de cochenilles kermès réduites en poudre. Elles détenaient aussi le secret de fabrication de certaines couleurs, un secret jalousement gardé entre les murs du couvent.

Au bout de la table centrale siégeait sœur Edith, spécialisée dans l'application des feuilles d'or, la première étape de l'enluminure. Etaler la couche d'apprêt puis apposer la feuille nécessitait une adresse toute particulière et un œil acéré pour savoir à quel moment la base avait atteint le taux d'humidité requis. Sœur Edith soufflait *légèrement* dessus avant d'appliquer *délicatement* le carré de soie ; puis elle maniait son outil avec une habileté qui n'était plus à démontrer. Une main moins aérienne ou un œil moins vif auraient produit une enluminure de second ordre, dans le meilleur des cas.

Une autre sœur s'appliquait à peindre une miniature d'Adam et Eve dans le jardin d'Eden. Dans leur plus simple appareil, ils avaient tous deux des courbes féminines, hanches et ventre ronds, la nonne penchée sur son ouvrage n'ayant jamais vu d'homme nu de sa vie. Pour les parties génitales, les feuilles de vigne se révélaient une véritable bénédiction ! Malgré son âge mûr, mère Winifred elle-même ignorait tout de l'anatomie humaine, même féminine ; jamais elle n'avait assisté à un accouchement, jamais elle n'avait vu de femme nue. Elle connaissait en revanche les métaphores usitées dans ce domaine : la clé de l'homme pour la serrure de la femme, l'épée pour le fourreau, et d'autres encore. Mais les histoires de copulation et de procréation la dépassaient totalement.

Elle ne songeait jamais au sexe, ne se demandait jamais ce qu'elle avait raté. D'après ce qu'elle avait entendu dire (elle tenait ses informations des pensionnaires invitées du couvent), les relations sexuelles relevaient de l'activité sportive pour les hommes et de la calamité pour les femmes. Elle se souvenait encore du jour où sa sœur aînée s'était mariée ; leurs cousines étaient venues l'aider à préparer son voyage et toutes avaient gloussé en pliant la vaste chemise de nuit percée d'un petit trou sur le devant pour permettre la pénétration avec un contact minimal.

— Pourquoi ne vous reposez-vous pas un moment, ma sœur ? suggéra Winifred à la nonne qui s'apprêtait à peindre le serpent.

— Je suis désolée de travailler aussi lentement, ma mère, mais ma vue...

— Nous souffrons toutes des mêmes faiblesses. Posez votre pinceau et fermez les yeux. Quelques gouttes d'eau vous soulageraient peut-être.

— Mais le père abbé a dit que...

Winifred se rembrunit. Lors de sa dernière visite, le père Edman s'était plaint de la lenteur des travaux. Ses reproches avaient profondément contrarié Winifred. A quoi bon accabler davantage ses pauvres sœurs ? De toute façon, elles ne pouvaient rien contre les vicissitudes de l'âge. Agnès vieillissait, elle travaillait moins vite, était-ce si difficile à comprendre ?

— Oublions l'abbé, coupa Winifred d'une voix douce. Dieu ne nous demande pas de nous tuer à la tâche pour Le satisfaire. Reposez vos yeux, vous reprendrez plus tard.

Elle ajouta in petto un flacon de collyre à la liste qu'elle comptait présenter au père abbé. Les cloches se mirent à sonner, appelant les sœurs à la troisième des sept heures canoniques consacrées chaque jour aux cantiques religieux. Elles rangèrent soigneusement leurs pinceaux et leurs crayons en murmurant une prière, se signèrent puis sortirent en silence, à la queue leu leu.

Elles traversèrent le vieux cloître et se rassemblèrent dans le chœur de la chapelle. A l'est se dressait l'autel où les sœurs célébraient la messe ; à l'ouest, derrière un paravent de bois, se trouvait la nef où se rassemblaient les villageois, les pèlerins et les invités du couvent pour écouter la messe. Modeste bâtisse en pierre, la chapelle constituait le cœur de plusieurs bâtiments tout aussi humbles dont faisait partie le prieuré de Sainte-Amélie, construit trois siècles plus tôt. Dévouées à saint Benoît, les sœurs, qui avaient fait vœu de silence, de célibat, d'abstinence et de pauvreté, dormaient dans des petites cellules regroupées dans un dortoir et prenaient leurs repas dans un grand réfectoire. Un dortoir à peine plus confortable accueillait les résidentes permanentes, des femmes de bonne famille qui, sans être religieuses, avaient choisi de vivre retirées du monde. Un autre bâtiment accueillait les pèlerins et les voyageurs, mais il était désert depuis quelque temps. A côté de la petite église se trouvait la salle capitulaire où les nonnes se réunissaient pour lire la Règle et confesser leurs péchés. Et il y avait le *scriptorium*, où elles passaient le plus clair de leur temps. Ces bâtiments en pierre encerclaient le cloître, tout en arcades et colonnades, unique lieu de promenade. C'est entre ces murs gris, froids et silencieux que furent réalisés les plus beaux manuscrits d'Angleterre.

Winifred observa ses sœurs dans le chœur de la chapelle. Jadis impressionnant par sa taille, le groupe s'amenuisait au fil des ans. Les nonnes vieillissaient, elles se fatiguaient vite et il n'y avait plus une seule novice parmi elles. Ce qui n'empêchait pas Winifred de continuer à appliquer une discipline rigide. Chaque matin, elle passait en revue les religieuses afin de s'assurer que leur tenue était immaculée : tunique, scapulaire et voile noirs; coiffe, guimpe et bandeau blancs. Par mauvais temps ou quand elles se risquaient hors du couvent, elles portaient par-dessus leur habit une longue cape noire dotée d'un capuchon. Ornée d'un rosaire et d'un canif, une fine cordelette ceinturait leur taille. Elles étaient tenues de dissimuler leurs mains dans les manches de leur tunique; leurs bras croisés disparaissaient derrière le scapulaire. Les regards étaient toujours baissés en signe de modestie et d'humilité. Elles avaient le droit de parler, mais à voix basse et sans excès.

Comme dans tous les couvents d'Angleterre, seules étaient admises les nobles. Les femmes issues d'un milieu modeste avaient peu de chance d'être acceptées et les paysannes étaient systématiquement refusées. Winifred aurait souhaité ouvrir le couvent à des femmes de condition plus modeste qui avaient la foi et la vocation. Elle aurait même accepté une paysanne dévouée. Hélas, telles étaient les règles et elle ne pouvait pas les changer. Le couvent de Sainte-Amélie accueillait également des pensionnaires. Jeunes filles de bonne famille, elles venaient y apprendre la broderie et l'étiquette; celles qui avaient la chance d'avoir des pères ouverts apprenaient en plus à lire et écrire le latin et à compter afin de pouvoir tenir leur futur foyer. Sainte-Amélie avait également hébergé de riches veuves désemparées et des femmes qui cherchaient à fuir des pères ou des maris abusifs. Le couvent faisait office de refuge pour toutes les femmes lassées de subir la domination masculine.

Il abritait autrefois une belle communauté de soixante âmes. Elles n'étaient plus que onze, avec mère Winifred. On comptait parmi elles sept sœurs en voile, deux nobles âgées qui étaient ici depuis trop longtemps pour partir s'installer au nouveau couvent et Andrew, le vieux gardien, qui vivait là depuis toujours : âgé d'à peine quelques jours, il avait été déposé devant la grille du couvent dans un panier en osier.

Il y avait une cause au dépérissement de Sainte-Amélie : cinq ans plus tôt s'était construit, à une quinzaine de kilomètres de là, un nouveau couvent qui abritait en son sein une relique bien plus intéressante que les ossements d'une sainte. Ce dernier attirait les novices, les résidentes, les jeunes élèves, les pèlerins et les voyageurs, et tout ce monde emplissait allègrement les bâtiments et les cassettes du couvent de la Vraie-Croix. Winifred s'efforça de ne pas songer aux pupitres inoccupés de son *scriptorium*, aux encriers depuis longtemps asséchés ni aux sœurs penchées sur leurs délicats ouvrages qui, comme elle, commençaient à se fatiguer. Sainte-Amélie avait vu ses élèves et ses novices partir pour le couvent de la Vraie-Croix car des guérisons miraculeuses avaient eu lieu là-bas : des épouses étaient tombées enceintes alors qu'elles avaient perdu tout espoir, des hommes avaient fait fortune. L'abbé avait d'ailleurs fait remarquer à Winifred qu'il y avait bien longtemps que Sainte-Amélie n'avait pas vu de miracles. Winifred ne partageait pas son avis ; à ses yeux, Amélie réalisait des miracles tous les jours : il n'y avait qu'à contempler les enluminures pour en être convaincu !

Malgré tout, les pèlerins avaient cessé de venir. Comment rivaliser avec la Vraie-Croix ? Il était rare que les visiteurs se recueillent devant les deux reliquaires. Quand on fait un si long chemin pour obtenir une bénédiction ou une guérison, on préfère prier devant un éclat de bois provenant de la Croix du Christ plutôt que devant les restes d'une sainte femme. Aussi Sainte-Amélie voyait-elle sa réputation décliner d'année en année.

Comment lutter contre la jeunesse et la richesse ? A cinquante ans passés, Winifred n'avait plus de famille. Quand son frère, riche et influent, était encore en vie, son sort ne lui causait aucun souci. Mais il était mort, à présent, ainsi que toutes ses sœurs et ses beaux-frères. Elle restait seule, sans le sou. Le nouveau couvent, en revanche, bénéficiait de la générosité du père de la mère supérieure, Oswald de Mercie, immensément riche et très prodigue. Du même coup, la Vraie-Croix jouissait également du soutien total de l'abbaye.

L'abbaye de Portminster, perchée en haut d'une colline qui surplombait la petite ville du même nom et le fleuve Fenn, avait pour origine une garnison romaine établie sur la côte est de l'Angleterre en 84 après Jésus-Christ. Devenue au fil du temps une ville portuaire précisément baptisée Portus, elle s'était fait connaître par son port protégé et son commerce d'anguilles, toujours florissant à l'époque de Winifred. Au quatrième siècle, les restes de sainte Amélie avaient été apportés à Portminster par des chrétiens qui fuyaient les persécutions de l'empereur romain Dioclétien. Un groupe de moines ermites installés dans un *monasterium* à la périphérie de Portus recueillirent la sainte fugitive et lui offrirent un refuge. Au fil des siècles, l'influence anglo-saxonne transforma le « monasterium » en « mynster » et, lorsque fut bâtie une nouvelle église, on lui donna le nom de Portus Mynster. En 822, les Danois pillèrent et brûlèrent Portminster, mais les ossements de sainte Amélie furent une fois encore sauvés et dissimulés par une petite communauté de sœurs installées dans un prieuré isolé.

Un siècle plus tard, lorsque les moines bénédictins vinrent s'installer à Portminster et y bâtirent une abbaye, il fut question des restes de sainte Amélie. Que devait-on en faire ? Finalement, il fut décidé qu'ils resteraient dans le modeste prieuré : la réputation déjà bien installée des miracles accomplis par la sainte attirait pèlerins et visiteurs des quatre coins du pays. Sainte patronne des maladies pulmonaires, Amélie avait la réputation de guérir tous les maux liés à la poitrine, des pneumonies aux problèmes cardiaques ; certains prétendaient même que la sainte guérissait d'autres affections, telles que les peines de cœur et les chagrins d'amour. Le prieuré avait alors connu un fabuleux essor, tant spirituel qu'économique. Au même moment, l'abbaye de Portminster, dont dépendait le prieuré — une douzaine de kilomètres les séparait —, devenait incroyablement célèbre pour ses manuscrits délicatement enluminés.

Pendant que les religieuses chantaient le troisième cantique de la journée, les yeux de Winifred se posèrent sur l'autel où se tenait le petit reliquaire qui abritait les restes de sainte Amélie. Elle imagina aussitôt son tableau, accroché derrière l'autel : un triptyque en bois ourlé d'or, haut de quatre brassées et large de trois. Sur le premier panneau, elle peindrait la conversion d'Amélie au christianisme, sur le deuxième ses actions charitables auprès des pauvres et des malades, et sur le dernier elle représenterait Amélie, les mains crispées sur sa poitrine, ordonnant à son cœur de cesser de battre avant que les soldats romains ne l'obligent à renoncer à sa foi.

Winifred leva les yeux sur l'échafaudage poussiéreux qui emprisonnait le plafond au-dessus de l'autel. Les étais et les entretoises avaient été installés cinq ans plus tôt, lorsque l'abbé avait promis de faire réparer le toit. Mais, avec l'ouverture du nouveau couvent et les sommes dépensées par Oswald pour asseoir sa réputation, l'abbé avait jugé inutile de faire réaliser les réparations ; les travaux avaient été repoussés, d'année en année. Les ouvriers n'avaient pas démonté leur échafaudage et Winifred y voyait une véritable provocation.

Tandis que les nonnes poussaient leurs voix pour le *Salve Regina*, Winifred aperçut une ombre de l'autre côté du paravent qui séparait les civils des religieuses. C'était Andrew.

— L'abbé est au bout du chemin, murmura-t-il, les yeux pleins d'inquiétude.

— Merci, Andrew. Allez lui ouvrir le portail.

Laissant les sœurs à leurs cantiques, Winifred se hâta vers la cuisine où une femme grisonnante, vêtue d'une robe austère, surveillait la cuisson du porridge. Dame Mildred était arrivée au couvent vingt-cinq ans plus tôt, après le décès de son mari. Sans enfants ni parents, elle avait choisi la communauté de religieuses pour famille. Quand les moyens vinrent à lui manquer et qu'elle ne put plus payer son hébergement, elle enfila joyeusement le tablier de cuisinière, sans se soucier un instant qu'elle avait été jadis la femme d'un chevalier.

— Il nous faut de la bière pour l'abbé, déclara Winifred. Et quelque chose à grignoter.

— Dieu du ciel, que vient-il faire ici ? C'est bien trop tôt !

Dame Mildred quitta ses fourneaux et suivit Winifred jusqu'au portail des visiteurs.

— Ma mère ! s'écria-t-elle soudain d'un ton joyeux. Regardez ! Le père abbé nous apporte un couple de faisans !

L'instant d'après, son sourire s'évanouit.

— Non, il n'y en a qu'un. Pour onze, c'est un peu juste, et s'il décide de rester souper avec nous…

— Ne vous inquiétez pas, nous nous débrouillerons.

Mère Winifred regarda l'abbé remonter l'allée du jardin sur sa fière monture. A sa façon de se tenir, elle sut que ses craintes étaient fondées. Le père abbé n'apportait pas que des livres sacrés dans sa besace. Des mauvaises nouvelles, également.

— Que Dieu vous bénisse, mère supérieure ! lança le religieux en descendant de son cheval.

— Qu'Il vous bénisse aussi, père abbé.

Mère Winifred contempla le maigre faisan qu'il tenait à la main. Le repas serait chiche, ce soir. De son côté, l'abbé huma discrètement l'air, déçu de n'y détecter aucun effluve alléchant. Il fut un temps où il se réjouissait à l'avance de goûter au célèbre blanc-manger de Winifred, qu'elle confectionnait elle-même avec du pâté de poulet mélangé à du riz bouilli, du lait d'amandes, du sucre et de l'anis. Elle préparait aussi de délicieuses boulettes et d'exquis beignets de poisson. Et que dire de sa tarte aux prunes... ? A ces souvenirs, un soupir s'échappa de ses lèvres. Cette époque-là, hélas, était révolue. S'il restait dîner ces temps-ci, on lui servait du pain rassis, un bouillon clairet, du chou-fleur rabougri et des haricots qui lui donneraient des gaz pour le restant de la semaine.

Leurs estomacs grognaient bruyamment lorsqu'ils entrèrent tous deux au chapitre. Ils parlèrent de choses et d'autres en avançant côte à côte — du temps et d'autres petits détails insignifiants destinés à noyer le poisson, songea la mère supérieure. Elle connaissait suffisamment l'abbé pour savoir qu'il cherchait à repousser le moment où il lui faudrait annoncer les nouvelles déplaisantes. Les nouveaux habits du religieux n'échappèrent pas au regard acéré de Winifred. Sa grande cape noire brillait discrètement au soleil, comme sa tonsure impeccablement rasée. Elle remarqua aussi que son tour de taille avait épaissi depuis sa dernière visite, deux semaines plus tôt.

Quel était le véritable objet de sa visite impromptue ? Pourquoi tournait-il autour du pot ? Elle la connaissait, la mauvaise nouvelle : la réparation du toit n'aurait pas encore lieu cette année ; ses sœurs et elle devraient subir un autre hiver de seaux, de bassines et de lits détrempés.

Peut-être saurait-elle tourner cette contrariété à son avantage... Porteur d'une si mauvaise nouvelle, l'abbé ne pourrait pas lui refuser l'autorisation de peindre le retable. Elle ferait appel à la plus petite parcelle de charité qu'il abritait au fond de son cœur.

Winifred croyait en la sainte Bible, ce qui ne l'empêchait pas de laisser un peu de place à l'interprétation des textes. Elle croyait par exemple que Dieu avait créé les hommes en premier, mais elle refusait de croire qu'Il les avait créés plus intelligents. Ayant fait vœu d'obéissance, elle respectait malgré tout la volonté de l'abbé — dans la limite du raisonnable. S'il ne pouvait lui donner un nouveau toit, il devrait s'incliner au sujet du retable. Elle méritait bien ce geste de considération. A presque soixante ans, Winifred ne connaissait aucune femme aussi âgée qu'elle. Elle était même plus vieille que la plupart des hommes de son entourage — plus vieille en tout cas que le père abbé —, et à ses yeux ce fait indéniable valait bien quelques privilèges.

Ils pénétrèrent dans le chapitre, une vaste salle traversée par les courants d'air, meublée de chaises à dossier droit et dominée par une imposante cheminée noircie. Winifred demanda à l'abbé s'il avait pensé à lui apporter de la tisane d'écorce de saule.

— Ce n'est pas la première fois que je vous en réclame, père abbé.

L'abbé s'installa sur la seule chaise confortable. Il considéra mère Winifred... avait-elle trop serré sa guimpe ou bien son visage était-il naturellement pincé ? Il baissa les yeux sur ses mains maculées de taches bleu foncé ; à l'évidence, elle avait passé sa matinée à cueillir des feuilles de guède. Produisant la matière brute d'une teinture bleue, l'arbuste à larges feuilles était un excellent substitut à l'indigo indien, rare et donc très cher, que les nonnes utilisaient dans leurs pigments.

— Cessez de penser à votre petit confort, mère Winifred, la rabroua-t-il gentiment.

La bouche de la religieuse prit un pli dur.

— Ce n'est pas à moi que je pensais, mais à l'arthrite de sœur Agatha. Elle souffre tellement qu'elle peut à peine tenir son pinceau. Si mes sœurs ne peuvent plus peindre...

Elle s'interrompit, laissant planer la menace.

— Très bien. Je vous enverrai de l'écorce de saule dès mon retour à l'abbaye.

— Il nous faudrait aussi de la viande. Mes sœurs ont besoin de prendre des forces pour travailler.

L'abbé se rembrunit, conscient des manœuvres de la religieuse. Winifred avait la désagréable habitude de retenir en otage ses enluminures, en échange d'un peu de confort matériel. Il n'était pas dans une position de force. Les travaux d'enluminures étaient de plus en plus demandés, même s'il se gardait bien de le dire à Winifred.

Il eût été injuste d'affirmer que l'abbé Edman haïssait les femmes. Il ne leur trouvait simplement aucune utilité et se demandait souvent pourquoi Dieu, dans Sa sagesse infinie, avait choisi de créer un outil aussi conflictuel pour reproduire Ses enfants. Edman était convaincu que les hommes et les femmes ne pourraient jamais vivre en harmonie. S'il n'y avait pas eu la femme, Adam serait resté au paradis et tous les hommes y vivraient encore. Malheureusement, l'Angleterre n'avait rien de l'Eden et comme ce couvent faisait partie de sa paroisse, il était obligé de le visiter régulièrement. Mais il s'arrangeait toujours pour régler rapidement ses affaires et prenait congé aussi vite que la politesse le lui permettait.

Comme il tentait de se détendre dans cette atmosphère affreusement féminine — pourquoi les femmes vouaient-elles une passion aussi futile aux fleurs ? —, il songea aux frères qui éprouvaient des difficultés à respecter leur vœu de célibat. Edman était lui-même célibataire, bien que ce ne fût pas une exigence pour un prêtre. En fait, la plupart d'entre eux étaient mariés, ce qui ne cessait de l'étonner. Plus surprenant encore à ses yeux avait été l'incident de l'an 964 ; l'évêque Ethelwold avait alors demandé aux prêtres mariés de la cathédrale de Winchester de choisir entre leur épouse et leur travail, et tous, à une exception près, avaient choisi leur femme. Le célibat ne posait aucun problème à Edman car il n'avait jamais éprouvé de désir physique pour une femme ; ce genre d'attirance lui paraissait même inconcevable. Issu d'un milieu pauvre, gardant de très vagues souvenirs de sa mère et très vite orphelin de son père, un pêcheur, Edman avait dû faire preuve de ruse et de débrouillardise pour survivre dans la ville portuaire ; il avait même servi de bête de somme aux femmes de ferme et aux épouses de pêcheurs. Combien de coups injustement assenés avait-il reçus ? Impossible d'en faire le compte. Mais ces châtiments lui avaient appris qu'il n'y avait aucune once de compassion ou de tendresse dans le cœur d'une femme. Il avait eu la grande chance de rencontrer un curé de campagne qui lui avait appris à lire et à écrire, l'arrachant du même coup à une vie de misère et d'humiliation. Puis il était entré dans les ordres et, usant de son ambition, de son intelligence et de son entregent, il avait rapidement gravi les échelons de la hiérarchie cléricale et dirigeait à présent l'illustre abbaye ainsi qu'un ordre prospère de scribes bénédictins.

Pour toutes ces raisons, les visites obligatoires au prieuré de Sainte-Amélie l'agaçaient profondément. Elles auraient pu être effectuées par un de ses subalternes ; de fait, il lui était arrivé un jour d'envoyer au couvent un de ses subordonnés qu'il avait chargé de récupérer un manuscrit enluminé. Mère Winifred avait été tellement contrariée qu'elle avait refusé de le lui remettre, prétendant qu'il n'était pas encore terminé et laissant entendre qu'il resterait en l'état si l'abbé ne se donnait pas la peine de se déplacer personnellement. Sans qu'il puisse s'expliquer comment, cette femme lui obéissait et lui résistait en même temps. Mais Edman restait inflexible sur certains points — son désir de peindre un retable, par exemple — et elle ne contestait pas ses ordres, dans ces cas-là. Dieu merci, car l'abbé n'aurait pu se passer de son talent, avec la demande d'enluminures toujours croissante.

Malgré sa répugnance à visiter le couvent, il était obligé de reconnaître que de tels endroits recouvraient une véritable utilité. Combien de femmes envoyait-on dans des couvents afin qu'elles y mènent une vie respectable et protégée, leur évitant ainsi de créer des problèmes aux hommes de leur entourage ? Certaines d'entre elles préféraient la compagnie de leurs congénères, toutes ces femmes qui rechignaient à obéir aux hommes et qui se croyaient égales ou même supérieures à eux, persuadées — quelle farce ! — qu'elles étaient capables de penser par elles-mêmes. Pour toutes ces raisons, l'existence des couvents satisfaisait à la fois les hommes et les femmes. Si seulement elles n'étaient pas aussi obsédées par la propreté ! Une franche odeur de transpiration n'avait jamais tué personne, mais Winifred et sa coterie, comme toutes les dames de la bonne société, sentaient la lavande et la tanaisie qu'elles épandaient sur leur matelas pour éloigner les puces.

— Comment s'est passé votre séjour à Canterbury, père abbé ? s'enquit mère Winifred par pure politesse.

Elle espérait qu'il répondrait succinctement ; à en juger par sa besace bien remplie, il avait apporté du travail pour ses sœurs et il lui faudrait préparer sans tarder de nouveaux pigments.

Edman se concentra. Il avait assisté à un spectacle étrange à la cathédrale de Canterbury. Il s'agissait d'une « pièce » au cours de laquelle des hommes costumés contaient une histoire.

Création récente des prêtres de la ville, ce spectacle avait fait partie des offices de Pâques. Quand un moine déguisé en Diable avait surgi sur la scène, une vague de panique et de haine mêlées s'était abattue sur les fidèles, qui s'étaient jetés sur le pauvre homme, manquant le tuer. Selon ses inventeurs, ce genre de numéro était destiné à rendre la Bible plus accessible au grand public, mais l'abbé n'était guère convaincu par leurs arguments. Si les gens pouvaient se contenter de regarder une histoire, pourquoi continueraient-ils à écouter les sermons ? Les hommes cultivés cesseraient-ils de lire la Bible ? Ces « pièces » disparaîtraient peut-être rapidement. En tout cas, il n'avait aucune intention d'en présenter dans son abbaye.

Annonçaient-elles de grands changements dans la société actuelle ? Vingt-deux ans plus tôt, déjà, l'Eglise avait estimé que les temps changeaient si profondément que la fin du monde n'était pas loin.

Le passage au millénaire s'était révélé tellement décevant ! Tout ce battage, cette hystérie collective, ces festins et ces orgies, tous ces gens qui couraient se confesser, les suicides et les prophètes de malheur... Tout le monde avait cru alors que Jésus allait revenir et que la fin du monde approchait. Et ces débats sans fin ! Fallait-il compter mille ans après la naissance du Christ, ou mille ans après sa mort ? Le millénaire marquait-il le retour du Christ ou au contraire l'avènement du règne de Satan ? La destruction du Saint-Sépulcre par les musulmans était-elle un signe ? Cet épisode ayant eu lieu en 1009, pouvait-on considérer qu'il faisait encore partie du passage au millénaire ? A l'époque jeune ecclésiastique, l'abbé Edman avait rallié le mouvement de la Paix de Dieu afin de contrebalancer le poids des seigneurs féodaux. Evidemment, l'obsession du Jugement dernier avait eu quelques conséquences bénéfiques. Un riche propriétaire de la région avait fait don de toutes ses terres et de sa fortune à l'abbaye Portminster avant d'aller célébrer le réveillon du nouveau millénaire au Vatican, vêtu d'un sac en toile de jute et maculé de cendre. Au matin du 1er janvier de l'an 1000... rien ne se produisit. Ce fut une matinée froide comme les autres, avec son lot de douleurs et de flatulences.

— Tout s'est très bien passé, Dieu merci, répondit-il finalement en espérant que ces inanités ne déboucheraient pas sur la sempiternelle requête de la mère supérieure.

Combien de fois lui avait-il refusé l'autorisation de peindre ce fichu retable ? Ignorait-elle que s'opposer à la volonté d'un abbé équivalait à s'opposer à la volonté de Dieu lui-même ?

Non, elle en était tout à fait consciente, bien sûr. C'était d'ailleurs pour cette raison qu'elle respectait son refus. Cette femme était un modèle de docilité chrétienne, même s'il lui arrivait d'utiliser la confession pour glisser çà et là quelques-unes de ses exigences.

« Je suis coupable du péché de faim, murmurait-elle alors dans le secret du confessionnal, et j'aimerais que le père abbé nous apporte davantage de nourriture, à mes sœurs et à moi. »

Ignorant la provocation, il lui ordonnait de réciter trois Notre Père pour son péché de gourmandise.

L'irritation de l'abbé était fortement tempérée par un sentiment de pitié. Pauvre Winifred... A peine le nouveau couvent avait-il ouvert ses portes que les nonnes, les invitées et les élèves de Sainte-Amélie avaient quitté en masse l'ancien prieuré pour s'installer dans les locaux confortables et chaleureux de la Vraie-Croix. Rien d'étonnant, au fond. Winifred utilisait le bois et le charbon avec parcimonie, elle préparait des repas chiches et interdisait les animaux domestiques à l'intérieur du couvent. Les invitées se plaignaient souvent auprès du père abbé des conditions austères dans lesquelles elles vivaient. A présent, elles étaient confortablement logées dans le nouveau couvent, où les feux crépitaient dans les cheminées et où la table du souper offrait de la viande et du vin à discrétion. Quant à la pauvre Winifred, elle se retrouvait là, dans ces bâtisses pleines de courants d'air, entourée d'une escorte réduite mais fidèle. S'il n'y avait pas eu leur production régulière de splendides enluminures, il aurait fermé cet endroit délabré depuis belle lurette.

Dame Mildred avait préparé des galettes d'avoine au miel, destinées à requinquer les sœurs fatiguées. Comme leur stock de victuailles était au plus bas, elle avait confectionné onze petites galettes, une pour chaque sœur plus une pour Andrew, le gardien. Se sentant obligée d'offrir quelque chose à l'abbé, elle sortit le plateau, prête à sacrifier sa propre galette au nom de l'hospitalité. A son grand étonnement — et à celui de mère Winifred —, l'abbé saisit trois galettes d'un coup et les enfourna gloutonnement. Abasourdies, elles le regardèrent mâcher le précieux mélange d'avoine et de miel. Il avala bruyamment puis s'empara de trois autres galettes. En un éclair, il les rafla toutes, provoquant la colère de mère Winifred.

Le père Edman fit glisser les gâteaux insipides à l'aide d'une grande gorgée de bière plate, feignant d'ignorer le regard qu'échangèrent les deux femmes. Il ne tenta pas d'excuser son appétit : Dieu tenait à ce que ses serviteurs soient bien nourris. Comment pourrait-il rassembler de nouveaux fidèles s'il avait l'air d'un épouvantail ? Le païen ne s'interrogerait-il pas : « Si votre Christ est bon, pourquoi affame-t-il ses enfants ? » L'abbé Edman prenait à cœur sa mission d'évangélisation car, si l'Angleterre affichait toutes les marques de la chrétienté, il n'en demeurait pas moins qu'ils étaient encore nombreux, ceux qui vénéraient les arbres et les cercles de pierres. Les anciennes superstitions et les rites païens survivaient sous un fin vernis de piété feinte ; la bataille pour l'évangélisation s'annonçait longue, peut-être même sans fin. L'abbé Edman se considérait comme un guerrier du Christ, et tout le monde savait que les soldats devaient se nourrir correctement.

Après s'être essuyé les mains sur sa soutane, il ouvrit sa besace et sortit les pages à enluminer. Il avait également apporté un livre que Winifred devrait décorer. Autre signe des temps : les gens qui ne faisaient pas partie du clergé commençaient à s'intéresser aux livres.

— Le client souhaite avoir son portrait sur la page de garde ; il sera sur son cheval, avec son armure, son bouclier et sa lance. Et il aimerait que son épouse soit représentée au début d'un psaume.

Winifred hocha la tête. Il s'agissait là d'une demande courante et elle avait coutume de choisir le psaume 101 pour peindre la femme d'un gentilhomme. En latin, ce texte débutait par la lettre D, qui offrait suffisamment de place ainsi que la forme idéale pour y dessiner un personnage. En outre, la première phrase, qui disait « Je chanterai ton amour », ravissait toujours la gente féminine.

Alors que les enluminures décoraient une vaste palette d'ouvrages autant en Angleterre qu'en Europe, des Evangiles aux livres liturgiques en passant par des textes extraits de l'Ancien Testament ou encore des recueils d'auteurs anciens réalisés par des copistes carolingiens, le père Edman s'était spécialisé dans les psautiers, recueils de psaumes décorés de scènes bibliques d'une beauté et d'une qualité nulle part égalées, grâce à Winifred et à son style vivant et chaleureux, figurant des personnages en action arborant des étoffes chatoyantes. Formée dans sa jeunesse par un artiste de l'école de Winchester, ses œuvres offraient une riche palette de bleus et verts, regorgeant d'animaux soulignés de somptueuses frises de feuilles ; Winifred ajoutait également sa griffe avec des spirales et des volutes, des entrelacs et des animaux enchevêtrés qui rappelaient l'art de la forge chez les Celtes.

Les centres d'édition se livraient une concurrence acharnée, chaque abbaye, chaque cathédrale désirant que ses ouvrages remportent le plus grand succès auprès des rois et de la noblesse. Mais la production d'enluminures était un travail de longue haleine, et la plupart des cathédrales ou des monastères n'éditaient que deux livres par an. L'un des prédécesseurs d'Edman avait donc eu l'idée de confier cette tâche aux nonnes de Sainte-Amélie ; avec leurs mains plus fines, leurs yeux plus acérés et leur goût du détail, elles dessineraient les lettrines pendant que les moines recopieraient les textes. Par fierté, l'ancien abbé n'avait révélé à personne que les enluminures étaient réalisées par des femmes, et tout le monde continuait à croire que les moines de l'abbaye de Portminster produisaient ces petits chefs-d'œuvre prodigieux à une vitesse phénoménale. « Ils travaillent au même rythme que Dieu », se plaisait-il à répéter.

A présent, un problème se présentait à eux : Sainte-Amélie ne recevait plus aucune novice et les premières nonnes artistes, vieillissantes, commençaient à fatiguer. Heureusement, l'évêque avait trouvé une solution brillante, mais l'abbé Edman savait que cette dernière ne plairait pas à Winifred.

Il allait devoir peser ses mots, car il ignorait tout de sa réaction lorsqu'il lui annoncerait la nouvelle. Il fallait avant tout qu'il mate l'instinct rebelle qui couvait en elle. S'il n'y parvenait pas, tout tomberait à l'eau. Mais l'abbé était un homme ambitieux. Si diriger une abbaye était un signe de réussite, il se destinait à des missions plus gratifiantes encore. On était en train de bâtir une nouvelle cathédrale à Portminster, un évêque y serait nommé lorsqu'elle serait terminée. Le père Edman avait bien l'intention d'être celui-là. Pour ce faire, il devait veiller à ce que Winifred continue de produire ses enluminures, son avenir en dépendait.

Pendant que l'abbé avalait à lui seul les gâteaux destinés à nourrir onze personnes, Winifred avait fait chercher les manuscrits achevés. Repu, Edman entreprit de les examiner. Comme toujours, les couleurs étaient éclatantes, d'une beauté à couper le souffle. L'abbé aurait juré qu'en effleurant le rouge il sentirait un pouls battre sous ses doigts ; en humant le jaune, l'odeur des boutons d'or lui chatouillerait les narines. Quel contraste entre Winifred, si terne, si austère, et ses créations pétulantes, si pleines de vie !

Il ne la félicita pas pour le travail accompli — il ne le faisait jamais, et Winifred n'attendait d'ailleurs aucun compliment de sa part. Elle décela néanmoins de l'admiration dans son regard et en éprouva une once de fierté. Rassérénée, elle en profita pour formuler une fois encore la requête qui lui tenait tant à cœur.

L'abbé écouta patiemment ses explications.

— J'aimerais offrir quelque chose à sainte Amélie pour la remercier de tout ce qu'elle m'a apporté...

En son for intérieur, il formulait déjà son refus. Il ne pouvait la laisser s'investir dans un projet qui s'étalerait sur plusieurs mois alors qu'il comptait sur elle pour transmettre son savoir à de jeunes nonnes.

Il s'éclaircit la gorge avant de prendre la parole, feignant d'avoir longuement réfléchi à sa requête.

— Sainte Amélie sait déjà tout ce que vous avez fait pour elle, ma mère, cela ne fait aucun doute.

— Dans ce cas, pourquoi cette idée de retable vient-elle me hanter régulièrement ? J'y pense jour et nuit.

— Peut-être devriez-vous orienter vos prières là-dessus, suggéra-t-il.

— C'est ce que j'ai fait, et j'y pense encore plus. Il fait même partie de mes rêves, depuis quelque temps. Je sens la main de Dieu qui me guide.

L'abbé se rembrunit. Le terrain devenait dangereux. Que se passerait-il si toutes les femmes s'imaginaient recevoir des ordres de Dieu en personne ? Les épouses n'obéiraient plus à leur mari, les filles tiendraient tête à leur père et la société basculerait dans le chaos.

— Il se trouve, ma mère, que sainte Amélie n'aura plus besoin de ce retable.

La religieuse haussa ses sourcils presque invisibles.

— Pourquoi ?

Il se racla de nouveau la gorge, nerveusement cette fois.

— Je crains que... que Sainte-Amélie ne ferme bientôt ses portes.

Winifred le considéra d'un air interdit tandis qu'un silence pesant s'abattait sur la pièce. Des bruits de pas filtraient à travers les lourdes portes en bois. Au bout d'un moment, elle demanda dans un murmure :

— Que voulez-vous dire ?

Il se redressa sur son siège.

— Ce que j'essaie de vous dire, ma mère, c'est que ces bâtiments sont trop vieux et trop délabrés pour être réparés. Ce serait une perte d'argent que d'entreprendre des travaux ici. J'ai eu une longue discussion avec l'évêque ; d'un commun accord, nous avons décidé de vous reloger, vos sœurs et vous, au couvent de la Vraie-Croix et de fermer définitivement cet endroit.

— Mais notre travail... les enluminures...

— Vous continuerez, bien sûr. En outre, vous serez chargée de former une nouvelle génération de nonnes afin qu'elles puissent perpétuer la tradition.

Winifred observa un long silence. Pas une seconde elle n'avait imaginé une nouvelle aussi désastreuse.

— Et sainte Amélie, dans tout ça ?

— Elle aura sa propre chapelle dans la nouvelle cathédrale de Portminster.

A cette heure tardive, la chapelle était vide et silencieuse. Seule une silhouette se détachait dans l'obscurité, auréolée par la lueur vacillante d'un cierge : Winifred, agenouillée.

Jamais encore elle n'avait connu un désespoir aussi intense. Cette journée qui avait commencé avec des couleurs éclatantes, pleines de joie et de promesses, était à présent lugubre comme un hiver anglais. Etre chassée du seul foyer qu'elle ait jamais connu ! Repartir de zéro, à son âge avancé, pour transmettre toute une vie de savoir et d'expérience à des jeunes filles ! Il lui faudrait aussi annoncer à ses chères sœurs qu'elles allaient être relogées et devraient s'habituer, après des années de routine rassurante, à un nouveau rythme de vie. Comment une telle chose avait-elle pu se produire ? Un dévouement de plusieurs décennies n'avait donc aucune espèce de valeur ?

Mais le pire, oui, le pire de tout, serait d'être séparée de sa sainte vénérée.

Winifred avait passé les trois quarts de sa vie à prier sainte Amélie, tous les jours. Elle n'avait jamais quitté le prieuré car elle ne voulait pas s'éloigner de sa sainte. C'était Amélie qui lui donnait sa force et sa sagesse. Amélie était bien plus qu'une femme décédée un millénaire plus tôt, elle était la mère que Winifred avait à peine connue, la fille qu'elle n'avait pas eue, les sœurs qu'elle avait enterrées au cimetière de l'église. Et maintenant, assise dans la chapelle silencieuse, Winifred était obligée de lui dire au revoir. Elle avait l'impression de se tenir au bord d'un gouffre profond, terrifiant.

« Père abbé, avait-elle articulé lorsqu'elle s'était remise du choc causé par l'annonce de la nouvelle, cela fait quatre décennies que je vis entre ces murs. Je ne connais aucun autre foyer. C'est ici que sainte Amélie m'a offert mon talent de peintre. Comment pourrais-je quitter ces lieux ? Je perdrai mon don si je pars d'ici.

— Sottises, avait rétorqué l'abbé. Votre don vous vient de Dieu ; vous pourrez toujours rendre visite à sainte Amélie de temps en temps, quand elle aura été transférée à la cathédrale. »

Rendre visite à sainte Amélie de temps en temps... J'en mourrai.

Des émotions contradictoires se disputaient son cœur. Depuis sa plus tendre enfance, on lui avait appris qu'il fallait obéir au père, au mari, au prêtre, à l'église. A certaines époques de sa vie, pourtant, elle s'était sentie investie d'un bon sens exceptionnel qui l'avait poussée à prendre de meilleures décisions que celles qu'on lui indiquait. La nuit du passage au millénaire en était la parfaite illustration : le prédécesseur du père Edman lui avait ordonné de venir prier avec ses sœurs à l'abbaye de Portminster afin d'être en sécurité. Mais Winifred avait senti tout au fond d'elle qu'elles seraient plus en sécurité auprès de sainte Amélie et, forte de cette conviction, elle avait désobéi à l'abbé. Le soir du réveillon, une vague d'hystérie avait déferlé sur l'abbaye. Une émeute avait éclaté, l'abbé n'avait pas réussi à contenir ces débordements et il y avait eu plusieurs blessés graves. Sa propre peur du nouveau millénaire n'avait fait qu'attiser la foule facilement influençable. La désobéissance de Winifred avait sauvé ses sœurs et ses invitées.

Que devait-elle faire, dans ce cas précis ? Les solutions demeuraient floues dans son esprit. Elle leva les yeux sur le reliquaire qui reposait sur l'autel, auréolé d'une pâle lueur. Même lorsqu'elle veillait sur soixante pensionnaires, nonnes, invitées et élèves confondues, s'occupant du confort matériel et spirituel des pèlerins qui affluaient jadis à Sainte-Amélie, elle n'avait à aucun moment ressenti le poids d'une responsabilité aussi lourde.

Une bouffée d'amertume l'envahit : avec un peu d'argent et quelques travaux, Sainte-Amélie aurait vite retrouvé son allure. Ce qui la peinait le plus, toutefois, c'était de devoir contraindre ses sœurs à une inactivité qui les accablerait inévitablement, puisque le père abbé souhaitait les remplacer par de jeunes sœurs formées aux techniques de l'enluminure. « Permettez à Agnès et à Edith de reposer leurs mains fatiguées ; elles pourront savourer sereinement leurs derniers jours. Laissez de jeunes mains poursuivre leur ouvrage », avait-il argumenté. Winifred avait alors souligné que ses sœurs aimaient leur travail ; les déloger de Sainte-Amélie leur ôterait leur raison de vivre. L'abbé était resté inflexible.

Winifred s'était soudain sentie vieille et inutile, comme une aiguille à coudre cassée dont on se débarrasse sans regret. La jeunesse prévalait sur la vieillesse. Comme un tas de feuilles pourries qu'on balaie pour faire place aux nouveaux bourgeons, elles étaient tout bonnement mises à l'écart, ses sœurs et elle.

Pour la première fois depuis des décennies, Winifred était au bord du désespoir. Cet humble prieuré avait survécu à trois siècles de tempêtes, d'inondations, d'incendies et d'invasions vikings, et voilà qu'il était supplanté par un vulgaire morceau de bois !

Craignant tout à coup de nourrir des pensées sacrilèges — ce n'était tout de même pas « un vulgaire éclat de bois » qu'abritait le nouveau couvent! —, Winifred joignit les mains et s'écria :

— O sainte Amélie, je ne vous ai jamais rien demandé...

C'était la vérité. Alors que les gens venaient chercher auprès d'elle des guérisons, des conseils et des faveurs, mère Winifred ne lui avait jamais adressé que des prières de remerciement. Mais, ce jour-là, elle avait une requête à formuler ; il ne s'agissait pas d'une requête concrète, elle ne cherchait ni une guérison, ni un mari, ni un conseil amoureux, rien de tout ça, non. Winifred implorait sainte Amélie de la guider sur la bonne voie.

— Dites-moi ce que je dois faire.

Quarante années de retenue cédèrent soudain sous la pression du désespoir.

— Aidez-moi, je vous en prie !

Aveuglée par le chagrin, elle fit une chose qu'elle n'avait

encore jamais faite : elle se jeta sur l'autel et serra le reliquaire contre sa poitrine.

Réalisant brusquement son geste — le coffret d'argent n'avait jamais été effleuré que par un plumeau —, elle se redressa rapidement en bredouillant des paroles d'excuse. Elle se signa d'une main tremblante. Comme elle reculait, elle se prit le pied dans l'ourlet de son habit et, sur le point de tomber à la renverse, agrippa la nappe pour retrouver l'équilibre. En vain. Dans sa chute, elle entraîna tout avec elle : les vases, les chandeliers, le reliquaire.

Winifred heurta les marches et roula au sol en se cognant violemment la tête. Elle perdit connaissance quelques instants ; quand elle revint à elle, elle était allongée sur le dos au pied de l'autel. Son regard trouble fixait l'échafaudage au-dessus d'elle ; une violente douleur lui vrillait le crâne. Elle voulut bouger, mais quelque chose clouait son bras au sol.

Le reliquaire. Brisé, ouvert.

Pour la première fois depuis presque mille ans, les ossements de la sainte gisaient à l'air libre.

Winifred se releva d'un bond.

— Sainte Mère de Dieu ! murmura-t-elle en contemplant d'un air horrifié les reliques profanées.

Son cœur battait à coups redoublés dans sa poitrine. Que devait-elle faire ? Existait-il un rituel spécial pour remettre les ossements d'une sainte à leur place ? L'abbé ! Elle devait avertir le père abbé, sur-le-champ.

Au même instant, quelque chose attira son attention. Refrénant son envie de s'enfuir à toutes jambes, mère Winifred s'agenouilla lentement et contempla d'un air émerveillé les os délicats éparpillés sur les marches. Ils ressemblaient à des coquillages ou à des petits cailloux qu'on aurait ramassés dans le lit d'une rivière, lisses et fragiles, un doigt par ici, un bras par là. A sa grande surprise, le squelette était presque complet, mais les ossements étaient mélangés et friables. Le crâne était encore relié au cou, le cou aux clavicules. Les côtes avaient disparu depuis longtemps et le bassin était en morceaux. Mais c'était le cou qui avait attiré le regard de Winifred, car il y avait quelque chose là...

Elle se pencha davantage et plissa les yeux pour tenter de mieux voir. A la base du crâne, à l'endroit où se rejoignaient les deux premières vertèbres...

Ses yeux s'agrandirent de surprise. Elle se releva et attrapa le cierge pour l'approcher des ossements. Elle retint son souffle. La flamme vacillante dansait sur les os pâles tandis qu'à l'intérieur quelque chose étincelait étrangement.

Winifred fronça les sourcils. Les os ne brillent pas, d'ordinaire.

Elle approcha encore la bougie et se pencha un peu plus, pupilles rétrécies, pour mieux scruter la fissure entre les deux vertèbres. Une brise légère s'engouffra dans la chapelle et fit vaciller la flamme ; à l'intérieur des os, l'étincelle jaillit de nouveau.

De quoi s'agissait-il ?

Un frisson la parcourut alors qu'elle se trouvait seule dans la chapelle silencieuse, agenouillée devant les ossements millénaires. Tout à coup, elle eut l'étrange impression de ne plus être seule. Elle regarda autour d'elle. La chapelle était déserte. Il n'y avait pas âme qui vive. Sous sa guimpe, pourtant, ses cheveux se hérissèrent et sa nuque se couvrit de chair de poule.

Il y avait *quelqu'un* dans la chapelle.

Dans un éclair, elle sut. C'était sainte Amélie, arrachée de force à son long sommeil.

— Pardonnez-moi, je vous en prie, chuchota Winifred d'une voix tremblante tandis qu'elle songeait à un moyen de rassembler les os pour les remettre dans le reliquaire.

Elle devrait opérer religieusement, avec le plus grand respect — et à l'insu de tous. C'était une certitude, à présent : les os s'étaient dévoilés à elle, et à elle seulement. C'était un signe. Sainte Amélie voulait lui dire quelque chose.

Lorsque la flamme trembla et que l'étincelle jaillit de nouveau à l'intérieur du cou, Winifred tendit une main hésitante et, du bout de l'index, effleura les ossements secs et crayeux. Les vertèbres étaient tellement vieilles et desséchées qu'elles s'ouvrirent en deux, comme les deux moitiés d'une coquille de noix. En se désintégrant, elles dévoilèrent un objet d'une beauté si saisissante que Winifred tomba à la renverse en poussant une exclamation de surprise.

Logée dans le cou de sainte Amélie se trouvait la plus belle pierre que Winifred ait jamais vue. Une pierre d'un bleu unique.

Elle la garda sur elle, bien cachée au fond d'une poche de son habit. La pierre bleue nichée dans la gorge de sainte Amélie. Elle n'en parla à personne après avoir replacé les os dans le reliquaire puis ce dernier sur l'autel de la chapelle. Elle avait besoin de temps pour réfléchir à sa mystérieuse découverte. Comment la pierre s'était-elle retrouvée dans la gorge de leur sainte patronne ? Etait-ce un signe de sa part ? Oui, bien sûr, c'en était un ; cela faisait mille ans que les ossements reposaient à l'intérieur du reliquaire, pourquoi auraient-ils choisi ce moment précis pour s'exposer au grand jour ? La réponse lui parut évidente : après le départ de l'abbé, un désespoir sans nom l'avait terrassée. Amélie avait alors choisi de lui parler par le biais de la pierre bleue.

Mais comment interpréter son message ? Avait-il un rapport avec leur installation au nouveau couvent ? Si oui, Amélie lui ordonnait-elle de partir ou au contraire de rester ? Pour la première fois de sa vie, Winifred se sentait totalement désemparée. Le sort de plusieurs femmes reposait entre ses mains.

Toutes étaient si fragiles ! Il y avait cette pauvre dame Odelyn, âgée et boiteuse, qui passait des heures auprès du puits, à attendre que quelqu'un puise de l'eau pour elle. Odelyn avait rejoint Sainte-Amélie il y a très longtemps, après que les Vikings eurent décimé toute sa famille. Dissimulés au fond du puits de sa propriété, les bijoux dont elle avait hérité lui avaient permis de résider à vie au couvent. Mais depuis ce jour fatidique où, à peine sortie de sa cachette, elle avait enjambé les cadavres mutilés de ses parents, de ses frères et sœurs pour descendre dans le puits et récupérer les bijoux dissimulés par son père, Odelyn avait une peur panique des puits. Il y avait aussi sœur Edith, qu'on devait accompagner tous les soirs au *necessarium* car elle se perdait en chemin. Et Agathe, qu'on devait faire manger lorsque son arthrite se réveillait. La liste était longue. Comment Winifred pourrait-elle annoncer à ces femmes qu'elles allaient devoir abandonner tous les points de repère qui leur facilitaient la vie pour tenter de s'adapter à un environnement totalement étranger ?

En quête d'une réponse, elle reporta toute sa attention sur la pierre bleue. Obsédée par ses couleurs, elle tentait de les recréer, en pensée, avec ses mélanges de pigments. Levant à la lumière la pierre à demi transparente, elle voyait une explosion de bleu cyan, des rubans de bleu ciel et de bleuet, des lacs de saphir, des océans bleu vert. La couleur changeait sans cesse. Elle examina la pierre à la lumière du soleil et à la lueur des bougies, pendant un orage et à la tombée du jour, et elle vit l'azur, le turquoise, l'outremer, le lapis, le bleu marine, l'indigo et le bleu canard. La couleur et la composition de la pierre la fascinaient. Elle n'était pas vraiment transparente car il y avait une espèce de nuage en son cœur, un agrégat de particules qui étincelait lorsqu'un rayon de soleil le transperçait. C'était comme une boule d'argent blanchâtre qui changeait de forme selon l'angle d'observation. Un matin, elle accrocha la pierre à un cordon et la laissa tournoyer lentement au soleil. On eût dit que la matière bougeait, se modifiait. C'était extraordinaire. Comme hypnotisée, Winifred crut presque voir la silhouette d'une femme emprisonnée en son sein, une femme qui lui faisait signe...

Comme elle aurait aimé la peindre sur un parchemin ! Mais il eût fallu un miracle pour qu'elle puisse trouver de tels bleus, une telle lumière et une telle transparence, des teintes aussi cristallines...

— Vous n'avez pas touché à votre petit déjeuner, fit observer dame Mildred d'un ton inquiet après que les sœurs eurent quitté le réfectoire pour se rendre au scriptorium.

Cela ne ressemblait pas à la frugale Winifred de ne pas vider son assiette. Elle n'avait même pas bu son tonique du matin. Winifred avait l'habitude de défier l'hiver en buvant chaque matin une décoction de sept herbes printanières. Depuis ses premières années de jeune novice, elle ressourçait chaque année son corps avec une infusion de racines de bardane, de feuilles de violette, d'ortie romaine, de moutarde et de pissenlit, de jeunes bulbes de lis et d'oignon sauvage. Le tout donnait une boisson au goût peu agréable mais extrêmement revigorante.

— Je vous trouve bizarre depuis la visite de l'abbé, reprit dame Mildred.

Aux yeux de Winifred, cette dernière ressemblait aux petits chiens qu'affectionnaient particulièrement les dames, ceux qu'elles portaient dans leur manchon et qui vous regardaient avec de grands yeux limpides. Rien n'échappait à sa vigilance, d'autant que son domaine d'activité la plaçait au cœur de la vie du couvent. Les sœurs venaient lui confier leurs maux et leurs petits tracas et elle leur préparait des liniments, des toniques, des remèdes ou des mets roboratifs. Malgré sa petite taille et sa silhouette menue, dame Mildred était mille fois plus vigoureuse et perspicace que le replet abbé.

— Les nouvelles qu'il apportait étaient-elles donc si mauvaises ? insista-t-elle.

— La toiture ne sera pas refaite cette année, je vous l'ai dit, répondit Winifred.

Ce n'était pas toute la vérité, mais ce n'était pas non plus un mensonge. Elle désirait prier encore un peu avant d'annoncer la mauvaise nouvelle à ses sœurs. Elle avait réussi à amadouer l'abbé en arguant que ces dernières seraient incapables de terminer leurs travaux en cours si elles apprenaient qu'elles devraient bientôt quitter leur cher couvent ; il lui avait accordé un sursis de deux mois. Passé ce délai, elles devraient partir. En attendant, Winifred méditait sur la miraculeuse découverte de la pierre bleue, cherchant désespérément à décrypter son message.

Feignant d'ignorer la mine sceptique de Dame Mildred, Winifred se rendit au *scriptorium*, où ses sœurs étaient déjà au travail ; plongées dans un silence révérencieux, elles illustraient des scènes bibliques dans des tons et avec une précision tellement saisissants que toute l'Angleterre saluerait bientôt leur beauté. Les pigments demeuraient l'ingrédient indispensable à la création d'enluminures réussies. A quoi servait le talent de l'artiste s'il n'avait à sa disposition que des peintures de qualité médiocre ? Hélas, leurs réserves étaient au plus bas. Winifred avait demandé quelques pièces à l'abbé pour acheter des fournitures, mais il avait refusé, comptant sur l'ingéniosité de la religieuse, habituée à faire des miracles avec le peu dont elle disposait.

Winifred songea à la nouvelle bague qui ornait la main de l'abbé. Probablement un cadeau d'un bienfaiteur de l'abbaye. Cette seule bague lui aurait permis d'acheter à ses nonnes un an de pigments, et de la meilleure qualité qui fût. Peut-être même aurait-elle pu trouver de la malachite, dont elle aurait tiré des verts somptueux. Au lieu de ça, elles devaient se contenter des verts obtenus avec la bourdaine et le mûrier et même, en cas de pénurie grave, avec les baies de chèvrefeuille et les feuilles de solanacées. Cette fois, elles devraient sans doute extraire le jus des fleurs d'iris, un procédé délicat qui demandait de l'adresse et une bonne dose de patience. Lorsqu'on le mélangeait à l'alun, le jus violacé se transformait en un vert pâle de toute beauté. La réussite de cette transformation tenait à un secret détenu uniquement par Winifred et qui consistait à ôter soigneusement tout le pollen de la fleur.

N'était-il pas injuste que l'abbé, avec sa belle bague, obligeât les sœurs à accomplir tout ce surcroît de travail ?

Cette année, elles devraient aussi fabriquer leurs jaunes avec de l'écorce de pommier. Si seulement elle avait pu acheter du safran ! Seul le safran imitait l'or à la perfection. Il suffisait de mélanger une pincée de poudre de safran à un peu de blanc d'œuf, et on obtenait un jaune d'or légèrement transparent, magnifique. Winifred aimait glacer avec ce jaune les fioritures qui ornaient les lettrines de couleur ; elle l'utilisait aussi pour peindre des cadres dorés autour des enluminures ou pour éclairer çà et là les pages d'écritures en rouge et noir.

Hélas, elles n'avaient pas de safran et l'abbé, lui, se pavanait avec son gros rubis au doigt !

Elle réprima de justesse une plainte de désespoir et de frustration mêlés. L'abbé s'attendait à ce qu'elle fasse des miracles et il voulait en plus qu'elle enseigne tout son savoir à de jeunes nonnes ! Pas seulement les techniques du dessin, de la peinture et de la fabrication des pigments, mais aussi comment acheter les bonnes fournitures sans se faire escroquer. Ne se rendait-il pas compte que, durant toute cette phase d'apprentissage, les élèves ne produiraient que des enluminures médiocres ? Ne voyait-il pas que la réputation de ses ouvrages souffrirait jusqu'à ce que les novices aient atteint le niveau d'excellence des sœurs qu'il aurait écartées sans scrupules ? Son manque de clairvoyance la mettait hors d'elle. Comme tous les hommes, l'abbé ne songeait qu'à l'instant présent, songea-t-elle avec amertume. C'était aux femmes qu'incombait la délicate mission d'anticiper l'avenir.

— Mère Winifred !

La voix cristalline de dame Mildred l'arracha à ses sombres pensées. Cette dernière pénétra en trombe dans le scriptorium ; ses sandales claquaient sur le pavé.

— Le marchand ambulant est là ! M. Ibn-Abu-Aziz-Jaffar !

Une bouffée de joie envahit Winifred.

— Dieu soit loué ! s'écria-t-elle.

C'était un autre signe de Dieu, sans aucun doute : alors que la pénurie menaçait, Dieu Tout-Puissant leur envoyait le vendeur de pigments !

— Que Dieu vous bénisse, monsieur Jaffar ! s'exclama-t-elle

en remontant l'allée d'un pas pressé, son voile noir gonflé par le vent.

— Qu'Il vous bénisse aussi, chère madame ! répondit-il en ôtant prestement son chapeau avant de se courber avec grâce.

Avec son teint basané et sa barbe grise soigneusement taillée, le marchand la saluait toujours avec une révérence qui lui faisait penser aux rois et à leurs cours. Il portait une longue tunique brodée d'étoiles et de lunes ; son chapeau matelassé était orné d'un bord frangé. Il était grand et imposant ; bien que mère Winifred le soupçonnât d'approcher la soixantaine, il se tenait toujours bien droit, les épaules carrées. Son vieux cheval tirait une étrange roulotte, peinte de symboles célestes, de signes du zodiaque, de comètes, d'arcs-en-ciel, de licornes et de grands yeux perçants. Le marchand était connu aux quatre coins du pays comme pourvoyeur de rêves et de magie, de promesses et d'espoir. Les gens aimaient faire rouler son nom dans leur bouche : Ibn-Abu-Aziz-Jaffar ; les enfants suivaient sa roulotte en chantant son nom. En entendant leur litanie, les femmes sortaient de leurs maisonnettes. En réalité, il s'appelait Simon le Lévite et il était juif. Il racontait qu'il venait de « très loin, en Arabie », alors qu'il était né à Séville, en Espagne. Pour ses clients, il était un bohémien chrétien, mais il portait sous sa longue tunique un châle à glands et lorsqu'il se retrouvait seul, le soir, il récitait avec ferveur « Ecoute, ô, Israël ». Ce n'était pas par crainte des représailles que Simon dissimulait sa véritable identité — il faudrait attendre encore trois siècles avant que la persécution des juifs atteigne son apogée en Europe, lorsqu'on chercherait des responsables pour la terrible épidémie de peste noire —, non, c'était simplement parce qu'il aimait ce rôle de personnage exotique et qu'il appréciait la notoriété qu'il lui conférait. Par-dessus tout, il aimait vendre du mystère et de l'illusion et prenait un plaisir immense à voir les visages des enfants s'illuminer devant ses tours de prestidigitation. Car Simon avait conservé son âme d'enfant. Il avait débarqué en Grande-Bretagne par hasard, alors que le bateau qui devait le conduire à Bruges avait été contraint de changer d'itinéraire à cause d'une tempête. Dès qu'il avait découvert qu'il était différent, voire unique, dans ce pays étranger, il avait décidé d'y rester et de tirer profit de son exotisme. Il menait une vie solitaire et parcourait chaque année le même itinéraire, de Londres au mur d'Hadrien, aller-retour, attendant impatiemment le jour où il pourrait se retirer dans un petit cottage et mettre au pré Seska, sa fidèle compagne depuis quinze ans.

M. Ibn-Abu-Aziz-Jaffar n'avait qu'une seule faiblesse, mais elle l'avait mis en péril plusieurs fois au cours de sa vie : il aimait les femmes. Qu'elles fussent jeunes ou vieilles, rondes ou maigres, écervelées ou vives d'esprit, toutes lui procuraient un bonheur profond, toutes réussissaient à l'émerveiller. Etait-ce parce qu'il était issu d'une famille de huit garçons ? Pour lui, les femmes étaient un cadeau de Dieu aux hommes, malgré ce que disait la Torah au sujet de Lilith et de la malheureuse alliance qu'Adam avait conclue avec elle. Il aimait leur douceur et leur odeur, leur nature lunatique, leurs faiblesses et leur incroyable force. Leur instinct maternel féroce. Leurs sourires aguicheurs. Leurs chevelures ondulantes — oh, leurs longs cheveux... Malgré son âge, Simon continuait à apprécier une cuisse ferme, une poitrine généreuse et un cœur chaleureux. Il n'avait jamais eu recours à la contrainte ou au compromis avec les femmes ; elles venaient à lui de leur plein gré ou il n'en voulait pas. Partout où il passait, son allure exotique les intriguait et les attirait à la fois ; tout au fond d'elles, elles pressentaient qu'un homme venu de contrées si lointaines devait maîtriser davantage l'art de l'amour et de la séduction que les hommes du cru. Et elles n'avaient pas tort.

Il voyageait seul et était rarement ennuyé ; même les brigands de grand chemin respectaient le guérisseur et faisaient parfois appel à l'illusionniste ou au diseur de bonne aventure. Les signes peints sur sa roulotte vantaient ses talents d'alchimiste, de voyant, de dentiste et de magicien. Il vantait et troquait toutes sortes de marchandises : boutons, aiguilles, dés à coudre, fil, potions et onguents, flacons et cuillères, tout à une exception près : il ne vendait ni reliques ni objets religieux. Car Simon le Lévite faisait partie d'une espèce rare : celle des marchands honnêtes. Il laissait donc le marché des dents, cheveux et ossements de saints aux prêtres et aux charlatans, songeant parfois qu'il n'y avait guère de différence entre eux. Il portait également un regard très personnel sur l'éclat de la Vraie Croix qu'abritait le nouveau couvent, au bout de la route, car il avait vu d'autres éclats du même genre au cours de ses voyages en Espagne et en France, et on lui avait parlé d'autres morceaux de bois disséminés partout en Europe et en Terre sainte ; des calculs très simples auraient suffi à démontrer à n'importe quel idiot que tous ces morceaux de bois, mis bout à bout, auraient formé une croix plus haute que le ciel.

Simon se souvenait encore du vent de folie qui avait soufflé sur l'Angleterre vingt-deux ans plus tôt, à l'approche du millénaire. Cette agitation avait d'autant plus étonné Simon qu'il n'y avait pas de passage au millénaire dans le calendrier juif ni dans le calendrier de leurs frères de sang, les musulmans, qui se référaient à la naissance du prophète Mahomet. Devait-on s'attendre à ce qu'un tiers seulement du monde disparaisse pendant que les deux autres continueraient à vivre normalement ? Son interrogation resta sans réponse car le jour tant redouté arriva et s'écoula sans incident. Depuis lors, les prêtres prétendaient qu'il faudrait attendre le prochain millénaire, l'an 2000, une date totalement inimaginable à cette époque-là, pour voir Jésus et ses anges descendre sur terre.

Tout au long de son périple dans la campagne anglaise, Simon se glissait dans la peau de multiples personnages, mais à chaque fois qu'il s'arrêtait au prieuré de Sainte-Amélie il redevenait lui-même. Il vouait une grande admiration à la mère supérieure qui, douée d'une rare lucidité, respectait malgré tout sa sagesse et son savoir. Aussi se débarrassait-il de son chapeau à franges, de sa baguette et de sa gestuelle mystique lorsqu'il arrivait au couvent. Mais il gardait sa tunique de magicien, car elle lui conférait, pensait-il, une aura de dignité.

Une année s'était écoulée depuis son dernier passage et la dégradation des lieux le stupéfia : les murs tombaient en ruine, les champs n'étaient plus cultivés, la basse-cour était vide, les mauvaises herbes recouvraient le chemin que foulaient jadis des multitudes de pèlerins. Il avait entendu parler de la popularité grandissante du nouveau couvent, mais jamais il n'aurait cru que l'abbaye voisine abandonnerait ainsi les femmes de Sainte-Amélie. Le gros abbé ne voyait-il donc pas que ces sœurs pieuses et dévouées avaient besoin de plats consistants sur leur table et de bière dans leurs gobelets ?

En voyant le visage mat fendu d'un sourire éclatant, Winifred éprouva une bouffée de joie. Née à trente kilomètres du prieuré et n'ayant jamais voyagé de sa vie, elle était restée très naïve. Elle avait appris les bases du latin et lu la Bible, rien d'autre. Ses sœurs et elle ne connaissaient absolument rien du vaste monde ; ce qu'elles en savaient leur avait été rapporté par des pèlerins et des voyageurs. Et depuis que ces derniers avaient cessé de venir au couvent, les visites de M. Ibn-Abu-

Aziz-Jaffar étaient encore plus appréciées car le marchand ambulant leur apportait aussi des nouvelles fraîches et les derniers potins.

C'était un homme étrange, presque inquiétant tant il était atypique, mais sa personnalité hors du commun exerçait sur les gens un attrait bizarrement irrésistible. Si elle s'était autorisée à formuler des pensées triviales, Winifred l'aurait trouvé très séduisant. Bien qu'elle le soupçonnât de ne pas être chrétien, elle savait qu'il vouait un profond respect à Dieu. Et il avait parfois une manière de dire les choses qui allumait des petites lumières dans son esprit. M. Jaffar ne ressemblait en rien aux autres marchands qui passaient par là, tous crasseux, malhonnêtes et rustres. Contrairement à eux, il était toujours propre et bien mis, gracieux et plein de charme. Par-dessus tout, il était digne de confiance.

Combien de vendeurs de pigments l'avaient escroquée par le passé ? L'azurite bon marché se confondait facilement avec le précieux lapis-lazuli. Pour les distinguer vraiment, il fallait chauffer les deux pierres à blanc : l'azurite devenait alors noire tandis que le lapis-lazuli restait intact. L'azurite se vendait sous forme de poudre que certains charlatans mélangeaient à du sable afin de doubler leurs profits ; le pigment était alors inutilisable. De la même façon, d'autres vendeurs malhonnêtes plaçaient le meilleur du pigment en haut du sac et les déchets au fond. Ceux-là n'avaient décidément rien de commun avec M. Jaffar, occupé à ouvrir une caisse accrochée au flanc de sa roulotte. Winifred contempla d'un œil ravi le matériel de peinture qui s'étalait devant elle.

— C'est le bon Dieu qui vous envoie, monsieur Jaffar, nous commencions à manquer sérieusement de matières premières. Il ne nous reste déjà plus de jaune.

Pour son plus grand bonheur, il sortit des calculs biliaires.

Winifred extirpa de sa poche le globe en verre empli d'eau qu'elle utilisait pour examiner son travail. Un jour, Jaffar avait essayé de lui vendre une nouvelle invention en provenance d'Amsterdam, un cercle de verre poli baptisé « loupe », mais elle avait décliné son offre, jugeant l'objet trop coûteux. Tandis que la religieuse examinait les petits cailloux à travers le globe de verre, Simon s'émerveilla une fois de plus de son incroyable talent, car, en plus d'être douée pour le dessin et la peinture, Winifred possédait un don extraordinaire pour les couleurs. Sous ses doigts agiles et son œil acéré, les pigments les plus basiques se transformaient en nuances somptueuses. Il y avait par exemple le pigment qu'on appelait « vert de sève » et qui remplaçait souvent le vert-de-gris, rare et cher. Le vert de sève provenait du jus des baies mûres de bourdaine qu'on mélangeait à du blanc d'œuf et qu'on laissait épaissir par évaporation. Le résultait donnait une couleur olivâtre, riche et transparente. Si d'autres monastères avaient réussi à maîtriser la couleur, Winifred était probablement la seule à produire des couleurs qui résistaient à l'épreuve du temps. En principe, le vert de sève ne durait pas longtemps, comme en témoignaient les manuscrits de qualité médiocre réalisés quelques décennies plus tôt. Mère Winifred, elle, savait comment épaissir juste ce qu'il fallait le sirop obtenu ; elle le conservait ensuite dans des vessies plutôt que de le laisser sécher à l'air libre. De cette manière, la couleur n'était pas seulement éclatante, elle résistait durablement à l'épreuve du temps.

Pendant qu'elle observait attentivement les poudres et les minéraux, toutes les matières premières qui serviraient à rendre des scènes vivantes, Simon la dévisageait. Elle lui paraissait différente des autres jours. Des ombres voilaient son visage, une expression troublée assombrissait son regard. Depuis qu'il la connaissait, il l'avait toujours considérée comme une nature placide, voire légèrement austère. Apparemment, elle aussi pouvait être préoccupée.

Lorsqu'elle eut choisi ses produits, elle déclara :

— Je n'ai pas de quoi vous payer pour le moment, mais je suppose que vous allez passer quelques jours dans le voisinage, comme vous en avez l'habitude, n'est-ce pas ?

Il lissa sa moustache parfaitement taillée, plongé dans ses pensées. Il était évident que la mère supérieure n'avait pas de quoi régler ses achats. Comment allait-elle se débrouiller pour trouver l'argent nécessaire ? Par respect pour elle, il ne lui posa pas la question. Si seulement elle acceptait de se séparer d'un ou deux ouvrages enluminés ! A Londres, plusieurs personnes lui avaient demandé de leur dénicher des manuscrits de Portminster. Un seul ouvrage enluminé par Winifred, et elle pourrait s'offrir tous les pigments dont elle rêvait ! Mais elle n'en ferait jamais rien, car, pour elle, les livres appartenaient à l'abbé et à personne d'autre.

— C'est d'accord, chère madame, nous conclurons notre vente dans trois jours, déclara-t-il finalement.

Allait-elle l'inviter à boire un verre de bière, peut-être même à manger une part de gâteau ? Winifred semblait hésitante... et il fut surpris quand elle lui demanda son avis d'alchimiste sur un objet insolite qu'elle avait trouvé récemment.

S'attendant à une dent ayant appartenu à un saint ou à un trèfle à quatre feuilles, Simon écarquilla les yeux lorsqu'elle lui tendit une pierre d'un bleu aussi profond et intense que la mer Méditerranée. Le souffle coupé, il marmonna un juron dans sa langue maternelle avant d'examiner la pierre de plus près.

Tant de beauté le laissa bouche bée. A une époque où l'on refusait de tailler les pierres précieuses sous prétexte que cela leur ôtait leurs pouvoirs magiques, il était extrêmement rare de voir des pierres aussi pures et limpides. Simon n'en avait vu que quelques-unes tout au long de son existence, il avait même eu la chance d'admirer un jour un diamant taillé. Comment une pierre aussi trouble pouvait-elle abriter en son sein une telle luminosité ? Il s'agissait manifestement d'une pierre brute car elle était lisse, de forme légèrement ovoïde, un peu plus grosse qu'un œuf de rouge-gorge. Mais c'était surtout sa couleur qui retenait l'attention. Etait-ce une aigue-marine ? Il avait vu un jour une émeraude extraite des mines de Cléopâtre. Mais celle-ci était taillée et son éclat aveuglait ses admirateurs. La pierre qu'il tenait entre ses doigts n'était pas aussi verte et son cœur n'était pas aussi translucide que la fameuse émeraude.

Bien qu'il fût incapable de l'identifier, il devina que c'était une pierre de grande valeur.

— Je connais un homme à Londres, commença-t-il, un marchand de pierres précieuses...

Winifred avait entendu parler de Londres. A cette époque, la plupart des gens ne connaissaient rien en dehors de leur village et de ses alentours. Rares étaient ceux qui étaient conscients de l'existence d'autres pays ; les étrangers étaient forcément des Vikings, ces diables qui franchissaient les mers pour semer la terreur jusqu'en Angleterre. Winifred, elle, savait que Londres était une ville du Sud, un centre d'échanges florissant où demeurait le roi.

— Londres est l'endroit idéal pour vendre une pierre comme celle-ci, ajouta Jaffar.

— La vendre !

— Eh bien... oui, fit-il en la lui rendant. N'était-ce pas ce que vous désiriez savoir ?

— Vendre la pierre d'Amélie ? répéta Winifred, interloquée. Elle réfléchit quelques instants.

— A-t-elle tant de valeur que ça ?

— Chère mère supérieure, je pourrais tirer une fortune de cette pierre ; son caractère unique vaut à lui seul une coquette somme d'or.

Les yeux de la religieuse s'arrondirent de surprise tandis que les idées et les projets bouillonnaient dans sa tête. Avec une coquette somme d'or, elle pourrait réparer le toit, consolider les murs, acheter de nouveaux lits, faire cultiver les champs et acheter quelques chèvres, embaucher quelques hommes du village pour les aider ; elle pourrait rendre son autonomie à Sainte-Amélie et attirer des novices et des invitées fortunées qui feraient don de leur fortune au couvent. L'espace d'un instant, dans un éclair d'un bleu étincelant, Winifred entrevit un avenir prospère pour Sainte-Amélie.

Elle fronça soudain les sourcils.

— Je dois en discuter avec l'abbé.

— Que vous a-t-il conseillé de faire de la pierre ?

— Il ignore son existence.

M. Ibn-Abu-Aziz-Jaffar caressa pensivement sa barbe.

— Mmm...

Il n'eut pas à en dire davantage ; Winifred devina ses pensées.

— Je *dois* lui en parler, protesta-t-elle d'un ton qui manquait de conviction. Qu'en pensez-vous ?

Il lui demanda où elle avait trouvé la pierre et quand elle lui eut tout expliqué, Simon le Lévite déclara :

— Il me semble, chère mère supérieure, que c'est à vous et à vous seule qu'a été remise cette pierre. C'est un cadeau de votre sainte.

Comme elle se mordillait la lèvre, hésitante, il observa gravement :

— Vous vous trouvez face à un vrai dilemme.

Elle baissa sa tête voilée.

— Oui.

— Un dilemme entre la foi et l'obéissance.

— J'ai l'impression que Dieu essaie de me dire quelque chose. Mais qu'Il aurait dit tout le contraire à l'abbé. Quelle décision dois-je prendre ?

— C'est à vous de voir, chère madame. Sondez votre cœur et écoutez ce qu'il vous conseille.

— C'est vers Dieu que je me tourne, pas vers mon cœur.

— Ne font-ils pas qu'un ?

Il l'interrogea encore sur la pierre et voulut connaître son avis sur sa provenance. Pourquoi était-elle logée dans la gorge de la sainte ? Winifred lui raconta alors comment Amélie avait ordonné à son cœur de s'arrêter de battre avant que les autorités ne lui soutirent par la torture les noms de ses compagnons chrétiens. Lorsqu'elle eut terminé, son compagnon prit la parole :

— Le message que vous transmet cette pierre est simple : elle vous conseille de suivre votre intuition.

Le visage de la religieuse s'éclaira.

— C'est exactement ce que je pensais !

Sur une impulsion, elle confia à M. Jaffar son rêve le plus cher : peindre un retable pour sainte Amélie.

— Et ce que vous redoutez le plus, observa le sage étranger, c'est de perdre cette vision en allant vous installer au nouveau couvent ?

— Oui, admit-elle dans un murmure. Oui…

— Dans ce cas, écoutez votre cœur.

— Mais Dieu parle par l'intermédiaire de l'abbé !

Devant le silence et l'expression dubitative de son compagnon, elle ajouta :

— Monsieur Jaffar, je vous soupçonne de ne pas être chrétien.

Un sourire étira ses lèvres.

— Vos soupçons sont fondés.

— Il n'y a pas de prêtres dans votre religion ?

— Ce ne sont pas les mêmes que vous. Nous avons des rabbins, mais ce sont plus des guides spirituels que des représentants de Dieu. Nous croyons que Dieu nous entend et nous parle sans intermédiaire.

Il faillit ajouter que le Dieu crucifié de Winifred était en fait un rabbin, mais jugea plus sage de ne pas aborder la question ce jour-là.

— Je vais m'installer quelques jours sur les berges de la rivière pour rendre visite aux fermes des alentours et je poursuivrai ensuite ma route en direction de Portminster. Vous pourrez me confier votre décision avant mon départ. Je prierai pour que ce soit la plus sage, chère mère supérieure.

◇

Mère Winifred décida de se rendre seule à l'abbaye. Bien que les membres de son ordre aient l'habitude de se déplacer à deux ou en petits groupes, elle sentait qu'elle devait y aller seule. Elle n'avait toujours pas annoncé la mauvaise nouvelle à ses sœurs, alors même que l'abbé l'avait sommée d'évacuer Sainte-Amélie au plus vite. Peut-être aurait-elle obéi sans hésiter si elle n'avait pas découvert la pierre bleue. Mais à présent qu'elle se trouvait en possession de l'extraordinaire talisman de sainte Amélie, elle se sentait obligée d'aller discuter certains points avec l'abbé.

Elle avait prié toute la nuit et, bien qu'elle n'ait pas dormi, elle se sentait étrangement ressourcée. Elle longea le chemin du couvent d'un pas décidé, pleine de force et de volonté, songeant à la pierre bleue de sainte Amélie qu'elle portait sur elle.

Elle atteignit la route et se joignit à un cortège de pèlerins qui se dirigeait vers le couvent de la Vraie-Croix — ils étaient passés devant Sainte-Amélie sans même s'y arrêter !

— Il faut absolument que nous arrivions pour midi, expliquait leur guide. C'est l'heure à laquelle les sœurs déjeunent. On m'a dit qu'il y aurait du mouton et du pain à volonté, aujourd'hui.

Au même instant, il aperçut sœur Winifred et, rouge de honte, balbutia :

— Nous ne voulions pas importuner les bonnes dames de Sainte-Amélie, nous ne sommes qu'une bande de rustres, après tout.

Sur ce, il gagna la tête du groupe, en proie à un profond embarras.

Ils rencontrèrent d'autres personnes en chemin : des fermiers qui allaient vendre leurs produits à la foire de Portminster, des chevaliers escortés de leurs gardes, de nobles dames dans des chaises à porteurs voilées. La route serpentait au milieu de forêts d'aubépine, d'ormes et de bouleaux entrecoupées de vallées tapissées de jacinthes où des ruisseaux formaient çà et là de petits bassins irisés de soleil. Des sentiers conduisaient à des fermes et des prés où des moutons paissaient tranquillement. De temps en temps, ils foulaient d'anciens pavés, vestiges du passage des légions romaines dans la région. Au milieu de tous ces gens, émerveillée par la richesse des couleurs printanières, inhalant avec délice l'air pur de la forêt, bercée par le chant matinal des oiseaux, Winifred sentit renaître sa confiance. Elle avait pris la bonne décision, quoi qu'en dirait l'abbé.

Les plus âgés parlaient des Vikings, ces grands diables avec des barbes jaune paille vêtus de cottes de maille et de longues capes rouges, réputés pour leur férocité et leur soif de sang — de vrais loups enragés. Les souvenirs de cette époque conféraient aux anciens une sorte de prestige. Trente ans s'étaient écoulés depuis la bataille décisive de Maldon, au cours de laquelle les Danois, avec l'aide du roi viking de Norvège, le redoutable Olaf, avaient vaincu les Anglo-Saxons, mettant l'Angleterre à feu et à sang. Et bien que le renversement du roi Ethelred par le roi danois Svend, plaçant au pouvoir son fils Knud le Grand, fût plus récent, les jeunes gens du groupe n'avaient pas connu cette époque cauchemardesque. Si certains Vikings continuaient à piller des villages, refusant le pacte de paix conclu avec l'Angleterre, la terreur qui avait régné un siècle durant avait enfin pris fin, l'Angleterre dormait à nouveau sur ses deux oreilles et le verset « De la furie des hommes du Nord, Seigneur, délivre-nous » avait été rayé des prières.

Ils arrivèrent devant un panneau indicateur ; la flèche pointée droit devant indiquait *Portminster*, une autre, courbée vers un étroit sentier, indiquait *Mayfield* et la troisième, plus récente, pointait vers la droite, en direction du couvent de la Vraie-Croix. Winifred n'avait pas eu l'intention de visiter le nouveau couvent et, pourtant, ses pas la portèrent naturellement sur ce nouveau chemin, au milieu du groupe de pèlerins qui ne cessaient de spéculer sur le repas qu'ils trouveraient à la table accueillante des nonnes.

Ils aperçurent les bâtisses à travers un écran d'arbres, et la première chose qu'entendit Winifred fut un rire. Un rire de femme qui s'élevait de l'enceinte du couvent. Puis elle entendit des voix — des bavardages, des interjections et des piaillements joyeux. Elle fronça les sourcils. Comment était-il possible de méditer au milieu d'un tel brouhaha ? Ils franchirent le pré qui entourait le couvent. Winifred s'immobilisa brusquement ; sous son regard stupéfait, deux jeunes novices se lançaient une balle en riant tandis que leurs habits tourbillonnaient irrespectueusement autour d'elles. Une troisième jeune femme jouait avec un petit chien ; feignant de lui lancer un os, elle éclatait de rire lorsque le pauvre animal s'élançait pour aller le chercher. Perchées sur des échelles, deux autres nonnes cueillaient des pommes en s'interpellant joyeusement, jupes retroussées jusqu'aux cuisses. Lorsqu'elle franchit la grille et pénétra dans la cour intérieure, Winifred découvrit avec stupeur un marché animé où se mêlaient pèlerins, villageois, invitées et religieuses. On avait érigé des cabanes en bois pour vendre les babioles du couvent : écussons brodés à l'effigie du reliquaire, fioles d'eau bénite, rosaires, statuettes, porte-bonheur, friandises et gâteaux... et les nonnes maniaient l'argent sans aucune gêne !

Mère Winifred se fraya un chemin parmi la foule ; sa stupeur céda bientôt la place à une vive inquiétude. Il n'y avait aucun signe de piété dans cet endroit, aucune dignité, nul décorum. L'abbé lui avait assuré que les sœurs de la Vraie-Croix suivaient la règle de saint Benoît et, pourtant, Winifred ne voyait ici aucune trace d'humilité, de modestie ou de pauvreté.

En gravissant les marches du chapitre, une pensée teintée d'ironie la traversa : la richesse attirait la richesse. Alors qu'il était évident que Sainte-Amélie manquait cruellement de moyens, l'abbaye préférait dépenser de l'argent pour ce nouvel endroit, fondé par un homme fortuné qui soutenait lui-même financièrement le couvent. Et tous ces vergers autour des bâtisses ! Winifred posa une main sur son estomac qui grognait bruyamment. Pendant une fraction de seconde, elle eut envie de dérober quelques pommes pour les apporter à ses sœurs affamées.

Le chapitre ressemblait à une maison de riche propriétaire. Les candélabres en argent côtoyaient les meubles élégants ; de grandes tapisseries ornaient les murs. Lorsque mère Rosemonde vint l'accueillir, Winifred reçut un autre choc.

Selon la rumeur, Oswald de Mercie avait persuadé un grand nombre d'Anglais de faire allégeance à Knud le Grand lorsque ce dernier devint roi de toute l'Angleterre. En échange de quoi, il reçut un lot de terres dans le comté de Portminster. Et quand Knud, désireux de devenir un « roi chrétien », annonça son intention de construire de nouveaux monastères, Oswald réclama le privilège d'édifier un couvent en l'honneur de son nouveau seigneur. Le conquérant danois se laissa convaincre lorsque Oswald lui raconta son voyage à Glastonbury, quelques années plus tôt. La rumeur voulait que Joseph d'Arimathée y ait apporté le Saint-Graal du Christ et une nuit, alors qu'Oswald avait installé son campement au bord de la route, il fit un rêve au cours duquel lui fut révélée la cachette d'une précieuse relique. Au fond d'une grotte se trouvait un coffre en fer qui abritait un morceau de la Croix du Christ, caché là par Joseph en personne. Oswald avait pris le bout de bois et l'avait placé dans la chapelle de sa famille. On racontait aussi que la fille aînée d'Oswald, Rosemonde, jeune fille pieuse et dévouée, avait prié pour la victoire des Danois durant tous les combats qui les avaient opposés aux Anglais, sentant au plus profond de son cœur que c'était la volonté de Dieu. Pour toutes ces raisons, Knud donna son accord pour que fût construit un nouveau couvent en son honneur.

La vérité était tout autre : Oswald de Mercie, lâche parmi les lâches, combattait aux côtés du roi anglais Ethelred lorsqu'il sentit le vent tourner. Il changea prestement de camp, livrant bataille à ses compatriotes anglais. Quant à sa fille Rosemonde, elle n'était pas religieuse dans l'âme mais elle détestait les hommes, préférant la compagnie des femmes, et refusait obstinément de se marier, malgré les menaces et les manœuvres de son père. Comme elle aimait diriger, Oswald trouva finalement la solution idéale : il lui confierait la direction d'un couvent. Mais ce ne serait pas n'importe quel couvent, non. Il lui faudrait du prestige et de l'influence. Le prestige d'une institution religieuse tenait souvent aux reliques qu'elle abritait entre ses murs… et s'il s'agissait de la Croix sur laquelle le Christ avait péri, sa réputation était toute faite. Bien sûr, le voyage à Glastonbury, le rêve, la grotte et le coffre contenant l'éclat de bois étaient pure invention. Le reliquaire qui trônait sur l'autel de la chapelle du nouveau couvent ne contenait rien d'autre que de l'air.

Winifred se retrouvait soudain face à la directrice du couvent qui avait causé la perte de Sainte-Amélie. Mère Rosemonde était incroyablement jeune. Elle ne pouvait être rentrée dans les ordres depuis plus de six ans. Il avait fallu presque trente ans à Winifred pour accéder au rang de mère supérieure. Une boucle soyeuse de cheveux auburn s'échappait de la guimpe de Rosemonde et Winifred eut l'impression qu'il ne s'agissait pas d'un hasard. Mais ce furent les mains de la jeune femme qui la choquèrent le plus — elles étaient sans cesse en mouvement, comme deux papillons tourbillonnant et voletant, sortant des manches de son habit qui, en glissant, dévoilaient ses bras jusqu'au coude ! A l'évidence, Rosemonde n'avait reçu aucune notion de discipline bénédictine. Comment lui était-il possible de former ses sœurs ?

Winifred sentit son cœur chavirer. Comment pourrait-elle enseigner à ces jeunes femmes frivoles l'art sacré de l'enluminure ? C'était tout simplement impossible. Elle dirait à l'abbé que ce nouveau couvent faisait affront à l'ordre ; il devait absolument intervenir. Winifred se moquait bien du père fortuné de Rosemonde. Ce couvent était une offense à Dieu.

— Chère mère Winifred, comme vous devez être heureuse à l'idée de pouvoir vous reposer, après toutes ces années de dévouement à Dieu. Abandonner enfin l'habit de mère supérieure pour redevenir une simple sœur...

Winifred la dévisagea d'un air incrédule. De quoi parlait-elle ? Soudain, tout devint clair, aussi limpide que la pierre d'Amélie : évidemment, il ne pouvait y avoir *deux* mères supérieures dans un seul couvent ! L'abbé s'était bien gardé d'aborder la question, préférant la laisser tirer ses propres conclusions. Winifred tombait des nues. Jamais elle ne pourrait abandonner son titre pour donner du « Mère supérieure » à une jeune femme qui pourrait être sa petite-fille !

— Bien sûr, vous continuerez à avoir des responsabilités, ajouta Rosemonde d'un ton léger. Mes nonnes sont impatientes d'apprendre à peindre ces ravissantes enluminures.

Une sensation de vertige s'empara de Winifred. On eût dit entendre parler d'un jeu d'enfant.

— Il ne s'agit pas seulement de peindre des tableaux, rectifia-t-elle. Je leur enseignerai également les techniques de fabrication des pigments, leur bonne utilisation et...

— Oh, mais mon père nous achètera toutes les peintures dont nous aurons besoin ! Celles-là mêmes qu'on utilise à Winchester ! Il les fera monter tous les mois par porteur spécial !

Winifred sentit ses os se glacer. Jamais elle n'utiliserait des pigments fabriqués par des inconnus !

— J'ai l'habitude de me fournir auprès de M. Jaffar, dit-elle d'un ton presque implorant.

— Nous ne traitons pas avec lui, déclara Rosemonde sans dissimuler son mépris. Cette fripouille a offensé mon père ; il a l'interdiction de mettre les pieds sur notre domaine.

Winifred chancela tandis que sa vue se brouillait. Ainsi, elle serait déchue de son titre de mère supérieure, elle perdrait le contrôle de ce qui lui tenait le plus à cœur, la fabrication des pigments, et pour couronner le tout elle ne reverrait plus jamais M. Jaffar ! C'en était trop pour elle.

Comme dans un brouillard, elle suivit Rosemonde, qui avait insisté pour lui faire visiter le couvent. Pendant que la jeune femme lui montrait avec entrain les luxueuses installations, elle avançait d'un pas lourd, comme si elle avait vieilli de vingt ans en quelques minutes. Le chagrin, la déception et la stupeur se disputaient son cœur.

Au fil de la visite pourtant, comme elle passait de pièce en pièce puis traversait un jardin intérieur et longeait de jolis chemins pavés, l'hébétude fit place à une prise de conscience tout aussi désarmante. Comment avait-elle pu s'imaginer que ses sœurs — et elle-même — refuseraient de s'installer ici ?

Elle se trouvait propulsée dans un autre monde, un monde merveilleux. Toutes les chambres étaient équipées de leur propre *necessarium*, une espèce de petit cabinet qui donnait sur le mur extérieur, relié aux douves par un tuyau. Quel luxe de ne plus avoir à braver les intempéries pour satisfaire ses besoins naturels ! Certains objets rappelaient ceux des riches demeures : les bougies spécialement marquées pour indiquer l'heure, les lanternes en corne de bœuf, les sols balayés tapissés de nattes délicatement parfumées. Tout respirait le luxe et le confort : dans l'arrière-cour de la cuisine, des servantes faisaient bouillir les draps, les torchons et les sous-vêtements dans une cuve en bois contenant un mélange de cendre et de soude caustique. Des garçons travaillaient au potager tandis que d'autres femmes nourrissaient des oies et des poules grasses. Dans un coin, un vieil homme fabriquait des pains de savon parfumés.

La cuisine était cinq fois plus grande que celle de Sainte-Amélie ; malgré leurs cinq ans d'existence, le garde-manger et l'office sentaient encore la chaux et le bois. Les yeux de Winifred s'arrondirent de surprise lorsqu'elle découvrit le repas du midi : un jambon entier, des tranches de bœuf saignant, du pain croustillant et des tonneaux de bière et de vin. Lorsque Rosemonde posa devant elle une copieuse assiette de nourriture, Winifred prétendit qu'elle avait déjà mangé avant de quitter Sainte-Amélie, ajoutant que, désireuse de faire honneur au repas, elle l'emporterait dans un torchon et le consommerait plus tard. En réalité, elle comptait le partager avec ses sœurs, qui n'avaient pas mangé d'aussi bonnes choses depuis une éternité.

On la conduisit ensuite à la chapelle principale où les pèlerins — chevaliers et miséreux, lords et membres du clergé, malades et estropiés — faisaient la queue pour se recueillir devant le somptueux reliquaire de la Vraie-Croix. Cette église possédait quelque chose que sa petite chapelle n'avait pas : un vitrail. Et de l'or ! Tous ces cierges parfaitement droits, d'une blancheur immaculée ! Et tout cela pour un morceau de bois alors que les ossements d'une femme de chair et de sang, une femme qui avait souffert le martyre pour défendre sa foi, reposaient humblement dans une petite chapelle où les cierges tordus se consumaient dans des volutes de fumée noire. Winifred n'en éprouva aucune amertume, plutôt une grande tristesse. Tout à coup, elle eut envie de serrer sainte Amélie dans ses bras et de lui murmurer : « Cet endroit est peut-être plus beau, mais nous vous aimons davantage. »

Le couvent possédait également sa propre infirmerie, dotée de huit lits et dirigée par une sœur spécialement formée pour soigner les malades. Winifred retint son souffle à la vue de l'armoire à pharmacie garnie de potions et de lotions, d'onguents et de baumes, de pilules et de poudres. Elle repéra plusieurs fioles de solution oculaire. Des remèdes contre l'arthrite. Du sirop d'églantine contre les problèmes rénaux.

Tout tourbillonnait dans l'esprit de la religieuse : la réserve de médicaments, le *necessarium* privé dont disposerait sœur Edith, attenant à sa chambre — elle n'aurait plus besoin d'escorte le soir —, le jeune homme dans la cour, toujours prêt à tirer de l'eau au puits, soulageant ainsi la pauvre dame Odelyn...

Un soupir s'échappa de ses lèvres. Il n'y avait aucun doute, cet endroit serait un vrai paradis pour ses sœurs. Elles seraient bien nourries, bien soignées. Et tant pis si elles n'avaient plus de travail. La sérénité et le confort importaient davantage.

On l'invita à passer la nuit au couvent, dans le dortoir des invités où les matelas étaient garnis de duvet d'eider, mais Winifred n'avait qu'une hâte : rentrer chez elle avant la tombée de la nuit. Après avoir remercié mère Rosemonde pour son hospitalité et sa visite guidée, elle quitta le chapitre aussi vite que la courtoisie le lui permettait. Après avoir franchi les grilles, elle remonta le chemin en direction de l'allée principale. Une fois seule, elle s'arrêta sous un bouleau feuillu et sortit la pierre bleue de sa poche.

Filtrant à travers les branchages, les derniers rayons de soleil la firent étinceler. La pierre lovée dans le creux de sa paume n'avait aucune signification mystique. Amélie n'avait pas cherché à transmettre de message par son intermédiaire. Sa découverte relevait du hasard, purement et simplement. Winifred savait à présent qu'elle devait s'installer ici, dans ce nouveau couvent, avec ses sœurs. Elle s'efforcerait de transmettre son art aux jeunes novices, bien qu'elle pressentît que les futurs ouvrages seraient moins remarquables que les précédents car, déjà, l'étincelle créative commençait à vaciller. Le don que lui avait remis sainte Amélie bien des années plus tôt était en train de s'étioler. Désormais, Winifred ne serait plus qu'une enlumineuse ordinaire qui enseignerait à des jeunes filles ordinaires les techniques de la peinture ordinaire. Et elle chasserait définitivement de son esprit le rêve fou qui la hantait depuis si longtemps : la peinture d'un somptueux retable pour sainte Amélie.

◇

Comme convenu, M. Ibn-Abu-Aziz-Jaffar se présenta au couvent trois jours plus tard. Winifred avait de quoi le payer : elle avait vendu la dernière pièce de valeur du couvent, la belle tapisserie figurant une licorne qui ornait un mur du chapitre. A quoi bon le garder alors que Sainte-Amélie s'apprêtait à fermer ses portes ?

La nouvelle attrista le marchand, qui promit à Winifred de prier pour qu'elles soient heureuses dans leur nouveau lieu de vie. Puis il eut un geste qui la prit de court : il lui fit un cadeau, en l'espèce un morceau de cinabre espagnol dont il aurait pu tirer un très bon prix. Il le posa entre ses mains tachées de teinture, endurcies par des années de travail.

Winifred contempla le présent, interloquée. Une fois écrasée, la pierre rouge donnerait un superbe vermillon.

— Merci, monsieur Jaffar, dit-elle humblement.

Il la surprit davantage encore en lui prenant la main et en la serrant entre les siennes. Cela faisait quarante ans que Winifred n'avait eu aucun contact physique, particulièrement avec un homme ! Au même instant, une chose étrange se produisit : Winifred sentit sous ses doigts la peau chaude, vibrante, et pour la première fois de sa vie elle ne vit pas un père, un frère, un marchand ou un prêtre, mais un *homme*, tout simplement. Plongeant son regard dans les yeux noirs et chaleureux de Simon, elle sentit quelque chose d'indéfinissable vibrer dans sa poitrine.

Tout à coup, une vision la traversa, vestige du fluide celtique qui la conduisait jadis aux cuillères égarées et aux tourtes disparues, mais cette fois il s'agissait d'une scène diluée dans un passé lointain : en un éclair, elle se vit en face du même homme, quarante ans plus tôt, à la veille de sa première visite à Sainte-Amélie. Un jeune jongleur itinérant transporte avec lui une boîte pleine de tours de magie. Leurs regards se rencontrent quand ils se croisent sur le chemin ; ils poursuivent leur route. Mais plus tard, dans la chapelle de Sainte-Amélie, au lieu d'aller explorer les lieux, la jeune Winifred, alors âgée de quatorze ans, repense au beau jeune homme qu'elle a croisé sur le chemin. Elle ne déambule pas dans le couvent, ne pénètre pas dans le *scriptorium*, non, elle rentre sagement chez elle, en compagnie de sa mère et de ses sœurs. Le lendemain, elle se rend en ville où se tient la foire et, là, elle rencontre de nouveau le jeune homme. Ce jour-là, ils s'adressent la parole et une étincelle jaillit entre eux, instantanément. Il s'exprime avec un accent prononcé et porte un accoutrement insolite. Il lui raconte qu'il vient d'Espagne, qu'il souhaite parcourir le pays pour apporter aux gens du rêve et du bonheur. Il lui promet de revenir bientôt et Winifred attend. Elle ne le reverra que cinq ans plus tard, lorsqu'il se présentera aux grilles de la demeure familiale, à la tête d'une roulotte flambant neuve tirée par un cheval. Il lui demande de partir avec lui. Ils sillonneront le monde ensemble, lui dit-il, ils auront une ribambelle d'enfants et vivront des tas d'aventures extraordinaires. Winifred s'enfuit avec l'inconnu, sans le moindre regard en arrière.

Winifred cligna des yeux et retint son souffle. Interdite, elle plongea dans le regard sombre de M. Jaffar. Elle venait d'entr'apercevoir ce qu'aurait pu être sa vie.

— Où allez-vous, maintenant ? demanda-t-elle à brûle-pourpoint.

La question le prit au dépourvu.

— Je dois me rendre à l'abbaye, ma mère. Je vends des remèdes aux moines, là-bas.

— Dirigez-vous plutôt vers l'intérieur des terres. Allez d'abord à Mayfield.

— Mayfield m'oblige à faire un long détour, c'est à deux jours de route. Il faudrait ensuite que je revienne sur mes...

— Je vous en prie, insista-t-elle d'un ton suppliant.

— Pouvez-vous me dire pourquoi ?

— J'ai un pressentiment. Une intuition. Allez dans les terres, traversez le bois de Bryer.

Il réfléchit.

— J'en parlerai à Seska, mère supérieure, dit-il en faisant

allusion à son cheval. Si elle est d'accord, nous changerons d'itinéraire.

Il monta dans sa roulotte, s'empara des rênes et lui adressa un petit signe d'adieu.

— Où est sœur Agnès ? Il est l'heure de partir.

Dame Mildred pénétra dans le chapitre avec le reste de ses bagages : des vieilles casseroles et des marmites, un rouleau à pâtisserie cassé et d'autres objets inutiles auxquels elle était attachée au point de ne pouvoir s'en séparer, bien que Winifred lui ait expliqué qu'elle n'aurait plus à faire la cuisine.

— Agnès est au cimetière, répondit Mildred, le souffle court.

Elle n'avait pas laissé la moindre petite cuillère dans sa cuisine, empaquetant tout soigneusement. Une seule roulotte ne suffirait pas pour le déménagement. Paradoxalement, alors que les sœurs avaient fait vœu de pauvreté, elles devaient apporter une somme d'argent et des biens destinés à la communauté pour entrer au nouveau couvent. Bien que Winifred et ses sœurs soient très démunies, elles avaient accumulé au fil des ans tous les effets des femmes qui les avaient rejointes.

Winifred ne fut pas surprise d'apprendre qu'Agnès était au cimetière. Elle s'y rendait tous les dimanches depuis soixante ans. Ce jour-là, elle lui faisait ses adieux.

La mère supérieure trouva la vieille nonne agenouillée devant une tombe minuscule, au pied d'un orme frappé par la cloque. Elle balayait les feuilles mortes de ses doigts déformés par l'arthrite. Et elle pleurait.

Winifred s'agenouilla à côté d'elle. Après s'être signée, elle ferma les yeux et pria. Dans le petit cercueil enfoui sous la pierre tombale reposait le cadavre d'un bébé qui n'avait vécu que quelques heures. Soixante et un ans plus tôt, lors d'une attaque nordique sur Portminster, Agnès et ses cousines avaient été surprises près du fleuve par une bande de Vikings. Les autres filles avaient réussi à s'échapper mais Agnès, faite prisonnière, avait été violée. Lorsqu'on avait découvert qu'elle était enceinte, quelques semaines plus tard, on l'avait conduite au couvent de Sainte-Amélie ; aux yeux de son père, elle avait causé le déshonneur de la famille. Les nonnes l'avaient recueillie, mais l'enfant n'avait pas vécu longtemps. Il fut enterré au cimetière du couvent ; Agnès décida de rester et ne revit plus jamais sa famille. Elle rentra dans les ordres et apprit l'art de l'enluminure. Tous les dimanches, elle allait déverser son amour sur la petite tombe qui portait une simple inscription : *John — décédé en 962, Anno Domini.*

Winifred leva les yeux vers les branches dénudées. Pourquoi Dieu avait-il envoyé la cloque sur cet arbre juste avant leur départ ? Une pluie de feuilles s'abattait sur la tombe qui aurait disparu d'ici quelques heures. Après le départ des sœurs, personne ne viendrait la nettoyer.

— Mon petit Johnny sera bientôt recouvert de feuilles et plus personne ne prêtera attention à lui.

Un tas de feuilles se dressait déjà à côté de la tombe. Andrew avait eu l'intention de les brûler un peu plus tard ; malheureusement, Andrew ne serait plus là pour s'en charger : il partait s'installer au couvent avec elles.

Winifred aida la vieille religieuse à se relever.

— Andrew m'a dit que le nouveau couvent était immense, reprit Agnès.

— C'est exact, sœur Agnès, mais il est surtout neuf et très confortable. Et puis...

Elle leva ses yeux embués de larmes sur l'orme malade.

— ... tous les arbres sont verts et en bonne santé, là-bas.

— Je ne retrouverai jamais mon chemin dans un endroit aussi grand.

Les autres nonnes avaient exprimé la même appréhension. Winifred elle-même craignait de se perdre dans le dédale de couloirs, de cours et de bâtiments qui composaient le couvent.

— Et je ne peindrai plus jamais, ajouta Agnès en se séchant les yeux.

— Il est grand temps de vous reposer. Vous avez passé toute votre vie au service de Dieu.

— Ce sont les vieux chevaux qu'on met à la retraite, protesta Agnès avec véhémence. Dois-je comprendre que je ne sers plus à rien ? Mes yeux sont encore bons et je n'ai aucun mal à tenir une plume. A quoi vais-je m'occuper ? Et qui prendra soin de mon petit Johnny ?

— Venez, fit Winifred avec douceur. Il est temps de partir.

Elles se réunirent dans le chapitre dominé par une imposante cheminée commandée deux cents ans plus tôt par une mère supérieure particulièrement sensible au froid ; à la tête d'une petite fortune, son frère avait financé la construction de l'âtre ostentatoire, démesuré par rapport aux dimensions de la pièce ;

hélas, il avait cessé de fournir le bois et le charbon nécessaires à son fonctionnement, et la cheminée était devenue inutile. Sur l'imposant manteau étaient gravées les paroles du Christ qui régentaient la vie de Winifred et de ses religieuses : *Mandatum novum do vobis : ut diligatis invicem*, « Je vous livre un nouveau commandement : aimez-vous les uns les autres »...

Dame Mildred regrettait vivement de ne pouvoir emporter sa marmite géante. Cela faisait des années qu'elle n'avait pas servi en raison du nombre de pensionnaires sans cesse décroissant.

— C'est une bonne marmite, argua-t-elle pourtant. Elles nous a nourries pendant de nombreux hivers, rappelez-vous. Nous ne devrions pas la laisser là.

— Elle est trop encombrante, ma sœur, objecta gentiment Winifred. On ne pourra pas la transporter seules. Peut-être enverrons-nous des hommes la chercher un peu plus tard.

Une expression dubitative se peignit sur le visage de dame Mildred tandis qu'elle jetait un dernier coup d'œil malheureux en direction de la cuisine. On eût dit qu'elle laissait un enfant derrière elle.

Des cris et des bruits de sabots martelant la cour mirent un terme à leur désarroi. Andrew entra en trombe, blême, bredouillant quelque chose au sujet d'une attaque. Au moment où Winifred se précipitait vers lui, un autre homme les rejoignit, le visage rougi par le vent. L'emblème de l'abbaye ornait sa cotte de mailles et il était armé d'une hallebarde.

— Par... donnez-moi, commença-t-il d'une voix entrecoupée, les Vikings ont lancé une attaque et je suis chargé de vous conduire à l'abbaye où vous serez en sécurité..

— Les Vikings !

Winifred se signa prestement tandis que ses compagnes poussaient des cris épouvantés. L'homme leur fit un rapide résumé de la situation : après avoir débarqué à Bryer's Point, les Scandinaves s'étaient rendus directement au couvent de la Vraie-Croix. On racontait que l'institution avait été mise à sac avant d'être incendiée. Il ne savait pas grand-chose sur le sort des pèlerins et des sœurs. Mère Rosemonde avait réussi à s'échapper ; c'était elle qui avait donné l'alerte à l'abbaye.

— Elle nous a raconté que ses nonnes s'étaient toutes réfugiées dans la chapelle et que les diables les ont trouvées là, serrées les unes contre les autres ; ils les ont massacrées comme des oies dans un enclos. J'ai pour mission de vous ramener saines et sauves, vous et vos religieuses. Venez vite, nous n'avons pas une minute à perdre !

— Mais l'abbaye n'est pas à côté ! protesta Winifred. Ne risquons-nous pas de rencontrer les Vikings en chemin ?

— Vous ne seriez pas plus en sécurité ici, ma mère, répliqua l'homme d'un ton impatient. Dépêchez-vous ! Je vous accompagne. Nous prendrons la roulotte du déménagement.

Tandis qu'un vent de panique soufflait sur ses sœurs, Winifred s'efforça de mettre de l'ordre dans ses pensées. Les envahisseurs n'avaient attaqué ni la ville portuaire ni l'abbaye, jetant plutôt leur dévolu sur un couvent sans défense. En toute logique, ils se dirigeraient à présent vers Sainte-Amélie, certains d'y trouver des proies faciles. Et dans ce cas, le soldat et ses pauvres protégées tomberaient nez à nez avec eux.

Son instinct lui commandait de rester ici, au couvent. Croiser la route des Vikings équivalait à un suicide collectif ; en revanche, si elles ne bougeaient pas de Sainte-Amélie, les soldats d'Oswald pourraient se lancer à la poursuite des Vikings et peut-être même les rattraper à temps.

Sentant la pierre bleue au fond de sa poche, Winifred se remémora la mort de sainte Amélie ; cette dernière avait fait face à son destin avec un courage extraordinaire, refusant de se soumettre à la torture. Sainte Amélie ne s'était pas contentée de braver les ordres d'un simple abbé, elle s'était rebellée contre l'autorité suprême de l'empereur de Rome.

— Non, déclara-t-elle brusquement. Nous resterons ici.

Le garde la considéra d'un air incrédule.

— Vous êtes devenue folle ? Ecoutez, j'ai reçu des ordres et j'ai bien l'intention de les exécuter. Assez discuté, maintenant, montez toutes dans la roulotte, et vite !

Ses paroles n'eurent aucun effet. Les vieilles religieuses et les deux dames se regroupèrent autour de la mère supérieure comme des poussins autour d'une poule.

— Qu'allons-nous faire ? demandèrent-elles en chœur.

Winifred se remémora une attaque viking qui avait eu lieu dans un village côtier, plus au nord, alors qu'elle était enfant. Croyant bien faire, les villageois s'étaient rassemblés dans l'église et avaient attendu. Les Vikings avaient mis le feu à la bâtisse et les pauvres gens avaient tous péri. Elle se souvint aussi des soirs de tempête, lorsqu'elle vivait avec ses frères et sœurs, et qu'ils se serraient tous les uns contre les autres pour ne pas céder à la panique. *Il ne faut surtout pas que nous restions groupées*, songea-t-elle, *car c'est ce qu'ils attendent.*

— Ecoutez-moi, très chères sœurs. Souvenez-vous de l'épreuve subie par notre sainte, une épreuve bien pire que celle-ci car c'était sa foi qui était menacée et pas seulement sa chair. Pourtant, elle a trouvé le courage de déjouer les plans de ses bourreaux, et nous ferons de même.

— Mais comment, mère Winifred ? demanda dame Mildred d'une voix tremblante.

— Chacune d'entre vous devra trouver une cachette originale, un endroit que les envahisseurs ne songeront pas un seul instant à inspecter. Gardez-vous de vous cacher sous un lit ou dans une armoire, les Danois vous trouveraient sur-le-champ.

— Ne pouvons-nous pas nous cacher toutes ensemble ?

— Non, répondit Winifred d'un ton ferme. Nous ne devons surtout pas nous cacher ensemble, pas même par deux.

Le soldat de l'abbaye prit la parole :

— Ma mère, je tiens mes ordres directement de l'abbé et...

— Je sais ce qui est bon pour mes sœurs. Vous resterez aussi.

— Moi ? s'écria-t-il en plaquant la main sur sa poitrine. Je dois retourner à l'abbaye !

— Vous resterez ici, ordonna Winifred. Vous vous cacherez comme nous autres et vous attendrez en silence jusqu'à ce que je donne le signal de fin d'alerte.

— Mais j'ai des ordres de...

— Sachez, jeune homme, que vous vous trouvez chez moi et que c'est moi qui commande, ici. Faites ce que je vous dis, et vite !

Après un bref moment de panique, les femmes s'enfuirent du chapitre et coururent chacune vers l'endroit qu'elles préféraient, pensant qu'il les protégerait, ou vers celui qu'elles redoutaient le plus, persuadées qu'il effraierait aussi les pillards. Ainsi, dame Mildred courut se cacher dans sa chère cuisine, sœur Agnès se dirigea vers la tombe de son petit Johnny, dame Odelyn courut jusqu'au puits qu'elle haïssait tant, et ainsi de suite jusqu'à ce que les onze membres du prieuré de Sainte-Amélie se soient volatilisés, sous le regard éberlué du garde de l'abbaye, convaincu qu'elles seraient toutes massacrées comme de pauvres agneaux.

C'était sous-estimer l'ingéniosité de mère Winifred. Petites et menues, ses nonnes purent se glisser dans des endroits inaccessibles aux colosses assoiffés de sang. Dame Mildred écarta délicatement les toiles d'araignée qui recouvraient la grosse marmite, grimpa dedans et replaça du mieux qu'elle put les fils de soie au-dessus de sa tête. Dans un accès de force et d'adresse, sœur Gertrude se hissa dans le conduit de l'imposante cheminée du chapitre et s'accrocha aux charnières comme une chauve-souris apeurée. Sœur Agathe se précipita au dortoir, où elle éventra un matelas et en retira la paille qui le garnissait ; après avoir jeté le tout par l'étroite fenêtre, elle se glissa dans le matelas à moitié vide, rabattit sur elle la toile déchirée qu'elle rapprocha du bout des doigts. Dame Odelyn songea d'abord à monter dans le seau pour se laisser glisser au fond du puits mais, songeant que les Vikings y verraient peut-être un indice, elle descendit péniblement en prenant appui sur les pierres saillantes des parois humides. Sœur Agnès se jeta sur la tombe de son cher Johnny et attendit en tremblant sous le lit de feuilles cloquées qu'elle s'était confectionné. Sœur Edith, qui ne trouvait jamais le chemin du *necessarium*, s'y précipita sans hésiter et se glissa entre le siège et le mur, dans la petite niche exiguë et nauséabonde.

Lorsqu'elle se fut assurée que tout le monde avait trouvé une cachette — ses sœurs, Andrew et le garde de l'abbaye —, Winifred grimpa finalement en haut de l'échafaudage qui surplombait l'autel et attendit.

Quelques instants plus tard, les Vikings firent irruption dans la cour du couvent, poussant des cris et des hurlements de bêtes féroces. Tels des taureaux enragés, ils s'engouffrèrent dans le chapitre et la chapelle, les dortoirs et le réfectoire, la cuisine et le *scriptorium*. Winifred ne s'était pas trompée : ils fouillèrent soigneusement les pièces, à la recherche des sœurs invisibles. L'intérieur du confessionnal, derrière l'autel et sous les tapisseries, dans les placards et le garde-manger, sous les lits. Accrochée à la paroi du puits, le visage tourné vers le bas, dame Odelyn aperçut à la surface de l'eau le reflet d'un visage auréolé d'une crinière rousse ; grâce à son habit bleu foncé qui se fondait dans les ombres du puits, la religieuse passa inaperçue. Dans la cuisine, aucun pillard ne songea à regarder à l'intérieur de la vieille marmite couverte de toiles d'araignée. Cachée dans le matelas, Gertrude entendit des pas lourds marteler le couloir. Elle retint son souffle. La porte s'ouvrit à la volée ; elle sentit une paire d'yeux parcourir la pièce ; au bout de quelques instants, les pas s'éloignèrent vers la chambre voisine. Paralysée par la peur, terrée dans sa cachette, chacune d'elle entendit ou aperçut les barbares qui prenaient d'assaut leur cher couvent, pillant, vandalisant, lançant des jurons comme ils ne trouvaient personne.

Accrochée à l'échafaudage, Winifred serra la pierre bleue entre ses doigts lorsque le chef des Vikings fit irruption dans la chapelle. Son regard perçant parcourut lentement la nef. C'était un colosse roux, tout en muscles, l'homme le plus massif que Winifred ait jamais vu. Il s'empara du reliquaire d'Amélie et l'ouvrit sans ménagement. Les os s'éparpillèrent au sol ; il les dispersa du bout du pied. Après avoir inspecté l'autel et le confessionnal, puis fouillé le moindre recoin de la chapelle, il coinça le coffret sous son bras et sortit à grandes enjambées.

Le corps endolori par les crampes et les courbatures, Winifred resta néanmoins entre les poutres de bois. Immobile, osant à peine respirer, elle pria pour que les envahisseurs partent rapidement. Des gouttes de sueur perlèrent sur tout son corps, roulant le long de sa nuque et sous son voile. Ses mains devinrent moites. Tout à coup, la pierre bleue glissa de ses doigts humides et tomba devant l'autel.

Elle se mordit les lèvres pour ne pas hurler puis elle pria de toutes ses forces pour qu'aucun Danois ne remette les pieds dans la chapelle. Une bouffée de terreur l'envahit lorsque le chef Viking pénétra de nouveau dans la nef. Avait-il senti quelque chose ? Glacée par la peur, elle vit le géant blond coiffé de son casque à cornes avancer lentement dans l'allée centrale et s'immobiliser au pied de l'autel.

Winifred réprima une exclamation horrifiée.

Le grand Danois baissa les yeux et, après avoir ramassé la pierre précieuse, il regarda autour de lui, conscient qu'elle ne s'y trouvait pas quelques minutes plus tôt. Levant la tête, il scruta le plafond plongé dans la pénombre, la charpente habillée d'un enchevêtrement de planches et de poutres. Il regarda en l'air un long moment. Winifred suivait ses yeux, clairs et perçants. Pouvait-il la voir, lui ?

Soudain, le regard bleu se fixa, les yeux du Viking rencontrèrent les siens. Elle retint son souffle, accrochée de toutes ses forces aux montants de bois vermoulu.

L'instant s'étira à n'en plus finir... l'imposant Scandinave et la nonne terrifiée, unis dans un étrange face-à-face.

Finalement, il cria un ordre dans sa langue et, par la claire-voie, Winifred vit les autres se hisser prestement sur leurs montures. Lorsque deux hommes armés de torches entrèrent dans la chapelle, il aboya d'autres ordres en leur faisant signe de partir. Puis il leva de nouveau la tête et, cette fois, une lueur brillait dans son regard. Ses lèvres se retroussèrent imperceptiblement. Sans doute était-ce sa manière de saluer le courage et l'ingéniosité de la religieuse ; pourtant, cette dernière n'y vit qu'un signe de la puissance de sainte Amélie.

Elle attendit un long moment avant de descendre de l'échafaudage. Son corps ankylosé protesta douloureusement et elle faillit perdre l'équilibre en mettant un pied au sol. Puis elle gravit à la hâte l'escalier du clocher. Au loin, les sabots des chevaux grondaient comme des coups de tonnerre. Les hommes d'Oswald s'étaient lancés à la poursuite des envahisseurs en fuite. Puis le bruit s'éteignit et le calme baigna de nouveau cet après-midi mémorable.

Elle appela ses sœurs et les aida à sortir des endroits confinés dans lesquels elles s'étaient glissées quelques heures plus tôt. Puis elles allèrent toutes prier à la chapelle. Lorsqu'elles révélèrent leurs cachettes, une sorte d'allégresse gonfla le cœur de Winifred ; tous ces endroits, ces objets qu'elles avaient tantôt craints, tantôt chéris, tantôt maudits — l'échafaudage mis en place cinq ans plus tôt pour des travaux qui n'avaient jamais eu lieu, le puits d'Odelyn, le *necessarium* d'Edith, la petite tombe de Johnny ensevelie sous les feuilles cloquées, la marmite abandonnée —, tous avaient eu un rôle à jouer, depuis le début. Ils étaient miraculeux. Ils leur avaient sauvé la vie car elles avaient eu le courage de les utiliser à bon escient. Le courage d'Amélie.

Winifred songea à la pierre bleue que le Danois avait ramassée. *Puisse la grâce de sainte Amélie l'habiter et, un jour peut-être, éclairer le cœur de ce Viking*, pria-t-elle *in petto*.

En remontant l'allée sur son beau cheval, l'abbé ne put s'empêcher de regretter la disparition du nouveau couvent, beaucoup plus proche de l'abbaye. Hélas, ce dernier avait été complètement rasé par les Vikings tandis que Sainte-Amélie avait été miraculeusement épargnée, devenant ainsi le seul couvent de Portminster. Si les deux avaient été détruits, on aurait sans doute reconstruit l'autre au détriment de Sainte-Amélie, mais le sort, dans toute son ironie, en avait décidé autrement.

Il bifurqua au croisement et se joignit au flot de pèlerins en route pour le prieuré. Le morceau de la Vraie Croix avait brûlé dans l'incendie ; les ossements d'Amélie étaient de nouveau la seule relique de la région. L'abbé savait qu'un miracle s'était produit en ces murs. Pourquoi les Vikings avaient-ils épargné cet endroit ? La rumeur disait que sainte Amélie les en avait empêchés mais, connaissant l'indomptable mère Winifred, il se posait quelques questions...

De grands changements avaient eu lieu, depuis ce jour miraculeux. De délicieux effluves s'échappaient de la cuisine où un ragoût mijotait doucement dans l'énorme marmite de dame Mildred. Dans la cour, un jeune homme venait de puiser de l'eau et tendait le seau plein à dame Odelyn. Un autre garçon balayait une petite tombe parsemée de feuilles. Une activité bourdonnante régnait sur le couvent florissant.

Aujourd'hui, pourtant, l'abbé n'était pas là pour féliciter les nonnes de Sainte-Amélie. Il s'était déplacé parce qu'il avait eu vent d'une nouvelle pour le moins contrariante : au lieu d'enseigner elle-même l'art de l'enluminure aux jeunes novices, mère Winifred avait délégué cette tâche à ses vieilles religieuses. Et à quoi occupait-elle son temps libre, la mère supérieure ? A peindre ce fichu retable !

L'abbé était bien décidé à mettre un terme à cette farce, une bonne fois pour toutes ! Il ne tolérerait plus d'acte d'insoumission de la part de cette femme !

Pour la première fois, Winifred ne vint pas l'accueillir à la grille du couvent. Ce fut sœur Rosemonde qui le reçut ; déchue de son titre de mère supérieure, elle résidait à présent à Sainte-Amélie et semblait parfaitement heureuse de son sort. Assistante de la mère supérieure, elle veillait au confort des pèlerins, des élèves et des invitées, supervisait la restauration des bâtiments, gérait l'entretien des chèvres, des moutons et des poules et s'assurait que les tables étaient toujours bien garnies.

D'humeur enjouée, Rosemonde conduisit l'abbé à la nouvelle véranda ; là, assise devant un chevalet, mère Winifred peignait. Il s'apprêtait à prendre la parole lorsque, posant les yeux sur le tableau, il demeura bouche bée. Puis il fut témoin d'une scène encore plus confondante : mère Winifred souriait !

Il s'assit et la regarda manier le pinceau en silence. Winifred avait peint une sainte Amélie ravissante, à la fois humble et radieuse, venant au secours des nécessiteux, répandant autour d'elle la parole du Christ. Sur le quatrième volet du retable, sainte Amélie tenait devant sa gorge une pierre d'un bleu extraordinaire. Bien qu'il ne comprît pas la signification de la scène, sa beauté et son mystère lui coupèrent le souffle.

Une jeune novice lui apporta un verre de bière. En sirotant le breuvage, le père Edman se perdit dans ses réflexions. Non seulement il permettrait à Winifred de terminer son retable, mais il lui commanderait par la suite d'autres tableaux qu'il vendrait à bon prix aux grosses fortunes de la région...

INTERMÈDE

En découvrant la beauté du travail de Winifred, l'abbé opéra un revirement instantané ; il raconta partout qu'il n'avait jamais cessé de l'encourager dans cette voie puis commanda un triptyque pour son église. Il n'obtint pas le poste d'évêque qu'il convoitait tant et mourut, deux ans plus tard, étouffé par une arête rebelle alors qu'il attaquait sa troisième assiette, lors du repas pascal.

Mère Winifred vécut encore trente ans, durant lesquels elle produisit un nombre impressionnant de tableaux, retables et miniatures figurant des madones, des scènes de crucifixion ou de nativité. Toutes ses œuvres étaient d'une beauté époustouflante ; on reconnaissait leur auteur à l'étrange pierre bleue qui apparaissait dans tous ses tableaux, véritable griffe à une époque où les artistes ne signaient pas leurs œuvres.

Peu après l'attaque viking, M. Ibn-Abu-Aziz-Jaffar rendit à Sainte-Amélie une dernière visite. Il voulait remercier mère Winifred de l'avoir poussé à l'intérieur des terres ce jour-là ; en changeant son itinéraire pour rallier Mayfield, il avait évité les Vikings, échappant ainsi à une mort certaine. Oubliant le don de double vue qu'elle avait hérité de ses ancêtres celtes, mère Winifred loua sainte Amélie, puis elle proposa au marchand ambulant de se reposer au prieuré aussi longtemps qu'il le souhaitait. Il décida de passer là sa retraite et s'installa dans un petit cottage tandis que Seska, sa fidèle jument, paissait librement dans un paddock. Simon le Lévite rendait de menus services dans le couvent, où visiteurs et pèlerins le connaissaient et l'appréciaient. Il demeura l'ami et le conseiller de mère Winifred et tous deux prirent l'habitude de se retrouver chaque après-midi pour bavarder tranquillement — Simon, le juif et

Winifred, la nonne — jusqu'à ce qu'il décède, quatorze ans plus tard. Bien qu'il ne se soit jamais converti au christianisme, Winifred insista pour qu'on lui donnât les derniers sacrements et le fit enterrer en terre sacrée.

Au fil des ans, comme sa main perdait de sa précision et que sa vue baissait, mère Winifred s'autorisa quelques pauses devant son chevalet. Ses pensées vagabondaient alors vers le Viking qui avait ramassé la pierre bleue. Qu'avait-il fait des pouvoirs de sainte Amélie ?

Voici ce qui advint : lorsque les Vikings avaient voulu regagner leur bateau, ils n'avaient trouvé qu'un brasier géant. Les soldats d'Oswald de Mercie les encerclèrent rapidement et les tuèrent tous, jusqu'au dernier. Oswald en personne participa au pillage des cadavres et trouva sur l'un d'eux une curieuse pierre bleue, d'une beauté extraordinaire. Il la fit monter sur une épée qui accompagna un croisé jusqu'à Jérusalem ; là, la pierre fut dessertie de son épée et transportée à Bagdad, où elle fut offerte au calife, qui la porta un temps sur son turban préféré. Dans un moment d'égarement, le calife donna la pierre à une danseuse du temple qui la plaça dans son nombril et dansa langoureusement pour lui avant de disparaître dans la nuit avec son amant. La pierre passa de poches en bourses, elle connut une ribambelle de maîtres et de maîtresses, fut vendue, achetée et volée ; elle regagna finalement le sol anglais avec un soldat qui rentrait des croisades. Frappé de cécité dans une bataille qui avait eu lieu près de Jérusalem, il espérait guérir de son mal et se joignit à un groupe de pèlerins en partance pour Canterbury. Ils furent interceptés en chemin par une bande de brigands qui vendirent leur butin dans le nord du pays. Là, la pierre fut incrustée dans le couvercle d'une boîte à bijoux en nacre qu'un jeune homme voulait offrir à l'élue de son cœur, espérant ainsi gagner ses faveurs. Mais la jeune femme repoussa ses avances et il partit en Europe, où il jura de se donner la mort dès qu'il aurait trouvé l'endroit propice. Au cours de son errance, il rencontra un certain François, originaire d'Assise, qui était en train de fonder un nouvel ordre fondé sur la pauvreté. Sur une impulsion, le jeune homme rejoignit l'ordre après s'être séparé de tous ses biens, y compris la boîte à bijoux maudite.

Le paysan qui la trouva dans le tas d'affaires que les franciscains lui avaient donné ôta la pierre bleue du couvercle et l'échangea contre une miche de pain. Quand la femme du boulanger découvrit le fascinant caillou, elle le troqua contre une nouvelle invention, un miroir, persuadée qu'un objet capable de refléter les visages était mille fois plus précieux qu'une vulgaire pierre.

En 1349, la peste noire décima un tiers de la population en Europe ; à cette époque, la pierre bleue fut tenue responsable de sept décès et de six guérisons ; elle continua à circuler entre les cadavres et les rescapés, les patients et les docteurs. Presque cent ans plus tard, le jour où une jeune Française baptisée Jeanne, accusée d'hérésie, fut brûlée vive sur un bûcher, un homme perdu dans la foule, fasciné par le spectacle, ne sentit pas la main qui se glissait dans sa poche, le délestant de deux florins en or et d'une pierre bleue.

En 1480, par une chaude journée d'été, des badauds se rassemblèrent sur les collines de Florence pour assister à la démonstration d'une jeune artiste-inventeur de vingt-huit ans. Sa toute dernière invention s'appelait le parachute. Les paris allaient bon train dans l'assistance — ce jeune fou allait se briser le cou, c'était couru d'avance ! Au moment où Léonard de Vinci atterrissait sans encombre au milieu d'une prairie verdoyante, la pierre bleue quitta les mains d'un prince de Médicis pour gagner celles d'un savant voyageur. Ce dernier porta le joyau étincelant à Jérusalem, pour l'offrir à sa fille chérie ; hélas, celle-ci était morte en couches durant son absence. Accablé par le chagrin, il cacha la pierre maudite qui lui rappelait tant sa fille disparue. Et la pierre reposa au fond d'un coffret d'or, dans une belle demeure sise sur une colline surplombant la Coupole du Rocher, attendant son prochain propriétaire, sa prochaine aventure.

LIVRE SIX

Allemagne,

en l'an 1520

Si on lui avait posé la question, Katharina Bauer aurait répondu qu'elle épousait Hans Roth parce qu'elle l'aimait. En fait, elle désirait par-dessus tout appartenir à une vraie famille.

Avoir une sœur et une tante, appeler un homme « frère » ou « oncle », rencontrer ses cousins, ses nièces et ses neveux, c'était là le rêve le plus cher de Katharina Bauer. Agée de dix-sept ans, fille unique d'une veuve qui occupait un humble logement au-dessus de la *Hofbrauhaus,* la brasserie du bourg, Katharina souhaitait donc plus que tout au monde faire un jour partie d'une grande et belle famille. Et Hans Roth, jeune homme de vingt-deux ans aux yeux couleur de bleuet, était issu d'une famille qui correspondait en tous points à ses vœux.

Hans était le fils de Herr Roth, le fabricant de chopes de bière ; il vivait avec ses deux frères et ses deux sœurs dans une maison toujours pleine de parents, proches et lointains, tous employés dans l'entreprise familiale. Katharina avait obtenu l'autorisation de leur prêter main-forte au moment où la saison battait son plein et, bien que son travail ne fût pas rétribué, elle avait enfin l'impression de faire partie de la famille Roth. Bientôt, espérait-elle secrètement, Herr Roth deviendrait son beau-père et elle l'appellerait « papa ».

C'était donc ça, l'amour, le vrai, songea Katharina en aidant Hans au séchoir. Ce sentiment de joie, de sérénité et de plénitude. Elle l'avait déjà senti chez des couples plus âgés, mariés depuis *toujours*. Hans et elle avaient une chance inouïe d'éprouver ce sentiment unique ! L'avenir leur souriait, comme la vie était douce et belle !

L'autre aspect du mariage, le lit et les bébés, Katharina préferait ne pas trop y songer. Pour le moment, elle se contentait des baisers de Hans. Pendant ces moments volés où ils se retrouvaient seuls, dans les bois ou sur les berges du fleuve, à l'abri des regards indiscrets, Katharina s'efforçait de tempérer les ardeurs du jeune homme en lui rappelant qu'ils n'étaient pas encore mariés. Le moment venu, elle accomplirait son devoir et subirait sans protester la brève union charnelle qui lui permettrait d'être mère.

Ils prirent les chopes fraîchement gravées sur les étagères de séchage. Par la fenêtre pénétraient des fumets alléchants : des côtes de porc grésillaient sur le feu, du chou-fleur mijotait dans une cocotte, des pommes de terre rôtissaient tandis que du pain frais attendait sur la table, tout juste sorti du four. Comme chaque jour, Frau Roth préparait le copieux déjeuner familial. Katharina ne partagerait pas leur repas ; Frau Roth n'était pas connue pour sa générosité. De toute façon, la jeune fille n'aurait pu déjeuner avec eux en sachant que sa mère, seule dans son petit logement, se contentait d'un œuf et d'un morceau de fromage. De temps en temps, un client satisfait rémunérait Isabella Bauer en saucisses et pommes de terre qu'elle faisait durer une semaine. Heureusement, la mère et la fille ne manquaient jamais de pain. Elles avaient en outre la chance d'habiter au-dessus de la brasserie. Son propriétaire, Herr Müller, avait le béguin pour la mère de Katharina et elles ne manquaient donc jamais de bière non plus.

— Celles-ci doivent partir en Italie, expliqua Hans tandis qu'ils disposaient les chopes sèches dans le four à bois.

La note de déférence et de fascination qui teintait sa voix n'échappa pas à Katharina. Hans rêvait de voyager aux quatre coins du monde. Contrairement à elle qui se contentait avec bonheur de son petit bourg, Badendorf. Ornée en son centre d'une jolie fontaine, la place du marché était entourée de part et d'autre de boutiques et de maisons à colombages ; la brasserie occupait un côté de la place et faisait face à l'imposante *Rathaus,* la mairie vieille de trois siècles dont la porte principale, située au premier étage, était accessible par un escalier amovible en cas de danger. A côté de la mairie se dressait l'église romane érigée au cinquième siècle et dont les fondations, disait-on, dataient de l'époque de la Rome antique. *Der Marktplatz*, la place du marché, accueillait les foires annuelles, les mariages, les fêtes, les vendeurs de fruits et de légumes et, de temps à autre, les célébrations religieuses. C'était ça, le petit monde de Katharina Bauer : Badendorf.

Elle ne savait pas ce que cachaient les méandres du fleuve, ignorait ce qui se trouvait au bout de la route ou de l'autre côté des montagnes; d'ailleurs, elle s'en moquait comme d'une guigne. Elle n'avait pas entendu parler du couronnement qui venait d'avoir lieu dans une ville baptisée Aachen. Le nouveau roi s'appelait Charles V, et c'était sans nul doute la cérémonie la plus importante depuis le couronnement de Charlemagne. Elle ne savait pas non plus qu'un moine augustin portant le nom de Martin Luther venait d'être accusé d'hérésie par le pape à cause des idées nouvelles, prétendument dangereuses, qu'il répandait autour de lui. Ses théories allaient se propager dans toute l'Europe à la vitesse de l'éclair grâce à l'invention d'un troisième homme, Johannes Gutenberg. Katharina Bauer, elle, ne connaissait rien d'autre que le bourg, la forêt, le château et les habitants de Badendorf. Et cela lui suffisait.

Lorsque Hans lui prit une chope des mains, leurs doigts se frôlèrent et elle vit son visage s'empourprer. Katharina demeura impassible; l'amour qu'elle éprouvait pour le jeune homme n'était pas du genre «incendiaire». Après avoir longuement réfléchi, elle en était arrivée à se demander si l'amour existait vraiment en dehors des ballades, des poèmes et des contes romantiques. Davantage attachée à la tendresse et à l'affection, elle désirait plus que tout se sentir bien avec la personne qu'elle avait choisie. Elle connaissait Hans depuis toujours, leur amour s'était épanoui au fil des ans et, lorsque les parents du jeune homme avaient suggéré de les marier, Katharina avait trouvé naturel de passer le restant de sa vie aux côtés de Hans. Ce serait un beau mariage, elle le savait déjà. Tous deux formeraient un couple idyllique : elle, Katharina Bauer, la couturière la plus sollicitée de Badendorf, et Hans Roth, l'héritier de la célèbre fabrique de chopes de bière.

Quelques siècles plus tôt, des sources d'eau chaude avaient attiré dans la région les Romains, si soucieux de leur santé. Les sources s'étaient taries depuis, mais on continuait à trouver sur le site une argile d'excellente qualité qui servait à fabriquer toutes sortes de poteries. Badendorf était ainsi devenue célèbre pour ses chopes de bière. A partir d'une poignée d'argile, les artisans façonnaient, gravaient puis peignaient à la main chaque gobelet, qui était ensuite cuit et vernissé. Afin de garantir leur solidité, les chopes étaient ensuite mises à sécher pendant quelques heures avant d'être passées au four. La fabrication d'une chope s'étalait sur plusieurs jours et exigeait un soin et une patience infinis. La famille Roth possédait un secret de fabrication bien gardé : plus on prenait le temps d'extraire l'eau de l'argile, plus la chope était solide. Fortes de leur réputation, les chopes Roth s'exportaient dans toute l'Europe et au-delà de ses frontières. Un jour, Hans serait à la tête d'une immense fortune. Et ce jour-là, Katharina achèterait à sa mère une belle maison où elle pourrait se reposer en toute quiétude.

Une fois leur tâche accomplie, Katharina suivit Hans dans l'atelier où les chopes cuites recevaient leur couvercle d'étain.

Deux cents ans auparavant, les docteurs avaient conclu que la peste était transmise par les mouches ; afin d'éviter la propagation de la maladie, une loi imposait depuis qu'on couvrît tous les gobelets et autres récipients. Un problème avait alors surgi : le couvercle amovible gâchait le plaisir de savourer tranquillement une bière car, à l'époque, les chopes se prenaient à deux mains. Il avait donc fallu concevoir une chope à une anse dotée d'un couvercle à charnière qui permettait de boire d'une main tout en respectant la règle. Les chopes Roth étaient célèbres pour leurs couvercles richement décorés qui rappelaient le motif du gobelet.

Katharina était en train d'aider des cousins à transporter un ballot de paille lorsque Hans surgit derrière elle ; l'enlaçant par la taille, il lui murmura quelques mots dans le creux de l'oreille. Katharina se libéra de son étreinte en gloussant, feignant d'apprécier le badinage. Au fond d'elle, elle espérait que Hans la toucherait moins une fois qu'ils seraient mariés.

Tout à coup, des cris leur parvinrent du dehors. Quelqu'un appelait la jeune fille d'un ton pressant. Elle sortit et vit Manfred, le fils du maître-brasseur, traverser la place en courant. Ses bras décrivaient de grands cercles au-dessus de sa tête.

— Katharina ! Viens vite ! Il y a eu un accident ! Ta mère...

Katharina s'élança à sa rencontre.

— Elle se trouvait derrière la charrette de bière quand le cheval s'est emballé, poursuivit Manfred, hors d'haleine. Un tonneau a roulé, il a heurté ta mère... Le docteur arabe est avec elle !

Katharina remercia Dieu d'avoir envoyé le vieux médecin, en qui elle avait une confiance aveugle.

Le docteur Mahmoud avait fui l'Espagne vingt-huit ans plus tôt, lorsque les Maures avaient été chassés par la reine Isabelle.

Il se trouvait dans le Nord du pays quand il avait appris que toute sa famille avait été massacrée. Jugeant plus prudent de ne pas retourner à Grenade, il avait longtemps erré en Europe avant de s'installer à Badendorf où Isabella Bauer, mieux placée que quiconque pour savoir ce que ressentait un étranger dans une ville inconnue, l'avait accueilli avec gentillesse, participant activement à son intégration.

Le docteur Mahmoud fut la première personne qu'aperçut Katharina en ouvrant la porte de leur chambrette. Il portait les longues tuniques de son pays et un turban coiffait ses cheveux blancs. Frère Pastorius, un jeune moine de faible constitution accablé d'un pied bot, priait dans un coin de la pièce. Lorsqu'elle vit sa mère gisant sur le lit, la tête enrubannée d'un pansement ensanglanté, Katharina se précipita vers elle.

Isabella Bauer, la meilleure couturière de Badendorf et de ses environs, était âgée de trente-huit ans. Malgré une vie de sacrifices et de privations, elle avait conservé l'éclat de sa jeunesse. Allongée sur son lit, paupières closes, inconsciente, elle paraissait encore plus jeune ce jour-là. Débarrassé de ses rides d'inquiétude, son visage était lisse, son teint diaphane.

— Maman ? murmura Katharina en prenant sa main glacée dans les siennes. Maman ?

Elle se tourna vers le docteur Mahmoud. La gravité voilait les traits du vieil homme.

Katharina crut que son cœur allait cesser de battre. Sa mère était sa seule famille ; elle savait peu de choses au sujet de son père. Elle était encore bébé quand il avait été emporté par une fièvre virulente qui avait ravagé le village qu'ils habitaient alors, dans le Nord du pays. Les morts avaient été brûlés afin d'éviter la propagation de la maladie, et sa mère avait fui vers le sud avec elle, trouvant refuge à Badendorf. En grandissant, Katharina regardait souvent en direction du nord, vers les méandres du fleuve et ce pays dont elle ne connaissait rien. Cédant à la nostalgie, elle essayait alors d'imaginer son village natal et le beau jeune homme souriant qu'avait été son père.

Bien que Katharina et sa mère n'aient jamais appartenu à la classe des riches commerçants allemands (combien de fois Isabella avait-elle dû aller frapper à la porte de ses riches clients pour mendier l'argent qu'ils lui devaient ?), ni la mère ni la fille ne s'étaient jamais pensées pauvres. Elles vivaient dans une pièce exiguë située au-dessus de la brasserie, s'habillaient de vêtements rapiécés et se chaussaient de galoches rafistolées.

Elles souffraient parfois de la faim et du froid en hiver, mais elles s'estimaient malgré tout heureuses de ne pas appartenir à la classe paysanne, exploitée et tyrannisée par la noblesse en place. Isabella Bauer répétait souvent à sa fille que même si elles n'avaient pas beaucoup d'argent, elles avaient leur dignité.

Dans l'ensemble, elles menaient une existence plutôt clémente. Derrière la brasserie se trouvait un jardinet clos où le frère Pastorius enseignait le latin à ses élèves et où le docteur Mahmoud recevait ses patients. Ce puits de lumière attirait aussi Katharina et sa mère, qui venaient y faire leurs travaux de couture. Le vieil Arabe auscultait ses malades derrière un paravent qu'il descendait de sa chambre ; frère Pastorius s'efforçait de faire entrer les rudiments du latin dans les esprits bornés des fils de marchands. Dans l'air frais du matin, les « *anima bruta, anima divina, anima humana* » se mêlaient au chant mélodieux des oiseaux. Derrière le paravent, une quinte de toux perturbait de temps en temps la litanie monotone. Occupée à broder des entrelacs de fleurs et de feuilles sur du linge de maison, Katharina apprenait les leçons destinées aux jeunes garçons, « *Leone fortior fides* ».

Agenouillée au chevet de sa mère, elle entendit un oiseau chanter sous la fenêtre. Soudain, un terrible pressentiment s'empara d'elle... les jours heureux dans le jardinet de la brasserie appartenaient au passé.

Au bout d'un moment, les paupières d'Isabella papillonnèrent et s'entrouvrirent. D'abord embrumé, son regard se fixa sur Katharina, auréolée d'un halo de cheveux dorés. Un sourire joua sur les lèvres de la blessée. Comment elle était belle ! Jadis pâle comme les blés, sa chevelure avait pris de jolis reflets d'or fondu. Et ce teint de porcelaine... Et ces yeux vert d'eau... Du bout des doigts, Isabella effleura la joue veloutée.

— Dieu a décidé de me rappeler à Lui, ma fille, articula-t-elle au prix d'un effort. Je croyais qu'Il m'accorderait davantage de temps...

— Maman, sanglota Katharina en pressant la main froide contre sa joue. Tout ira bien, ne t'inquiète pas. Le docteur Mahmoud va s'occuper de toi.

Avec un sourire triste, Isabella laissa sa tête rouler sur l'oreiller.

— Il ne me reste plus que quelques minutes à vivre, je le sais. J'avais espéré quelques années, mais Dieu, dans Sa grande sagesse...

Katharina attendit. Le docteur Mahmoud gardait les yeux rivés sur sa patiente tandis que le frère Pastorius continuait à prier. Une foule de curieux s'était réunie devant la porte, péniblement contenue par Herr Müller.

Après avoir aspiré une grande bouffée d'air, Isabella reprit la parole :

— Il faut que je te dise quelque chose, mon enfant...

Les larmes de Katharina roulèrent sur le drap maculé de sang.

— Là-bas, murmura Isabella, dans la commode...

Elle désigna le seul meuble de bonne facture qu'elles possédaient : une commode en bois qui abritait leurs coupons de tissu et leurs écheveaux de fil, leurs aiguilles et leurs paires de ciseaux.

— La boîte à rubans... apporte-la-moi.

Katharina s'exécuta. Quand elle revint près du lit, Isabella continua :

— Maintenant... je dois tout te dire. Sois courageuse, Katharina. Demande à Dieu qu'il te donne de la force. Il est temps pour toi de connaître la vérité.

La jeune fille attendit, sans mot dire. Le docteur Mahmoud se pencha en avant. Une abeille entra par la fenêtre ouverte, fit quelques tours et ressortit en bourdonnant.

— De quoi s'agit-il, Maman ?

Les yeux d'Isabella s'embuèrent de larmes.

— Je ne suis pas ta vraie mère. Tu n'es pas ma vraie fille.

Katharina la dévisagea d'un air incrédule. Sourcils froncés, elle se tourna vers le docteur Mahmoud puis vers le frère Pastorius, qui s'était tu brusquement. Avait-elle bien entendu ?

— C'est vrai, Katharina, reprit Isabella au prix d'un effort. Ce n'est pas moi qui t'ai conçue, c'est une autre femme.

— Tu es très affaiblie, Maman. Le docteur Mahmoud a dit que tu avais subi un choc violent...

— J'ai toute ma tête, Katharina. Ecoute-moi, je t'en prie, il ne me reste pas beaucoup de temps.

Elle s'interrompit, reprit son souffle avant de poursuivre :

— Il y a dix-neuf ans, une épidémie a ravagé mon village, dans le Nord, emportant mon mari et mes deux bébés. Les quelques rescapés, dont je faisais partie, se sont éparpillés dans le pays. J'ai trouvé une place de serveuse dans une auberge où je faisais aussi quelques travaux de couture. Un soir, une famille a poussé la porte de la salle commune ; la femme était enceinte. Ils m'ont commandé une robe de baptême brodée pour le bébé. Hélas, la femme est morte en couches. Le mari est venu me trouver… le pauvre était effondré. Je n'ai jamais vu un homme pleurer autant.

Une nouvelle pause, une autre respiration saccadée.

— Il m'a raconté qu'il devait poursuivre son voyage… ses fils et lui partaient pour une destination lointaine et il leur était impossible d'emmener avec eux un nourrisson. Cela se passait en pleine nuit, Katharina, il pleurait comme un enfant lorsqu'il m'a demandé de prendre soin du bébé à sa place. Il m'a promis de revenir le chercher plus tard. Ce bébé, c'était toi, Katharina.

Un murmure parcourut la foule de badauds massée à la porte. Herr Müller les fit taire d'un geste péremptoire. Le docteur Mahmoud tâta le pouls d'Isabella. Son visage s'assombrit. Elle poursuivit pourtant, d'une voix entrecoupée :

— J'ai accepté de m'occuper du bébé jusqu'à son retour. Au bout de quelque temps, j'ai quitté l'auberge. Les propriétaires ne m'inspiraient pas confiance, je craignais qu'ils ne me volent les pièces d'or que l'inconnu m'avait laissées pour ton entretien. Je suis venue ici, à Badendorf ; j'ai raconté à tout le monde que j'étais veuve, c'était la vérité, et que tu étais ma fille… c'était un mensonge. Je pensais que ton père me retrouverait facilement, je n'étais pas partie bien loin…

Sa voix se brisa et elle humecta ses lèvres sèches. Avec une grande douceur, le docteur Mahmoud lui releva légèrement la tête pour l'aider à boire, mais elle fut incapable d'avaler une goutte.

Au bout d'un long moment, elle reprit la parole :

— L'étranger… ton père, Katharina, il m'avait donné quelque chose… Ouvre la boîte et sors les rubans. Le fond… soulève-le. Il y a quelque chose en dessous. Quelque chose qui t'appartient.

Katharina souleva le double fond dont elle n'avait jamais soupçonné l'existence. Dessous se trouvait un objet enveloppé dans un mouchoir. Elle le déballa soigneusement, découvrant à travers ses larmes une miniature figurant une scène religieuse, de la taille d'une main.

— C'est le volet d'un diptyque, comme celui qui surplombe l'autel de notre église, tu sais… En beaucoup plus petit, bien sûr. Vois-tu la pierre bleue dans le tableau, ma fille ? Elle figure aussi sur la deuxième miniature. Ensemble, elles racontent une histoire.

— Mère, intervint Katharina d'une voix tremblante, je... je ne comprends pas...

— Ton père... ton père possédait ces deux miniatures reliées entre elles par une charnière. Il les a séparées devant moi...

Isabella ferma les yeux un instant, revivant la scène empreinte de solennité qui s'était déroulée en pleine nuit, dix-sept ans plus tôt.

— ... et il m'a donné cette moitié en disant que s'il ne pouvait pas venir te chercher lui-même, il enverrait quelqu'un muni de la deuxième miniature afin que je puisse le reconnaître.

Katharina dévisagea sa mère d'un air perplexe. Reportant son attention sur le tableau qui reposait entre ses mains, elle fronça les sourcils.

— Est-ce la Sainte Vierge ?

Sur le tableau, une femme vêtue d'un costume médiéval tenait une pierre bleue devant sa gorge. Un geste empli de mystère. La valeur de la pierre, elle, ne faisait aucun doute : sa couleur et sa transparence étaient exceptionnelles.

La voix d'Isabella se fit lointaine, comme si son âme était déjà en train de quitter son corps.

— Il m'a montré l'autre moitié... elle porte une inscription en latin : « *Sancta Amelia, ora pro nobis* ».

— « Sainte Amélie, prie pour nous », murmura Katharina, incapable de détacher les yeux de la miniature qui avait appartenu à son père.

— Il m'a raconté que... que la pierre bleue était la pierre de sainte Amélie et qu'elle possédait des vertus magiques car elle lui avait été remise par Jésus en personne.

Katharina était comme hypnotisée. Comment décrire la couleur de cette pierre ? Elle n'était pas bleu ciel, non, c'eût été trop pâle... ni outremer, c'eût été trop intense. En fait, ce n'était pas une teinte uniforme mais plutôt une superposition de plusieurs nuances, comme si la vraie pierre était incrustée dans le tableau. Katharina n'avait aucun moyen de savoir que la miniature avait été réalisée en Angleterre par une religieuse nommée mère Winifred, cinq siècles plus tôt.

— Ton père était richement vêtu, reprit Isabella dans un souffle. Il était noble, sans aucun doute. Il m'a laissé une bourse remplie de pièces d'or. Je n'en ai utilisé que quelques-unes pour notre installation à Badendorf. Après ça, je n'y ai jamais touché, c'est ton héritage. Chaque année, le jour de ton anniversaire... je voulais te dire la vérité, mais je n'ai jamais trouvé le courage de le faire. Tu es entrée dans ma vie à un moment où j'étais accablée de chagrin... je venais de perdre mes deux bébés. Que Dieu me pardonne, mais j'espérais secrètement que cet homme ne reviendrait jamais te chercher. A présent que je vais mourir, tu es en droit de connaître la vérité...

— Chut, maman. Garde tes forces. Nous parlerons de ça plus tard.

Au prix d'un effort surhumain, Isabella secoua la tête.

— Tu ne m'as jamais appartenu, Katharina. J'étais seulement chargée de prendre soin de toi jusqu'à son retour. Mais il n'est pas revenu et c'est sans aucun doute parce qu'il est blessé, souffrant ou peut-être retenu prisonnier quelque part. A l'heure où je te parle, peut-être est-il en train de prier Dieu pour qu'Il te conduise jusqu'à lui.

Elle leva la main et caressa les tresses blondes de Katharina.

— Tu as sa couleur de cheveux. Il avait une barbe blonde splendide, comme un rayon de soleil. Regarde au dos du tableau.

Katharina obéit. Deux mots étaient gravés sur la plaquette : *Von Grünewald.*

— C'est ton nom de famille, expliqua Isabella. Tu vois... tu n'étais pas faite pour avoir une mère comme moi. Ton destin est ailleurs. Tu dois retrouver ton père, Katharina. Il est peut-être malade ou en danger. Il faut que tu ailles le voir.

— Jamais je ne t'abandonnerai ! s'écria la jeune fille.

— Mon enfant, ta vie n'aurait pas dû être ainsi. Si je t'avais avoué la vérité avant, les choses seraient peut-être différentes aujourd'hui. Mais j'ai préféré me taire, par pur égoïsme. A présent, il est temps pour moi de me racheter. Cet étranger... il a le droit de vivre auprès de sa fille.

— Maman, comment le retrouverai-je ?

— Il m'a dit qu'il partait à la recherche de la pierre bleue peinte sur la miniature. Il se rendait à Jérusalem, car il pensait la trouver là-bas. Trouve-la, fit Isabella d'une voix étranglée. Trouve cette pierre bleue et tu trouveras ton père. Quand tu verras le pendant de cette miniature, tu seras avec ton père, si Dieu le veut.

La main frêle qui avait brodé tant de fleurs délicates, d'oiseaux et de papillons trembla contre la joue de Katharina.

— Promets-moi que tu partiras à sa recherche, Katharina. Car cette pierre bleue te conduira vers ton destin.

Sur ces mots, Isabella exhala son dernier soupir. Katharina se jeta sur le corps inerte de sa mère en sanglotant. Le docteur Mahmoud et le frère Pastorius demandèrent à la foule de se disperser calmement.

Isabella Bauer fut enterrée dans le cimetière de Badendorf après un office religieux au cours duquel de nombreux clients louèrent son talent exceptionnel de couturière et de brodeuse. Ils présentèrent de chaleureuses condoléances à Katharina, tous ces hommes et ces femmes qui les avaient fait patienter des heures durant à la porte de leurs belles demeures, différant le moment de rétribuer la couturière pour son dur labeur. Mais il en allait autrement, à présent; ayant eu vent des origines nobles de Katharina, ils la traitaient avec un respect et une courtoisie qu'ils ne lui avaient jamais témoignés auparavant.

Accablée par le chagrin, sous le choc de l'incroyable révélation, Katharina mit du temps avant d'émerger de sa léthargie. Les paroles de sa mère vinrent la hanter. Etait-il possible que cette histoire fût vraie? Escortée du docteur Mahmoud et de Hans Roth, la jeune fille quitta Badendorf pour la première fois de sa vie. Tous trois se rendirent dans un petit village situé à une quinzaine de kilomètres au nord — un autre monde, pour cette jeune fille de dix-sept ans.

Là-bas, elle trouva l'auberge où elle avait vu le jour. Puis elle se rendit à l'église et rencontra le vieux prêtre qui se souvenait encore de cette femme morte en couches, une dame de la noblesse qui venait d'une autre région. Elle était enterrée dans le cimetière de l'église. Katharina trouva aisément la tombe : la date de la mort correspondait au jour de sa naissance. Elle s'appelait Grünewald.

Agenouillée devant la tombe, Katharina s'efforça d'éprouver quelque chose pour cette femme. En vain. C'était pour celle qu'elle considérait comme sa vraie mère, la couturière de Badendorf, que son cœur saignait. Malgré tout, les restes de la femme qui lui avait donné la vie reposaient devant elle, sous cette pierre tombale. A cette pensée, une émotion nouvelle la submergea. Posant les mains sur la tombe de Maria von Grünewald, décédée à l'âge de vingt-six ans, Katharina jura de retrouver son père, l'époux de cette pauvre femme. Malgré les obstacles qui se dresseraient sur sa route, elle rejoindrait coûte que coûte sa vraie famille.

On ne parlait plus que de ça à Badendorf. Katharina Bauer partait pour Jérusalem !

Son départ chagrina profondément Hans.

— Es-tu vraiment obligée de partir ?

Comme il était hors de question qu'elle voyageât seule, Katharina avait d'abord demandé à son fiancé de l'accompagner ; malheureusement, la présence du jeune homme était indispensable au bon fonctionnement de l'entreprise familiale. Aussi s'était-elle tournée vers le frère Pastorius, mais le pauvre n'était pas assez robuste pour entreprendre un tel voyage, bien qu'il eût rêvé de voir la Ville sainte. Katharina avait alors demandé conseil au docteur Mahmoud. Ce dernier l'avait confortée dans sa décision : elle avait raison de vouloir connaître son père, c'était une question de respect. Lui-même songeait à partir pour Le Caire, où il désirait finir ses jours ; le temps passait, il ne pourrait plus retarder son départ bien longtemps. Aussi lui proposa-t-il de voyager avec elle.

— J'ai fait une promesse, Hans, répéta Katharina d'un ton ferme tandis qu'ils rentraient d'une ultime promenade dans les bois de Badendorf. Je dois retrouver ma famille.

— Mais c'est *moi*, ta famille. Quand tu m'épouseras, nous...

Elle prit ses mains entre les siennes et esquissa un pâle sourire.

— Oui, je sais, Hans. Mais mon père avait l'intention de revenir me rechercher. S'il ne l'a pas fait, c'est sans doute parce qu'il s'est passé quelque chose de grave. Dans mes rêves, je le vois en prison, seul et oublié de tous, ou bien malade, dans un village étranger. Il faut absolument que je le retrouve. Je lui dois bien ça. A lui et à ma mère... à mes *deux* mères. Dès que je l'aurai retrouvé, je te reviendrai.

Frau Roth, qui n'avait jamais vu d'un bon œil le mariage de ses autres enfants, nourrissait le secret espoir que Hans, son tout petit, ne commettrait pas la même bêtise. Atteint d'une faiblesse cardiaque alors qu'elle-même respirait la vigueur, la santé et la détermination, son mari, Herr Roth, mourrait probablement bien avant elle et elle n'avait aucunement l'intention de vivre sous le joug d'une bru autoritaire — encore moins s'il s'agissait de la fille d'une simple couturière ; Frau Roth n'avait pas cru un seul instant à cette histoire de père noble disparu dans la nature.

— Katharina doit partir, mon fils, déclara-t-elle d'un ton faussement compatissant. Elle doit retrouver son père, son bonheur en dépend.

— Dans ce cas, promets-moi de revenir, supplia Hans avec une ferveur telle que Katharina en fut gênée. Fais ce que tu dois, trouve ton père, renoue avec ton passé. Lorsque tout sera réglé, tu reviendras et nous nous marierons.

Alors, en plus des promesses qu'elle avait faites solennellement à ses deux mères — l'une sur un lit de mort, l'autre devant une tombe —, elle prit un troisième engagement, celui de revenir à Badendorf pour épouser Hans Roth.

Le jour où la caravane de marchands arriva, tous les habitants de Badendorf vinrent faire leurs adieux à Katharina. Frau Roth montra avec ostentation la bourse gonflée de pièces d'argent qu'elle offrait à Katharina avant son départ. Tout le monde la soupesa en louant la générosité de Frau Roth. Profitant d'un bref instant de solitude, cette dernière récupéra la moitié des sous et, après les avoir glissés discrètement au fond de sa poche, elle tendit à Katharina une bourse nettement allégée.

L'impressionnant convoi était commandité par une congrégation de marchands et d'investisseurs qui avaient réuni des fonds dans le but d'assurer la protection de leurs biens pendant leurs déplacements. En provenance du Nord, la fourrure et l'ambre seraient échangées dans le Sud contre des fruits, de l'huile et des épices, qui seraient alors transportés dans le sens inverse. De nombreux cavaliers armés encadraient les roulottes tirées par des chevaux. En chemin, certains brigands recevraient des « primes d'assurance », en échange desquelles ils tiendraient à l'écart les autres bandes de pillards. Des civils se joignaient à la caravane, car c'était là la seule manière de voyager en sécurité.

Katharina et le docteur Mahmoud escortaient un chargement de chopes destinées à l'exportation. Comme ils se faisaient leurs adieux, les yeux embués de larmes, Hans offrit à Katharina une chope très spéciale : un paysage de montagnes décorait la partie centrale, elle-même ornée d'un petit médaillon représentant la ville de Badendorf, délicatement gravée puis peinte par Herr Roth en personne. Rouge de confusion, le frère Pastorius lui fit également un cadeau : une pochette en cuir que la graisse et la cire avaient rendue imperméable, suspendue à un lien pour qu'elle puisse la glisser sous ses vêtements. Par bonheur, ses dimensions convenaient parfaitement à la miniature de sainte Amélie.

La caravane se mit en route, curieux serpent de plus d'un kilomètre de long ; en provenance d'Anvers, elle traverserait Nuremberg, le centre commercial et financier de l'Europe. Suivant une des routes les plus fréquentées, elle devrait atteindre les Alpes au début de l'été, lorsque les cols seraient dégagés. La route de l'ambre avait été tracée bien avant la conquête de l'Europe par les Romains, des millénaires plus tôt, lorsque les peuplades de l'âge de pierre récoltaient l'ambre précieux au nord du continent et partaient l'échanger sur les côtes de la Méditerranée et de l'Adriatique. Grâce aux routes et aux ponts construits par les légions romaines, les Alpes étaient devenues franchissables. Les croisades et le soudain essor des pèlerinages à l'époque médiévale avaient favorisé les déplacements de populations.

Lorsque Katharina et le docteur Mahmoud prirent la route à leur tour, ils se fondirent donc dans un vaste cortège de marchands, voyageurs, pèlerins, mendiants, vagabonds et cavaliers. La Poste royale était également représentée. Au milieu de cette procession chamarrée, des hommes jouaient du pipeau, des femmes portaient du pain et des bébés, des enfants gambadaient après des chiens. D'autres tiraient des charrettes grinçantes, des haquets et de vieilles roulottes ; certains voyageaient à cheval mais la plupart étaient à pied. A chaque carrefour, des voyageurs quittaient le cortège, vite remplacés par de nouveaux arrivants. Les arrêts étaient fréquents. A chaque frontière, les papiers des voyageurs étaient contrôlés, chacun d'entre eux devant fournir la preuve qu'il n'avait pas la peste. La nuit, on dormait à la belle étoile ou dans des auberges sordides qui pratiquaient des prix exorbitants. Dans les Alpes, des gens de la région les aidèrent à franchir les cols sinueux et escarpés.

Pour Katharina, c'était une merveilleuse aventure ; elle se sentait en sécurité au milieu de ces riches marchands et des archers qui les protégeaient. Elle appréciait le confort de la roulotte dans laquelle elle voyageait. Le soir, alors qu'ils étaient assis auprès du feu, le docteur Mahmoud lui enseignait les rudiments de sa langue maternelle, persuadé que l'arabe lui serait un précieux atout en Terre sainte. Plongeant dans ses souvenirs de jeunesse, il parlait avec nostalgie de l'orange, un fruit doré venu d'Espagne, et d'un autre, riche et sucré, qui abondait en Egypte : la datte. Katharina l'écoutait, émerveillée. Hélas, la relative douceur de leur périple vers le sud prit fin lorsqu'ils durent se séparer de leurs compagnons de route, à Milan. Ces derniers descendaient sur Gênes, où se trouvait le comptoir de l'entreprise Roth, mais on déconseilla vivement à Katharina et au docteur Mahmoud de prendre la mer là-bas — leur voyage serait plus long et plus risqué, à cause des nombreuses attaques de pirates. Ils se joignirent donc à un convoi de textiles français que des marchands partaient échanger à Venise contre du verre. Ils traversèrent les plaines fertiles du Pô, remontèrent légèrement sur Padoue puis se dirigèrent vers la côte adriatique. Etrangers dans cette nouvelle caravane, ils ne cherchèrent pas à lier connaissance : le docteur Mahmoud avait appris depuis longtemps que le silence est souvent salvateur. Il ne dit à personne qu'il était musulman car, à cette époque, le musulman était l'ennemi à abattre, particulièrement comme ils approchaient de la Méditerranée, où les Turcs, honnis de tous, régnaient en maîtres sur les mers.

Venise fut un véritable choc pour Katharina. Bien qu'ils aient déjà traversé de grandes villes — Nuremberg, par exemple, métropole époustouflante —, jamais elle n'avait vu pareil spectacle. D'abord, cette ville était complètement *plate.* Il n'y avait aucune montagne, pas la moindre petite colline en vue. Les gens vivaient autour de canaux et se déplaçaient dans de curieuses barques à la proue recourbée. Les habitants portaient tous de somptueux vêtements. Les femmes de la noblesse trottinaient sur de hauts talons compensés ; contrairement à ce qui se faisait en Allemagne, elles ne se couvraient pas la tête mais exhibaient fièrement boucles et tresses brillantes retenues par des résilles et des rubans dorés. Les hommes aussi portaient les cheveux longs, ce qui leur conférait une allure légèrement efféminée aux yeux de Katharina. Mais les œillades admiratives qu'ils lui lançaient n'avaient rien de féminin, bien au contraire. Ici, sa blondeur attirait tous les regards. Certaines femmes n'hésitaient pas se à décolorer les cheveux, mais le blond ainsi obtenu restait fade et artificiel Consciente des regards appréciateurs dont elle faisait l'objet,

Katharina resta à côté du docteur Mahmoud comme ils se dirigeaient vers le port situé sur un immense lagon.

Dans le dédale d'allées et de canaux, ils tombèrent par hasard sur une fête de mariage qui se déroulait dans une belle demeure. Du balcon, le jeune couple jetait joyeusement de la nourriture à la foule amassée dans la ruelle : faisans rôtis, miches de pain doré, fruits confits, amandes enrobées de sucre tombaient en pluie sur les badauds rigolards. Le docteur Mahmoud l'entraîna vers le petit groupe et ils attrapèrent au vol une petite roue de fromage ainsi que quelques grappes de raisin violet qu'ils dégustèrent en poursuivant leur chemin. Ils apprirent plus tard que de telles manifestations d'opulence et de générosité étaient monnaie courante dans cette ville maritime prospère. Le sens de la justice des Vénitiens leur apparut vite tout aussi excessif. A l'angle d'une rue, ils croisèrent une foule déchaînée qui venait tout juste d'exécuter deux criminels. Après leur avoir ouvert la poitrine, les badauds avaient cloué leurs cœurs encore palpitants aux portes d'une petite église. Un homme expliqua à Katharina qu'il s'agissait là d'un acte de vengeance. Une semaine plus tôt, les deux hommes avaient assassiné le patriarche d'une des plus puissantes familles vénitiennes.

Katharina et le docteur Mahmoud se hâtèrent vers le port, où les attendait un spectacle des plus étonnants. A travers une forêt de voiles, de mâts et de gréements, ils aperçurent une flotte de caravelles, galions, navires, transports de marchandises, vaisseaux de guerre, canots, barques, voiles latines et radeaux. Deux jonques chinoises ornées de voiles rouges tanguaient au milieu de cette incroyable armada. Une foule de pèlerins, chrétiens et musulmans mélangés, grouillait sur les quais. Marins, marchands, érudits, officiers, mousses se croisaient en se bousculant. De vigoureux dockers chargeaient à bord des embarcations tonneaux, paquets, caisses et animaux. Les langues étrangères se mêlaient dans un joyeux brouhaha. L'air était chargé d'odeurs exotiques. Katharina aperçut même une librairie. Elle avait déjà vu des livres auparavant — l'église de Badendorf était fière de posséder un exemplaire imprimé de la Bible —, mais elle fut impressionnée par le nombre d'ouvrages qui s'étalaient sur les rayonnages de cette boutique... il y en avait au moins quatre cents !

Elle qui n'avait jamais rêvé de voyage ou d'aventure se trouvait tiraillée entre une certaine mélancolie et une joie presque enfantine. La tristesse l'envahissait quand elle pensait à sa pauvre mère et à Hans ; en même temps, l'idée de retrouver sa vraie famille l'emplissait d'excitation.

Ils se rendirent au bureau des embarquements. L'arabe et l'espagnol désuet du docteur Mahmoud leur furent d'une piètre utilité, mais Katharina sauva la situation grâce à son allemand et aux rudiments de latin qu'elle avait retenus du frère Pastorius. Malgré tout, leurs démarches furent vaines ; certains capitaines refusèrent d'embarquer un musulman, d'autres n'acceptaient pas de femme à bord, d'autres encore les rejetèrent tous les deux. Après la peur, la superstition occupait la deuxième place dans la vie d'un marin : si le bateau ne coulait pas à cause d'un païen, il coulerait forcément à cause d'une femme.

La nuit commençait à tomber et ils n'avaient plus guère d'illusions. Le docteur Mahmoud proposa de trouver un hébergement pour la nuit ; ils reprendraient leurs recherches le lendemain, au point du jour.

C'est alors que Katharina aperçut l'étranger. Il attira son attention parce qu'il était différent des autres, sans qu'elle puisse dire pourquoi au juste. Vêtu d'un pourpoint blanc, de hauts-de-chausse bleus et de bas assortis, il dégageait une espèce de noblesse qui forçait le respect. Il portait aussi une étonnante cape blanche brodée au dos d'une croix bleue à huit branches. Faisait-il partie d'un ordre religieux ? Ses cheveux bruns étaient coupés court, sa barbe soigneusement taillée émergeait de sa collerette. Il était grand, athlétique. Une magnifique épée reposait sur sa hanche gauche. Un homme fortuné, de toute évidence. Mais c'était surtout sa façon de contempler la mer, cet air énigmatique, empreint d'une certaine mélancolie, qui intrigua la jeune femme. Lorsqu'il fit volte-face pour s'adresser à un porteur, Katharina décela une ombre de tristesse dans son regard. *Cet homme traîne un lourd fardeau*, songea-t-elle soudain, surprise par le cours de ses propres pensées. Pourquoi cet inconnu, perdu au milieu de l'immense foule bigarrée, avait-il retenu son attention ?

Comme elle se tournait vers le docteur Mahmoud, deux voyous les bousculèrent violemment et leur arrachèrent leur paquetage. Katharina appela au secours tout en soutenant son compagnon de voyage, sur le point de tomber.

L'étranger à la cape brodée avait déjà pris les malandrins en chasse.

Sur le point d'être rattrapés, ces derniers abandonnèrent leur butin et s'empressèrent de disparaître dans la foule.

— Etes-vous blessée ? demanda l'inconnu à l'adresse de Katharina.

Il s'exprimait en latin, la langue parlée par tous les pèlerins chrétiens.

— Non, tout va bien, merci, monsieur, répondit la jeune femme, gagnée par un trouble inexplicable.

— Je suis don Adriano d'Aragon, chevalier de la Confrérie de Marie. Est-il turc ? ajouta-t-il en pointant le menton en direction du vieux docteur.

Katharina observa l'inconnu. Il était encore plus impressionnant de près. Sans être vraiment beau, il possédait un charme extraordinaire. Mais la tristesse et la solitude assombrissaient bel et bien ses traits.

— Le docteur Mahmoud vient d'Espagne, comme vous, monsieur.

— Où allez-vous ?

— Nous nous rendons à Haïfa puis à Jérusalem.

L'homme la dévisagea avec attention. C'était une toute jeune femme ; ses cheveux avaient la couleur de l'or en fusion et sa naïveté était celle d'un nouveau-né. Que faisait-elle avec ce vieil Arabe ? Il n'aurait pas cherché à en savoir davantage s'il ne s'était agi d'une chrétienne en route pour la Terre sainte : Adriano avait fait vœu de venir en aide à tous les pèlerins qui se rendaient à Jérusalem.

— Je peux vous emmener jusqu'à Haïfa, proposa-t-il avant d'ajouter précipitamment : Vous seule, pas le vieil homme.

— Je n'abandonnerai pas le docteur Mahmoud !

Don Adriano fut surpris par la véhémence qui teinta sa voix et embrasa son regard vert pâle. Puisqu'ils n'appartenaient pas à la même famille, quel lien unissait la jeune femme au vieil Arabe ? Il réfléchit en silence. La famille de don Adriano s'était battue pour bouter les Maures hors d'Espagne. Son père avait trouvé la mort en combattant les musulmans. Et la confrérie à laquelle il appartenait, installée dans une forteresse sur l'île de Crète, avait pour mission de reprendre la Terre sainte tombée entre les mains des barbares musulmans pour la redonner aux chrétiens.

Au bout d'un moment, il hocha brièvement la tête. Son sens du devoir l'emporta. Le vieil homme n'avait qu'à les suivre ; il ne s'en occuperait pas personnellement.

— Attendez-moi ici, dit-il avant de disparaître.

Sa grande cape blanche flotta derrière lui comme il se dirigeait vers un capitaine. Une conversation animée s'engagea entre les deux hommes. Le capitaine secoua la tête à plusieurs reprises. Avec sa haute taille, sa carrure athlétique et son port de tête altier, don Adriano l'emporta finalement et Katharina vit le capitaine opiner du chef à contrecœur.

— J'ai réussi à convaincre le capitaine qu'il avait tout intérêt à prendre un musulman à bord pour le cas où nous serions attaqués par des pirates, expliqua l'Espagnol à son retour. Les barbares ne tueront pas un des leurs ; ils épargneront aussi tous ceux qui l'accompagnent. Qu'il soit docteur a également joué en sa faveur. Malheureusement, le capitaine dit que son équipage n'acceptera aucune femme à bord, vieille superstition de marin. Le moindre problème et vous seriez tenue pour responsable, *señorita*. Il vous prendra à une seule condition : que vous vous déguisiez.

— Me déguiser ? En quoi ?

— Vous vous ferez passer pour le petit-fils du vieil Arabe.

Don Adriano les conduisit dans une taverne ; après avoir donné un florin au propriétaire, il disparut. Il revint un moment plus tard et les entraîna dans une ruelle déserte ; là, il tendit à Katharina un flacon empli d'une pâte noire et nauséabonde.

— Voici pour teindre vos cheveux, dit-il avant de repartir.

Pendant que Katharina appliquait soigneusement la teinture, le docteur Mahmoud sortit de son balluchon une djellaba égyptienne, idéale pour masquer ses courbes féminines. Une fois habillée, elle attacha en chignon ses cheveux teints et le vieux docteur l'aida à nouer son châle en turban. L'examinant avec l'œil averti du médecin, il lui tendit un paquet de bandes qu'il lui conseilla d'enrouler autour de sa poitrine.

De retour sur le quai, ils aperçurent don Adriano qui venait à leur rencontre. En voyant Katharina, il en resta bouche bée. Personne n'aurait pu deviner qu'une femme se cachait sous cet accoutrement !

Il avait acheté des bouteilles d'eau, du pain, quelques morceaux de fromage, des fruits et des tranches de bœuf séché pour le voyage. Lorsqu'ils montèrent à bord tous les trois, le vieux musulman, son petit-fils et le chevalier chrétien, le soleil sombrait à l'horizon et les marins s'affairaient au gréement.

C'était un navire portugais ; rentrant d'Afrique d'où il avait rapporté une cargaison d'ivoire, il partait à présent en Inde livrer des lingots de cuivre aux artisans chaudronniers de Bombay. Le départ fut retardé, le capitaine ayant ordonné à son équipage de vider la cale pour la charger de nouveau en veillant cette fois à la bonne répartition du poids. Après s'être assuré que le cuivre était placé suffisamment bas pour stabiliser son bateau, le capitaine donna l'ordre de hisser les voiles. Puis il invita l'équipage à prier et, pendant quelques minutes, les *pater noster* résonnèrent avec ferveur aux quatre coins du navire. Si la mer était le moyen de locomotion le plus rapide, c'était aussi le plus risqué. Une fois les prières terminées, deux garçons se mirent à jouer du pipeau et du tambour pendant que les marins s'activaient autour des cordages et des poulies, au rythme de la musique. Ils quittèrent bientôt le lagon pour s'élancer en pleine mer. A la proue du bateau, Katharina offrit son visage au vent. A cet instant, elle ne pensait plus à son petit village et à ses habitants mais à la famille qui l'attendait quelque part, en terre inconnue.

◇

Ils dormaient comme les marins, dans la cale, sur des hamacs tendus entre des caisses de marchandises. L'espace était réduit ; ils prenaient leurs repas sur une petite table coincée entre deux canons. Lorsque les conditions climatiques le permettaient, les trois passagers montaient sur le pont, savourant l'air marin.

Katharina commença à s'interroger sur leur sauveteur. Bien qu'Adriano restât toujours avec eux, s'affichant aux yeux de tous comme leur protecteur, il ne leur adressait quasiment pas la parole. Il ne mangeait pas de viande, ne buvait pas de vin et quand elle le regardait prier — en appui sur un genou, tenant devant lui son épée dont la poignée ressemblait à un crucifix — l'intensité de sa foi la bouleversait.

Pourtant, quelque chose le tourmentait.

Elle avait pris au début pour des marques de sagesse et d'expérience les rides qui marquaient son visage. Mais la réalité était tout autre, songea-t-elle un jour. C'était le chagrin qui les avait creusées. Il restait parfois des heures d'affilée, le regard perdu sur la mer. Que voyait-il dans ses flots sombres ? Que cherchait-il ? Adriano contemplait le coucher du soleil ; il aimait voir le ciel s'obscurcir de seconde en seconde, les étoiles s'allumer une à une, le visage levé vers la voûte céleste comme pour y décrypter un message caché. Un silence pesant l'enveloppait, comme sa grande cape de chevalier. Etait-ce pour se préserver du monde extérieur qu'il ne livrait rien de ses pensées ? C'était la première fois qu'une personne intriguait à ce point Katharina. Jamais elle ne s'était posé autant de questions au sujet de Hans ; jamais elle n'avait tenté de sonder ses pensées. Il occupait son esprit jour et nuit, cet étranger qui, au fil du temps, semblait puiser une force mystérieuse dans les confins insondables de son âme.

Katharina fut surprise par ses propres réflexions, empreintes de sagesse et de détachement. Etait-elle devenue adulte sans même s'en apercevoir ? Elle songea aux milliers de kilomètres parcourus, aux villes et aux gens croisés en chemin, et se sentit soudain envahie d'un sentiment de maturité inédit. Elle avait fêté ses dix-huit ans sur la route de l'ambre et se sentait désormais femme. C'était un sentiment grisant qui la poussait à croire qu'elle comprenait tout de la vie. Elle avait vécu tant de choses en si peu de temps ! Et maintenant, alors qu'elle se trouvait au beau milieu de la mer Adriatique, elle avait l'impression d'avoir parcouru le monde entier. Elle imaginait déjà Jérusalem et les retrouvailles bouleversantes avec son père, elle se voyait rentrer à Badendorf, où les habitants lui réserveraient un accueil triomphal car ses voyages l'auraient transformée en femme érudite, pleine de sagesse. Elle s'entendait déjà décrire Jérusalem à un auditoire captivé : les rangées d'églises somptueuses, les gens si pieux, si dévots, les conversations en latin ponctuées de bénédictions. A Badendorf, tout le monde viendrait quérir ses judicieux conseils, même le père Benoît, dont la popularité reposait sur un tout petit voyage à Rome ! Il n'était jamais allé à Jérusalem, lui… il n'avait pas posé le pied sur le sol que Jésus avait foulé !

Les jours passèrent, l'horizon s'étendit devant eux et Katharina fut bientôt terrassée par un violent mal de mer. Le docteur Mahmoud soulagea ses nausées avec un remède à base de gingembre. Les regards indéchiffrables des membres de l'équipage l'embarrassaient de plus en plus. Pourquoi l'observaient-ils ainsi ? Cela faisait si longtemps que le bateau avait quitté la terre ferme… Lorsque la panique menaçait de la submerger, elle sortait la miniature de la pochette en cuir qu'elle portait sous sa djellaba. Assise sur le pont, les genoux relevés sous le menton, elle tenait le petit tableau entre ses mains et fixait son regard sur la mystérieuse pierre bleue. Qu'avait-elle de si spécial, cette pierre, pour que son père l'ait abandonnée dans l'espoir de la retrouver ? L'avait-il découverte ? Etait-ce le pouvoir magique de la pierre bleue qui lui avait fait oublier la fille qu'il avait laissée en Allemagne ?

Dans cet environnement étrange et effrayant, elle aurait aimé pouvoir caresser la chope que Hans lui avait offerte avant son départ, sentir l'argile de Badendorf glisser sous ses doigts. Mais elle l'avait soigneusement enveloppée dans ses vêtements pour éviter de la casser. Elle ne la reverrait que lorsqu'elle serait arrivée à Jérusalem. Là, elle chercherait la maison de son père et ils boiraient à tour de rôle dans la chope. Issu de la noblesse allemande, son père pleurerait d'émotion en admirant cet objet de facture si délicate.

Une semaine s'était écoulée lorsqu'une violente tempête se leva. La moitié des marins voulaient hisser la grande voile tandis que les autres affirmaient que ce n'était pas le moment, avec le vent qui soufflait de plus en plus fort. Une querelle éclata ; lorsqu'on décida finalement de hisser la voile, il était trop tard, la toile se déchira en deux. Tous les feux, ceux de la cuisine et des lanternes, s'éteignirent brusquement. La mer se déchaîna. Le docteur Mahmoud et Katharina s'accrochèrent l'un à l'autre. L'orage éclata soudain ; des éclairs zébraient le ciel tandis que des trombes d'eau s'abattaient sur le bateau. Sous les assauts des éléments déchaînés, le mât principal s'effondra sur le pont dans un craquement sinistre. Les marins tombèrent à genoux et se mirent à prier à voix haute. D'immenses vagues secouaient le bateau, inondant le pont. Libérés de leurs attaches, tonneaux et barriques roulèrent en tous les sens avant d'être précipités par-dessus bord. Finalement, les flots engloutirent l'embarcation, qui reparut l'instant d'après avant de sombrer à nouveau. Le navire avançait ainsi dans la tempête, plongeant et émergeant à intervalles réguliers, dans les cris et les prières désespérées de ses passagers. Puis il disparut.

Katharina se réveilla sur une plage de sable fin. Ses vêtements trempés lui collaient à la peau, des algues se mêlaient à ses cheveux mouillés. Le ciel était gris mais il avait cessé de pleuvoir. Les flots roulaient bruyamment, métalliques, parsemés de pointes d'écume. Des morceaux de bois et des lambeaux de voile flottaient près du rivage. Elle regarda autour d'elle et aperçut les restes du bateau et de la marchandise éparpillés sur les dunes. Mais elle ne vit aucun membre de l'équipage.

Elle se leva péniblement et promena un regard hébété sur la plage déserte. Où étaient-ils tous passés ?

— Docteur Mahmoud ! appela-t-elle.

Seuls lui répondirent les hurlements du vent moqueur. Elle fit quelques pas, entravée par sa djellaba trempée et déchirée. Un corps gisait sur le sable. C'était celui du capitaine ; réunis autour de lui, les crabes étaient déjà en train de festoyer. Un peu plus loin, elle découvrit les morceaux d'un coffre en bois, mais il ne restait pas grand-chose de son contenu. Grattant le sable du bout des doigts, elle trouva un éclat de céramique blanche. Elle le prit, l'essuya. C'était un morceau de la chope que Hans lui avait offerte ; elle chercha d'autres éclats, sans succès. Encore sous le choc, Katharina referma la main sur le petit médaillon, la miniature de Badendorf, nichée dans les montagnes.

Tout à coup, elle vit une silhouette qui avançait d'un pas mal assuré, droit devant elle. Le vent faisait tournoyer la grande cape blanche autour de lui. Don Adriano ! Katharina s'élança à sa rencontre, criant et trébuchant.

— Que Dieu soit loué ! s'exclama-t-il.

Elle se jeta dans ses bras en sanglotant. Il l'enveloppa dans sa cape humide et ils pleurèrent ensemble, tremblants de la tête aux pieds. Au bout d'un moment, don Adriano l'invita à s'agenouiller pour prier et remercier le Seigneur de leur avoir sauvé la vie.

— Où sommes-nous ? demanda-t-elle en humectant ses lèvres fendues par le sel.

Son compagnon scruta l'océan hostile. La ligne d'horizon était invisible.

— Je n'en ai aucune idée, *señorita*.

— Avez-vous vu le docteur Mahmoud ?

Les yeux noirs s'emplirent de tristesse.

— Je l'ai vu sombrer, j'ai essayé de le rattraper, mais il avait déjà coulé. Je suis désolé.

Katharina fondit de nouveau en larmes. Assise sur le sable, elle ramena les genoux sous son menton. Don Adriano enroula sa cape autour d'elle et partit en quête de bois sec.

Elle mit un certain temps avant de songer à la miniature de sainte Amélie. Un cri de joie s'échappa de ses lèvres lorsqu'elle la trouva, bien à l'abri dans sa pochette en cuir huilée. Un moment plus tard, alors que don Adriano avait allumé un petit feu, elle l'approcha des flammes. Une bouffée d'espoir gonfla son cœur comme elle contemplait l'image rassurante de sainte Amélie et de son étrange pierre bleue.

Adriano explora les environs. L'île sur laquelle ils avaient échoué n'était rien d'autre qu'un amas de rochers dépourvu de végétation et de vie animale. Il trouva des barils d'eau douce échoués sur le sable et suffisamment de bois pour entretenir le feu. Aidé de Katharina, il creusa le sable à la recherche de crabes et de coquillages qu'ils cuirent sur des pierres chaudes et des algues.

Le ciel s'obscurcit, le soleil s'était couché, d'épais nuages masquaient les étoiles. Une écharpe de brume s'éleva au-dessus de l'océan. Don Adriano couvrit le feu pour le ranimer. Dans un état second, Katharina gardait les yeux rivés sur les flammes. Elle se remémora les semaines qu'elle avait passées en compagnie du docteur Mahmoud depuis leur départ de Badendorf, sa patience et sa gentillesse, toutes les choses qu'il lui avait apprises. Elle avait espéré le convaincre de rester auprès d'elle à Jérusalem au lieu de partir pour Le Caire, tant il lui était cher. Terrassée par le chagrin, elle songea à sa mère ; c'était comme si la disparition du docteur Mahmoud avait ravivé ses anciennes peines. Le visage enfoui dans ses mains, elle pleura le vieil Arabe, sa mère et sa mère biologique ; elle pleura aussi l'équipage, le capitaine et le navire portugais.

Les jours suivants, des corps vinrent s'échouer sur la plage, apportés par les vagues. Don Adriano se chargeait de leur donner une sépulture chrétienne, au fil de leurs apparitions. Katharina, hébétée, ne savait plus quoi penser. Le chagrin la torturait, l'idée qu'elle aurait dû mourir avec ses compagnons de voyage faisait son chemin en elle. Un matin, devant la dépouille d'un des jeunes joueurs de pipeau, que le flux avait déposé là pendant la nuit, elle n'y tint plus et se précipita vers la mer, décidée à en finir.

Don Adriano la rattrapa, la prit par les épaules et déclara avec ferveur :

— Nous ignorons le dessein de Dieu. Nous sommes seulement tenus d'accepter Sa volonté. Il nous a sauvé la vie, *señorita*, pour une raison que j'ignore. Céder au désespoir reviendrait à défier la volonté de Dieu. En Son nom, vous devez continuer à vivre.

C'étaient les premières paroles qu'il prononçait depuis plusieurs jours.

Katharina pleura longtemps. Bien qu'elle continuât à penser qu'elle aurait dû périr avec le docteur Mahmoud, elle ne tenta plus de se donner la mort. Elle mangea et but un peu, puis elle erra sur la grève, le regard perdu sur l'horizon. De toute façon, c'était un peu comme s'ils étaient morts, Adriano et elle.

Ils dormaient ensemble, pour se tenir chaud. Un matin, Katharina se réveilla dans les bras puissants du chevalier, blottie contre son corps vigoureux. Son cœur battait à coups réguliers sous sa joue. Elle se redressa légèrement et étudia son visage dans la pâle clarté de l'aube. Des grains de sable et des cristaux de sel étincelaient dans ses longs cils bruns et sa courte barbe. Quels rêves tourmentés faisaient frémir ses paupières dans son sommeil ? Quelles passions le poussaient à s'accrocher à la vie et à veiller sur elle ? Sans lui, elle se serait donné la mort, cela ne faisait aucun doute. Elle se souvint soudain de s'être réveillée en hurlant, cette nuit-là, et Adriano l'avait prise dans ses bras pour la réconforter. De terribles scènes de naufrage et de noyade avaient hanté son sommeil.

Pour la première fois depuis plusieurs jours, l'aube fit place au soleil ; les nuages se dissipèrent, l'océan étincela. Adriano partit pêcher et Katharina fouilla la plage, découvrant avec soulagement un autre fût d'eau douce. Combien de temps survivraient-ils sur une île dépourvue de toute végétation ? Ils se nourrissaient de poisson, de crabes et de coquillages, rien d'autre. Aucun oiseau ne nichait ici. Aucun brin d'herbe ne poussait entre les rochers. Une question surgit soudain dans son esprit, troublante : un homme et une femme avaient-ils le droit de vivre ensemble sans être mariés ? L'Eglise excusait-elle les naufragés ?

Lorsque le soleil, moqueur, glissa sur l'horizon désespérément vide — à l'évidence, la tempête avait éloigné leur navire des itinéraires fréquentés par les autres bateaux —, Adriano prit la parole :

— Pourquoi désirez-vous vous rendre à Jérusalem ? demanda-t-il en allumant le feu.

Occupée à tresser ses cheveux que l'eau de mer n'avait pas débarrassés de leur teinture brune, Katharina lui raconta son histoire.

— Vous êtes donc partie à la recherche d'un homme qui vous a abandonnée ? s'étonna don Adriano.

— Je suis sûre que ce n'était pas son intention. Il voulait revenir me chercher.

— Mais ce jeune homme dont vous m'avez parlé... Hans Roth... vous auriez pu l'épouser et mener une vie agréable auprès de lui. Vous ne craignez pas de tout perdre en entreprenant un tel voyage ?

Elle planta son regard dans le sien.

— Mon père est peut-être souffrant ou prisonnier. C'est mon devoir de le retrouver.

Don Adriano songea longuement à ses paroles. D'ordinaire, les femmes lui inspiraient de la méfiance et de la rancœur. Il n'avait aimé qu'une seule femme dans sa vie et, lorsqu'elle l'avait trahi, il s'était juré de ne jamais plus tomber amoureux ni même de faire confiance à une femme. Dès l'instant où il était entré dans la Confrérie de Marie et avait fait vœu de célibat, la gente féminine avait cessé de l'intéresser.

Katharina désigna la croix bleue brodée sur son pourpoint blanc.

— Etes-vous prêtre ?

Il lui jeta un regard étonné puis un sourire joua sur ses lèvres.

— Non, *señorita*. Je suis un simple serviteur de Dieu.

Il se tut, les yeux fixés sur les flammes.

— J'ai tué un homme qui n'était pas mon ennemi, reprit-il finalement, et j'ai gâché la vie d'une femme. Pendant un jour et une nuit, je suis resté allongé, face contre terre devant un autel, attendant un signe de notre Sainte Mère. Elle s'est présentée à moi et m'a parlé d'une confrérie qui tentait de restaurer son trône en Terre sainte. Je l'ai cherchée et j'y suis entré. Vingt années se sont écoulées, depuis, et je suis toujours au service de la confrérie et de notre Sainte Mère.

Il posa son regard perçant sur Katharina.

— Qui était ce vieil homme, Mahmoud ?

— Il est devenu mon protecteur quand j'ai perdu ma mère.

— Un impie ?

— Il croit en Dieu et il prie plus souvent que nous. Le docteur Mahmoud est un homme bon.

Des larmes jaillirent au coin de ses paupières.

— Etait, corrigea-t-elle à mi-voix.

Don Adriano avait sa propre opinion sur les hommes bons et les incroyants, mais il préféra se taire. Comme elle était candide, cette jeune femme lancée dans un si long voyage avec pour seul compagnon un frêle vieillard, mécréant de surcroît ! Une émotion troublante gonfla son cœur, une émotion qu'il n'avait pas éprouvée depuis qu'une jeune femme nommée Marie avait détruit sa vie et qu'il s'était juré de ne plus jamais tomber amoureux.

Il se détourna vivement. Un homme de religion n'avait pas le droit de nourrir de telles pensées.

Hypnotisée par les étincelles qui s'élançaient vers le ciel étoilé, Katharina plongea dans ses souvenirs. Elle entendit de nouveau sa mère lui raconter des histoires d'ogres et de petits enfants perdus dans la forêt. Elle se remémora leurs longues promenades sur les chemins enneigés. Et le soir où Isabella était rentrée d'une livraison pour une de ses riches clientes, rapportant un strudel encore chaud… Quel festin elles avaient fait, ce soir-là ! Et ces nuits froides où elles dormaient ensemble les yeux lourds de sommeil, Katharina regardait les flocons de neige valser derrière la fenêtre. Elle se sentait aimée et protégée à l'époque… comme dans un cocon.

Elle remua les braises et prit la parole d'une voix douce :

— Ma mère aurait pu prendre les pièces d'or et m'abandonner à l'auberge ; elle aurait pu trouver un riche mari avec cet argent. Mais elle m'a recueillie, elle m'a élevée, m'a aimée. Toutes ces années, elle s'est sacrifiée pour moi alors qu'il y avait cette bourse pleine de pièces cachée dans notre chambre, cette bourse qu'elle tenait à garder intacte pour moi. Et maintenant, j'ai tout perdu… je l'ai trahie.

Adriano hocha gravement la tête.

— Une mère est la première à nous aimer, et la première que nous aimons. Le père passe toujours après.

Il fixa son regard sur l'horizon.

— Je suis le serviteur de Dieu, mais c'est notre Sainte Mère que j'aime, c'est à elle que j'ai dédié ma vie et mon âme.

Il reporta son attention sur Katharina.

— Moi aussi, j'ai l'impression d'avoir trahi ma mère. Mais bientôt, *señorita*, nous quitterons cette île. Nous ne périrons pas ici.

Katharina laissa son regard errer sur les roches nues et saillantes, presque menaçantes. *Rien ne pousse ici, il n'y a aucune vie… Comment réussirons-nous à survivre?* Elle se tourna alors vers Adriano, éblouie par cet homme qui possédait la foi des premiers apôtres.

Adriano monta la garde, les yeux rivés sur les flots sombres, pendant que la jeune femme dormait. Ils avaient survécu au naufrage, et d'autres menaces pesaient à présent sur eux. Des pirates ou un vaisseau ottoman accosteraient peut-être l'île déserte et les emporteraient, lui le chevalier chrétien et elle la jeune femme sans défense, vers de sombres destinées. Il continua malgré tout à prier, espérant de toute sa foi qu'ils seraient bientôt recueillis par un bateau vénitien.

Ni turcs ni pirates, leurs sauveteurs arrivèrent à bord d'une caravelle grecque. C'était l'un de ces nombreux navires de mercenaires indépendants qui sillonnaient la Méditerranée à la recherche de tout ce qu'ils pourraient vendre ou échanger à terre. Le capitaine de cette caravelle s'était spécialisé dans le commerce des esclaves à la cour du sultan. Conscient qu'il avait intérêt à garder la fille vierge s'il voulait en tirer un bon prix, il menaça de mort le marin qui oserait la toucher. Le chevalier chrétien serait lui aussi bien soigné pendant la traversée, car il savait que les Turcs réservaient une mort particulièrement cruelle aux hommes de son espèce.

Ainsi, au lieu de poursuivre son voyage vers l'est, en direction de Jérusalem et de la pierre bleue de sainte Amélie, Katharina partit vers le nord, à destination de Constantinople, capitale de l'empire ottoman.

— Où nous emmenez-vous? Je dois me rendre à Jérusalem… Je vous en supplie. Si c'est de l'argent que vous voulez, mon père vous…

Les suppliques de Katharina se heurtaient à un mur. Enchaînée, ignorée de tous, elle était assise dans un coin de la cale, en proie à un profond abattement. *Pourvu qu'Adriano soit sain et sauf… Pourvu que ce cauchemar prenne fin rapidement!*

La caravelle avait accosté tous les îlots perdus dans l'espoir d'y trouver de l'eau douce; c'est ainsi que l'équipage avait découvert les deux naufragés. Une bouffée d'angoisse envahit la jeune femme. Devait-elle remercier Dieu de les avoir sauvés d'une mort certaine ou maudire le sort qui leur avait envoyé ce bateau rempli d'esclaves?

Lorsque la caravelle jeta l'ancre à Constantinople, son chargement comprenait des enfants, des femmes, des hommes et des personnes âgées de toutes nationalités, le capitaine et son équipage ayant fait halte à de nombreux endroits pour piller, voler ou acheter des esclaves, pour le compte du sultan. Comme ses compagnons d'infortune, Katharina avait fait le voyage dans la cale, recroquevillée dans un recoin obscur et nauséabond, à peine nourrie. Coupée du monde, en proie à un terrible mal de mer, elle s'était souvent crue à l'article de la mort. Elle ne revit Adriano que lorsqu'on les sortit de la cale pour les pousser sur le quai baigné de soleil. Aveuglée par la lumière, elle aperçut son imposante silhouette qui dominait la foule. Enchaîné à d'autres hommes blafards, dépenaillé, il portait des traces de coups mais gardait la tête haute. Il se baissa pour relever son compagnon qui venait de tomber. Katharina tenta d'attirer son attention mais de violents coups de fouet les poussèrent dans des directions opposées. Impuissante, elle le vit disparaître dans la foule bruyante et colorée.

La lumière du soleil et l'air frais ne lui apportèrent aucun réconfort. Les cheveux sales et collés, souillée de vomi, elle avançait d'un pas mal assuré sur les pavés brûlants, au milieu de ses compagnes en pleurs. Elles atteignirent bientôt la porte Impériale, une grande arche en marbre blanc ouverte à tous, qui se dressait à quelques centaines de mètres de l'hippodrome et de la basilique Sainte-Sophie, transformée en mosquée. Devant la porte pendaient plusieurs têtes en putréfaction, avertissement à tous ceux qui seraient tentés d'enfreindre la loi. Des gens de tous horizons franchissaient l'arche massive, les dignitaires de haut rang se mêlaient au petit peuple, musulmans, chrétiens, citoyens de la ville et étrangers se croisaient dans un flot incessant. Des gardes armés de cimeterres, de lances et de flèches surveillaient les allées et venues.

Fouet à la main, des surveillants conduisirent le groupe de captives dans une petite cour gardée par des colosses noirs armés de lances. Là, elles furent déshabillées et durent rester, nues, tremblantes, sous le ciel limpide. Katharina avait envie de hurler. On lui avait pris sa pochette en cuir et son précieux contenu : la miniature de sainte Amélie et le médaillon de Badendorf. C'était le seul morceau d'Allemagne qu'il lui restait, éclat de céramique façonnée par des mains allemandes et peinte avec amour. Si elle n'était plus là-bas physiquement, son cœur, lui, s'y trouvait encore. On venait de lui arracher ses biens les plus précieux. Les retrouverait-elle un jour ?

Une femme solidement charpentée fit son apparition. Chaussée de sandales à talons compensés et coiffée d'un chapeau conique qui la rendait encore plus imposante, elle s'arrêtait devant chaque captive pour demander, d'un ton sec : « Croyante ou impie ? »

Elle écoutait la réponse, examinait rapidement la créature apeurée qui se tenait devant elle et décidait de son sort d'un mot : « cuisines », « lavoir », « baraquements », « marché aux esclaves ». Lorsque la femme s'arrêta devant elle, Katharina avait déjà tiré ses conclusions : les croyantes restaient travailler au palais tandis que les impies étaient envoyées au marché aux esclaves ou, pire encore, dans les baraquements des gardes pour assouvir leurs pulsions sexuelles.

Sans lui laisser le temps de poser sa question, elle balbutia :

— *La illaha illa Allah !*

« Il n'y a pas d'autre dieu que Dieu et Mahomet est son prophète », la première prière musulmane qu'elle avait apprise avec le docteur Mahmoud.

La femme haussa les sourcils.

— Vous êtes musulmane ?

Katharina se mordit la lèvre. Le docteur Mahmoud lui avait enseigné suffisamment de choses sur l'islam et le Coran pour qu'elle puisse se faire passer pour une musulmane. Au même instant, elle songea à Adriano, à sa dévotion à la Sainte Mère et à son serment de porter secours aux pèlerins chrétiens ; le chevalier serait torturé pour ses croyances religieuses car jamais il ne renierait sa foi en Jésus. Courbant la tête, elle répondit dans un murmure :

— Non, madame, je suis chrétienne. Mais je sais lire et écrire, ajouta-t-elle précipitamment.

La femme passa un peu plus de temps avec elle, inspectant ses mains et ses dents, l'interrogeant sur ses origines. Katharina répondit qu'elle descendait de la noblesse allemande. Au bout d'un moment, la femme fit signe à une de ses servantes. Cette dernière conduisit Katharina jusqu'à une porte qui, à sa grande surprise, s'ouvrait sur des bains de vapeur où femmes et jeunes filles bavardaient et riaient, à demi dévêtues. On la baigna et on la lava méticuleusement, traquant le moindre pou.

— Les chrétiens se lavent si rarement, marmonna la servante qui s'occupait d'elle.

La jeune femme reçut un choc lorsqu'elle dut se soumettre à une épilation intégrale. Elle apprit plus tard que tous les musulmans, hommes et femmes, se pliaient à cette exigence dictée par le Coran.

On lui donna des vêtements propres : un curieux ensemble composé d'un pantalon bouffant et de plusieurs tuniques longues, superposables. Un voile pour couvrir son visage complétait la tenue. Après un bref entretien, au cours duquel on lui demanda de prouver ses compétences de couturière, Katharina rejoignit l'équipage de la maîtresse des costumes. Elle découvrit rapidement que cette position, bien que subalterne, lui permettait de visiter le quartier des femmes avec un groupe de couturières. Chacune d'elles occupait une fonction particulière. Si elle travaillait bien, Katharina pourrait devenir un jour gardienne des écheveaux, dont la seule tâche consistait à gérer les stocks et les commandes de fil avec l'aide de plusieurs assistantes. Cette nouvelle aurait dû la réjouir ; aux oreilles de la jeune femme, toutefois, elle sonna plutôt comme une condamnation à mort. Allait-elle passer le restant de ses jours enfermée dans cet endroit ?

Ainsi commença sa nouvelle vie dans le palais du grand sultan de Constantinople. Qu'elle fût une citoyenne allemande à la recherche de son père, une femme libre, peut-être noble, tout cela n'intéressait personne. Le palais du sultan regorgeait de milliers d'esclaves et de domestiques venus de tous les horizons, comme elle. Et tous vivaient à l'intérieur de ces murs dans une espèce de résignation ; nombre d'entre eux cherchaient même à tirer profit de la situation, grimpant les échelons de la hiérarchie interne, accédant au confort matériel et au pouvoir politique.

Composé de plusieurs pavillons nichés dans un parc verdoyant et encerclé de hautes murailles, le sérail, perché au sommet d'une colline, surplombait la place de Théodose et les fabuleuses écuries du sultan, qui abritaient plus de quatre mille chevaux. Dans ce monde reclus et exotique, Katharina mangea du riz pour la première fois de sa vie et prit l'habitude de boire du café matin, midi et soir. Elle apprit aussi à se mettre à genoux cinq fois par jour, lorsque résonnait l'appel à la prière ; chaque fois, son cœur se serrait au souvenir du docteur Mahmoud, qui avait prié de la même manière dans leur jardinet de Badendorf, puis sur la route de l'ambre et enfin sur le pont de l'infortuné navire portugais. Dans ses prières, elle songeait aussi à Adriano — elle l'espérait en vie, pas très loin d'ici —, et à son père, qu'elle avait toujours la ferme intention de rejoindre à Jérusalem.

Les femmes qui vivaient dans le harem impérial étaient divisées en deux groupes : les concubines et les servantes. Les concubines avaient été choisies selon de rigoureux critères de beauté, de grâce et de charme pour servir de maîtresses au sultan. Les servantes, simples bonnes chargées des corvées les plus ingrates ou femmes cultivées dotées d'un talent particulier, veillaient à satisfaire les mille et un désirs des concubines. La tâche de Katharina consistait à embellir des tissus et des vêtements — déjà chatoyants et somptueux — avec de délicates broderies. Malgré tout, elle s'estimait heureuse de ne pas travailler dans les cuisines ou sous les bains, où les servantes entretenaient le feu en permanence pour chauffer l'eau. Dans d'autres sociétés, ce travail était confié aux hommes mais, ici, aucun mâle n'avait le droit de franchir les portes du sérail.

Katharina savait qu'un autre monde — un monde de commerce et de science, un monde d'hommes — vivait dans une autre aile du palais. Tout en haut de la porte Impériale se trouvait une pièce secrète d'où les femmes du sultan pouvaient admirer les cortèges sans crainte d'être vues. De cette pièce, Katharina suivit les processions interminables de dignitaires étrangers, d'ambassadeurs, de chefs d'Etat, d'hommes de science et d'artistes. C'était une époque de conquêtes et de découvertes et, afin de soigner son image de dirigeant éclairé, le sultan se plaisait à recevoir le monde entier aux marches de son palais. Sous l'arche de marbre défilaient de fiers conquérants espagnols accompagnés d'Indiens du Nouveau Monde, apportant au sultan les présents des peuples aztèque et inca. Des émissaires de la cour d'Henri VIII apportèrent des ouvrages d'astronomie et des œuvres musicales composées par le roi en personne. D'Italie vinrent des artistes, peintres et sculpteurs, fondateurs de courants nouveaux. Lorsqu'elle voyait ces Européens passer à quelques mètres d'elle, Katharina avait envie de crier : « Je suis là, regardez-moi ! Emmenez-moi avec vous ! » Hélas, le monde extérieur était inaccessible aux femmes du harem impérial.

Même si elle craignait de devenir folle dans cette prison dorée, même si elle pleurait souvent en silence sur son oreiller, elle ne livra jamais son désespoir, préférant accomplir sa tâche docilement, observant et écoutant ce qui se passait autour d'elle dans l'espoir de pouvoir s'échapper un jour. Elle s'enquit discrètement d'un homme qui était arrivé à Constantinople par le même bateau qu'elle, un chevalier chrétien espagnol, précisait-elle. Elle tenta également de savoir ce qu'il était advenu de ses biens, car parmi eux se trouvait quelque chose qu'elle devait absolument récupérer. Mais ses questions se heurtaient à un mur de silence et d'indifférence.

Il lui faudrait donc les retrouver seule : Adriano et la miniature de sainte Amélie.

Katharina jouissait malgré tout d'une certaine forme de liberté : tant qu'elle restait dans l'enceinte du sérail, elle avait le droit d'aller où elle le souhaitait. Et le sérail regorgeait de merveilles : couloirs sans fin soutenus par de gigantesques piliers de pierre, fontaines délicates, bancs en marbre et belvédères exotiques, jardins où des musiciens jouaient toute la journée, ravissantes placettes où se produisaient jongleurs et danseurs, labyrinthe d'appartements et de bains... le tout formant une ville à part entière, une cité qui respirait le luxe et le raffinement. Un délicieux parfum baignait les lieux : chaque jour, des servantes astiquaient les colonnes en marbre avec du jus de citron. Il y avait un seul endroit interdit : une arcade délicatement ouvragée qu'on appelait la porte des Perles. Ce passage conduisait aux appartements privés de la sultane Safiya, la favorite du sultan, et il fallait une invitation pour y pénétrer.

Il se passait toujours quelque chose au palais : une célébration religieuse avec des banquets et des orchestres de musique, une fête d'anniversaire, un festival donné en l'honneur du sultan, au cours duquel s'enchaînaient les parades, les concerts de trompettes et les numéros d'artistes. Dans l'enceinte du harem impérial, l'excitation atteignait son apogée quand une fille était choisie pour honorer le lit du sultan. Bien que toutes les femmes du palais, de la plus petite esclave à la sultane, fassent partie des biens personnels du sultan, rares étaient celles qui l'avaient déjà vu. Pour cette raison, les enfants étaient peu nombreux dans le sérail ; il n'y avait que quelques petites filles, celles du sultan. Trois garçons étaient morts alors qu'ils étaient encore nourrissons ; il n'avait plus qu'un seul fils. Katharina n'avait jamais vu la concubine qui le lui avait donné. Les femmes qui tombaient enceintes après avoir subi les assauts d'un garde ou d'un intrus ayant réussi à se glisser à l'intérieur du sérail étaient condamnées à mort. Le harem n'accueillait que des vierges et celles-ci vivaient sans connaître les caresses d'un homme, jusqu'à la fin de leurs jours. Mais quand le sultan invitait une fille dans son lit — personne n'aurait su dire sur quels critères il choisissait les heureuses élues car il ne mettait jamais les pieds dans le harem — les préparatifs qui précédaient la nuit faisaient partie des fêtes les plus pittoresques du palais. Euphoriques, les femmes se laissaient aller aux commérages et aux spéculations en tous genres pendant que l'élue était baignée, massée, parée des vêtements les plus raffinés et des bijoux les plus somptueux. On la traitait comme une reine, on lui murmurait des conseils pour plaire au sultan. Au matin, une nouvelle vague d'excitation s'abattait sur le harem. Le sultan s'était-il montré généreux envers sa maîtresse ? Quels cadeaux avait-elle reçus ? Toutes se réjouissaient sincèrement pour leur compagne, louant sa chance, impatientes d'écouter le récit de sa nuit avec le sultan. La jeune élue ne serait jamais rappelée dans les appartements du sultan, mais elle demeurerait pour toujours une concubine privilégiée, jouissant de droits et d'égards particuliers.

Les femmes s'amusaient comme des enfants dans l'immense bassin couvert du harem. Après avoir confisqué leurs turbans aux eunuques, elles montaient dans de petits bateaux et formaient des équipes ; le jeu consistait alors à lancer les turbans le plus loin possible sur l'eau. Les divertissements étaient nombreux dans l'enceinte du harem : il y avait les singes apprivoisés, les perroquets, les pigeons dressés dont les pattes étaient ornées d'anneaux de perles. Les parties de backgammon et d'échecs s'enchaînaient, interminables. Les femmes passaient des après-midi entiers à essayer des robes et des voiles, des mules et des parures de bijoux, à se coiffer, se maquiller, à mélanger les essences de parfum ou encore à s'enduire de nouvelles crèmes.

Alimenter les commérages constituait aussi une des activités favorites des concubines et des servantes, qui gobaient les rumeurs comme des fruits confits : qui dormait avec qui (Djamila et Sarah), qui brisait le cœur de qui (cette sorcière de Farida et la pauvre petite Yasmine), qui tentait de s'attirer les faveurs de la sultane Safiya, qui avait grossi, qui avait vieilli. Pendant plusieurs semaines, les femmes n'avaient plus parlé que de la scandaleuse romance qu'avait vécue Mariam avec un eunuque africain — pris sur le fait, les deux amants avaient été décapités et leurs cadavres suspendus à la Porte impériale en guise de mise en garde.

Leur passe-temps favori consistait à se prélasser sans rien faire. Ces heures d'oisiveté se déroulaient souvent dans les hammams où elles se lavaient, se massaient et s'épilaient. Elles y prenaient des repas légers et bavardaient avec animation. Il n'y avait pas de baignoire dans ces hammams, car les Turcs craignaient la présence d'un esprit malin enfoui dans l'eau. Les femmes s'installaient sur des bancs en marbre où des esclaves les savonnaient vigoureusement. Leur manque de pudeur stupéfiait Katharina : toutes paradaient nues et s'allongeaient lascivement sur les bancs, exhibant sans complexes des seins haut perchés et des fesses fermes. En mal de contact charnel — les eunuques ne présentaient en principe aucun attrait —, ces créatures sensuelles cherchaient le plaisir entre elles, formant des unions d'un romantisme passionné qui conduisaient souvent à de violentes querelles lourdes de rancœur et de jalousie.

Cette espèce de langueur et d'oisiveté résignée ne cessait d'étonner Katharina. Ces femmes étaient arrivées ici contre leur gré mais elles semblaient pourtant satisfaites de leur sort, heureuses même, comme si leur cœur et leur mémoire avaient été plongés dans un sommeil profond. Leur existence ressemblait à une petite mort, douce et agréable, et Katharina redoutait de succomber à son tour à la magie des lieux si elle y restait trop longtemps. Elle devait à tout prix continuer à lutter. Se souvenir de la promesse qu'elle avait faite à sa mère mourante. En outre, elle avait une dette envers Adriano.

Il était là de nouveau, l'eunuque défiguré, et il l'observait. Katharina était à présent convaincue qu'il ne s'agissait pas d'un hasard. Elle l'avait croisé de nombreuses fois au cours de ces dernières semaines ; il la suivait, cela ne faisait aucun doute. Et Katharina avait peur.

Huit mois s'étaient écoulés depuis son arrivée au harem impérial et Katharina, à force de finesse et d'ingéniosité, avait réussi à rester en dehors de toutes les querelles, conspirations, complots et intrigues qui opposaient en permanence les clans et les groupes rivaux. La hiérarchie constituait la clé de voûte du harem, et son paysage évoluait comme les dunes du désert ; on voyait ainsi des concubines gravir quelques échelons, s'attirant ainsi les faveurs de la majorité, puis dégringoler d'un coup, pour une broutille. Seule la sultane Safiya, la favorite du sultan, occupait une place à part, bien au-dessus de ses compagnes. Katharina n'avait toujours pas vu l'ombre de cet important personnage. Jamais elle ne s'était laissé entraîner dans l'une ou l'autre de ces cliques et, au bout d'un certain temps, sa neutralité lui avait attiré le respect de ses compagnes ; ces dernières savaient qu'elles pouvaient lui faire confiance. Elle avait également réussi à gagner la sympathie de ses capricieuses maîtresses — de la soie, du fil et des babouches — et si elle ne se comptait pas d'amie à proprement parler dans le harem, elle n'y avait pas non plus d'ennemie.

Après huit mois passés à se familiariser avec cet univers insolite, Katharina avait encore du mal à cerner les eunuques, ces étranges créatures chargées de surveiller les femmes du harem.

Tous noirs, ils étaient soit laids soit difformes, afin d'éviter tout risque d'idylle avec les occupantes du sérail. Capturés sur le continent africain à l'âge pubère, ils étaient castrés en chemin, généralement en plein désert, là où le sable chaud était le seul moyen d'éviter l'hémorragie mortelle. L'intervention était importante : pour être admis au harem impérial, l'eunuque devait avoir subi l'ablation complète du pénis et des testicules (il urinait ensuite par une sonde qu'il cachait dans son turban). Les eunuques pouvaient devenir extrêmement puissants et s'entouraient alors d'un équipage de servantes et d'esclaves. Ils se révélaient aussi de redoutables adversaires pour celles qui avaient le malheur de les contrarier. C'était précisément pour cette raison que Katharina avait peur. Pourquoi cet eunuque la suivait-il partout ? Avait-il reçu l'ordre de l'épier ? Si oui, à qui obéissait-il ? Et pourquoi ?

Un soir, alors qu'elle dormait dans son lit, une main s'abattit sur sa bouche et elle sut aussitôt que ses craintes étaient fondées. Il n'était pas rare que des occupantes du harem disparaissent mystérieusement sans qu'on n'entende plus jamais parler d'elles. La rumeur évoquait des effractions, des vengeances, des rivalités. Personne ne cherchait à en savoir davantage. Deux bras puissants la soulevèrent. Terrorisées, ses compagnes la regardèrent quitter le dortoir à travers leurs paupières mi-closes. Mieux valait se taire si on ne voulait pas connaître le même sort...

Une fois dehors, l'eunuque la posa à terre en lui faisant signe de se taire. Puis il l'invita à le suivre.

Il la conduisit à un appartement situé dans une aile réservée du harem, celle qui abritait les femmes jouissant d'un statut privilégié. La beauté et le raffinement des lieux la laissèrent sans voix. La pièce principale était plus luxueuse que tout ce qu'elle avait vu jusqu'alors, décorée de tapis moelleux et de tentures chatoyantes, avec des divans garnis de coussins en soie et des meubles sertis d'or. Celle qui vivait ici possédait argent et pouvoir.

C'est alors que Katharina la vit : guère plus âgée qu'elle, c'était une belle jeune femme élancée, vêtue de soieries pourpres et vermillon brodées d'or.

— Que Dieu vous bénisse, déclara-t-elle dans un sourire. Otez votre voile, je vous prie.

Katharina obéit, révélant sa longue chevelure coiffée en tresses enchevêtrées tout autour de sa tête.

— Et votre coiffe.

Katharina ôta la petite coiffe carrée, tendue de soie, qui couvrait le haut de son crâne. La concubine l'examina longuement avant de partir d'un rire cristallin.

— On dirait que vous portez une calotte jaune sur le sommet du crâne !

Katharina s'empourpra. Ses compagnes la taquinaient souvent à ce sujet. Elles aimaient l'entendre raconter comment elle s'était déguisée en garçon pour embarquer à bord d'un bateau, allant jusqu'à teindre ses cheveux en noir pour ressembler à un jeune Egyptien. Ses cheveux avaient poussé depuis, et les racines dorées contrastaient de manière cocasse avec ses longues tresses brunes.

— Mon eunuque m'avait dit que vous étiez blonde, reprit la jeune femme en balayant l'air de la main. Asseyez-vous, je vous en prie.

Elle fit un geste en direction de ses servantes qui accoururent pour leur servir du café.

— Je vous observe depuis quelque temps, déclara la mystérieuse hôtesse. Ou plutôt, mon eunuque vous observe et il me parle de vous.

Elle sirota le breuvage fumant à petites gorgées.

— Vous ne faites partie d'aucun clan. Aucune concubine ne peut se vanter, selon l'expression consacrée, de vous avoir mise dans sa poche. Ceci témoigne de votre force de caractère, car certaines d'entre elles peuvent se montrer particulièrement habiles lorsqu'il s'agit de recruter des suivantes. Vous avez su rester vous-même, ce qui est très rare, dans le harem.

Elle s'exprimait en arabe, une langue que Katharina avait appris à maîtriser au cours des mois passés.

— Que puis-je faire pour la sultane ? s'enquit-elle sans ambages.

Cela faisait plusieurs siècles que cette dynastie ottomane avait cessé de convoler en de justes noces. Les favorites jouissaient néanmoins d'un statut privilégié et, à défaut d'un titre plus adapté, on donnait à la favorite du moment le titre honorifique de sultane.

— Je ne suis pas la sultane, corrigea son hôtesse. Je suis la deuxième favorite du sultan. Mon nom est Asmahan, et je vous ai fait venir ici pour vous demander une faveur.

Katharina fut aussitôt sur ses gardes.

— Une faveur, madame ?

Asmahan parlait d'une voix douce, mélodieuse.

— Il y a huit ans de cela, j'ai été enlevée chez moi, à Samarkand, puis vendue au palais du sultan. Comme vous, je devins prisonnière à vie du sérail. Mais j'ai eu de la chance : je fus choisie par le sultan, pour une nuit. Comme vous le savez, les élues occupent un rang élevé dans la hiérarchie du harem, même si elles ne voient qu'une seule fois le maître des lieux. En ce qui me concerne, Dieu est grand, j'ai eu la chance de tomber enceinte. Pendant neuf mois, on m'a choyée, cajolée, entourée de toutes les attentions. « Sera-ce une fille ou un garçon ? » Cette question flottait sur toutes les lèvres. Si c'était une fille, elle grandirait au harem et serait destinée à un mariage politique. Mais si c'était un garçon...

Katharina savait qu'une concubine avait donné un fils au sultan. Asmahan faisait l'envie de toutes les occupantes du harem.

— Le sultan doit être très heureux, fit-elle observer, ne comprenant toujours pas ce que la jeune femme attendait d'elle.

— Oui. Il adore son fils. Bulbul passe souvent plusieurs jours d'affilée dans les appartements du sultan.

Elle prit une nouvelle gorgée du breuvage corsé. Katharina attendit patiemment. Au bout d'un moment, Asmahan se pencha en avant.

— Vous n'êtes pas sans savoir que la sultane attend un enfant...

Comment l'ignorer ? On ne parlait plus que de ça, depuis quelque temps !

— J'en ai entendu parler, en effet.

La sultane Safiya était considérée comme la femme la plus puissante de l'empire ottoman, car elle seule visitait régulièrement le lit du sultan.

— Ce n'est pas sa première grossesse, poursuivit Asmahan d'un ton à peine audible, comme si des milliers d'yeux et autant d'oreilles les épiaient à travers les lourdes tentures. Quelques-unes de ses grossesses n'ont pas abouti, quant aux autres, elles lui ont donné des filles. Mais, cette fois, les astrologues sont formels, ce sera un garçon. Savez-vous ce qui est arrivé aux femmes qui ont attendu un enfant du sultan ?

Katharina avait entendu de nombreuses anecdotes à ce sujet. Quelques semaines plus tôt, une concubine enceinte de cinq mois avait été convoquée dans les appartements de la sultane Safiya ; on ne l'avait jamais revue. Selon la rumeur, Safiya lui avait assené un violent coup de pied dans le ventre, causant une hémorragie massive qui avait coûté la vie à la mère et à l'enfant.

— Par des moyens divers, la sultane a réussi à faire table rase devant son enfant. J'ai eu beaucoup de chance... et j'ai eu recours à de multiples ruses pour protéger mon bébé. A l'approche du terme, j'ai demandé au sultan qu'il m'envoie ses médecins personnels afin que Safiya ne puisse rien tenter contre mon bébé ou moi. Elle déteste mon fils. Toutefois, elle n'a pas eu l'audace de l'éliminer. Mais si elle donne naissance à un garçon, elle sera légalement en droit de l'évincer.

— Vous voulez dire qu'elle le tuera ?

— Si ce n'était que ça ! Un destin bien pire attend mon petit Bulbul, si la sultane accouche d'un garçon.

Bien qu'elles fussent seules, Asmahan balaya la pièce du regard.

— A l'intérieur du palais se trouve une pièce qu'on appelle la Cage. Il s'agit d'une cellule exiguë située tout au bout d'un long couloir. Ses portes et ses fenêtres sont bouchées, elle n'offre aucune issue sur le monde extérieur. C'est là que croupissent les princes turcs qui ne monteront pas sur le trône. Ils sont élevés par des sourds et muets dans un isolement total. Ils deviennent fous au bout de quelques années d'enfermement.

— Quel sort abominable ! Pourquoi tant de cruauté ?

— Une loi turque veut que l'héritier au trône élimine tous ses frères, mais les évictions doivent se faire sans effusion de sang. Ils sont donc condamnés à passer le restant de leurs jours dans la Cage. C'est ce qui arrivera à mon petit Bulbul si Safiya donne un fils au sultan.

— Je ne comprends pas, madame. Votre fils sera l'aîné...

— Hélas, mes origines sont moins nobles que celles de Safiya. Elle est issue d'une très ancienne famille turque alors que je viens d'une simple famille de nomades ; nous sommes riches et puissants dans mon pays, mais cela ne compte pas, ici. Safiya ne perd pas une occasion de le rappeler au sultan et, déjà, je constate un changement dans son attitude à mon égard.

— Oui, mais... en quoi puis-je vous être utile ?

— Si Dieu le veut, vous conduirez Bulbul dans ma famille, à Samarkand.

Katharina retint son souffle.

— Samarkand ! Enfin, madame... pourquoi moi ? Nous sommes des centaines à être enfermées dans ces murs...

— Parce que vous êtes la seule qui désire s'échapper. Vous brûlez d'envie de quitter cet endroit, n'est-ce pas ? Quelque chose vous attend derrière ces murs. La plupart des femmes sont heureuses de vivre ici. Elles viennent toutes de villages misérables où elles travaillaient durement, dominées par des hommes tyranniques. Ici, elles évoluent dans le luxe et le confort et jouissent d'une relative liberté dans l'enceinte du harem. Celles qui ne sont pas heureuses acceptent néanmoins leur sort. Je vous ai également choisie, ajouta-t-elle en repoussant le voile écarlate qui couvrait sa tête, révélant une chevelure dorée, pour votre teint pâle et vos cheveux blonds. Bulbul pourrait être votre enfant.

Katharina eut du mal à cacher son étonnement. Elle n'était pas la seule blonde au harem, mais la blondeur était considérée comme un signe de faiblesse et de froideur, et les blondes s'évertuaient à teindre leurs cheveux en roux.

— Je vous rendrais volontiers ce service, madame, car vous avez raison, je désire partir d'ici. Mais, hélas, cela m'est impossible.

Sa compagne haussa ses sourcils finement dessinés.

— Pourquoi ? Vous avez envie de partir, vous venez de le reconnaître !

— Oh oui, madame ! admit Katharina avec ferveur. Je suis à la recherche de ma famille. Comme vous, j'en fus séparée il y a très longtemps... je n'ai jamais connu mon père ni mes frères et je brûle d'envie de les retrouver.

Asmahan hocha gravement la tête.

— C'est un triste sort que d'être séparé de sa famille. C'est pour cette raison que je souhaite envoyer mon petit Bulbul chez moi, parmi les siens. Puis-je savoir pourquoi vous ne pouvez pas me rendre ce service ?

— J'ai un ami, un chevalier chrétien qui fut enlevé et conduit à Constantinople en même temps que moi. Je ne peux pas partir sans lui.

Asmahan fronça les sourcils.

— Les chevaliers chrétiens ne survivent pas longtemps dans les villes turques. Votre ami aura subi de cruelles tortures et à l'heure où nous parlons, il n'est sans doute plus de ce monde, que Dieu ait son âme.

— Ce ne sont que des hypothèses. Je ne peux pas partir sans savoir avec certitude ce qu'il est advenu d'Adriano. Et s'il est encore en vie, il devra partir avec moi.

Asmahan réfléchit.

— Je me renseignerai, conclut-elle finalement.

— Puis-je solliciter une autre faveur, madame ? En arrivant au palais, je portais sur moi une petite pochette en cuir dans laquelle se trouvaient quelques souvenirs. On me l'a prise le premier jour. Pensez-vous qu'il vous serait possible la retrouver ?

Asmahan fronça de nouveau les sourcils.

— En règle générale, les biens des captifs n'intéressent ni le sultan ni son entourage ; ils servent à dédommager les hommes qui ont amené les esclaves au palais. Il arrive aussi qu'on les donne aux pauvres de la ville, dans le cadre d'un programme de charité. Je vais voir ce que je peux faire. A la grâce de Dieu.

Elle marqua une pause avant de reprendre, d'un ton empreint de gravité :

— A présent, écoutez-moi bien. Nous prenons des risques énormes dans cette histoire. Les espions sont partout. La sultane surveille le moindre de mes gestes. Maintenant que vous êtes mon amie, vous n'êtes plus en sécurité ; vous devrez rester sur vos gardes en permanence. Revenez me voir demain soir. Avec votre nécessaire de broderie.

En pénétrant dans le salon d'Asmahan, le lendemain soir, Katharina découvrit la pochette du frère Pastorius posée sur le divan. Elle s'en empara aussitôt et l'ouvrit d'une main tremblante. La miniature de sainte Amélie s'y trouvait toujours. Avec le médaillon de Badendorf.

Pressant les deux objets contre sa poitrine, elle versa des larmes de joie.

— Que Dieu vous bénisse, madame. Vous m'avez redonné le goût de vivre.

Asmahan s'abstint de tout commentaire. Il eût été cruel de lui avouer que personne n'avait voulu de ces objets insignifiants, pas même les mendiants qui venaient chercher des vêtements et un peu de vin médicinal à l'hôpital de charité. Elle comprenait pourtant l'attachement de Katharina à ces objets car elle-même aurait donné tout son or et ses bijoux pour sentir sous ses doigts la douceur d'une peau de mouton du troupeau de son père. Le vieil adage était donc plein de sagesse : « Une perle pour l'un n'est qu'un caillou pour son voisin. »

Sous prétexte d'effectuer un travail de couture pour Asmahan, Katharina se rendit tous les soirs chez la concubine, armée de son nécessaire de broderie. Elle fit la connaissance de Bulbul, un garçonnet blond et joufflu, doux comme un agneau, qui, lorsque se présenterait le moment tant redouté, devrait partir docilement avec sa nouvelle mère.

Il faisait frais, ce matin-là ; d'épais nuages encombraient le ciel et une fine bruine tombait sur la ville de Constantinople. La maîtresse des costumes fit irruption dans le pavillon des Colombes, où ses assistantes étaient en train de confectionner un ensemble pour l'heureuse jeune fille que le sultan avait invitée dans son lit. Elle arracha son aiguille des mains de Katharina.

— La sultane veut te voir !

Le cœur de Katharina fit un bond dans sa poitrine. La sultane ! Avait-elle percé à jour le plan secret d'Asmahan ?

Un eunuque de stature imposante l'attendait ; elle ne l'avait jamais vu auparavant. Elégamment vêtu, il portait un turban en tissu doré, orné de plumes magnifiques. Son nez avait été tranché bien des années plus tôt, et le crochet en or qui le remplaçait lui donnait des airs de créature mythique. Sans un mot, il pivota sur ses talons et ouvrit la marche. Katharina suivit, piquée dans sa curiosité, mais lorsqu'ils approchèrent de la zone interdite, la porte des Perles, un frisson d'appréhension la parcourut. Combien de femmes avaient franchi cette arcade et n'étaient jamais reparues ? Si la sultane avait découvert les liens complices qu'elle avait noués avec Asmahan, il n'y avait aucun espoir qu'elle sorte vivante de ces appartements.

La splendeur de la suite la laissa sans voix. Si les appartement d'Asmaham étaient somptueux, ceux de la sultane étaient encore plus beaux que tout ce qu'elle aurait pu imaginer. La passion que la maîtresse des lieux vouait aux perles s'affichait jusque dans les moindres recoins : tentures, voilages, poufs, coussins, nattes, tout était brodé de perles roses, blanches ou noires. Assise dans un fauteuil qui ressemblait à un trône incrusté d'une myriade de perles, une femme se tenait très droite, parée d'une superposition de vêtements également brodés de perles, celles-ci blanches comme neige. Jamais encore Katharina n'avait vu tant de perles en une seule fois. Comment arrivait-elle à marcher, emprisonnée dans cette précieuse carapace ?

Les yeux de Safiya étaient aussi durs et étincelants que ses perles, tandis qu'elle étudiait la couturière sans mot dire. Sous son regard froid, Katharina s'efforça de ne pas vaciller. Un épais trait de khôl soulignait les paupières de la sultane, obscurcissant son regard ; ses lèvres étaient outrageusement peintes en rouge. Malgré son maquillage accentué, l'âge avancé de la favorite n'échappait à personne. La rumeur prétendait que Safiya avait une quarantaine d'années. N'était-il pas étonnant que le sultan rappelle dans son lit une femme de cet âge alors qu'il avait à sa disposition une centaine de nubiles ?

La grossesse de Safiya était bien avancée. Sa voix ressemblait à la lame d'un cimeterre, sèche et tranchante.

— Vous voyez Asmahan depuis quelque temps. Pourquoi ?

Katharina réprima un tremblement.

— Parce qu'elle aime mes broderies, madame.

— Je trouve votre travail tout à fait médiocre. Asmahan n'a décidément aucun goût.

Les yeux ourlés de noir la transpercèrent. Katharina sentit sa gorge se nouer.

— Pourquoi tremblez-vous, jeune fille ?

— C'est que je...

Elle passa sa langue sur ses lèvres sèches.

— C'est la première fois que j'approche quelqu'un d'aussi important, madame. J'ai l'impression de me trouver en face d'une déesse.

D'où lui étaient venus ces mots ? Katharina n'aurait su le

dire mais ils eurent en tout cas l'effet escompté : visiblement sensible à la flatterie, la sultane parut se radoucir.

— Je vais vous confier une mission, reprit-elle d'un ton bref. Exécutez-la correctement, et je réaliserai n'importe lequel de vos souhaits.

Katharina masqua à grand-peine son étonnement.

— Qu'attendez-vous de moi, madame ?

— Vous allez espionner Asmahan. Observez bien ce qu'elle fait, qui elle voit, prêtez l'oreille aux conversations. Ensuite, vous me livrerez vos observations. Avez-vous bien compris ?

— Oui, madame. Y a-t-il quelque chose de particu...

— Tout, coupa la sultane. Je veux savoir tout ce qui se passe chez elle. Ce sera à moi de faire le tri dans les renseignements que vous m'apporterez.

Elle considéra longuement Katharina avant d'ajouter :

— Peut-être avez-vous promis de vous montrer loyale envers Asmahan ? Si tel est le cas, c'est votre problème. Ne laissez pas cette promesse entraver la mission que je viens de vous confier. Au cas où votre cœur faiblirait, rappelez-vous bien que j'accéderai à n'importe laquelle de vos demandes si vos renseignements me satisfont.

Exhalant un soupir, la sultane posa ses mains couvertes de bagues sur son ventre gonflé.

— Je porte l'héritier du sultan, dit-elle sur un ton qui laissait clairement entendre que le fils d'Asmahan n'avait plus longtemps à vivre.

Comme Katharina s'apprêtait à partir, la voix dure de la sultane résonna à ses oreilles :

— Soyez vigilante, jeune fille, car pendant que vous épierez Asmahan, quelqu'un d'autre sera chargé de *vous* épier. Le moindre de vos gestes me sera rapporté.

Katharina continua à rendre visite à Asmahan tous les soirs, munie de sa boîte à couture, mais un terrible et lourd secret pesait désormais sur ses épaules. Alors qu'elle jouait avec le jeune Bulbul sous le regard attristé de sa mère qui se préparait déjà à une séparation imminente, Katharina se posait mille questions. Que raconterait-elle à Safiya ? Devait-elle lui dévoiler le plan secret d'Asmahan ? La sultane serait-elle capable de retrouver Adriano ? Pendant la journée, où qu'elle aille, elle avait l'impression d'être observée par des centaines de paires d'yeux invisibles. Le palais était truffé de portes cachées, de passages secrets, de paravents percés de judas. Chaque soir, en arrivant chez Asmahan, elle demandait :

« Avez-vous des nouvelles de don Adriano ? »

Et chaque soir, la réponse demeurait inchangée :

« Non, je n'ai aucune nouvelle. »

Au bout d'un moment, Katharina se mit à douter de l'influence d'Asmahan. Une pensée la rongeait : *Si je me range du côté de Safiya, peut-être retrouvera-t-elle Adriano... et nous serons libres, enfin !*

Un autre soir, Asmahan déclara :

— La menace qui pèse sur mon fils ne cesse de grandir. Safiya a juré qu'il ne serait pas l'héritier du sultan.

— Que se passera-t-il si l'enfant qu'elle porte est une fille ?

— Elle tuera mon fils par vengeance. Plus le temps passe, plus le danger se précise. J'ai très peur. Mon eunuque a trouvé un garde du corps en qui nous pouvons avoir entière confiance. Il restera auprès de Bulbul jusqu'à ce que sonne l'heure du départ.

— Comment pouvez-vous être si sûre de lui ?

Vous ne devriez même pas me faire confiance ! Katharina maudit le sort de l'avoir placée dans une situation aussi délicate. Devait-elle aider Asmahan ou se rallier à la sultane dans l'espoir de retrouver Adriano ?

— Etes-vous bon juge, Katharina ? Peut-être pourrez-vous me dire ce que vous pensez de cet homme. Puis-je lui faire confiance ? ajouta Asmahan en pointant l'index vers son jardin privé.

Katharina sortit dans la nuit. Sous un saule pleureur se découpait une haute silhouette vêtue d'une djellaba. C'était un homme, grand et mince ; sa barbe était hirsute, ses cheveux flottaient sur ses épaules. Lorsqu'il se tourna vers elle, elle vit ses yeux profondément enfoncés dans leurs orbites et les rides qui encadraient sa bouche.

Il la considéra un long moment et, soudain, son visage s'éclaira.

— Que Dieu soit loué, murmura-t-il en avançant vers elle d'un pas mal assuré.

L'instant d'après, deux bras enlaçaient la jeune femme dans une tendre étreinte. Elle sentit sa peau et ses os à travers ses vêtements et pleura sur son épaule.

Adriano pleura avec elle ; jamais il n'avait cru la revoir un jour.

— Comment… ? articula-t-elle en s'écartant pour mieux le contempler.

Il essuya ses larmes d'un revers de main.

— Recroquevillé dans la cale pestilentielle d'un bateau à esclaves, je pensais à une jeune fille que j'avais rencontrée, une femme très courageuse qui avait quitté une petite vie calme et confortable pour sillonner le monde à la recherche de son père. Aucun danger, aucun coup du sort ne l'avait dissuadée de poursuivre sa route, pas même le naufrage d'un bateau et des conditions de vie précaires sur une île déserte, aux côtés d'un inconnu. En repensant à la détermination qui vibrait dans sa voix, à son extraordinaire force de volonté, je me suis dit que je devais chercher à lui ressembler. J'ai prié la Sainte Vierge et renouvelé mon serment de restaurer Sa souveraineté à Jérusalem, ainsi que mon vœu de retrouver mes frères chevaliers sur l'île de Crète. Alors, dans mon sommeil, la Sainte Mère m'est apparue ; elle m'a dit que je ne lui serais d'aucune utilité si je me laissais mourir. Les martyrs ne bâtissent pas d'églises, elle avait besoin de vaillants soldats. Aussi me suis-je débarrassé de ma cape de chevalier et de tous les signes qui témoignaient de ma véritable identité, et lorsque le bateau a finalement accosté, je me suis retrouvé sur les quais, anonyme parmi tant d'autres. J'ai feint d'être muet. Lorsqu'ils ont vu ma corpulence, les surveillants m'ont dirigé vers les maçons chargés de la construction interminable de ce palais. Depuis, je monte les murs qui nous retiennent prisonniers.

Il prit les mains douces de Katharina dans les siennes, endurcies par le travail.

— Ce qui m'a sauvé, Katharina, c'est le serment que j'ai fait à la Vierge de rallier Jérusalem. Mais c'est aussi grâce à vous que je suis en vie aujourd'hui, parce que je savais qu'à ma place, vous auriez eu la force et le courage de surmonter cette mésaventure.

Un pâle sourire joua sur ses lèvres.

— Je me suis dit que je pouvais, moi, chevalier de la Confrérie de Marie, accomplir ce qu'une simple jeune fille pouvait accomplir.

Au même instant, Asmahan sortit dans le jardin. Après avoir observé l'improbable couple baigné par le clair de lune — la voluptueuse jeune fille drapée de soie et l'homme aminci, vêtu de haillons —, elle prit la parole :

— Katharina, j'ai pris la décision de ne pas vous faire voyager seule, vous risqueriez d'attirer l'attention. Vous partirez avec cet homme, que vous ferez passer pour votre mari. Il vous protégera, vous et mon fils. J'ai suffisamment d'argent pour vous trouver une place dans une caravane. Je vous donnerai une lettre que vous remettrez à ma famille. Mon père est le cheikh Ali Sayid, un homme riche et puissant. Il vous récompensera généreusement.

Katharina considéra Asmahan à travers les larmes qui lui embuaient la vue. Les intrigues, les complots, la sultane Safiya, tout déserta son esprit. Une seule chose comptait pour elle en cet instant : la main sèche et calleuse qui tenait la sienne.

— Mes espions m'ont parlé d'une caravane qui doit partir pour Samarkand à la prochaine pleine lune. Ce jour-là, je demanderai au sultan l'autorisation de me rendre à la mosquée. Je lui dirai que c'est l'anniversaire de mon père, et que j'aimerais prier pour lui. Le sultan ne me refusera pas la permission. J'emmènerai mon fils et, bien sûr, une escorte de compagnes et d'eunuques. Vous et votre Espagnol en ferez partie. A la mosquée, les femmes prient derrière un paravent afin de se protéger du regard des hommes. Vous vous éclipserez discrètement avec mon fils, puis mon eunuque vous conduira, vous et Adriano, sur le lieu de départ des caravanes. Quant à moi, je regagnerai le palais une fois les prières terminées.

En proie à une douce torpeur, Katharina retrouva enfin l'usage de sa voix :

— Mais le sultan remarquera aussitôt l'absence de son fils...

— Le sultan est très occupé en ce moment : il s'efforce de repousser les chevaliers de Rhodes, répondit Asmahan en jetant un bref coup d'œil à Adriano. Ses visites à notre fils se font plus rares. Lorsqu'il découvrira la disparition de Bulbul, vous serez déjà loin.

Katharina posa enfin la question qui lui brûlait les lèvres :

— Pourquoi ne partez-vous pas avec lui, *vous* ?

— Ma disparition serait aussitôt remarquée et les hommes du sultan se lanceraient immédiatement à notre poursuite. Ils nous retrouveraient vite, en quelques jours, tout au plus. Plusieurs semaines vont s'écouler avant que l'absence de Bulbul ne soit remarquée, et d'ici là il sera trop tard.

Elle tendit un paquet à Katharina.

— Vous vous rendrez d'abord à Bagdad, qui se trouve à la limite de l'empire ottoman. Tout au long de ce premier tronçon, vous voyagerez sous la protection du sultan. J'ai fait faire des documents qui vous serviront de laissez-passer. A Bagdad, vous rejoindrez une caravane en partance pour Samarkand et vous voyagerez dès lors sous la protection de mon père. J'ai mené des négociations secrètes avec l'ambassadeur de Samarkand, qui a rédigé les documents nécessaires au bon déroulement de votre voyage. Mon père est un homme très influent, on le respecte et on le craint. Vous serez en sécurité. Lorsque vous aurez remis Bulbul aux bons soins de ma famille, mon père vous paiera grassement et vous serez alors libres d'aller où bon vous semblera.

Bagdad, Samarkand... Ces villes étaient tellement éloignées de Jérusalem... Tous ces kilomètres parcourus dans la mauvaise direction ! A cet instant, Katharina songea au petit Bulbul puis à un nourrisson qu'un jeune veuf avait abandonné, dix-neuf ans plus tôt, pour partir à la recherche d'une pierre bleue. Le sort de ce jeune enfant ressemblait beaucoup au sien. Sauf que la vie de Bulbul était en danger.

— Madame, commença-t-elle, je ne trouve pas les mots pour vous exprimer ma gratitude. Je vous remercie d'avoir retrouvé Adriano et...

Asmahan leva une main couverte de bijoux.

— Je l'ai fait pour mon fils, uniquement pour lui. Prenez bien soin de lui, et parlez-lui souvent de moi.

Katharina ne revit pas Adriano après cette soirée. Au palais, les hommes ne côtoyaient pas les femmes ; il se contentait d'escorter Bulbul quand le garçonnet était invité par le sultan. De son côté, Katharina continua à rendre visite à Asmahan tous les soirs, munie de ses coupons de soie et de ses écheveaux de fils ; chaque matin, elle se présentait devant la sultane pour lui rapporter les prétendus commérages d'Asmahan sur les autres concubines et les intrigues futiles du harem. La femme au regard acéré voyait-elle clair dans son petit jeu ? Chaque soir avant de se coucher, Katharina contemplait la pierre bleue peinte sur la miniature de sainte Amélie. Une bouffée d'espoir gonflait alors son cœur : bientôt, Adriano et elle seraient de nouveau libres ; bientôt, elle repartirait à la recherche de la pierre et, si Dieu le voulait, de sa famille.

Deux jours avant l'exécution de leur plan, la nouvelle se répandit comme une langue de feu dans le palais : Safiya allait accoucher. On cessa toute activité et l'attente commença, teintée d'appréhension. Asmahan garda Bulbul auprès d'elle tandis que Katharina prenait son mal en patience dans le dortoir des femmes.

La nouvelle tomba enfin : la sultane avait accouché d'un garçon.

Chaque seconde comptait, désormais. Dès l'instant où le nouveau-né fut contre son sein, Safiya fit valoir son droit légitime d'enfermer dans la Cage le fils d'Asmahan. Les eunuques et les gardes de la jeune concubine l'abandonnèrent presque sur-le-champ. Il n'était plus question de se rendre à la mosquée pour adresser des prières à son père. D'ici quelques heures, les eunuques de la sultane viendraient chercher Bulbul.

Bien qu'Adriano continuât à prendre tous les Turcs pour d'impies mécréants et les considérât comme ses ennemis jurés, Asmahan lui avait néanmoins sauvé la vie puis rendu Katharina; pour toutes ces raisons, il était devenu son dévoué protecteur. Plus précisément le protecteur de son fils, car il était de toute façon impossible de sauver Asmahan. Avec l'aide du fidèle eunuque de la concubine, Adriano escalada le mur du jardin puis, après avoir accroché Bulbul dans son dos — l'enfant dormait profondément après qu'on lui eut donné un peu de lait aromatisé au pavot —, il gravit de nouveau le mur et aida Katharina à se hisser derrière lui. Happés par la nuit, ils suivirent l'eunuque dans le dédale des murs et des allées qui entouraient le palais, puis dans le labyrinthe des ruelles encombrées de masures, au cœur de la ville. Avant leur départ, Asmahan avait donné à Katharina un coffret en bois empli de dinars en or, la monnaie d'échange de l'empire ottoman. Elles s'étaient étreintes longuement. Asmahan avait embrassé son fils pour la dernière fois. En suivant l'eunuque qui les conduisait au vaste campement de la caravane, elle songea au sort de la concubine lorsqu'on découvrirait son subterfuge. C'était le châtiment de toutes les femmes qui transgressaient les règles du sultan : après l'avoir enfermée dans un sac en compagnie d'un chat et d'un serpent, on la jetterait dans les eaux du Bosphore.

La caravane se mit en route à l'aube ; composée d'un millier de chameaux, elle transportait du parfum et des produits cosmétiques en provenance d'Egypte ; elle prendrait du verre coloré en Syrie ainsi que des fourrures dans les steppes eurasiennes. Tout ceci serait acheminé en Chine. Les marchandises seraient alors échangées contre de la soie et du jade, qui seraient à leur tour transportés en Europe, pour le plus grand bonheur de tous. Sur la route, ils rencontrèrent des artistes qui partaient en Chine — jongleurs, acrobates, chanteurs, magiciens. Et quand ils repartiraient en Europe, des moines, des savants et des explorateurs se joindraient à la caravane. Prévoyante, Katharina avait emporté quelques provisions, pain, fruits secs, fromage, ainsi que des réserves d'eau. Le trio insouciant qu'ils formaient lui réchauffait le cœur : Adriano le protecteur, Katharina la mère bienveillante et Bulbul, leur « fils ». Ils laissèrent derrière eux Constantinople et ses horreurs, et tandis qu'ils voyageaient sous le soleil, au grand air, qu'ils mangeaient à leur faim et riaient de mille et une petites choses, Adriano se sentit renaître. Il reprit des forces, son regard retrouva son éclat. Un jour, Katharina lui dit qu'il était libre de partir pour Jérusalem s'il le souhaitait, qu'il n'était pas obligé d'aller jusqu'à Samarkand avec elle, mais il la fit taire en jurant qu'il resterait auprès d'elle jusqu'à ce qu'elle soit délivrée de sa promesse à Asmahan. Alors, ils se rendraient ensemble à Jérusalem.

Tel un serpent paresseux, la caravane avançait lentement vers l'est et Katharina, qui avait cru un jour tout connaître du monde, découvrit le désert et ses étonnantes tempêtes de sable qui, par leur extraordinaire soudaineté, avalaient sans pitié les voyageurs inconséquents. Adriano et elle apprirent vite à observer leurs chameaux ; si les bêtes commençaient à grogner et enfouissaient la tête dans le sable, une tempête s'annonçait, même si le ciel était limpide et l'air cristallin. Les cavaliers s'empressaient alors de se protéger la bouche et le nez. L'instant d'après, la tempête s'abattait sur eux, violente et rapide, retombant en quelques instants.

La plupart du temps, ils couchaient à la belle étoile, à côté d'une croisée de chemins ou près d'une oasis. Il leur arrivait parfois de s'arrêter dans des garnisons ou des caravansérails. Là, ils trouvaient des auberges où régnait une ambiance festive, avec des musiciens et des spectacles. La journée, ils avançaient entre le sable doré et le ciel d'azur, parfois strié de nuages vaporeux, et se reposaient de temps en temps à l'ombre de palmiers vert émeraude ; le voyage semblait presque irréel pour Katharina qui tenait dans ses bras le petit Bulbul, doucement ballottée à dos de chameau. Devant eux marchait Adriano, avec ses larges épaules et son dos droit, homme de foi et de convictions... homme de mystère, aussi.

Elle n'aurait su dire exactement à quel moment elle était tombée amoureuse. Peut-être ses sentiments étaient-ils nés dès l'instant où elle avait posé les yeux sur lui, sur les quais de Venise. Ou lorsqu'elle l'avait regardé prier sur le pont du navire portugais. Ou encore quand ils avaient dormi enlacés sur l'île déserte, comme s'ils étaient seuls au monde. Elle veilla à tenir son amour secret, car Adriano suivait sa voie, et elle la sienne. Jamais elle ne lui confierait ses sentiments ; elle garderait son amour dans le petit coin secret de son cœur, où se trouvaient déjà sa mère, son père et la pauvre Asmahan, qui leur avait sauvé la vie.

Malgré tout, ces émotions aussi nouvelles qu'intenses ne cessaient de l'étonner. Jamais elle n'avait éprouvé une telle passion pour Hans Roth. Une onde de chaleur la parcourait chaque fois qu'elle croisait le regard d'Adriano ou qu'elle entendait le son de sa voix. Comment avait-elle pu croire un jour que l'amour romantique n'était qu'une illusion ? Le désir qu'elle éprouvait pour Adriano surpassait les sensations de faim et de soif les plus intenses. C'était comme si son âme souffrait d'un manque douloureux, nuit et jour. Pour apaiser cette douce torture, elle entreprit de coudre une nouvelle cape pour son bien-aimé. Au marché d'Ankara, elle acheta en secret du tissu blanc, des aiguilles et du fil de soie. Dès que la caravane s'arrêtait et qu'Adriano partait chasser ou ramasser du bois avec les autres hommes, elle se mettait à l'ouvrage, le cœur débordant d'amour. Elle savait qu'il portait en lui une grande blessure, plus profonde encore que les cicatrices qui labouraient son corps ; cette souffrance se lisait dans les rides qui creusaient son visage et elle l'avait entendue dans sa voix, lorsqu'il avait évoqué la femme qu'il avait aimée. Jamais elle ne pourrait apaiser la douleur qui le tenaillait, elle en était consciente, mais elle espérait de tout son cœur que la nouvelle cape l'aiderait à retrouver un peu de dignité.

Il y avait autre chose qui l'intriguait chez Adriano, et ce mystère s'épaississait au fil des jours. Il lui avait confié qu'il avait fait vœu de célibat et de pauvreté en rejoignant la confrérie et que ces vœux étaient sa pénitence pour avoir tué un homme. A présent qu'ils vivaient ensemble jour et nuit, partageant repas et toit de fortune et feignant d'être les parents de l'adorable Bulbul, Katharina prenait pleinement conscience de la véritable portée de ces vœux. Ici, dans l'immensité désertique, sous un ciel qui s'étendait à l'infini, Katharina put observer son compagnon avec la plus grande attention. Elle se rendit compte que ses vœux d'abstinence et d'austérité dépassaient les limites du raisonnable : Adriano ne se privait pas seulement de viande et de vin, il rationnait délibérément ses repas et infligeait à son organisme un châtiment quotidien en continuant à travailler, chasser et couper du bois bien après que ses compagnons eurent regagné leur campement. Le crime qu'il avait commis (était-ce vraiment un crime que de se battre pour la femme qu'on aime ?) avait eu lieu vingt ans plus tôt. N'avait-il pas purgé sa peine depuis ? Le doute grandissait en elle au fil des kilomètres : Adriano lui avait-il tout révélé de son histoire ?

Son amour pour lui tendait à occulter le principal dessein de sa vie : retrouver son père. Katharina s'efforçait de ranimer sa volonté en contemplant le plus fréquemment possible le portrait de sainte Amélie. Tous les soirs, avec des gestes maintenant rituels, elle approchait la miniature près des flammes et fixait la pierre bleue en récitant in petto sa propre litanie : *Cette pierre me conduira vers mon destin.*

Dès que Bulbul serait en sécurité dans la famille de sa mère, elle tournerait les talons pour se rendre à Jérusalem. Là-bas, elle trouverait la pierre bleue, elle trouverait son père.

Quant à Adriano, il suivrait le chemin que lui indiquaient ses étoiles.

La caravane était une créature en perpétuel changement ; certains la quittaient tandis que d'autres la rejoignaient, parfois des familles entières, parfois des cavaliers solitaires. En fonction des allées et venues, le cortège se rétrécissait ou s'allongeait, tel un serpent qui glisse dans le désert, les prairies et les collines. Comme le risque d'être retrouvés diminuait avec le temps et la distance, Katharina et Adriano sympathisèrent avec les nouveaux arrivants, partageant avec eux leur feu et leurs repas, prenant congé de ceux qui les quittaient pour accueillir d'autres voyageurs.

La langue commença à poser un problème lorsqu'ils s'enfoncèrent vers l'est ; de nouveaux dialectes, des mutations de langues qu'ils croyaient maîtriser rendirent les échanges plus difficiles. Katharina eut du mal à reconnaître l'arabe parlé dans ces contrées, et le grec d'Adriano ne lui servit plus à grand-chose. Bien que le latin ait été colporté dans ces régions mille ans plus tôt, Katharina et Adriano ne reconnurent quasiment pas la langue, qui avait subi de nombreuses transformations pour s'adapter aux dialectes locaux. Heureusement, ils se comprenaient mutuellement ; au-delà des mots, de simples gestes, des expressions du visage et même des silences accompagnés de regards éloquents leur suffisaient pour deviner les pensées de l'autre. C'était tout ce dont ils avaient besoin pour être heureux.

Au nord de la Perse, la caravane s'arrêta dans une petite vallée flanquée de pâturages. Une étrange rivière coulait au milieu : aucun brin de végétation ne poussait sur ses berges, il n'y avait là que rochers et cailloux, mais l'eau y était chaude et, à la surprise générale, d'une belle couleur vert émeraude. Selon le chef de la caravane, les dépôts minéraux qui se trouvaient à sa source lui conféraient cette teinte extraordinaire. L'eau était potable et même, selon certains, excellente pour la santé. Ils dressèrent donc leurs tentes près de la rivière d'émeraude et, bientôt, une myriade de feux de camp brilla au clair de lune.

Katharina profita de l'occasion pour se laver enfin les cheveux. Afin de préserver leurs réserves d'eau, elle avait appris jusqu'alors à les garder propres comme les femmes bédouines qui massent leur chevelure avec un mélange de cendre et de soude avant de la brosser longuement. La teinture noire qu'elle avait utilisée à Venise pour ressembler à un jeune Arabe avait ainsi viré au châtain, et ses racines blondes formaient comme un casque sur sa tête. Dans la vallée, elle prit le temps de laver soigneusement ses cheveux avec du savon, frottant, massant, rinçant, avant de recommencer l'opération une seconde fois. Lorsqu'elle eut terminé, la brise les sécha rapidement. Brillante comme une crinière dorée, sa chevelure était si belle que tous les voyageurs s'arrêtèrent pour l'admirer.

Adriano le premier.

Ce soir-là, à la clarté d'une lune diaphane, Katharina offrit à Adriano la cape qu'elle avait brodée pour lui. Une vive émotion le submergea quand il découvrit au dos la croix bleu foncé ornée de huit branches, l'emblème de sa confrérie... de toute sa vie. De nouveau, il pourrait afficher sa dignité comme on porte un vêtement et proclamer au monde entier son dévouement à la Sainte Vierge.

Et ce soir-là, sous le ciel étoilé, Adriano raconta enfin son histoire à Katharina.

Elle savait déjà que vingt ans plus tôt, en Aragon, il avait aimé une jeune fille prénommée Maria ; quand il l'avait demandée en mariage, hélas, celle-ci lui avait avoué qu'elle en aimait un autre. Ivre de rage, Adriano avait provoqué son rival en duel. Les deux hommes s'étaient affrontés. Adriano avait tué son adversaire et Maria, folle de chagrin, s'était réfugiée dans un couvent où elle se trouvait encore, probablement. C'était tout ce que Katharina connaissait de son histoire. Mais ce soir-là, alors que la lune, pleine et majestueuse, éclairait le ciel de velours et que la rivière d'émeraude murmurait doucement dans son lit de pierre, Adriano lui confia le terrible secret qui l'accablait jour et nuit.

— Je savais, commença-t-il en resserrant autour de lui les pans de sa cape, je savais au plus profond de moi que Maria ne m'aimait pas. Hélas, aveuglé par la fierté et l'arrogance, je refusais d'admettre l'évidence. Je croyais que je réussirais à me faire aimer d'elle, avec le temps. Mais il y avait l'autre... j'aurais peut-être attendu que Maria vienne à moi si ç'avait été n'importe qui d'autre que lui. Mais mon rival était aussi mon frère, et ça, je ne pouvais le supporter.

Il posa sur Katharina un regard tourmenté.

— Oui, l'homme que j'ai tué était mon frère. Je l'ai tué par pure jalousie ; il n'était coupable d'aucun crime, il n'avait jamais cherché à me nuire. Je n'ai pas le droit d'être heureux, Katharina. Je n'ai pas le droit de vous aimer ni celui d'accepter votre amour...

Il éclata en sanglots et Katharina le prit dans ses bras. Il enfouit son visage dans ses cheveux d'or, sentit son corps souple et chaud contre le sien, ses lèvres sur ses joues puis dans son cou, ses larmes qui se mêlaient aux siennes. Finalement, il captura sa bouche et, couchés sous la cape immaculée, ils puisèrent dans leur amour un peu de réconfort.

Quand ils se réveillèrent, Adriano se leva et, prenant Katharina par la main, il la conduisit au bord de la rivière d'émeraude. Là, il planta son épée dans le sol, la belle épée à la poignée d'or qu'Asmahan lui avait donnée pour assurer la protection de son fils. Tous deux s'agenouillèrent comme s'ils se trouvaient devant une croix et, serrant sa main dans la sienne, il déclara :

— Bien qu'il n'y ait ni église ni prêtre en ce lieu, nous sommes devant Dieu, la Sainte Vierge et tous les saints. Et c'est devant ces témoins bénis, ma douce Katharina, que je nous déclare mari et femme ; je te donne mon âme et mon corps, mon amour et ma dévotion, pour le restant de mes jours et après notre mort, lorsque nous serons enfin réunis au royaume des cieux.

D'une voix pleine d'émotion, Katharina prononça le même serment. Quoi que leur réservât l'avenir, Adriano et elle étaient à jamais liés l'un à l'autre.

◇

Ils vécurent une merveilleuse semaine d'amour, mari et femme, tous deux émerveillés par le bonheur qu'ils vivaient, promettant à Dieu de le remercier chaque jour pour la grâce qu'Il leur avait accordée. Un matin, alors que l'aube perçait à peine, ils quittèrent leur tente pour aller se baigner dans la rivière. Puis Adriano se drapa dans sa cape de chevalier tandis que Katharina allait rejoindre les femmes et les enfants, un peu plus loin sur la rive. Elle joua dans l'eau avec Bulbul et lui répéta, comme tous les jours, qu'il serait bientôt avec son grand-père et ses cousins. Lorsqu'il demanda, fidèle à son habitude, si sa maman serait là-bas aussi, Katharina répondit vaguement :

— Je ne sais pas, peut-être. En tout cas, ajouta-t-elle avec un entrain forcé, elle tient à ce que tu retrouves ton grand-père. Il t'apprendra à monter à cheval.

Pour la première fois, elle éprouva une bouffée de tristesse à la pensée de devoir rendre le garçonnet à sa famille. Depuis leur départ de Constantinople, elle s'était attachée à lui et l'aimait maintenant comme son propre fils.

Elle était en train de le sécher quand un cri retentit. Pivotant sur elle-même, elle vit des cavaliers envahir le campement ; ils brandissaient au-dessus de leurs têtes d'impressionnantes épées.

Katharina saisit le garçonnet et se mit à courir. Elle atteignit l'endroit où les hommes se baignaient ; les cavaliers étaient déjà passés parmi eux. Dans le chaos, elle aperçut Adriano, facilement repérable grâce à sa cape de chevalier, d'une blancheur aveuglante dans le soleil matinal. Au moment où elle criait son nom, la lame d'une épée lui transperça le dos, au beau milieu de la croix bleue. Sous le regard horrifié de Katharina, il écarta les bras avant de tomber à genoux, puis il s'écroula, face contre terre, tandis qu'un filet de sang jaillissait de son dos. Katharina se détourna vivement en plaquant une main sur les yeux de Bulbul. Au même instant, le bruit sec d'une lame qui tranche une tête lui déchira les tympans.

La jeune femme s'enfuit en courant, mais elle fut vite rattrapée par les pillards. On lui arracha le garçonnet. Sous ses yeux terrifiés, le petit Bulbul fut projeté en l'air comme un oisillon fragile ; l'instant d'après, il atterrit la tête la première sur un énorme rocher. Son crâne explosa sous l'impact du choc.

Une douleur fulgurante traversa Katharina tandis qu'un voile sombre s'abattait devant ses yeux.

◇

Quand Katharina reprit connaissance, elle se trouvait dans un campement de femmes ; certaines pleuraient, d'autres tempêtaient tandis que d'autres encore se taisaient, profondément abattues. Elle ne se souvenait de rien. Elle avait mal à la tête et se sentait nauséeuse.

Où était-elle ? Elle se frotta les yeux et promena son regard autour d'elle. Apparemment, elle se trouvait dans un enclos de fortune fait de peaux de chèvres. Il n'y avait rien pour se protéger du soleil implacable, sauf un arbre frêle qui tendait ses branches nues au milieu du campement. Au-delà des peaux de chèvres se dressaient de simples tentes. Des volutes de fumée s'élevaient çà et là dans le ciel.

Son esprit commença à s'éclaircir et la sensation de nausée s'atténua peu à peu. Il restait encore des zones d'ombre dans sa tête. Tout à coup, des hommes firent leur apparition et entreprirent de passer en revue les captives, leur ordonnant de se déshabiller avant de les examiner attentivement. Des marchands d'esclaves ?

La caravelle grecque ! Le palais du sultan ! *Non, c'est impossible.*

Katharina recula de quelques pas et heurta le tronc du vieil arbre mort. Plaquant une main sur sa poitrine, elle sentit quelque chose de dur sous sa robe. Tirant sur le cordon, elle découvrit avec surprise une pochette en cuir. Une étrange sensation la submergea. Devinant qu'il s'agissait là d'un objet précieux, elle l'ôta et, après s'être assurée que personne ne la regardait, elle l'enfouit dans une aspérité du tronc.

Le groupe d'hommes s'approcha d'elle. Ils étaient apparemment intéressés par ses cheveux. Bien qu'elle ne comprît pas leur langue, certains gestes étaient universels et la jeune femme sut qu'elle représentait à leurs yeux une certaine valeur marchande. Ils la firent déshabiller, l'examinèrent longuement puis s'éloignèrent. Lorsqu'ils eurent passé en revue toutes les prisonnières, ils ramassèrent les vêtements et les biens de chacune et distribuèrent des tuniques en grosse laine. Un peu plus tard, alors qu'elles étaient seules et que le soleil commençait à décliner, Katharina retourna discrètement près de l'arbre pour récupérer la pochette qu'elle glissa vite autour de son cou.

◇

Au cours de la nuit, elle rêva d'Adriano et de Bulbul, et la mémoire lui revint brutalement. Elle se réveilla en hurlant. Cruels et douloureux, les souvenirs affluèrent à son esprit et elle fondit en larmes, terrassée par un chagrin indicible.

Après ce terrible épisode, Katharina vécut comme dans un brouillard. Indifférente aux gestes des autres femmes, ignorant leurs questions, elle n'acceptait de boire que lorsqu'on portait un gobelet d'eau à ses lèvres. Refusant de se nourrir, elle restait assise dans son coin, prostrée, les yeux rivés sur l'horizon lointain.

Adriano à terre, transpercé par la lame d'une épée.

Bulbul, le crâne fracassé contre un rocher.

Et elle, toujours en vie, de nouveau réduite à l'esclavage.

Lorsqu'une des femmes de la tribu vint lui laver les cheveux, elle se laissa faire sans protester. Quand ils furent secs, la femme brossa longuement les mèches dorées et appela ses compagnes pour qu'elles puissent admirer à leur tour sa longue chevelure couleur de soleil.

Le lendemain, la même femme revint avec du savon et un couteau bien aiguisé et, cette fois, elle rasa soigneusement la tête de Katharina. Les longues mèches blondes s'entassèrent dans un panier. Le regard fixé sur un point invisible, Katharina ne cilla pas.

Une semaine plus tard, elle aperçut une femme qui, à en juger par sa riche parure, devait être la femme du chef; celle-ci exhibait fièrement une perruque blonde grossièrement confectionnée. Pourquoi les femmes de cette tribu portaient-elles des perruques alors qu'elles sortaient toujours voilées ? songea Katharina. Cette nuit-là, elle entendit des soupirs et des gémissements en provenance de la tente du chef. Dans un éclair douloureux, elle se souvint combien Adriano prenait plaisir à caresser sa chevelure soyeuse.

Le lendemain matin, un homme fit irruption dans l'enclos des captives. Il semblait furieux. D'un geste brusque, il attrapa Katharina par la nuque et examina son crâne sous tous les angles. Puis il s'emporta bruyamment contre la femme qui l'avait rasée. Katharina ne comprit pas le sujet de leur querelle, mais un mot retentit plusieurs fois à ses oreilles, « Zhandu », tandis que l'homme désignait l'Est d'un geste rageur.

Ses compagnes lui révélèrent qu'elles étaient prisonnières des Kosh, grands marchands d'esclaves, peuple fier et arrogant qui se vantait d'être la première tribu créée par les dieux; les autres races, accessoires, n'existaient que pour servir le peuple Kosh. Membres d'une société guerrière et nomade, les Kosh ne se mêlaient pas aux autres tribus, les estimant inférieures. Ils avaient des visages ronds et aplatis, des yeux en amande et des cheveux d'un roux flamboyant. Cavaliers émérites, ils montaient d'impétueux chevaux à la robe laineuse et à la crinière hirsute.

Lorsqu'ils se remirent en route en direction de l'est, Katharina suivit sans mot dire. Les Kosh s'arrêtèrent dans plusieurs campements pour vendre leurs prisonniers. Katharina comprit qu'ils attendaient que ses cheveux repoussent pour la vendre dans un endroit baptisé Zhandu.

Elle marchait à côté des chevaux et des chameaux, insensible à la brûlure du sable sous ses pieds nus, à l'engourdissement de ses membres, à la faim qui lui tordait le ventre. Adriano occupait toutes ses pensées : *Où son âme s'est-elle envolée ?* Etait-elle retournée en Espagne, dans cette région d'Aragon qu'il chérissait tant ? Ou bien avait-elle trouvé refuge à

Jérusalem, dans une petite église dédiée à la Sainte Vierge ? Planait-elle au-dessus de ses amis chevaliers, en Crète, les encourageait-elle à poursuivre leur combat contre les infidèles ? Parfois, tard le soir, quand le vent rugissait tristement et que Katharina contemplait le ciel piqueté d'étoiles, elle sentait la présence d'Adriano à ses côtés, fantôme affectueux qui rêvait de la serrer dans ses bras.

Un soir, un homme vint l'examiner avant d'entrer dans une discussion animée avec sa gardienne. Katharina avait appris quelques mots de kosh, et elle comprit que la femme demandait une somme exorbitante. Lorsque l'homme voulut connaître la raison d'un prix si élevé, elle tapota le ventre rebondi de Katharina en expliquant :

— Il y a un bébé là-dedans.

Cette courte phrase mit un terme brutal à son apathie.

Baissant les yeux, elle se rendit compte que la femme disait vrai. Dans sa confusion, elle n'avait pas prêté attention à la disparition de ses règles ; elle n'avait pas remarqué non plus qu'elle grossissait malgré son manque d'appétit.

Elle portait en elle l'enfant d'Adriano.

Ce jour-là, elle eut enfin la force de sortir la pochette en cuir de frère Pastorius. Lorsqu'elle découvrit le médaillon de Badendorf et la miniature de sainte Amélie avec l'étonnante pierre bleue, elle fondit en larmes. Mais, cette fois, une étincelle d'espoir se mêla à son chagrin : en elle vivait un peu d'Adriano.

L'impressionnante caravane Kosh continua à serpenter vers l'est, vendant çà et là quelques esclaves, achetant des provisions et des marchandises, s'enfonçant toujours plus profondément dans des contrées inconnues. Ses ravisseurs la nourrissaient à peine, juste de quoi survivre, et la jeune femme devait se battre ou voler pour obtenir quelques restes qui lui permettaient de nourrir la vie qu'elle portait en elle. A ses yeux, les Kosh étaient un peuple barbare et impie. Quand un criminel était décapité, la tribu jouait au polo avec sa tête. Les cérémonies de mariage étaient tout aussi primitives : la future mariée montait à cheval et partait au galop, poursuivie par ses prétendants. Celui qui réussissait à l'attraper la plaquait au sol et devenait son mari. Les Kosh exploitaient leurs esclaves jusqu'à la mort et laissaient derrière eux leurs cadavres, exposés à tous les vents. Ils aimaient la fête, riaient, dansaient et chantaient souvent, s'enivrant avec un alcool si fort que ses effluves suffisaient à griser Katharina.

Pendant tout le temps qu'elle passa avec eux, elle s'efforça d'apprendre leur langue, comme elle l'avait fait jadis avec le latin et l'arabe, espérant ainsi sauver sa vie et celle de l'enfant qu'elle portait.

Alors qu'ils passaient l'hiver sur un plateau parsemé de ruines anciennes, Katharina donna naissance à son enfant, une petite fille blonde qui, d'un seul cri perçant, réussit à lézarder la muraille derrière laquelle elle s'était retranchée. Elle l'appela Adriana, en souvenir de son père. Les jours puis les semaines se succédèrent, Katharina allaitait son bébé et veillait sur elle jour et nuit, envahie par une sensation de plénitude qu'elle n'aurait jamais crue possible. Elle tenait contre son sein l'enfant d'Adriano. Mais le bébé était né avant terme, et chaque jour était une lutte pour la vie. Bientôt, Katharina n'eut plus de lait et elle multiplia les ruses pour continuer à nourrir son enfant.

Quand le chef et sa femme vinrent inspecter les captifs, ils hochèrent la tête d'un air satisfait en découvrant le casque d'or qui couvrait le crâne du bébé. Une fois encore, Katharina les entendit parler de « Zhandu » et elle devina qu'un sort spécial leur était réservé, à elle et à sa fille.

En franchissant le massif de l'Himalaya, les Kosh installèrent leur campement dans un col encerclé de pics couronnés de neige. Une nuit, un grondement sourd tira Katharina de son sommeil. Que se passait-il ? En proie à une sourde angoisse, elle regarda autour d'elle. Contre toute attente, ses ravisseurs semblaient euphoriques. Dès les premières lueurs de l'aube, ils gravirent le col pour atteindre l'avalanche encore fraîche. Là, ils se mirent à creuser la neige avec une ardeur étonnante ; colossale, l'entreprise mobilisa tous les membres de la tribu ainsi que leurs captifs. Au bout de plusieurs heures, leurs efforts furent enfin récompensés. Dans des hurlements de joie, les marchands d'esclaves dégagèrent des dizaines de cadavres ainsi que les marchandises d'une caravane entièrement ensevelie sous plusieurs mètres de neige. Au début, Katharina avait cru qu'ils cherchaient d'éventuels survivants, mais lorsqu'une victime encore vivante était dégagée, on la frappait à mort : seuls comptaient les biens et les marchandises transportés par ces pauvres gens. Impuissante, elle assista à l'obscène pillage des cadavres et des agonisants, ponctué de gémissements et d'appels au secours. En provenance de Chine, la caravane transportait de l'or et de la soie, autant de trésors que les Kosh s'approprièrent sans scrupule. Lorsqu'ils se remirent en route, ils durent emprunter un autre itinéraire : le col ne serait franchissable qu'au printemps, lorsque la neige, en fondant, emporterait avec elle les cadavres, humains et animaux mêlés.

Tout au long de son séjour parmi les Kosh, Katharina vécut des scènes tantôt féeriques, tantôt terribles et cruelles. Elle-même se sentait habitée par deux femmes différentes : il y avait la Katharina qui s'extasiait devant le spectacle et la diversité de la nature, et la Katharina qui pleurait en silence, serrant contre elle le bébé d'Adriano.

Elle ne tenta de s'enfuir qu'une seule fois. Ils venaient de dépasser à une croisée de chemins un vaste campement où s'abreuvaient des centaines de chevaux, de chameaux et de mulets. D'innombrables volutes de fumée montaient vers le ciel. Quand les esclavagistes aux cheveux de feu installèrent leur campement à quelques kilomètres, Katharina attendit que tout le monde dorme pour s'éclipser. Avec des gestes vifs, elle détacha un cheval, le monta et partit au galop, Adriana blottie contre sa poitrine.

Elle fut vite rattrapée et rouée de coups devant la foule alertée. Par la suite, ses ravisseurs lui prirent Adriana à chaque fois qu'ils approchaient d'un campement ou d'un groupe de voyageurs ; ils ne la lui rendaient qu'une fois assurés qu'elle ne tenterait pas de s'échapper.

Ils franchirent les dunes rouge et or du redoutable désert de Takla-Makan, où mirages et mélopées étranges attiraient vers une mort certaine les voyageurs non avertis. Balayées par le vent, les dunes changeaient rapidement de forme, les pistes se brouillaient en un clin d'œil. Les voyageurs avaient ainsi pris l'habitude de baliser le chemin en érigeant des tours avec des ossements d'animaux. Les Kosh, eux, se servaient d'ossements humains. La caravane serpenta dans des gorges embrumées et de vastes pâturages. Dans la chaleur de l'été, ils voyageaient de nuit ; l'hiver, ils luttaient contre la neige et les glaciers.

Il leur fallut encore deux années avant d'atteindre leur destination, un site perché dans la montagne, très éloigné de la route de la soie, gardé par de hautes tours en pierre. Lorsqu'ils arrivèrent enfin au bout de leur voyage, en contrebas d'un plateau couronné de nuages où ne pouvait pénétrer aucun étranger, cela faisait quatre ans que Katharina se trouvait avec ses ravisseurs. Ses cheveux flottaient à nouveau dans son dos et elle avait vingt-trois ans. Adriana, sa fille, avait alors trois ans.

Un sentier étroit et abrupt flanqué d'immenses parois rocheuses grimpait jusqu'à Zhandu. Au bout de cette traversée périlleuse se trouvait une lourde porte en bois hérissée de pics et gardée par des hommes armés de lances. On ne pouvait accéder au plateau que par cette porte, à condition bien sûr d'avoir obtenu l'autorisation expresse du Souverain Céleste. C'était ainsi que Zhandu se protégeait du monde extérieur depuis plusieurs siècles.

Après avoir franchi la porte en bois, la caravane kosh poursuivit son chemin jusqu'au pont Divin, impressionnant ouvrage de marbre et de granit qui enjambait un fleuve impétueux ourlé d'écume mousseuse, gonflé par la fonte des neiges. Là s'étalait un plateau qui donnait au visiteur l'impression de se trouver au sommet du monde. En contrebas, les forêts et les prairies s'étiraient à perte de vue. Les yeux de Katharina s'arrondirent de surprise lorsqu'elle découvrit les hectares de fleurs, d'arbres fruitiers et de champs cultivés. C'était une vision paradisiaque. Au milieu de cet incroyable plateau se dressait une ville de dômes et de flèches, de murailles immaculées qui semblaient vaciller dans la lumière aveuglante.

Les Kosh dressèrent leurs tentes à l'extérieur de la ville, à l'ombre des dômes turquoise et des tours de cristal que protégeaient des remparts infranchissables. C'était un privilège que d'obtenir le droit d'entrée à l'intérieur de la cité. Contraints de camper dans la plaine, des milliers de voyageurs devaient se contenter d'admirer de loin la ville qui paraissait flotter dans le ciel, auréolée de nuages.

Lorsqu'un émissaire de la ville vint à la rencontre du chef des Kosh, Katharina demanda à une gardienne ce que tous ces gens venaient faire dans un endroit aussi reculé, aussi parfaitement inaccessible. La réponse tomba, limpide : Zhandu était une cité si riche que ses habitants ne savaient que faire de leur fortune. Ils payaient le prix qu'on leur demandait, sans jamais marchander. Katharina aperçut alors plusieurs yacks chargés chacun d'une pile de magnifiques fourrures blanches, de précieuses peaux d'hermines si prisées en Europe et à Constantinople. Sa gardienne lui indiqua que c'était le prix qu'ils avaient demandé pour elle... Interloquée, la jeune femme contempla ces fourrures qu'on cédait comme de vulgaires miches de pain. Ainsi, ses ravisseurs disaient vrai : les habitants de Zhandu étaient immensément riches !

A dos de mulet, Adriana sur ses genoux, Katharina fut conduite jusqu'au chameau de l'émissaire. Installé dans une petite tente, il resta invisible. Une centaine de gardes vêtus de culottes bleues et de boléros écarlates, coiffés de turbans jaune canari, les escortèrent jusqu'aux portes de la cité. Au moment de pénétrer dans l'enceinte de la ville, Katharina jeta un regard par-dessus son épaule. Déjà, les Kosh levaient le camp, visiblement impatients de retourner à la civilisation.

A peine était-elle entrée dans la ville qu'un équipage de servantes les obligea à descendre du mulet, Adriana et elle. Egalement vêtues en rouge et bleu, elle portaient de curieuses chaussures à bouts recourbés. La mère et la fille furent dirigées vers une porte derrière laquelle les attendait un chambellan somptueusement vêtu. Sans un mot, ce dernier les entraîna dans un long couloir ; ils gravirent trois escaliers en colimaçon, longèrent d'autres couloirs, passèrent sous des arcades, franchirent des portes démesurées et débouchèrent enfin dans un jardin habité par de fabuleux oiseaux — Katharina n'en avait encore jamais vu de tels : d'une belle couleur rose vif, les gros volatiles se tenaient sur une seule patte.

Le chambellan les abandonna là sans plus de manières. Quelques instants plus tard, une femme étonnante, noyée dans une mer de soie, fit son apparition. Elle avait le visage rond et aplati des Kosh, ainsi que leurs yeux en amande. Un sourire édenté éclairait son expression. Sa coiffure était surprenante : de chaque côté de son visage étaient enroulées de longues tresses rousses, formant comme deux grosses roues ornées de rubans multicolores et de breloques en or, en argent et en perle. Les broderies qui ornaient sa tunique de soie étaient d'une beauté à couper le souffle, même pour Katharina, qui avait pourtant vu d'exquis ouvrages au palais du sultan. Minutieusement brodé, un paon turquoise et or semblait sur le point de sortir fièrement du tissu chatoyant.

La joie et l'espoir se lisaient sur son visage lorsqu'elle arriva ; hélas, son sourire s'évanouit dès qu'elle posa les yeux sur Katharina. Elle fronça les sourcils en examinant ses longs cheveux blonds.

— Bah ! fit-elle simplement avant de tourner les talons.

— Madame, s'il vous plaît... intervint Katharina d'un ton pressant.

La femme fit volte-face d'un air surpris.

— Vous parlez notre langue ?

— J'ai passé quatre ans avec votre peuple, expliqua Katharina. S'il vous plaît, pouvons-nous partir, ma fille et moi ?

La femme considéra Katharina comme si elle avait devant elle une simple d'esprit. Sur un geste impatient, elle quitta le jardin dans un tourbillon de soie.

Katharina se tourna vers le chambellan, vêtu d'une longue tunique de soie pourpre et coiffé d'un petit chapeau noir.

— Je dois partir. Vous ne pouvez pas me retenir ici.

Il la dévisagea d'un air impassible.

— Vous pouvez partir. La Sœur Suprême n'a pas besoin de vous.

Il s'exprimait dans un dialecte voisin du kosh que Katharina eut du mal à comprendre. Au bout de quelques instants, elle cligna des yeux.

— Je peux partir d'ici ? Avec ma fille ? Nous ne sommes pas prisonnières ?

— Vous *devez* partir. Il n'y a pas de prisonnier à Zhandu et nous n'aimons pas les visiteurs, expliqua-t-il en plissant le nez d'un air dédaigneux. Les gardes vont vous reconduire.

— Tout de suite ? Mais je n'ai pas d'argent, je n'ai rien à manger...

— Cela ne nous regarde pas.

— Mais alors, pourquoi nous a-t-on amenées ici ?

— C'était une erreur. Vous devez partir, à présent.

Katharina le regarda s'éloigner d'un air hébété. Elle voulut protester quand des gardes l'entraînèrent hors du jardin. Contrairement aux eunuques du sultan, ces hommes-là n'avaient rien de menaçant ; ils semblaient plutôt impatients d'accomplir leur mission pour pouvoir aller déjeuner.

— Les gens qui m'ont amenée ici, tenta d'expliquer Katharina, les Kosh, ils sont déjà partis. Jamais je ne pourrai les rattraper. Où irons-nous, ma fille et moi ?

Les gardes l'entourèrent jusqu'à ce que, cédant à la peur, elle prenne Adriana dans ses bras et s'enfuie en courant. Le couloir qu'elle emprunta, interminable, déboucha sur d'autres couloirs identiques. Lorsqu'elle risqua un coup d'œil pardessus son épaule, les gardes avaient disparu.

Elle regarda autour d'elle, perplexe. Que devaient-elles faire, à présent ? Elles ne pouvaient ni partir, ni rester !

— Maman, murmura Adriana en posant sa petite tête sur son épaule.

La fillette était fatiguée. Toutes ces émotions l'avaient bouleversée. Prématurée, elle n'avait jamais pu rattraper son retard de croissance, tant les Kosh se montraient avares en nourriture. Ces derniers ne s'étaient même pas donné la peine de les faire manger avant de se débarrasser d'elles. En un éclair, Katharina prit une décision : elle trouverait un endroit où se cacher pour la nuit et aviserait le lendemain matin.

Elle erra longuement dans les couloirs, croisant une foule de courtisans élégamment vêtus ; contrairement à la cour de Constantinople, hommes et femmes se mêlaient dans un joyeux brouhaha. Tous avaient des traits asiatiques et les cheveux roux des Kosh. Sans doute les deux peuples étaient-ils issus des mêmes ancêtres... Les hommes étaient coiffés de grands chapeaux pointus à larges bords ourlés de fourrure. Incroyablement sophistiquées, les coiffures des femmes rivalisaient d'originalité. Tous semblaient avoir un but précis tandis qu'ils allaient et venaient d'un pas pressé, chargés de livres et de documents, d'instruments de musique ou de plateaux de nourriture. Aucun d'eux ne prêta attention à la femme en haillons et à la frêle fillette.

S'efforçant d'éviter les gardes, Katharina longea d'innombrables couloirs en marbre poli jusqu'à ce qu'elle débouche sur une aile apparemment déserte. Là, elle poussa une porte couverte de toiles d'araignée, espérant trouver une pièce abandonnée où Adriana et elle pourraient passer la nuit tranquillement.

La lumière filtrait par d'étroites fenêtres, éclairant l'intérieur d'une tour en pierre remplie d'armes. Il y avait là des épées et des lances, des hachettes, des javelots, des arcs et des flèches, des armures et des cottes de mailles. Katharina était tombée par mégarde sur un véritable arsenal ; un détail attira néanmoins son attention : toutes les armes étaient recouvertes d'une épaisse couche de poussière, comme si elles n'avaient pas servi depuis des années.

Elle s'approcha d'une fenêtre et regarda à l'extérieur. La tour ouvrait à pic sur un profond précipice ; en contrebas, une plaine immense se déroulait à perte de vue. De part et d'autre, des montagnes se découpaient sur le ciel limpide, majestueuses, serties de neiges éternelles. Katharina songea à l'étroit sentier qui menait à Zhandu ; on lui avait dit qu'il s'agissait là de l'unique voie d'accès. Quel adversaire se serait risqué à emprunter ce périlleux chemin pour prendre d'assaut le royaume perché au sommet de la montagne ? A l'évidence, les habitants de cette cité fabuleuse n'avaient subi aucune attaque depuis plusieurs décennies, voire plusieurs siècles.

Elle trouva des capes en laine dans les tiroirs d'une commode ainsi que de vieux casques en cuir qui leur serviraient d'oreillers, une fois enveloppés de laine. Après avoir ordonné à Adriana de ne rien toucher, Katharina la laissa quelques instants pour retourner dans un couloir où elle se souvenait avoir vu un autel dédié à une déesse. Dans la niche, une fine statue aux yeux de biche lui adressa un sourire plein de compassion. Des cierges et de la nourriture gisaient à ses pieds. Notant une ressemblance avec la Sainte Vierge, Katharina récita une prière en dérobant un peu de nourriture et une bougie. La déesse comprendrait.

Avec Adriana, elle dîna de figues et de petits gâteaux et but un peu de jus de fruit tiède. Lorsqu'elles eurent fini de manger, Katharina accomplit le rituel qu'elle avait instauré peu de temps après la naissance d'Adriana : elle sortit de sa pochette la miniature de sainte Amélie ainsi que le médaillon de Badendorf et raconta à sa fille l'histoire de sa vie. Elle lui parla de Hans Roth, d'Isabella Bauer et des autres habitants de la petite bourgade. Puis elle évoqua la famille qui les attendait là où se trouvait la pierre bleue : un grand-père pour Adriana, et sans doute de nombreux cousins.

« Comment t'appelles-tu ? » demandait tous les soirs Katharina à sa fille.

Et tous les soirs, la fillette répondait :

« Je m'appelle Adriana von Grünewald. »

Lorsqu'elle vit sa fille bâiller, Katharina commença son récit. Elle aurait tant aimé qu'Adriana dorme paisiblement, sans être réveillée par d'horribles cauchemars !

— Il était une fois...

Pour leur survie, Adriana avait enseigné à sa fille la langue des Kosh, et ce soir-là, ce fut dans cette langue qu'elle lui raconta l'histoire d'Amélie et de la pierre bleue. N'ayant jamais entendu parler de sainte Amélie avant le décès de sa mère, ignorant tout de la vraie vie de la martyre, elle avait inventé sa propre version de l'histoire.

— ... une bonne et gentille dame prénommée Amélie qui vivait dans la forêt, près de Badendorf. Très pauvre, Amélie ne possédait qu'un seul trésor : une pierre bleue d'une beauté extraordinaire que Jésus lui avait donnée alors qu'il se promenait dans les bois. Il avait très faim ce jour-là, et Amélie lui avait offert un peu de pain et des saucisses. Dans le château perché sur la colline vivait un méchant roi qui voulait absolument s'emparer de la pierre bleue...

Un vieil homme vêtu de blanc errait dans les couloirs du palais. En entendant un bruit de voix, il s'arrêta et appuya l'oreille contre la porte. Lorsque, quelques minutes plus tard, il entendit les mots « Amélie et le beau prince vécurent heureux longtemps, très longtemps... », il poussa la porte et applaudit.

Katharina leva les yeux en sursautant.

— Racontez-nous une autre histoire, ordonna-t-il en kosh avec l'accent de Zhandu.

Sans attendre de réponse, il s'assit par terre, en tailleur.

Interdite, Katharina contempla l'importun. Il était très vieux ; sa tête était aussi ronde qu'une orange et entièrement chauve, à l'exception d'une courte frange de cheveux blancs. Ses yeux étaient fendus comme ceux des Kosh ; très rapprochés, ils lui donnaient l'air de sourire toujours. Tout en lui était rond : son ventre rebondi qui tendait sa longue robe blanche, son petit nez rond et ses pommettes bombées lorsqu'il souriait, ce qu'il faisait sans raison apparente. Etait-ce un demeuré ?

— Je veux une autre histoire, répéta-t-il avec une pointe d'impatience dans la voix.

Katharina regarda Adriana. La fillette observait le nouveau venu d'un air intrigué, sans mot dire.

Voyant que le petit homme ne partirait pas tant qu'elle n'aurait pas raconté une autre histoire, Katharina en choisit une courte, entendue au harem, espérant qu'il s'en irait après. Lorsqu'elle se tut, le vieil homme applaudit en riant, dévoilant une bouche édentée. Puis il réclama une autre histoire.

Katharina protesta : sa petite fille avait sommeil. Le visiteur se renfrogna. Quand elle lui suggéra de revenir le lendemain, il se mit à crier et, aussitôt, des gardes armés surgirent de nulle part.

Katharina se leva d'un bond, tenant Adriana dans ses bras. Tandis que le vieil homme continuait à crier des paroles incompréhensibles, une autre personne fit son apparition.

C'était la femme que le chambellan avait appelée la Sœur Suprême. Elle portait à présent une longue tunique en soie brodée de fleurs éclatantes ; des abeilles s'y seraient méprises tant elles semblaient réelles.

— Que faites-vous encore là ? Pourquoi embêtez-vous mon frère ?

— Nous ne savions pas où aller…

La femme lança des ordres à l'attention des gardes, qui firent un pas en avant.

— Je vous en prie, madame, reprit Katharina. Permettez-nous de rester encore un peu. Mon enfant n'est pas très vaillante…

— Ce n'est pas mon problème ! aboya la femme.

— Bien sûr que si ! Ce sont les Kosh qui m'ont amenée ici. Ils m'ont vendue, vous m'avez achetée !

— C'est vrai, mais nous ne pouvons pas vous utiliser. C'est pourquoi vous devez partir.

— Je ne peux pas ! Ma fille n'est pas en bonne santé !

Les yeux de chat se posèrent sur Adriana.

— De quoi souffre-t-elle ?

— Les Kosh ne nous ont pas bien nourries. Ils nous donnaient les restes dont leurs chiens ne voulaient pas. Ma fille n'a jamais mangé à sa faim. J'ai besoin d'un peu de temps pour la requinquer.

— Les Kosh sont des porcs ! lança la femme d'un ton dédaigneux. Mais il n'empêche que vous devez partir.

— Je peux travailler pour gagner mon pain, insista Katharina, au bord des larmes. Je sais broder. Je suis une excellente couturière.

— Bah ! J'ai déjà une multitude de brodeuses à mon service et je sais broder moi-même, sûrement mieux que vous.

Comme elle s'apprêtait à partir, le vieil homme la retint par la manche et lui murmura quelque chose à l'oreille. Elle se tourna alors vers Katharina, l'air soudain intéressée.

— Mon frère me dit que vous racontez des histoires. De quel genre d'histoires s'agit-il ?

Katharina était sur ses gardes. Etait-ce un crime, dans cette étrange cité, que de raconter des histoires ?

— Ce sont des contes pour enfants, rien de plus.

— Racontez-m'en un, voulez-vous ?

Katharina fronça les sourcils.

— Ce ne sont que des histoires toutes simples, madame, totalement inoffensives...

— Je veux en entendre une.

Sous le regard surpris de Katharina, elle s'assit en tailleur, comme l'avait fait le vieil homme.

La jeune femme réfléchit rapidement. Elle choisirait le conte le plus anodin possible pour être sûre de ne pas offenser ses hôtes. Qui sait s'ils ne les jetteraient pas dans un cachot, Adriana et elle, si elle venait à les contrarier sans le vouloir ?

Elle porta son choix sur une vieille histoire de fées et de quenouille et tint dès les premiers mots son auditoire en haleine. Sa fille, le vieillard et sa sœur, et même les gardes, tous écoutèrent l'histoire avec la plus grande attention, penchés en avant pour ne pas en perdre un mot. Lorsque, à la fin du récit, elle raconta comment l'héroïne avait déjoué les plans de la méchante fée, tous rirent et applaudirent avec enthousiasme.

La femme se radoucit aussitôt.

— C'était une belle histoire, dit-elle en la gratifiant d'un sourire radieux. Racontez-en une autre.

— Madame, ma fille est fatiguée ; le voyage a été long et épuisant.

— Une dernière et vous pourrez aller vous reposer.

A la moitié du récit, Adriana somnolait dans ses bras. Mais le reste de l'auditoire écoutait d'un air captivé, osant à peine respirer de peur de manquer un détail important. Lorsqu'elle prononça les derniers mots de la fable, tous rirent et félicitèrent chaleureusement la narratrice.

Katharina s'émerveilla de la réaction de ces gens à l'écoute de contes qu'elle avait crus universels. Chez elle, ces histoires étaient uniquement destinés aux jeunes enfants ; les adultes, eux, les connaissaient déjà et s'ennuyaient quand on les racontait en leur présence. Coupés du reste du monde, les habitants de Zhandu semblaient avides de nouveaux mythes, de nouvelles fables, comme d'autres peuples d'or ou de vin.

La Sœur Suprême se leva.

— Vous pouvez rester. Vous nous raconterez des histoires.

Une bouffée d'espoir gonfla le cœur d'Adriana.

— Aurons-nous une chambre à nous ?

— Tant que vous nous raconterez des histoires, oui.

— J'aurai de quoi nourrir ma fille ?

La femme esquissa une grimace, plissa le nez et déclara :

— Elle est chétive. Il faut la remplumer. Racontez-nous de belles histoires et vous aurez un beau logis, de beaux vêtements et de la bonne nourriture. Mon frère est très heureux, ajouta-t-elle en tapotant le bras du vieil homme. Il veillera à ce que vous le soyez aussi. Vous vivrez ainsi avec nous jusqu'à la fin de vos jours, conclut la Sœur Suprême.

— Mais... je dois me rendre à Jérusalem !

— Hein ? Jéru... quel est cet endroit ?

Katharina resta bouche bée. Tout le monde connaissait Jérusalem !

— C'est une ville qui...

Un geste péremptoire la réduisit au silence.

— Vous partirez lorsque vous nous aurez raconté toutes vos histoires.

— J'aurai besoin d'argent pour le voyage.

La femme haussa les épaules.

— Nous n'en manquons pas. Racontez-nous des histoires et vous repartirez riche.

Katharina apprit alors qu'elle avait en face d'elle le Souverain Céleste, roi de Zhandu, et sa sœur, Rose d'Eté.

Lors de sa première lecture, quand Adriana et elle furent escortées à la suite royale, Katharina eut un coup au cœur. Elle s'attendait à un petit comité et se retrouva face à un parterre de plusieurs centaines de personnes.

Elle ne se laissa pas impressionner pour autant. Raconter une histoire à un enfant ou à trois cents adultes relevait après tout du même exercice : il fallait capter l'intérêt, présenter un héros, tenir l'auditoire en haleine et lui offrir une fin heureuse. Pendant qu'elle racontait ses histoires, des scribes assis derrière de jolis bureaux ouvragés, armés de parchemins, de plumes et d'encriers, immortalisaient les contes dans la délicate calligraphie de Zhandu. Ces parchemins seraient ensuite recopiés puis distribués aux quatre coins du royaume afin que d'autres conteurs les lisent aux habitants des contrées les plus reculées.

Devant le Souverain Céleste et sa cour, elle ressuscita les forêts de son pays natal. Quand elle en eut terminé avec les contes populaires allemands, elle narra la vie de Jésus et de ses saints, puis celle du prophète Mahomet, qu'elle avait entendue à Constantinople. Le roi et sa cour manifestèrent un net penchant pour les longs récits merveilleux, truffés de grenouilles parlantes, d'ânes dansants, de chevaux ailés et d'ogres tapis sous les ponts qui attrapaient les pauvres promeneurs, inconscients du danger. Ils aimaient les miracles et les sorts. Chaque soir, Katharina ravissait un auditoire toujours plus nombreux et, chaque jour, on la récompensait d'une pièce d'or et de mets aussi copieux que délicieux. La jeune femme était libre de circuler comme elle le souhaitait dans la cité. Grâce à ses contes, Katharina découvrit que les hommes se ressemblaient tous, d'où qu'ils viennent. Il n'y avait aucune différence entre un paysan allemand et un magicien qui habitait un royaume perché au sommet d'une montagne : les gens de Zhandu riaient aussi quand les souris se jouaient des chats, ils pleuraient quand les belles princesses rendaient l'âme et applaudissaient quand les vaillants héros se débarrassaient des méchants. Ils tremblaient de peur quand Katharina décrivait les obscures forêts hantées par des grenouilles ensorcelées et des ogres impitoyables ; ils huaient les imbéciles et battaient des mains quand le valeureux Siegfried arrachait le trésor magique aux mains des Nibelungen.

L'histoire qu'ils préférèrent était celle de la jeune fille dont la mère, à l'article de la mort, lui demande de partir à la recherche de son père ; de rebondissements en mésaventures, la jeune femme obéit aux dernières volontés de sa mère, découvrant un monde tantôt merveilleux, tantôt effrayant. Comme Katharina ne concluait pas son histoire, tous demandèrent en chœur :

— A-t-elle retrouvé son père ?

Elle leur avoua alors qu'il s'agissait de sa propre histoire. Dans un tonnerre d'applaudissements, tous convinrent qu'il s'agissait là de la plus belle histoire qu'elle leur ait racontée.

Pour la première fois depuis son séjour sur les berges de la rivière émeraude, Katharina goûta au bonheur. A Zhandu, la nature offrait un spectacle de toute beauté ; les pics enneigés surplombaient des vallées verdoyantes, les dômes d'or rivalisaient avec les tours en ivoire, les noms roulaient délicatement dans les bouches : il y avait la porte de Jade, le palais du Bonheur Céleste, le salon des Contemplations Heureuses. Les quelques visiteurs autorisés à pénétrer dans la cité étaient conduits devant le Miroir des Vérités Cachées et un sorcier — le *Wu,* autrement dit le magicien, dans leur langue ancestrale — examinait leur reflet pour juger de leur honnêteté. Chaque soir, une armada de chefs cuisiniers réalisaient des prodiges culinaires : tours de sucre glace, fleurs et animaux en pâte d'amandes, entremets multicolores et fondants. Les œufs d'un poisson rare et très prisé, importés du Grand Nord, se dégustaient sur de délicates galettes ou de fines tranches de pain. On mettait le vin à rafraîchir dans des seaux de neige.

Le jour de son arrivée à Zhandu, Katharina avait été étonnée par le nombre de peaux d'hermines qui avaient été remises aux Kosh en échange d'une femme et de son enfant. Les gens de Zhandu étaient-ils riches à ce point ? Avec le temps, elle se rendit compte que le monde extérieur n'avait rien à leur offrir qu'ils ne possédaient déjà : d'immenses vergers leur assuraient une récolte de fruits tout au long de l'année ; les champs de légumes et de céréales s'étendaient sur plusieurs hectares ; le gibier abondait, les ruches occupaient une forêt entière et l'eau de source, claire et dynamisante, coulait en plusieurs endroits du royaume. Rares étaient les visiteurs qu'on admettait à l'intérieur de la cité ; plus rares encore étaient ceux qui obtenaient le droit de commercer. En général, des émissaires allaient à la rencontre des marchands stationnés à l'extérieur ; ils inspectaient les biens qu'on leur proposait et revenaient souvent les mains vides. Zhandu possédait toutes les soieries, les bijoux, les mets et les vins, tout le luxe et le confort dont on pouvait rêver.

Ils avaient tout, sauf des histoires. Pour la première fois depuis des générations, une étrangère leur apportait un vent de nouveauté.

Katharina et sa fille furent installées dans une suite somptueuse, avec de grands lits tendus de soie ; on leur donna des vêtements et des bijoux, elles purent manger à leur faim et circuler librement dans la cité, tant qu'elles rentraient au palais chaque soir, pour lire une nouvelle histoire au Souverain Céleste. Elles adoptèrent les rites et les coutumes de Zhandu. Katharina découvrit le secret des incroyables coiffures féminines : de fins diadèmes de jade étaient d'abord fixés sur la tête, puis la chevelure était enroulée autour de cette délicate ossature dans une débauche de boucles et de tresses qui recouvraient entièrement le jade; le tout était tenu par des épingles en ivoire, semblables à des aiguilles à tricoter. La mère et la fille portaient de longues tuniques en soie et des chaussures à bout recourbé. Tous les soirs, après sa séance de lecture, Katharina comptait les pièces qui s'entassaient peu à peu, en vue de leur départ prochain...

Les cauchemars d'Adriana s'espacèrent : elle rêva de moins en moins à cet homme que les Kosh avaient brûlé pour s'amuser, elle ne se battit plus avec les chiens pour manger quelques restes, on ne l'arracha plus à sa mère pour la punir. Remise des privations qu'elle avait endurées, elle grandit à vue d'œil. A leur arrivée, le médecin de la cour l'avait examinée avec soin et, diagnostiquant une faiblesse générale due à une malnutrition prénatale, il avait prescrit à la fillette une infusion spéciale à base de plantes de Zhandu. L'eau de source, qui, selon Rose d'Eté, possédait des vertus magiques, et l'air pur des montagnes accélérèrent son rétablissement.

Toutefois, le médecin n'avait pas caché que les effets bénéfiques de Zhandu disparaîtraient si la fillette venait à en partir. Katharina tint compte de sa mise en garde. Après des années de misère et de désespoir, sa fille s'épanouissait enfin. Pour la première fois de sa courte vie, Adriana avait une vraie maison et une vie équilibrée, semblable à celui qu'avait connue Katharina à Badendorf, auprès d'Isabella Bauer.

Katharina avait-elle le droit de lui retirer cela?

Aussi, chaque soir, alors qu'Adriana dormait et que le silence régnait sur le palais, Katharina s'asseyait près de la lampe pour contempler la miniature de sainte Amélie et de la pierre bleue. Jérusalem se trouvait si loin d'ici! Si loin qu'elle en devenait presque irréelle. Vingt-cinq années s'étaient écoulées depuis que son père l'avait abandonnée aux bons soins d'une pauvre couturière. Se pouvait-il qu'il soit encore en vie?

Au bout d'un an, Katharina compta ses pièces d'or; avaient-elles de quoi partir? La question tournoyait dans sa tête quand Rose d'Eté vint la trouver.

— Suis-moi, dit-elle sans ambages.

D'instinct, Katharina prit la main d'Adriana mais Rose d'Eté s'interposa :

— Laisse l'enfant. Elle risque de prendre peur.

Katharina insista malgré tout pour emmener Adriana. Elle n'irait nulle part sans sa fille. Rose d'Eté obtempéra. Elles longèrent un couloir et débouchèrent dans une aile du palais que Katharina n'avait encore jamais visitée. Devant une porte verrouillée, surveillée par un garde, Rose d'Eté s'immobilisa, l'air grave.

— Il te fera peur au début, mais il ne te fera aucun mal.

— De qui parlez-vous, madame ?

— De mon fils, le prince héritier de Zhandu.

Katharina ignorait l'existence d'un prince héritier. Sa surprise grandit encore quand elle franchit deux autres portes verrouillées puis pénétra dans un endroit tout à fait extraordinaire.

Les murs étaient tous aveugles ; pas un seul rayon de soleil ne pénétrait dans la vaste pièce. Une centaine de lampes étaient fixées au plafond et de grands chandeliers ornaient les murs. Un dôme bleu décoré de nuages blancs couvrait la salle ; un grand bassin grouillant de poissons rouges occupait une grande partie de la surface. Katharina aperçut même un superbe héron qui flânait parmi les roseaux. Des arbres poussaient dans de grands pots en terre tandis que toutes sortes de plantes et de fleurs s'épanouissaient autour du bassin. Bien que la pièce soit fermée, on avait réellement l'impression de se trouver dehors. Des tapis d'herbe poussaient çà et là, séparés par des allées pavées. Rose d'Eté la conduisit devant un charmant pavillon, copie conforme de ceux qui occupaient le parc dehors. Des lampes l'éclairaient brillamment. Sous les yeux émerveillés de Katharina, des gazelles paissaient dans les herbes hautes. Un oiseau vola au-dessus de sa tête. C'était comme si la nature s'était invitée à l'intérieur.

— N'aie crainte, murmura Rose d'Eté. Il fait peur au premier abord, mais il est totalement inoffensif.

Le prince héritier vivait-il dans une espèce de prison ? Quel crime avait-il commis pour être ainsi privé de soleil, coupé de ses sujets ? Katharina serra la main d'Adriana dans la sienne, regrettant presque de l'avoir amenée.

Il s'appelait Lo-Tan, ce qui signifiait « Dragon Féroce ». Quand Katharina racontait ses histoires à la cour de Zhandu, il les écoutait aussi, tous les soirs, assis derrière un paravent. Et il avait émis le souhait de rencontrer la conteuse.

Rose d'Eté expliqua que c'était pour son fils qu'on avait amené Katharina à Zhandu. Le Souverain Céleste avait émis un avis de recherche destiné à trouver une femme correspondant à certains critères physiques, une femme qui deviendrait l'épouse du prince héritier. Lorsque Lo-Tan fit son apparition, Katharina comprit pourquoi Rose d'Eté l'avait rejetée dès qu'elle avait posé les yeux sur elle. Elle était blonde, certes, mais elle n'était pas aussi pâle que ce jeune homme au teint laiteux et aux cheveux presque blancs. Katharina avait entendu parler de ces gens-là ; on les appelait « albinos ».

L'avait-on baptisé ainsi dans l'espoir qu'il devienne un jour aussi féroce qu'un dragon ? Aux yeux de Katharina, il ressemblait plutôt à une blanche colombe, pure, immaculée et douce. Son regard la fascina : des pupilles rouges dans des iris roses. Il l'observait sans ciller, d'un air assuré ; un sourire à la fois chaleureux et désarmant étirait ses lèvres.

Avant que Katharina ait eu le temps de lui rendre son salut, Adriana s'était libérée de son étreinte ; au lieu de s'enfuir comme l'avait craint Rose d'Eté, elle se précipita vers le prince et, tirant sur son pantalon de soie jaune, lui demanda :

— Tu es un lapin ?

— Adriana ! intervint Katharina.

Contre toute attente, le prince partit d'un éclat de rire. Puis, s'agenouillant devant la fillette, il demanda à son tour :

— Tu trouves que je ressemble à un lapin ?

Adriana fronça les sourcils.

— Euh... tu n'as pas de grandes oreilles.

Le sourire du prince s'élargit.

— Parce que je ne les porte pas tout le temps.

Le visage de la fillette s'éclaira.

— Ah bon ? Où les ranges-tu ?

Lo-Tan se releva. Se tournant vers Katharina, il demanda d'une voix aussi légère qu'un nuage :

— Mademoiselle me ferait-elle l'honneur de me conter une histoire ?

Katharina sentit ses joues s'empourprer.

— Ce sera un honneur pour moi, répondit-elle dans un murmure.

Restée à l'écart, Rose d'Eté esquissa un sourire tandis que des larmes de soulagement et de gratitude emplissaient ses yeux.

A partir de ce jour-là, Katharina et Adriana passèrent tous leurs après-midi dans ce cadre enchanteur ; elles découvrirent d'autres bassins et des cascades, admirèrent de magnifiques oiseaux et purent approcher les biches apprivoisées. Les médecins de la cour ayant décrété que toute exposition au soleil serait nuisible, voire fatale, à Lo-Tan, ce dernier ne franchissait jamais les murs de ce jardin clos. Katharina s'en moquait : auprès de lui, elle savourait la paix et la sérénité. Quant à Adriana, qu'il avait surnommée Puce Joyeuse, elle aimait jouer dans cet incroyable pays des merveilles.

Dragon Féroce confia timidement à Katharina qu'il avait du mal à prononcer son prénom, aussi se permit-il de lui en donner un autre : Wei-Ming, qui signifiait « Lotus Doré ». Un jour, Rose d'Eté vint trouver Katharina dans le jardin des Sereines Méditations.

— Lotus Doré, commença-t-elle, tu songes à nous quitter.

Katharina lut de la tristesse sur le visage rond de sa compagne. Au fil du temps, elle s'était attachée à Rose d'Eté ; nul doute qu'elle lui manquerait énormément.

— Oui. J'ai réuni de quoi payer une place au sein d'une caravane en partance pour Jérusalem.

— Tu prendras ta fille avec toi ?

Katharina ne répondit pas tout de suite, encore hésitante. Adriana avait cinq ans ; c'était une belle petite fille pleine de vie, entourée de nombreux camarades. Dragon Féroce était son meilleur ami. Elle était devenue la mascotte de la cour, dans ses petites robes en soie, avec ses cheveux blonds noués en torsades compliquées. Elle parlait couramment le kosh, comme si elle était née ici, à Zhandu. Toutefois, Katharina ne lui avait jamais caché que leur séjour dans la cité était temporaire. Un jour ou l'autre, elles devraient partir.

— J'aimerais te faire une proposition, reprit Rose d'Eté d'une voix douce, consciente du dilemme qui la torturait. Cette ville dont tu parles, Jérusalem, est très éloignée d'ici. Il peut se passer une foule de choses avant que tu arrives à destination. Tu as déjà été enlevée et vendue deux fois, cela pourrait tout à fait se reproduire. Puce Joyeuse serait orpheline, si tu la laissais ici. D'un autre côté, si tu l'emmènes avec toi, elle sera peut-être tuée, ou vendue comme esclave ; au mieux, sa santé se dégradera dès qu'elle quittera les influences bénéfiques de Zhandu.

Katharina hocha la tête ; elle avait déjà songé à tout ça. Hélas, aucune solution ne la satisfaisait pleinement : elle devait partir, mais elle ne pouvait ni emmener sa fille, ni l'abandonner à Zhandu.

Alors Rose d'Eté prononça une phrase qui la laissa sans voix :

— Epouse mon fils et nous nous chargerons de retrouver ton père.

Comme le silence s'étirait, elle ajouta précipitamment :

— Notre dynastie a besoin de vaillants héritiers. Tous les enfants de mon frère sont morts, et Lo-Tan est mon fils unique. Il y a quinze ans, alors que Lo-Tan en avait douze, nous avons lancé un avis pour trouver une femme comme lui. Aujourd'hui, hélas, nous savons que nous ne trouverons jamais de femme qui lui ressemble.

Au prix d'un effort, Katharina se ressaisit.

— Mais… je ne suis pas amoureuse de lui.

Rose d'Eté la considéra d'un air perplexe.

— Qu'est-ce que l'amour vient faire dans le mariage ? Je n'aimais pas le père de Lo-Tan.

— En outre, je suis déjà mariée, ajouta Katharina dans un souffle.

Rose d'Eté lui tapota gentiment la main.

— Ma chère enfant, l'homme de ton cœur est mort. Tu dois vivre ta vie, désormais. C'est ce qu'il aurait souhaité, j'en suis certaine. Dis-moi, apprécies-tu au moins la compagnie de mon fils ?

— Oui, bien sûr ! s'écria Katharina avec sincérité.

En réalité, elle nourrissait une profonde affection pour Lo-Tan. Il n'y avait pas plus gentil ni humble que lui sur cette terre.

— Si tu consens à l'épouser, continua Rose d'Eté, tu pourras rester à Zhandu pendant que nous enverrons des avis aux quatre coins du monde, comme nous l'avons fait jadis pour trouver une femme albinos. Tu sais mieux que quiconque que nos avis de recherche sont diffusés bien au-delà de nos contrées. Ne t'a-t-on pas repérée alors que tu te trouvais en plein cœur de la Perse ? Nous irons jusqu'à Jérusalem, ce n'est pas un problème. Toutes les caravanes y font une halte, et les chefs savent qu'ils recevront des trésors s'ils nous rapportent ce que nous désirons. Ainsi, Lotus Doré, tu ne seras pas obligée de te séparer de ta fille ; tu ne devras pas non plus affronter les affres d'une si longue expédition, et malgré tout, tu trouveras ton père !

— Laissez-moi le temps d'y réfléchir, demanda Katharina, encore sous le choc d'une telle proposition.

Ce soir-là, elle pria avec ferveur sainte Amélie. Que devait-elle faire ? Elle interrogea la sainte, les yeux rivés sur la miniature dont le pendant se trouvait quelque part dans ce vaste monde — un autre tableau de sainte Amélie et de sa pierre sacrée, probablement entre les mains d'un noble allemand doté d'une barbe couleur de soleil qui attendait sa fille. Elle s'adressa aussi à don Adriano, qu'elle continuerait à aimer toute sa vie. Elle pria enfin en songeant à sa fille paisiblement endormie, la petite Puce Joyeuse, pétillante, libérée de ses cauchemars.

Lorsque les premiers rayons de soleil filtrèrent à travers les draperies de leur chambre, le lendemain matin, les murmures des courtisans se mêlèrent au ruissellement des fontaines et aux mélodies flûtées des oiseaux. Tout devint clair dans l'esprit de Katharina... pourquoi avait-elle hésité ? Les paroles de Rose d'Eté étaient empreintes d'une infinie sagesse : tout-puissant, le royaume de Zhandu et ses émissaires zélés étaient mieux placés que quiconque pour retrouver son père.

Et puis — à quoi bon le nier ? — Katharina appréciait beaucoup Lo-Tan.

Aussi dit-elle oui, et par une magnifique journée d'été, au cours d'une cérémonie qui rassembla tous les habitants de Zhandu, Katharina Bauer-von Grünewald, de Badendorf, Allemagne, mère de l'enfant d'un chevalier de la Confrérie de Marie, don Adriano d'Aragon, Espagne, épousa le neveu albinos du Souverain Céleste, fils de Rose d'Eté, le prince Lo-Tan, devenant du même coup la princesse Wei-Ming, de Zhandu.

Comme promis, le Souverain Céleste dépêcha des hommes à la recherche de son père et de la pierre bleue : envoyés et émissaires diffusèrent un peu partout des avis de recherche, promettant une généreuse récompense à quiconque leur fournirait des informations sur la pierre bleue et l'étranger à la barbe d'or.

La nouvelle se répandit à la vitesse de l'éclair. Par chameaux ou par yacks, dans les garnisons, les caravansérails, à la croisée des chemins. Dès que deux voyageurs commençaient à discuter autour d'un feu de camp, la pierre bleue de Zhandu et l'étranger à la barbe d'or étaient inévitablement évoqués.

Comme le vent balayant les dunes, avis et proclamations se propagèrent aux quatre coins du monde et il fallut moins d'un an pour que les premiers fruits commencent à tomber : des pierres bleues en tous genres convergèrent vers le plateau, au pied de Zhandu, certaines grosses comme des melons, d'autres petites comme des pois ; bleu turquoise, bleu ciel, tantôt plus proches du vert, tantôt du noir. Chaque jour, les gardes rassemblaient les pierres pour les apporter à Katharina, qui les examinait une à une. Sans succès.

Le Souverain Céleste demanda aux artistes royaux de faire des copies du diptyque de sainte Amélie ; les reproductions étaient parfaites, à l'exception de la pierre qui n'avait pas le même éclat que sur l'original ; il arriva aussi que sainte Amélie ait des traits plus asiatiques qu'européens. Roulés en parchemin, ces tableaux furent envoyés partout dans le monde, avec la promesse de récompense traduite en latin, arabe et allemand.

Les années s'écoulèrent. Si l'amour que Katharina portait à Lo-Tan n'égala jamais la passion et l'exaltation qu'elle avait éprouvées avec Adriano, elle ressentait néanmoins pour son mari une affection profonde et sincère. Elle partagea avec lui son univers privé de soleil. Adriana continua à s'épanouir et devint la sœur aînée d'un frère, d'une sœur puis d'un autre frère. Elle alla à l'école avec les autres enfants de la cour, apprit à compter à l'aide d'un boulier et sut vite calligraphier des lettres puis des mots. Bien qu'elle n'apprît rien en matière de géographie — le peuple de Zhandu croyait que la terre était plate et que Zhandu se trouvait au milieu —, elle suivit des cours d'astronomie, de mathématiques, de poésie et de peinture.

Les pierres bleues continuèrent à affluer : petites et grosses, translucides et opaques, bleu pâle et bleu nuit, toutes accompagnées par des récits concernant des hommes à barbe blonde. Katharina examinait chaque pierre, écoutait chaque récit avec la même attention, mais il ne fut jamais question d'un riche Allemand parti à Jérusalem dans l'espoir d'y trouver une pierre magique, d'un bleu unique.

Dix ans s'étaient écoulés depuis la première proclamation et Katharina commençait à se demander si elle n'aurait pas dû entreprendre le voyage elle-même lorsque, par une belle journée d'été, un envoyé du roi vint leur annoncer que des marchands avaient trouvé l'homme qui cherchait la pierre bleue.

Partagée entre l'espoir et la prudence, Katharina murmura :

— Vous avez retrouvé mon père ?

— Oui, et nous vous l'amenons de ce pas !

L'étranger fut conduit au jardin du Bonheur Eternel, où s'était réunie la famille royale, dévorée par la curiosité. Le cœur de Katharina battait à se rompre tandis que mille questions tourbillonnaient dans sa tête : *Qu'allons-nous nous dire ? Comment dois-je l'appeler ? Mes frères seront-ils avec lui ?*

L'homme franchit la porte voûtée et pénétra dans la lumière. Katharina poussa un cri. Elle vit d'abord la cape, encore belle et élégante malgré l'usure et la grisaille. Le teint hâlé d'Adriano contrastait avec ses cheveux mi-longs, d'une blancheur immaculée. Ses yeux étaient toujours aussi noirs et son visage, bien que buriné par le temps, respirait la jeunesse.

Katharina courut dans ses bras et, sous les regards abasourdis de l'assistance, Adriano lui raconta qu'il se trouvait dans le Tadjikistan quand un homme lui avait montré la miniature de sainte Amélie. A cet instant, il avait su qu'il l'avait retrouvée.

Incapable de détacher son regard de lui, Katharina palpait ses épaules et ses bras, rassurée par leur réalité et leur vigueur. En son for intérieur, elle remercia Dieu d'avoir accompli pareil miracle.

— Mais tu as été tué au bord de la rivière émeraude ! Je l'ai vu de mes propres yeux !

Adriano la contempla longuement, comme hypnotisé. C'était toujours sa Katharina, la femme qu'il avait connue tant d'années plus tôt, et en même temps elle était différente, dans sa longue tunique en soie, avec ses cheveux blonds entortillés en une coiffure compliquée.

— Il y avait un homme dans notre caravane qui convoitait ma cape ; il l'a volée ce jour-là, pendant que je me baignais. Malheureusement pour lui, les Kosh nous ont attaqués à ce moment-là. Blessé, j'ai failli mourir noyé dans la rivière. Des nomades m'ont recueilli et soigné.

Comprenant qu'il s'agissait du début d'une longue histoire, le Souverain Suprême, Rose d'Eté, Lo-Tan et les enfants approchèrent, impatients d'entendre le récit d'Adriano.

— Une fois rétabli, j'ai pris congé de mes sauveteurs et je me suis lancé à ta recherche, Katharina. Hélas, je ne possédais aucune piste, j'ignorais quelle direction prendre ; je ne savais même pas si tu étais toujours en vie. J'ai donc décidé de me rendre à Jérusalem, persuadé que si je devais te retrouver, ce serait là-bas et nulle part ailleurs. J'ai cherché la pierre bleue, mais elle ne s'y trouvait plus. J'ai rencontré un homme qui m'a parlé d'un noble d'origine saxonne, le baron von Grünewald, qui était venu lui aussi pour cette fameuse pierre bleue. Nous avions quinze ans de retard, Katharina. L'homme m'a dit que l'Allemand s'était ensuite rendu à Bagdad, aussi ai-je décidé de m'y rendre à mon tour. Pendant toutes ces années, j'ai suivi les traces de ton père dans l'espoir qu'elles me conduiraient à toi.

— Et tu ne l'as jamais trouvé ?

— Non, mais je t'ai trouvée, toi, murmura-t-il dans un sourire.

— Et ta mission en Crète ? Ta confrérie ? Tu n'y es donc pas retourné ?

— Lors de mon séjour à Jérusalem, j'ai appris que les Turcs avaient envahi la Crète ; les membres de ma confrérie ont été exterminés, tous, jusqu'au dernier.

Il marqua une pause et regarda son auditoire d'un air énigmatique, comme s'il était porteur d'un merveilleux secret.

— Et maintenant, la bonne nouvelle... Katharina, bien que je n'aie pas trouvé ton père, je sais où il est.

Dans le jardin, tout le monde retint son souffle.

— Dis-moi vite, implora la jeune femme.

— Lorsque j'étais au Tadjikistan, j'ai fait la connaissance d'un homme qui m'a parlé d'un groupe d'Allemands, un père et ses trois fils, qui étaient en possession d'une miniature comme la tienne. Ils cherchaient une pierre bleue. On leur avait dit que la pierre avait été vendue à des moines en partance pour Cathay, où ils devaient rejoindre la cour de l'empereur. C'est là-bas que ton père est parti, Katharina, en Chine, et il s'y trouve encore, selon toute vraisemblance.

On apporta des plats et du vin et ces incroyables créatures parées de soie voletèrent autour de lui comme de beaux oiseaux exotiques. Adriano les dominait de sa haute taille, souriant de toutes les attentions qu'on lui prodiguait. A la vérité, il n'avait eu aucune idée de ce qui l'attendait quand on l'avait escorté jusqu'à ce royaume isolé, suspendu entre ciel et terre.

Mais quand une jeune fille vint se poster devant lui et, s'inclinant respectueusement, l'appela « papa », son sourire s'évanouit. Un silence pesant s'abattit sur le jardin ; même les oiseaux et les fontaines s'étaient tus.

Comment allait réagir cet homme en apprenant qu'il avait un enfant ?

Plusieurs secondes s'écoulèrent avant qu'il se ressaisisse, et lorsqu'il prit la parole, ce fut d'une voix nouée par l'émotion :

— Dans ma maison natale, en Aragon, il y avait un portrait de ma mère à ton âge. J'ai l'impression de la voir, Adriana, tant la ressemblance est grande.

Le père et la fille s'étreignirent longuement et tout le monde versa quelques larmes d'émotion. Quant au Souverain Suprême, il pleura comme un enfant, essuyant ses joues baignées de larmes dans les grandes manches immaculées de sa tunique.

Ce soir-là, comme Katharina se blottissait dans les bras de Lo-Tan, il murmura :

— Si tu désires reprendre ta place d'épouse auprès d'Adriano, je le comprends et je te redonne ta liberté, car il fut ton premier mari. Et si tu décides d'aller à Cathay pour retrouver ton père, je te donne ma bénédiction. Mais je prierai Kwan Yin, mon cher Lotus Doré, afin que tu me gardes toujours dans ton cœur.

— Adriano et moi n'avons jamais été vraiment mariés ; pas officiellement, en tout cas. Tu es mon mari, Lo-Tan, et tu le resteras.

Elle se tut avant de reprendre, d'une voix empreinte de gravité :

— Mon père n'a pas hésité à abandonner sa propre fille pour partir à la recherche d'une pierre. Si j'allais le retrouver, j'abandonnerais à mon tour mes propres enfants. Contrairement à lui, mes enfants comptent beaucoup plus pour moi qu'une insaisissable pierre bleue. Je n'irai pas le chercher. Ma place est ici, auprès de toi, avec ma famille.

Le lendemain matin, elle rejoignit Adriano qui s'extasiait devant les trésors et les richesses de Zhandu. Elle prit ses mains rudes dans les siennes et le regarda droit dans les yeux.

— Je n'irai pas à Cathay, je ne partirai pas à la recherche de mon père. La pierre bleue est devenue son obsession, comme il fut la mienne pendant un temps. J'ai l'impression d'avoir perdu en chemin mon véritable but, comme il a dû perdre le sien. Mon père a choisi sa voie, Adriano, et j'ai choisi la mienne. Je resterai ici. Je serais la plus heureuse des femmes si tu décidais de mettre un terme à ta quête pour t'installer ici, toi aussi. Te serait-il possible de rester… mon ami ? ajouta-t-elle en baissant timidement les yeux.

Son mariage avec Lo-Tan se dressait désormais entre eux, et tous deux savaient qu'ils ne pourraient plus retrouver l'intimité qu'ils avaient jadis partagée.

Ce fut d'une voix profonde et vibrante d'émotion qu'Adriano répondit :

— Quand tu m'as rencontré, Katharina, j'étais un homme intolérant ; je vouais une haine viscérale à tous ceux qui ne partageaient pas mes croyances. Je me servais de la religion pour juger les autres. Ceux qui ne croyaient pas en Jésus ne valaient rien, à mes yeux. Plein d'arrogance, je pensais qu'il était de mon devoir d'amener chaque homme à croire en Dieu, que ce soit par le mot ou par l'épée. Quand j'ai repris connaissance, après l'attaque sur la rivière, je me trouvais au milieu d'adorateurs du feu ; j'étais à l'article de la mort et ces gens-là ont veillé sur moi, ils m'ont soigné et traité avec une incroyable bonté. A une autre époque de ma vie, je les aurais certainement qualifiés d'adorateurs du diable, mais durant ma convalescence, j'ai vu qu'ils étaient des êtres humains comme les autres, luttant pour survivre, avec leurs craintes et leurs espoirs, vénérant les divinités auxquelles ils croyaient. Je serais ravi de rester ici, Katharina, j'aimerais beaucoup parler de Jésus au peuple de Zhandu, et s'ils L'acceptent, alors tant mieux. Je ne m'acharnerai plus à convertir les gens de force pour la simple raison que je ne suis plus tout à fait sûr qu'il n'existe qu'une seule vraie croyance.

Adriano lui avoua qu'il n'avait eu aucun droit de l'épouser, toutes ces années plus tôt. Il avait brisé son serment, et l'attaque de la rivière d'émeraude avait été son châtiment. Il avait fait pénitence depuis en partant à la recherche de la pierre bleue et de son père, tout en restant célibataire.

Katharina ne fit aucun commentaire mais quand elle vit les regards admiratifs que coulaient les dames de la cour en direction du bel étranger, gloussant et chuchotant derrière leur éventail, elle se demanda secrètement combien de temps durerait son nouveau vœu de chasteté.

Les facéties du sort ne cesseraient de l'étonner. Que serait-il advenu si sa mère, Isabella Bauer, était morte avant qu'elle ait eu le temps de gagner son chevet, emportant avec elle le secret de sa naissance ? Katharina aurait alors épousé Hans Roth ; le jeune couple aurait emménagé dans la demeure attenante à la manufacture de chopes de bière et elle aurait coulé une vie paisible, persuadée qu'il n'y avait rien en dehors de Badendorf.

Elle dit à Adriano :

— Je me suis travestie en homme et j'ai vécu dans un harem turc ; j'ai survécu à un naufrage avant d'être enlevée puis vendue comme esclave ; j'ai été chrétienne, musulmane, j'ai vénéré une déesse ; j'ai aimé un homme, je l'ai perdu puis retrouvé ; j'ai connu l'extase et la souffrance, la plénitude et le désespoir. J'ai parlé l'allemand, l'arabe, le latin et la langue de Zhandu ; j'ai voyagé jusqu'aux confins de la Terre et vu des merveilles indicibles. Mais malgré tout cela, Badendorf n'a jamais quitté mon cœur. C'est encore chez moi, d'une certaine manière, avec sa place du marché bigarrée et sa jolie mairie, son fleuve, sa forêt et son château. Mais je me sens aussi chez moi ici, à Zhandu. Je ne connaîtrai sans doute jamais mon vrai père, mais j'ai trouvé un père en la personne du Souverain Céleste. Tu es un frère pour moi, Adriano, et Rose d'Eté est aussi bien ma sœur que ma troisième mère. J'ai à présent une multitude de cousins, d'oncles et de tantes, ici à Zhandu ; ma famille est encore plus nombreuse que les Roth de Badendorf ! Et puis, j'ai Adriana, Lo-Tan et les enfants que j'ai eus avec lui. Pendant toutes ces années, j'ai cherché ma famille et je m'aperçois seulement maintenant qu'elle était là, autour de moi. J'ai cherché la pierre bleue mais elle aussi était là, avec moi, dans ce petit tableau de sainte Amélie. Aussi ai-je décidé de rester ici, à Zhandu, car ma place est ici.

INTERMÈDE

Katharina vécut le restant de ses jours dans ce royaume reclus, accroché à la montagne. Ses enfants grandirent et elle monta sur le trône aux côtés de Lo-Tan quand ce dernier succéda à son oncle pour devenir le nouveau Souverain Céleste. Quand Rose d'Eté mourut, Katharina pleura de nouveau les mères qu'elle avait aimées. Et quand Adriano rendit l'âme, à l'âge de quatre-vingt-treize ans, le peuple entier porta le deuil de ce magnifique conteur.

Deux générations se succédèrent, disant et redisant à l'envi les histoires de Katharina von Grünewald, jusqu'au jour où le royaume de Zhandu disparut, balayé par une catastrophe naturelle : le tremblement de terre qui secoua la région fut si violent que la ville entière s'effondra, tuant du même coup tous ses habitants. S'ensuivirent plusieurs tempêtes, de pluie et de neige en alternance, qui achevèrent d'ensevelir les ruines de Zhandu. Les décennies puis les siècles passèrent, le climat changea, les déserts de sable recouvrirent finalement la flèche de la dernière tour... cinq cents ans plus tard, des archéologues fouilleraient le site, s'efforçant de retrouver la cité disparue.

Le baron Johann von Grünewald était effectivement allé en Chine avec ses fils, sur les conseils d'un marchand rencontré au Tadjikistan. Selon ce dernier, la pierre bleue se trouvait entre les mains d'un groupe de moines chrétiens partis évangéliser la cour de l'empereur. Il n'oublia jamais la fille qu'il avait laissée aux bons soins d'une couturière dans une petite ville d'Allemagne, et il resta persuadé qu'il irait la rechercher un jour. Mais le baron était un homme d'action, aiguillonné par des quêtes perpétuelles. A l'instar du Saint-Graal qui poussa d'autres grands hommes vers des contrées lointaines, la pierre de sainte Amélie l'attirait irrésistiblement. Et quand il la trouva finalement, entre les mains d'une courtisane royale, qu'il referma ses doigts autour de cet objet qu'il avait traqué pendant une bonne partie de sa vie, la magie s'envola. Espérant toujours regagner l'Allemagne pour retrouver sa fille, Johann von Grünewald mourut en Chine, à des lieues de cette Europe qu'il chérissait tant.

De Chine, la pierre bleue fut embarquée sur un cargo d'épices à destination des Antilles. Ayant perdu entre-temps tout lien avec la religion chrétienne et ses saints, elle fut rebaptisée l'Etoile de Cathay par un capitaine à l'âme romantique qui la croyait dotée du pouvoir d'attiser l'amour ; grâce à elle, il espérait que la jeune femme qu'il aimait, là-bas, à Amsterdam, accepterait enfin de l'épouser.

Au large des Indes, le cargo fut attaqué par des brigands ; le capitaine fut vendu comme esclave et l'Etoile de Cathay se retrouva dans un temple de Bombay, incrustée dans la statue d'un dieu, de sorte qu'elle devint pour un temps l'Œil de Krishna. Le temple fut envahi et pillé lors d'une guerre de religion et, libérée de son carcan, la pierre bleue fut rapportée à Amsterdam par un capitaine hollandais qui la vendit à un joaillier répondant au nom d'Hendrick Kloppman. Grâce aux lettres qu'avait envoyées quelques années plus tôt à la guilde des joailliers le capitaine du cargo à épices pour demander une estimation de la pierre, Kloppman identifia l'Etoile de Cathay ; il ressortait des mêmes missives que le capitaine, follement amoureux, la destinait à une jeune femme résidant sur Keisersgracht Strasse. Homme droit et honnête, Kloppman la retrouva et lui offrit la pierre. Le temps avait passé, la femme avait vieilli et enterré tout projet de mariage ; elle accepta la pierre avec indifférence, déclarant qu'elle se souvenait à peine du malheureux capitaine, et décida de la revendre sur-le-champ à Kloppman. La somme qu'elle en retira lui permit d'ouvrir sa propre boutique de tissus. Kloppman se rendit à Paris où, espérant revendre la pierre dix fois le prix qu'il l'avait payée, il choisit de redorer la facette romantique de l'Etoile de Cathay, inventant une histoire de magicien œuvrant à la cour impériale de Chine... un magicien qui aurait fabriqué la pierre avec un morceau des glaciers du Grand Nord, des ossements de dragon, du sang de phénix, le tout mêlé au sang d'une jeune vierge.

A Paris, ils furent plusieurs à croire son histoire.

LIVRE SEPT

Martinique,

1720

Brigitte Bellefontaine avait un secret.

Son amour interdit pour un ténébreux bandit aux yeux noirs...

Assise devant sa coiffeuse, occupée à se brosser les cheveux et à se démaquiller, elle s'efforçait de ne pas y penser. Plus les jours passaient, plus elle se sentait coupable. Terriblement coupable.

Un bruit l'arracha à sa rêverie. Elle posa les yeux sur son mari, reflété dans le miroir. Henri. Etendu sur le lit, les bras en croix, il ronflait bruyamment. Ivre, une fois de plus.

Il avait pourtant promis. « Ce soir, avait-il dit, après le départ des invités, nous passerons une tendre soirée à la belle étoile. Comme au bon vieux temps, *ma chérie*[1], quand nous étions de jeunes amants. » Puis leurs invités étaient arrivés, la soirée avait débuté et, comme d'habitude, le vin avait coulé à flots. Pour l'heure, Henri gisait sur le lit conjugal, la perruque de travers ; son gilet taché affichait le menu du soir : beignets de morue et crêpes au chocolat.

Brigitte posa sa brosse à cheveux et regarda d'un air morose le bijou qu'elle avait porté pour la soirée : une somptueuse broche d'or blanc qui portait en son cœur une pierre bleue sertie de diamants et de saphirs. L'Etoile de Cathay, promesse d'amours passionnées et romantiques... Est-on naïf quand on est jeune !

L'Etoile de Cathay était censée apporter l'amour à celle qui la portait. C'était en tout cas ce que lui avait affirmé la vieille

1. En français dans le texte.

bohémienne. Et la prédiction s'était réalisée... pour un temps. Au cours de leur nuit de noces, Henri avait été un merveilleux amant ; dans ses bras, Brigitte, alors âgée de dix-sept ans, avait cru mourir de plaisir. Vingt ans et sept enfants plus tard, elle avait renoncé depuis longtemps à goûter de nouveau aux feux de la passion. Henri était un homme bon et gentil, mais la fougue ne coulait plus dans ses veines. Brigitte, elle, mourait d'envie de connaître encore l'amour ardent.

Trop agitée pour dormir, elle se dirigea vers les portes-fenêtres qui ouvraient sur le balcon. Avançant dans la nuit tropicale gorgée des senteurs de frangipanier et de mimosa, elle ferma les yeux et le vit, lui — le bel inconnu aux yeux de braise et au port de tête altier, avec ses traits d'aristocrate et ses vêtements élégants, maniant l'épée avec dextérité, amant passionné et imaginatif. Il surgissait de nulle part, brusquement, alors qu'elle se trouvait au jardin ou qu'elle admirait les poissons exotiques dans le lagon. Il se matérialisait dans la chaleur moite, à la façon de ces nuages menaçants qui enveloppaient l'île en un clin d'œil, déversant sur la Martinique des averses torrentielles avant de se dissiper comme par enchantement. Il était ainsi. Et ses étreintes ressemblaient aux orages tropicaux : intenses, torrides, irrésistibles. Le simple fait de penser à lui la faisait frissonner des pieds à la tête.

Hélas, il n'existait pas réellement.

Brigitte savait qu'elle sombrerait dans la folie si elle ne pouvait plus vivre de passion amoureuse. Oui, mais quelle était la solution ? Jamais elle ne se risquerait à avoir une liaison avec un colon. Elle devait songer à sa réputation, ainsi qu'à celle de son époux. Face à ce désert sensuel et sentimental, elle s'était inventé un amant imaginaire, dont le nom changeait selon l'humeur et le scénario du jour. Il était presque toujours français, s'appelait Pierre ou Jacques et ne restait jamais plus d'une journée sur l'île. Elle le rencontrait dans une grotte, et ils faisaient l'amour passionnément, pendant des heures. Au moment de reprendre la mer, il lui promettait de revenir un jour et cette promesse l'emplissait d'espoir et de plénitude.

Ces scènes imaginaires ravivaient la passion qui couvait encore en elle en même temps qu'elles lui donnaient l'illusion de la jeunesse car, en esprit, Brigitte se voyait toujours jeune, belle et élancée comme avant, lorsque les messieurs se retournaient sur elle. En contrepartie du plaisir qu'elle prenait à nourrir ses fantasmes, un sentiment de culpabilité énorme pesait sur ses épaules. Catholique fervente, Brigitte croyait, comme le disaient les prêtres, qu'un péché commis en pensée était aussi grave qu'un péché de chair. Il suffisait de s'imaginer dans les bras d'un autre que son mari pour être coupable du péché d'adultère.

Elle fixa l'horizon obscur. Le ciel piqueté d'étoiles s'étalait au-dessus des flots sombres, presque menaçants. Et là-bas, tout au fond... Paris. A plus de six mille kilomètres de là, ses amis, sa famille et ses enfants vivaient dans un monde si radicalement différent des Antilles qu'ils auraient tout aussi bien pu habiter sur la Lune.

Si seulement elle avait pu suivre ses enfants ! Le froid et l'agitation de Paris ne lui manquaient pas, non ; mais la vie sociale et culturelle, ça oui. Issue de la noblesse, elle avait fréquenté les rois et les reines, évoluant dans les classes sociales les plus raffinées. Elle se languissait des pièces de Racine et de Molière, des spectacles grandioses de la Comédie-Française, de cette époque où le Roi Soleil soutenait généreusement toutes les formes d'art. Quelle pièce jouait-on en ce moment ? Qui était le dernier bel esprit en vogue ? Que portaient les dames de la cour ? Des courriers livraient aux colons de la Martinique les dernières nouvelles de la métropole, mais toujours avec infiniment de retard, certaines n'arrivant même jamais à destination, déroutées par les attaques de pirates ou englouties par les tempêtes. Trois ans plus tôt, ils avaient appris que leur vénéré roi, Louis XIV, était mort... depuis deux ans déjà ! C'était désormais Louis XV, son arrière-petit-fils âgé de dix ans, qui occupait le trône de France.

Une brise légère se leva, agitant les palmes des cocotiers et les feuilles des bananiers, gonflant la mousseline du déshabillé de Brigitte. Comme le souffle tiède caressait sa peau frissonnante, tel le soupir d'un amant, elle sentit son estomac se nouer. Une sourde angoisse la tenailla. Elle se sentait faible, tellement vulnérable ! Toutes les autres familles de colons envoyaient leurs enfants à Paris afin qu'ils reçoivent une bonne éducation. Brigitte avait ainsi expédié sa nombreuse progéniture chez sa sœur. A Paris, ils suivraient des cours de maintien et apprendraient les règles de l'étiquette. Malgré tout, ils lui manquaient terriblement. Elle ne savait que faire de tout ce temps libre, ce soleil, ces parfums enivrants, ces alizés embaumés ! Henri, lui, avait à s'occuper, avec ses plantations de canne à sucre, la raffinerie et la distillerie de rhum. Sans les enfants et avec tous les domestiques chargés des travaux ménagers, le temps lui semblait long dans ces îles enchanteresses ! Passionnée de lecture, ses choix littéraires reflétaient sa morosité grandissante. Depuis quelque temps, elle devait s'avouer un sévère penchant pour les tragédies amoureuses, les histoires de couples impossibles, aussi bien français (Héloïse et Abélard), italiens (Roméo et Juliette), anglais (Tristan et Iseult), jusqu'aux amours de ce soldat romain, Antoine, et de sa reine égyptienne, Cléopâtre. Elle dévorait ces destins à la fois romantiques et morbides, comme ses amis se régalaient de rhum et de fruits exotiques. A ses yeux, il n'existait pas de désespoir plus doux que le désespoir amoureux. Dans ses rêves les plus fous, son amant et elle étaient obligés de vivre loin de l'autre et cette séparation, telle une délicieuse torture, lui arrachait des soupirs langoureux qui se perdaient dans la touffeur de ses après-midi oisifs.

Elle tentait de se convaincre que les rêves étaient beaucoup plus satisfaisants que la réalité ; en outre, elle n'encourait aucun danger, à rêvasser sur le balcon ou dans le parc de sa demeure. Bien que la Martinique fût un véritable jardin d'Eden, plusieurs menaces planaient sur l'île : les ouragans destructeurs, les possibles éruptions de la montagne Pelée, les fièvres et les maladies tropicales, et un autre danger, le plus terrible de tous : les attaques de pirates. Ce soir-là encore, au cours du dîner, entre deux conversations sur les prix du rhum et des esclaves, le sujet avait été abordé. On avait parlé de ces pirates sans foi ni loi qui sillonnaient la mer des Caraïbes. Un nom surtout avait été évoqué, celui de Christopher Kent, un redoutable brigand d'origine anglaise. Un cultivateur d'ananas avait subi des pertes irréparables quand la goélette de Kent, baptisée le *Bold Ranger*[1], avait attaqué son bateau de marchandises, quelques jours plus tôt; après avoir jeté l'équipage par-dessus bord, le pirate et ses hommes s'étaient emparés d'une petite fortune en pièces d'or. Personne ne savait à quoi ressemblait ce Kent ; les rares survivants de ces attaques disaient de lui qu'il était grand et qu'il ressemblait au diable.

Des cris déchirèrent la nuit; dans le quartier aux esclaves, les hommes organisaient des combats entre des mangoustes et des serpents et c'était l'heure des paris. A l'instar du murmure des vents tropicaux et du chuchotement des palmiers, cette agitation propre à l'île ravissait Brigitte. Ses pensées se tournèrent vers les

1. Textuellement, « l'audacieux aventurier ».

peuplades qui avaient occupé l'île autrefois, ces Indiens qui tapaient sur des tam-tams, vivant comme Dieu les avait créés, tels Adam et Eve. Leurs esprits flottaient encore sur l'île, dans les arbres, les rivières et les pics enveloppés de brume. D'autres peuples primitifs en provenance d'Afrique habitaient l'île, à présent : dans le plus simple appareil, ils tapaient eux aussi sur des tam-tams, dansaient et chantaient sur le rythme obsédant des percussions, éclaboussés par la lueur d'un feu de camp.

L'air était lourd et moite ; la saison des cyclones approchait. Brigitte décida de rentrer ; après avoir fermé la porte-fenêtre, elle se dirigea vers la coiffeuse pour ranger l'Etoile de Cathay dans son coffret. Au fil des ans, la pierre était devenue le symbole des mers bleues et du ciel limpide des Antilles. Et quand elle plongeait les yeux dans son cœur de poussière de diamant, elle voyait le feu dévorant de la passion. *Sa* passion. Piégée, luttant pour se libérer.

Elle alla vers le lit et entreprit de déchausser son mari. Henri souriait dans son sommeil. Elle exhala un soupir. Ce n'était pas un méchant homme, il ne se rendait pas compte, tout simplement. Elle se glissa sous les draps à côté de lui, ferma les yeux et, bien que rongée par la culpabilité, appela une fois encore son amant imaginaire. Elle sombra dans un sommeil peuplé de rêves... il l'enlaça avec fougue.

Henri Bellefontaine n'était pas sans ignorer le mal-être de son épouse. Depuis le départ des enfants, elle se retrouvait désœuvrée. Lui-même était très pris par la plantation. La famille Bellefontaine produisait du sucre et exportait du rhum ; elle possédait aussi des parts importantes dans des plantations de canneliers, girofliers et muscadiers, autant d'épices dont les Européens raffolaient et qui entraient aussi dans la composition de parfums et de médicaments. Henri Bellefontaine était un homme très riche, mais aussi très occupé. Mari aimant et attentionné, les soupirs moroses et l'agitation récente de son épouse ne lui avaient pas échappé. Persuadé que Brigitte se languissait de son pays natal et de leurs enfants, il avait déniché le remède parfait — du moins le croyait-il.

Il lui avait offert un télescope, une magnifique lunette en cuivre importée de Hollande qu'il avait installée sur une terrasse spécialement aménagée à cet effet, sur le toit de la maison.

Fixé sur un trépied, le télescope offrait une vue panoramique de l'île et de ses environs. Henri se félicitait encore d'avoir eu cette brillante idée. Brigitte se sentirait moins isolée, moins coupée des autres, à présent que la lunette mettait le monde à ses pieds : l'horizon, avec la France et ses enfants, devenait tout à coup très proche, tout comme les îles environnantes (des tapis d'émeraude flottant sur une mer couleur de jacinthe) et les ports bourdonnants d'activité de la Martinique.

Grâce à la lunette, elle pouvait suivre les allées et venues des bateaux comme si elle était au port, se promener à distance sur les digues et les remparts, déambuler dans les ruelles et les allées, courir sur les toits en terrasse qui escaladaient les collines.

Le cadeau avait beaucoup touché Brigitte. Henri était un homme doux et généreux. Elle ne pouvait pas lui reprocher de l'avoir emmenée dans un endroit détestable, bien au contraire. La Martinique était le centre culturel des Antilles françaises ; riche, empreinte de noblesse, l'île était réputée pour sa douceur de vivre et sa végétation luxuriante, ses gorges profondes et ses falaises abruptes. Leur demeure se dressait au milieu d'une superbe plantation accrochée à la montagne Pelée ; de temps en temps, comme pour rappeler aux hommes qu'ils n'étaient pas éternels, le volcan crachait de la fumée et faisait trembler la terre. De style typiquement créole, la maison se composait d'un rez-de-chaussée qui abritait les pièces à vivre, et d'un étage où se concentraient les chambres à coucher. Autour de l'imposante bâtisse se déroulaient de grandes pelouses d'un beau vert tendre, ourlées de palmiers bruissant sous la caresse des alizés. Brigitte aimait sa maison comme elle aimait la Martinique. Personne ne connaissait vraiment les origines de ce nom, Martinique. Certains prétendaient que c'était le dérivé d'un nom indien qui signifiait « fleurs », d'autres affirmaient que l'île avait été baptisée ainsi en l'honneur de saint Martin. Incorrigible romantique, Brigitte Bellefontaine avait sa propre théorie : en découvrant cette île, Christophe Colomb l'avait trouvée tellement magnifique qu'il lui avait donné le nom de celle qu'il aimait en secret.

Brigitte avait pris l'habitude de grimper à son poste d'observation tous les soirs, un peu avant le coucher du soleil. C'était son moment préféré, l'heure à laquelle le travail cessait au profit des distractions. A cette heure-ci, le ciel limpide et lumineux des Caraïbes cédait la place à une voûte piquetée d'étoiles. Après avoir donné des ordres à ses cuisinières pour le dîner, Brigitte prenait un long bain parfumé, puis elle enfilait ses sous-vêtements et ses jupons, s'enveloppait dans son vaporeux déshabillé et montait sur le toit pour contempler le spectaculaire coucher de soleil.

Tout en sirotant un verre de rhum, Brigitte gardait l'œil collé à la lunette, balayant les flots et la baie, les montagnes et les nuages, les petits villages de pêcheurs. C'était dimanche, les Bellefontaine ne recevaient pas ce soir-là. Il n'y aurait qu'Henri et elle, à la maison. Lui tiendrait-il compagnie ou se laisserait-il tenter par les charmes de l'île... et surtout les maisons de jeu de Saint-Pierre ? Quand Henri s'était réveillé, ce matin-là, il s'était confondu en excuses pour s'être endormi sans tenir sa promesse. «*Ma chérie ! Ma puce*[1] *!* Je ne suis pas digne de toi.» Après l'avoir gratifiée d'un baiser sur la joue, il avait enfilé sa tenue de cavalier et était parti inspecter les plantations.

Des lumières commencèrent à scintiller dans le port, les portes des gargotes s'ouvrirent tandis que des canots amenaient en ville les occupants des navires ancrés au large. Elle pouvait presque entendre la musique et les rires, sentir les effluves de cuisine, voir les sourires éclairer les visages. Capturant la lunette d'une main, elle laissa le port pour parcourir les luxuriantes montagnes, les crêtes abruptes, la jungle tropicale et son incroyable palette de verts. Et enfin à l'est, à l'opposé du ciel rougeoyant, la partie de l'île battue par les vents, avec ses plages de sable blanc, ses lagons turquoise et ses criques dérobées.

Elle se figea. Des mâts ? Des voiles ferlées ?

Réglant sa lunette, elle fit le point sur le bateau. A en juger par les deux mâts et la coque effilée, il s'agissait d'une goélette américaine ; elle devait avoir un faible tirant d'eau pour pouvoir naviguer dans des eaux aussi peu profondes.

Brigitte fronça les sourcils. Pourquoi était-elle ancrée là-bas, dans cette crique minuscule ?

Elle leva légèrement la lunette, remonta le long du mât principal, entre les espars et les gréements, jusqu'au pavois...

Un bateau pirate !

Le pavillon noir — le Jolly Roger anglais, que les Français appelaient ironiquement le «Joli Rouge» — ne laissait aucune place au doute. D'ordinaire, l'étendard figurait une tête de

1. En français dans le texte.

mort et des ossements entrecroisés. Celui-ci était orné d'un coutelas dégoulinant de sang.

— Mon Dieu, murmura Brigitte.

Le *Bold Ranger*, le bateau de l'impitoyable Christopher Kent. Apparemment, l'équipage n'était plus à bord.

Un frisson lui parcourut l'échine. Où étaient-ils passés ? Elle avait entendu parler de la rapidité d'exécution et de la brutalité des attaques de l'Anglais.

Prise d'une soudaine frénésie, elle scruta les collines qui ondoyaient entre la crique et la plantation, à trois kilomètres de la maison. Quelque part dans cette débauche de verdure, Henri et ses hommes sillonnaient les champs de canne. Hélas, elle ne parvint pas à les voir.

Christopher Kent était l'ennemi numéro un de tous les colons. Il faisait partie de ces boucaniers qui ne se contentaient pas d'attaquer les bateaux en pleine mer, mais lançaient aussi des assauts sur la terre ferme. Tous les propriétaires de plantations cachaient leur fortune sur leur domaine. C'était là la seule manière d'assurer sa protection. Kent n'était pas sans l'ignorer, aussi surgissait-il chez les gens en pleine nuit et, tirant de leur sommeil ses victimes impuissantes, les obligeait à lui révéler l'endroit où ils avaient caché leur magot, en ayant recours à la torture si nécessaire.

— Mon Dieu, je vous en prie, murmura Brigitte, la bouche soudain sèche. Faites qu'ils ne viennent pas par ici...

Au même instant, elle les aperçut : la bande de pirates gravissait la colline, poussant devant eux les surveillants et les esclaves. Henri fut promptement descendu de son cheval et...

— Colette, vite, va chercher mon mousquet !

Elle ne pourrait pas viser à cette distance, mais peut-être pourrait-elle tirer en l'air pour donner l'alerte. Les soldats de la forteresse étaient-ils au courant de l'invasion ? Non, probablement pas. Les cloches des églises auraient tinté, des coups de canon auraient résonné un peu partout sur l'île. Kent avait délibérément accosté la partie de l'île exposée au vent, se glissant dans une crique abritée. Deux pics dissimulaient le plateau sur lequel s'étendait le domaine des Bellefontaine. Les pirates pourraient agir en toute tranquillité, pillant et tuant sans être inquiétés ; puis ils repartiraient comme des ombres, ne laissant derrière eux que ruines et cadavres. Il s'écoulerait au moins une journée avant que les soldats découvrent le massacre, et le bateau de Kent serait déjà loin.

— Que se passe-t-il, madame ? demanda une jeune femme noire en gravissant l'étroit escalier.

Hors d'haleine, elle tenait maladroitement le long fusil.

Issue de la troisième génération d'esclaves africains, Colette était née en Martinique, comme sa mère. Sa grand-mère, elle, était arrivée d'Afrique avec des milliers d'autres pour travailler dans les plantations de tabac et de canne à sucre des colons français.

— Envoie Hercule à la forteresse ! ordonna Brigitte en s'efforçant de localiser les pirates sans l'aide de la lentille.

Hélas, le soleil avait plongé à l'horizon et la lumière diminuait de seconde en seconde.

— Dis-lui de se dépêcher, Colette ! Dis-lui que des pirates sont...

A cet instant, elle l'aperçut au bout de sa lunette. Christopher Kent. Haute silhouette menaçante, toute vêtue de noir. Il portait une culotte moulante et un long manteau ; les boutons en or de son gilet étincelaient dans les derniers rayons de soleil. Son visage était à demi dissimulé par un tricorne orné d'une grande plume blanche qui dansait dans le vent. Quand il se redressa et qu'elle distingua enfin son visage, elle retint son souffle. Il ressemblait à son amant imaginaire !

Brigitte réfléchit rapidement. La forteresse se trouvait à une quinzaine de kilomètres du domaine ; le terrain accidenté, les sentiers étroits et sinueux seraient bientôt engloutis par l'obscurité. De leur côté, les pirates avaient allumé des torches qui embrasaient le crépuscule ; comme un long ver luisant, les flammes remontaient la colline.

Après un dernier coup d'œil à Kent — seule sa silhouette sombre se découpait entre les broussailles, à présent, tandis qu'il marchait d'un pas décidé, tel un conquérant —, Brigitte écarta le mousquet.

— Tant pis, déclara-t-elle.

— Mais, madame ! gémit Colette. Les pirates ! On doit donner l'alerte !

— Chut, fit Brigitte en dévalant l'escalier pour regagner sa chambre. Ne dis rien à personne, Colette !

Un autre plan avait germé dans sa tête, mais celui-là exigeait une parfaite maîtrise de soi.

Elle possédait dans son armoire une robe magnifique qu'elle n'avait encore jamais portée. Elle était arrivée de France avec elle, vingt ans plus tôt ; c'était une tenue très spéciale, qu'elle avait prévu de porter le jour de l'anniversaire du roi. Mais elle était tombée enceinte durant le voyage et n'avait pas réussi à l'enfiler après la naissance de son premier enfant. Puis les grossesses s'étaient enchaînées, jusqu'à ce qu'elle renonce définitivement à porter la fameuse robe. De toute façon, la France avait un nouveau roi... un roi qu'ils ne connaissaient même pas !

La jupe de soie rose vif contrastait avec le jupon jaune d'or et le corsage délicatement brodé dans des tons pourpre et carmin ; à l'époque où elle avait été confectionnée, la mode était aux couleurs vives, presque criardes : les robes devaient provoquer, aveugler. Celle de Brigitte ressemblait à un coucher de soleil tropical, lorsque l'astre de feu embrase le ciel rougeoyant. Elle avait fait élargir la taille après la naissance de son dernier enfant ; la robe lui allait à nouveau (avec la complicité d'un corset serré), mais elle était désormais complètement démodée. Le style pompeux et sophistiqué était tombé aux oubliettes après la mort de Louis XIV. Impossible de la porter sans craindre le ridicule. Elle était donc devenue une espèce de symbole, de la jeunesse fanée et des occasions ratées. Il suffisait à Brigitte de la regarder pour se remémorer ses amours enflammées et ses baisers volés dans des jardins d'été.

Son cœur battait à coups précipités lorsqu'elle sortit la fameuse robe de son armoire tout en donnant des ordres à la pauvre Colette. Comment pouvait-on se dépêcher dans une tenue aussi compliquée ? Il y avait les corsets, la crinoline, les jupons et puis les rubans et les crochets... Et Colette, tellement paniquée qu'elle semblait sur le point de prendre ses jambes à son cou d'un instant à l'autre. Brigitte aussi avait peur, mais elle s'efforçait de garder à l'esprit l'image de Kent : une silhouette sombre, menaçante. Comme elle retenait son souffle pendant que Colette nouait les derniers rubans, Brigitte fit un rapide calcul : les bandits devaient approcher de la distillerie, à présent. Huit cents mètres séparaient le bâtiment de la maison.

Inspectant son reflet dans le miroir, elle fronça les sourcils. La robe était splendide, certes, mais, même ainsi parée, elle se sentait toujours aussi vieille et replète. Kent ne lui accorderait pas la moindre attention. Tout à coup, elle songea à l'Etoile de Cathay. D'une main tremblante, elle fixa la broche à la pointe de son décolleté. Tel un fragile papillon venu se poser sur sa gorge offerte, la pierre bleue scintilla de mille feux.

La métamorphose fut immédiate. Une nouvelle femme se tenait devant elle. Ainsi, c'était donc vrai : cette pierre était magique ! Reflétée par le miroir en pied, Brigitte Bellefontaine était de nouveau jeune, mince et belle.

Avant de descendre, elle prit les mains de Colette dans les siennes et dit d'une voix ferme :

— Ecoute-moi bien, Colette. Nous allons recevoir des invités que nous n'attendions pas. Surtout, ne prends pas peur. Et n'essaie pas de t'enfuir.

— Mais, madame...

— Colette ! Ecoute-moi bien car tu devras suivre mes instructions à la lettre...

Avant de quitter la chambre, elle jeta un dernier coup d'œil à son reflet. Un sourire satisfait joua sur ses lèvres. Son regard glissa sur le mousquet, appuyé contre le mur. Une robe est parfois bien plus utile qu'une arme, songea-t-elle en refermant la porte derrière elle.

Bellefontaine employait plus de cent esclaves, entre les plantations, la raffinerie sucrière et la distillerie de rhum. Il ne fallut pourtant qu'une poignée d'hommes armés de pistolets et de mousquets pour les neutraliser. Tandis que Brigitte se dirigeait vers le salon du rez-de-chaussée, des pas résonnèrent au-dehors, ponctués d'ordres et de claquements de fouet. Employées à s'occuper de la famille du maître, de la maison, du potager et de la basse-cour, les femmes accoururent à la vue de leurs hommes qui avançaient sous la menace d'une arme ou d'une épée. Des cris de terreur fusèrent.

Brigitte s'immobilisa. Elle pouvait à peine respirer. Dehors, d'autres cris et des coups de feu retentirent. S'efforçant de rester calme, elle attendit derrière la porte d'entrée, comme une actrice sur le point d'apparaître en scène. Au bout d'une minute, elle posa la main sur la poignée. Elle inspira profondément et ouvrit la porte.

L'arsenal des flibustiers était impressionnant : mousquets, espingoles, sabres, épées et pistolets fleurissaient un peu partout. Certains brandissaient des hachettes destinées à couper les filets et les gréements. Ils devaient être une cinquantaine, estima Brigitte. Déguenillés, échevelés, ils portaient des bottes désassorties. Dans la lueur rougeoyante des torches, ils ressemblaient à l'armée de Satan.

Et là, face à elle, ligoté, à genoux dans la poussière, Henri. Brigitte réprima son envie de courir vers lui.

La véranda croulait sous les fleurs grimpantes, multicolores ; des lianes de vigne vierge gainaient les colonnades en marbre. Un parfum lourd et entêtant flottait dans l'air tandis que quelques abeilles visitaient consciencieusement les dernières fleurs. Dans ce décor de théâtre, Brigitte attendit, immobile, que les hommes finissent par se taire, les yeux rivés sur elle.

Le capitaine Kent s'apprêtait à gravir les marches du perron quand il s'avisa qu'un silence pesant régnait autour de lui. Il leva les yeux. Dans la lueur diffuse de la lanterne, Brigitte vit ses traits plus distinctement : ils étaient durs et volontaires. Kent portait un long manteau noir qui lui tombait jusqu'aux chevilles, rehaussé de délicates broderies d'or et d'argent ; les boutons, rutilants, étaient d'or massif. Il portait une culotte noire, des bas d'une blancheur immaculée et des chaussures cirées ornées de boucles en or. Son jabot et ses poignets étaient ornés de dentelle blanche. Il ne portait pas de perruque sous son tricorne à larges bords ; ses cheveux étaient attachés en queue-de-cheval et deux mèches bouclaient sur ses oreilles, comme l'exigeait la dernière mode. *Gentleman jusqu'au bout des ongles*, songea Brigitte. *On croirait qu'il vient d'assister à un opéra.*

Lorsque leurs regards se rencontrèrent, une image troublante traversa son esprit : elle se trouvait sous la tente de la diseuse de bonne aventure, dans le parc de Versailles, où une grande fête était donnée pour l'anniversaire du roi. Comédiens et jongleurs divertissaient les invités. La vieille bohémienne murmura à Brigitte, alors âgée de seize ans : « Au cœur de cette pierre bleue couve un feu indomptable. Tu le vois ? Il est piégé à l'intérieur. Un jour, ce feu sortira de sa prison et il te consumera. D'amour. De passion. Dans les bras d'un homme. Un homme qui te fera l'amour si fougueusement que tu auras l'impression de mourir de plaisir. »

Croisant ses mains devant elle, Brigitte avança sur le devant de la véranda, aussi gracieusement que possible.

— Bienvenue chez moi, monsieur, murmura-t-elle.

Il la dévisagea d'un air étonné. Un sourire flotta sur ses lèvres. Son regard glissa lentement sur elle, admiratif... Une heure plus tôt, il ne l'aurait jamais regardée ainsi. Elle était resplendissante, grâce aux pouvoirs magiques de la pierre bleue.

— *Milady*, dit-il en ôtant son chapeau d'un geste théâtral, tendant une jambe devant lui pour esquisser une révérence.

— Nous vous offrons l'hospitalité de notre demeure, reprit Brigitte.

En son for intérieur, elle remercia le Seigneur de lui avoir donné un tuteur anglais quand elle était jeune. Son père tenait à ce que ses filles reçoivent une éducation aussi complète que possible afin qu'elles puissent évoluer dans les cercles les plus cultivés. Ayant épousé un baron anglais, une de ses sœurs était partie s'installer en Angleterre et, depuis vingt ans, Brigitte correspondait avec ses nièces et ses neveux en anglais — que Dieu soit loué pour cela aussi !

Kent arqua un sourcil incrédule.

— L'hospitalité ? Nous ne nous attarderons pas, madame. Nous sommes venus prendre votre or, nous partirons tout de suite après.

A quelques mètres de là, Henri Bellefontaine cria :

— Ne parle pas à cet homme, Brigitte !

Cette dernière humecta ses lèvres sèches.

— C'est très impoli de refuser l'hospitalité, monsieur. On m'avait pourtant dit que vous étiez un gentleman...

Il sourit.

— Vous savez donc qui je suis.

— Vous êtes le capitaine Christopher Kent.

— Et vous n'avez pas peur de moi ?

— Si, répondit-elle avec une assurance feinte. Qui que vous soyez, monsieur, et quel que soit votre dessein, nous avons pour coutume d'offrir l'hospitalité à tous nos visiteurs.

Il laissa échapper un rire bref.

— Vous croyez peut-être qu'un bon repas me fera oublier votre trésor ?

Elle leva le menton.

— Vous vous méprenez sur mes intentions, monsieur. Vous aurez notre or, puisque je n'ai aucun moyen de vous empêcher de le prendre. Je pensais toutefois qu'un gentleman digne de ce nom observerait les règles de la politesse.

Il cligna des yeux et Brigitte sut qu'elle avait touché un point sensible. Pirate ou non, Christopher Kent se considérait avant tout comme un gentleman. Pourquoi sinon se serait-il donné la peine de s'habiller aussi élégamment alors que ses hommes étaient vêtus comme des sauvages ?

— J'ai fait préparer six cochons de lait que nous cuirons à la broche, ajouta-t-elle.

Plantant les poings sur ses hanches, il répliqua en riant :

— C'est bien la première fois qu'on me joue ce tour !

Tandis que quelques hommes ricanaient dans son dos, l'un d'entre eux fit un pas vers Brigitte. Plus âgé que Kent, il portait de longues tresses grises ; une horrible verrue ornait son nez.

— J'vous d'mande pardon, m'dame, comment y sont préparés, vos p'tits cochons ?

Feignant de ne pas le voir, Brigitte s'adressa à Kent :

— Je les farcis de clous de girofle et d'ail, de câpres et d'origan, et je les sers avec du pain chaud, une sauce à l'ail, du fromage de chèvre et une soupe froide au gingembre. Pour le dessert, j'ai prévu de la tarte à la mangue accompagnée d'une crème au chocolat.

— Et à boire ? reprit le rustre.

— Il y aura du vin et du cognac, répondit Brigitte sans quitter Kent des yeux.

L'homme se frotta le nez avant de se tourner vers son capitaine.

— C'est p't-êt' pas une mauvaise idée, Chris. Ça fait belle lurette qu'on a pas fait un bon repas...

— Pour que les soldats nous piègent comme des rats ? Vous ne savez plus reconnaître une ruse, monsieur Phipps ?

— J'crois pas que les soldats savent qu'on est ici, Chris. Mais je peux vérifier.

Il se tut avant d'ajouter :

— J'crois pas que ce soit une ruse, de toute façon. La dame essaie de nous amadouer, voilà tout. Elle s'imagine qu'on aura pitié d'elle, après un bon repas.

Kent réfléchit. Face à lui, Brigitte inspira profondément ; accrochée à son décolleté, la pierre bleue étincela, attirant aussitôt l'attention du pirate.

Il contempla la gorge laiteuse et fit un signe à l'adresse de Phipps qui, à son tour, ordonna à deux hommes de grimper au sommet des deux arbres les plus hauts de la propriété, pour en surveiller les alentours. Kent donna alors un autre signal et un petit groupe s'élança vers la maison.

Brigitte fit appel à tout son sang-froid pour ignorer les bruits de casse qui lui parvenaient de la maison. Son intérieur ne comptait pas, pour le moment. Ses meubles de style, ses vases précieux, ses tentures de soie et ses bijoux... tout cela importait peu. Ils pouvaient tout prendre.

M. Phipps s'approcha de Christopher Kent.

— Les sentinelles disent que tout est calme ; l'alerte n'a pas été donnée, tout est normal au port. Alors, Chris, et ce festin ?

Kent monta les marches du perron et vint se planter devant Brigitte. Il la dominait de toute sa hauteur.

— Comment puis-je être sûr que vous n'allez pas tenter de nous empoisonner ? J'ai déjà été trahi par une jolie femme, un jour.

Elle retint son souffle. Ainsi, il la trouvait jolie !

— Je comprends votre prudence, monsieur. Vos hommes n'auront qu'à tuer les bêtes et les embrocher ; ils pourront contrôler la préparation des sauces et mes esclaves goûteront à tous les plats avant vous.

Elle vit ses pupilles se rétrécir. A l'évidence, la situation le désarçonnait.

— J'espère vraiment que vous ne cherchez pas à me duper, murmura-t-il d'une voix suave.

Leurs regards se soudèrent. L'instant se prolongea et Brigitte retint son souffle. C'était un moment crucial. Soudain, Kent se détendit et un sourire étira ses lèvres.

— Très bien, nous mangerons ici !

Ses hommes l'acclamèrent tandis qu'il se penchait vers Brigitte.

— A présent, parlons affaires, tous les deux. Où se trouve l'or, chère madame ? Mais peut-être préférez-vous que j'extorque l'information directement à votre mari ?

Se remémorant certaines anecdotes concernant les méthodes de Kent (il se plaisait à pendre les colons par les poignets en plein soleil jusqu'à ce que les pauvres se décident à parler), Brigitte répondit :

— Ne faites pas de mal à mon mari, je vous en prie. Je vous conduirai au trésor si vous promettez de le laisser tranquille.

Après s'être assurée que ses esclaves avaient bien compris ses instructions, Brigitte conduisit Kent et quelques-uns de ses hommes vers une allée pavée qui menait aux jardins et aux cottages, longeait la raffinerie et la distillerie pour déboucher finalement dans le quartier aux esclaves. Brigitte avançait au-devant de ses « invités », d'une démarche gracieuse qu'elle avait apprise adolescente. Ses volumineux jupons rose et jaune flottaient au-dessus des pavés, comme portés par la brise. C'était un pas qu'elle avait répété dans les jardins de Versailles pour attirer l'attention des jeunes gens qui croisaient son chemin; ce soir-là, elle s'en servait pour mener des bandits au trésor familial.

Ils débouchèrent dans une clairière luxuriante; le spectacle arracha des exclamations émerveillées aux plus frustes d'entre eux. Caressé par le clair de lune argenté, un délicat belvédère se dressait au milieu de l'écrin de verdure. Brigitte fit un pas de côté.

— Là, dit-elle en pointant son index sur le sol. Sous ces planches.

Après avoir planté leurs torches en terre, les pirates se ruèrent vers l'endroit indiqué et défoncèrent le plancher à grands coups de haches. Ils arrachèrent les dernières planches et extirpèrent de leur cachette plusieurs coffres cadenassés. Sans mot dire, Brigitte les regarda transporter leur magot dans la cour principale. Leurs acolytes avaient allumé un feu de camp avec les meubles de la maison, remarqua-t-elle, toujours silencieuse. A la lumière des flammes, les pillards forcèrent les coffres. Des hurlements de joie s'élevèrent dans la nuit lorsqu'ils découvrirent les pièces d'or, le butin préféré des pirates.

La fête put enfin démarrer; un violon apparut comme par enchantement et un des bandits entama une gigue endiablée. D'autres disparurent dans la distillerie et en ressortirent quelques instants plus tard, poussant devant eux de gros tonneaux de rhum. Contrôlant à grand-peine la peur qui les tenaillait, les esclaves se mirent à circuler entre les bandits goguenards, emplissant leurs verres de vin. Les porcelets cuisaient déjà au-dessus du feu. Du coin de l'œil, Brigitte vit un groupe de corsaires pousser son mari et d'autres prisonniers dans l'enclos à cochons; hilares, les brutes les roulèrent dans la boue sans ménagement.

Henri avait perdu sa perruque savamment bouclée pendant l'attaque. Imposante, d'un beau noir bleuté, elle montait haut sur sa tête et cascadait souplement sur ses épaules et dans son dos. Son style était passé de mode, mais Henri s'en moquait. Il restait très attaché aux vieilles traditions qui voulaient qu'un gentilhomme soit élégant dans n'importe quelle circonstance. Mais on la lui avait arrachée, dévoilant aux regards des touffes éparses de cheveux grisonnants. Les pirates lui assenèrent quelques coups de pied tandis qu'une pluie de moqueries s'abattait sur ses compagnons d'infortune.

Enfonçant les ongles dans ses paumes, Brigitte refoula à grand-peine la vague d'indignation qui montait en elle. Elle aurait tant aimé saisir une torche et foncer dans cette bande de brutes !

Croisant le regard de Kent, elle se reprit rapidement. Elle n'aurait qu'une seule chance, et c'était maintenant ou jamais.

— Mmm, fit-il en étudiant son visage éclairé par la lueur des flammes. J'aimerais beaucoup savoir pourquoi vous ne me craignez pas.

Ses paroles la prirent au dépourvu. Ne voyait-il pas son pouls qui battait la chamade à la base de son cou... et le tremblement qui agitait ses mains ? Ne lisait-il pas la crainte dans ses yeux ?

— J'ai peur, avoua-t-elle simplement.

— En sortant de chez vous, vous n'aviez pas l'air surprise de nous voir.

Elle leva la main vers le toit.

— Il y a une lunette, là-haut. J'ai suivi votre progression depuis la plage.

Une lueur d'intérêt brilla dans les yeux du pirate.

— J'aimerais beaucoup voir cet instrument.

Brigitte hocha la tête et passa devant lui. Ils traversèrent la cour où les cochons tournaient sur des piques taillées dans des branches. Perchées dans des palmiers, des sentinelles armées de jumelles surveillaient la forteresse et la ville de Saint-Pierre. Au moindre mouvement suspect, ils donneraient l'alerte et tous disparaîtraient. En son for intérieur, Brigitte priait pour que tout restât calme.

La maison avait été entièrement retournée : des éclats de vases jonchaient les parquets cirés, les meubles gisaient par terre, renversés, l'argenterie et les objets en or s'amoncelaient près de la porte d'entrée, prêts à être embarqués. Sans un mot, Brigitte conduisit Christopher Kent dans le jardin, là où les orchidées violettes et les bougainvillées orange se mêlaient aux hibiscus écarlates et aux lauriers-roses rose pâle. Le dos bien droit, la tête haute, elle le précéda dans l'étroite cage d'escalier. Malgré son assurance, Brigitte se méfiait du coutelas qui pendait à la ceinture de son compagnon, entre le sabre et le pistolet. Un léger tremblement la saisit. Elle avait l'impression d'être traquée par une bête sauvage, comme le jaguar noir que le gouverneur gardait en cage, dans sa propriété.

En atteignant la petite terrasse cernée d'une balustrade, ils virent la pleine lune se hisser lentement dans le ciel. La cour et les jardins s'étalaient à leurs pieds. Terrifiés, les esclaves de Brigitte préparaient le repas sous l'œil vigilant des voyous qui goûtaient à tous les ingrédients, y compris l'assaisonnement des porcelets.

Un air de musique emplissait joyeusement la nuit. Intriguée, Brigitte tourna vers Kent un regard interrogateur.

— Nous avons la chance d'avoir quelques musiciens dans notre équipage, expliqua-t-il. Tous les pirates rêvent d'avoir au moins parmi eux un joueur de pipeau et un violoniste.

Hochant légèrement la tête, il se pencha sur la balustrade pour contempler les festivités.

— C'est un bon équipage, je ne peux pas me plaindre.

Phipps, l'homme aux nattes, était maître de manœuvre — l'homme fort du bateau, à la fois juge et censeur des fautes mineures. Il lui incombait également de répartir le produit des prises. Il y avait aussi Jeremy le marin-chef, Mulligan le maître d'équipage, Jack l'artilleur, Obadiah le réparateur de voiles, Luke le charpentier. Leur équipage comprenait même un médecin ; hélas, ce dernier n'avait pas l'habitude d'exercer sous les tropiques, où les causes de mortalité restaient l'incurable fièvre jaune, la malaria et la dysenterie. Sa tâche principale consistait donc à pratiquer des amputations.

Brigitte montra la lunette à Kent. Il dut se baisser pour regarder dedans, tant il était grand. Sous le long manteau, Brigitte devinait un corps souple et puissamment musclé. Déléguant à leurs esclaves tous les labeurs physiques, aimant l'alcool et la bonne chère, les colons français s'épaississaient rapidement, perdant du même coup leur vigueur et leur dynamisme. Christopher Kent, lui, paraissait solide, parfaitement découplé.

Après s'être assuré qu'aucun soldat n'avait été dépêché de la forteresse, il reporta son attention sur sa fascinante hôtesse. Ses yeux glissèrent sur la broche qui ornait le creux de son décolleté.

— Voilà un bien bel objet, murmura-t-il d'un ton suave.

— C'est une pierre précieuse, monsieur ; elle a pour nom l'Etoile de Cathay. Elle fut créée en Chine par un magicien qui, selon la légende, désirait grâce à elle conquérir le cœur d'une jeune femme. Elle est censée apporter amour et passion à son propriétaire.

Il sourit et tendit lentement la main.

D'un geste vif, Brigitte couvrit la pierre. Il ne devait pas la prendre tout de suite ! Elle avait encore besoin d'être belle. S'il lui arrachait la pierre, le charme retomberait et son plan échouerait.

— Je vous en ferai cadeau quand vous partirez.

Il partit d'un éclat de rire tandis que son regard s'attardait sur la main qui protégeait le bijou et sa poitrine.

— Que recevrai-je en cadeau, au juste ? La broche, ou le trésor qui se trouve en dessous ?

Au prix d'un effort, elle soutint son regard.

— Est-ce ainsi que vous traitez les femmes sur votre île ? murmura-t-elle avec une pointe d'insolence dans la voix.

Christopher Kent scruta l'horizon lointain d'un air songeur. Au bout d'un moment, il déclara :

— Je ne vis pas sur une île. Je possède une plantation dans la colonie américaine de Virginie.

Brigitte tomba des nues.

— Vous vivez parmi des gens civilisés ?

Un sourire narquois joua sur les lèvres du bandit.

— En fait, ce sont des gens qui se prétendent civilisés qui financent mes activités de piraterie. A quoi me serviraient mes prises si je ne pouvais les revendre ? Sans acheteurs, la piraterie n'aurait aucune raison d'être.

— Je ne comprends pas...

— Je vends les produits de mes attaques aux Américains. En Angleterre, les pirates sont traités comme des moins que rien alors que les Américains, eux, nous offrent la protection de leurs ports en plus d'un accueil chaleureux. Ils assurent l'approvisionnement de mon bateau et s'occupent de trouver des acheteurs pour les trésors que je rapporte ; tout cela en échange d'une commission, évidemment. Ainsi, les Américains s'enrichissent en même temps que moi.

Brigitte fronça les sourcils.

— C'est incroyable.

— C'est cela, la politique. En soutenant des boucaniers comme moi, les Américains provoquent ouvertement le royaume britannique. C'est ce qu'ils veulent ; leur lutte de pouvoir s'intensifie au fil des mois. Les Anglais ont promulgué une loi baptisée l'Acte de navigation, selon laquelle aucune marchandise ne peut être importée dans les colonies d'Angleterre si elle n'est pas transportée dans des navires anglais gouvernés par des équipages anglais. Les Américains trouvent cette loi injuste et c'est pour cette raison qu'ils la contournent aussi souvent que possible.

— Alors mes beaux chandeliers et le service en porcelaine de ma mère...

— ... finiront leurs jours dans une riche demeure bostonienne.

Lorsqu'il entreprit de démonter la lunette, Brigitte s'écria :

— C'est un cadeau de mon mari !

Il rit en soulevant l'instrument en cuivre.

— C'est un sentimental, votre mari.

— Vous ne pouvez pas comprendre, répliqua Brigitte, indignée.

— Ce que je sais, c'est que les femmes adorent les cadeaux précieux et romantiques... mais un télescope ?

— C'est beaucoup plus que cela, monsieur. C'est un instrument de pouvoir.

— Vraiment ?

— Je vous ai vus arriver, n'est-ce pas ? Sans que vous vous doutiez un instant qu'on vous observait.

— Oui, admit le pirate. C'est vrai. Vous nous avez vus arriver mais vous n'avez pas donné l'alerte... Avouez que c'est étrange.

Il se dirigea vers l'escalier et lui fit signe de passer devant. Brigitte descendit les marches et regagna le salon où, à sa grande surprise, Kent ôta son chapeau et lui demanda quelque chose à boire. Ses cheveux étaient noir de jais, sans aucun fil d'argent. Pourtant, à en juger par son visage buriné par le soleil et le vent, il devait avoir une quarantaine d'années.

Refusant une bouteille de vin déjà entamée, il lui ordonna d'aller en chercher une autre. Puis il sortit sur la véranda pour s'entretenir brièvement avec M. Phipps. Quand il reparut au salon, il déclara d'un ton satisfait :

— Toujours rien à signaler. Personne n'est au courant de notre présence en ces lieux.

Par les grandes fenêtres, Brigitte vit la lune continuer son ascension, projetant une lueur argentée sur la cour où les hommes de Kent, déjà éméchés, commençaient à taquiner les esclaves. Ils n'avaient pas encore mangé, mais la fumée odorante et les effluves appétissants emplissaient l'air tiède.

Kent contemplait le tableau accroché au-dessus de la cheminée : dans un cadre champêtre, Henri et Brigitte Bellefontaine posaient sous un chêne séculaire, entourés de leurs enfants. Lorsque Kent fit observer que ces derniers ressemblaient beaucoup à leur mère, Brigitte esquissa un sourire.

— Mes enfants sont tout, pour moi. Sans eux, je n'aurais plus de raison de vivre.

— Pourtant, vous vous êtes séparée d'eux.

— Je le regrette amèrement.

Elle apporta un plateau chargé de deux verres de cognac. Kent insista pour qu'elle boive avant lui.

— Vous m'offensez, monsieur, murmura-t-elle.

— Chère madame, il y a mille manières de tuer un homme, et les femmes excellent dans l'art d'empoisonner leurs ennemis. Si nous allumions un feu ? L'air est en train de se rafraîchir.

Brigitte appela un esclave. Quelques minutes plus tard, les flammes projetaient sur les murs la haute silhouette de Christopher Kent. Il prit une gorgée de cognac en l'observant par-dessus le rebord de son verre.

— Ainsi, votre mari vous traîne dans un endroit perdu où vous ne pouvez même pas éduquer vos enfants...

— Mon mari ne m'a pas «traînée» ici. Nous sommes venus nous installer en Martinique d'un commun accord, avec la volonté d'y construire quelque chose. La famille Bellefontaine est une vieille famille issue de la noblesse française. Hélas, les générations qui nous ont précédés n'ont pas su gérer leur fortune, si bien que mon mari n'a hérité d'aucune terre. Quand le roi lui a proposé de venir en Martinique pour participer à l'installation de la colonie, mon mari a accepté avec enthousiasme. En retour, la terre que nous travaillons nous appartiendra officiellement. C'est donc ici que nous habitons, monsieur, ceci est le domaine que nous avons bâti pour nos enfants. Dès qu'ils auront fini leurs études, ils reviendront. Et c'est aussi pour cette raison, ajouta-t-elle d'une voix soudain émue, que je vous supplie de ne pas tuer mon mari. Nos enfants ont besoin de leur père.

Kent regarda par la fenêtre. Sous l'œil acéré de M. Phipps, une jeune esclave mordit dans une miche de pain frais avant de la tendre au pirate qui en prit à son tour une bouchée. Tout se déroulait à merveille.

— Les hommes comme votre mari, déclara Kent d'un ton dur, les hommes riches et influents, ont parfois besoin d'une bonne leçon.

Un silence pesant s'installa entre eux tandis que le pirate regardait ses hommes danser autour du feu. Une expression sombre, tourmentée, voilait son visage. Tout à coup, il fit volte-face et lança, d'un ton plus léger :

— Quoi qu'il en soit, le sort de votre mari repose entre les mains de mes hommes.

— Peut-être pourriez-vous...

— Il est clair que vous ne connaissez rien des lois qui régentent la vie sur la mer, *milady*. Je suis peut-être capitaine, mais la démocratie règne sur tous les bateaux pirates. Mes hommes prennent les décisions qu'ils souhaitent. Je ne leur donne aucun ordre. Je ne suis pas responsable de ce qui se passe à bord ou sur terre.

Il marcha vers les portes-fenêtres ouvertes sur le jardin et, inspirant une bouffée d'air, demanda :

— Quel est ce parfum ?

Un capiteux mélange de jasmin blanc, de muguet, de freesias, de lilas et de chèvrefeuille embaumait la nuit.

— Quel pirate pourrait se targuer d'être responsable de ses actes ? lança Brigitte dans son dos.

Il pivota sur ses talons.

— Madame, vous ne connaissez rien de moi. Jugez-moi à votre guise, cela n'a pas d'importance.

— Dois-je comprendre que vous tenez le monde pour responsable de votre sort ?

— Qu'a-t-il fait pour moi, le monde dont vous parlez ?

— Vous tuez par vengeance, n'est-ce pas ? Même les innocents ?

— C'est la loi de la nature. L'aigle tue le serpent, le serpent tue le rat. Seuls survivent les plus forts, voici ce que j'ai appris.

— Pourquoi vous en prenez-vous aux Français ?

— Je m'en prends à tout le monde. L'espèce humaine est mon ennemie. Je ne fais aucune différence entre les Anglais et les Français, les Espagnols et les Arabes. Je suis un prince libre, madame, j'ai autant le droit de faire la guerre que tous les grands de ce monde, à la tête d'armées et de flottes puissantes.

Elle se détourna sans mot dire. Dans le jardin, les fleurs se découpaient aussi distinctement qu'en plein jour. Un oiseau de nuit ulula. L'île continuait à dormir, baignée par le clair de lune. Aucun coup de canon ne résonnait. Aucune torche ne gravissait la montagne. Dans les palmiers, les sentinelles se taisaient. Des odeurs d'épices parfumaient le vent tandis que des chants sonores s'égrenaient au rythme d'un violon endiablé, ponctués de rires féminins.

Le silence se prolongea.

— C'est bizarre, murmura finalement le pirate. Cela fait des années que je sillonne ces îles ; j'ai foulé leur terre, bu l'eau de leurs ruisseaux et goûté leurs fruits. Et pourtant, je ne les *connais* pas vraiment.

Brigitte attendait, et la nuit parut attendre avec elle. Elle imagina les oiseaux au plumage éclatant, les fleurs tropicales, luxuriantes et colorées, les étoiles scintillantes et la lune opalescente, et même les vagues mousseuses qui mouraient sur la plage, en contrebas... c'était comme si le temps avait suspendu son vol pour partager son attente.

— Ce soir, j'ai l'impression de les découvrir pour la première fois. La Martinique, en tout cas. Il y a de la magie sur cette île, n'est-ce pas ?

Son regard enveloppa la pierre bleue posée sur sa poitrine.

— C'est une pierre bien étrange. Je n'en ai encore jamais vu de telles. Ni diamant, ni saphir. On dirait un peu une topaze bleue, mais plus trouble, plus intense aussi. Qu'abrite-t-elle dans son cœur ? Une myriade d'étoiles, dirait-on.

Il planta son regard dans celui de Brigitte et poursuivit :

— La magie opère ce soir, c'est certain, mais vient-elle de l'île ? Ou bien est-ce vous, madame ? Quel genre de sort m'avez-vous jeté ?

Il fronça les sourcils tandis que son regard se troublait.

— Nous devons partir, mes hommes et moi, décréta-t-il soudain. Je n'aime pas m'attarder quelque part. Vous nous avez tenus sous le charme, mais c'est assez.

Le cœur de Brigitte fit un bond dans sa poitrine. Il ne fallait pas qu'il parte !

— Vos hommes n'ont pas encore mangé...

— Ils emporteront de quoi se nourrir.

— Les cochons ne sont pas encore tout à fait cuits. Et certains de vos hommes...

Elle ne termina pas sa phrase, se contentant de parcourir des yeux les épais buissons qui entouraient la maison. Kent n'eut pas besoin d'explication ; il avait vu lui aussi quelques-uns de ses acolytes s'enfoncer dans les feuillages avec de jeunes esclaves.

Kent considéra sa compagne d'un air intrigué.

— Pourquoi n'avez-vous pas peur de nous ?

— J'ai peur, je vous l'ai déjà dit.

— C'est étrange, mais j'ai du mal à vous croire. Aucune femme ne s'est jamais comportée de la sorte en notre présence. Je suis plutôt habitué aux cris, aux tentatives de fuite et aux pâmoisons. Vous êtes différente.

Il baissa les yeux sur ses épaules nacrées.

— Vous frissonnez, madame.

— A cette latitude, murmura Brigitte d'une voix mal assurée, les nuits sont fraîches par rapport aux journées ensoleillées.

Les yeux de Kent pétillèrent d'espièglerie.

— Et comment vous réchauffez-vous ?

— La Martinique regorge d'endroits chauds et accueillants, répondit-elle en le défiant du regard.

Elle bougea légèrement et Kent fut aveuglé par l'éclat de la pierre bleue.

— Montrez-moi donc ces endroits, dit-il posément.

Lorsqu'ils traversèrent la cour, les plaisanteries égrillardes fusèrent de part et d'autre. Les hommes mangeaient du pain, découpaient des ananas, ouvraient des noix de coco. Brigitte remarqua qu'ils utilisaient leurs propres poignards, refusant les couteaux qu'avaient apportés les esclaves. M. Phipps avait trouvé le carton qui contenait les gobelets d'étain tout neufs, fraîchement arrivés de France, et les pirates les étrennaient joyeusement afin d'écarter tout risque d'empoisonnement. Malgré l'ambiance festive, ils restaient sur leurs gardes et tous les ingrédients, des oignons à la moindre pincée de poivre, étaient d'abord goûtés par un esclave avant d'être cuisinés. Quand les porcelets seraient prêts, ils les découperaient avec leurs propres coutelas.

L'important, aux yeux de Brigitte, était qu'ils mangent et qu'ils boivent. S'ils avaient décidé de partir aussitôt après avoir trouvé le trésor, elle aurait pu dire adieu à l'unique chance qui se présentait à elle... en la personne de Christopher Kent.

Brigitte avançait la tête haute, évitant délibérément de regarder en direction de son mari. D'un pas assuré, elle conduisit le capitaine des pirates aux confins de la propriété. Quelques minutes plus tard, ils s'enfoncèrent dans la jungle luxuriante.

Dès que les palmes et les épais feuillages se refermèrent sur eux, un étrange silence les enveloppa. Derrière elle, Brigitte entendit le pirate dégainer son coutelas. Réprimant une bouffée d'angoisse, elle continua à avancer sur le chemin à peine visible. Au-dessus de leur tête, un tunnel de verdure laissait filtrer çà et là quelques rais de lumière argentée. Des créatures invisibles s'écartaient sous leurs pieds tandis que des yeux dorés luisaient dans l'obscurité. Au bout du sentier emmitouflé de verdure, une étrange musique les accueillit.

Brigitte avança la première et Kent la rejoignit. Un juron s'échappa de ses lèvres. Le spectacle qui s'offrait à eux était d'une beauté à couper le souffle.

Large de quatre à cinq mètres, le lagon était ourlé de gros rochers lisses, de roseaux, de dunes verdoyantes et d'un croissant de sable blanc. Telle une pièce d'or, la lune se reflétait sur la surface de l'eau ridée par les cercles concentriques d'une étonnante cascade. Jaillissant d'un amas de rochers, l'eau dégringolait dans une gerbe d'écume et de vapeur.

Rengainant son coutelas, Kent fit un pas en avant. Il étouffa un autre juron.

— Je n'avais encore jamais rien vu de tel ! Comment se fait-il que l'eau soit aussi chaude, ici ?

— Elle est chauffée par les sources volcaniques qui coulent dans le sous-sol, expliqua Brigitte.

Une goutte de sueur glissa sur le front du pirate. Ici, dans cette moiteur étouffante, les orchidées sauvages poussaient en abondance, au milieu des hibiscus et autres fleurs exubérantes, perchées sur des tiges pulpeuses.

Kent descendit au bord de l'eau. Les mains posées sur ses hanches, il contempla le paysage féerique. Déjà, l'atmosphère torride faisait boucler ses cheveux ; des gouttes de sueur perlèrent au coin de sa bouche. Il ôta son chapeau, puis son manteau, qu'il plia soigneusement. Sa chemise blanche collait à son torse, mettant en valeur sa puissante musculature.

Kent se frotta le front, gagné par une étrange torpeur. La vapeur chaude et le parfum entêtant des fleurs l'enivraient. C'était comme si ce paradis verdoyant lui avait ôté toute capacité de raisonnement. Jamais encore il n'avait éprouvé un tel trouble sensuel. Il considéra son ensorcelante compagne ; cette fois encore, l'éclat de la pierre bleue capta son attention. Etait-ce la pierre qui lui jetait un sort, ou sa propriétaire ? Les deux, peut-être complices ?

En quelques enjambées, il fut près d'elle et il la prit dans ses bras.

— Dès l'instant où nous sommes arrivés, j'ai eu l'impression que vous désiriez nous retenir sur l'île, murmura-t-il d'une voix rauque. J'ai cru qu'il s'agissait d'un piège. J'ai cru que vous aviez dépêché des esclaves au fort. Mais le temps a passé et mes sentinelles n'ont rien remarqué d'anormal. Vous n'avez pas donné l'alerte, n'est-ce pas ?

Elle secoua la tête.

— Vous vouliez que je reste ?

Elle hocha lentement la tête.

— Jurez-le. Sur ce que vous avez de plus cher au monde. Jurez-moi que vous aviez envie que je reste.

— Je le jure, chuchota Brigitte. Sur la tête de mes enfants, je jure que je désirais vous retenir.

C'était la pure vérité.

Il l'attira contre lui et captura ses lèvres. Ils s'écartèrent brièvement, juste le temps de reprendre leur souffle, puis il l'enlaça de nouveau, sous l'œil blafard de la lune. Répondant à ses baisers, Brigitte eut une pensée pour la vieille bohémienne. Ainsi, la légende disait vrai : l'Etoile de Cathay possédait bel et bien le pouvoir d'apporter amour et passion. Sans elle, jamais elle n'aurait vécu ce qu'elle s'apprêtait à vivre.

◇

Ils gisaient sur l'herbe humide, épuisés. Ils avaient nagé dans les eaux chaudes du lagon et s'étaient unis sous la cascade rugissante.

— Tu es précieuse et magique, comme cette pierre bleue... et tu es aussi belle, murmura Christopher Kent. Viens avec moi, Brigitte. Allons vivre en Virginie, sur ma plantation. Je te rendrai heureuse.

Il parla un moment de sa maison, là-bas, en Amérique, puis sombra dans le sommeil. Blottie dans ses bras, Brigitte regarda la lune décrire son inexorable trajectoire.

Les premiers chants d'oiseaux arrachèrent Kent à son sommeil. Le ciel était encore noir, mais la lune avait disparu et l'aube ne tarderait pas à poindre. Il aperçut Brigitte au bord de l'eau, vêtue de sa robe dénouée.

Enveloppé d'une délicieuse torpeur, Kent s'habilla rapidement. Sur le chemin qui les menait à la plantation — et à la réalité —, deux certitudes s'imposèrent à lui : il voulait garder cette femme et il avait une faim de loup !

La plupart de ses hommes ronflaient autour du feu mourant, bouche grande ouverte. Quelques-uns titubaient en gémissant, d'autres vomissaient dans les buissons. Les femmes avaient disparu. Colette fit son apparition, comme si elle attendait le retour de sa maîtresse. Elle tenait dans ses mains une copieuse assiette et un verre de rhum.

— Heureusement qu'elle vous a gardé votre part ! lança Brigitte à l'adresse de son compagnon. Sinon, vous auriez dû vous contenter de ronger les os !

Tout sourire, Kent s'assit sur l'herbe et mordit à belles dents le morceau de viande juteuse. Le porc était cuit et assaisonné à la perfection. Quand ses hommes se seraient remis de leurs agapes, ils jureraient leurs grands dieux qu'ils n'avaient jamais aussi bien mangé de toute leur vie !

Il se tourna vers l'est. Une pâle lueur commençait à teinter le ciel.

— Nous allons bientôt partir. Mon bateau est bien caché, mais il y a toujours un risque d'être découverts...

Brigitte jeta un coup d'œil en direction des enclos où les hommes de la maison avaient été enfermés. La plupart dormait, saoulés par le rhum que leur avaient apporté les esclaves. Mais ils n'avaient rien mangé, selon les ordres stricts de Colette, qui tenait ses instructions de Brigitte. Elle vit Henri, toujours entravé, maculé de boue, misérable.

— Rassemble vite tes affaires, reprit Kent entre deux bouchées de cochon et deux gorgées de rhum. Tu n'auras pas besoin de grand-chose, chérie, car je t'offrirai toutes les robes et tous les bijoux que tu voudras.

Brigitte aperçut Colette près de la véranda. La jeune femme surveillait la cour de son regard grave. Les bras croisés sur sa poitrine, elle se tenait immobile, comme si les événements de la nuit ne l'avaient pas touchée.

La lumière se diffusa dans le ciel, les piaillements des singes et les chants des oiseaux emplirent bientôt la forêt tropicale. Le dernier pirate s'effondra. Occupé à saucer soigneusement son assiette avec un morceau de pain, Kent n'y prêta pas attention.

— Tu n'as pas faim, mon amour ? demanda-t-il, la bouche pleine.

Elle s'agenouilla à côté de lui, ses jupons flottant autour d'elle dans une débauche d'or et de rose, les couleurs d'un lever de soleil.

— La Martinique est réputée pour la beauté de ses fleurs, monsieur, commença-t-elle. Malgré cela, nous sommes nombreux à avoir apporté avec nous des plantes de chez nous. Connaissez-vous le laurier-rose?

Elle pointa l'index sur de grands arbustes feuillus ornés de boutons roses. Des trouées perçaient les buissons, là où les branches avaient été coupées.

Kent suça le dernier os et porta à sa bouche un ultime morceau de peau craquante.

— Attends un peu de voir toutes les fleurs que nous avons en Amérique, chérie.

Ignorant ses paroles, Brigitte désigna les piques qui gisaient à côté des broches.

— Les cochons ont rôti sur ces branches-là. J'ai ordonné à Colette d'ôter soigneusement l'écorce avant de piquer la viande dessus.

Il avala une grande goulée de rhum.

— Pourquoi me racontes-tu tout ça?

— Le laurier-rose est toxique.

Il la considéra d'un air perplexe.

— Vos hommes ne sont pas en train de dormir, monsieur, ils sont morts.

Elle ponctua ses paroles d'un signe à l'adresse de Colette. La jeune esclave se précipita vers les corps qui gisaient dans la cour. S'agenouillant auprès d'un homme, elle tâta brièvement son pouls et passa au suivant. Lorsqu'elle eut terminé son examen, elle gratifia sa maîtresse d'un sourire triomphant.

Kent cligna des yeux.

— Morts? Qu'est-ce que tu me chantes là?

Un éclair de lucidité le traversa au moment où l'aube se levait sur les pitons rocheux, irisant la plantation d'une lumière irréelle. Il vit en cet instant tout ce qui lui avait échappé dans la pénombre brumeuse : ses hommes n'étaient pas allongés dans des positions naturelles de repos, et ils étaient beaucoup trop silencieux.

Il se leva d'un bond, renversant son assiette et son gobelet.

— Je ne te crois pas! Mes hommes ont surveillé les préparatifs du repas, le moindre ingrédient a été goûté...

— Vous ne pensez qu'au poison qui vient de l'extérieur et qu'on ajoute dans un plat. Vous oubliez celui qui vient de l'intérieur et se libère dans les mets cuisinés. En l'occurrence, toute la sève des branches de lauriers-roses s'est répandue dans la chair des cochons alors qu'ils étaient en train de rôtir.

— Impossible...

— Regardez vos hommes.

Il pivota lentement sur ses talons, parcourant d'un regard hébété les corps sans vie, baignés d'une pâle lumière. La voix de Brigitte s'éleva dans son dos :

— Vous disiez qu'il existait mille façons d'empoisonner un homme. Vous vous trompiez, monsieur. Il en existe mille *et une*. Vous ne connaissiez pas le laurier-rose.

Il l'enveloppa d'un regard incrédule.

— Quand as-tu imaginé ce plan ?

— Dès l'instant où je vous ai vus par le bout de ma lunette. Avant même que vous et vos hommes n'arriviez à la plantation. Vous aviez raison, monsieur. C'était un piège. Quand je vous ai vus gravir la colline, il était trop tard pour envoyer quelqu'un à la forteresse ; il ne restait qu'une seule solution : l'empoisonnement. Mais pour cela, il fallait que vous restiez ici. Et je ne pouvais vous retenir qu'en tentant de vous séduire...

— Sacrebleu, c'est moi qui t'ai séduite, pas le contraire !

Elle désigna les piques éparpillées dans l'herbe.

— Elles étaient prêtes bien avant que vous n'arriviez à la plantation. Ne vous êtes-vous pas demandé pourquoi je n'avais envoyé personne à la forteresse en vous voyant ? Les soldats ne seraient pas arrivés à temps, c'est vrai, mais il ne vous a pas semblé étrange que je n'aie même pas essayé de donner l'alerte ?

Il ne répondit pas. Son visage était livide, il essuya d'une main son front couvert de sueur.

— Si je ne l'ai pas fait, c'est parce que je savais que vous prendriez la fuite au moindre mouvement suspect. Pour que mon plan fonctionne, il fallait que vous restiez ici jusqu'à ce que la dernière miette soit mangée. J'ai joué mon va-tout, vous le voyez, maintenant ?

La fureur se peignit sur le visage du pirate.

— Et ce que nous avons partagé dans la grotte... cela ne compte donc pas pour toi ?

— Bien sûr que si, monsieur. C'était important, car cela m'a permis de sauver la vie de mon mari... et j'ai également réussi à épargner l'héritage de mes enfants.

Elle désigna les coffres remplis de pièces que les pirates avaient déterrés, la veille au soir.

— Cet or appartient à mes enfants. Mon mari a amassé cette

fortune pour la léguer à nos fils et nos filles. Avez-vous vraiment cru que j'allais vous laisser partir avec?

Kent porta les mains à sa tête.

— Je ne me sens pas bien...

— Le poison devrait agir rapidement. Contrairement à vos hommes, vous n'avez rien mangé d'autre, à part la viande. Et vous n'avez pas beaucoup bu...

— Tu ne vas tout de même pas me regarder mourir sans rien faire!

— Vous êtes responsable de ce qui vous arrive, répliqua Brigitte d'un ton dépourvu de compassion.

— Comment peux-tu être aussi froide... après ce que nous avons vécu ensemble? Tu as pris du plaisir, ne dis pas le contraire!

— J'ai fait semblant, monsieur. Votre contact m'a répugnée.

— Alors tu n'es rien d'autre qu'une putain!

— Non, monsieur, je ne suis qu'une femme capable de tout pour sauver sa famille. Même s'il lui faut pour cela coucher avec un serpent.

Le front de Kent dégoulinait de sueur.

— J'ai commis l'erreur de croire que tu étais une lady.

— Vous avez commis l'erreur de sous-estimer les ressources d'une femme quand elle doit protéger sa famille.

Il porta les mains à son ventre en gémissant.

— Pour l'amour de Dieu!

Brigitte l'observa sans s'émouvoir. Quand son teint devint cendreux puis qu'un flot violine envahit sa gorge, elle déclara d'un ton détaché :

— Mes esclaves sont déjà en route pour la forteresse; les soldats ne devraient plus tarder à arriver. Ne vous inquiétez pas, vous serez mort d'ici là.

Il tendit la main vers elle. Elle recula d'un pas. Tandis qu'il tombait, les doigts du pirate se refermèrent sur la broche, déchirant son corsage. Lorsqu'il toucha terre, son poing serrait encore la pierre bleue; l'espace d'un instant, son éclat magique et enchanteur brilla dans la lumière du soleil levant.

— *Mon chou*[1], on ne parle que de toi dans toutes les Antilles! Tu es une véritable héroïne!

1. En français dans le texte.

Ils s'apprêtaient à se coucher. Bien qu'ils aient eu des amis à dîner, ce soir-là, Henri avait veillé à rester sobre. Et maintenant, il contemplait sa femme d'un air admiratif, submergé par un nouvel amour, une nouvelle vague de désir.

— Comme le sort est facétieux, n'est-ce pas, Henri ? Si je t'avais dévoilé les véritables raisons de mon tourment, tu ne m'aurais pas offert le télescope, et sans le télescope, la nuit de l'attaque se serait déroulée complètement différemment.

— Que soit louée ma stupidité !

Elle se glissa sous les draps et souffla la bougie.

— Henri, je veux que les enfants rentrent de Paris. Je sais que cela ne se fait pas, que les colons n'élèvent pas leurs enfants sur les îles, mais qu'à cela ne tienne : nous serons les premiers ! Nous ferons venir des précepteurs, des professeurs d'équitation, des dames de bonne famille qui leur enseigneront l'étiquette et le maintien. Peut-être fonderai-je une école... oui, c'est une excellente idée !

— C'est d'accord, mon amour, fit Henri.

Il était décidé à accepter toutes les lubies de sa femme... elle était si ravissante !

Quand il voulut la prendre dans ses bras, elle s'écarta.

— Que se passe-t-il, chérie ?

— Tu es tombé amoureux de moi parce que j'étais belle. Et l'autre soir, avec Kent, tu as vu combien j'étais belle, encore. C'est l'Etoile de Cathay qui a opéré ce miracle, elle m'a donné les armes de la séduction afin de pouvoir distraire suffisamment longtemps le capitaine Kent.

Plein de tact, Henri n'avait pas cherché à savoir ce qui s'était passé au lagon. Malgré l'air échevelé de sa femme, le lendemain matin, et le désordre qui régnait dans sa tenue (à l'évidence, Brigitte avait farouchement défendu son honneur), Henri s'était convaincu que son épouse, brillante oratrice, s'était contentée de *bavarder* avec l'Anglais, la nuit durant. Et Brigitte s'était bien gardée de le détromper.

— Mais enfin, tu *es* belle ! Avec ou sans bijou.

Il se tut un instant puis susurra :

— Très bien...

Il quitta le lit, revint quelques instants plus tard. Dans l'obscurité, elle sentit ses doigts sur le corsage de sa chemise de nuit.

— Qu'est-ce que tu fabriques ?

— Je t'embellis. Voilà... la pierre bleue est avec toi.

La magie de l'Etoile de Cathay opéra instantanément.

Transformée, envahie par un sentiment de plénitude, elle se lova langoureusement dans les bras de son époux. Ce qui avait marché sur un pirate marcherait forcément sur un mari !

Repue de plaisir, Brigitte songea à la vie paradisiaque qui les attendait, ici, en Martinique. Soudain, Henri alluma la lumière et elle découvrit le camée en ivoire qu'il avait épinglé sur sa poitrine. La pierre bleue n'avait pas bougé de son écrin.

Etouffant un petit rire, elle l'enlaça.

INTERMÈDE

Après la fatale aventure de Christopher Kent, la Martinique ne subit plus aucune attaque pirate. L'âge d'or de la piraterie s'éteignit quelque temps après, lorsque toutes les flottes du monde s'unirent pour reprendre le contrôle des mers. Henri et Brigitte vécurent jusqu'à des âges avancés, respectivement soixante et soixante-trois ans, léguant à leurs enfants une excellente réputation et une fortune considérable. La plantation Bellefontaine survécut aux tremblements de terre, aux ouragans ainsi qu'à une spectaculaire éruption de la montagne Pelée. Elle constitue encore aujourd'hui une célèbre attraction touristique, et les jeunes guides racontent avec enthousiasme l'incroyable aventure de M. et Mme Bellefontaine, qui réussirent à vaincre une armada de cent féroces pirates en une seule nuit... avec pour seules armes un télescope et quelques broches !

En 1760, le fils de Brigitte, vieillard à la vie dissolue accablé par la goutte et les maladies vénériennes, disputa une partie de poker avec un dénommé James Hamilton. Il ne lui restait plus qu'une pierre bleue ayant appartenu à sa mère. Ignorant sa valeur, il ne connaissait que son nom : l'Etoile de Cathay. Il perdit et la pierre devint la possession de James Hamilton, qui en fit cadeau à sa concubine, Rachel. Celle-ci lui donna deux fils nés sur l'île de Nevis, aux Antilles. Peu de temps après que le ménage se fut installé sur l'île de Sainte-Croix, James Hamilton abandonna Rachel et les deux garçons, Alexander et James. Utilisant la pierre bleue comme caution, Rachel obtint un prêt qui lui permit d'ouvrir une petite boutique dans la ville principale de l'île. James Junior devint apprenti chez un charpentier et Alexandre, onze ans, entra comme employé au comptoir commercial. Ils s'enrichirent au fil du temps, et Rachel put récupérer la pierre bleue, à laquelle elle restait attachée pour des raisons sentimentales.

Lorsque le cadet eut dix-sept ans, un prêtre de l'île rassembla des fonds pour l'envoyer étudier à New York. Au Kings College, Alexander Hamilton fit la connaissance de Molly Prentice, fille d'un pasteur méthodiste, dont il tomba follement amoureux. Pour sceller son amour, il offrit à la jeune fille la pierre bleue que sa mère lui avait donnée lorsqu'il avait quitté les Antilles. Désapprouvant la liaison de sa fille avec un jeune homme sans le sou d'origine douteuse, le père de Molly envoya sa fille chez des parents à Boston. Le temps fit son ouvrage, et Molly finit par s'éprendre de Cyrus Harding. Les deux jeunes gens se marièrent et eurent huit enfants. Elle ne revit jamais Alexander Hamilton, mais conserva précieusement la pierre bleue en souvenir de son premier amour. Lorsqu'elle apprit son décès dans un duel qui l'avait opposé à un dénommé Aaron Burr, elle ne fut plus capable de poser les yeux sur la pierre et finit par la donner en cadeau de mariage à sa fille, Hannah. Portée sur l'ésotérisme et les sciences mystiques, cette dernière se targuait de pouvoir entrer en communication avec les morts. La pierre, décréta Hannah, lui apportait une aide précieuse au cours de ses séances.

LIVRE HUIT

L'Ouest américain,

1848

Est, sud, nord et ouest…
Dis-moi, ô esprit, quelle est la meilleure voie.

Après avoir récité sa litanie, Matthew Lively garda les yeux fermés quelques instants, impatient de découvrir quelle direction indiquait la pierre. Matthew ne prenait aucune décision importante sans consulter la Pierre sacrée.

Il souleva les paupières. Elle pointait en direction de l'ouest.

Un frisson d'excitation le parcourut. Il avait toujours rêvé de partir pour l'Ouest, de découvrir le nouveau pays qui s'étendait de l'autre côté des montagnes Rocheuses, peut-être même — pourquoi pas ? — d'y construire sa vie. Mais si la Pierre sacrée avait indiqué l'est, alors il serait parti en Europe ; le sud l'aurait conduit en Floride et le nord l'aurait poussé vers les étendues sauvages du Canada.

En l'occurrence, la pierre indiquait clairement le mot *ouest*, qu'il avait inscrit sur une grande feuille de papier, avec les trois autres : *sud*, *est* et *nord*, un à chaque coin de la feuille. Puis il avait placé la pierre — baptisée par sa mère « la Pierre sacrée » — au milieu et l'avait fait tourner. Quand elle s'était arrêtée, son extrémité arrondie indiquait sans conteste l'ouest.

Une bouffée d'allégresse l'envahit. Avec des gestes rapides, il froissa le papier et rangea la pierre dans son écrin de velours. Puis il dévala l'escalier, impatient d'annoncer la nouvelle à sa mère. Il s'arrêta net au pied des marches. Les rideaux du salon étaient tirés, ce qui signifiait qu'une séance était en cours et que sa mère n'était pas disponible.

Matthew bifurqua vers la cuisine. Tant pis, il célébrerait

l'événement avec une part de gâteau et un verre de lait, en attendant le départ des clients.

Il se coupa une grosse tranche de gâteau, en espérant que sa mère aurait réussi à entrer en contact avec les esprits ; il n'avait aucune envie de se quereller avec elle aujourd'hui, et il n'admettrait pas qu'elle lui interdise de partir. Il mourrait d'ennui à Boston s'il devait y rester davantage !

Tout ça, c'était à cause de Honoria. Elle avait bien failli le tuer en refusant sa demande en mariage. Son cœur saignait encore, et il n'existait ni baume ni onguent pour soigner ce genre de blessure. Ce n'était pas tant son refus que la manière dont elle l'avait formulé, sur un ton horrifié : « Jamais je ne pourrai vivre avec un homme qui touche tous les jours des corps souillés par la maladie. » Au fond, Matthew ne lui en voulait pas. De frêle constitution, Honoria passait le plus clair de son temps allongée sur son divan, à recevoir ses amis. D'ailleurs, lui non plus n'était pas très robuste. Quand ils le regardaient, les gens voyaient en face d'eux un jeune homme pâle et nerveux qui bredouillait souvent et qui, malgré son bon niveau d'études, manquait cruellement d'assurance.

Blessé par le refus de Honoria, Matthew Lively, du haut de ses vingt-cinq ans, termina son verre de lait en décidant qu'il ne tomberait plus jamais amoureux.

Hannah Lively, fille de la Molly Prentice qui avait jadis été la bien-aimée d'Alexander Hamilton, pénétra dans la cuisine. C'était une femme toute simple, vêtue de bombasin noir et coiffée d'un petit bibi en dentelle.

— Ce fut une bonne séance, mère ? s'enquit Matthew.

Hannah Lively était un des médiums les plus réputés de la côte Est, et Matthew était fier de sa mère.

— Les esprits se sont manifestés sans crainte aujourd'hui. Même sans l'aide de la Pierre sacrée.

Elle posa sur son fils un regard interrogateur.

— Mère, la pierre a indiqué l'ouest !

Elle hocha lentement la tête.

— L'esprit de la pierre sait où se trouve ton destin.

Agée de soixante ans, respectée comme une véritable prophétesse par leurs nombreux amis et voisins, Hannah Lively se fiait entièrement au pouvoir de la pierre. Matthew s'abstint donc de lui dire qu'il l'avait tournée onze fois avant qu'elle daigne s'arrêter enfin sur l'ouest. La pierre avait juste besoin d'être réchauffée, voilà tout.

— Il faut que je me rende à Independence sans tarder, déclara le jeune homme. On dit qu'il vaut mieux partir avant le 1er mai. Les chariots qui partent après ont moins d'herbe pour le bétail. En plus, il faut absolument franchir les montagnes de Californie avant les premières chutes de neige...

Il s'interrompit brusquement. Sans le vouloir, il venait de révéler qu'il nourrissait ce projet depuis bien longtemps.

Mais sa mère s'en moquait. Tant que la pierre avait confirmé son choix, son fils était libre de suivre la voie de son cœur.

La porte d'entrée s'ouvrit et se referma. Des pieds frottèrent le tapis du vestibule. Le père de Matthew fit son apparition, chassant la pluie de son haut-de-forme. C'était un grand homme, aux cheveux argentés ; son allure distinguée allait de mise avec sa profession.

— Le jeune Simson est mort, déclara-t-il d'un ton grave. Emporté par une pneumonie.

Sur ce, il disparut dans la bibliothèque. Là, Jacob Lively s'assit à son bureau pour, fidèle à ses habitudes, régler ses affaires avant d'aller rejoindre sa famille. Avec des gestes méticuleux, il prit dans un tiroir un certificat de décès vierge, trempa sa plume dans l'encre et remplit consciencieusement les encadrés.

Une fois son travail terminé, il se leva et rejoignit sa famille à la cuisine. Un sourire éclairait son visage.

— Dois-je comprendre, à la mine réjouie de mon fils, qu'une grande décision vient d'être prise ?

— Je pars pour l'Ouest, père !

Jacob étreignit son fils. Lorsqu'il prit la parole, une vive émotion teintait sa voix.

— Tu vas me manquer, fiston, Dieu m'en est témoin. Mais tu es né pour partir en terre inconnue. Nous l'avons toujours su, ta mère et moi.

C'était la vérité. Depuis sa plus tendre enfance, le garçon ne tenait pas en place. En outre, ses compétences seraient fort appréciées là-bas, dans le Grand Ouest.

— Laisse-moi te souhaiter bonne chance, fiston.

Le jour du départ, ses parents lui offrirent un beau cadeau : une sacoche noire frappée de ses initiales dorées. A l'intérieur se trouvaient des scalpels et des ciseaux, des aiguilles, du fil de soie et du catgut, des bandes et des pansements, des seringues, des cathéters, le tout flambant neuf. Ses yeux s'arrondirent de surprise lorsqu'il aperçut un instrument très prisé.

— Un stéthoscope !

— Fabriqué en France, souligna son père d'un ton empreint de fierté.

De tels instruments étaient encore rares, de ce côté-ci de l'Atlantique. Le long tube en bois, doté d'un bout élargi qu'on plaçait sur la poitrine du patient, avait été inventé quelques années plus tôt. Les premiers appareils étaient plus courts, mais les médecins s'étaient vite rendu compte qu'un tube plus long leur permettrait d'échapper aux puces de leurs patients.

Avant son départ, sa mère souhaita se livrer à une dernière consultation. Elle avait décidé de lui donner la Pierre sacrée, pensant que Matthew aurait besoin de sa protection tout au long des quatre mille huit cents kilomètres qui séparaient Boston de l'Oregon.

Pendant que Hannah Lively s'enfermait seule avec la Pierre sacrée, Matthew faisait les cent pas au salon. L'aventure qu'il s'apprêtait à vivre l'emplissait d'un curieux mélange d'excitation et de peur. C'était la première fois de sa vie qu'il se lançait seul dans une telle entreprise. Depuis qu'il était petit enfant, il suivait les autres. A l'instar de ses frères aînés, il avait à son tour choisi d'exercer la même profession que son père (aurait-il émis le souhait de s'orienter vers un autre métier qu'il aurait vite enterré son projet, n'étant pas d'un naturel particulièrement combatif).

Lorsque Hannah eut terminé son dialogue avec l'esprit de la Pierre sacrée, elle prit la main de son fils et y pressa la pierre.

— Ecoute-moi, mon fils, commença-t-elle gravement. Une grande épreuve t'attend. Tu devras y faire face avec force, courage et sagesse.

— Je sais, mère. Le voyage jusqu'en Oregon est long et semé d'embûches...

— Non, mon fils, il ne s'agit pas du voyage. Tu as raison, il sera long et pénible, mais quel voyage ne l'est pas ? Je veux parler d'autre chose — d'un tournant crucial au cours de cette expédition. Quelque chose de...

Son visage se voila.

— De terrible, d'obscur.

— Pourrai-je l'éviter ? demanda Matthew, gagné par une sourde appréhension.

Sa mère secoua la tête.

— Non, c'est écrit, c'est ton destin. Mais cette épreuve est là comme un défi. Laisse-toi guider par la pierre, mon fils, elle te conduira vers la lumière, vers la vie.

L'heure du départ avait sonné; il devrait d'abord se rendre à Independence et la route qu'il parcourrait à pied, à cheval, en carrosse, en bateau puis en train serait très longue. Cette route le mènerait à son destin, inéluctablement.

— J'vous l'ai déjà dit, cria le chef de convoi, je ne prends aucune femme célibataire, c'est comme ça!

Emmeline Fitzsimmons gratifia Amos Tice d'un regard exaspéré. Cela faisait deux semaines qu'elle était arrivée à Independence, le point de rassemblement pour tous ceux qui désiraient emprunter la piste de l'Oregon, deux semaines qu'elle parcourait le vaste campement, en vain : aucun chef de convoi ne voulait l'emmener. Ce n'était pas juste : les hommes seuls trouvaient sans peine une place. Mais quand il s'agissait d'une femme...

Elle réprima son envie de hurler.

Le capitaine Amos Tice était un montagnard, comme l'attestait son accoutrement : longue veste en daim retourné sur un pantalon à rayures, bottes en cuir, chemise en flanelle, le tout agrémenté d'une ceinture indienne brodée de perles à laquelle pendait un couteau de chasse. Taché de sueur, son chapeau à larges bords protégeait une figure rougie par le soleil et une barbe grisonnante. De quoi était-il capitaine? Personne ne le savait vraiment, mais il avait la réputation d'être droit et honnête et de veiller à ce que ses émigrants arrivent à destination. Tice examina la jeune audacieuse : si Emmeline Fitzsimmons n'était pas vraiment belle (il n'avait, lui, rien contre les taches de rousseur et les cheveux roux), elle possédait un charme indéfinissable et sa silhouette robuste et voluptueuse était assurément agréable à l'œil. C'était précisément pour cela qu'il ne pouvait prendre le risque de l'accepter dans son convoi : elle représentait une tentation, et donc une menace pour le groupe.

— Je suis désolé, mademoiselle, répéta-t-il, mais c'est le règlement. Les femmes célibataires n'ont pas le droit de voyager seules.

Emmeline contint à grand-peine sa frustration. C'était le septième refus qu'elle essuyait et ses espoirs s'amincissaient avec le temps. Les premiers convois étaient déjà partis ; la vague de départs cesserait dans quelques semaines, à cause des premières chutes de neige dans les sierras.

— Mais je vous serai utile, insista-t-elle, je suis sage-femme.

Elle balaya d'un geste de la main la foule de femmes et d'enfants.

— Certaines de ses femmes auront bientôt besoin de mes services, c'est évident.

Tice fronça les sourcils d'un air désapprobateur. Une jeune femme bien éduquée n'aurait pas évoqué en public ces sujets délicats. Etait-elle vraiment sage-femme ? Tice en doutait. Elle était trop jeune, trop apprêtée. Et elle était surtout célibataire. Le genre de femme capable de provoquer les pires ennuis. Trois mille deux cents kilomètres les séparaient de l'Oregon ; si Dieu voulait bien y mettre du sien, le voyage durerait quatre mois. Cela faisait trop de kilomètres, trop de nuits pour une femme seule. Comme il s'apprêtait à lui tourner le dos, elle insista :

— Si je trouve quelqu'un, par exemple une famille, qui accepte de voyager avec moi, aurais-je la permission de partir avec votre magnifique convoi ?

Il gratta sa barbe et cracha un filet de jus de tabac sur le sol boueux.

— Ouais, mais la famille en question devra d'abord obtenir mon assentiment.

Independence était une ville-frontière bourdonnante d'activité, où se mêlaient toutes sortes de gens. On y rencontrait des trappeurs canadiens emmitouflés dans leur habit de fourrure, des muletiers mexicains vêtus de veste bleu vif et de culottes blanches, des Indiens Kanza perchés sur leurs poneys, des marchands yankees qui vendaient tout et n'importe quoi sous le chaud soleil. Et puis, il y avait surtout ces milliers d'émigrants et leurs carrioles, prêts à se lancer dans l'aventure, la tête pleine de rêves et d'espoirs. Dans l'air printanier résonnaient les martèlements des forgerons, les appels des parieurs et les mélodies entraînantes pianotées dans les saloons. Les gens se croisaient d'un pas pressé à l'entrée des magasins, tandis que les Indiens vendaient leur artisanat dans les rues encombrées.

Plongée dans ses pensées, Emmeline se tenait devant une des nombreuses boutiques. A côté d'elle, un homme disait à son compagnon :

— Oui, monsieur, je le tiens de mon frère. En Oregon, les

cochons courent partout, ils n'appartiennent à personne. Ils sont gros et gras, déjà tout préparés, y a plus qu'à se couper une bonne tranche de lard quand on a faim !

Au même instant, elle aperçut le jeune docteur qui entrait chez l'apothicaire, de l'autre côté de la rue.

Sur une impulsion, elle traversa et pénétra à son tour dans l'officine. Elle s'immobilisa un instant pour s'habituer à la faible clarté. Sur les murs, des affiches vantaient les mérites des pilules biliaires Winham, du baume Gilead du docteur Salomon et de l'Onguent de Holloway. Derrière le comptoir, les étagères croulaient sous les lotions et les poudres, de quoi guérir tous les maux, de la goutte au cancer, avec des « résultats garantis », comme le proclamaient les étiquettes. Emmeline prit un flacon de Sirop apaisant pour bébés ; l'étiquette mentionnait la présence d'alcool et de morphine, et la posologie indiquait d'administrer du sirop « jusqu'à ce que le bébé soit calmé ».

Elle aperçut alors le jeune docteur, en pleine conversation avec le pharmacien.

Elle avait deviné sa profession en voyant la sacoche noire qu'il tenait à la main — elle ressemblait à celles de son père et de ses oncles, quand ils partaient faire leurs visites à domicile. Pâle et fluet, le jeune homme portait un costume trop grand pour lui. Il semblait anxieux. Elle se fraya un chemin parmi les clients et s'approcha de lui au moment où il tendait un flacon vide au pharmacien. Dans sa sacoche entrouverte, Emmeline aperçut des rouleaux de gaze et des pansements, des fils de suture et des ciseaux.

— Excusez-moi, docteur, j'aurais besoin d'un petit renseignement…

Il fit volte-face, surpris.

— Vous me parlez ? demanda-t-il tandis qu'un flot de sang envahissait son visage.

Emmeline savait qu'il n'était pas poli d'aborder un inconnu ; mais les circonstances étaient particulières et ils se trouvaient à la frontière. Aussi poursuivit-elle hardiment :

— Je m'appelle Emmeline Fitzsimmons et j'aimerais partir pour l'Ouest. Comme je suis seule, hélas, aucun convoi n'accepte de me vendre une place. Autorisez-moi à faire la route avec vous, docteur. Je pourrai vous servir d'assistante. Je suis sage-femme diplômée.

Elle souleva sa sacoche en cuir qui contenait les instruments et les remèdes propres à sa spécialité.

— Mais je suis bien plus que ça, s'empressa-t-elle d'ajouter alors que le jeune homme continuait à la dévisager, bouche bée. Mon père était médecin et je l'ai beaucoup aidé dans son cabinet. En fait, je désirais être docteur, moi aussi, mais je n'ai pas obtenu l'autorisation d'entrer à la faculté de médecine. Seuls les hommes peuvent devenir docteurs, ajouta-t-elle avec une pointe d'amertume.

Elle se tut un instant, puis un sourire radieux éclaira son visage.

— Je vous serai d'une aide précieuse, croyez-moi.

Matthew ne répondit pas tout de suite, dérouté par cette impétueuse créature. Contrairement à sa bien-aimée, la frêle et menue Honoria, Mlle Fitzsimmons était ronde, dotée d'une poitrine généreuse. Sa bouche était rouge et charnue, de longs cils ourlaient ses yeux. Le délicat parfum qu'elle dégageait l'enivrait. Il déglutit péniblement. Sa féminité à fleur de peau le mettait horriblement mal à l'aise. Comment osait-elle lui faire une proposition aussi audacieuse ? Deux inconnus, un homme et une femme, qui voyageraient seuls pendant tout ce temps... ?

— Je... je suis désolé... bredouilla-t-il.

— Regardez, coupa Emmeline en ouvrant sa sacoche pour en sortir des certificats de naissance vierges. J'ai vu des certificats de décès dans votre sac. Nous étions faits pour nous rencontrer, non ? C'est un signe !

Marmonnant une vague excuse, Matthew prit le flacon que la pharmacien avait rempli entre-temps et se hâta vers la sortie.

Refusant de s'avouer vaincue, Emmeline regagna le vaste campement des émigrants et promena son regard autour d'elle. De nombreux convois étaient déjà partis, il n'en restait plus que quelques-uns. Elle aurait tant voulu se joindre à celui de Tice, qui partait dans la matinée ! Contrairement à la plupart des autres chefs de convoi, Tice avait déjà fait le voyage jusqu'en Oregon, il connaissait la route et les Indiens. C'était d'ailleurs pour cette raison qu'il demandait plus cher que les autres ; mais Emmeline aurait pu lui proposer une fortune, il ne l'aurait pas acceptée dans son groupe.

Son regard s'arrêta sur un fringant jeune homme vêtu d'une veste à carreaux et coiffé d'un drôle de chapeau melon ; devant une foule de curieux, il était en train d'installer un appareil photo sur son trépied. Cloué sur sa carriole, un panonceau annonçait *Silas Winslow, spécialiste en daguerréotypie. Photos flatteuses garanties.* La nouvelle invention faisait fureur. Emmeline avait posé pour un portrait avant de quitter sa demeure de l'Illinois, un souvenir destiné à ses sœurs. Hélas, elles n'avaient pas eu les moyens de se faire prendre en photo à leur tour ; Emmeline devrait se contenter de l'image qu'elle gardait d'elles dans son cœur.

Elle continua à avancer entre les carrioles. Les hommes vérifiaient les provisions et graissaient les roues des chariots tandis que les femmes supervisaient le chargement des meubles, des malles et des couchages. Emmeline aperçut bientôt une famille fraîchement arrivée ; enceinte de plusieurs mois, la femme tentait désespérément de juguler l'ardeur de ses enfants et de ses poules tout en surveillant le chargement d'une carriole. Emmeline s'approcha de la pauvre femme et se présenta d'un ton enjoué.

— Je suis sage-femme diplômée, précisa-t-elle rapidement, je pourrai vous aider quand vous serez prête à accoucher ; apparemment, vous n'êtes plus très loin du grand jour.

La femme se présenta à son tour. Elle s'appelait Ida Threadgood.

— Que Dieu vous bénisse de bien vouloir voyager avec nous, mademoiselle Fitzsimmons ! C'est une bénédiction du ciel, vraiment. Parce que cet homme, là-bas, ajouta Ida en lançant une œillade noire en direction de son mari qui attelait les boeufs, est une véritable plaie !

Le 12 mai 1848, par une belle matinée de printemps, une foule endimanchée se réunit sur le campement d'Independence. Respirant difficilement dans leur corset serré, les femmes portaient de grands chapeaux à fleurs, de jolis gants, des ombrelles et des éventails. Rasés de près, les cheveux soigneusement plaqués en arrière, les hommes exhibaient fièrement de belles bretelles et des boucles de ceinture flambant neuves. Les bains publics de la ville avaient été pris d'assaut la veille au soir, lorsque les pionniers avaient voulu faire une dernière toilette avant de se mettre en route. Un orchestre jouait des hymnes patriotiques, *Yankee Doodle* et *The Star Spangled Banner.* Des pétards fusaient pendant que M. Silas Winslow prenait des photos de groupe pour les plus fortunés d'entre eux. Parents et amis versaient une dernière larme avant de faire leurs adieux à ceux qu'ils aimaient, tous ces gens qui partaient vers l'inconnu.

Un pas après l'autre, les émigrants se mirent en route. Un voyage de trois mille deux cents kilomètres les attendait; ils parcourraient en moyenne un peu plus de trois kilomètres à l'heure. Ils partirent dans de beaux chariots bâchés tirés par des bœufs, surnommés les « vaisseaux de la prairie » parce qu'ils ressemblaient à des bateaux glissant sur un océan de verdure. Le convoi comprenait soixante-douze chariots, cent trente-six hommes, soixante-cinq femmes, cent vingt-cinq enfants et sept cents bœufs et chevaux. Chaque chariot transportait les biens personnels d'une famille ainsi que des provisions achetées à Independence : cent kilos de farine, cinquante de bacon, cinq de café, dix de sucre, cinq de sel. On trouvait aussi du riz, du thé, des haricots, des fruits secs, du vinaigre, des cornichons et de la moutarde. Les émigrants avaient également emporté de quoi faire du troc : les rouleaux de coton étaient destinés aux Indiens qu'ils rencontreraient en chemin; la dentelle et la soie aux Espagnols, les livres et les outils aux Yankees déjà installés dans l'Ouest. Les femmes avaient emporté leur linge de maison, la porcelaine et la Bible de famille. Les hommes, eux, avaient songé aux fusils, aux charrues et aux pelles. Chiens, poulets et oies faisaient aussi partie du voyage.

La piste partait directement en direction de l'ouest, vers le pays Shawnee, qui longeait la rivière Kansas; là, les Indiens de la région les aideraient à traverser la rivière, moyennant une taxe de soixante-quinze cents par chariot, ce que les pionniers appelaient de la piraterie de grand chemin. Les hommes voyageaient à cheval tandis que les femmes, pour la plupart, avançaient à pied avec les bouviers. Seuls les enfants et les personnes âgées restaient dans les chariots. A la fin de la première journée, l'impressionnant convoi de chariots, bétail, chevaux et mulets fit halte pour la nuit. Les femmes préparèrent le repas tandis que les hommes dressaient les tentes et nourrissaient les animaux. Le lendemain, aux premières lueurs de l'aube, les voyageurs rassemblèrent leurs affaires et se remirent en route. Ils vivraient ainsi quatre mois durant, comme dans un grand village nomade. En chemin, ils rencontreraient d'autres émigrants en partance pour la Californie qui, annexée par les Etats-Unis, n'était plus en guerre contre le Mexique. Ceux qui se dirigeaient vers l'Oregon ne voyaient pas l'utilité de se rendre en Californie, une région qu'on leur avait dépeinte comme une « étendue sauvage sans intérêt, uniquement peuplée de Mexicains et d'Indiens ». Un homme qui passait à cheval leur confia qu'on avait trouvé de l'or là-bas, mais tous se moquèrent de lui, le pauvre crédule !

La prairie s'étendait à perte de vue devant eux, plate et verdoyante, marécageuse aux endroits où il avait plu. Les voyageurs gardaient les yeux rivés sur l'horizon en avançant à côté des chariots et des bœufs, chaque famille suivant l'autre d'un pas mécanique, tous à la queue leu leu : il y avait Tim et Rebecca O'Ross avec leur ribambelle d'enfants issus de premiers mariages ; Charlie Benbow et son épouse Florine, les éleveurs de poulets ; Sean Flaherty, l'Irlandais chantant, escorté de Daisy, une brave chienne noire comme du charbon ; les quatre frères Schumann, originaires d'Allemagne et qui parlaient encore mal l'anglais, et dont le chariot était rempli à ras bord de socs en fonte et d'autres outils agricoles.

Les émigrants firent rapidement connaissance. Tant qu'on payait le prix du voyage et qu'on acceptait d'accomplir les tâches qui se présentaient, le capitaine Amos Tice ne se mêlait jamais des affaires de ses clients ; c'était donc à eux de se présenter et de sympathiser avec le reste du groupe. Au fil des jours, ils surent qui était originaire d'Ohio, de l'Illinois ou de New York, qui exerçait telle ou telle profession, qui était veuf ou remarié pour la deuxième ou troisième fois. Un après-midi, un bouvier prénommé Jeb aborda Matthew Lively.

— Mme Threadgood et Mlle Fitzsimmons m'ont dit que vous étiez docteur. Pourriez-vous m'arracher une dent ? demanda le jeune homme en frottant sa joue enflée.

Matthew répondit qu'il ne connaissait rien en dentisterie, mais il avait entendu dire qu'Osgood Aahrens, propriétaire du dernier chariot, était barbier.

Comme la plupart des couples mariés du convoi, Ida et Barnabas Threadgood en étaient respectivement à leurs troisième et quatrième mariages, ayant chacun perdu plusieurs conjoints avant de se rencontrer. De ce fait, une ribambelle d'enfants les accompagnait dans leur aventure. Ida se réjouissait de la présence de Mlle Emmeline parmi eux. Pleine d'entrain, la jeune femme l'aidait à faire la cuisine et la lessive ; elle s'occupait aussi des enfants en échange d'un lit et de la protection de la famille (dès que les hommes apprirent qu'une femme célibataire faisait partie du convoi, ils se mirent à tourner autour d'elle comme des abeilles autour d'un pot de miel).

Cette agitation soudaine n'échappa pas à Albertina Hopkins, qui déclara d'un air pincé :

— Cette fille va semer la pagaille parmi les hommes seuls. Ecoutez-moi bien, vous autres, Mlle Emmeline Fitzsimmons ne tardera pas à provoquer de belles bagarres.

Les autres femmes l'approuvèrent ; elles aussi voyaient d'un mauvais œil la présence de cette jeune célibataire. Pas timide pour un sou, Mlle Fitzsimmons bavardait avec les hommes, un peu trop librement au goût des autres femmes. Penchée sur sa poêle où grillait une tranche de bacon, Albertina lança à la cantonade, suffisamment fort pour qu'Emmeline puisse entendre :

— Les dames respectables ne sortent pas sans se couvrir la tête, elles ne laissent pas leurs cheveux flotter au vent. Nous savons tous ce qui est arrivé à Jézabel, dans la Bible.

Albertina avait une opinion arrêtée sur de nombreux autres sujets. Le jour où ils croisèrent une famille noire qui essayait de rallier l'Ouest seule, avec ses trois chariots, un vote eut lieu pour savoir s'ils pourraient ou non se joindre au convoi de Tice. Emmeline, Silas Winslow, Matthew Lively, Ida et son mari votèrent « oui » mais tous les autres rejetèrent l'idée. Amos Tice tenta alors d'expliquer aux anciens esclaves d'Alabama qu'ils feraient mieux d'aller en Californie, là où les Noirs étaient les bienvenus.

— L'Oregon n'accepte pas les Nègres, conclut-il.

C'était la vérité.

Quand ils eurent dépassé les trois chariots rafistolés, les six bœufs, les deux chevaux, l'unique vache et la famille composée de cinq adultes et de sept enfants, Albertina Hopkins claironna :

— Si les gens de couleur veulent s'installer dans l'Ouest, je n'y vois aucun inconvénient ; je n'ai rien contre ces gens-là, vous comprenez. Simplement, ils feraient mieux de voyager entre eux. Ceci dit, je ne comprends vraiment pas pourquoi des gens s'obstinent à vouloir aller là où ils ne sont pas désirés.

Albertina était une grosse femme au visage carré comme celui d'un bouledogue. De sa voix de stentor, elle clamait fièrement son attachement aux valeurs chrétiennes. Pour baptiser ses enfants, elle avait pioché dans la Bible deux phrases araméennes ; sa fille s'appelait ainsi Talitha Cumi, qui signifiait « Lève-toi, petite fille » et son garçon Maranatha, « Le Seigneur est en chemin ». Aimant à rappeler ses bonnes actions (on n'est jamais mieux servi que par soi-même...), Albertina avait décidé de partir parce qu'elle se sentait investie d'une mission : faire connaître Dieu et la civilisation aux « pauvres impies » — à qui faisait-elle allusion, précisément ? Personne ne le savait.

Contrairement à son épouse, M. Hopkins était un homme paisible et aimable. Veuf, il avait amené avec lui les enfants de son premier mariage, tout comme Albertina, veuve également, élevait aussi ses trois enfants ; deux autres enfants étaient nés de leur union. Jouissant d'une liberté extrême, la bande de gamins semait la panique dans tout le campement, volant la nourriture, tourmentant les animaux, sans que jamais leur mère les reprenne. A ses yeux, ses bambins étaient de véritables angelots. Au sein du convoi, tout le monde plaignait sincèrement le pauvre M. Hopkins. Comment parvenait-il à supporter à longueur de temps sa mégère de femme ? Son secret fut découvert par une belle soirée étoilée, lorsque les frères Schumann le surprirent derrière un cotonnier, en train de siroter discrètement un gobelet de whisky.

Le quatrième soir, Albertina préparait des biscuits lorsqu'elle déclara :

— Cette Emmeline Fitzsimmons m'a dit qu'elle avait vingt-cinq ans, vous vous rendez compte ? A croire que personne n'a voulu d'elle... Personnellement, je trouve tout à fait inconvenant qu'une femme célibataire exerce le métier de sage-femme, et je me moque bien de son diplôme ! Une fille encore vierge ne peut pas comprendre ces affaires-là. Pauvre Ida Threadgood, conclut-elle dans un soupir tandis que ses compagnes murmuraient leur assentiment.

Matthew Lively n'avait pu s'empêcher d'entendre la conversation, la voix d'Albertina portait tellement loin ! Sans savoir pourquoi, il ne partageait pas l'avis de Mme Hopkins quand elle laissait entendre qu'aucun homme n'avait voulu de Mlle Fitzsimmons. Au cours de ces premiers jours de route, il avait eu tout loisir d'observer la jeune femme à la tignasse rousse, puisque le chariot des Threadgood roulait devant le sien. Il avait la nette impression que Mlle Fitzsimmons menait sa barque comme bon lui semblait et que c'était elle qui choisissait ses compagnons, pas l'inverse. Si elle était encore seule à son âge, c'est qu'elle en avait décidé ainsi et certainement pas parce que aucun homme ne voulait d'elle.

Pourquoi cette jeune femme l'intriguait-elle autant ? Il n'appréciait pourtant guère sa manière d'être, elle était trop... naturelle, à ses yeux, pas assez raffinée. La voir manger avec un appétit d'homme le répugnait. Sa chère Honoria, elle, mangeait du bout des lèvres. Elle était si fine que ses pommettes et ses omoplates saillaient sous sa peau diaphane. Si fragile qu'elle pouvait à peine secouer son éventail. Pas étonnant que la moitié des jeunes gens de Boston aient été follement amoureux d'elle ! Malgré tout, il y avait quelque chose d'attirant chez Mlle Fitzsimmons. Peut-être parce qu'il la soupçonnait de partir pour les mêmes raisons que lui : trouver un endroit où l'on aurait besoin de ses compétences professionnelles.

Le convoi continuait sa lente progression à travers les plaines du Kansas. Un jour, Ida Threadgood posa les mains sur son ventre distendu et déclara à l'adresse d'Emmeline :

— Dieu merci, vous êtes là. Ce n'était pas mon idée, ce voyage. Mon idiot de mari a vendu la ferme sans même m'en parler et je n'ai pas eu d'autre choix que de le suivre, avec cinq gosses et un en route.

Emmeline contint à grand-peine sa surprise. Jamais encore elle n'avait entendu une femme parler de son mari en des termes aussi irrespectueux. Elle s'aperçut vite qu'Ida n'était pas la seule à éprouver de tels sentiments. Nombreuses étaient les femmes qui se trouvaient ici contre leur gré, obligées de suivre un mari ou un père car elles n'avaient pas eu d'autre choix. Elles déversaient tranquillement leurs rancœurs devant les casseroles ou les baquets de linge sale, quand les hommes n'étaient pas là pour les entendre. Pour ces derniers, c'était une aventure exceptionnelle, de partir s'installer dans des territoires inconnus. Mais les femmes, elles, n'aimaient pas bouger, surtout quand elles avaient des enfants. Résignées, elles se consolaient en se répétant qu'une vie meilleure les attendait, tout au bout de cette route éprouvante.

A cent quatre vingt-cinq kilomètres d'Independence, après douze jours de voyage, Mme Biggs eut les premières contractions. Quand Emmeline voulut l'aider à accoucher, Albertina Hopkins la bouscula violemment et lui bloqua l'accès au chariot. Excédée, la jeune femme retint de justesse son envie de gifler la mégère, par respect pour la pauvre parturiente.

Le lendemain, une violente tempête se dessina à l'horizon et les voyageurs se hâtèrent de former un immense cercle avec les chariots, enfermant à l'intérieur le bétail et les chevaux. Tremblants de peur, ils s'installèrent au mieux tandis que l'orage éclatait au-dessus de leurs têtes. Le vent faisait claquer les bâches, des éclairs blancs zébraient le ciel. Surprise par l'averse alors qu'elle était en train de dételer les bœufs des Threadgood, Emmeline se rua dans le chariot le plus proche, celui de Matthew Lively. Assis l'un contre l'autre, ils attendirent en silence tandis que les éléments déchaînés menaçaient de renverser les carrioles. Les femmes criaient et les enfants pleuraient, terrifiés. Tout à coup, aussi vite qu'elle était arrivée, la tempête s'éloigna, laissant dans son sillage un merveilleux arc-en-ciel. Albertina Hopkins émergea de son chariot, invitant sa capricieuse progéniture à aller jouer dans la boue. Puis elle leva son visage vers le ciel et proclama d'un ton triomphant, comme si elle était responsable de ce phénomène climatique :

— Et voilà, le soleil est de retour !

En sortant du chariot de Matthew Lively, Emmeline s'interrogeait sur le jeune docteur. Son visage grave donnait à croire qu'il avait assisté à de nombreux enterrements dans sa courte vie. *A-t-il perdu beaucoup de patients ?* se demanda-t-elle, songeuse.

De son côté, Matthew se posait lui aussi quelques questions : *Pourquoi Mlle Fitzsimmons a-t-elle toujours le sourire aux lèvres ? Où puise-t-elle toute cette énergie ? Ne lui a-t-on jamais dit qu'il n'était pas convenable pour une jeune femme de parler autant ?*

Le 29 mai, après deux semaines et demie de route, ils atteignirent les rives de la Big Blue River, qui rejoignait le Kansas en provenance du nord. Là, les émigrants essuyèrent leur première déconvenue : de fortes pluies avaient gonflé la rivière, devenue infranchissable. Contraints d'attendre la décrue, ils en profitèrent pour faire une grosse lessive et prendre leur premier bain depuis leur départ d'Independence. On enduisit de savon les corps et les vêtements, les enfants furent baignés en même temps que les chemises crasseuses, les robes, les couvertures, les vestes et toutes les « pièces dont on ne parle pas ». Ce soir-là, un croissant de lune éclaira le ciel et les émigrants se détendirent en écoutant de la musique et des histoires ; on badinait innocemment autour des nombreux feux de camp. Silas Winslow, jeune célibataire très convoité — il exerçait une profession lucrative —, attirait toute l'attention des mères de jeunes filles, au même titre que Matthew Lively, maintenant que tout le monde savait qu'il était médecin.

Mais, tandis que Winslow appréciait énormément son traitement de faveur — on le gavait de gâteaux et les dames se battaient presque pour lui faire sa lessive ou lui réparer ses vêtements —, Matthew Lively semblait plutôt gêné par ce déploiement de bonnes volontés. De nature timide et réservée, Matthew n'avait encore jamais fait l'objet de tant d'attentions féminines. En outre, la chétive Honoria continuait à hanter son cœur et il souffrait encore d'avoir été évincé. Toutes ces jeunes filles empressées, lancées à la chasse au mari, le rendaient nerveux. Il ne sentait à l'aise qu'avec la troublante Mlle Fitzsimmons. L'autre jour, il l'avait entendue dire à Mme Ida Threadgood qu'elle ne croyait pas au mariage, arguant qu'il s'agissait d'une institution artificielle, créée de toutes pièces par les hommes désireux de soumettre leur femme.

Le niveau de la rivière baissa enfin mais il fallut néanmoins construire un immense radeau — assez grand pour supporter un vaisseau de la prairie — pour franchir le cours d'eau. La traversée fut longue et difficile, du fait des puissants courants qui brassaient la rivière. Obliger les chevaux et le bétail à nager jusqu'à l'autre rive se révéla une entreprise éprouvante. Il fallut deux jours pour faire traverser tout le monde sous une pluie battante et continue. Durant ces deux journées épuisantes, des querelles éclatèrent et deux hommes faillirent s'étriper au couteau.

Sur l'autre rive, les premiers arrivés, maculés de boue, trempés jusqu'aux os, exténués, s'efforçaient tant bien que mal d'atteler les bœufs, de rassembler chevaux et bétail et d'allumer un petit feu pour préparer le repas. Tout à coup, Barnabas Threadgood laissa échapper une longue plainte. L'instant d'après, il s'effondra.

Tout le monde se réunit autour du corps inerte tandis qu'Emmeline courait prévenir Matthew Lively. Debout à côté de son époux, les mains posées sur les hanches, Ida déclara :

— Il n'a encore jamais fait ça avant.

Matthew se fraya un chemin et, prenant appui sur un genou, tâta le pouls de Barnabas. Le petit groupe demeura silencieux tandis qu'il extirpait de sa sacoche le stéthoscope. Personne n'avait encore vu pareil instrument et les yeux s'arrondirent de surprise lorsqu'il posa l'extrémité du tube sur la poitrine du malade. Il écouta avec attention. Au bout d'un moment, il leva les yeux et déclara, d'un ton sincèrement peiné :

— Votre mari est mort, madame.

— Vous en êtes sûr ? fit Ida.

Elle observa longuement le visage de son époux puis, tournant son regard vers l'ouest, elle sembla réfléchir, tourna finalement les yeux en direction de l'est, réfléchit encore avant de déclarer d'un ton neutre:

— Dès que nous l'aurons enterré, je regagnerai le Missouri.

A la stupéfaction d'Emmeline, quatre autres épouses se joignirent à Ida, avec leurs enfants et six bouviers. Les maris protestèrent mollement mais ne les retinrent pas. En conséquence de quoi, Emmeline se retrouva à nouveau seule, au milieu de nulle part, à deux cent soixante kilomètres d'Independence. Quand Amos Tice lui annonça qu'elle devrait repartir avec Ida, Emmeline enfonça ses talons dans la boue et tint tête au capitaine : elle irait jusqu'au bout du voyage.

S'ensuivit une scène qui désarçonna même Amos Tice : quatre bouviers, deux fermiers veufs, Silas Winslow le photographe et un adolescent dégingandé proposèrent tous avec empressement d'escorter Mlle Fitzsimmons jusqu'en Oregon. Voyant qu'une bagarre était sur le point d'éclater entre les protecteurs en lice, Matthew regagna sa carriole et sortit discrètement la Pierre sacrée de son coffret.

Comme elle se logeait dans le creux de sa paume, il réfléchissait à cette situation inédite. C'était Amos Tice qui devrait trancher le débat, ou Mlle Fitzsimmons ; elle possédait suffisamment de caractère pour ça. En fait, cette histoire ne le concernait en aucune manière. Pourtant, quelque chose en lui d'indéfinissable, d'infiniment dérangeant, le poussait à intervenir. Sa conscience le sommait de prendre une décision, et Matthew ne savait que faire... tout cela était si nouveau, pour lui.

La décision ne lui revenait toutefois pas entièrement ; il ferait ce que la Pierre sacrée lui dirait de faire.

Il avait pris l'habitude d'examiner la pierre tous les soirs avant d'aller se coucher et tous les matins au réveil, hanté par la terrifiante prédiction de sa mère. Les paroles de celles-ci résonnaient souvent dans sa tête : « Une grande épreuve t'attend. Quelque chose de terrible, d'obscur. » Il espérait encore trouver un moyen d'éviter cet écueil, mais l'esprit de la pierre ne lui avait encore rien dit à ce sujet. Ce jour-là, c'était une tout autre question qu'il venait adresser à la pierre bleue ; il sortit l'ardoise d'écolier dont il se servait pour interroger la pierre, dénicha un morceau de craie. A une extrémité il inscrivit le mot *oui* et sur l'autre *non*. Puis il posa la pierre au milieu et demanda à voix basse :

— Dois-je proposer à Mlle Fitzsimmons de l'accompagner dans l'Oregon ?

Il fit tourner la pierre qui s'immobilisa quelques instants plus tard, pointée sur le *oui*. Il la fit tourner encore, et encore. A chaque fois, la pierre indiquait le même mot : *oui*. Il retourna alors vers l'agitation qu'avait involontairement causée Mlle Fitzsimmons. Tice s'efforçait de séparer deux hommes écumants de rage. Le cœur battant à se rompre, les mains moites, Matthew s'avança. Surpris par sa propre audace, il proposa à Emmeline de voyager en sa compagnie.

Elle accepta aussitôt.

Il enterrèrent Barnabas Threadgood au bord de la piste, prononcèrent une brève prière et se remirent en route. Derrière eux, Ida Threadgood et sa progéniture ainsi que trois wagons remplis de femmes et d'enfants et six bouviers reprirent le chemin de la civilisation.

Tandis que le convoi en partance pour l'Oregon s'ébranlait doucement, Albertina Hopkins fit savoir à voix haute qu'elle désapprouvait ce nouvel arrangement — était-il correct que deux jeunes gens célibataires voyagent ensemble ?

— Ce ne sont pas ses oignons, décréta Emmeline en se hissant sur le siège de la carriole aux côtés de Matthew.

Ce dernier ne fit aucun commentaire. En son for intérieur, il était d'accord avec Mme Hopkins.

Albertina continua à critiquer farouchement l'arrangement, appuyée par quelques femmes. Mais d'autres s'en moquaient.

— Laissons-le tranquille, ce couple de jeunes médecins, déclara ainsi Florine Benbow, nous pourrions bien avoir besoin d'eux un jour...

Comme ils traversaient les vastes plaines herbeuses de l'est du Kansas puis du Nebraska, Emmeline et Matthew s'organisèrent du mieux qu'ils purent, veillant à respecter scrupuleusement les convenances. La nuit, Emmeline dormait dans le chariot tandis que Matthew s'enroulait dans une couverture et dormait à la belle étoile. Mais ils partageaient leurs repas, dressaient ensemble leur campement, s'occupaient des bœufs, entretenaient le chariot et puisaient de l'eau tous les deux. Le matin, un coup de clairon réveillait le campement. Les hommes chargés de surveiller le bétail et les chevaux pendant la nuit rassemblaient les bêtes pendant que les femmes allumaient les feux pour préparer le petit déjeuner composé de pain, de bacon et de café. Quand tout le monde avait mangé, dans une ambiance conviviale, les tentes étaient démontées, les chariots chargés, les bœufs attelés. Le convoi s'ébranlait à sept heures du matin pour profiter de la fraîcheur matinale ; à midi, les voyageurs s'arrêtaient pour manger ; ils se reposaient pendant une heure avant de repartir pour une nouvelle marche de cinq heures. Quand le capitaine Tice annonçait la fin de la journée, des soupirs de soulagement mêlés à quelques cris de joie accueillaient son signal. Les chariots étaient alors rassemblés en cercle et enchaînés les uns aux autres afin de parer d'éventuelles attaques indiennes — même si les Indiens préféraient lancer leurs attaques en plein jour, lorsque les chariots avançaient à la queue leu leu. Les hommes emmenaient les bêtes pâturer pendant que les femmes préparaient le dîner. Après le repas, l'heure était à la détente. On bavardait autour du feu, on contait quelques histoires, parfois même on dansait sur des rythmes joyeux.

C'était comme un rêve pour tous ces gens habitués au confinement de leurs fermes et de leurs maisons : les journées étaient éprouvantes mais les soirées si paisibles ! Des pique-niques géants étaient organisés, les gens sympathisaient, les enfants couraient librement, on partageait volontiers son repas. Les rivalités n'avaient pas encore éclaté, Amos Tice n'était pas encore accablé par les plaintes et les doléances. A court terme pourtant, les esprits s'échaufferaient, les petites guéguerres poindraient et, comme tous les chefs de convoi, Tice serait accusé de partialité et de favoritisme.

Il exerçait un métier terriblement ingrat. C'était lui qui régentait le moindre détail de la vie du convoi : l'ordre des chariots, l'attribution des corvées d'eau et de petit bois, les tours de garde, la surveillance du bétail. Dans les jours à venir, les occupants des derniers chariots commenceraient à se plaindre de la poussière qu'ils étaient obligés d'avaler, et bien que Tice veillât à changer régulièrement l'ordre de la caravane afin que tous aient l'occasion de voyager en tête de file, personne ne s'en satisferait.

Il lui fallait aussi rendre la justice. Le jour où la chienne de Sean Flaherty chargea les poulets des Benbow et en tua six avant d'être neutralisée, les fermiers exigèrent que l'animal soit tué sur-le-champ. Mais Sean serra Daisy contre lui et, le visage baigné de larmes, il supplia qu'on l'épargne, arguant qu'il n'avait plus qu'elle au monde. Les émigrants votèrent ; Daisy fut épargnée et M. Flaherty dédommagea les Benbow en leur versant une somme rondelette.

Le malheur les frappait régulièrement. Jeb, le bouvier du Kentucky, succomba à l'abcès qui s'était formé dans sa gencive après qu'Osgood Aahrens, le barbier, lui eut arraché sa dent gâtée. Ils l'enterrèrent sur le bord de la piste et poursuivirent leur route. D'autres tombes furent creusées : plusieurs enfants moururent de la rougeole, des hommes furent écrasés par les roues des chariots, des bébés moururent à la naissance ; la mère et l'enfant étaient parfois enterrés ensemble. Le convoi croisait en chemin d'autres tombes, creusées par les pionniers qui les avaient précédés. Dans les décennies à venir, la piste de l'Oregon serait piquetée de milliers de croix et de pierres tombales.

Le chariot de Matthew roulait tranquillement derrière son équipage de chevaux. Assise à côté de lui, le visage offert au soleil, Emmeline songeait à la terre promise qui les attendait, un pays où les hommes et les femmes vivraient tous égaux. Tenant les rênes et veillant à garder une distance respectable avec le chariot précédent, Matthew contemplait d'un air émerveillé les grandes prairies baignées de soleil. Comme la vie était différente ici, loin du petit salon obscur où sa mère communiquait avec les esprits, dans leur demeure bostonienne ! Là-bas, l'univers se concentrait autour des morts, alors qu'ici la vie reprenait ses droits, belle et sauvage : le bétail paissait, les aigles volaient dans le ciel, majestueux, les enfants se poursuivaient en riant, Daisy la chienne noire aboyait après les lapins et les dindes, trop bêtes pour s'envoler…

Ils parlaient peu, la fille de docteur et le jeune homme de Boston ; assis côte à côte, le regard rivé sur l'horizon, ils s'émerveillaient en silence de ces étendues sans fin, de ce ciel si vaste. Leur esprit s'élevait à chaque kilomètre parcouru ; c'était comme s'ils avaient vécu enfermés dans un coffre poussiéreux, tels de vieux vêtements oubliés, et découvraient d'un coup le soleil et l'air cristallin qui tonifie le corps et l'âme.

Intriguée par la pierre bleue que le docteur Lively contemplait de temps en temps, Emmeline se décida un jour à lui en parler.

— C'est la Pierre sacrée, répondit-il en plissant les yeux sous le soleil aveuglant. Ma mère l'a reçue en cadeau le jour de son mariage. Selon elle, c'est une pierre très ancienne, vieille comme le monde ; elle abrite les pouvoirs de tous ceux qui l'ont possédée, depuis la nuit des temps. Ma mère la consulte toujours quand elle a besoin d'être guidée sur la bonne voie. Et je suis son exemple.

Il s'abstint d'ajouter que sa mère s'en servait aussi pour entrer en communication avec les morts. Il ne parla pas non plus de l'effrayante prédiction de sa mère, de la terrible épreuve qui l'attendait quelque part, sur cette route. Peut-être l'avait-il déjà surmontée lorsqu'il avait décidé de prendre Emmeline avec lui ; cette initiative ne l'avait guère rendu populaire auprès des autres, hommes et femmes confondus.

Une lueur d'intérêt brilla dans le regard de la jeune femme.

— Cette pierre vous guide vraiment ?

— Sans elle, je serais perdu. Je crains parfois de n'être qu'un lâche, confessa-t-il dans un élan de sincérité. Je n'arrive pas à prendre une décision seul.

— Vous êtes prudent, docteur Lively, tout simplement. Moi, c'est le contraire, je suis trop audacieuse. Rien ne me fait peur, et j'avoue que cela m'attire parfois de gros ennuis.

Elle retira son bonnet et secoua sa longue chevelure.

— Quel chance vous avez d'être un homme ! Vous pouvez exercer n'importe quelle profession, sans discrimination. Je voulais être docteur, mais j'ai dû renoncer à mon rêve parce que je suis une femme. Ce n'est pas juste. C'est pour cela que je pars m'installer dans l'Ouest. Là-bas, la tolérance et la démocratie régneront en maîtres. Ce sera un pays réellement libre. Un nouveau souffle balaie la nation, les femmes sont en train de sortir de leur torpeur. J'ai assisté à un formidable congrès, à Seneca Falls : une Déclaration de sentiments fut rédigée à cette occasion, elle dénonce seize formes de discrimination à l'égard des femmes et réclame le droit de vote, des traitements égaux pour des postes égaux, le droit de gérer nos vies et celles de nos enfants librement. Nous commençons à nous mobiliser, nous autres les femmes !

Matthew s'agita nerveusement sur son siège. Il connaissait déjà les idées radicales de Mlle Fitzsimmons. Bien qu'ils aient quitté Independence depuis peu, Emmeline avait déjà reçu de nombreuses demandes en mariage : de la part de chacun des quatre frères Schumann (M. Hopkins avait servi d'interprète), de Sean Flaherty, qui projetait de devenir le plus gros producteur de pommes de terre de tout l'Oregon, et du jeune Dickie O'Ross, qui lui avait présenté sa requête d'une voix éraillée. Emmeline les avait tous éconduits, arguant qu'ils n'avaient rien à se reprocher, mais qu'elle avait simplement décidé de ne jamais se marier. Elle expliqua à tous ceux qui voulurent bien l'écouter qu'elle ne se laisserait pas piéger par une institution créée par l'Eglise et la société dans le seul but d'assujettir les femmes. Si elle décidait d'avoir des enfants, elle les élèverait seule, sans avoir à dépendre d'un homme.

Les femmes du convoi, des fermières et des villageoises toutes simples qui n'avaient encore jamais entendu pareils propos et encore moins lu l'ouvrage de Mary Shelley intitulé *Défense des droits de la femme*, décrétèrent qu'Emmeline était encore trop jeune pour savoir de quoi elle parlait ; certaines la prenaient même pour une demeurée. Mais d'autres lui enviaient secrètement son indépendance et lui souhaitèrent de réussir sa vie. Matthew, lui, avait déjà rencontré des femmes comme elle à Boston, des femmes sûres d'elles qui le mettaient mal à l'aise. Comme il se languissait de Honoria ! Discrète, cette dernière parlait à peine et ne nourrissait certainement aucune idée politique ! Chaque soir, lorsque le campement était endormi et qu'il se retrouvait seul, il consultait d'abord la Pierre sacrée pour tenter d'y apercevoir l'esprit qui guidait sa mère (ses tentatives demeuraient vaines, hélas), puis il sortait un daguerréotype de Honoria, si fine, si menue qu'elle semblait presque irréelle. Comme elle se nourrissait à peine, les robes flottaient autour de sa frêle silhouette. Ses poignets étaient aussi délicats que des os de moineaux et ses pommettes creusées lui donnait un air éthéré ; elle lui faisait penser à la belle, la chétive Ligie d'Edgar Allan Poe.

— Que pensez-vous de l'anesthésie ? demanda soudain Emmeline. Le chloroforme, l'éther ! reprit-elle devant son silence interloqué. Ce procédé va révolutionner la chirurgie. Mon père a assisté à l'ablation d'une tumeur au sein, eh bien figurez-vous que la patiente a dormi tout du long ! La prochaine révolution consistera à autoriser les femmes à pratiquer la médecine. L'Est est pétri de discriminations ; les choses seront différentes dans l'Ouest.

Elle marqua une pause avant de conclure :

— Docteur Lively, vous devriez sourire davantage.

Et vous, vous devriez parler moins, répliqua Matthew in petto

Lorsqu'ils pénétrèrent en territoire Pawnee, les hommes gardèrent leurs fusils et leurs pistolets à portée de main, les carabines à capsules fulminantes furent armées.

Dans la chaleur accablante, les chariots soulevaient d'immenses nuages de poussière. La fatigue commençait à se faire sentir parmi les émigrants ; malgré des conditions de vie de plus en plus difficiles, les femmes s'accrochaient désespérément à leurs petites habitudes. Nombre d'entre elles continuèrent à porter leurs corsets tandis que d'autres rangeaient ces pièces inconfortables dans leurs malles, à côté des chapeaux à fleurs, remplacés par de simples bonnets en calicot. Et bien que les nappes et les assiettes en porcelaine aient elles aussi regagné les malles, les enfants et les hommes devaient encore faire leur toilette avant de passer à table, et prononcer le bénédicité avant d'engloutir leur repas. Un jour, ils découvrirent au bord de la route un homme pendu à un cotonnier ; sa mort remontait à quelques jours, il avait dû faire partie du convoi précédent. Il portait autour du cou un écriteau qui disait : *A triché aux cartes.* S'accrochant aux valeurs de la civilisation qu'ils avaient quittée, ils lui fabriquèrent un cercueil et lui offrirent un enterrement digne de ce nom.

Lorsqu'ils s'arrêtèrent sur les berges de la Little Blue River, Victoria Correll s'apprêta à donner naissance à son premier enfant. S'étant autoproclamée sage-femme, Albertina Hopkins supervisa l'accouchement, repoussant les propositions de deux autres femmes. Sa voix de stentor traversait la toile du chariot comme elle sommait la pauvre Mme Correll de cesser de se comporter comme une enfant.

— Taisez-vous, voyons ! Vous n'êtes qu'une idiote ! N'est-il pas écrit dans la Bible que les femmes enfanteront dans la douleur ? Vos plaintes sont une offense au Créateur.

Quand Albertina sortit du chariot pour se rendre aux latrines aménagées dans un bosquet de peupliers, Emmeline se glissa dans le chariot et, débouchant le flacon qu'elle avait apporté, murmura à la pauvre Victoria :

— Dieu nous a peut-être imposé la douleur, mais il nous a aussi donné les moyens de la soulager. Ceci est un élixir à base de plantes que mon père administrait toujours aux parturientes. Il apaisera les douleurs et facilitera le passage du bébé.

Albertina cria au scandale mais, après cet épisode, les

femmes vinrent confier leurs petits soucis à Emmeline, celle-ci ayant apporté avec elle une réserve de remèdes destinés à combattre la douleur, la nervosité et la fatigue.

En atteignant la frontière orientale du territoire Cheyenne, le convoi buta sur une rivière tumultueuse dominée par un violent contre-courant. En temps normal, ils auraient installé leur campement sur les berges et attendu que le niveau de l'eau descende, mais les hommes redoutaient une attaque indienne et se mirent d'accord pour tenter la traversée. Albertina Hopkins protesta avec véhémence : pourquoi se lancer dans une telle entreprise un dimanche, le Jour du Seigneur ? Ignorant son intervention, les hommes se mirent en route et quand, en milieu d'après-midi, le chariot des Correll se retourna, projetant la jeune femme et son nouveau-né dans les eaux déchaînées, le regard triomphant d'Albertina disait clairement : « Je vous avais prévenus. »

On repêcha les corps. Emmeline et Florine Benbow les habillèrent, coiffant avec soin la chevelure de Mme Correll et enveloppant le bébé dans la plus jolie couverture qu'elles trouvèrent. Silas Winslow prit une photo de la mère et l'enfant et l'offrit à M. Correll. Terrassé par le chagrin, le jeune homme accepta le cheval que lui offraient les frères Schumann et repartit vers le Missouri.

Le convoi poursuivit sa route.

Silas Winslow, avec son chariot tintinnabulant, chargé de plaques de cuivre et de flacons de produits chimiques, amassa beaucoup d'argent en se spécialisant dans les daguerréotypes-souvenirs de défunts, car ils étaient nombreux à périr de pneumonie ou de dysenterie ; plusieurs enfants tombèrent des chariots et se firent écraser par les grosses roues. Personne ne reprochait au docteur Matthew Lively de ne pouvoir sauver tous les malades et blessés. Comment un médecin aurait-il pu exercer son art dans des conditions aussi précaires ? Aussi continua-t-il à fabriquer des cercueils et à remplir des certificats de décès que les familles emporteraient avec elles dans l'Oregon... un autre souvenir.

Le 9 juin, ils atteignirent le Platte, un large fleuve aux eaux peu profondes situé à quatre cent quatre-vingts kilomètres d'Independence. Les émigrants avaient parcouru le premier tronçon de leur voyage. A partir de là, ils avanceraient dans un nouvel environnement, un pays de broussailles, d'armoise et de cactus, un pays de plus en plus aride. Le convoi découvrit là un nouveau moyen de communication, étonnant : déposés au bord de la piste, des crânes de buffle blanchis par le soleil portaient des messages écrits par les membres des précédents convois. Ils apprirent ainsi qu'il y avait eu des incidents avec les Indiens Pawnee un peu plus loin et que la piste était très boueuse.

Les conditions de vie se dégradèrent. Etouffante, la chaleur affaiblissait les organismes. Les chariots s'abîmaient : les roues rétrécissaient, le bois se fendait. Les arbres et la végétation se faisant rares, ils durent collecter des bouses de buffle pour allumer leurs feux de camp. Quand ils n'en trouvaient pas, ils ramassaient les herbes sèches sur la piste poussiéreuse. Les femmes cueillaient des baies sauvages et cuisaient des tartes sur les pierres rougeoyantes, désireuses d'agrémenter les repas essentiellement composés de haricots et de café. De temps en temps, les hommes partis chasser rapportaient un élan, mais ils rentraient souvent bredouilles et résolurent finalement de faire du troc avec les Indiens : des vêtements contre du saumon et de la viande de buffle séchée. Les émigrants croisèrent d'autres tombes sur le bord de la piste, mais rien ne réussit à les décourager. Et lorsque Billy l'Aveugle, le veilleur de nuit — il voyait à peine en plein jour et parfaitement dans le noir, ce qui lui valait de surveiller les troupeaux pendant que tout le monde dormait —, fut retrouvé mort un matin, transpercé par une flèche, les émigrants ne cédèrent pas à la panique. Fatalistes, ils écrivirent un message sur un crâne de buffle à l'attention des convois suivants et poursuivirent leur chemin.

Entre avaries mécaniques et ruades, intoxications alimentaires et morsures de chiens ou de serpents, cas de rougeole, de dysenterie ou de fièvre, femmes mortes en couches et hommes tués d'un coup de couteau rageur, Matthew voyait ses réserves de fils et de pansements diminuer rapidement. De son côté, Emmeline put enfin exercer sa profession : de nombreuses femmes se détournèrent d'Albertina Hopkins, préférant s'en remettre aux bons soins de Mlle Fitzsimmons. Comme l'avait prédit Florine Benbow, le « couple de médecins » se rendit vite indispensable.

Presque malgré eux, Emmeline et Matthew commencèrent à ressembler à un vrai couple.

La plupart des voyageurs se couchaient tôt le soir; seuls les plus jeunes restaient veiller un peu. Matthew profitait de ce moment de calme pour lire à la lueur de la lanterne, souvent de la poésie, parfois un passage de la Bible. De son côté, Emmeline aimait contempler le ciel étoilé.

— Comment savons-nous que nous avançons dans la bonne direction? demanda-t-elle un soir.

Matthew posa son livre et leva un doigt vers le ciel.

— Connaissez-vous la Grande Ourse? Ces étoiles, là, qui forment comme une grosse casserole? Vous voyez les deux étoiles qui brillent au bout du manche? Elles indiquent la position de l'étoile du Nord, et celle-ci montre vraiment la direction du nord.

Emmeline l'enveloppa d'un regard admiratif.

— Docteur Lively, vous êtes un homme très cultivé, déclara-t-elle simplement.

Le surlendemain, armé d'une aiguille à suture recourbée et de fil chirurgical, Matthew tenta de recoudre un bouton à sa chemise. Sans succès. Levant les yeux de son ouvrage, il croisa le regard d'Emmeline, qui l'observait en silence. Il crut un instant qu'elle allait se moquer de lui. Au lieu de ça, elle s'approcha de lui, tenant à la main un petit nécessaire de couture, lui prit doucement la chemise et déclara avec tact :

— Je ne suis pas très douée non plus pour la couture, mais j'ai sans doute un peu plus d'expérience.

Elle recousit le bouton en un temps record.

Au fil des kilomètres, alors que les journées se succédaient, pleines de chaleur, de poussière et de mouches, et que les nuits s'écoulaient, ponctuées par les hurlements des loups et le rugissement lugubre du vent, Matthew commença à considérer sa compagne d'un autre œil. Jamais Mlle Fitzsimmons ne se plaignait quand il s'agissait d'accomplir des corvées d'ordinaire réservées aux hommes. Quand les chariots s'embourbaient dans des cours d'eau tumultueux, Emmeline plongeait sans hésiter et ses jupons flottaient autour d'elle comme elle poussait de toutes ses forces pour dégager les roues. Elle appelait le bétail avec les hommes, faisait la lessive, réparait les essieux cassés, dépeçait les buffles et recousait les bâches avec dextérité. Le temps passait, et Matthew sentait naître en lui un sentiment d'admiration pour cette jeune femme. Il regardait de plus en plus rarement le daguerréotype de la fragile Honoria, et quand il lui arrivait encore de le contempler, il ne pouvait s'empêcher de se demander combien de temps elle aurait tenu dans ces conditions.

Matthew assista à sa propre métamorphose physique. Ses bras se musclèrent, son visage se tanna. L'obscurité des salons confinés avait cédé la place à une nature rigoureuse faite de soleil, de chaleur, de poussière et d'orages. Ses mains s'endurcirent.

Un soir, Daisy, la chienne de Sean Flaherty, chipa une des tourtes à la viande de Rebecca O'Ross et courut à travers tout le campement, la tourte dans la gueule, poursuivie par Mme O'Ross armée d'un rouleau à pâtisserie. Le spectacle déclencha l'hilarité générale. Riant de bon cœur, Matthew se tourna vers Emmeline. La jeune femme riait tellement que des larmes glissaient le long de ses joues. En l'observant, Matthew comprit soudain une chose importante : Emmeline Fitzsimmons était une femme passionnée et entière ; elle mettait autant de cœur à manger qu'à défendre ses opinions féministes. Elle mordait la vie à pleines dents, avec tout l'enthousiasme que Dieu lui avait donné. Tout à coup, une autre pensée traversa son esprit, comme un éclair : quand elle aimait, elle devait aimer passionnément.

Ses joues s'enflammèrent et il retint son souffle. Lorsque leurs regards se rencontrèrent, il sentit son cœur faire un bond dans sa poitrine.

Le 26 juin, le convoi fit une halte près de Fort Laramie, sous un ciel lumineux. S'apprêtant à faire la guerre à leurs voisins de la tribu des Crow, des petits groupes d'Indiens Sioux s'arrêtèrent au campement, où ils partagèrent le petit déjeuner des pionniers, composé de viande et de pain, en échange de perles et de plumes. La visite se déroula dans une ambiance amicale ; déjà, les émigrants avaient moins peur des Indiens qu'au moment de leur départ. Mais lorsqu'un trappeur français prénommé Jean-Baptiste se joignit à eux pour une journée et évoqua d'éventuelles chutes de neige précoces dans les montagnes, de nouvelles angoisses s'abattirent sur le groupe (tous avaient entendu parler de ces émigrants qui, bloqués dans les montagnes enneigées, avaient finir par y mourir de faim) et Amos Tice ordonna aux voyageurs d'accélérer le pas.

Le jour du 4 juillet, les émigrants célébrèrent le soixante-douzième anniversaire de la nation avec de la bière et des feux d'artifice, des discours patriotiques et des prières. Deux mille guerriers Sioux, resplendissants dans leurs habits en peau de buffle ornés de perles et de plumes, marchant comme un seul homme vers leurs ennemis, les Indiens de la tribu Crow, s'arrêtèrent quelques instants pour observer les étranges festivités des hommes blancs. Matthew Lively, acceptant le verre de cognac que lui proposait le paisible M. Hopkins, se tourna vers l'est en même temps que ses compagnons. Tous songeaient aux amis et aux proches qu'ils avaient laissés derrière eux. Matthew eut une pensée pour sa mère et ses séances de spiritisme, tandis qu'à ses côtés Emmeline Fitzsimmons, tenant à la main un verre de vin offert par Charlie Benbow (tiré d'un des rares tonneaux sortis indemnes des traversées de rivières), se rappelait ses parents, tous deux enterrés dans la même tombe, dans le jardin de la ferme familiale, qu'elle avait dû vendre. Sean Flaherty leva son verre pour l'Irlande ; Tim O'Ross se remémora une jeune femme rousse qu'il avait laissée à New York, et les Schumann leur Bavière natale. Tous ensemble, ils saluèrent le pays qu'ils avaient quitté et se tournèrent vers l'ouest, levant leur verre à celui qui les attendait.

Le 17 juillet, ils installèrent leur campement au sommet de South Pass, le large col qui traverse les montagnes Rocheuses. Ce fut le temps des réparations et des rafistolages, ce fut aussi l'occasion de méditer sur l'importance de ce point de non-retour, car South Pass marquait une frontière importante : à l'est de la ligne de partage des Rocheuses, toutes les rivières se déversaient dans le Mississippi ; de l'autre côté, elles se dirigeaient vers l'ouest et l'océan Pacifique. Les échiquiers et les jeux de cartes fleurirent, un joueur d'harmonica et un violoniste entonnèrent un air joyeux. M. Hopkins sirota tranquillement son whisky, tandis que sa mégère de femme continuait de tenir ses grands discours sans prêter la moindre attention à leur marmaille indisciplinée.

Emmeline était en train de raccommoder sa jupe à la lueur

de la lanterne lorsque la fille aînée des Hopkins l'aborda timidement. Elle était née de la première épouse de M. Hopkins ; Albertina était sa belle-mère, et la jeune fille en avait une peur bleue. C'était pour cette raison qu'elle avait décidé d'aller confier ses tourments à Emmeline, la sage-femme. Dès les premiers mots chuchotés d'un ton honteux, Emmeline comprit la situation : la jeune fille avait passé un peu de temps avec un des bouviers et elle craignait que ne se fût produit l'irrémédiable.

— J'ai bien peur qu'il ne te faille t'y attendre, fit Emmeline d'une voix apaisante en tapotant la main de la jeune fille terrifiée. C'est le premier signe d'une grossesse, la disparition des règles.

Alors que la jeune fille fondait en larmes, redoutant surtout la réaction de sa belle-mère, Emmeline prit une décision.

— J'ai entendu dire qu'il y avait un pasteur dans le convoi précédent. Je vais demander au capitaine Tice d'envoyer quelqu'un le chercher. Vous serez bientôt mariés, et personne ne se doutera de rien.

Le pasteur, qui avait célébré plus d'enterrements qu'il n'en avait jamais imaginé, fut trop heureux de revenir sur ses pas pour célébrer un mariage. Quelques familles l'accompagnèrent, en quête de distraction. Lorsquc la fille Hopkins et le jeune bouvier eurent échangé leurs vœux sous l'œil vigilant d'Albertina, impériale (et à mille lieues d'imaginer le secret de sa belle-fille), une joyeuse fête s'ensuivit ; on dansa au son de l'accordéon, et Silas Winslow prit en photo le couple de jeunes mariés, radieux.

Au cours de la soirée, alors qu'ils mangeaient du gâteau sans nappage et buvaient du cidre tiède, Emmeline observa Matthew, éclairé par la lumière des flammes. *Il a pris confiance en lui*, songea-t-elle. *Ce n'est plus le jeune homme nerveux d'il y a trois mois. Et le bronzage lui va bien.*

Pour quelle raison se sentait-elle attirée par Matthew Lively, alors qu'elle était entourée d'hommes plus forts, plus aguerris que lui ? Emmeline réfléchit un moment et, soudain, la réponse lui apparut : elle aimait sa gentillesse. Quelles que fussent les circonstances, les situations, très souvent pénibles et éprouvantes, Matthew était toujours prêt à aider les autres, sans qu'on ait besoin de le solliciter. Il partageait volontiers ses repas et son chariot, prenait souvent à bord les épouses épuisées, délaissées par des maris indifférents. Il s'inquiétait toujours de la santé des uns et des autres alors que la plupart des voyageurs, exténués, ne se souciaient plus que de leur propre personne.

A l'instant où Emmeline trouvait que le docteur Lively possédait un certain charme, qu'il était même plutôt beau, Matthew songeait à Emmeline Fitzsimmons. Ses pensées à lui étaient beaucoup plus prosaïques que celles de la jeune femme. Il commençait à trouver les rondeurs de Mlle Fitzsimmons tout à fait ravissantes.

◇

Fort Bridger, ainsi nommé par son fondateur, Jim Bridger, servait de comptoir commercial depuis cinq années. Dans ce campement composé de constructions en rondins se croisaient des Indiens, des trappeurs, des bûcherons et des pionniers. En approchant du fort, le convoi Tice rencontra un autre convoi qui repartait vers l'est : découragés, ses membres avait décidé de rebrousser chemin. De trop nombreux décès avaient eu raison de leur rêve ; les vingt chariots étaient essentiellement occupés par des femmes, des enfants et quelques vieillards. Le convoi Tice était lui-même allégé de douze chariots et trente-deux âmes. Au bout de trois mois de voyage, le groupe était nettement moins sémillant qu'à son départ d'Independence. Dépenaillés, les enfants marchaient pieds nus, les hommes portaient de longues barbes hirsutes, leurs vêtements étaient tachés et déchirés. Même Silas Winslow, photographe-dandy, arborait à présent des vêtements maculés de graisse. Le moral n'était plus très brillant ; au fil des kilomètres avaient éclaté jalousies et rancœurs, rivalités et querelles. Les amis du départ se tournaient le dos. Pourtant, tous étaient heureux d'arriver à Fort Bridger, une étape importante qui annonçait le dernier tronçon de leur périple : de là, ils prendraient la direction du nord pour rallier l'Oregon.

Ici aussi, certains d'entre eux prendraient une décision qui allait signer leur arrêt de mort.

Dans le campement, ils rencontrèrent un montagnard qui revenait de l'ouest ; ce dernier les mit en garde : ils entendraient probablement parler d'un nouveau raccourci pendant leur séjour à Fort Bridger.

— Ne vous écartez surtout pas de l'itinéraire normal,

conseilla-t-il à Amos Tice et aux autres chefs de convoi. Prendre ce raccourci pourrait vous être fatal.

— S'il existe vraiment, ce serait idiot de vouloir suivre à tout prix le chemin le plus long, répliqua Amos Tice.

Il semblait sincèrement préoccupé par le bien-être de ses émigrants. Pourtant, il s'était produit en lui un changement radical, juste avant qu'ils atteignent Fort Bridger. Jean-Baptiste, le trappeur français qui avait voyagé avec eux pendant une journée, ne transportait pas que des fourrures dans son chariot. Il avait également avec lui une affiche faisant mention d'un endroit baptisé Sutter's Sawmill, en Californie. Désireux de s'approprier cette affiche, Amos Tice avait offert au Français une somme rondelette. Le chef de convoi, contrairement aux apparences, était un homme cupide. S'il conduisait les émigrants dans l'Oregon, c'était uniquement pour pouvoir y acheter le plus de terres possible. La carte de Jean-Baptiste bouleversa le cours de sa vie : on y annonçait qu'on avait trouvé de l'or en Californie. Tice acheta l'affiche pour ne pas ébruiter la nouvelle, et le Français poursuivit son chemin. Depuis quelques kilomètres, le capitaine réfléchissait au problème, s'efforçant de trouver un moyen de se rendre en Californie. S'il abandonnait le convoi, il devrait voyager seul, au péril de sa vie. Voyager à plusieurs était un gage de sécurité, d'où l'essor des compagnies de chariots. En secret, Tice nourrissait donc le projet d'entraîner ses émigrants en Californie. Une fois arrivé à destination, il les abandonnerait sur place et se dépêcherait d'aller amasser des montagnes d'or. D'accord, mais comment convaincre les voyageurs de changer d'itinéraire ? Ironie du sort, la solution se présenta en la personne de ce montagnard qui déconseillait à tous d'emprunter le raccourci dont certains leur parleraient peut-être.

Tice attisa les flammes de la rumeur : il avait entendu dire que l'autre chemin était non seulement plus court, mais aussi plus facile. Ensuite, il fabriqua une carte ; pendant un jour et une nuit, il y travailla en secret, soignant son apparence de vieille carte parcheminée. Il s'assura également que le chemin qu'ils emprunteraient ne passerait pas chez les Mormons, qui s'étaient installés un an auparavant dans la région. Amos Tice avait fait partie des miliciens qui avaient arrêté et mis en prison (puis exécuté) Joseph Smith[1], trois ans plus tôt ; Tice

1. Prophète et fondateur de l'église mormone.

n'avait donc guère envie de rencontrer les Saints des Derniers Jours. Puis il présenta son projet et la carte à ses émigrants, rassemblés aux portes de Fort Bridger. L'excitation qui perçait dans sa voix était réelle : il s'imaginait déjà en train de plonger les mains dans des rivières gorgées de pépites.

— C'est clair comme de l'eau de roche, commença-t-il en dépliant la carte. La piste de l'Oregon monte par-là, elle traverse ces montagnes escarpées et se poursuit par la descente d'une rivière en radeau qui a déjà coûté la vie à un bon nombre de nos prédécesseurs. Moi, je vous propose un autre itinéraire... Regardez, il traverse une plaine et nous amène tranquillement jusqu'à un col facilement franchissable. Une fois arrivés en Californie, nous bifurquons vers le nord pour emprunter une piste toute plate, balayée par une douce brise océane et bordée d'arbres fruitiers.

— Ce n'est pas plus long? demanda Charlie Benbow.

— En kilomètres, si, mais nous mettrons plus de temps en suivant l'autre chemin, plus pénible et plus dangereux. Vous vous souvenez du col de South Pass, dans les Rocheuses? C'était un tronçon agréable, hein? Eh bien, les sierras sont encore plus plaisantes à traverser. Vous aurez l'impression de vous balader dans un immense parc, vous verrez!

Ils le crurent.

Toutefois, ils demandèrent un peu de temps pour y réfléchir. Après tout, c'était leur dernier arrêt avant l'inconnu. Tout en songeant à la proposition de Tice, ils profitèrent de cette halte pour réparer les chariots et les harnais, nourrir correctement leurs bêtes et faire des provisions pour le reste du voyage. L'optimisme régnait de nouveau parmi eux. Le paradis les attendait juste de l'autre côté des montagnes : les sierras de Californie. Ils sentaient déjà la caresse de la brise océane sur leur visage.

Plusieurs d'entre eux restaient dubitatifs. Avant d'accepter l'idée de Tice, Matthew Lively préféra consulter l'esprit de la Pierre sacrée (son intuition lui déconseillait de prendre le raccourci). Il permit à Emmeline de se joindre à lui; il lui avait déjà montré la pierre et expliqué le mécanisme de son fonctionnement. Ils s'assirent à l'arrière du chariot, à la lueur de la lanterne, et interrogèrent la pierre pendant que les autres vaquaient à leurs occupations sous le ciel étoilé. Matthew inscrivit *oui* et *non* sur son ardoise. Puis il demanda, calmement :

— Devons-nous prendre le nouveau raccourci?

Emmeline regarda la pierre tournoyer avant de s'immobiliser, pointée en direction du *oui.*

Matthew fronça les sourcils. Il n'aimait pas mettre en doute la sagesse de la pierre, pourtant, tout au fond de lui, quelque chose lui soufflait de continuer par la piste normale, en direction du nord. Emmeline partageait son avis. Bien que de nature audacieuse, il lui semblait dangereux d'abandonner un chemin connu et éprouvé au profit d'une piste encore vierge, même si cette dernière paraissait attrayante.

— Faites-la tourner encore une fois, dit-elle.

La réponse tomba de nouveau : *oui.*

Matthew se frotta le menton.

— La Pierre sacrée dit que nous devrions suivre Amos Tice...

— Et *vous*, docteur, qu'en pensez-vous ?

Matthew n'en avait aucune idée. Il n'avait encore jamais pris une décision tout seul. Quand il était enfant et que sa mère décidait à sa place, elle consultait d'abord la pierre avant d'agir.

— Ma mère m'a toujours dit que les esprits nous guidaient dans la bonne direction.

— Même quand votre intuition vous souffle le contraire ?

— Mon intuition, j'ai un peu honte de l'avouer, n'a jamais été très vaillante. Quand j'étais petit, je suivais volontiers mes frères ; en grandissant, j'ai gardé cette habitude de faire comme les autres. Je suis comme un mouton, mademoiselle Fitzsimmons, et j'irai là où des chefs comme Amos Tice ou le guide de la Pierre sacrée me diront d'aller.

Il la contempla longuement. Un halo de lumière baignait son visage et il remarqua le bel ambre de ses yeux.

— Et vous, mademoiselle Fitzsimmons, que ferez-vous ?

Il attendit, la gorge nouée. Ce fut à cet instant qu'il prit conscience de l'intensité des sentiments qu'il lui portait.

— Vous êtes un compagnon de voyage sympathique, docteur Lively, et je trouve que nous formons une bonne équipe. Si je ne pars pas avec vous, il me sera difficile de trouver un compagnon aussi agréable que vous. Aussi irai-je où vous irez, docteur Lively.

Matthew sentit son pouls s'accélérer. Il déglutit nerveusement.

— Mademoiselle Fitzsimmons, il faut que je vous dise quelque chose...

— Salut, la compagnie ! lança une voix dans l'obscurité.

Silas Winslow s'approcha de sa démarche nonchalante, le chapeau melon baissé sur le front.

— Je ne pars pas avec Tice, mademoiselle Fitzsimmons, dit-il en ignorant Matthew, qu'il considérait comme son rival. Je prends la piste du Nord avec le nouveau convoi dirigé par Stephen Collingsworth. Si vous vous retrouvez seule, je serai ravi de vous escorter.

Il marqua une pause, posa la main sur sa poitrine d'un geste théâtral.

— Et je jure de me conduire en parfait gentleman tant que vous serez sous ma protection, mademoiselle Fitzsimmons.

Emmeline cligna des yeux. Au moment où elle ouvrait la bouche, des cris retentirent.

— Docteur Lively ! Docteur Lively ! Joe Strickland a eu un accident !

Le bouvier gisait dans son chariot, inconscient. Des gémissements de douleur s'échappaient de ses lèvres. Un bœuf récalcitrant lui avait écrasé le pied alors qu'il tentait de l'atteler. La blessure était importante. L'os avait déchiré la peau et, alors que l'hémorragie semblait sur le point de s'arrêter, le pied du bouvier prenait une horrible teinte violacée. Avec l'aide d'Emmeline, Matthew nettoya la plaie, appliqua une couche de baume puis banda le pied. Quand il tenta de remettre l'os en place, Joe hurla de douleur avant de sombrer dans un coma plus profond. Son teint était cendreux, un voile de sueur baignait son visage. Comme Joe voyageait seul, Emmeline proposa de s'occuper de lui.

Ce soir-là, de grandes décisions furent prises. Les différents convois se séparèrent ; certains émigrants du convoi Tice décidèrent de se joindre à Collingsworth, qui suivait la piste du Nord, tandis que de nouveaux arrivants se rallièrent à Tice, optant pour le raccourci. Par amour pour Mlle Fitzsimmons, Silas Winslow décida finalement de rester avec le convoi Tice.

Ils souhaitèrent bonne chance aux émigrants avec qui ils avaient voyagé depuis le Missouri et promirent tous de se retrouver dans l'Oregon. Malgré les nouveaux venus, le convoi Tice était désormais plus petit ; il se composait de trente-cinq chariots, soixante-neuf hommes, trente-deux femmes, soixante et onze enfants et trois cents bœufs et chevaux.

L'humeur était joyeuse, l'espoir gonflait à nouveau les cœurs lorsque les chariots longèrent des ruisseaux gorgés de truites, des prairies tapissées de fleurs et des bosquets de saules et de trembles. Le convoi se sentait comme dynamisé. Les nouveaux venus étaient solides et robustes. Pourtant, Matthew Lively se sentait tiraillé par des sentiments contradictoires. Quelque chose n'allait pas, mais il n'aurait su dire de quoi il s'agissait. Etait-ce la sombre prophétie de sa mère qui le tourmentait inconsciemment ? Il ne confia ses soucis à personne. Autour de lui, tout le monde se réjouissait d'avoir suivi Amos Tice.

L'enthousiasme fut de courte durée.

Au bout de quelques jours idylliques, le convoi atteignit les montagnes Wasatch, une chaîne de hauts massifs couronnés de neige et sillonnés de profonds canyons. Leurs versants étaient couverts d'un enchevêtrement de saules, de ronces, de cotonniers, d'aulnes et de sureaux feuillus. Les lits des rivières étaient étroits et parsemés de rochers. Armés de hachettes et de bêches, les hommes devaient déployer des efforts surhumains pour dégager la route.

Le soir venu, ils s'écroulaient sur leur couverture, épuisés. Les femmes soignaient alors les égratignures et les ecchymoses de leurs hommes en les berçant de paroles apaisantes. Tice leur fit remarquer qu'au moins ils ne manquaient ni d'eau ni d'herbe pour le bétail. Mais il y avait aussi des nuées de moustiques et de taons.

Ils ne parcouraient plus que huit kilomètres par jour et ils furent finalement obligés de renforcer les attelages afin de pouvoir franchir le sommet des Wasatch. En descendant sur l'autre versant, les émigrants contemplèrent d'un air interdit l'incroyable obstacle qui s'étalait à leurs pieds : le désert du Grand Lac Salé.

Le soir, les veillées étaient moins animées et moins joyeuses. Le jour, ils progressaient lentement, terrassés par la chaleur accablante. Handicapés par les blessures reçues dans les montagnes, les hommes réclamaient des arrêts plus fréquents ; ils étaient moins nombreux à pouvoir s'occuper du bétail. Pendant que les femmes s'inquiétaient pour leurs compagnons — malgré les soins méticuleux d'Emmeline, la plaie de Joe Strickland commençait à s'infecter —, Amos Tice nourrissait de son côté une inquiétude de taille : ils prenaient du retard ; un peu plus loin, les sierras les attendaient... et la neige ne tarderait pas à tomber.

Ils continuèrent à avancer sur le lac asséché, brûlés par les rayons d'un soleil impitoyable. Etait-ce cela, l'enfer? Ils enveloppèrent les langues des bêtes dans des linges mouillés; il n'y avait pas la moindre goutte d'eau dans ce paysage aride, les animaux menaçaient de sombrer dans la folie si on ne les soulageait pas au plus vite. Les chariots paraissaient gigantesques dans les brumes de chaleur vacillantes. Au loin, les montagnes semblaient flotter au-dessus du sol. Au zénith, le soleil devenait brûlant; c'était la forge de Vulcain, décrétèrent les plus cultivés d'entre eux. Lorsque l'astre de feu se décidait enfin à se coucher, les ombres s'étiraient longuement sur le désert. La nuit, l'air froid et mordant transperçait les couvertures. Les enfants pleuraient, les bêtes s'agitaient. Craquelée par le sel et le soleil, la terre était si compacte que les animaux ne laissaient aucune empreinte derrière eux. Mais lorsque le convoi croisa un lac peu profond, au milieu du désert, la croûte desséchée se transforma en une espèce de boue vaseuse qui collait aux pieds, aux sabots des bêtes trébuchantes et aux roues des chariots, formant en séchant une carapace dure comme le ciment.

Brûlés par le soleil, dégoulinants de sueur, les émigrants poursuivaient leur route tant bien que mal. La blessure de Joe Strickland continuait à s'infecter. Emmeline voyageait dans le chariot des Hammersmith, tenant sur ses genoux la tête du pauvre bouvier, terrassé par la fièvre et l'infection. D'autres membres du groupe souffraient également de blessures, mais ils continuaient à avancer, bravement, conscients qu'une halte prolongée dans cet enfer signerait leur arrêt de mort.

Un petit groupe d'hommes annonça à Tice son intention d'aller demander de l'aide aux Mormons (bien qu'ils ne sachent pas exactement où vivaient les hommes de Brigham Young). Saisi d'une soudaine appréhension, le chef du convoi décréta d'un ton péremptoire qu'ils étaient beaucoup trop loin de la ville des Mormons; partir à leur recherche serait une entreprise suicidaire.

Ils continuèrent donc à s'enfoncer dans la chaleur brûlante le jour et à endurer le froid glaçant de la nuit; les lèvres gercées saignaient, les langues enflaient dans les bouches asséchées, on buvait l'eau par petites cuillerées. Les bœufs des frères Schumann s'écroulaient, les uns après les autres, vaincus par la soif et l'épuisement. Les quatre Allemands décidèrent d'enfouir leur matériel agricole sous le sable avec l'intention de revenir le chercher lorsqu'ils auraient trouvé un lopin de terre en Oregon.

Agé de trois semaines, le bébé des Biggs succomba à la chaleur et fut enterré dans le sable. Les poulets des Benbow tombèrent un à un et la chienne Daisy, autrefois vive et sautillante, se traînait pitoyablement à côté du chariot de son maître.

Le désert du Grand Lac Salé n'avait-il donc pas de fin ?

Alors qu'ils commençaient à céder au désespoir, les émigrants atteignirent les confins de ce désert infernal. Dès qu'ils aperçurent un point d'eau au pied des montagnes, tous se précipitèrent dans une formidable cohue, talonnés par les bêtes épuisées. Occupé à allumer un feu de camp, Matthew Lively était en train de songer à la prophétie de sa mère lorsque Emmeline vint le trouver.

— Joe Strickland a la gangrène. Il va falloir l'amputer.

Matthew eut l'impression qu'un poids énorme lui écrasait la poitrine. Tombant à genoux, il secoua la tête en murmurant :

— Je ne peux pas faire ça.

Emmeline s'assit près de lui et posa une main sur son bras. Comme les autres, le visage de Matthew était rouge et cloqué, son regard trouble, ses vêtements raidis par la sueur et la crasse.

— Je vous aiderai, proposa-t-elle. J'ai déjà assisté mon père au cours d'une intervention similaire. La vue du sang ne me rebute pas, docteur Lively.

Saisi d'une soudaine envie de pleurer, il leva les yeux sur elle.

— Mademoiselle Fitzsimmons, je ne suis pas docteur.

Elle le dévisagea d'un air incrédule.

— Je ne comprends pas...

— C'est pourtant simple. Je ne suis pas médecin. Vous m'avez pris pour un docteur quand vous m'avez vu à Independence, et je n'ai pas jugé utile de vous contredire.

Elle fronça les sourcils.

— Dans ce cas, quelle profession exercez-vous ?

— Je suis entrepreneur de pompes funèbres, avoua-t-il dans un filet de voix.

Elle cligna des yeux.

— Entrepreneur de pompes funèbres ? Vous voulez dire... croque-mort ?

— C'est exactement ça : croque-mort.

— Mais... votre sacoche...

— Les instruments d'un homme qui soigne les corps sont identiques à ceux de celui qui les prépare au repos éternel. Surtout lorsque le décès est d'origine accidentelle. Nous sommes amenés à recoudre et à panser les plaies, comme les médecins. Quant au stéthoscope... il est là pour nous éviter d'enterrer un homme encore vivant.

— Mais je vous ai vu acheter des médicaments chez l'apothicaire !

— C'était pour moi. J'ai les bronches fragiles, en hiver.

Emmeline le considéra d'un air abasourdi.

— Pourquoi ne m'avez-vous pas détrompée ? Pourquoi avoir fait croire à tout le monde que vous étiez docteur ?

Il l'enveloppa d'un regard désolé.

— Si des gens s'en remettaient entièrement à vous, leur diriez-vous que vous êtes croque-mort ? Mademoiselle Fitzsimmons, vous souffrez de discrimination parce que vous êtes une femme. Eh bien, je ressens la même chose que vous... à cause de ma profession.

Emmeline réfléchit.

— D'accord, dit-elle finalement. Je crois que je vous comprends.

— Mon métier met les gens mal à l'aise, poursuivit-il d'un ton désolé. Je leur rappelle ce qu'ils préféreraient oublier. Mais c'est une entreprise familiale, vous comprenez ! Mon père est croque-mort, mes deux frères aussi. Je n'avais pas d'autre choix que de suivre leurs traces.

— Mon cher Matthew, dit-elle en l'appelant pour la première fois par son prénom, vous ne devriez pas avoir honte de la profession qui vous a été transmise par votre père. C'est une profession honorable, un métier indispensable ; les gens ont besoin d'hommes comme vous, des hommes qui respectent les morts et ceux qui les pleurent. J'ai admiré votre sollicitude et votre gentillesse à chaque fois que la mort a frappé une famille. Mon père et mes oncles m'ont parlé de certains croque-morts qui dépouillent les cadavres et abusent les familles. Profitant du chagrin et du désarroi des proches, ceux-là n'hésitent pas à leur vendre des cercueils à des prix exorbitants. Vous êtes différent, Matthew. Par votre bonté et votre honnêteté, vous rendez un immense service à ceux qui, terrassés par la douleur, sont terriblement vulnérables.

Matthew la dévisagea, trop hébété pour parler. Les paroles de Honoria résonnaient dans sa tête : « Jamais je ne pourrai vivre avec un homme qui touche tous les jours des corps souillés par la maladie. »

— Ainsi... ma profession ne vous dérange pas ?

— Je serais bien la pire des hypocrites si elle me dérangeait ! J'ai décidé de partir pour l'Ouest quand j'ai vu à quel point les discriminations et les traditions démodées étaient ancrées à l'Est. On met les gens dans des moules et ils ne doivent surtout pas essayer d'en sortir. Quand j'ai émis le souhait de devenir médecin, on m'a rétorqué que la place d'une femme était dans son foyer, auprès de ses enfants. C'est pourquoi je suis partie, pour fuir les préjugés et le système établi. Quel genre de féministe serais-je si je militais pour la tolérance sans l'appliquer moi-même ?

— Et vous ne trouvez pas que...

Il s'éclaircit la gorge, mal à l'aise.

— Que mon nom même pose un problème[1] ? Pour être franc, je répugne à en changer...

Elle le considéra d'un air perplexe puis, comprenant tout à coup, elle porta la main à sa bouche.

— Oh !

— Vous voyez, non seulement je serai un paria, mais en plus, je ferai rire tout le monde !

Emmeline sourit.

— Votre nom ne pose aucun problème à votre père, n'est-ce pas ? Alors il ne devrait pas vous gêner non plus...

— C'est différent, objecta-t-il d'un ton morne. A Boston, les Lively sont croque-morts de génération en génération, depuis l'arrivée des premiers colons. Personne ne prête plus attention à notre patronyme. Mais ici, ce n'est pas pareil. Un entrepreneur de pompes funèbres nommé Lively parviendra-t-il à gagner le respect des gens ?

Emmeline reconnut que ce serait peut-être un souci. Hélas, ce n'était ni l'heure ni l'endroit pour en discuter. Joe Strickland mourrait bientôt s'ils ne faisaient rien pour le soulager.

Ils se dirigèrent vers le chariot des Hammersmith. Joe avait perdu connaissance depuis deux jours ; pourtant, comme Matthew se penchait vers lui, il ouvrit les yeux et, dans un de ces éclairs de lucidité qui secouent souvent les agonisants, murmura :

— Je vous remercie pour tout ce que vous avez fait pour

1 En anglais, *lively* signifie « vivant », « plein d'entrain ».

moi, docteur ; je sais que vous voulez m'aider mais je ne peux pas vous laisser me prendre ma jambe. Je conduis le bétail depuis que j'suis haut comme trois pommes, j'connais rien d'autre que ça. Croyez-moi, y a rien de plus inutile qu'un bouvier unijambiste. Alors, si vous permettez, j'aimerais vous faire mes adieux.

Joe mourut dans la nuit. Personne n'en voulut à Matthew. Aux dires de tous, le jeune homme avait fait de son mieux. L'admiration que lui portait Emmeline grandit encore après la révélation qu'il lui avait faite. Bien que le mensonge pesât lourdement sur sa conscience, il continuait à jouer le jeu pour ne pas affoler ses compagnons. Aussi continua-t-elle à l'appeler « docteur Lively ».

Quand Matthew repenserait à cette soirée, il se rendrait compte que c'était à ce moment-là qu'il était tombé amoureux.

Le convoi poursuivit sa route. D'autres bœufs s'effondrèrent sur la terre salée et quelques bêtes s'écartèrent du troupeau, à la recherche d'eau. Quatre chariots furent abandonnés et les familles enfouirent dans le sable les affaires qu'elles ne pouvaient plus porter, se promettant de venir les rechercher un jour. Sous la terre craquelée vinrent s'entasser des malles de vêtements et de souvenirs, d'argenterie et de linge de maison, des batteries de casseroles et des barattes. Depuis leur départ d'Independence, les émigrants avaient caché leur argent en différents endroits. Certains l'avaient simplement glissé dans des malles, entre deux couches de vêtements, tandis que d'autres avaient percé des trous dans les montants de leur chariot pour y coincer quelques pièces. Silas Winslow, lui, gardait une boîte de conserve spéciale sur laquelle on lisait : *Attention : produit hautement toxique ! Provoque de graves brûlures des yeux et de la peau.* C'était à l'intérieur de cette boîte qu'il avait entassé toutes ses pièces. Contraint d'abandonner son chariot et son encombrant matériel photographique, il attacha dans son dos la lourde boîte remplie d'argent.

Un sentiment d'urgence gagna peu à peu le groupe de voyageurs. Ils avaient perdu beaucoup de temps à chercher les bêtes égarées, l'été touchait à sa fin, la neige couronnait déjà les sommets voisins, les provisions s'amenuisaient. Devant eux se déroulait encore le désert du Nevada, long de plusieurs centaines de kilomètres

Après les étendues arides de l'Utah, ils entrèrent dans un paysage de montagnes. La topographie du Nevada était d'une incroyable monotonie : des chaînes de montagnes abruptes barraient l'horizon, séparées par des vallées désertiques. Les émigrants avançaient d'un pas mécanique, espérant seulement que les derniers bœufs tiendraient le coup.

Ils traversèrent le territoire des Paiutes, une tribu indienne qui vivait essentiellement de pillages. Des bœufs furent emportés dans la nuit, des chevaux volés en plein jour. Comme le nombre de bœufs continuaient à décroître, d'autres chariots furent abandonnés en chemin. La plupart des émigrants avançaient à pied désormais, ayant laissé derrière eux tous leurs biens. Les plus jeunes montaient à deux sur les chevaux tandis que les provisions de nourriture étaient entassées dans les derniers chariots. Les poulets de Charlie Benbow continuaient à tomber, mais il lui restait encore quelques reproducteurs, sur lesquels il veillait nuit et jour. La fille Hopkins, celle qui s'était mariée à South Pass, vint consulter discrètement Emmeline ; enceinte de quatre mois, elle souffrait de violents maux de ventre. S'efforçant de dissimuler son inquiétude, Emmeline lui donna un sirop pour calmer la douleur. Sean Flaherty avait toujours sa chienne Daisy mais beaucoup moins de pommes de terre à planter dans sa future ferme. Quant à Osgood Aahrens, il perdit tous ses instruments de barbier dans un marécage. Lorsque le groupe commença à gravir le sentier qui longeait la sinueuse Truckee River, les bêtes trébuchaient sur les pierres, à bout de forces, les familles étaient faibles et affamées, les provisions quasi épuisées.

Quand ils découvrirent enfin la Sierra Nevada, la chaîne de montagnes était enveloppée de nuages noirs, menaçants.

Au cours de la troisième semaine d'octobre, le petit groupe déboucha dans une large vallée plantée de conifères. Des flocons de neige tourbillonnaient entre les grands arbres. Là, ils installèrent tant bien que mal leur campement et décidèrent de se reposer un peu. Mais quand ils se réveillèrent, le lendemain matin, la neige continuait à tomber. S'ils ne franchissaient pas rapidement le massif dressé devant eux, la neige les prendrait au piège.

La Californie les attendait là-bas, juste de l'autre côté des montagnes.

Cinq jours plus tard, ils atteignirent un lac derrière lequel se trouvait un col qu'ils tentèrent de franchir. En vain. La neige les obligea à rebrousser chemin. Ils s'installèrent donc au bord du lac, où ils construisirent des abris avec des toiles de tente, des couvertures et des peaux de buffles. Ils étaient cent cinquante-neuf, recroquevillés dans leurs abris de fortune ; tous espéraient que les premières neiges ne tiendraient pas pour qu'ils puissent franchir le col rapidement. Entre deux prières, ils passèrent en revue ce qui leur restait : quelques chariots avec du bétail et des chevaux, et de maigres provisions — haricots, farine, café et sucre. Ils décidèrent de mettre en commun leurs derniers biens, y compris les poulets des Benbow et les pommes de terre de Sean Flaherty, puis de procéder à un partage équitable entre les familles.

Ce soir-là, lorsque Albertina Hopkins fit remarquer en regardant fixement Emmeline Fitzsimmons que les femmes célibataires devraient dormir dans une tente à part, son mari dit d'une voix posée :

— Tais-toi donc, à la fin.

Elle obéit.

Matthew n'arrivait pas à trouver le sommeil. Un vent glacé s'engouffrait par les fentes de la tente, il ne trouvait pas de position confortable pour s'endormir. Quelque chose le tourmentait : une espèce de pressentiment indéfinissable, qui le titillait depuis qu'ils avaient quitté Fort Bridger, dix semaines auparavant. L'idée que quelque chose ne tournait pas rond.

Enjambant les voyageurs endormis, il arriva près d'Amos Tice, le secoua et lui demanda à voix basse de venir le rejoindre dehors. Par chance, un ciel étoilé et une lune argentée illuminaient le paysage enneigé. Mû par une bouffée d'assurance, Matthew insista pour jeter un coup d'œil à la carte de Tice, arguant qu'il ne s'agissait pas de la piste facile et agréable dont il leur avait parlé à Fort Bridger.

Marmonnant dans sa barbe, le chef de convoi lui montra la carte. Il espérait secrètement que Matthew ne la verrait pas bien dans la pénombre. Mais, dès que ce dernier s'en fut emparé, il découvrit avec stupeur ce qu'il n'avait pas remarqué à Fort Bridger : le plan avait été tracé par un amateur, sans aucune notion de l'échelle.

— Où avez-vous trouvé ça, Amos ? demanda-t-il, soupçonneux.

Tice évita de croiser son regard.

— On me l'a donnée à Fort Bridger...

— Vous voulez dire, là où le vieux montagnard mettait tout le monde en garde contre un éventuel raccourci ? Vous avez vu cette carte et vous avez *cru* ce qui était dessiné dessus ? Cette carte est bidon, Amos ! Tout le monde s'en serait rendu compte à votre place !

Une étincelle brilla dans les yeux de Tice, une lueur de cupidité qui éclaira son visage harassé. Son rire désabusé résonna désagréablement aux oreilles de Matthew.

— Tout ça n'a plus d'importance, maintenant, dit-il en plongeant la main dans sa veste à franges.

Il en extirpa un épais rouleau de papier racorni qu'il déplia soigneusement. L'affiche annonçant qu'on avait découvert de l'or à Sutter's Sawmill.

Matthew contempla l'affiche d'un air abasourdi.

— Vous auriez dû nous demander si ça nous intéressait, nous, d'aller chercher de l'or !

Tice partit d'un nouvel éclat de rire puis il regagna sa tente. Le lendemain matin, le chef de convoi et cinq hommes avaient disparu.

Les émigrants étaient abandonnés à eux-mêmes.

Ils levèrent le camp, chargèrent les chariots et se mirent en route, bien décidés à franchir les montagnes. Hélas, la neige leur bloqua la route une fois encore ; ils essayèrent plusieurs chemins, en vain. Le froid se faisait plus vif et d'épais nuages s'accrochaient aux pins. Dans leurs vêtements trempés, les voyageurs grelottaient, luttant à grand-peine contre la panique et le désespoir.

Pourvu qu'il ne neige pas... songeaient-ils tous, en avançant tant bien que mal.

Quand une averse les surprit, certains prétendirent que la pluie était un signe encourageant, mais Matthew se souvint d'une phrase qu'il avait entendue là-bas, à Fort Bridger : « Pluie dans une vallée de sierra, neige dans les cols. »

Pour la première fois de sa vie, Matthew eut peur. Bien qu'il ait été confronté à la mort depuis son plus jeune âge, dans la morgue de son père et lors des séances de spiritisme de sa mère, jamais il n'avait songé à sa propre mort. Cette idée l'emplit d'effroi. Il se revit, plein de force et d'espoir, assis à la tête de son chariot le jour où ils avaient quitté Independence, Missouri. L'exode de courageux pionniers partis à la conquête de l'inconnu... Rétrospectivement, il comprit qu'il ne s'agissait pas de courage car, dans l'esprit de tous, le voyage ne serait qu'une joyeuse aventure ponctuée de veillées à la belle étoile.

Personne n'avait prévu un tel revers.

En dressant leurs tentes ce soir-là, les voyageurs désabusés prièrent pour que la pluie fasse fondre les congères. Le lendemain matin, hélas, la couche de neige était encore plus épaisse.

La montagne s'élevait devant eux, impressionnante, mais ils devaient continuer, coûte que coûte. Nourris de branches de sapin, les bœufs montraient d'inquiétants signes de faiblesse ; d'autres chariots furent abandonnés. Ils entassèrent ce qu'ils purent sur les bœufs restants et chargèrent le reste sur leurs épaules ; même les enfants portaient des petits paquets.

Il était tombé un bon mètre de neige.

◇

Ils poursuivirent leur chemin. Finalement, le dernier pic se dressa devant eux, tel un immense mur blanc, infranchissable. Epuisés, démoralisés, ils furent forcés de s'arrêter. Ils s'installèrent sur les bords d'un autre lac, où ils dressèrent leurs tentes en pleine tempête de neige, consolidant les abris avec des planches de bois et des bâches, qu'ils retirèrent des chariots, des couvertures et des peaux de buffles. Ils allumèrent des feux à l'intérieur, mais la fumée les obligea à sortir rapidement, toussant et suffoquant. Ils furent obligés de percer des trous dans les parois des tentes pour assurer une bonne circulation de l'air. Glacial. Matthew réussit à piéger un coyote. L'animal filandreux fut dévoré tandis qu'un hibou cuit dans un bouillon fut partagé entre les enfants et les malades. Les chevreuils avaient déserté les montagnes avant les premières chutes de neige. Les haricots et la farine furent rationnés, distribués en doses infimes. Les derniers poulets des Benbow furent sacrifiés, les pommes de terre de Sean Flaherty cuites à l'eau. Malgré leur malheur, ils continuèrent à dire le bénédicité avant chaque repas, si maigre fût-il.

A deux mille mètres d'altitude, les feux prenaient mal et s'étouffaient vite. Les plus faibles respiraient avec difficulté.

Enceinte de cinq mois, la fille aînée des Hopkins fit une fausse couche qui faillit lui coûter la vie. On enterra le fœtus en prononçant les prières de circonstance, et Albertina Hopkins, très amaigrie et beaucoup plus discrète, veilla attentivement sur sa belle-fille.

La neige tomba pendant sept jours d'affilée. Puis, un beau matin, le soleil irisa le ciel. Rassérénés, les émigrants décidèrent d'envoyer quelques hommes à l'assaut du col, vers Sutter's Sawmill, pour y chercher du secours. Les plus robustes furent choisis, au nombre de huit, mais quand Matthew Lively se porta volontaire tous convinrent que le docteur devait rester auprès des femmes et des malades. Le petit groupe s'habilla chaudement et emporta des provisions de bœuf séché. Ils firent leurs adieux et ceux qui restaient leur souhaitèrent bon voyage.

Le soleil se couchait quand ils reparurent. Impossible de franchir la montagne, expliquèrent-ils. La neige bloquait tous les accès.

◇

Autour du 5 décembre, les émigrants commencèrent à sacrifier les quelques têtes de bétail qui leur restaient encore. De nombreuses bêtes s'étaient perdues dans la neige. Les hommes rentraient souvent bredouilles de la chasse. Une terrible pensée commença à infiltrer les esprits : s'ils restaient bloqués tout l'hiver, ils n'auraient bientôt plus rien à manger.

Florine, la femme de Charlie Benbow, mourut de froid dans son sommeil. Comme le sol était gelé, on l'enveloppa dans un drap puis on allongea son corps entre deux planches qu'on recouvrit de pierres.

Une autre équipe partit en éclaireur, avec des femmes cette fois-ci, mais une tempête de neige les obligea à rebrousser chemin. Recroquevillés dans leurs abris de fortune, ils tentèrent de se réchauffer devant des feux de plus en plus crachotants. Le petit bois devenait introuvable. Les bibles furent brûlées, ainsi que tout ce qui ne pouvait se porter ou se manger. Désespérés, ils regardèrent les Psaumes, le Chant de Salomon, les Evangiles et les lettres de Paul partir en fumée. Enveloppés dans de chaudes couvertures, les enfants dormaient avec les chiens. Une tempête de neige ensevelit leur réserve de viande et ils mirent une journée entière avant de la retrouver, sondant l'épaisse couche de neige avec de longs bâtons. Le lendemain matin, la viande avait disparu. Des empreintes de loups s'éloignaient à travers les arbres.

Poussé par un élan d'héroïsme inattendu, principalement motivé par la faim, Silas Winslow décider d'escalader le sommet tout seul. Il leur enverrait ensuite des secours. On le retrouva deux jours plus tard, vivant mais aveugle, frappé de cécité des neiges. Les hommes le ramenèrent au campement et nouèrent un foulard autour de ses yeux. Loin de se laisser abattre, il s'accrocha à l'espoir que sa cécité n'était que temporaire. Avait-on jamais vu un photographe aveugle ?

Emmeline s'efforçait de distraire du mieux qu'elle pouvait le groupe d'émigrants. Elle les invitait à chanter et leur racontait des histoires, puis elle demandait à chacun d'eux de raconter ce qu'il ferait une fois en Oregon. Les premières soirées se déroulèrent dans une ambiance agréable, puis le froid devint plus intense, tous frissonnaient en claquant des dents malgré le feu et les couvertures ; ils eurent de moins en moins envie de parler.

L'angoisse de Matthew grandissait de jour en jour. Une terrible menace planait sur eux, sournoise, insidieuse. Le paysage était entièrement tapissé de neige : les rochers, les sapins, le lac, tout était blanc. Il n'y avait plus d'oiseau, plus de poisson, plus une seule pomme de pin. Lorsqu'ils auraient épuisé leurs provisions, il leur faudrait trouver d'autres choses à manger.

Quand les derniers chiens, les semences de pommier des Schumann et le cuir bouilli eurent été consommés, Matthew regarda ses compagnons en serrant la pierre bleue dans sa main. Les visages étaient creusés, les yeux ourlés de cernes s'enfonçaient dans les orbites. Le spectre de la famine se rapprochait. Leurs pauvres corps étaient couverts d'engelures. Le jour où Daisy, le dernier chien, fut sacrifiée, Sean Flaherty se rua hors de la tente. Fou de chagrin, il tenta de se pendre à un arbre. Mais la branche gelée céda sous son poids et ses compagnons le ramenèrent à l'intérieur en tentant de le réconforter.

La Pierre sacrée resta désespérément silencieuse tandis que Matthew plongeait dans son cœur trouble. Il ne ressentait plus la présence de l'esprit qu'elle était censée abriter, nulle réponse ne venait jusqu'à lui.

La fièvre et la pneumonie continuèrent leurs ravages. Deux jeunes gens, Freddy Hastings et Abe Waterford, sombrèrent dans les eaux glacées du lac en tentant de percer la glace pour pêcher. Trop faibles pour pouvoir les secourir, leurs compagnons durent se résigner à les laisser dans le lac gelé. Dans le Missouri, les mères attendaient impatiemment des nouvelles de leur garçon, qu'elles croyaient presque arrivés à destination.

Les frères Schumann attrapèrent des souris et les firent griller sur des braises. Les os, les queues, tout ce qui pouvait être mangé le fut. Osgood Aahrens réussit malgré tout à prononcer une courte prière avant que les autres se précipitent sur leur répugnant repas.

Ils firent bouillir les pièces en cuir et grattèrent la mélasse visqueuse qui se forma au fond des casseroles. Ils firent griller sur les braises leurs lacets de chaussure en cuir. Pour la première fois depuis le début du voyage, ils ne récitèrent pas le bénédicité.

Ils continuaient à s'affaiblir. Ils rêvaient de nourriture. Sombrant dans la folie, un homme quitta la tente en courant ; son cadavre gelé fut retrouvé quelques heures plus tard. Ils le laissèrent dans la neige. Charlie Benbow se mit à parler à Florine, son épouse décédée.

Matthew et Emmeline dormaient dans les bras l'un de l'autre, étroitement enlacés. Chacun puisait en l'autre chaleur, affection et amour.

◇

Au matin de Noël, une nouvelle tempête de neige s'abattit sur le campement. Le vent transperçait les tentes comme mille coups de poignard, hurlait comme une troupe de fantômes agonisants. Les occupants des pauvres abris avaient du mal à entretenir les feux. Ils fouillèrent dans leurs sacs, à la recherche de victuailles oubliées. Ils se débarrassèrent de leurs pièces d'or et de tout leur argent, tout cela n'avait plus d'importance pour eux. Cela faisait deux semaines qu'ils n'avaient rien mangé, se contentant d'avaler par petites gorgées de la glace fondue.

Rebecca O'Ross, chétive de nature, fut la première à mourir de faim. Accablé par le chagrin, Tim, son mari dut être tiré de force par quatre hommes alors qu'il sanglotait sur sa tombe, transi de froid. Recroquevillé dans un coin de la tente, son fils

Dickie pleura toutes les larmes de son corps. Lorsque ses yeux furent secs, il resta prostré, le regard vide.

Une semaine plus tard, un des frères Schumann mourut de pneumonie. Pour la première fois, les rescapés marquèrent un moment d'hésitation lorsqu'il fallut l'enterrer. Aucune parole ne fut échangée, les regards glissaient, fuyants, mais l'idée planait entre eux, effrayante. Leur silence était aussi assourdissant que les rugissements du vent.

Helmut Schumann n'était plus qu'une pièce de viande fraîche.

— Mon Dieu, non ! hurla Matthew lorsqu'il comprit la signification de leur silence. Nous ne sommes pas des animaux...

— Hélas, si, murmura tristement M. Hopkins. Des êtres humains, peut-être, et les enfants de Dieu. Mais des animaux tout de même, et nous avons besoin de manger.

A côté de lui, son épouse, Albertina, enfouit son visage dans ses mains, secouée de sanglots. Quiconque l'avait connue avant son départ d'Independence, huit mois auparavant, n'aurait pas reconnu la créature squelettique enveloppée d'une robe trop grande pour elle. Elle avait perdu ses deux enfants. Et le goût de vivre.

— Et moi alors, que vais-je manger ? gémit Manfred Schumann. Je ne peux tout de même pas manger mon propre frère !

Un nouveau silence accueillit ses paroles, un silence qui disait : « Helmut n'est que le premier, d'autres suivront bientôt. »

Matthew se précipita dehors et trébucha dans la neige tandis que des larmes gelaient déjà sur ses joues. Il tomba à genoux et sanglota bruyamment, secoué de violents hoquets. Quand Emmeline le rejoignit, il la prit dans ses bras. Malgré les couches de vêtements et l'édredon qui lui servait de manteau, il sentit sa peau et ses os tout contre lui. Elle n'était plus la robuste jeune femme qu'il avait rencontrée. Mais la vie pétillait encore dans ses yeux comme elle le dévisageait avec angoisse et compassion, la vie frémissait sur ses lèvres quand elle captura les siennes.

— On ne peut pas faire ça, sanglota-t-il dans son cou. On ne peut pas régresser à ce point !

— Avons-nous le choix ? Devons-nous nous laisser mourir ? Matthew, nous sommes piégés. Bloqués ici jusqu'au printemps. Sans nourriture. Sans...

Sa voix se brisa. Agenouillés dans la neige, étroitement enlacés, ils se bercèrent doucement tandis que leurs sanglots s'élevaient vers le ciel blanc.

Au bout d'un moment, Emmeline se ressaisit. Elle se releva, entraînant Matthew à sa suite.

— Ils ont besoin d'un chef. Ils ont besoin de quelqu'un qui les maintienne en forme, physiquement et moralement. Ils te respectent.

— Je n'ai pas l'étoffe d'un chef. C'est toi la personne courageuse, ici, Emmeline. Tu l'es depuis le début, depuis Independence, quand tu t'obstinais à vouloir voyager seule.

Elle posa sur lui un regard tourmenté.

— Je ne suis pas courageuse, Matthew. Plus maintenant, en tout cas. J'ai une trouille bleue, si tu veux tout savoir. Tout ce courage... ce n'étaient que des paroles, c'est si facile de parler ! Mais maintenant que j'aurais besoin de courage, de *vrai* courage, eh bien je n'en trouve pas.

Elle se tut un instant, avant de reprendre :

— Toi, tu as la chance d'avoir la Pierre sacrée pour te guider. Moi, je n'ai que moi, et je suis un piètre guide, crois-moi !

A ces mots, Matthew sortit la pierre bleue de sa poche et tenta de discerner le guide que sa mère avait toujours vu dedans. Tout à coup, l'espoir et la foi cédèrent la place à la faim et à l'abattement.

— C'est du bidon ! Une farce ! s'écria-t-il en lançant la pierre de toutes ses forces.

— Non !

Même si Emmeline ne croyait pas aux pouvoirs de la pierre, elle savait que Matthew y croyait encore. Elle fit quelques pas dans la neige, cherchant désespérément le caillou bleu.

— Attends ! cria Matthew en la rejoignant.

Ils la trouvèrent enfin. Au moment où Emmeline se penchait pour la ramasser, Matthew vit quelque chose dans la neige. Il fronça les sourcils, cligna des yeux, se pencha en avant. Il n'y avait pas de doute possible : c'étaient des empreintes d'ours.

— Que se passe-t-il ? demanda Emmeline devant sa mine stupéfaite.

Matthew se redressa et regarda autour de lui. D'une blancheur aveuglante, le paysage semblait sans relief. Parfaitement immobile. Au bout d'un moment, il plissa le nez.

— Tu sens ça ?

Emmeline renifla.

— Quelle puanteur !

— Je crois savoir ce que c'est.

Il s'enfonça dans la neige et Emmeline lui emboîta le pas. Au bout de quelques mètres, ils tombèrent sur des déjections encore fumantes... l'ours n'était pas loin.

— Allons prévenir les autres ! s'écria Emmeline. Si nous arrivons à le tuer, nous aurons de quoi manger et...

— Non ! Si nous sommes trop nombreux, la bête prendra peur ; elle s'enfuira et nous ne la retrouverons pas. Si j'arrive à la suivre discrètement avec un fusil...

— Matthew, tu n'es pas un chasseur !

Il devait pourtant agir seul, et vite. Le cœur battant à se rompre, il se précipita dans une des tentes et s'empara du fusil de Charlie Benbow. Il ne dirait rien aux autres ; ce serait trop cruel de les bercer d'illusions. Il demanda à Emmeline de l'attendre à l'abri, au chaud. Et de prier.

C'était pure folie que de vouloir affronter un ours seul avec un pauvre fusil qu'on recharge par le canon, Matthew en était conscient. Mais il n'avait pas le choix. Il arma son fusil et coinça l'autre balle dans sa mitaine afin de pouvoir recharger rapidement. Puis il tenta de suivre les traces de l'ours. La tâche était difficile, les flocons de neige lui brouillaient la vue. Chaque inspiration lui lacérait les poumons, il ne sentait plus ses pieds. Il s'immobilisait de temps en temps, aux aguets. Mais un silence cotonneux enveloppait la forêt.

Une vague de désespoir le submergea. Il fallait absolument qu'il retrouve cet animal ! Il devait empêcher les autres de commettre l'acte ignoble auquel ils songeaient. Matthew avait été élevé dans le respect des morts. Pour lui, la profanation était une abomination. Les morts ne pouvaient plus se défendre ; c'était aux vivants d'assurer leur protection.

Mais les gens du campement flottaient déjà entre la vie et la mort.

Soudain, il se figea. Il était là, à quelques mètres de lui, un énorme grizzli occupé à creuser la neige. Matthew s'avança sans bruit. Puis il s'accroupit derrière un arbre, arma son fusil, le pointant avec soin, et appuya sur la gâchette.

Dans un grognement effrayant, l'ours se dressa sur ses pattes arrière. Au bout de quelques instants, il aperçut Matthew et fonça sur lui. Le jeune homme, qui s'était empressé de recharger son arme, la dressa et tira de nouveau. L'ours gronda, chancela légèrement. Puis il retomba sur ses pattes avant et prit la fuite.

— Attends, gémit Matthew, envahi par un terrible sentiment de frustration. Je t'en prie !

Il fondit en larmes. Toute cette viande ! Ils auraient tous eu de quoi manger. Hélas, il avait mal visé. Il avait échoué.

A cet instant, il aperçut la traînée de sang dans la neige.

Il regagna le campement aussi vite qu'il le put, trébuchant, se relevant, tombant encore. Dans la tente principale, un petit groupe d'hommes encerclait le corps de Helmut Schumann. M. Benbow tenait à la main un couteau de boucher. Les femmes étaient accroupies autour du feu, en pleurs.

— Arrêtez ! s'écria Matthew.

Quand il leur parla de l'ours, les invitant à partir à sa recherche, les avis furent partagés.

— C'est trop dangereux, un ours blessé, déclara Aahrens le barbier.

— Je suis d'accord. Ce serait un suicide, docteur, renchérit Charlie Benbow.

Bret Hammersmith suggéra :

— Pourquoi vous n'y allez pas, vous ? Partez en éclaireur, vous nous direz ce qu'il en est.

Matthew scruta les regards vides et les visages émaciés, déformés par la faim et la folie. Il savait qu'ils n'attendraient pas son retour, ils cherchaient seulement à se débarrasser de lui.

— Je suis faible, moi aussi, avoua-t-il. Je n'aurai pas la force de faire un aller-retour. Je vous demande à tous de m'accompagner jusqu'à sa tanière. Je lui ai tiré dessus, il ne vivra pas longtemps. Quand nous le trouverons, nous aurons des kilos de viande sous la main. Et nous serons sauvés. Ici, ajouta-t-il en parcourant l'abri des yeux, même si nos corps survivent, nos âmes périront.

Emmeline était aussi terrorisée que les autres à l'idée de quitter le campement. Il serra ses mains glacées dans les siennes.

— Tu dois rassembler tout ce qu'il te reste de courage, Emmeline, dit-il avec ferveur. Pour les autres. Si tu viens, ils accepteront de nous suivre.

— J'ai tellement peur...

— Je veillerai sur nous tous. Ne t'inquiète pas, ma chérie.

Ils acceptèrent finalement de le suivre, ces gens squelettiques, affamés, avançant main dans la main, portant sur leurs épaules ceux qu'ils aimaient, trébuchant dans les bourrasques de neige, presque déjà morts. Ils n'emportèrent que le minimum : les couvertures et les édredons, les casseroles, protégeant soigneusement les braises rougeoyantes de leurs brasiers. A plusieurs reprises ils voulurent rebrousser chemin, piégés dans un tourbillon d'une blancheur aveuglante. Mais Matthew retrouva les gouttes de sang rouge écarlate dans la neige, et il encouragea ses compagnons épuisés en leur promettant un festin de viande rôtie. Il décrivit les tranches de graisse en train de grésiller dans la poêle, tant et si bien qu'ils finirent par en sentir les effluves alléchants. Ils en avaient l'eau à la bouche. Emmeline l'aida du mieux qu'elle put : elle prenait chacun d'eux par le bras, aidait ceux qui tombaient à se relever, leur racontait qu'elle avait vu, elle aussi, l'ours blessé — un mensonge — et qu'il devait être mort, à l'heure où elle leur parlait.

« C'est tout droit, juste un peu plus loin... encore quelques mètres... quelques pas de plus... encore quelques pas... un dernier... non, non, ne vous arrêtez pas, ne tombez pas... Tenez, prenez mon bras... »

Ruth Hammersmith s'effondra sur une congère et refusa de bouger. Son mari s'agenouilla à côté d'elle, pressant les autres de continuer sans eux. Il les regarda s'éloigner, ses grands yeux soulignés de cernes sombres.

A demi morts, ils continuèrent leur chemin, la tête vide, entendant à peine les paroles d'encouragement que leur adressait Matthew. Ils avançaient comme des automates, pieds et mains endoloris par le froid, visages crispés, livides.

D'autres tombèrent encore, portant des enfants dans leurs bras. Emmeline tenta de les aider mais elle était à bout de forces, elle aussi. Elle pouvait à peine suivre Matthew.

Alors, ils découvrirent la grotte ; le filet de sang disparaissait à l'intérieur.

Pendant que les autres attendaient à distance, Matthew et Manfred Schumann se risquèrent sans bruit à l'intérieur, l'oreille tendue, humant l'air, leurs fusils chargés. Ils découvrirent l'ours dans sa tanière, mort.

Manfred et Osgood Aahrens trouvèrent la force de plonger leurs couteaux dans le ventre de l'animal et l'ouvrirent en deux. A la vue des tendres entrailles dégoulinant par terre, les autres les rejoignirent et se jetèrent avec frénésie sur les morceaux sanglants, encore fumants. Lorsqu'ils se sentirent revigorés, ils partirent chercher les autres, restés sur le chemin.

Les Hammersmith étaient morts, tous les deux, mais les autres étaient vivants et tous se retrouvèrent bientôt dans la grotte, l'emplissant de chaleur humaine et de cris de soulagement. Ils se gavèrent de viande d'ours, conscients d'avoir frôlé la mort.

Cette nuit-là, ils dormirent contre la carcasse, les enfants se tapirent à l'intérieur pour avoir chaud. Lorsqu'ils se réveillèrent, ils firent un feu, offrirent à Dieu une prière de remerciement et entreprirent de découper la bête.

Ils jetèrent quelques morceaux sur le feu et mangèrent encore. Puis ils découpèrent de longues bandes de viande qu'ils firent sécher au-dessus des flammes en prévision des semaines à venir. Ils enterrèrent les os pour ne pas attirer les loups et utilisèrent la peau, qui recouvrit presque entièrement la surface de la grotte, comme tapis de sol, chaud et confortable.

Malgré la nourriture et la chaleur, six autres personnes décédèrent. Matthew fit le compte des survivants : ils n'étaient plus que cinquante-cinq hommes, vingt-quatre femmes et cinquante-trois enfants, soit quarante âmes de moins qu'à leur départ de Fort Bridger.

Un jour enfin, le soleil réchauffa un peu l'atmosphère et ils virent que la neige avait commencé à fondre près d'un ruisseau. Matthew se tourna alors vers Emmeline et, prenant son visage entre ses mains, déclara avec ferveur :

— J'aime le son de ta voix, Emmeline. Parle-moi encore, promets-moi de ne jamais rester silencieuse. Au début de notre voyage, j'étais triste et trop sérieux. Je trouvais que tu souriais beaucoup trop. Mais ta joie de vivre m'a empêché de sombrer. J'ai grandi au milieu des morts et des esprits, et toi, tu m'as apporté la lumière et la joie de vivre.

— Et grâce à toi, cher Matthew, j'ai su garder les pieds sur terre alors que j'étais futile et beaucoup trop sûre de moi. Tu es mon roc, mon équilibre.

L'équipe de secours partie de Sutter's Sawmill arriva à la mi-mars, guidée par un des hommes qui s'étaient enfuis avec Amos Tice. Parvenu à destination, accablé par la culpabilité, l'homme avait confié aux autorités qu'un groupe d'émigrants se trouvait bloqué au dernier col. Des volontaires s'étaient aussitôt présentés et, munis d'armes et de provisions, ces derniers avaient fait le chemin en un temps record.

Sur les cent soixante-douze hommes, femmes et enfants qui avaient quitté Fort Bridger au mois d'août, moins de cent vingt avaient survécu.

Tous racontèrent aux sauveteurs que le docteur Lively leur avait sauvé la vie : grâce à son courage et sa sagesse, il avait su prendre les bonnes décisions dans les moments critiques.

Pas un d'entre eux ne mentionna la terrible scène qui s'était déroulée autour du cadavre de Helmut Schumann.

Lorsqu'ils arrivèrent à Sutter's Sawmill et découvrirent une région prospère et pleine de promesses, portée par la fièvre de l'or, Matthew sortit une dernière fois de sa poche la Pierre sacrée.

— Je ne le vois pas, déclara-t-il d'un ton ferme.

— Quoi donc ?

— L'esprit qui guide. Vois-tu l'espèce de nuage au cœur de la pierre ? On dirait de la poussière de diamant. Il change de forme quand tu exposes la pierre à la lumière. Ma mère disait que c'était un esprit, mais je ne vois là qu'un amas de dépôts minéraux.

Il tendit la pierre à Emmeline.

— Et toi, que vois-tu ?

Elle fixa le cœur du caillou et répondit :

— Une vallée. La belle vallée fertile et luxuriante où nous allons nous installer et commencer une nouvelle vie.

Elle lui rendit la pierre.

— C'est bizarre, commença-t-il d'un air songeur en tentant d'apercevoir à son tour la vallée d'Emmeline. Pendant toutes ces années, j'ai cru que c'était la pierre qui dictait mes actions, mais en fait, c'était peut-être moi. *Moi* qui prenais des décisions, pas elle. Quand j'ai voulu partir à la conquête de l'Ouest, j'ai tourné onze fois la pierre avant qu'elle finisse par indiquer la direction qui me plaisait. Et quand tu t'es retrouvée toute seule près de la rivière, après le départ d'Ida Threadgood... (il ponctua ses paroles d'un sourire espiègle)... j'avais déjà pris la décision de t'inviter à voyager avec moi. Si je n'en avais pas eu l'idée, je n'aurais pas pris la peine de consulter la Pierre sacrée. Le problème, c'est que je n'avais pas assez confiance en moi pour aller jusqu'au bout de mes décisions. La pierre était une sorte de béquille. Désormais, je n'en ai plus besoin.

— Ne sois pas trop catégorique, fit Emmeline, qui avait longuement songé au miracle qui s'était produit près du lac, en pleine montagne. C'est la Pierre sacrée qui nous a conduits sur les traces de l'ours. Sans elle, nous ne serions probablement plus de ce monde, à l'heure qu'il est.

Il hocha gravement la tête. Au bout d'un moment, il reprit la parole :

— Je me disais, Emmeline, que Lively est peut-être un drôle de nom pour un croque-mort, mais c'est un patronyme rêvé pour une sage-femme.

Son visage devint grave.

— Je sais que tu as juré de ne jamais te marier, mais...

Elle posa l'index sur ses lèvres et murmura dans un sourire :

— C'est avec joie que je t'épouserai, Matthew chéri ; nous formons un couple idéal, tous les deux, sage-femme et croque-mort. J'aide les gens à venir au monde et tu les accompagnes vers la sortie.

Elle lui reprit la Pierre sacrée et l'exposa à la lumière du soleil.

— Je pense souvent à toutes les personnes qui ont eu cette pierre entre les mains, qui ont cherché en elle un soutien, une protection ou un peu de chance. Je me demande si elles te ressemblaient, Matthew. Etaient-elles, comme toi, inconscientes de leurs propres ressources pour s'accrocher à un vulgaire caillou ? Finalement, tu as découvert ta propre force, cet élan intérieur que nous possédons tous, cet élan qui nous aide à franchir tous les obstacles. Les êtres humains sont forts, Matthew, je le sais à présent. Nous sommes capables d'affronter toutes les épreuves qui se dressent sur notre chemin. Capables de les vaincre, à chaque fois.

Elle marqua une pause avant de conclure, en glissant la pierre dans sa poche :

— Tu as raison, nous n'en aurons plus besoin. Mais peut-être aidera-t-elle quelqu'un d'autre à découvrir sa propre force, sa sagesse et ses ressources.

Matthew embrassa Emmeline. Puis il secoua les rênes et le chariot s'ébranla pour les conduire vers leur nouvelle vie, vers leur vallée luxuriante. Vers de nouveaux espoirs.

Les Lively achetèrent des terres, investirent dans les mines d'or et les chemins de fer et amassèrent une petite fortune. Matthew devint un personnage important au sein de sa communauté et il se présenta même, dans les dernières années de son existence, aux élections au Congrès. Lorsqu'on lui demanda un jour quel conseil il donnerait aux émigrants qui continuaient à prendre les pistes de l'Oregon et de la Californie, il répondit simplement : « Qu'ils ne prennent jamais de raccourcis. » Après de longues vies bien remplies, Emmeline et Matthew furent enterrés au cimetière de Livelyville, Californie.

Peter, leur fils aîné, hérita de la Pierre sacrée et l'offrit à sa fille, Mildred, lorsqu'elle obtint son diplôme de médecine. Le docteur Lively emporta la pierre en Afrique, où elle passa trente années de sa vie au sein d'une mission médicale. Ayant contracté une maladie rare au cours d'un safari en Ouganda, elle regagna les Etats-Unis pour se faire soigner. Sans enfant, Mildred Lively légua la pierre à Toki Yoshinaga, une Américano-Japonaise qui avait été son infirmière dévouée durant les derniers mois de son existence.

Toki et sa famille durent quitter leur maison de San Francisco après le bombardement de Pearl Harbor et s'installèrent dans un endroit baptisé Manzanar. Après la guerre, la famille fut contrainte de vendre ses quelques biens afin de se remettre à flot. Ils obtinrent cent dollars pour la pierre bleue, une jolie somme pour l'époque.

L'acheteur était un comptable nommé Homer, passionné de gemmologie. Lorsqu'il examina sa dernière acquisition sur l'établi de son garage, il crut avoir découvert un nouveau minéral et soumit la pierre à un examen scientifique, le premier depuis celui qu'un Hollandais nommé Kloppman avait pratiqué sur elle, à Amsterdam, en 1698. Homer conclut qu'il s'agissait d'une pierre dure, atteignant 8,2 sur l'échelle de dureté de Moh, dotée d'un lustre intense et d'un clivage très faible. Sa couleur bleue lui rappela certaines variétés de topaze et de tourmaline, mais elle possédait une « étoile » en son centre, comme certains saphirs. Grisé par sa découverte, il emballa la pierre avec d'autres spécimens et l'emporta à une convention de gemmologie qui se tenait à Albuquerque, Nouveau-Mexique. Il espérait que des experts confirmeraient sa découverte et songeait déjà au nom qu'il donnerait à la pierre : l'homérite, un petit mot qui roulait agréablement dans sa bouche. Le lendemain de l'inauguration, Homer fit la connaissance d'une jeune femme qui lui confia que les pierres précieuses l'intéressaient *énormément*. Devant son empressement, il accepta de l'emmener dans sa chambre pour lui montrer sa collection. Malheureusement, le pauvre comptable se méprit sur les intentions de la plantureuse jeune femme et, songeant déjà aux étreintes fougueuses qu'ils partageraient tous les deux, il succomba à une crise cardiaque foudroyante.

La collection de pierres de Homer dormit longtemps dans son garage, jusqu'au jour où sa veuve, ayant décidé de s'installer dans un village de retraités en Floride, vendit le « bric-à-brac sans valeur » de son époux à une jeune marginale surnommée Rayon de Soleil, qui confectionnait des bijoux et des accessoires ethniques pour des boutiques avant-gardistes sur Hollywood Boulevard. Ce fut ainsi qu'en 1969 la Pierre sacrée se retrouva à Woodstock, fixée sur une pince métallique que sa propriétaire, une hippie prénommée Argyle, utilisait pour fumer des cigarettes de marijuana. La pierre n'était pour elle qu'un vulgaire éclat de verre qu'elle donna finalement à sa fillette de huit ans. Cette dernière colla la pierre sur du papier d'aluminium et confectionna une couronne pour sa poupée.

La fillette grandit ; quand elle fut en âge d'entrer à l'université, elle donna tous ses vieux jouets à l'Armée du salut. Là, la pierre bleue fut récupérée par une femme qui écumait brocantes et dépôts-ventes, à la recherche d'objets mésestimés. Adepte du mouvement New Age, elle ressentit d'incroyables vibrations quand elle referma la main sur la pierre.

Ainsi, la pierre bleue — qui avait traversé galaxies et nébuleuses pour atterrir sur Terre —, cette pierre cosmique qui avait donné à une jeune femelle, nommée la Grande, la sagesse de guider son peuple vers une terre sûre, qui avait consolé Laliari, éclairé Avram, donné la foi à dame Amélie et à mère Winifred le courage de s'élever contre la volonté d'un abbé, poussé Katharina à rechercher son père, réveillé la nature passionnée de Brigitte Bellefontaine et finalement fait comprendre à Matthew Lively qu'il était seul maître de son destin, cette pierre, donc, se retrouva dans une petite boutique d'une station balnéaire de Californie.

Aujourd'hui, elle repose dans une vitrine sans prétention, perdue au milieu d'autres pierres aux vertus bienfaitrices, de jeux de tarots et de bâtons d'encens. Si vous ne marchez pas trop vite, si vous levez les yeux de votre agenda électronique ou de votre journal, si vous coupez votre téléphone portable, peut-être aurez-vous la chance de l'apercevoir.

Et si vous avez besoin de découvrir votre force intérieure, votre courage ou votre sagesse, entrez dans la boutique, observez la pierre, prenez-la dans votre main et voyez ce qu'elle vous dit. Sa propriétaire est prête à la céder pour un bon prix… à la bonne personne.

Cet ouvrage a été imprimé par la
SOCIÉTÉ NOUVELLE FIRMIN-DIDOT
Mesnil-sur-l'Estrée
pour le compte des Presses de la Cité
12, avenue d'Italie, 75013 Paris
en mai 2003

Mise en pages : Bussière

Imprimé en France
Dépôt légal : juin 2003
N° d'édition : 7096 - N° d'impression : 64105